eystein hanssen

KNOCHEN

rütten & loening

eystein hanssen

KNOCHEN

kriminalroman

Aus dem Norwegischen
von Gabriele Haefs
und Andreas Brunstermann

rütten & loening

Die Originalausgabe mit dem Titel
Åtseldyr
erschien 2013 bei Cappelen Damm AS, Oslo.

Die Übersetzung wurde gefördert von NORLA.

FSC
www.fsc.org
MIX
Papier aus verantwortungsvollen Quellen
FSC® C083411

ISBN 978-3-352-00680-7

Rütten & Loening ist eine Marke der Aufbau Verlag GmbH & Co. KG

1. Auflage 2015

Gesetzt aus der Adobe Caslon Pro und der DIN durch Greiner & Reichel, Köln
Druck und Binden CPI – Clausen & Bosse, Leck
Printed in Germany

www.aufbau-verlag.de

Kapitel 1

Geld, dachte Elli. Viel Geld. Das war die präziseste Definition Norwegens. Draußen, vor dem Restaurantfenster auf Tjuvholmen, stolzierten Horden gutgekleideter, sonnengebräunter und lächelnder Menschen in der milden Wärme des Augustabends umher. Hand in Hand, geschäftig, herausgeputzt. Alle Varianten.

»Überleg mal«, sagte sie zu ihrem Kollegen Nereng, der ihr gegenüber am Tisch saß. Er hob interessiert den Kopf. »Im Sommer ist das Wetter hier extrem schlecht gewesen. Regen und nochmals Regen.«

»Wir leben in Norwegen«, ließ er sie mit einem Bissen Fisch im Mund wissen.

»Genau. Und trotzdem sind alle braungebrannt.«

Nereng zuckte mit den Schultern. »Kanarische Inseln? Solarium?«

Elli nickte nachdenklich. »Eben. Wir haben für alles eine Lösung. Kriegen all unsere Bedürfnisse erfüllt.«

»Du hast ja auch leicht reden«, sagte er trocken.

Angesichts einer thailändischen Mutter hatte sich Elli niemals Sorgen um zu wenig Bräune machen müssen.

»Okay, der Punkt geht an dich. Aber sieh mal da.« Sie zeigte aus dem Fenster. Nerengs grüne Augen folgten ihrem Finger. Eine Bettlerin, ungefähr fünfzig, saß strategisch platziert an einer Ecke, die viele Besucher auf ihrem Weg vom und zum Astrup Fearnley Museum passieren mussten.

»Ich hab sie eine Weile beobachtet«, sagte Elli. »Von allen Menschen, die da an ihr vorbeigelaufen sind, haben ihr nur ein paar besoffene junge Typen was gegeben.«

Nereng biss sich auf die Lippe. »Komm runter, Elli«, sagte er. »Du hast frei. Genieß das Essen. Lass dein Herz mal ausruhen.«

Sie drehte sich zu ihm um. »Das Herz ausruhen lassen?«

Er zuckte wieder mit den Schultern. »Hab nur versucht, deine Aufmerksamkeit wieder auf unser Gespräch zu lenken.«

»Interessante Formulierung«, erwiderte sie lachend. »Du sprichst doch sonst nie über dein Herz.«

»A selfish heart is trouble, but a foolish heart is worse.«

Abrupt stand Elli auf.

»Aber …« Nereng sah ihr nach, als sie zur Tür hinausstürzte.

Mit Riesenschritten rannte Elli auf die Bettlerin zu, lief aber an ihr vorbei und hielt Kurs auf das gegenüberliegende Gebäude, wo ein kleiner, vielleicht fünf oder sechs Jahre alter Junge stand. Seine ängstlichen blauen Augen blickten sich suchend um.

»Hallo«, begrüßte Elli den Kleinen freundlich, während sie vor ihm in die Hocke ging.

Der Junge sah sie nervös an. Er hatte hellblondes, struppiges Haar und trug Shorts und ein T-Shirt.

»Hast du deine Mama verloren?«, fragte sie.

Der Junge nickte. Elli sah die Tränen in seinen Augen. Vorsichtig legte sie eine Hand auf seine schmächtige Schulter. »Weißt du was? Wir werden sie suchen. Wie sieht sie denn aus?«

Der Junge schniefte. »Sie … sie ist anders als du.«

Elli lächelte. »Verstehe. Hat sie vielleicht blondes Haar, so wie du?«

Der Junge antwortete nicht, sondern starrte auf irgendetwas hinter Elli. Sie drehte sich um und sah, dass Nereng ihr gefolgt war. Diskret signalisierte sie ihm, sich ebenfalls hinzuhocken, und wandte sich dann wieder an den Jungen.

»Er gehört zu mir. Er will dir auch helfen. Er heißt Jan, und ich heiße Elli. Wie heißt du?«

Der Junge wich ihrem Blick aus und kniff die Augen zusammen.

Elli sah ihn verständnisvoll an. »Schon klar. Deine Mama hat sicher gesagt, dass du nicht mit fremden Menschen sprechen sollst. Und das ist auch ganz richtig.« Sie zog ihren Dienstausweis hervor. »Aber mir kannst du's erzählen. Ich bin bei der Polizei, und unsere Aufgabe ist es, kleinen Jungen zu helfen, die ihre

Mutter verloren haben.« Mit dem Daumen zeigte sie über ihre Schulter hinweg auf Nereng. »Er gehört auch zur Polizei.«

»Magne.«

»Magne«, wiederholte Elli mit sanfter Stimme. »Schöner Name. Wie alt bist du denn?«

»Fünfeinhalb.«

»Ich schlage vor, dass wir hier ein bisschen herumlaufen und mal schauen, ob wir deine Mutter finden. Du kannst meine Hand nehmen, wenn du möchtest. Na, ist das ein guter Plan?«

Magne nickte schwach.

»Okay«, sagte Elli und reichte ihm die Hand.

Der Junge nahm sie. Er wirkte klein und verletzlich. Langsam begannen sie, zwischen den Menschen umherzulaufen. Elli bat ihn, nach seiner Mutter Ausschau zu halten, während sie selbst die Umgebung nach blonden Frauen um die dreißig abscannte. Davon gab es zwar einige, aber weder auf der Strecke bis zum Ende von Tjuvholmen noch auf dem Rückweg, der sie am Ufer entlangführte, fanden sie Magnes Mutter.

»Ich bin mir sicher, dass deine Mutter auch nach dir sucht«, sagte Elli.

Nereng beugte sich zu ihr herüber und flüsterte, dass er sich beim Wachpersonal auf der Aker Brygge ein wenig umhören wolle. Dann verschwand er über die Brücke, die über den kleinen Kanal führte. Elli entdeckte eine Eisdiele. Sie schlug Magne vor, ein Eis zu essen und auf Nereng zu warten, aber Magne wollte nicht.

»Dann kann ich nicht sehen, ob Mama kommt«, erklärte er.

»Gut, dann bleiben wir hier stehen und passen auf«, beruhigte ihn Elli.

Nereng kam mit schnellen Schritten zurückgelaufen. Er schüttelte nur vorsichtig den Kopf. Elli nickte.

»Wollen wir noch eine Runde drehen, Magne?«, fragte sie enthusiastisch. »Hier gibt es sehr viele Menschen – vielleicht hat deine Mama ja an einer Stelle gesucht und wir an einer ganz anderen, und da haben wir uns verpasst.«

Magne nickte wieder.

Elli und Magne gingen denselben Weg zurück, während Nereng einen Umweg über die Hauptstraße machte. Als sie wieder zusammentrafen, erkannte Elli die Skepsis in Nerengs Blick. Sie teilte seine Einschätzung, doch plötzlich wurden ihre Gedanken von Magne unterbrochen, der »Mama!« rief und dabei auf das Fenster eines Restaurants zeigte.

Gleich dahinter saß eine Frau in den Dreißigern. Blond, braungebrannt, straffer Pferdeschwanz, helles Sommerkleid und jede Menge Schmuck um Hals und Handgelenke. Verführerisch lächelte sie einem vielleicht zehn Jahre älteren Mann zu, der ihr gegenübersaß. Er trug einen karierten Blazer und ein Seidentuch im Hemdkragen. Sein schwarzes Haar – mit distinguierten grauen Strähnen an der Seite – war straff zurückgekämmt und erinnerte stark an die Frisur des schwedischen Königs.

»Sind das deine Eltern?«, fragte Elli.

»Nur Mama«, sagte Magne erleichtert und ließ Ellis Hand los.

Nereng deutete unsicher auf das Fenster.

Elli antwortete mit einem entschiedenen Nicken. »Wir müssen das überprüfen.«

Sie folgten Magne in das Restaurant. Er lief auf den Tisch der Mutter zu. Sie lächelte ihn freundlich an, hob ihn auf ihren Schoß und führte die Unterhaltung mit dem Mann weiter, während sie Magne in die Arme schloss.

Elli und Nereng nahmen neben dem Tisch Aufstellung.

Nereng räusperte sich mit seiner allertiefsten Stimme.

Magnes Mutter drehte sich gereizt um. »Was?! Sie sehen doch, dass hier besetzt ist!«

Elli und Nereng wechselten einen schnellen Blick.

»Ist Magne Ihr Sohn?«, fragte Elli.

Die Mutter blickte sie verwirrt an. »Ja … und wer sind Sie?«

»Mein Name ist Rathke. Wir haben Ihren Sohn hier draußen gefunden. Er glaubte anscheinend, Sie verloren zu haben.«

Ein leichtes Zucken erschien auf dem Gesicht der Frau. »Aber Magneschatz, ich hab doch gesagt, dass ich eine Weile hier sitzen werde …«

»Das hat er offenbar nicht mitbekommen«, warf Nereng ein.

Die Frau blickte ihn streng an. »Jetzt lassen Sie uns bitte in Frieden. Ich kann sehr gut allein auf meinen Jungen aufpassen.«

Der Mann ihr gegenüber erhob sich. »Ich glaube …«

»Nein, nein, nein«, sagte die Frau. »Bitte bleib sitzen … ich kenne diese Leute überhaupt nicht.« Sie wandte sich an Elli. »Können Sie uns jetzt bitte in Ruhe lassen? Sonst muss ich die Polizei rufen.«

»Nicht nötig«, erwiderte Elli und hielt ihren Dienstausweis in die Höhe.

»Elisabeth Sunee Rathke«, las die Frau laut vor.

»Der mittlere Name wird Suni ausgesprochen«, korrigierte Elli.

Die Frau sackte ein wenig zusammen.

»Sie war total nett und hat mir geholfen«, sagte Magne.

Der Mann stand auf und murmelte kaum hörbar: »Schönen Tag noch.«

»Augenblick«, sagte Elli zu ihm.

Er erstarrte mitten in der Bewegung und warf Magnes Mutter einen gereizten Blick zu. Sie lächelte tapfer.

»Also bitte«, sagte sie an Elli gewandt. »Der Herr ist lediglich … ein Bekannter von mir. Er hat nichts mit Magne zu tun.«

Elli blickte den Mann wieder an. Die Verärgerung stand ihm deutlich ins Gesicht geschrieben.

»Ausweis«, brummte Nereng hinter Ellis Rücken.

Der Mann verdrehte die Augen. »Muss ich mich hier etwa legitimieren? Weswegen? Weil ich in einem Restaurant sitze und esse?«

»Zu Ihrer eigenen Sicherheit«, erklärte Nereng.

»Aber … also wirklich, was soll dieser Unsinn«, sagte er und reichte Nereng widerstrebend seinen Führerschein.

»August Johan Flensberg«, las Nereng vor und sah Elli fragend an.

»Setzen Sie sich«, sagte Elli.

»Aber …«, protestierte Flensberg.

»Er ist nur ein Bekannter«, wiederholte die Frau resigniert.

Elli antwortete nicht, sah aber Flensberg streng an, der schließlich auf seinen Stuhl zurücksank.

Magnes Mutter lächelte ihn weiterhin tapfer an.

»Können Sie sich ausweisen?«, fragte Elli die junge Frau.

Die zog ihre Geldbörse hervor und gab Elli ihren Führerschein.

»Siri Rud«, las Elli vor. »Dann bist du vielleicht Magne Rud?«, sagte sie an den Jungen gewandt.

»Er trägt einen anderen Nachnamen«, erklärte Siri. »Den des Vaters.«

»Gibt es … gibt es nur Sie beide? Also Sie und Magne?«, fragte Elli.

»Ja«, erwiderte sie tonlos.

Flensberg wand sich auf seinem Stuhl. Elli betrachtete ihn ein paar lange Sekunden. »In Ordnung, Sie können gehen«, sagte sie dann.

Flensberg verschwand auf der Stelle. Er hatte einen Fünfhunderter auf dem Tisch zurückgelassen.

»Äh …«, sagte Nereng gerade so laut, dass er gehört wurde. »Vielleicht möchte Magne ja jetzt ein Eis essen, nachdem wir seine Mutter gefunden haben.«

Magne lächelte.

Nereng nahm ihn an die Hand und verließ mit ihm das Lokal.

Mit nüchterner Stimme erläuterte Elli, dass wohl das Jugendamt die nächste Station gewesen wäre, wenn Magne seine Mutter nicht entdeckt hätte. Siris Reaktion fiel zunächst stoisch aus, danach wurde sie trotzig, aber schließlich legte sie die Karten auf den Tisch. Ein Exmann, der den Unterhalt nicht bezahlte. Magne bekam ihn kaum zu Gesicht. Siri saß da mit einer teuren Wohnung in Frogner, war bis über die Ohren verschuldet und konnte ihren Verpflichtungen nicht mehr nachkommen. »Ich brauche einen Mann mit Geld, und Magne braucht einen Vater.«

Elli sah sie einen Moment lang aufmerksam an. Siri war hübsch, mit gleichmäßigen Zügen und freundlichen blauen

Augen. Nachdem sie ihre Aggressivität abgelegt hatte, strahlte ihr Gesicht Wärme aus.

»Ich weiß ja nicht, wie gut Sie Herrn Flensberg kennen«, sagte Elli, »aber wenn er Sie in so einer Situation alleinlässt, ist er vielleicht nicht ganz die richtige Wahl.«

Siri seufzte. »Nein, das ist er wohl nicht …«

»Okay«, fuhr Elli fort. »Ihre finanziellen Verhältnisse und Ihre Männerbekanntschaften gehen mich nichts an, aber Sie müssen auf Ihren Jungen aufpassen. Ich werde das in unserem System vermerken müssen … dass wir ihn gefunden und zurückgebracht haben und dass er eine ganze Weile von Ihnen getrennt war.«

Siri nickte resigniert.

»Das hat zum gegenwärtigen Zeitpunkt nichts zu bedeuten, aber wenn Sie sich wieder einmal so verhalten, wird es Ihnen nicht zum Vorteil angerechnet.«

»In Ordnung.«

»Also gut«, sagte Elli und erhob sich. »Dann möchte ich Sie nicht länger stören. Viel Glück, Siri. Ich sage Nereng, dass er Magne wieder herbringt.«

Elli und Nereng blieben in einiger Entfernung stehen und beobachteten Magne und seine Mutter. Durch das Restaurantfenster sah sie aus wie jede andere aufmerksame und liebevolle Mutter.

»Dann hat sie also den Jungen in der Stadt herumlaufen lassen, während sie selbst dabei war, irgendwelche Männer aufzureißen«, fasste Nereng zusammen.

»Genau. Ich hab ihr gesagt, dass ich einen Bericht schreibe und dass der dann wieder auftaucht, wenn sie so was noch mal macht.«

»Hoffentlich begreift sie den Ernst der Lage. Sie wirkt eher wie jemand, der gern mal um die Häuser zieht«, konstatierte Nereng.

Sie liefen zu ihren Fahrrädern, die auf der Aker Brygge abgestellt waren.

»Ach, übrigens«, sagte Elli, als sie schon den Helm aufgesetzt hatte, »was war das eigentlich?«

»War was?«

»Na, dein Song-Zitat.«

Sein Mund verzog sich zu einem Grinsen. »Ach so! Rate mal!«

»Ich kenn mich mit Rockmusik nicht aus«, sagte Elli und breitete demonstrativ die Arme aus.

»Versuch's mal.«

»Stones.«

Nereng schüttelte den Kopf.

»Na, dann eben The Who.« Sie sah ihn erwartungsvoll an. »Das sind doch immer so alte Rocker. Du hast doch 'nen Musikgeschmack wie ein Fünfzigjähriger.«

Erneutes Kopfschütteln.

»Ich geb auf.«

»Greatful Dead«, sagte Nereng und strampelte los.

Gegen zehn Uhr kam Elli zurück in ihre Wohnung im Badebakken in Bjølsen. Als sie die Tür aufschloss, erwartete sie eigentlich, von Zenith begrüßt zu werden, doch dann fiel ihr ein, dass sich ihr bald acht Jahre alter Rhodesian Ridgeback zusammen mit Johanne, ihrer jungen Nachbarin, auf einer Tour durch den Wald befand. Sie wohnte in der Wohnung über Elli und war ihre feste Hundesitterin, wenn Elli spät arbeiten musste. Zenith und Johanne hingen sehr aneinander, nicht zuletzt wegen einer Geschichte vor zwei Jahren, als beide in Ellis Ermittlungen hineingeraten waren, die sich um einen Serienmörder gedreht hatten.

Draußen hatte die Dämmerung eingesetzt. Johanne würde sicher bald zurückkommen.

Im Flur zog Elli die Schuhe aus. Ihr Blick streifte das eigene Spiegelbild. Halb norwegisch, halb thailändisch. Braune Augen, schwarzes Haar, dezente Krähenfüße. Manchmal, so wie jetzt, hatte sie das komische Gefühl, überhaupt nicht zu wissen, wer sie da aus dem Spiegel anstarrte.

Das Handy klingelte. Unbekannte Nummer.

»Rathke.«

»Ja, hier ist Ringstad, von der hiesigen Hundestaffel.«

Eine Frauenstimme. Elli überlegte ein paar Sekunden.

»Ringstad? Sind wir uns nicht schon mal begegnet?«

»Doch ja, ein Leichenfund am Sognsvann, vor zwei Jahren. Ich hab damals auf der Wache Majorstua gearbeitet.«

»Ja, genau. Stimmt. Okay, was kann ich für dich tun?«

»Also, ich bin hier unten in Ruseløkka. Wir sind hier wegen eines Anrufs. Ein Bewohner eines Mietshauses wurde im Keller von einem Obdachlosen überrascht. War völlig zugesoffen …«

Elli hörte, dass die Beamtin ein paar Worte mit einem Kollegen wechselte.

»Und?«, fragte Elli.

»Äh«, sagte Ringstad, wurde aber wieder kurz unterbrochen, »… also anscheinend haben wir hier eine Leiche.«

»Anscheinend?«

»Es ist ein Skelett.«

Eine Leiche im Keller.

»Hast du schon die Kriminalwache informiert?«

»Ja. Die haben mich an den diensthabenden Beamten der Abteilung für Gewaltverbrechen verwiesen, und dann wurde ich mit dir verbunden. Du bist die Erste, mit der ich hier spreche.«

»Sicher die Gegend und sperr alles ab«, sagte Elli und griff gleichzeitig nach ihrem Fleeceshirt und der Allwetterjacke. »Und versuche, den Mann wach zu halten, der die Leiche gefunden hat.«

»Äh, das ist wohl schon zu spät. Bei dem sind vor ein paar Minuten die Lichter ausgegangen. Totales Saufkoma.«

Kapitel 2

Elli und Nereng betrachteten den Wohnblock in Ruseløkka durch die Regentropfen auf der Frontscheibe. Wahrscheinlich war der Obdachlose irgendwie von dieser Seite in das Gebäude gekommen. Leute wie er hatten oft ihre Geheimnisse, was den Zugang zu alten Kellern, Dachböden, Garagen und Lagerräumen betraf; Orte, an denen sie einen Unterschlupf für die Nacht finden konnten, ungesehen von Wachleuten, Jugendgangs und der Polizei. Elli konnte es ihnen nicht zum Vorwurf machen.

Halb zwölf. Die Straßen waren menschenleer. In einiger Entfernung trottete ein Fuchs im Licht der Straßenbeleuchtung über den Weg.

»Stadtfuchs«, kommentierte Nereng und änderte seine Sitzposition. Der schwarze Goretex-Stoff raschelte.

»Ich hab gehört, dass es in Polen Wölfe gibt, die nachts durch die Städte streifen«, erwiderte Elli.

Nereng fasste sich ans Kinn. »Mir reicht's mit Reineke Fuchs.«

»Siehst du Ringstad irgendwo?«, fragte Elli.

Nereng spähte umher. »Nix.«

Elli suchte die Nummer in der Anruferliste ihres Handys und rief Ringstad an.

Nach zweimaligem Klingeln ging die Kollegin dran. »Ich bin gleich da.«

Elli stieg aus. Der Himmel wirkte schwer.

Dreißig Sekunden später kam Ringstad auf der Südseite des Wohnblocks zum Vorschein. Ihr unbeherrschbares blondes Haar wurde im Nacken von einem Band zusammengehalten. Ringstads graue Augen musterten sie kurz. »Hier lang.«

Elli und Nereng folgten ihr um eine Ecke des Gebäudes. Früher hatten sich auf diesem Gelände Eisenbahnschienen befunden, doch jetzt war hier ein kleiner Park angelegt worden. Gleich hinter der Hausecke stand Ringstads Streifenwagen. Die Heckklappe war geöffnet. Zwei Malinois beobachteten sie mit wachen Augen aus ihrem Käfig heraus. Ein Hundeführer, dem Elli noch nie begegnet war, stand in gebieterischer Pose neben dem Wagen. Elli und Nereng begrüßten ihn kurz.

»Wir müssen da lang«, erklärte Ringstad und lief zielsicher an dem Gebäude entlang. Das Gelände fiel ab.

Zwanzig Meter weiter entdeckte Elli eine Holztür in der Kellermauer. Ringstad schob die Hand in die Tasche und zog ein paar blaue Plastiküberzüge für die Schuhe heraus. Nachdem alle ihre Schuhe mit den Überzügen versehen hatten, ging Ringstad in die Hocke, schaltete eine LED-Taschenlampe ein und führte sie in eine Art Erdkeller. Elli dachte, dass er sich unterhalb des normalen Kellerniveaus befinden musste.

»Das ist hier so eine Art Doppelkeller«, erläuterte Ringstad, als hätte sie Ellis Gedanken gelesen.

Elli registrierte, dass der Erdkeller eine andere Grundfläche als das restliche Gebäude haben musste. Die Wände bestanden aus unbehandeltem Felsgestein und führten viel tiefer in das Erdreich hinein als die Außenwände des Gebäudes. An mehreren Stellen musste Elli sich bücken. Nerengs Stöhnen verriet, dass seine 193 Zentimeter für diesen katakombenartigen Raum weit entfernt von der Idealgröße waren.

»Jetzt scharf nach rechts«, warnte Ringstad.

Der Raum verengte sich zu einer Art Korridor, der nach rechts abzweigte und in einen anderen, kleineren Raum führte. Durch eine Luke in der Wand fiel etwas Licht herein. Auf dem Boden lag ein Durcheinander aus Unrat: Pappkartons, alte Gartengeräte, ein altes Fahrrad, leere Flaschen.

Ringstad blieb mitten im Raum stehen. »Hier ist er hineingeklettert«, sagte sie und richtete die Taschenlampe auf eine Stelle neben der Luke. Das hereinsickernde Licht musste von der Straßenbeleuchtung und den Gebäuden draußen stammen.

Ringstad deutete mit der Taschenlampe auf den Boden. »Der Fundort.«

Ellis Blick folgte dem Lichtkegel, und sie entdeckte eine kleine Vertiefung im Boden, ganz dicht an der Wand, ungefähr zwanzig Zentimeter tief. In der Mitte ragten zwei graubraune Knochen hervor.

Nereng beugte sich hinunter und stieß ein kleines, befreites Stöhnen aus. »Sehen aus wie Rippen. Ja. Dünne Rippen.«

Elli sah zu Ringstad. »Und der Obdachlose hat sie also gefunden?«

»Ja, er hat dem Hausbewohner von dem Skelett erzählt, und der hat uns dann angerufen«, sagte sie und blickte auf ihre Notizen. »Dalsberg. Er hat uns dann auch hier runtergeführt. Oder eigentlich zeigte er uns nur den Eingang. Traute sich nicht, reinzugehen.«

»Und du bist dann allein hineingegangen?«

»Ja.«

»Auf demselben Weg wie wir jetzt?«

»Nein, es gibt noch einen anderen Eingang.«

Elli ließ den Strahl ihrer Taschenlampe über die Wände gleiten, konnte aber keine Öffnung entdecken.

»Der ist unglaublich gut verborgen«, sagte Ringstad und ging auf die hinterste Ecke des Erdkellers zu. Staunend sah Elli, dass sie sich beinahe in Luft auflöste.

Kapitel 3

»Der Eingang ist kaum zu sehen«, rief Ringstad. Ihre Stimme hallte nach.

Elli trat in die Ecke. Im hintersten Winkel entdeckte sie, dass die Wand auf der rechten Seite in einen schmalen Durchgang führte, der unmöglich zu sehen war, wenn man nicht direkt davorstand. Sie ging hinein.

»Und ich soll hier inzwischen auf die Leiche aufpassen, oder wie?«, hörte sie Nereng fragen.

»Ja«, rief Elli.

Nereng brummte irgendetwas vor sich hin, das Elli nicht genau verstehen konnte.

Sie befand sich in einem gestreckten Raum, der ungefähr acht Quadratmeter maß. Am anderen Ende fiel das Licht von Ringstads Taschenlampe auf ein paar schiefe Treppenstufen. Elli ging weiter. Rechts vor dem Treppenaufgang fiel ihr ein Stapel mit alten Holzkisten auf.

»Die Treppe rauf«, rief Ringstad.

Als Elli die zweite Stufe betrat, hörte sie, wie eine Tür geöffnet wurde. Von oben strömte Licht herein. Nach ein paar weiteren Stufen kam sie in einen kleinen Raum mit Betonfußboden und Holzwänden.

Ringstad wartete auf sie. »Kellerverschlag«, sagte sie und öffnete eine der typischen, aus Brettern gefertigten Holztüren.

Elli folgte ihr weiter. Sie landeten im normalen Kellerbereich des Gebäudes. Am anderen Ende hielt ein Streifenpolizist Wache, und auf einer Kiste rechts an der Wand hockte ein dicklicher Mann Ende dreißig, der eine reflektierende gelbe Weste trug. Sein Blick zuckte unsicher zwischen Elli und Ringstad hin und her. Ein kräftiger Alkoholgeruch durchzog den Raum.

»Rathke, Abteilung für Gewaltverbrechen«, sagte Elli und reichte dem Mann die Hand.

»Roy Dalsberg, mein Name«, erwiderte er mit leicht erregter Stimme.

»Sind Sie draußen spazieren gegangen?«, fragte Elli und deutete auf die gelbe Weste.

Unvermittelt stand er auf und drehte ihr den Rücken zu. »HAUSMEISTER« stand mit blauen Buchstaben auf der Weste.

»Ich hab eine Zehn-Prozent-Teilzeitstelle. War hier unten, um ein paar Sachen zu erledigen, als dieser Alki plötzlich wie ein Flaschengeist vor mir auftauchte.«

Elli nickte ihm anerkennend zu und ließ ihren Blick über den Kellerraum und die lange Reihe mit Holztüren schweifen. Niemand war zu sehen.

»Wo ist der Betreffende?«, fragte sie Ringstad.

»Ah ja, der schläft hier drinnen«, sagte Ringstad und öffnete die Tür zum letzten Kellerverschlag, der als Geräteraum für die Hausbewohner diente.

Ein Mann lag schnarchend auf dem nackten Fußboden. Er hatte halblanges Haar, kräftigen Bartwuchs und wohl seit einiger Zeit nicht mehr geduscht, wie Elli feststellte. Seine Kleidung bestand aus Joggingschuhen, zerschlissenen Jeans und einer Adidas-Trainingsjacke. Aus einer der Taschen lugte eine Flasche hervor. Er schlief tief und fest. Kein Zweifel, wo die Quelle des Alkoholdunstes zu finden war.

»Er hatte einen völlig irren Blick, als er mir von der Leiche erzählte«, berichtete Dalsberg aufgeregt. »Aber ich hab mich verdammt noch mal nicht getraut, in diesen geheimen Tunnel reinzugehen, den er da anscheinend in den Keller gegraben hat … Ich wohne jetzt seit fünfzehn Jahren hier und bin immer davon ausgegangen, dass der Raum da unten irgendwelche technischen Einrichtungen von den Osloer Verkehrsbetrieben enthält.« Er deutete auf den Kellerraum, aus dem Elli und Ringstad heraufgekommen waren. »Wie Sie sehen, hat die Tür ein normales Schloss an der Außenseite, kein Vorhängeschloss.«

Elli ging zurück zu der Tür und sah, dass es auf der Innenseite keinen Schlüssel, sondern nur einen Drehgriff gab. »Ist hier irgendwann mal jemand von den Verkehrsbetrieben drin gewesen?«

Dalsberg schüttelte energisch den Kopf. »Nicht so lange ich hier wohne, also seit 1997.«

Elli verharrte einige Sekunden und war bemüht, alle Details der Situation in sich aufzunehmen. Sie versuchte, Nereng über Funk zu erreichen, bekam aber keinen Kontakt. Was so tief unter der Erde keine große Überraschung war. Das neue, digitale System funktionierte mit Müh und Not im Freien. Sie zog ihr Handy hervor, bekam aber auch hierüber keine Verbindung.

»Warte bitte einen Moment«, sagte sie zu Ringstad und lief wieder die Treppe hinunter. »Jan? Alles okay bei dir?«

»Könnte nicht besser sein«, hörte sie ihn antworten.

»Kannst du mal herkommen?«

Ein paar Sekunden später sah sie Nereng die Treppe heraufkriechen. Als er oben angekommen war, streckte er erleichtert Arme und Rücken durch.

»Schade, wo's doch da unten gerade gemütlich wurde«, sagte er.

»Tut mir leid, dass ich die Idylle zerstören muss«, erwiderte Elli, »aber wir müssen hier raus, damit wir nicht noch mehr Spuren zerstören.«

»Sag der Kriminaltechnik, dass sie ihre kleinsten Leute herschicken sollen«, riet Nereng.

Elli wandte sich wieder an Dalsberg. »Sie können erst mal

gehen. Aber halten Sie sich bitte für weitere Aussagen in Ihrer Wohnung zur Verfügung.«

»Vielen Dank«, seufzte Dalsberg erleichtert.

Elli warf Ringstad einen Blick zu. Sie verstand den Hinweis und führte Dalsberg nach draußen.

Einige Stunden später: Im Hintergrund summten Stromaggregate, der Bereich um den Wohnblock war mit Absperrband und Sperrgittern weiträumig gesichert, blauweißes Licht füllte den Kellerbereich und strömte aus der Tür, durch die Elli und Nereng zuerst an den Tatort gekommen waren. Die Kriminaltechniker in weißen Overalls, mit Haarnetz und blauen Schuhüberzügen aus Plastik arbeiteten sich systematisch durch das Gebäude und den Außenbereich.

Elli hasste die Wartezeit, bevor die Kriminaltechniker sie wieder an einen Tatort ließen. Ungeduldig trommelte sie mit den Fingern auf dem Armaturenbrett herum. In Kombination mit dem Regen, der auf die Frontscheibe fiel, ergab sich eine kleine Kakophonie. Daher überhörte sie zunächst das Klopfen an der Seitenscheibe, bis Nereng sie schließlich mit der Schulter anstieß und auf den Kollegen draußen aufmerksam machte.

Sie ließ das Fenster herunter. Ein weißer Overall kam zum Vorschein. Der Kriminaltechniker mit dem Haarnetz hielt einen großen gelben Regenschirm in der Hand.

»Der Typ da im Kellerverschlag ist aufgewacht«, ließ er sie wissen. Elli und Nereng drängten sich unter den Regenschirm und liefen zum Eingangsbereich hinüber.

»Johnny Nilsen«, stellte sich der Mann auf dem Fußboden vor. Mittlerweile hatte er eine sitzende Haltung eingenommen. »Bin ich eingewiesen worden?«

»Sie sind hier nicht im Krankenhaus, Nilsen. Wir sind von der Polizei.«

Nilsen rieb sich die blutunterlaufenen Augen und rülpste. Elli musste ein Stück zur Seite treten, um der kräftigen Alkoholfahne auszuweichen.

»Wasser!«, rief Elli in unbestimmte Richtung hinter sich.

Innerhalb von wenigen Sekunden hatte Nereng eine Flasche Bris-Mineralwasser hervorgezaubert. Er öffnete sie und reichte sie Nilsen, der einen Schluck trank, nach Luft schnappte und dann ausspuckte. »Verdammte Scheiße, das ist ja Wasser.«

»Mit dem Schnaps müssen Sie noch etwas warten«, sagte Elli und legte ihm eine Hand auf die Schulter. »Wir müssen uns unterhalten.«

Ihre Blicke trafen sich. Der Ausdruck des Mannes verriet, dass er es gewohnt war, auf Ablehnung zu stoßen. Seine Schulter fühlte sich knochig und schwach an, die verheerende Wirkung des Alkohols auf den Körper machte es schwer, sein Alter zu schätzen. Irgendwas zwischen vierzig und sechzig, dachte Elli.

»Werde ich hier wegen irgendwas verdächtigt?«

Elli antwortete nicht, nahm aber seine Hand. Sein Händedruck war erstaunlich kräftig. »Wir müssen Sie erst mal auf die Beine kriegen, Nilsen. Und uns dann einen Ort zum Reden suchen.« Sie half ihm aufzustehen. Schwankend machte er einen Schritt zur Seite, dann stieß er dumpf gegen die Kellerwand. Er verharrte in aufrechter Position und ließ sich von Elli und Nereng nach draußen und zu einer Blauen Minna führen.

Eine Viertelstunde ließen sie ihn hinten in der Blauen Minna zur Besinnung kommen und begannen dann mit der Befragung.

»Können Sie mir mit eigenen Worten erzählen, was passiert ist?«, setzte Elli an.

Stammelnd machte sich Nilsen an eine lange und umständliche Schilderung seines Tagesablaufs. Elli führte das Gespräch in handfestere Bahnen, woraufhin Nilsen seine Erklärungen bemerkenswert schnell präzisierte. Zehn Minuten später hatten sie ein relativ klares Bild der Geschehnisse. An keiner Stelle schien Nilsens Aussage der Version Dalsbergs zu widersprechen.

Nilsen war vor drei Jahren eines Tages zufällig auf den Raum unterhalb des Wohnblocks gestoßen. Danach hatte er den Raum regelmäßig benutzt, hauptsächlich, um dort zu übernachten, aber auch, um seinen Rausch auszuschlafen oder sich zu verstecken, wenn das Leben auf der Straße dies erforderte.

»Haben Sie jemandem von diesem Ort erzählt?«, fragte Elli.

Nilsen überlegte. »Einem Kumpel. Gauperud. Auch so 'n alter Straßenvogel. Heroin, Schnaps, Hasch – hat sich reingezogen, was er kriegen konnte. Aber er ist letztes Jahr um Weihnachten herum gestorben. Erfroren.«

»Sonst niemandem?«

Nilsen schüttelte den Kopf.

»Haben Sie mal jemanden da unten gesehen?«

»Nicht dass ich wüsste. Ich konnte da in Frieden untertauchen, das war ja das Gute daran.«

»Gab es irgendwelche Anzeichen, dass da vielleicht mal jemand gewesen ist. Spuren?«

Für die Beantwortung dieser Frage brauchte Nilsen etwas mehr Zeit. Schließlich kam er zu der Erkenntnis, dass das nicht ausgeschlossen war, er es aber nicht wirklich glaubte.

»Was ist mit diesem Durchgang, der hinauf in den Hauptkeller führt? Wann haben Sie den entdeckt?«

Nilsen kniff die Augen zusammen und seufzte schwer; ein sicheres Anzeichen dafür, dass er nicht mehr viel Energie hatte. »Es war ganz zu Beginn«, sagte er. »Da flitzte eine Ratte herum, und da guckt man natürlich nach, um rauszufinden, wo die herkommt. Ich konnte gerade noch sehen, dass die Ratte unter ein paar Kästen da drinnen verschwand, aber dann hab ich die Treppe entdeckt und fand raus, dass sie in den Keller hochführte ... und dann sagte ich zu mir selbst: Wenn du irgendwann mal schnell verschwinden musst, dann geht's da lang.«

»Haben *Sie* da unten so rumgescharrt, dass das Skelett zum Vorschein kam?«

Nilsen erschauderte. »Ich wollte mit den Händen ein paar Unebenheiten ausgleichen, so, wie ich das früher schon gemacht hatte ... Im Dunkeln konnte ich zuerst nicht erkennen, dass irgendwer da schon rumgegraben hatte. Das muss passiert sein, während ich nicht da war. Aber dann hab ich da plötzlich die Knochenreste bemerkt.«

Elli blickte ihn fragend an. »Und sind die Treppe hochgerannt?«

»Die Leiche hat mir einen Scheißschrecken eingejagt. Hab dann wie auf Autopilot die Fluchtroute genommen.«

»Wann sind Sie zuletzt da unten gewesen?«

»Vor zwei ... nein, vor drei Tagen.«

»Und diese Graberei muss dann in der Zwischenzeit stattgefunden haben?«

Nilsen nickte höflich. Seine Hände zitterten. »Kann ich jetzt gehen?«

Elli nickte. »Wir müssen später noch mal mit Ihnen reden. Das verstehen Sie doch, oder? Haben Sie jemanden, bei dem Sie jetzt wohnen können? Verwandte, zum Beispiel?«

Nilsen stieß ein heiseres Lachen aus. »Die haben genug mit sich selbst zu tun. Meine Adresse wechselt mit den Jahreszeiten, könnte man sagen.«

Elli schätzte die Situation ab. »Sie begreifen ja wohl, dass Sie sich einen anderen Schlafplatz als den hier suchen müssen. Möchten Sie auf der Polizeiwache übernachten?«

Nilsens Augen wurden schmal. »Kommt das ins Führungszeugnis?«

Elli lächelte. »Nein. Aber wir müssen registrieren, wann Sie kommen und wieder gehen.«

»Nee, vielen Dank«, sagte Nilsen. »Ich glaub, ich geh lieber zum Zentrum runter.«

Das Wohnheim der Stadtmission.

»Okay«, sagte Elli und bat einen der Beamten, Nilsen zu begleiten.

Kapitel 4

Es war fast vier Uhr morgens, als die Kriminaltechniker Elli und Nereng wieder an den Fundort der Leiche heranließen. In dem jetzt hell erleuchteten Kellerraum sahen sie, dass die fleckige, bräunliche Farbe des Skeletts vom Erdboden hervorgerufen worden war. Elli entdeckte keine Anzeichen von Kleidung oder anderem biologischen Material, was aber nichts darüber aussagte, wie lange das Skelett dort gelegen hatte. Der Verwesungsprozess konnte schnell ablaufen oder mehrere Jahre dauern, abhängig von Erdbeschaffenheit, Feuchtigkeit und anderen Faktoren. Aus unerklärlichen Gründen hatte Elli den Eindruck, dass mit der Skelettform der Leiche irgendetwas nicht stimmte. Sie mussten abwarten, bis die Techniker mehr von den Knochen ausgegraben hatten.

»Sieht ziemlich feingliedrig aus«, dachte sie laut.

»Mh-m«, grunzte Nereng.

Nach ein paar Minuten überprüfte Elli ihr Handy. Keine Deckung. Sie ging näher an die Tür heran und sah zwei Streifen im Display. Sieben Anrufe. Allein vier von Kurt Fjeld, dem Leiter der Abteilung für Gewaltverbrechen bei der Osloer Polizei.

»Ihr habt da also eine alte Leiche gefunden?«, war Fjelds erste Frage.

»Sieht so aus, als hätte sie hier 'ne Weile rumgelegen. Bräunlich, morsch, kein Fleisch mehr an den Knochen, um es so zu sagen«, erläuterte Elli.

»Habt ihr schon irgendwas überprüft? Vermisstenmeldungen oder Ähnliches?«

»Negativ. Nereng und ich sind hier die ganze Zeit gewesen und haben mit den Leuten gesprochen, die die Knochenreste gefunden haben.«

»Und was sagen die?«

Elli erklärte ihm die Situation. Sie betonte, dass Nilsen noch einmal vernommen werden musste, wenn er wieder nüchtern war, und dass sie später noch einmal mit Dalsberg reden würden.

Fjeld war ein paar Sekunden still. »Wir sehen uns im Präsidium«, sagte er dann. »Leg dich erst mal ein bisschen schlafen, Elli.«

Elli zögerte die Antwort hinaus, während sie gleichzeitig durch die alte Holztür in das Innere des Erdkellers schaute. Das Arbeitslicht warf große, verzerrte Schatten an die Wand dahinter.

Einer von ihnen erinnerte an Quasimodo aus dem *Glöckner von Notre Dame*.

»Ja gut, wir sehen uns dann.«

Sie legte auf und ging in den Erdkeller hinein, wo sich Quasimodo als Nereng entpuppte.

»Was glaubst du? Was ist hier passiert?«, fragte er.

Elli kratzte sich im Nacken. »Weiß nicht. Aber die Leiche muss da vergraben worden sein, nachdem das Gebäude errichtet wurde.« Nachdenklich betrachtete sie die Kriminaltechniker, die mit kleinen Schaufeln, Bürsten und Pinseln ihrer Arbeit nachgingen. Wie bei einer archäologischen Ausgrabung.

Nereng gähnte. »Das wird 'ne Weile dauern.«

Elli sah erneut auf die Uhr. Halb fünf. »Wollen wir unserem Teilzeithausmeister Dalsberg noch ein paar Stunden geben, um sich von dem Schock zu erholen?«

»Na, die Gefahr der Beweisverschleppung ist ja nicht gerade sehr hoch, wenn man bedenkt, wie lange dieser Typ – oder diese Frau – da in der Erde gelegen hat«, erwiderte er und verzog das Gesicht zu einer Reihe von Grimassen. Gesichtsmassage.

Mittlerweile war von drei Seiten eine Plastikplane über den Fundort gespannt worden, um zu verhindern, dass Erde, Holzstücke, Beton, Farbe oder andere Partikel von Wänden oder Decke auf die Leiche fielen. Elli steckte den Kopf unter die Plane und sah, dass die Techniker Teile eines Brustkorbs freigelegt hatten. Eine Weile beobachtete sie die Ausgrabung. »Müsste da nicht irgendwo ein Schädel sein?«

Nereng ging in die Hocke, kniff ein Auge zusammen und spähte zu den Technikern hinein. »Da sagst du was.«

»Hmm … oft fallen solche Skelette ja in sich zusammen, wenn sich die Erdmasse irgendwie bewegt. Wir warten ab und sehen dann weiter.«

Elli richtete sich auf und ging zu dem Leiter der Kriminaltechniker, einem neuen Kollegen Anfang dreißig. Er hieß Gaarder.

»Sind wir uns einig, dass es sich nicht um eine frische Leiche handelt?«, fragte sie.

Gaarder räusperte sich und blickte gleichzeitig zu dem Erdloch hinüber. »Grundsätzlich sollten wir erst mal gar nichts vermuten, aber angesichts der Erde über und um den Fundort herum können wir wohl annehmen, dass da ein wenig Zeit vergangen ist.«

»Und was würdest du vermuten, ohne dass ich dich jetzt zitieren werde?«

Gaarder zögerte. »Ich schätze mal, mehr als zwei Jahre.«

»Okay.«

Elli wandte sich an Nereng. »Willst du vielleicht ein bisschen im Wagen schlafen, während ich solange hierbleibe?«, fragte sie.

»Bist du gar nicht müde?« Seine grünen Augen strahlten im scharfen Seitenlicht besonders hell.

»Ich komm schon klar«, sagte sie und machte eine Kopfbewegung in Richtung Tür. »Außerdem muss ich ja nicht so krumm gebeugt dastehen.«

Nereng verpasste ihr mit seiner Riesenfaust einen freundschaftlichen Schlag auf die Schulter und verließ mit eingezogenem Kopf den Keller.

Ruseløkka grenzt an Vika, die Gegend, die Aker Brygge und den Rådhuskai umgibt. Bis in die 1980er-Jahre hinein waren Vika und Teile von Ruseløkka ein Ort für kleine Betriebe, Lastwagen, Güterzüge und Arbeiter gewesen. Was Elli im aufziehenden Morgenlicht betrachtete, war nun zu einem ruhigen und teuren Wohnviertel geworden. Gleichwohl hatte die Gegend etwas Ursprüngliches beibehalten. Etwas Zeitloses.

Der Wohnblock musste über hundert Jahre alt sein, überlegte Elli. Das Skelett im Erdkeller konnte aus der Zeit stammen, in der das Haus gebaut wurde, oder war erst später dort platziert worden. Theoretisch erstreckten sich die Ermittlungen über eine Zeitspanne von mehr als hundert Jahren.

Der Regen hatte aufgehört. Die ersten Sonnenstrahlen schlichen zwischen Gebäuden und geparkten Autos umher und schickten das Wasser von Asphalt und Kopfsteinpflaster in Form von Dampf wieder zurück in den natürlichen Kreislauf.

Halb sechs.

Elli ging zum Wagen und weckte den schnarchenden Nereng, der sich angesichts einer weiteren Nacht auf einem in Schweden produzierten Autositz über Rückenschmerzen beklagte.

»Die wollen uns da drinnen was zeigen«, sagte sie.

Schon vor einer Stunde, als Elli das Bedürfnis nach Abwechslung von dem feuchten Erdloch verspürt hatte und ein bisschen spazieren gegangen war, hatten die Kriminaltechniker weitere Rippenknochen freigelegt. Mindestens drei von ihnen waren gebrochen. Das musste nichts heißen, konnte von den Bewegungen im Erdreich verursacht worden sein, stand aber möglicherweise auch mit der Todesursache in Verbindung.

Sie schlüpfte unter die Plastikplane und spähte in das Erdloch.

»Hier ist ja was passiert«, kommentierte sie. Die Techniker hatten innerhalb der letzten Stunde offenbar schneller gegraben, denn nun lag der größte Teil des Skeletts frei. Elli hörte hinter sich jemanden durch den dunklen Kellergang gehen, drehte sich um und entdeckte Ringstad von der Hundestaffel.

Der Leiter der Kriminaltechnik räusperte sich. »Zu Beginn einer solchen Arbeit brauchen wir für gewöhnlich etwas mehr Zeit, bis wir ungefähr wissen, wie die Knochenreste verteilt liegen. Danach können wir zielgerichteter und schneller arbeiten.«

»Wo ist der Kopf?«, fragte Elli.

»Das fragen wir uns auch«, entgegnete er. »Wie du siehst, haben wir im Umkreis von einem Meter um das Skelett herumgegraben, abgesehen von der Mauer – da sind einfach nur Steine –, aber wir finden nichts.«

Elli wunderte sich. Von Erdbewegungen konnte hier nicht die Rede sein; da hätte sich schon das ganze Fundament des Wohnblocks bewegt haben müssen.

»Keine Abwasserrohre oder sonstige Hohlräume unterhalb der Leiche?«, fragte sie.

Gaarder zuckte vorsichtig mit den Schultern. »Ich will ganz ehrlich sein, Rathke. Das hier ist das erste Skelett, das ich ausgrabe. Tatsächlich ist das sogar meine erste Leiche. Aber wenn es hier drunter etwas geben sollte, worin der Schädel vielleicht verschwunden ist, dann hätten wir das entdeckt.«

Elli kaufte ihm die Erklärung ab und nickte kurz.

»Bodenscanner?«, fragte sie.

Gaarder schüttelte den Kopf. »Der stand nicht zur Verfügung. Wir kriegen ihn vielleicht morgen im Laufe des Tages.«

Elli betrachtete abermals die Leiche und blickte auf das danebenliegende Maßband. Von den Zehen bis zum Hals waren es ungefähr 100 Zentimeter. Elli schätzte, dass der oder die Tote mit Kopf 120 bis 135 Zentimeter groß gewesen war.

»Das ist ein Kind«, sagte sie nachdenklich.

Gaarder starrte stumm auf das Erdloch. »Wie gesagt, das ist mein erstes Skelett …« Er machte eine Kopfbewegung in Richtung seiner beiden Kollegen im Hintergrund. »Aber wir glauben das auch. Acht bis zehn Jahre alt.«

»Was meinst du, Jan?«, fragte sie Nereng.

Er rieb sich die Nasenwurzel. »Na ja … ein Kind ohne Kopf, das ist wirklich schrecklich.«

Kapitel 5

Evelyn de Rosales blickte über die Menschenmenge. Die Abflughalle des Ninoy Aquino International Airport in Manila war bis zum Bersten gefüllt, so wie immer. Zwei junge Frauen mit Rucksack stießen sie an, während sie auf einen der Check-in-Schalter zugingen. Aus Skandinavien, vermutete Evelyn. Sie entschuldigten sich nicht. Anscheinend waren sie gestresst.

Ein gutes Stück weiter entdeckte sie das Schild mit der Aufschrift »Overseas Filipino Workers«. Evelyn atmete tief durch, ignorierte das flaue Gefühl im Magen und begann ihre Reise. Lächelnd und geschickt umging sie weitere Zusammenstöße. Sie mochte es nicht, in die Intimzone anderer Menschen einzudringen.

Evelyn stellte sich in die letzte Reihe. Vor ihr warteten ungefähr fünfzig Menschen. Die meisten davon waren junge Frauen Mitte zwanzig. Vier Grenzbeamte, jeder in seinem separaten Glaskasten, kontrollierten die Reisedokumente. Irgendwo hatte Evelyn einmal gelesen, dass über zehn Millionen Filipinos im Ausland arbeiteten. Was sollte man sonst auch tun? Sie war in Manila geboren und hatte ihre ersten zwanzig Lebensjahre dort verbracht. Alle, die sie kannte, waren arm.

Evelyn war fast sechsundzwanzig Jahre alt. Erst vor zwei Wochen war sie hier am Flughafen angekommen. Der Flug zurück nach Oslo ging in drei Stunden, nicht mehr Zeit, als sie in diesem Chaos benötigte. In gewisser Weise war der Stress sogar in Ordnung. Immerhin wurde es dadurch leichter, das Land wieder zu verlassen.

Nach einer guten Stunde reichte sie dem ausdruckslosen Beamten ihren Pass und die Papiere von der Philippine Overseas Employment Administration. Er stempelte den Pass ab und winkte sie umstandslos durch. Hundert Dollar hatte es gekostet, die Papiere zu bekommen, die die norwegischen Behörden für Au-pairs verlangten.

In der Tax-free-Zone leistete sie sich den Luxus eines Modemagazins, kaufte aber nichts zu essen. Der Flug ging um die Mittagszeit, sie würde also eine Mahlzeit an Bord bekommen.

Mit ihren 155 Zentimetern hatte Evelyn keine Probleme, was die Beinfreiheit im Flugzeug anbelangte. Die Hintergrundgeräusche der Triebwerke sowie die Bewegungen im Flugzeug störten sie allerdings. Von kurzen Schlafperioden unterbrochen, rutschte sie meist auf ihrem Sitz herum, auf der Suche nach einer besseren Position. Der Flug nach Oslo, mit Umsteigen in Abu Dhabi und Berlin, würde sie anderthalb Tage kosten. Berlin war unproblematisch, doch die Stunden in Abu Dhabi, mit aufdringlichen Fragen und Annäherungsversuchen männlicher Reisender, waren nichts, worauf sie sich freute. Schon jetzt musste sie sich seelisch darauf vorbereiten, um später die Handcreme kaufen zu können, die sie mitbringen sollte.

Im scharfen Licht des Punktstrahlers an der Decke blätterte sie durch die Cosmopolitan-Artikel über Gesundheit, Mode, große hübsche Frauen und befriedigenden Sex. Vielleicht würde sie selbst eines Tages ein Teil dessen sein. Der Preis wäre hoch. Schon jetzt kam er ihr sehr hoch vor. Aber sie hatte einen Job. Die Menschen, die ihr etwas bedeuteten, hatten ein Dach über dem Kopf und genug zu essen.

Sie stand auf, zwängte sich mit einer Entschuldigung an den beiden Männern in ihrer Sitzreihe vorbei, wandelte ein wenig durch die Gänge des verdunkelten Flugzeugs und ließ sich von der Flugbegleiterin ganz hinten in der Maschine ein Glas Wasser geben.

Als sie zurückkam, las einer der beiden Geschäftsmänner in ihrer Sitzreihe in einem Buch. Nordeuropäer, vermutete Evelyn. Deutschland, Niederlande, vielleicht auch eines der nordischen Länder. Als er aufstand, um sie vorbeizulassen, starrte er in ihren nicht sonderlich tiefen Ausschnitt.

Evelyn zog ihr weites Kapuzenshirt über und kehrte dem Mann den Rücken zu.

Ein kurzer Blick auf die Uhr verriet, dass ihr noch siebenundzwanzig Stunden Reisezeit bevorstanden. Nach einer halben Stunde schlief sie wieder ein.

Kapitel 6

Die Morgensonne warf helle, blassrosa Strahlen durch die Gardinen im Konferenzraum des Polizeipräsidiums. Elli hatte duschen und sich frische Sachen anziehen können; ein rotkariertes Hemd, dessen lange Zipfel über den Rand einer verschlissenen Jeans herabhingen. Sie kämpfte gegen die Müdigkeit und musterte mit rot unterlaufenen Augen die Versammlung. Links neben ihr saß Kurt Fjeld, der Abteilungsleiter mit den stahlgrauen Augen und dem silbergrauen Pferdeschwanz. Seine ganze Haltung wurde von der beinahe glänzenden Uniform unterstrichen. Er strahlte Sicherheit und Hingabe an seine Arbeit aus. Und verfügte über dreißig Jahre Erfahrung.

Gleich neben ihm saß Ove Sigurdssønn, der erfahrenste Ermittler der Abteilung. Auf der anderen Seite des Tisches waren zwei neue Kollegen, Sverre Brenner und Julie Chalmer, beide um die dreißig. Nereng und Polizeijurist Andersen saßen einander an den kurzen Enden des Tisches gegenüber.

Fjeld gab Elli ein Zeichen. »Bitte.«

Elli atmete tief durch. »Wir … wir glauben, dass es sich um ein Kind handelt. Vor dem abschließenden Obduktionsbericht können wir natürlich nicht völlig sicher sein, aber ausgehend von der Größe erinnert das Skelett an ein Kind.« Sie ließ ihre Worte sinken und fuhr dann fort. »Außerdem steht fest, dass wir bis jetzt noch keinen Schädel gefunden haben.«

Eine längere, bedrückende Pause entstand. Dann ergriff Fjeld das Wort. »Kann es sich nicht um eine kleinwüchsige Person handeln?«

Elli und Nereng blickten einander kurz an. »Wir müssen den Bericht der Rechtsmedizin abwarten«, erwiderte sie und sah zu Sigurdssønn hinüber, der bereits die Vermisstenmeldungen durchforstet hatte. Im Laufe der Jahre war er zu einer Kapazität auf diesem Feld geworden. »Ich habe mir die letzten dreißig Jahre angesehen«, erklärte er. »Es gibt da ein paar aktuelle Fälle.«

»Und hast du meinen kleinen Trick angewendet?«, fragte Elli und bezog sich dabei auf ein Computerskript, das sie selbst programmiert hatte, um die Informationen aus dem Vermisstenregister effektiver auswerten zu können, als die Systeme und die Datenschutzbehörde es eigentlich zuließen.

Sigurdssønn nickte schwach.

Elli überprüfte ihre Notizen. »Gaarder von der Kriminaltechnik vermutet, dass die Leiche mindestens zwei Jahre in der Erde lag«, erläuterte sie. »Wenn das zutrifft, könnten die alten Fälle ja relevant sein.«

»Hast du in Norwegen oder ganz Skandinavien gesucht?«, fragte Nereng.

»Norwegen«, erwiderte Sigurdssønn. »Den Rest nehme ich mir gleich im Anschluss an unsere Besprechung vor.«

Brenner räusperte sich.

Elli warf ihm einen aufmunternden Blick zu.

»Was ist mit Leuten mit einem anderen ethnischen Hintergrund … Sinti und Roma, irgendwelche anderen Nichtsesshaften oder illegale Einwanderer?«

»Tja, das ist auch eine Möglichkeit«, entgegnete Elli, hoffte aber gleichzeitig, dass es nicht so war. Menschen ohne festen Wohnsitz, ohne Arbeit oder mit einer anderen Staatszugehörigkeit erschwerten die Ermittlungen und verminderten die Chancen auf eine Aufklärung.

Die nächsten zehn Minuten erläuterte Elli noch einmal die sparsamen Informationen, die ihnen zum jetzigen Zeitpunkt vorlagen. Der Bericht der Rechtsmedizin würde frühestens in zwei Tagen zugänglich sein.

»Erkennungsdienst?«, fragte Fjeld, als sie fertig war.

»Na ja, da wir noch keinerlei Idee haben, um wen es sich handeln könnte, wäre das dann die Suche nach der Nadel im Heuhaufen. Der Erkennungsdienst muss ja irgendetwas haben, das mit der Leiche in Verbindung steht. Lasst uns doch erst mal abwarten, ob die Kollegen bei der Tür-zu-Tür-Befragung in Ruseløkka etwas herausfinden, mit dem wir arbeiten können. Dabei fällt mir ein, dass ich eine Liste aller Bewohner brauche, die in dem Wohnblock leben oder gelebt haben, und das mindestens für die letzten zwanzig Jahre«, fuhr Elli fort und sah zu Brenner und Chalmer hinüber.

Sie nickten unisono.

Ein paar Sekunden lang war es still.

Elli und Nereng wechselten einen kurzen Blick. Sein Gesicht verriet, dass er dasselbe dachte wie sie. Dass sie bis jetzt noch keine Zeit gehabt hatten, um darüber zu sprechen. Die Konzentration auf die taktischen Maßnahmen zog zu Beginn einer Ermittlung alle Aufmerksamkeit auf sich. Jetzt rollte der Zug, jetzt konnten sie nachdenken, konnten darüber sprechen, dass es sich bei der gefundenen Leiche um ein Kind handelte.

Elli sah zu Fjeld hinüber, der seine Zufriedenheit signalisierte. Dann beendete sie die Konferenz.

»Der Kopf …«, sagte Elli und suchte nach weiteren Worten. Nereng und sie saßen inmitten der Bürolandschaft. Etwas weiter entfernt hatten Chalmer und Brenner angefangen, die Bewohner des Gebäudes in Ruseløkka aufzulisten.

Elli räusperte sich. »Es gibt zwei Möglichkeiten: Entweder ist das die Todesursache oder der Schädel wurde post mortem vom Rumpf getrennt.«

»Die Kriminaltechniker waren doch ganz sicher, dass es da keine Bewegungen im Erdreich gegeben hat.«

»Wir müssen den gesamten Erdkeller durchsuchen. Vielleicht ist er ja irgendwo anders vergraben.«

Elli seufzte entmutigt. Zu Beginn einer Ermittlung gab es immer eine endlose Warterei. Kriminaltechnik, Rechtsmedizin, DNA-Analysen, Registerabgleiche. Eine unendliche Kette von Prozeduren und Routinehandlungen.

»Aber wenn ein Mörder die Möglichkeit hat, sich eines Kopfes zu entledigen«, sagte Elli und sah Nereng an, »würde er dann nicht auch versuchen, die ganze Leiche wegzuschaffen – Stück für Stück?«

Nereng nickte zaghaft. »Tja … Kann es sich vielleicht um einen Ritualmord handeln?«

»Dafür gibt es keinerlei Anzeichen. Weder Symbole noch sonst irgendwas. Aber wir können das natürlich nicht ausschließen. Wenn wir mal laut denken … Wer hat ein Interesse daran, die Überreste eines Kindes zu verstecken? Ein Mörder, klar. Aber wieso?«

»Sexueller Übergriff?«

Elli nickte. »Vielleicht das Wahrscheinlichste. Das wäre dann so lange nach Eintreten des Todes auch fast unmöglich zu beweisen.«

»Der Mörder kann aber auch versucht haben, ein anderes Verbrechen zu vertuschen«, schlug Nereng vor.

Elli spann den Gedanken weiter. »Das Kind kann vielleicht

Zeuge irgendeiner Handlung gewesen sein, die der Mörder um jeden Preis geheim halten musste.«

»Vielleicht wurde der Tod auch durch einen Unfall verursacht«, sagte Nereng.

Elli schüttelte den Kopf. »Noch einmal – der Kopf ist vom Körper getrennt. Was für ein Unfall soll das gewesen sein? Außerdem ist das Skelett ziemlich gut versteckt und hat da eine ganze Weile gelegen. Ich glaube nicht, dass der Ort zufällig ausgewählt ist, und demnach ist es auch kein Mord, der im Affekt begangen wurde.«

»Ja, es muss auch eine Weile gedauert haben, die Leiche zu vergraben«, entgegnete Nereng. »Der Betreffende war anscheinend sicher, da unten ganz ungestört arbeiten zu können.«

»Oder hat es zumindest so aufgefasst. Aber Nilsen ist ja sozusagen der Beweis für das Gegenteil.«

Nereng schlug seine rechte Faust rhythmisch gegen die linke Handfläche, so, wie er es immer machte, wenn sie komplizierte Zusammenhänge erörterten. »Was denkst du über Nilsen?«

»Wir können da sicher nichts ausschließen, aber auf mich wirkt er echt«, sagte Elli. »Betrunken und ängstlich, wie er war. So was kann man nicht spielen.«

Nereng fuhr eine Weile fort, seine Handfläche zu bearbeiten. Schließlich richteten sich seine grünen Augen auf Elli. »Kinder … die können sich doch überhaupt nicht wehren. Meine Güte, wie tief kann man nur sinken?«

Elli verbarg das Gesicht in den Händen und atmete tief durch, bevor sie die Handflächen zusammenlegte und die Fingerspitzen an der Nasenwurzel ruhen ließ. »Ich wünschte, es gäbe einen absoluten Nullpunkt für Bosheit, Jan.« Ihre Stimme zitterte leicht. Sie blickte Nereng wieder an. »Eine Grenze, unter die zu fallen unmöglich ist. Aber wir beide wissen, dass das eine Illusion ist.«

Nach dem Gespräch mit Nereng rief Elli Johanne an, die ihr versicherte, dass Zenith auf dem Waldspaziergang am Tag zuvor genügend Bewegung bekommen hatte. Außerdem hatte sie frei und bot sich an, den Hund erneut mit in die Natur zu nehmen. Elli bedankte sich und ließ durchblicken, dass sie zwischen fünf und sechs Uhr nach Hause kommen würde.

Danach sprach sie mit Sigurdssønn, der seine Suche nach vermissten Personen inzwischen auf alle nordischen Länder ausgeweitet hatte. Es gab ein paar relevante Fälle: ein neunjähriges Mädchen und ein zehnjähriger Junge in Schweden; zwei Jungen und zwei Mädchen in Dänemark; ein finnischer Junge im Alter von zwölf Jahren. Den Jungen aus Finnland strich Elli aufgrund von Alter und Beschreibung fast unmittelbar von der Liste, er war zehn Zentimeter größer als das Skelett. Ein Junge und ein Mädchen in Dänemark, acht und neun Jahre alt, waren aller Wahrscheinlichkeit nach vom Kindsvater in die Türkei entführt worden. Elli strich auch sie von der Liste. Der andere dänische Junge war mit seinen sechs Jahren zu jung, das neunjährige Mädchen hingegen kam theoretisch in Frage. Was den zehnjährigen Jungen aus Schweden betraf, so war er mit ziemlicher Sicherheit einige Male in Spanien gesehen worden, zusammen mit seiner drogenabhängigen Mutter. Elli schloss auch ihn aus. Das schwedische Mädchen konnte allerdings interessant sein. Sein spurloses Verschwinden vor vier Jahren hatte eine gigantische, aber ergebnislose Polizeiaktion ausgelöst.

»Dann haben wir also zwei skandinavische Kandidaten – das schwedische und das dänische Mädchen. Bleibt noch das restliche Europa.«

Sigurdssønn änderte seine Sitzposition. »Ich werde mich da draufstürzen, Elli. Aber erwarte dir nicht zu viel. Das ist alles eine zähe Materie.«

»Wir müssen es versuchen«, gab Elli stoisch zurück, wusste aber nur allzu gut, dass Sigurdssønn recht hatte. Nur wenige Kinder in der EU verschwanden völlig spurlos. In Osteuropa war das anders, aber dort war auch die Registrierung von Vermisstenfällen bei der Polizei oder dem Jugendamt ziemlich mangelhaft, falls es überhaupt ein halbwegs funktionierendes System gab.

»Du solltest auch die älteren Trafficking-Fälle überprüfen, die Leiche hat ja wahrscheinlich schon eine Weile dagelegen.«

Sigurdssønn nickte. »Ich setze mich mit der Kripo in Verbindung.«

Wieder am Schreibtisch, überprüfte Elli, ob die Fotos vom Tatort schon zugänglich waren. Die Untersuchungen am Fundort der Leiche und dem Skelett selbst hatten bisher nur marginale Informationen hervorgebracht. Nach so langer Zeit in der Erde war mit Geweberesten an den Knochen nicht zu rechnen, ebenso wenig waren Kleidungsreste gefunden worden. Letzteres musste nicht viel bedeuten, denn die Leiche war vielleicht unbekleidet vergraben worden. Die Kriminaltechniker hatten winzige Metallreste in der Erde gefunden, die von Spatenstichen herrührten. Auch Gummireste waren aufgetaucht. Metall und Gummi waren von der Sorte, die bei den meisten gängigen Spaten und Gummistiefeln vorkamen. Nach der langen Zeit gab es allerdings wenig Hoffnung, noch andere physische oder biologische Spuren zu finden.

Elli erwog kurz, die Rechtsmedizin anzurufen, ließ es aber sein. Sie arbeiteten dort sicher so schnell es ging.

Die Uhr zeigte halb elf. Noch immer waren sie nicht dazu gekommen, noch einmal mit Hausmeister Dalsberg zu sprechen.

Kapitel 7

Auf der Autofahrt nach Ruseløkka fasste Nereng zusammen, welches Profil Roy Dalsberg bisher in der Welt hinterlassen hatte. »Sechsunddreißig Jahre alt, lebt allein, eine gescheiterte Ehe mit einer Frau aus Østfold, keine Kinder, sie ist wieder verheiratet. Dalsberg hatte ein Bußgeldverfahren wegen Trunkenheit in der Öffentlichkeit am Hals, eine Sauftour auf Hovedøya vor einigen Jahren. Ansonsten keine Risse im Lack. Ist sogar beim Militär gewesen, arbeitet als IT-Berater.«

»Und zu zehn Prozent als Hausmeister«, fügte Elli hinzu, während sie den Wagen vor den Absperrungen am Wohnblock zum Stehen brachte. An der Eingangstür bestätigte ein Beamter vom Streifendienst, dass Dalsberg seine Wohnung nicht verlassen hatte, seitdem er in der Nacht zuvor dorthin gebracht worden war.

Auf jedem Treppenabsatz gab es drei Wohnungen, die meisten davon mit nur einem Namen auf dem Klingelschild. Dalsberg wohnte im zweiten Stock. Ein Schatten hinter dem Türspion verriet, dass er sie eine Weile beobachtete, bevor er schließlich die Tür öffnete.

»Tut mir leid, Sie zu stören«, sagte Elli, »aber leider haben wir das letzte Nacht nicht mehr geschafft. Daher kommen wir jetzt.«

Dalsbergs Gesicht hatte einen schwermütigen Ausdruck. »Ich hab da einen Lieferwagen gesehen«, sagte er. »Ich hoffe, das war die Leiche, die Sie da weggebracht haben.«

»Das ist gut möglich«, erwiderte Elli in formellem Tonfall.

Sein Ausdruck entspannte sich ein wenig. »Ich kann Tote nicht ertragen. Dauert bestimmt lange, bis ich wieder in den Keller runtergehen kann.«

Im Innern der Wohnung gab es dunkelgraue Wände, ein riesiges TV-Gerät mit Surroundsystem und turmhohen Lautsprecherboxen, einen Glastisch, ein schwarzes Ledersofa. In der Ecke ein gutgefüllter Barschrank: Whisky, Wodka, Gin, Rum, Cognac.

»Fehlt nur noch eine Stripdance-Stange«, flüsterte Nereng.

»Kaffee oder Tee?«, rief Dalsberg aus der Küche.

Elli warf einen Blick durch die Tür und registrierte eine moderne Küche mit dunkelroten, glänzenden Schränken und einer Arbeitsplatte aus grauem Granit.

»Zweimal Kaffee«, sagte sie.

Dalsberg kam mit drei großen Tassen ins Wohnzimmer. »Hab gerade welchen aufgebrüht«, erklärte er, stellte die Tassen auf den Glastisch vor dem Sofa und setzte sich in einen Sessel auf der gegenüberliegenden Seite.

»Dann gab es also tatsächlich eine Leiche da unten?«, fragte er. Es schien, als müsste er sich zwingen, danach zu fragen.

Elli nickte. »Herr Dalsberg«, sagte sie freundlich, »bitte erzählen Sie uns noch mal, was Sie gestern Nacht erlebt haben.«

Wie es oft bei Zeugen war, redete auch Dalsberg wie ein Wasserfall. Es war eine Art Bewältigungsstrategie, sich zwei zuhörenden Menschen anzuvertrauen, nachdem man etwas Traumatisches erlebt hatte. Elli ließ ihn drei oder vier Minuten gewähren, bevor sie ihn mit einer neuen Frage unterbrach. »Dann sind Sie selbst also nie in dem Erdkeller gewesen?«

»Gott bewahre, nein«, erwiderte Dalsberg und hob abwehrend die Arme. »Ich bin bei solchen Sachen sehr sensibel. Kommt nichts Gutes bei raus, wenn man die Ruhe der Toten stört.«

Elli und Nereng sahen ihn neugierig an.

Dalsberg seufzte. »Sie sind wahrscheinlich mit rastlosen Seelen vertraut«, sagte er an Elli gewandt. »In der östlichen Mystik wird das Universum der Toten von dem der Lebenden im Gleichgewicht gehalten, nicht wahr?«

Elli ließ den Blick für zwei Sekunden auf ihm ruhen und stellte sich ihn als wiedergeborenen Waran in den Kloaken von Bangkok vor. »Die Buddhisten haben kein Konzept für die Seele«, erläuterte sie so freundlich wie möglich. »Buddha war mehr mit dem Bewusstsein beschäftigt.«

Wieder schaute sie ihn an. Er schien das Thema nicht weiter verfolgen zu wollen. »Ich habe noch ein paar Fragen«, fuhr Elli ein wenig unvermittelt fort. »Haben Sie mal gesehen, dass jemand den Verschlag benutzt hat, der vor der Tür zum Erdkeller liegt?«

Dalsberg schnitt eine Grimasse, stieß ein langgezogenes »Neeeiiin« aus, blieb aber ruhig sitzen und blickte mit beinahe philosophischer Miene an die Decke.

»Woran denken Sie?«, fragte sie und hoffte, dass ihre Gereiztheit sich nicht in ihrer Stimme niederschlug.

»Die Zeichnungen«, sagte Dalsberg plötzlich, stand auf und trat in den Flur.

Nereng sprang auf, beruhigte sich aber wieder, als er sah, dass Dalsberg mit ein paar Aktenordnern zurückkam, die er aus einem Schrank geholt hatte.

»Ich meine, hier ist was gewesen«, begann er und öffnete einen der Ordner, die er auf den Tisch gelegt hatte.

Nereng setzte sich wieder neben Elli, die das nummerierte Inhaltsverzeichnis des Ordners studierte. Sie erkannte nicht sofort, was er ihnen zeigen wollte.

»Nein, das sind nur Sitzungsprotokolle ... versuchen wir's mit dem Nächsten«, sagte Dalsberg, öffnete Ordner Nummer zwei und ließ den Finger über die nummerierten Trennblätter gleiten. »Ja, hier«, sagte er leicht aufgeregt und blätterte einen Trennbogen um, der mit »Alte Zeichnungen« überschrieben war. Die Zeichnungen waren im A3-Format. Auseinandergefaltet zeigten sie eine detaillierte Ansicht der einzelnen Etagen und der Fassade sowie einen Längsschnitt des Gebäudes im Verhältnis zum umgebenden Terrain.

»Sehen Sie mal, der Keller«, sagte Dalsberg. »Da ist tatsächlich eine Tür eingezeichnet, dort, wo die Treppe vom Erdkeller heraufführt.«

Elli und Nereng blickten interessiert auf die Zeichnung. Kein Zweifel, Dalsberg hatte recht.

»Und wenn wir uns hier den Längsschnitt ansehen, ist der Erdkeller als Hohlraum vermerkt.«

Elli und Nereng nickten zur Bestätigung.

Dalsberg blätterte um zur nächsten Seite; eine entsprechende Planzeichnung des Kellers, bei der es aber ein paar gestrichelte Linien gab.

»Daran musste ich eben denken. Wir haben uns das auf einer der Haussitzungen mal genauer angesehen«, sagte er und zeigte auf zwei gestrichelte Linien an der Stelle, wo im Kellerverschlag die Tür am oberen Ende der Treppe eingezeichnet war. »Das muss doch dann die Treppe sein.«

Aufgeregt sah er zu Elli und Nereng.

Elli schaute auf die Zeichnung. »Doch, ja, sieht so aus.«

»Wir dachten, das wären Rohre oder Kabelschächte oder so was«, sagte er, wie um Entschuldigung bittend.

»M-hm«, gab Elli zurück, fand es aber wesentlich interessanter, dass dort, wo die von oben kommende Treppe im Erdkeller endete, zwei weitere gestrichelte Linien nach links führten. Sie legte einen Finger auf die Strichlinie. »Ich kann mich an diese Stelle erinnern«, sagte sie und blickte Nereng an.

Er nickte. »Die Holzkästen.«

Kapitel 8

Irene Brustad, siebenunddreißig Jahre alt, hatte ein Gesicht, das von vorn betrachtet sanft aussah, im Profil jedoch wesentlich härter wirkte. Die kastanienbraunen Augen, das hellblonde Haar sowie die leicht überdurchschnittliche Größe bewirkten in Kombination mit einem einfachen, aber eleganten Kleidungsstil mitunter Wunder in ihrem Beruf als Immobilienmaklerin.

Von der Küche aus sah sie zu ihrem Mann Paul hinüber, der ihre kleine Tochter, die elf Monate alte Vilje, in den Armen hielt. Das war ein schöner Anblick. Maskulin und zärtlich zugleich. Sie konnte sehen, wie seine muskulösen Oberarme den schmächtigen Körper vorsichtig umfassten. Paul. Er hielt sich gut für sein Alter. Er war vierundvierzig, sah aber nicht älter aus als Mitte dreißig. Dunkles Haar, ohne jeden Grauschimmer, der Bauch noch immer flach.

Viljes kugelrunde, braune Augen suchten den Blick des Vaters. Die Kleine gab ein schwaches Wimmern von sich.

»Sie hat Durst«, sagte Irene sanft, während sie die kleine Trinkflasche in der Hand hin und her baumeln ließ. Mit ausgestreckten Armen lief sie über den gefliesten Boden auf die beiden zu. »Ich nehme sie«, sagte sie fürsorglich.

Vorsichtig reichte Paul Brustad seine Tochter an Irene weiter und beobachtete, wie sie sich mit Vilje auf dem Arm auf das Sofa setzte. Irene schenkte ihm einen kurzen, liebevollen Blick, während die Kleine gierig trank. Paul betrat sein Arbeitszimmer, das gleich nebenan lag, holte seine Aktentasche und gab Irene und der Kleinen einen Kuss, bevor er zur Tür hinausging, um seiner Arbeit in der Anwaltskanzlei Brustad & Splid nachzukommen.

Vilje schlief mit dem Flaschenschnuller im Mund ein. Irene ließ sich zurücksinken und döste neben ihrer Tochter ein.

Ruckartig wachte Irene auf. Ihr Puls raste, sie schwitzte. Ein heftiger Traum hatte sie geweckt. Noch immer lag sie auf dem Sofa, ihre Tochter Vilje atmete ruhig und gleichmäßig zwischen ihren Brüsten. Anders als bei anderen Müttern in dieser Phase waren Irenes Brüste weder empfindlich noch schmerzten sie.

Während ihr Gehirn langsam die Orientierung wiedergewann, ging Irene auf, dass sie denselben Traum schon einmal geträumt hatte. Letzte Woche, war es nicht so?

Der Traum war furchtbar: Gesichtslose Gestalten kamen und nahmen ihr Vilje weg.

Vor fünf Monaten war sie zu ihnen gekommen. Jetzt war sie ihre Tochter. Ein Wunschkind. Doch würde sie für immer bei ihnen bleiben? Was würde geschehen, wenn irgendwer auf die Idee käme, Irenes Vergangenheit noch einmal zu durchforsten? Was würde dann passieren?

Sie strich Vilje über den kleinen zarten Kopf und dachte zurück an Uruguay.

»Möchtest du etwas?«, fragte Paul fürsorglich. Er stand im Licht, das durch die hohen Fenster des im Kolonialstil erbauten Hotels in der Hauptstadt Montevideo hereindrang. Irene und er hatten die letzten drei Wochen hier verbracht. Bald sollte der große Tag kommen. Danach würde alles anders sein. Sie würden eine Familie werden.

Irene antwortete nicht. Die Ereignisse des Vortages wirkten noch immer nach. Zusammen mit einem Behördenvertreter sowie Mr Romano, einem Anwalt italienischer Herkunft, der in Pauls Alter war, waren sie in der Stadt herumgeführt worden, die auf den ersten Blick wohlhabend und durchorganisiert wirkte, aber dennoch gewisse Herausforderungen barg. Seit mehreren Jahrzehnten war Uruguay der leuchtende Stern Südamerikas, mit guten Schulen und einem öffentlichen Gesundheitssystem. Nach turbulenten Zeiten in den sechziger und siebziger Jahren und einer gnadenlosen Diktatur während der achtziger Jahre war das Land nun auf dem besten Weg, sowohl in demokratischer als auch in wirtschaftlicher Hinsicht. Doch in den Armenvierteln Montevideos lebten viele Menschen noch immer auf der Straße. Junge Mädchen, nicht älter als zwölf, verkauften sich an den Straßenecken. Zwischen den Wellblechhütten ergoss sich die stinkende Kloake offen auf die Wege. Irene hatte sich mit aller Kraft zusammenreißen müssen, um in dieser Gegend überhaupt aus dem Minibus zu steigen. Doch das Erlebnis war einschneidend. Die Ressourcen der Welt waren ungleich verteilt. Wurde man in Armut geboren, gab es so gut wie keine Aussicht auf ein besseres Leben.

Paul verstärkte den Griff um ihre Hand. »Irene«, wiederholte er. »Soll ich dir auch was zu essen einpacken?«

Er lächelte.

Sie schüttelte den Kopf. »Nein danke. Nur etwas Saft. Ich habe keinen Appetit.«

Dann dachte sie wieder an die Kinder. Montevideos arme Kinder. Sie hatten weder genügend anzuziehen, noch gingen sie zur Schule oder hatten eine funktionierende Familie. Eigentlich müssten sie und Paul zehn davon mit nach Hause nehmen.

Ein paar Tage später erwartete sie der gutgekleidete Mr Romano um zehn Uhr draußen vor dem Hotel. Wie immer war er pünktlich. Der Minibus schlängelte sich durch die Stadt und den dichten, unübersichtlichen Verkehr. Die Hitze war feucht und drückend. In Ermangelung einer Klimaanlage standen die Fenster offen. Der Geruch nach Abgasen füllte das Wageninnere. Schließlich hielt der Wagen vor einer stattlichen Villa im spanischen Stil. Irene betrachtete das weiße Gebäude. Über dem Eingang standen die Namen Romano & Ferrati, die Anwaltskanzlei, die ihnen bei den Formalitäten rund um die Adoption zur Seite stand.

Mr Romano ging voraus und betrat das klassisch eingerichtete Foyer im Erdgeschoss. Hinter einem Schreibtisch saß eine diskret lächelnde junge Frau. Mr Romano nickte ihr zu und führte Irene und Paul über eine breite Treppe in den ersten Stock. Sie betraten ein Besprechungszimmer, dessen Wände, Möbel und Boden aus dunklem Holz bestanden. Der Anwalt bot Irene einen Platz auf dem burgunderroten Ledersofa an der Wand an, während Paul am anderen Ende des Raums erwartet wurde, wo eine weitere Frau, vielleicht dreißig, in eng sitzenden Kleidern hinter einem breiten Tisch thronte.

»Nur ein wenig Papierkram«, erklärte Mr Romano.

Irene sah zu, wie Paul die Dokumente durchlas; er sprach besser Spanisch als sie. Nach zwei Minuten nickte er und gab Irene ein Zeichen, dass sie kommen und unterschreiben sollte. Sie tat, wie ihr geheißen. Jetzt war es endgültig.

Eine Unterschrift.

Eine Gebühr.

Dann waren sie Eltern.

Paul zog den Umschlag hervor und legte ihn diskret auf den Tisch. 20 000 amerikanische Dollar. In bar.

»Wenn Sie bar bezahlen«, hatte Mr Romano ihnen vorab erklärt, »können wir die Bestechungen der Beamten umgehen. Das ganze Geld kann dann für die Arbeit vor Ort und für die Verbesserung der Situation der Waisenkinder verwendet werden.«

Dann war sie gekommen. Die Frau mit dem kleinen Bündel in den Händen. Wunderschön und willensstark.

Vilje.

Von Geburt an ohne Mutter. Aus dem ärmsten Viertel der Stadt. Sechs Monate alt.

Irene nahm das entzückende kleine Geschöpf entgegen und gelobte sich selbst, das Leben fortan nur noch um Vilje kreisen zu lassen.

Als sie am folgenden Tag zum Flughafen hinausfuhren, durchquerten sie noch einmal das Viertel, wo sie Vilje in Empfang genommen hatten.

»Was für ein Glück wir haben«, sagte sie und drückte die Kleine vorsichtig.

»Ja«, sagte Paul, sichtlich gerührt.

Sie fuhren weiter. Nach einer Weile sagte Irene: »Gott sei Dank hattest du diese Kontakte, die uns geholfen haben, die Warteschleife zu umgehen. Allein hätten wir das nicht geschafft.« Sie runzelte die Stirn. »Überleg mal, da gibt es Leute, deren Beruf es ist, darüber zu bestimmen, wer ein Kind bekommt und wer nicht. Was steht wohl in solchen Stellenbeschreibungen? Suche Gott?«

Paul grinste. Er war froh, dass Irene einen Teil ihrer Energie wiedergewonnen hatte. »Tja, das steht da wohl drin«, sagte er lachend.

Kapitel 9

Die Kriminaltechniker hatten den Erdkeller in Ruseløkka durchkämmt und waren nun damit beschäftigt, mögliche Spuren auf der nach oben führenden Treppe sicherzustellen. Elli stellte fest, dass Fotos von den Kästen gemacht und sie auf Fingerabdrücke untersucht worden waren.

Zusammen mit Nereng stand sie vor der kleinen Grube, in der das Skelett gelegen hatte. »Wir glauben, dass es hinter den Kästen etwas Interessantes geben könnte«, erklärte sie Gaarder, der nach all den Stunden in der dunklen Erde blass wirkte. Er versuchte, einen seiner Kollegen über Funk zu erreichen.

»Träum weiter«, kommentierte Nereng und schüttelte demonstrativ den Kopf.

»Das Walkie-Talkie meines Sohns hat ja 'ne bessere Deckung als dieser digitale Mist«, schimpfte Gaarder, drehte sich auf dem Absatz um und verschwand in dem verborgenen Durchgang, der in Richtung Treppe führte. Nach einer Minute rief er, dass sie so weit seien.

Elli und Nereng folgten ihm.

»Die Kollegen haben gerade die Fußabdrücke dokumentiert. Das hier sind übrigens alte Deutschenkästen.«

Elli sah ihn fragend an. »Deutschenkästen?«

»Ja, aus dem Krieg.«

Insgesamt waren es fünf Kästen. Übereinandergestapelt ergaben sie eine Höhe von circa 180 Zentimetern.

»Sieh mal hier«, sagte Gaarder und zeigte auf das Seitenteil des obersten Kastens. »Der deutsche Adler. Wenn auch etwas verblasst, nach siebenundsechzig Jahren.«

Elli und Nereng beugten sich vor. Der Reichsadler und das Hakenkreuz waren mit einer Schablone auf den Kasten gemalt worden.

Gaarder blickte sie neugierig an. »Und ihr meint, da könnte was dahinter sein?«

»Auf ein paar alten Zeichnungen des Wohnblocks sieht es zumindest so aus«, erwiderte Elli, hielt ihm ihr Handy entgegen und zeigte ihm ein Foto von den Zeichnungen, die bei Dalsberg gelegen hatten.

Gaarder sah sich das Foto an. »Hmm«, sagte er und hob vorsichtig den obersten Kasten an. Er ließ sich problemlos entfernen und gab den Blick auf den nächsten leeren Kasten darunter sowie die Felswand dahinter frei.

»Den Nächsten«, sagte Elli.

Gaarder hob auch ihn herunter. Auch dieses Mal erschienen nur ein weiterer Kasten und der dahinterliegende Fels. Ungeduldig räumte Elli den dritten Kasten beiseite. Erst war auch hinter ihm nur die Felswand erkennbar, doch dicht oberhalb des zweiten Kastens war ein Riss in der Wand sichtbar, der sich anscheinend vom Boden heraufzog. Nereng rüttelte an dem Kasten, aber er ließ sich nicht bewegen.

»Die beiden untersten sind ineinander verkeilt«, sagte Gaarder, »da sollten wir vorsichtig sein.«

Nereng beugte sich hinunter und rüttelte abermals an den Kästen. »Die sind nicht nur miteinander verbunden, sondern auch irgendwie am Felsen befestigt.«

»Könnten die Kästen vielleicht eine Art Tür sein?«, fragte Elli.

Nereng klopfte die Seiten ab. Ein klapperndes Geräusch. Auf der rechten Kastenseite war es weniger deutlich zu hören. »Da ist irgendwas«, sagte er und blickte zu Elli, »können wir da nicht ein bisschen mehr Kraft anwenden?«

Elli betrachtete skeptisch die Kästen, blickte von Nereng zu Gaarder und wieder zurück auf die Kästen. »Sie müssen intakt bleiben.«

»Und wir brauchen entsprechendes Taktgefühl«, sagte Nereng und inspizierte die Kästen weiter. »Was für ein Trick steckt denn bloß dahinter?«

Elli trat zwei Schritte zurück. Gaarder folgte ihrem Beispiel. Schulter an Schulter standen sie in dem schmalen Durchgang und betrachteten die Kästen.

»Kommst du irgendwie an die Rückseite?«, fragte Elli.

Nereng tastete die Ränder der Kästen und die Felswand an der rechten Seite ab. »Hier ist nichts. Bloß Holz und Felsen. Ich versuch's mal auf der anderen Seite.« Er kroch um die Kästen herum und wiederholte seine Untersuchung. Nach zwei Minuten schien er zur selben Schlussfolgerung gekommen zu sein, erstarrte jedoch plötzlich mitten in der Bewegung. »Zum Teufel aber auch«, sagte er. »Tja, dem Reparatör ist nichts zu schwör.« Ein leises Klicken ertönte.

Ein kalter Luftzug schlug ihnen aus dem Loch entgegen, in das sie jetzt hineinstarrten. Nereng hatte eine kleine lose Stelle in der Felswand gefunden, die sich eindrücken ließ. Es war ein versteckter Mechanismus, der die Kästen zur Seite klappte. Eine verborgene Tür hatte sich geöffnet.

»Irgendein Tunnel«, sagte Elli und leuchtete in die Öffnung hinein.

Der Tunnel schien nach zehn oder fünfzehn Metern eine Biegung nach links zu machen. Die Öffnung hinter den Kästen war nicht mehr als einen Meter hoch, doch der Tunnel dahinter bot Platz für einen durchschnittlich großen, aufrecht stehenden Menschen. Elli ging in die Hocke, zwängte sich durch die Öffnung und machte ein paar vorsichtige Schritte hinein. Die Wände waren aus dem Fels herausgehauen worden und erinnerten an den kleinen Gang, der vom Erdkeller zu der Treppe führte;

der Tunnelboden sah genauso aus. Nach fünf Metern sah Elli die erste Ratte an sich vorbeischießen und in der Dunkelheit verschwinden.

»Vorsicht«, rief Nereng von der Tunnelöffnung.

Elli folgte der Ratte ein paar Schritte bis zu der Stelle, wo der Tunnel nach links abbog. Gleich dahinter sah sie, dass die Decke eingestürzt war. Es gab nur eine kleine flache Öffnung am Boden, ungefähr dreißig Zentimeter groß. Dort musste die Ratte verschwunden sein. Vielleicht war es ja möglich, sich durch das Loch zu zwängen, aber die zusammengestürzte Decke sah nicht vertrauenerweckend aus. Elli drehte sich um und ging zurück.

»Ihr müsst da reingehen und das untersuchen. Aber nur so weit, wie ihr es verantworten könnt«, sagte sie zu Gaarder. »Ich bezweifle, dass sich irgendwer unter der eingestürzten Decke hindurchgewagt hat. Überprüft zuerst den Bereich um die Öffnung herum.«

Gaarder bestätigte den Auftrag und lief wieder die Treppe hinauf, um die Arbeit mit seinen Kollegen fortzusetzen.

Nereng zeigte auf ein paar rostige, aber solide Stahlscharniere, die so montiert waren, dass sie unmöglich erkannt werden konnten, solange die Kastentür geschlossen war. »Die Kästen sind miteinander verbunden und wie eine Tür mit Scharnieren an der Felswand dahinter befestigt«, erklärte er und fuhr mit dem Zeigefinger über das kleine, lose scheinende Felsstückchen an der linken Wandseite. »Und hierhinter sitzt eine kleine Stange in einem Felsschlitz. Wenn man auf den Stein drückt, klappt die Stahlstange nach innen und löst einen Federmechanismus aus. Schwupp, die Tür ist offen. Es gibt sogar noch ein paar Ölrückstände an den Scharnieren.«

Ein paar Sekunden betrachtete Elli aufmerksam die Tunnelöffnung. »Irgendwer hat eine Menge Energie für das hier aufgebracht«, sagte sie. »Ein ziemlich gutes Versteck. Die Frage ist nur, wieso das Skelett dann im Erdkeller lag und nicht hier versteckt wurde.«

Nereng dachte einen Augenblick nach. »Vielleicht wusste der Betreffende ja überhaupt nichts von dem Tunnel.«

»Eher unwahrscheinlich. Dieses ganze Szenario mit Erdkeller, Treppe und Tunnel muss irgendwie zusammenhängen. Hat man Kenntnis von diesem Ort, dann weiß man auch von dem Tunnel.«

Sie starrte in die Öffnung. »Er ist leer«, sagte sie nach einer Weile.

Nereng folgte ihrem Blick. »Das ist er«, erwiderte er und schien abzuwarten, was der hingeworfenen Bemerkung der Kollegin folgen würde.

»Die Scharniere sind geölt«, fuhr Elli fort. »Dann können wir also annehmen, dass irgendwer dieses Versteck vor kurzem noch benutzt hat. Aber warum liegt dann nichts darin? Drogen, Geld, Waffen … Diebesgut?«

»Gerade erst ausgeräumt?«, schlug Nereng vor.

»Oder neue Waren sind auf dem Weg«, sagte Elli und deutete auf die Verbindung zum Erdkeller. »Wir müssen abwarten, bis Gaarder hier alles mit Kamera und Lupe abgegrast hat.«

Nachdem sie wieder ins Tageslicht getreten waren, spürte Elli, wie gut es tat, dem Keller entkommen zu sein. Die Atmosphäre dort unten war alles andere als angenehm.

Zenith begrüßte Elli überschwänglich, als sie in ihre Wohnung kam. Sobald das heftige, aber liebevolle Ritual – Abschlecken von Ellis Ohren mit darauffolgener Kuschelattacke – vorüber war, schnappte sich der fast fünfzig Kilo schwere Hund einen ihrer Joggingschuhe und wedelte erwartungsvoll mit dem Schwanz.

»Soso, du willst also raus? Vielleicht eine Radtour?«

Zenith legte den Kopf schief. Seine kugelrunden Augen glänzten.

»Okay. Fahrradtour!«

Elli zog sich ihr Trainingsoutfit über. Auf dem Weg nach unten bemerkte sie, dass seine Bewegungen träger geworden waren. Zenith war fast acht Jahre alt. Die Rasse erreichte im Durchschnitt ein Alter von elf Jahren. Ein seltsamer Gedanke. In den letzten vier oder fünf Jahren, seit Elli wieder allein lebte, hatte es nur sie beide gegeben. Obwohl er weder dafür erzogen worden noch dazu geeignet war, als Polizeihund zu dienen, hatte Zenith sie oftmals während der Arbeit begleitet. Und war ihr eine große Hilfe gewesen.

Am Fuß der Treppe blickte er zu ihr auf, so, als hätte er verstanden, was sie dachte.

»Jaja, du bekommst dein Leckerli«, sagte sie lächelnd und warf ihm ein paar Hundekekse zu.

Er schnappte sie in der Luft auf. Unzerkaut verschwanden sie in seinem Magen.

Einige Minuten später trabte Zenith zufrieden neben Ellis Fahrrad durch den Voldsløkka-Park. Es war vier Uhr nachmittags. Um diese Zeit waren bereits viele Jogger unterwegs. In allen Größen und Formen. Elli fuhr weiter durch Tåsen und Ullevål Hageby in Richtung Blindern. Sie überquerte den Sørkedalsvei und radelte über den Friedhof Vestre Gravlund. Zwei Jahre waren vergangen, seit Elli in eine Geschichte verwickelt gewesen war, die genau hier oben mit einem Mordversuch an ihr geendet hatte. Elli lebte noch. Ihr Widersacher nicht.

Als sie den Friedhof durchquert hatte, hielt sie an und ließ Zenith zusammen mit seinen vierbeinigen Kumpeln durch das Hundeareal hetzen. Elli war immer noch fasziniert angesichts der sozialen Fähigkeiten und der Sprache der Hunde. Man konnte eine ganze Menge an Kommunikation und Benehmen von diesen Tieren lernen.

Während sie Zeniths sozialen Umgang mit seinen Artgenossen beobachtete, drifteten ihre Gedanken wieder zu dem Hohlraum im Keller ab. Wozu diente er? Wer hatte ihn benutzt? Wann?

Das Klingeln des Handys riss sie aus ihren Überlegungen.

Das Rechtsmedizinische Institut.

»Hallo, hast du was rausgefunden?«, fragte Elli erwartungsvoll.

»Das kann man wohl sagen«, erwiderte Lise Bergmann. »Aber nicht das, was du vermutet hast.«

Kapitel 10

Verwundert starrte Elli auf die Skelettreste auf dem Metalltisch. »Ein Affe?«

Lise Bergmann, nach Ellis Ansicht die beste Pathologin des Landes, war Ende fünfzig und trug das Haar zu einem Knoten im Nacken gebunden. Elli hatte noch nie gesehen, dass sie es färbte. Auf ihrer Nase saß eine Hornbrille, die neu sein musste. Elli machte ihr ein Kompliment für die elegante Fassung.

»Tja, die Augen lassen langsam nach«, sagte Bergmann, bedankte sich und richtete die Brille. »Also, zur Sache …« Sie klopfte mit einer Schere auf den Metalltisch. »Um konkret zu sein, tippe ich auf einen Schimpansen. Der engste Verwandte des Menschen. Achtundneunzig Prozent der DNA stimmen überein. Es gibt natürlich einen Unterschied beim Skelett, aber im Großen und Ganzen sind sie ziemlich ähnlich.«

Elli betrachtete das Skelett genauer und bemerkte die Unterschiede: Längere Finger, längere Gliedmaßen, ein etwas anderes Becken. Alles Merkmale, die ein ungeschultes Auge dort unten in dem staubigen Keller nur schwer hätte erkennen können. Sie konnte es dem Chef der Kriminaltechnik nicht ankreiden, dass er es übersehen hatte.

»Es handelt sich hierbei also nicht länger um eine Obduktion, sondern um eine Nekropsie«, sagte Lise Bergmann.

»Wie bitte?«

»Die Untersuchung von toten Tieren. Wenn die Polizei die Ermittlung hier weiterführen möchte, dann lassen wir den Körper zum Veterinärmedizinischen Institut überführen.«

Elli musste ihre Gedanken ordnen. Ein toter Schimpanse ohne Kopf … da wäre dann die Abteilung für Ökokriminalität zuständig. Illegaler Handel mit exotischen Tieren. Bergmann gab Elli zu verstehen, dass sie in Ruhe überlegen sollte. Plötzlich wurde an die Tür des Obduktionssaals geklopft und Nereng erschien.

Elli erläuterte ihm die Situation.

»Gute Nachrichten für die Menschheit und schlechte für die Schimpansen«, fasste er zusammen.

»Falsch«, unterbrach ihn Elli mit scharfer Stimme. »Das sind schlechte Nachrichten für beide. Denn Schimpansen schneiden sich nicht gegenseitig die Köpfe ab.«

Nereng breitete beschwichtigend die Arme aus.

Ein paar Sekunden war es still.

Bergmann meldete sich als Erste wieder zu Wort. »Ich habe allerdings etwas Interessantes festgestellt.«

Elli und Nereng sahen sie neugierig an.

»Kommt mal näher«, sagte sie und deutete auf den Obduktionstisch.

Sie nahm ein Vergrößerungsglas und beugte sich über die tierischen Überreste. »Hier«, sagte sie und zeigte mit einem langen dünnen Stahlstäbchen auf ein paar gerade Streifen am linken Wadenbein. »Das sind Spuren, die von einem scharfen Gegenstand stammen, wahrscheinlich ein großes Messer.«

Elli spähte durch das Vergrößerungsglas. Die Streifen waren deutlich erkennbar und lagen teilweise übereinander. »Hat da jemand auf den Knochen rumgehackt?«

Bergmann warf Elli einen Blick zu, wandte sich wieder ab und deutete mit dem Kopf auf das Vergrößerungsglas.

»Geschnitten wäre wohl das passendere Wort. Ich habe solche Spuren früher schon mal gesehen. Da hat jemand Fleisch vom Knochen abgeschnitten.«

»Wie ein Schlachter?«, fragte Nereng.

Bergmann sah ihn kurz an. »Genau.«

»Wie alt sind die denn, so ungefähr?«, wollte Elli wissen.

»Schwer zu sagen … da wir nun wissen, dass es sich um ein Tier handelt, können wir unsere Mittel nicht auf die genaue Datierung verwenden«, entschuldigte sich Bergmann.

Verwundert ließ Nereng den Blick zwischen Elli und Bergmann hin und her wandern.

»Wir lassen das Skelett zum Veterinärmedizinischen Institut schaffen«, sagte Elli.

»Was machen wir denn jetzt?«, fragte Nereng, als sie die Rechtsmedizin verließen.

»Feierabend. Ich muss mir was anderes anziehen«, sagte Elli und deutete auf ihr Trainingsoutfit. Während sie bei Bergmann gewesen waren, hatte Zenith beim Empfangspersonal gelegen und gewartet.

Nereng schnitt eine Grimasse. »Tja … ist wohl das Beste. Tiere sind ja nicht so ganz unsere Aufgabe.«

Elli legte den Kopf ein wenig schräg. »Aber …?«

Nereng drückte den Rücken durch und atmete geräuschvoll aus. »Ja, nein, also ich weiß nicht. Ich hätte da nur 'n paar Fragen, in Vertretung des Schimpansen sozusagen.«

Elli lächelte. »Kann ich gut verstehen. Wieso ist er da gelandet? Was ist vorher mit ihm passiert? Und wo kam er her? Von einem umherreisenden Zirkus vielleicht?«

»Was ist mit der Todesursache? Ist sie natürlich oder wurde er ins Jenseits befördert?«

Elli grinste. Ihr gefiel Nerengs Verantwortungsgefühl für den armen Primaten. »Er kann doch durchaus eines natürlichen Todes gestorben sein«, sagte sie.

Nerengs Gesicht wurde ernst. »Aber Elli, das glaubst du doch wohl selbst nicht, oder?«

Sie musste ihm zustimmen. Wäre der Tod natürlich eingetreten, hätte auch der Schädel da sein müssen.

Bevor sie sich trennten, vereinbarten sie, am folgenden Tag beim Veterinärmedizinischen Institut nachzuhaken. Irgendwie erschien es richtig, eine abschließende Erklärung zu diesem seltsamen Fund zu bekommen. Elli informierte Fjeld über die aktuelle Entwicklung. Er wirkte mehr als erleichtert darüber, dass sie die Sache beiseitelegen konnten.

Zu Hause in ihrer Wohnung verschaffte sich Elli via Google einen Überblick über die norwegischen Zirkusse. Insgesamt gab es sechs, die Hälfte waren moderne Zirkusse, die übrigen drei waren traditionell und verwendeten Tiere in den Vorstellungen, doch keiner von ihnen hielt Affen. Ein Zirkus sollte in den nächsten Tagen seine Zelte in Oslo aufschlagen.

Den Rest des Abends informierte sich Elli über Primaten. Schimpansen und Menschen hatten sich vor vier bis sechs Millionen Jahren aus denselben Vorfahren entwickelt, zusammen mit Gorillas und Orang-Utans. Plötzlich fühlte sich Elli noch ein wenig enger mit dem alten Skelett verbunden.

Kapitel 11

Brage Withberg war ein Mann um die vierzig. Etwas mehr als überdurchschnittlich groß, kräftig gebaut, mit großen Händen und krausem Haar, das unter der Haube seiner grünen Veterinärtracht hervorlugte. Sein Blick war lebendig und etwas schelmisch. Er stand mitten im Untersuchungsraum, Elli und Nereng waren ebenfalls anwesend. Es war früher Nachmittag, kurz nach der Mittagszeit.

»Ich weiß nicht, wie dieser Schimpanse nach Norwegen gekommen ist«, erklärte er, »aber ich weiß, dass er es nicht sonderlich gut hatte. Im Gegenteil, er muss sogar ziemlich gelitten haben.«

Elli konnte sehen, dass die Untersuchung dem robusten Veterinär recht naheging. Sein Verhalten machte deutlich, dass er den toten Schimpansen mit Würde behandelte.

»Die Spuren hier zeigen, dass ihm Fleischstücke herausgeschnitten wurden«, fuhr er fort. »Wenn wir mal davon absehen, dass es ohnehin keinen Grund gibt, einem Schimpansen Fleischstücke herauszuschneiden, gibt es leider eine noch erschreckendere Erkenntnis: Soweit ich es beurteilen kann, war er nämlich lebendig, als das passierte.«

Elli schauderte. »Das kann man sehen?«, fragte sie.

Nereng schluckte hörbar.

Withberg nickte. Er trat einen Schritt auf den Untersuchungstisch zu, auf dem das Skelett genau so ausgebreitet lag wie im Rechtsmedizinischen Institut. Elli und Nereng folgten ihm.

»Sehen Sie mal hier«, sagte Withberg und deutete auf die große Lupe, die an einer Teleskopstange über dem Tisch hing. »Entlang der Schnitte können Sie kleine Unebenheiten erkennen. Das ist sozusagen der körpereigene Versuch, die Schäden zu reparieren. Dadurch entstehen neue Zellen. Und das wäre nicht passiert, wenn der Schimpanse tot gewesen wäre.«

»Haben Sie so etwas früher schon einmal gesehen?«, fragte Elli.

»Nein«, erwiderte Withberg, »obwohl ich einen großen Teil meines Berufslebens mit Primaten beschäftigt war, insbesondere mit Schimpansen.«

Elli sah ihn interessiert an. »Primaten, sagen Sie? Schließt das Menschen mit ein?«

»Nein, die sind viel zu schwer zu verstehen«, sagte er lachend, deutete mit dem Daumen auf die Tür und ging mit Elli und Nereng aus dem Untersuchungsraum. Er führte sie in sein Büro. An den Wänden hingen Fotografien, die ihn in verschiedenen Situationen zeigten, größtenteils zusammen mit Affen. Die meisten Bilder waren anscheinend in fernen Ländern gemacht worden.

Nereng studierte besonders ein Foto, auf dem eine jüngere Ausgabe von Withberg in einem üppigen Garten an einem Tisch saß, mit einem kleinen Affen auf dem Schoß.

»Er wirkt fast menschlich«, sagte Nereng.

»Stimmt genau. Schimpansen – der auf dem Bild hieß übrigens Jacko – sind uns Menschen ziemlich ähnlich.«

Elli erinnerte sich an etwas, das sie am Tag zuvor gelesen hatte, doch bevor sie dazu kam, eine Frage zu stellen, hatte Withberg bereits zu einem längeren Vortrag angesetzt.

»Schimpansen«, begann er einfühlsam und gab den beiden gleichzeitig ein Zeichen, sich auf das kleine Sofa in seinem Büro zu setzen, »sind unsere Brüder und Schwestern.«

Im Laufe der folgenden Minuten erläuterte er, dass es zwei verschiedene Arten von Schimpansen gab, den Gewöhnlichen und den Bonobo-Schimpansen – beide waren im Kongo zu finden –, die in hierarchischen sozialen Strukturen lebten, ähnlich den Familien- oder Klanstrukturen des Menschen. In einer

Gruppe gab es oft mehrere Anführer, alles Männchen, von denen einer das Alphatier darstellte. Dieser musste nicht der Stärkste oder Größte sein, sondern über die besten sozialen und politischen Fähigkeiten verfügen.

»Politisch?«, fragte Nereng erstaunt.

»Korrekt«, gab Withberg zurück. »Schimpansen haben die Fähigkeit zu avanciertem sozialen und strategischen Denken.«

Withberg fuhr fort zu erklären, dass der Einfluss eines Weibchens in der Gruppe oft daran gemessen wurde, welchen Zugang es zu Nahrung hatte. Ein Weibchen mit hohem Status kam immer zuerst an die Reihe. Und Nachkommen dieses Weibchens konnten in gewissen Zusammenhängen diesen Status sogar erben.

»Die Schimpansen-Variante von altem Geld«, sagte Withberg mit einem Lächeln.

Sogar was das Sexleben anbetraf, gab es Ähnlichkeiten mit dem menschlichen Verhalten. Besonders Bonobos genossen Sex zur Zerstreuung oder wandten ihn als Tauschmittel oder zur Konfliktbewältigung an.

»Doch das Wichtigste ist«, sagte Withberg und stand auf, »dass Schimpansen einen hohen IQ haben. Sie benutzen Werkzeuge und Waffen, und sie planen und führen ihre Jagden mit verschiedenen Strategien durch, je nachdem, was die Situation erfordert. Im Kontakt mit Menschen können sie Symbole erlernen und Sprache verstehen. Der IQ eines Schimpansen kann mit dem eines Kindes oder eines zurückgebliebenen Erwachsenen verglichen werden.«

Elli räusperte sich.

Withberg hob einen Finger. »Ich verstehe schon, dass sich die Polizei im Rahmen des gesetzlichen Kontextes verhalten muss. Aber nicht nur in meinen Augen sind Schimpansen und Menschen gleichwertige Individuen. In biologischer sowie ethischer Hinsicht ergibt es keinen Sinn, die beiden Arten unterschiedlich zu behandeln. Das gilt im Übrigen auch für andere Affenarten, mal ganz zu schweigen von Meeressäugetieren.«

»Sind Schweine nicht auch ziemlich schlau?«, fragte Nereng.

Withberg holte Luft. »Doch, ja, durchaus.«

Elli bemerkte, dass seine Augäpfel von einer diffusen, glänzenden Schicht überzogen waren.

»Ich verstehe und respektiere, dass Sie über keine gesetzliche oder vorschriftsmäßige Handhabe verfügen, um diese Sache als Mord weiterzuverfolgen«, fügte er hinzu. »Dann geht das wohl an die Abteilung zur Bekämpfung von Faunakriminalität?«

Elli nickte.

»Dieser Schimpanse war so gut wie erwachsen«, sagte Withberg mit fester Stimme. »Also verfügte er – denn es handelte sich um ein Männchen – über Intelligenz und das Bewusstsein seiner eigenen Existenz. Und somit auch über einen Wert als Individuum, ungefähr auf der Ebene eines vier- oder fünfjährigen Kindes. Oder eines Erwachsenen mit Down-Syndrom.« Er zuckte resigniert mit den Schultern und breitete die Arme aus, wie um das ethische Dilemma zu unterstreichen.

Nereng räusperte sich zaghaft.

Elli war verwirrt. Und spürte gleichzeitig, dass sie Withberg nicht uninteressant fand.

Obwohl es nun kein Mord mehr war, den sie untersuchen mussten, gab es eine Sache, die Elli weiter beschäftigte. Sie wählte die Nummer der Osloer Verkehrsbetriebe und konnte schließlich mit einem Betriebstechniker sprechen, der für die Einrichtungen im Zentrum zuständig war. Nach zehnminütigem Gespräch und einer Recherche im Archiv wurde deutlich, dass es keine Informationen über eine technische Anlage unterhalb des Wohnblocks gab, wo das Skelett aufgetaucht war. Wenngleich der Betriebstechniker einräumen musste, bei weitem nicht die vollständige Übersicht zu haben.

Elli legte auf und registrierte, dass ihre Mutter in der Zwischenzeit angerufen hatte.

»Mama«, vertraute sie sich Nereng an, der sie zurück zum Präsidium fuhr.

Ellis Mutter hatte nicht versäumt, auch eine ihrer kurzgefassten Nachrichten zu senden: โทร. Ausgesprochen wurde es »toh« und bedeutete »ruf an«.

Elli wählte ihre Nummer.

»Ich werde sterben«, informierte ihre Mutter sie.

Elli gab ein geduldiges Hüsteln von sich. »Könntest du das etwas präzisieren, Mama?«

»Der Arzt sagt, ich hätte eine … Komplikation. Ich weiß doch, was so was bedeutet, Sunee.«

»Okay … ich komme nachher bei dir vorbei, dann können wir darüber reden, ja?«

»Gut, bis dann. Es gibt Abendessen.«

Letzteres klang mehr nach einem Befehl als nach einer Einladung.

»Es ist im Unterleib, Sunee«, sagte Ellis Mutter Dee, während sie die schmackhafte thailändische Mahlzeit zu sich nahmen. Elli war gleich nach der Arbeit mit dem Fahrrad zu der Reihenhauswohnung in Nordstrand hochgefahren. Auch für Zenith war das eine schöne Tour.

»Äh, … du redest jetzt von der Komplikation?«

Ihre Mutter nickte deutlich. Sehr asiatisch.

»Was hat der Arzt gesagt?«, fragte Elli.

»Dass da etwas ist. Und das ist nichts, was ich da selbst hineingetan habe.«

Elli verdrehte die Augen. Diskretion war nicht die starke Seite ihrer Mutter. Ihre direkte Art und ihr buddhistischer Blick auf das Leben und die Welt um sie herum, verbunden mit der entspannten und liberalen Haltung ihres Vaters, hatten Elli und ihrer Schwester eine ziemlich außergewöhnliche Jugend beschert. Sowohl ihre Schwester als auch ihr Vater waren schon lange tot.

»Und? Hat er sonst noch was gesagt?«

»Nein. Da ist irgendwas auf den Röntgenbildern aufgetaucht, aber sie müssen es noch näher untersuchen.«

Elli versuchte zu verstehen, worum es ging.

»Hast du die Aufnahmen?«

»Nein, die sind nach Ullevål geschickt worden.«

Elli nickte. »Gynäkologische Abteilung?«

Ihre Mutter winkte ab. »Ein Arzt, der mir sagen kann, wie viel Zeit ich noch habe, bevor ich weitermuss.«

Elli nahm die Hand ihrer Mutter. »Jetzt warte doch erst mal ab, bis der Spezialist rausgefunden hat, worum es geht. Du sagst doch selbst immer zu mir, dass ein Buddhist die richtigen Gedanken denken soll. Jetzt sage ich es dir: Denk gute Gedanken, Mama. Es wird schon nur halb so schlimm sein.«

Dee beruhigte sich ein wenig nach Ellis Worten. Der Rest des Gesprächs drehte sich um Thailand, das die Mutter zeitweilig stark vermisste, sowie Ellis nicht vorhandene Ehe. Es war höchste Zeit, dass hier mal was passierte, ließ sie ihre Tochter wissen.

Auf dem Rückweg überlegte Elli, was ihrer Mutter wohl fehlen könnte. Es gab schließlich nur sie beide. Und den Hund. Eine zerbrechliche kleine Familie.

Als sie wieder zu Hause war, dachte sie an den Kosmos. Im buddhistischen Verständnis ihrer Mutter war der Kosmos das grenzenlose Gewebe aus allen Zusammenhängen, aus Ursache und Wirkung. Alles hatte eine bedingte Existenz; jeder Gedanke oder jede physische Form baute auf etwas anderem auf und existierte nur eine gewisse Zeit. Danach gingen sie in eine andere Form über.

Und dann das Karma. Gedanken und Handlungen hinterließen ihre Spuren im Bewusstsein und wirkten sich auf spätere Entscheidungen aus. Obwohl es viel Anlass zu Tadel gegeben hatte, war ihre Mutter immer für Elli da gewesen. Wenn das Karma existierte – tatsächlich war es so etwas wie ein Kosmos –, dann hätte das ihrer Mutter nicht besser sein können. Zwar hatte es vor der Begegnung mit Ellis Vater Zeiten in ihrem Leben gegeben, die das Licht des Tages vielleicht scheuen mussten – das wusste Elli, hatte aber nie danach gefragt –, aber trotzdem waren sie eine Bagatelle gewesen und nicht ausreichend, um ihr Karma schlecht werden zu lassen. Wenn es so etwas tatsächlich gab.

Eigentlich zweifelte Elli daran. Aber was gab es stattdessen? Nichts?

Kapitel 12

Die Tagesdecke und die Zierkissen lagen noch genauso ordentlich auf dem Bett wie vor zwei Wochen, als Evelyn die kleine Kellerwohnung verlassen hatte. Durch die Spitzengardinen hatte sie einen Ausblick auf das knallgrüne Gras im Garten sowie auf all die exotischen Pflanzen, für deren Gedeihen im norwegischen Klima die Gastfamilie so viel Energie aufbrachte.

Evelyn musste erst am nächsten Tag wieder mit der Arbeit beginnen, merkte jedoch, dass sie ihren kleinen Schützling bereits stark vermisste. Julius – ein Name, der auch auf den Philippinen vorkam.

Evelyn packte den Koffer aus und stellte Margretes Handcreme auf den kleinen Küchentisch – ihre Gastgeberin würde sie so bald wie möglich bekommen.

Nachdem sie ausgepackt, geduscht und sich eine Jogginghose angezogen hatte, schickte Evelyn ihrer Mutter eine SMS, um sie über ihre sichere Ankunft zu informieren. Gleichzeitig bat sie darum, ihrer Tochter, Maricel, einen lieben Gruß auszurichten. Für einen kurzen Moment betrachtete sie ihr Bild. Zwei Jahre alt. Ihr halbes Leben lang war Maricel von der Großmutter versorgt worden. Evelyn legte ihr Handy wieder beiseite. Mochte nicht weiter darüber nachdenken. Im letzten Jahr war sie zweimal zusammengebrochen. Ihr Zittern und ihre Tränen und Schluchzer waren so heftig gewesen, dass sie sich kaum mehr beruhigen konnte. Doch inzwischen hatte sie gelernt, ihre Gefühle zu kontrollieren. Für ihre Arbeit wurde sie gut bezahlt. 7000 im Monat, davon 5000 Lohn und 2000 für Lebensmittel. 4000 schickte sie jeden Monat nach Hause, genügend Geld, damit Mutter, Tochter und Bruder ein gutes Leben führen konnten. Der Rest war für das Essen oder wurde gespart. Innerhalb eines Jahres hatte sie 20 000 ansparen können, auf den Philippinen ein kleines Vermögen.

Dem Vater von Maricel war Evelyn nur ein einziges Mal begegnet. Er wusste nicht, dass er eine Tochter hatte.

Evelyn hörte die Haustür zuschlagen, danach das Geräusch von Einkaufstüten, Kinderfüßen und Geplapper. Sie schaute aus dem Fenster und sah den neuen, elektrisch angetriebenen Wagen draußen vor dem Haus stehen.

»Eevyy!«, hörte sie Julius rufen, während seine kleinen Füße in den Kellerflur tapsten. Sie öffnete die Tür ihres Zimmers und ließ ihn zu sich hereinkommen. Zwei Sekunden später saß er freudig erregt auf ihrem Schoß.

»Ich hab dich vermisst«, vertraute ihr der Fünfjährige mit den großen braunen Augen an.

»Ich dich auch vermisst«, sagte Evelyn und drückte ihn fest an sich. Ihr Norwegisch war inzwischen recht brauchbar geworden. Dabei hatte ihr ein Sprachkurs geholfen, doch das meiste lernte sie durch das Zusammenleben mit Julius und seiner Familie.

»Na, das nenn ich Wiedersehensfreude!«

Evelyn sah zur Tür. Julius' Mutter Margrete schaute lächelnd herein. Sie trug ein einfaches Sommerkleid, sah aber trotzdem ziemlich elegant aus – so wie immer.

»Sehr glücklich«, gab Evelyn lachend zurück.

Gleich darauf bemerkte sie, dass Margretes Blick von der Creme auf dem Tisch angezogen wurde. Vorsichtig setzte sie Julius ab und überreichte Margrete die exklusiv wirkende Verpackung. Die öffnete sie gleich und sog den Geruch der Creme tief ein. »Ah … was für ein wundervoller, sinnlicher Duft.«

Evelyn lächelte.

»Vielen Dank, Evelyn. Schön, dass du sie für mich kaufen konntest. Hab ich dir auch genug Geld mitgegeben?«

»Genau richtig.«

Margrete umarmte sie und gab ihrem Sohn ein Zeichen, wieder mit ihr nach oben zu kommen. »Evelyn hat heute frei.«

Julius blickte sie enttäuscht an.

»Schon in Ordnung«, sagte Evelyn. »Ich jetzt nichts geplant, erst in zwei Stunden.«

Margrete sah sie kurz an. »Sicher?«

»Ja, ganz sicher«, erwiderte Evelyn kichernd und nahm Julius wieder in den Arm.

Evelyns abendliche Verabredung galt einer philippinischen Freundin, Grace. Sie arbeitete als Au-pair in Grefsen, was vom Haus der Linchers gesehen etwas näher an der Innenstadt lag. Das Haus von Familie Kleppe, Graces Gastgebern, war älter als die Villa der Linchers, aber dafür umso größer. Evelyn hatte Grace über das Au-pair-Büro kennengelernt. Sie hatten sich auf Anhieb gut verstanden und waren enge Freundinnen geworden.

»Kumusta!«, begrüßte sie Grace an der Kellertür auf der Rückseite des Hauses.

»Mabuti«, erwiderte Evelyn und umarmte sie herzlich.

Mit einer Tasse Tee setzten sie sich auf das Sofa in Graces Zimmer, sahen sich eine Seifenoper aus der Heimat an und schwatzten lachend in ihrer Muttersprache, Tagalog. Evelyn erzählte von ihrem Besuch in Manila und zeigte Grace auf dem Handy die neuesten Bilder der Familie. Über Graces Gesicht huschte ein ernster Schatten. Sie hatte einen Ehemann und zwei Kinder in Manila und noch dazu doppelt so viel wie Evelyn bezahlt, um an ihre Papiere zu gelangen. »Doppelfehler, Doppelpreis«, hatte der Vermittler in der Heimat erklärt.

Eine Weile sprachen sie weiter über Evelyns Besuch bei der Familie. Grace hatte sich die Reise in diesem Sommer nicht leisten können. Evelyn wusste, dass Grace denselben Lohn erhielt, aber ihre Kinder waren älter – vier und acht Jahre. Bei Kleppes trug sie die Verantwortung für das einzige Kind der Familie, den neunjährigen Vegard. Grace schickte all ihr Geld nach Hause.

Plötzlich klopfte es an der Tür.

»Hallo?«, rief Grace.

Die Tür ging auf, und Vegard stapfte mit seinem eigentümlichen Gang ins Zimmer herein.

»Hallo, Vegard«, begrüßte Grace ihn lächelnd.

»Ich weiß, wer du bist!«, erwiderte er und zeigte auf Evelyn.

»Nicht mit dem Finger zeigen«, ermahnte ihn Grace milde.

Vegard nahm den Finger herunter.

»Evelyn.«

»Ha, ha. Evelyn, Evelyn, Evelyn.«

Grace warf ihr einen kurzen, resignierten Blick zu und sah auf die Uhr. »Halb zehn, Vegard. Schlafenszeit.«

»Ich konnte nicht schlafen.«

Er tapste zum Sofa hinüber.

Grace seufzte. »Okay, fünf Minuten.«

Vegard setzte sich neben Grace auf das Sofa und starrte verständnislos auf die philippinische Seifenoper auf dem Fernsehbildschirm. Zwei Darsteller saßen auf einer Bettkante und küssten sich. »Wieso machen die das? Kann sie niemand aufhalten?«

Grace und Evelyn lachten lauthals.

Dann ein erneutes Klopfen an der Tür. Grace zuckte zusammen und erstarrte für einen kurzen Moment. Bevor sie aufgestanden war, hatte Vegards Vater, Kasper Kleppe, das Zimmer betreten.

»Vegard!«, sagte er streng.

»Grace hat gesagt, es ist okay, Papa«, maulte Vegard. »Sie hat gesagt, es ist okay.«

»Aber …«, setzte Grace an.

Kleppe warf einen kurzen Blick auf Grace. Er schien weder gut noch schlecht gelaunt zu sein.

»Vegard soll um halb zehn im Bett liegen«, sagte er und sah auf die Uhr. »Jetzt ist es Viertel vor.«

Er schob Vegard aus dem Zimmer. In der Türöffnung drehte er sich um.

Evelyn blickte zu Boden. Es war wohl am besten, direkten Augenkontakt zu vermeiden.

»Gut«, sagte er. »Sie wollen doch sicher bald nach Hause, Evelyn? Gute Nacht.« Dann ging er hinaus.

»Tut mir leid«, sagte Grace.

Evelyn zuckte mit den Schultern. »Du arbeitest hier eben.«

Grace kicherte. »Na, vergiss nicht, wir sind hier, um die norwegische Kultur kennenzulernen. Das ist kein Job, sondern ein Aufenthalt.«

Evelyn gab ein ironisches Lachen von sich, stand auf und zog sich neben der Tür die Schuhe an. »Die Ansage war doch wohl ganz deutlich.« Sie überprüfte, ob die Tür fest geschlossen war, und flüsterte: »Was ist noch mal mit Vegard passiert?«

»Er hat bei der Geburt einen Hirnschaden erlitten. Im Kopf ist er wie ein Dreijähriger. Und er geht so komisch. Aber er ist unglaublich lieb – der netteste Mensch, den man sich vorstellen kann.«

Evelyn lächelte. »Tja, diejenigen, die etwas anders sind, sind das meistens.«

Grace begleitete sie in den Flur hinaus. Wie immer war Evelyn fasziniert von all den Büchern, die dort aufbewahrt wurden. Alte Bücher. An den Titeln konnte sie erkennen, dass sie von Ernährung und Reisen handelten.

»Was macht Kasper eigentlich?«, fragte Evelyn.

»Er ist Investor. Du weißt schon, Börse und so was.«

Die beiden Frauen umarmten sich und verabredeten, sich bald wieder zu treffen. Evelyn sah auf die Uhr. Es war zehn. In einer SMS teilte sie Margrete mit, dass sie auf dem Heimweg sei und nur die bestbeleuchteten Straßen entlanggehen würde. In der Dunkelheit war Oslo keine sichere Stadt für eine kleine philippinische Frau.

Als sie nach Hause kam und die Tür aufschließen wollte, hörte sie eine laute Männerstimme im Garten. Sigurd Lincher, Julius' Vater, sprach aufgeregt in sein Mobiltelefon.

Kapitel 13

Der plötzlich abgeschlossene Fall hatte Elli die unerwartete Gelegenheit verschafft, ihren Schreibtisch aufzuräumen, Papiere zu ordnen und diverse unerledigte Berichte fertig zu schreiben. Den ganzen Tag hatte sie im Büro verbracht – sogar der Computerbildschirm war von Staub befreit. Sie wusste nicht mehr, wann sie das zuletzt getan hatte.

Die Zimmertemperatur in der offenen Bürolandschaft ließ Elli frösteln. Obwohl es August war. Aber die Klimaanlage war nicht sonderlich gut auf die Außentemperatur abgestimmt. Sie nahm eine Wolljacke, die am Schreibtisch immer in Bereitschaft hing, und zog sie über ihr dünnes Oberteil.

Ein paar Schreibtische weiter sah sie Nereng telefonieren. Sie hörte nicht, mit wem er sprach, aber er hatte plötzlich diese Lachfältchen im Gesicht, die dort nur ab und zu erschienen. Hatte er jetzt eine Freundin? Für gewöhnlich erzählte er nicht viel von solchen Dingen, eigentlich nur, wenn er es musste, und dann am liebsten in Form von zweideutigen Bemerkungen. Nun ja, es ging sie schließlich auch nichts an. Schön für ihn, wenn es in seinem Leben ein wenig Action gab.

Ellis Gedanken drifteten zu ihrer Mutter ab. Die Uhr zeigte halb zehn, normalerweise stand Dee um sieben auf. Elli wählte ihre Nummer.

»Sunee, ist was passiert?«, fragte die Mutter erstaunt. Sie sprach Elli stets mit ihrem thailändischen Namen an.

»Nein, ich wollte nur hören, wie's dir geht.«

»Ach so ... ja, alles in Ordnung. Ich möchte übrigens, dass meine Asche in den Kwai gestreut wird.«

»Mama ... du bist gerade mal neunundfünfzig. Um deine Asche kannst du dir später Gedanken machen.«

Am anderen Ende der Leitung war ein Schnauben zu hören.

»Hast du jetzt einen Termin für die Untersuchung?«

»Nächste Woche Freitag.«

In zehn Tagen.

»Gut, ich nehme mir dann frei«, sagte Elli.

»Es liegt an den Wintern hier.«

»Hm?«

»Die Kälte kriecht in den Körper und macht schlimme Sachen. Die Menschen sollten im Warmen wohnen.«

Elli seufzte. Die Gedankenspirale ihrer Mutter endete immer in Selbstmitleid und der Sehnsucht nach Thailand. Das Problem dabei war, dass von ihrer Familie dort nicht mehr viele übrig waren. Im Erwachsenenalter wieder zurück in die Heimat zu gehen, würde wohl kaum so werden, wie es von Norwegen aus betrachtet den Anschein hatte. Im tiefsten Innern wusste ihre Mutter das. Sie war noch immer hier.

»Du kannst doch einfach dorthin ziehen, Mama.«

»Keine Mutter lässt ihre unverheiratete und kinderlose Tochter in einem fremden Land zurück.«

Elli verspürte Lust, das Handy gegen die Wand zu knallen.

Ganz ruhig. Konstruktive Gedanken, richtige Taten.

»Ich bin hier geboren«, sagte Elli kurz angebunden. »Ich komme schon klar. Ich muss jetzt los, Mama. Bis bald.«

Elli zog eine zusammengerollte Gummimatte unter dem Schreibtisch hervor, ging damit in eine ruhige Ecke der Bürolandschaft und nahm die Lotosposition ein. Zwanzig oder dreißig Minuten Meditation würden die Frustration und die Sorgen um ihre Mutter vielleicht auflösen. Noch immer allerdings hatte sie die Bilder des armen Schimpansen im Kopf, der von irgendwem gequält und gefoltert worden war.

Elli versank in Konzentration, spürte, wie ihr Kopf leer wurde und das Bewusstsein wieder zu etwas zurückfand, das an Gleichgewicht erinnerte.

»Rud, Siri«, gab Elli in die Suchmaske ein, nachdem sie die Gummimatte wieder unter dem Schreibtisch verstaut hatte. Jetzt, da das Affenskelett nicht mehr im Fokus der Aufmerksamkeit stand, hatte Elli aus irgendeinem Grund wieder an die datende Mutter denken müssen. Im Strafregister tauchte sie nicht auf. Ebenso wenig in irgendeinem anderen Polizeiregister. Denselben Vorgang wiederholte Elli mit dem Namen August Johan Flensberg; der Mann, mit dem Siri im Restaurant gewesen war. Auch über ihn war nicht das Geringste bei der Polizei verzeichnet.

Doch bei Google gab es eine Antwort. Siri Rud hatte einen Facebook- sowie einen Twitter-Account und tauchte zu Ellis Überraschung in einigen Artikeln auf Internetseiten auf, die sich mit Prominenten und der Finanzwelt beschäftigten. Es war also gar nicht so seltsam, dass Elli das Gefühl gehabt hatte, sie schon einmal gesehen zu haben.

Siri Rud hatte ein Verhältnis mit einem prominenten Investor namens Kasper Kleppe gehabt. Auf diese Weise landete man in der Zeitung, nicht zuletzt, wenn man an Prominentenpartys teilnahm, über rote Teppiche schritt, Champagner in St. Tropez trank und sich im Bikini zusammen mit einem verheirateten Mann ablichten ließ; Letzteres ein Umstand, der ihn anscheinend nicht daran gehindert hatte, sich ausgiebig zu amüsieren.

Nach und nach tauchten immer mehr Informationen auf. Das Verhältnis zu dem Investor hatte ein jähes Ende gefunden, als Siri Rud ihn beschuldigt hatte, sie geschlagen zu haben. Sie hatte Anzeige erstattet; die Presse hatte darüber berichtet. Der Vorfall sollte sich in einem bekannten Restaurant zugetragen haben.

Elli überlegte, wer sich eventuell noch an diese Sache erinnern könnte, die schon fünf Jahre zurücklag. Ihre Wahl fiel auf Sigurdssønn.

»Kasper Kleppe, ja«, wiederholte Ellis Kollege und betrachtete den blanken Schädel des Investors auf dem Bildschirm vor sich. »Ich kann mich gut an die Sache erinnern … es gab einen Riesenzirkus, als sie ihn anzeigte, und nicht weniger, als sie die Anzeige wieder zurückzog.«

»Aber du hattest mit dieser Sache nichts zu tun?«, fragte Elli.

Sigurdssønn schüttelte vielsagend den Kopf. »Nein, das war Takle.«

Takle war Ermittler in der Abteilung für Gewaltverbrechen gewesen, doch nach einem Hotelaufenthalt in Thailand vor zwei Jahren spurlos verschwunden. Nachdem er Unterschlagungen begangen hatte, war er dorthin geflohen. Der Vetter von Ellis Mutter wohnte in der Gegend, in der Takle sich nach seiner Flucht aus Norwegen aufgehalten hatte. Die Gerüchte hatten besagt, dass er wohl niemals zurückkäme. Möglicherweise lebte er unter falschem Namen irgendwo in Pattaya, doch wahrscheinlicher war es, dass er ein für alle Mal von der Bildfläche verschwunden war.

»Was wird denn in der Stadt so über Kleppe geredet?«, fragte Elli.

»Da gibt's viel Glanz und Glitter. Promis, Bilder in der Zeitung, fährt einen fetten Jaguar. Und nimmt am Birkebeiner-Fahrradrennen teil.«

»Am Birkebeiner …?« wiederholte Elli.

»Sag mal«, fuhr Sigurdssønn fort. »Hast du da irgendeine Sache, in die Siri Rud oder Kasper Kleppe involviert sind?«

»Nein. Es gab da nur ein Vorkommnis in Tjuvholmen vor ein paar Tagen.«

Elli berichtete von der Geschichte mit Siri und dem Jungen. Als sie fertig war, lehnte sich Sigurdssønn zurück, verschränkte die Arme vor der Brust und wippte rhythmisch mit seinem Stuhl. »Wie groß ist denn die Wahrscheinlichkeit, dass das 'ne einmalige Sache war?«

»Tja …«, erwiderte Elli nachdenklich. »Weißt du sonst noch was über Kleppe?«

Sigurdssønn verzog einen Mundwinkel. »Eigentlich nicht … hast du was anderes gefunden?«

»Es gibt irgendwas aus der Vergangenheit, als er vierzehn oder fünfzehn war, aber das ist lange her und wurde nicht digitalisiert. Sieht aus wie 'ne Einzelsache, vielleicht waren es auch zwei.«

Sigurdssønn nickte. »Da war er wohl noch zu jung, als dass das irgendwo anders auftaucht. Vielleicht 'ne Schlägerei oder so was?«

»Ja, alte Sünden«, sagte Elli. »Okay – danke für deine Hilfe.«

Elli überlegte kurz, ob sie noch weitere Nachforschungen über Kleppe und Rud anstellen sollte, verwarf den Gedanken aber wieder. Solche großen und kleinen Schicksalsdramen begegneten ihnen hier bei der Polizei ständig. Elli sah ein kleines Paket auf Nerengs Schreibtisch und machte eine fragende Geste.

»Ach, das. Meine neue Actioncam«, erklärte er. »Für ausgiebige Ski- und Fahrradtouren. Wird am Helm befestigt. HD, Bluetooth und Nachtsicht. Völlig irre.«

Elli klopfte ihm mütterlich auf die Schulter.

Kapitel 14

»Gott, was für ein Glück wir haben«, sagte Paul Brustad auf dem Rücksitz des Taxis. Sie fuhren über die Ringstraße. Paul sah Irene nicht an, sondern starrte nur auf das Häusermeer.

Irene nahm seinen Arm. »Ja, wir hatten wirklich Glück, dass wir Vilje bekommen haben.«

Ein paar Sekunden vergingen, bevor Paul sich zu ihr umdrehte. »Ja, das auch«, erwiderte er.

»Woran dachtest du denn?«, fragte sie leicht überrascht.

Er deutete auf die Stadt. »All das hier. Norwegen. Soziale Sicherheit. Keine Widerstände. Der Staat denkt für dich.«

Irene seufzte. »Ach, jetzt kommt wieder diese Diskussion. Du kannst doch nichts dafür, dass du in Norwegen geboren wurdest und wohlhabende Eltern hast.«

»Nein, aber das ist alles so sinnlos«, fauchte er.

Irene ließ seine Hand los.

Das Taxi bog bei Soro von der Ringstraße ab und nahm die Anhöhe nach Grefsen in Angriff.

»Entschuldige«, sagte er. »Wir sollten uns lieber über Vilje freuen. Ihre Zukunft ist unsere Zukunft.«

Irene quittierte seine Worte mit einem breiten Lächeln.

Das Taxi hielt vor der neuen Villa von Pauls Kollegen Sigurd Lincher. Seit sie Vilje bekommen hatten, war es das erste Mal, dass sie nun wieder ihre sozialen Kontakte pflegten.

Sie klingelten. Eine junge hübsche Philippinerin öffnete die Tür und deutete auf die Treppe nach oben.

»Weißt du eigentlich, wie sie heißt?«, fragte Paul leise.

»Ich glaube, Evelyn«, erwiderte Irene flüsternd.

Sie traten in eine große Küche, wo sie von Sigurd Lincher mit einem freundlichen Lächeln begrüßt wurden. Er trug eine Jeans und ein alternativ angehauchtes Surfer-Hemd.

»Herzlich willkommen, Paul«, sagte er, während sie einander

die Hände reichten, lenkte seine Aufmerksamkeit aber sogleich auf Irene. »Du siehst gut aus, Irene«, fügte er hinzu und bedachte sie mit einem anerkennenden Blick. »Kommt doch rein! Und da ist ja Margrete!«, rief er und deutete auf seine rothaarige Frau, die den Gästen entgegentrat. Irene begrüßte sie lächelnd und reichte ihr einen Blumenstrauß. Wie immer kam sie sich im Vergleich mit Margrete Lincher ein wenig plump und unbeholfen vor. Das farbenfrohe Kleid der beneidenswert schlanken Gastgeberin saß wie angegossen. Ihre Augen strahlten Entschlossenheit aus; Margrete wusste, wer sie war und was sie wollte. Irene wünschte, ein wenig von ihrer Selbstsicherheit zu haben.

Irene war siebenunddreißig und Paul sieben Jahre älter. Seit acht Jahren waren sie verheiratet. Sie hoffte, dass seine Erwartungen an das weitere Leben auf realistischen Gedanken fußten.

»Tja, hier ist unsere Küche«, erklärte Margrete mit einer eleganten Armbewegung. Die Küche war rustikal eingerichtet und vermittelte Irene den unbestimmten Eindruck, in Eigenregie gebaut worden zu sein. An einem langen Tisch aus wiederverwertetem Holz saßen ungefähr zwanzig Gäste.

»Hier von Grefsen aus kann man ja die ganze Stadt überblicken«, kommentierte Irene die vorzügliche Aussicht.

»Lofthus«, korrigierte sie einer der bereits gutgelaunten Gäste.

Margrete überhörte die Bemerkung und führte die Neuankömmlinge weiter in das ebenfalls großzügige Wohnzimmer, das jedoch eher modern und zeitlos eingerichtet war. Irene lobte den guten Geschmack der Gastgeberin. Margrete erläuterte, dass ihr Ehemann Sigurd die Möbel von Lieferanten bezogen hatte, die Wert auf ökologische und zertifizierte Waren legten. Die Besichtigung wurde fortgesetzt; eine große Terrasse und ein abgeschirmt liegender Garten mit Swimmingpool.

Als sie wieder in die Küche traten, erkannte Irene ein paar der Anwälte aus der Kanzlei von Sigurd und Paul, darunter Arthur Splid, der Gründer des Unternehmens. Neben ihm saß seine Frau Henriette, die ungefähr in Irenes Alter war.

Irene und Paul nahmen ihnen gegenüber Platz.

»Champagner?«, fragte Margrete, die rechts neben Irene saß.

Die perfekte Gastgeberin.

»Ein Glas nehme ich gern.«

Es war sicher eine gute Idee, etwas zu trinken. Der Alkohol würde Irenes Anspannung wohl lösen können.

Nach einer Weile erhob sich Sigurd am Kopfende des Tisches und hob sein Champagnerglas zu einem Toast. »Nun, dann möchten wir alle Anwesenden recht herzlich willkommen heißen zu diesem informellen Einweihungsessen in unserem frisch renovierten Haus. Übrigens das dritte Mal in zehn Jahren …«

Die Gäste lachten.

»Wir freuen uns sehr, dass alle kommen konnten«, fuhr Sigurd fort und setzte zu einem kleinen Vortrag über Umweltschutz an, bei dem er exemplarisch auf die handgefertigte Kücheneinrichtung und den großen Tisch aus wiederverwertetem Material verwies. Als er die Menüfolge des Abends vorstellte, entgingen Irene ein paar der französischen Bezeichnungen, doch als der erste Gang serviert wurde, konnte sie nicht umhin, festzustellen, dass er ziemlich lecker aussah.

»Beef Tatar mit Wachteleiern, roten Zwiebeln und Kapern von einem Hof im Weinbaugebiet Yecla, westlich von Alicante«, erklärte Sigurd. »Der Wein zu diesem Gericht stammt aus einer Bodega auf der anderen Talseite.«

Irene prostete dem Ehepaar Splid zu.

»Und? Alles in Ordnung bei euch?«, fragte sie, an Henriette gewandt.

»Aber ja doch, nur unsere Kinder sind manchmal ganz schön anstrengend.«

Die Jungen der Splids waren fünfzehn und siebzehn, wie Irene sich erinnerte. Die Bezeichnung »Kinder« passte wohl nicht mehr so ganz.

»Johannes, unser Ältester, bringt jetzt sogar Mädchen mit nach Hause. Über Nacht. Ist das nicht ein wenig früh?«, fragte Henriette mit einem Zwinkern.

»Tja«, erwiderte Irene. »Die Grenzen müsst ihr wohl setzen …«

»Ganz genau. Da bin ich völlig deiner Meinung. Aber du

weißt ja, diese jungen Hengste ...« Henriette kicherte, setzte das Glas auf dem Tisch ab und machte eine obszöne Handbewegung.

Irene räusperte sich verlegen.

Henriette stieß ein schallendes Lachen aus. »Gott, du ahnst ja nicht, wie oft die Bettwäsche gewechselt werden muss. Sei froh, dass du ein Mädchen hast. Prost!«

Eine Weile unterhielten sie sich weiter. Irene versuchte, ein paar Bemerkungen über Vilje einzubringen, musste sich dem Wortschwall von der anderen Tischseite allerdings geschlagen geben.

»Der nächste Gang«, rief Sigurd vom Tischende, »ist ein kurzgebratenes Rentiermedaillon. Durch die kurze Garzeit bei hoher Temperatur erhält es eine goldbraune Kruste. Dazu gibt es ein andalusisches Püree aus roten Früchten mit Meerrettich und karamellisierten, mit Limonensaft verfeinerten Salatherzen. Der Wein ist ein Chianti. Ihr denkt vielleicht, dass wir hier mit dem Roten am falschen Ende beginnen, aber glaubt mir«, fuhr er mit erhobenem Zeigefinger fort, »es funktioniert.«

Irene konnte nur zustimmen. Das Essen war ausgezeichnet, und der Wein passte perfekt dazu. Eine Bewegung etwas weiter entfernt an der Treppe erregte ihre Aufmerksamkeit. Das Au-pair-Mädchen lief durchs Wohnzimmer.

Evelyn hielt sich am liebsten fern von Sigurds und Margretes Gesellschaften und Freunden. Es waren Menschen, zu denen sie niemals ein ebenbürtiges Verhältnis haben könnte. Doch jetzt musste sie ins Wohnzimmer gehen – Julius hatte eines seiner Lieblingsstofftiere vergessen, einen Schwertwal, und weigerte sich, ohne ihn einzuschlafen.

Der Schwertwal lag auf dem Bett. Als sie auf dem Rückweg wieder in die Küche kam, war Sigurd am Tischende erneut aufgestanden. Er hielt eine Gabel mit einem Stück Fleisch in der Hand.

»Die Jagd ist die reinste und umweltfreundlichste Form der Fleischgewinnung«, psalmodierte er und führte die Gabel zum Mund. »Das Tier lebt sein Leben in dem ihm angemessenen Element. In einem Moment frisst es glücklich vor sich hin, und im nächsten fällt es nach dem Gewehrschuss des Jägers tot um.«

Ein zustimmendes Brummen ließ sich am Tisch vernehmen. Sigurd wusste, wie er die Aufmerksamkeit seiner Gäste auf sich zog, dachte Evelyn.

»Wenn er gut trifft«, warf einer der Gäste ein.

Gelächter.

Evelyn versuchte, das riesige Stofftier durch die Küche zu manövrieren, ohne die Gäste dabei zu stören. Plötzlich zeigte Sigurd auf sie.

»So was Ähnliches hab ich mal gesehen, in der Antarktis.«

»Ich dachte, sie kommt von den Philippinen«, sagte derselbe Gast.

Erneutes Gelächter, diesmal etwas abgemildert.

»Der Schwertwal«, fuhr Sigurd leicht indigniert fort, »schnappte sich einen Pinguin und warf ihn hoch in die Luft. Auf dem Weg in das Maul des Wals war er völlig hilflos.«

Als Evelyn am Tisch vorbeikam, sah Sigurd kurz zu ihr herüber. *Er ist ein Idiot. Tut mir leid, aber ich kann jetzt keine Szene machen,* schien sein Blick zu sagen.

»Prost!«, sagte er und hob abermals das Glas. »Auf die Natur – und unsere wunderbare Evelyn.«

Die Gäste hoben die Gläser zu einem Toast.

Später am Abend stand Irene mit einem Mojito in der Hand auf der Terrasse und sah auf Oslo hinaus. Es war ein klarer Abend, die Stadt glitzerte unten am Fjord.

Sie nippte an ihrem Drink. Glücklich? Ja, sie waren glücklich, doch nie hatte sie das Gefühl gehabt, dass es jemanden gab, der immer für sie sorgte.

»Schön, nicht?«, hörte sie eine Stimme hinter sich.

Als sie sich umdrehte, verspürte sie ein vages, vom Alkohol herrührendes Schwindelgefühl. Kasper Kleppe, Pauls und Sigurds Jugendfreund, hob sein Glas. »Prost!«

»Prost!«, erwiderte sie und stieß mit ihm an. Ein wenig zu forsch, doch das Glas blieb heil.

Ein breites Lächeln erschien auf seinem Gesicht. Die Zähne standen in deutlichem Kontrast zu seinem gebräunten, kahlen Schädel. Er stellte sich neben Irene und blickte hinaus. »Wie geht's denn mit der Kleinen?«

»Bestens. Unser erster gemeinsamer freier Abend, seit wir sie haben. Meine Mutter spielt die Babysitterin.«

»Schön«, sagte er, hielt den Blick aber auf die Stadt gerichtet.

»Und was ist mit euch – habt ihr auch einen Babysitter?«, fragte Irene.

»Grace. Unser Au-pair.«

Irene lächelte. »Ja, natürlich.«

»Ihr solltet euch auch ein Au-pair-Mädchen anschaffen. Alles wird viel einfacher.«

»Ist das nicht viel Verantwortung? Die sollen doch während ihres Aufenthaltes auch etwas lernen, oder?«

»Gar kein Problem. Es gibt jede Menge Kurse an der Uni oder der Volkshochschule – solange es in den Zeitplan passt. Wir haben ja einen behinderten Sohn und waren daher gezwungen, uns etwas Entlastung zu organisieren. Du weißt ja, wie das ist ... Reisen, Konferenzen.«

Irene nippte wieder an ihrem Drink.

»Und dir geht es ansonsten auch gut, wie ich gehört habe?«, fragte Irene, um die Unterhaltung in Gang zu halten. Sie wusste nicht mehr, was er eigentlich beruflich machte.

»Allerdings. Die Ölbohr-Branche läuft gut in diesem Jahr. Ich hatte Glück, dass ich da richtig positioniert war, als es losging.«

»Das stimmt.«

»Ganz unglaublich, nicht?«

Irene sah ihn an. »Ich habe keine Ahnung von Bohrinseln.«

Kasper lächelte. »Ich dachte an Sigurd, Paul und mich. Dass drei Jungs, die damals in kurzen Hosen rumliefen, einmal so einen Erfolg haben würden.«

Irene nickte und erwiderte sein Lächeln. »Wer hätte das gedacht?«

Kasper lachte. »Ironie. So was ist heutzutage Mangelware.«

»Tut mir leid, so hab ich's gar nicht gemeint ...«

Irene dachte, dass sie Feste gar nicht mehr gewohnt war. Sie musste sich mit dem Alkohol wohl etwas zurückhalten.

»Weißt du, als wir in Blindern an der Uni anfingen, wollte nur Paul Jurist werden. Sigurd und ich hatten Sozialwissenschaften belegt. Aber nach einer Weile kamen wir zur Vernunft.« Kasper breitete die Arme aus. »Und jetzt ist Paul unser *leading partner*.«

Irene betrachtete ihn. Er war selbstsicher. Wie Paul und Sigurd, aber auf eine andere Art. Seine Augen waren leicht mandelförmig und ließen seinen Blick abschätzend wirken. Als ob er alle, denen er begegnete, auf einer Skala einordnete.

Er hob wieder sein Glas. »Auf die Kanzlei Brustad & Splid.«

Irene stieß mit ihm an, trank aber nur einen kleinen Schluck. »Und auf das frisch renovierte Haus.«

Kasper zuckte mit den Schultern. »Und das Haus.«

Er trank aus. Als er das Glas absetzte, blieb er ruhig stehen und betrachtete Irene unverhohlen. Er sah ihr in die Augen, ließ den Blick über ihre Brüste wandern und noch ein Stückchen tiefer.

Er stieß einen anerkennenden Pfiff aus.

»Paul ist ein glücklicher Mann«, sagte er.

Irene wurde rot und fühlte sich beschmutzt.

Zielgerichtet lief Irene durch die Küche, das Wohnzimmer und in den Flur hinein, wo sie irgendwo das Badezimmer vermutete. Sie hatte das Bedürfnis, sich zu waschen. Keine der vier Türen im Flur war mit »WC« gekennzeichnet. Irene öffnete die erste Tür und entdeckte das Schlafzimmer der Gastgeber. Der nächste Raum war ein Arbeitszimmer mit Regalen vom Boden bis zur Decke. Überall Bücher und irgendwelche Artefakte. Sie spähte ein wenig umher, doch ohne Brille konnte sie in der Dunkelheit nicht viel erkennen. Hinter der letzten Tür auf der gegenüberliegenden Seite verbarg sich ein großes Badezimmer. Die Einrichtung erinnerte sie an Hotels an der Mittelmeerküste.

Nachdem sie sich etwas beruhigt hatte, verließ sie das Bad, in der festen Absicht, Paul zu suchen und nach Hause zu fahren. Es war fast ein Uhr, und sie hatte keine Lust, Kasper Kleppe noch einmal allein zu begegnen. In der Küche herrschten noch immer rege Betriebsamkeit und gute Laune. Paul allerdings war nirgendwo zu sehen. Ebenso wenig Sigurd.

Nachdem sie sie auch beim Swimmingpool nicht finden konnte, lief sie hinunter in den Eingangsbereich. Im Flur auf der linken Seite hörte sie Stimmen. Paul und Sigurd standen an die Wand gelehnt und unterhielten sich lebhaft. Die Stimmung war leicht gereizt. Als Paul sie entdeckte, erstarb das Gespräch wie auf Knopfdruck.

»Ich möchte nach Hause«, sagte Irene, blieb aber ein paar Meter von den beiden entfernt stehen.

Paul blickte sie resigniert an. »Aber die Party geht doch gerade erst los.«

»Ich bin nicht in Form.«

Sigurd räusperte sich und ließ die beiden allein.

»Nicht in Form?«, fragte Paul kichernd. »Als wir vor ein paar Stunden gekommen sind, ging's dir doch gut.«

»Aber jetzt ist es anders. Ich kann gern allein nach Hause fahren, wenn du noch hierbleiben möchtest.«

»Schon gut, ich komme mit …«, gab Paul zurück. »Ich will mich nur schnell verabschieden«, sagte er und zog los, um Margrete zu suchen.

»Kasper hat mich angebaggert«, sagte Irene, als sie im Taxi saßen.

»Ach … der war sicher nur ein bisschen betrunken«, erwiderte Paul.

»Betrunken oder nicht – er war ziemlich aufdringlich mit seinen Blicken und Worten.«

Paul beugte sich zu ihr. »Was hat er denn gesagt?«

Irene erzählte ihm von der Episode auf der Terrasse.

Paul machte eine beschwichtigende Handbewegung. »Vergiss es einfach. So ist er eben.«

»Ach, und dann ist es okay, wenn er sich auf die Frauen seiner Freunde stürzt?«

Paul stöhnte.

Eine Weile schwiegen sie beide.

Irene richtete sich ein wenig im Sitz auf. »Aber mal ganz was anderes«, sagte sie schließlich, »hast du Sigurds Büro gesehen?«

Paul blickte sie verwundert an. »Sein Arbeitszimmer? Nein, du etwa?«

Irene zuckte mit den Schultern. »Ich hab mich verirrt, als ich nach dem Bad suchte. Also, es ist ziemlich … massiv. Regale vom Boden bis zur Decke. Als ob sich Darwin höchstpersönlich da eingerichtet hätte.«

Paul schüttelte lächelnd den Kopf. »Darwin …«, sagte er und gab seiner Frau einen Kuss.

Kapitel 15

Elli studierte ein Rundschreiben, in dem das Seminar *Selbstverteidigung II – fortgeschrittene Techniken zur Entwaffnung* angeboten wurde. Als Karatesportlerin der oberen Graduierungsstufe war sie selbst als Gastlehrerin aufgeführt, doch der Hauptinstrukteur des Kurses lehrte Krav Maga. Elli konnte sich nicht erinnern, schon einmal gefragt worden zu sein, als Lehrerin zu arbeiten. Das Ganze war wohl eher als Dienstanordnung aufzufassen.

Jemand klopfte ihr auf die Schulter.

Nereng reichte ihr das Telefon. »Das ist dieser Veterinär.«

Elli nahm das Telefon entgegen. »Rathke.«

»Hier ist Brage Withberg. Ich hab hier was, das Sie sich ansehen sollten.«

»Am Schimpansenskelett?«

Withberg räusperte sich. »In gewisser Weise. Wäre schön, wenn Sie herkommen könnten. Dann erklär ich's Ihnen.«

»Aber die Sache wurde an die Abteilung für Faunakriminalität weitergeleitet«, erklärte Elli.

Pause.

»Also gut, ich will mich ja nicht darin einmischen, wie die Polizei ihre Arbeit organisiert, aber hören Sie zu: Nachdem wir uns zuletzt begegnet sind, hab ich mir das alles noch ein bisschen genauer angesehen. Ich wollte einfach verstehen, was mit diesem armen Kerl passiert ist.«

Eine weitere Pause entstand, diesmal länger. Als Elli das Schweigen brechen wollte, kam Withberg ihr zuvor.

»Um es ganz einfach auszudrücken: Wir haben es hier nicht nur mit den Überresten eines Schimpansen zu tun.«

Brage Withberg, in einen Laborkittel gekleidet, beugte sich über den Tisch mit den Knochenresten und deutete mit einem dünnen Metallstab auf zwei Zehenglieder am linken Fuß. Angesichts von Withbergs Alter war es erstaunlich, dass er keine Brille trug. Vielleicht eine Laser-Operation, dachte Elli.

Er wirkte ruhig und selbstsicher, so, als müsste er nichts beweisen. Elli mochte Menschen, die über diese Art von Selbstbewusstsein verfügten. Von leeren Posen hatte sie schon lange genug.

Die beiden Polizisten starrten auf den Schimpansenfuß.

»Sieben Zehen?«, fragte Nereng ungläubig.

Auch für Elli sah es aus, als hätte er sieben Zehen.

»Ja, da stimmt wohl was nicht«, erwiderte Withberg in ironischem Tonfall und ließ den Blick zwischen Elli und Nereng hin und her wandern, bevor er die Zehen am linken Schimpansenfuß demonstrativ von eins bis sieben aufzählte.

Elli hob eine Augenbraue.

»Sie sagten, es dreht sich hier nicht nur um einen Schimpansen?«

Withberg nickte. »Schauen Sie mal«, sagte er, entfernte einen Zeh vom Skelett und legte ihn unter das Mikroskop. Er gab den beiden ein Zeichen, sich den Zeh selbst anzusehen.

»Knochen«, konstatierte Nereng, während er ein Auge dicht an das Okular führte.

Elli blickte ungeduldig zu Withberg, der abwehrend die Arme hob. »Sorry. Sie fragen sich, worauf ich hinauswill. Also, das ist ganz einfach«, sagte er und zeigte auf das Mikroskop. »Das da ist kein Schimpanse, sondern ein Mensch.«

Nereng und Elli wechselten einen misstrauischen Blick.

»Das Skelett ist doch ein Mensch?«, fragte Elli.

Withberg schüttelte den Kopf. »Nein, nur diese Zehenreste, die hier am stärksten in Mitleidenschaft gezogen wurden.«

»Und ein Irrtum ist ausgeschlossen? Sie haben doch selbst gesagt, dass Menschen und Schimpansen einander stark ähneln.«

Withberg schüttelte erneut den Kopf. »Es ist ein Mensch. Die Zellstruktur weist eindeutig darauf hin.«

Elli ließ die Information in ihr Bewusstsein einsinken.

Nereng brachte es auf den Punkt. »Na, wenn das keine originelle Art ist, eine Leiche zu verstecken …«

»Nein, der Schimpanse ist kein Mensch«, erklärte Elli dem misstrauischen Fjeld am Handy. »Aber es gibt auch menschliche Überreste, inmitten des Schimpansenskeletts.«

»Und jetzt willst du weitergraben?«, folgerte Fjeld.

Elli hielt sich am Haltegriff oberhalb der Tür fest, während Nereng aus dem Festningstunnel in Richtung Vika abbog.

»Wir müssen ein größeres Areal als beim letzten Mal absuchen.«

»Ich informiere die Kriminaltechnik«, sagte Fjeld und atmete hörbar aus. »Zum zweiten Mal.«

»Und wir brauchen einen Hund.«

Kapitel 16

Es war warm, um die fünfundzwanzig Grad. Im Sonnenlicht sah der Bereich vor der Mauer mit der kleinen Holztür vertrauenswürdig aus. Eine Katze, vielleicht auf Rattenjagd, schlich in einiger Entfernung durch das Gestrüpp.

Nereng stand rechts neben Elli. Er formte die Hand zu einem Trichter und hielt sie an sein Ohr. »Hier unten fließt irgendwo Wasser.«

Elli nickte. Sie hatte das rieselnde Geräusch ebenfalls gehört.

Nereng blickte umher und entdeckte ein paar Meter weiter eine Art Schacht.

»Ist wohl ein Bach, der durch ein Rohr geleitet wird«, sagte er. »Komisch, dass wir das beim letzten Mal nicht gehört haben.«

»Lag wohl an den Stromaggregaten«, erwiderte Elli. Sie hielt den Blick auf die Katze gerichtet, die anscheinend kurz davor war, sich auf irgendeine Beute zu stürzen.

Nereng nickte. »Wo fangen wir an?«

»Im Erdkeller. Und von da aus arbeiten wir uns weiter vor.«

Elli bemerkte das Geräusch eines Lieferwagens, der am Ende der Straße um die Ecke bog. Sekunden später hielt er dicht neben ihnen an. Gaarder stieg aus und sah Elli fragend an. »Die Leiche war ein Affe, und der Affe war eine Leiche?«

»Ein Schimpanse«, präzisierte Elli. »Aber vermischt mit den Überresten eines Menschen.«

»Und suchen wir jetzt nach Menschenknochen oder Schimpansenknochen?«

»Sowohl als auch. Uns fehlt ja auch noch der Schimpansenschädel.«

Kontinuität gehörte nicht zu den Stärken der Osloer Polizei. Daher war es gut, dass Gaarder, als Chef des Teams der Kriminaltechniker, die Arbeit fortsetzen konnte.

Er blieb einen Augenblick neben der Kellertür stehen, bevor er schließlich die Versiegelung entfernte und die Tür öffnete. Elli bemerkte, dass sein Blick unruhig hin und her wanderte, und trat neben ihn. »Das wird 'ne Menge Arbeit.«

»Wir hätten das schon beim letzten Mal tun sollen«, erwiderte er knapp.

»Stimmt, aber weder du noch ich konnten schließlich ahnen, worum es hier eigentlich geht.«

Mit zügigen Schritten lief Gaarder zurück auf die Straße, stellte sich hinter den Lieferwagen und öffnete die Heckklappe. »Ach nein?«, rief er. »Wir dachten, es sei eine Kinderleiche, und nun stellt sich heraus, dass es das auch tatsächlich war.«

Elli trat an den Wagen und lächelte Gaarder freundlich an. »Das lag in meiner Verantwortung. Wir haben den Bereich so weit abgesucht, wie es uns sinnvoll erschien. Zum damaligen Zeitpunkt. Jetzt liegen uns neue Informationen vor, und da müssen wir eben weitersuchen.«

»Du wolltest ja nicht auf mich hören.«

Elli wollte etwas erwidern, spürte aber plötzlich Nereng hinter sich.

»Habt ihr Brechstangen, Hämmer, Spitzhacken und so was?«, fragte er.

»Was nicht da ist, lassen wir kommen«, gab Gaarder leicht gereizt zurück.

Nereng hob abwehrend die Hand. »War ja gar nicht so gemeint, dachte ja nur, das ist ein ordentliches Stück Arbeit da drinnen …«

Elli hielt seinen Arm fest.

»Gaarder und seine Leute haben alles unter Kontrolle, Jan.«

»In Ordnung«, erwiderte Nereng und ging wieder hinunter zum Erdkeller.

Elli lief ihm nach.

»Er ist ein bisschen angespannt«, flüsterte sie. »Das ist seine erste Leiche. Setz ihn nicht unter Druck.«

Nereng nickte mechanisch. »Schon gut.«

Eine halbe Stunde später waren auch Ringstad und ein Kollege von der Hundestaffel zusammen mit den vierbeinigen Ermittlern eingetroffen.

Auf der Motorhaube des Einsatzwagens hatte Elli eine Skizze des Erdkellers ausgebreitet. Gaarder, Nereng und Ringstad studierten die Details. Der Fundort des Skeletts, die Tür, der Durchgang zur Treppe sowie der Hohlraum waren farbig markiert.

»Dieses Mal lassen wir die Hunde zuerst ihren Job machen«, sagte Elli. Das Getrampel der Kriminaltechniker und Polizeibeamten würde nur dazu führen, dass sich die Geruchspartikel, die von Schuhsohlen, Kleidung sowie Haut- und Haarresten stammten, mit denen der Leiche vermischten. Je mehr Gerüche ein Hund in seinem Gehirn verarbeiten musste, desto schneller wurde er müde. Nach zehn oder fünfzehn Minuten intensiven Herumschnüffelns kam es nicht selten vor, dass ein Hund vor lauter Erschöpfung erst mal zwei Stunden schlafen musste.

»Augenblick mal«, sagte Nereng, lief hinunter zur Holztür und schob die Hand durch die Türöffnung. Nach zwei Sekunden kam er zurück und hielt ein Handy in die Höhe. »Actioncam!«, verkündete er und zeigte auf den blaugrün schimmernden Bildschirm.

Mit stolzen Bewegungen führte Ringstad den Malinois Zappa an der Mauer entlang zur Kellertür. »Such!«, kommandierte sie und ließ den Hund von der Leine.

Nerengs drahtlos sendende Minikamera, die jetzt am Kopf des Hundes befestigt war, zeigte den ersten Raum des Erdkellers. Das Empfangsbild auf Nerengs Handy erinnerte Elli an das Nachtsichtgerät, das sie bei einem Einsatz in Uganda einmal verwendet hatte. Am Rande des Blickfelds waren die Bewegungen der Hundeschnauze erkennbar.

Ringstad dirigierte den Hund in einem Bogen durch den großen Raum. Nachdem Zappa zwanzig Minuten gearbeitet hatte, scheuchte sie ihn wieder hinaus und ließ ihn mit seinem Lieblingsball spielen. Danach sperrte sie ihn in den Käfig.

»Bis jetzt noch nichts«, sagte sie zu Elli und Nereng.

»Wie lange muss er jetzt Pause machen?«, fragte Elli.

»Eine halbe Stunde, vielleicht auch etwas mehr«, entgegnete Ringstad. »Und ihr könnt nicht eher beginnen, bis ich mit dem Hund den ganzen Keller durchsucht habe.«

Nereng sah ungeduldig auf die Uhr. Sie zeigte halb zwei.

»Na, dann können wir uns ja ein Plätzchen für die Nachmittagsvorstellung suchen«, sagte er und setzte sich mit dem Handy in den Schatten.

Mit drei Pausen dauerte die Suche eineinhalb Stunden. Zappa fand nichts.

Elli blieb ein Stückchen hinter der Tür zum Erdkeller stehen, während sich ihre Augen an die Dunkelheit gewöhnten. Nereng und Gaarder zogen die Köpfe ein und folgten ihr. Ohne sich umzudrehen, sagte Elli: »Da der Hund nichts gefunden hat, ist wohl der Bodenscanner unsere einzige Chance.«

Gaarder blickte umher. »Das ist nicht gerade der Idealzustand«, sagte er. Elli wandte sich um und hob eine Augenbraue.

»Seit wann entspricht in dieser Branche irgendwas dem Idealzustand?«

Gaarder antwortete nicht. Er versuchte, einen der Kollegen über Funk zu erreichen, fluchte wieder über die schlechte Verbindung und trat näher an die Tür heran. Kurz nachdem er seine Befehle in das Funkgerät gebrüllt hatte, erschienen zwei Techniker mit dem Radargerät. Es erinnerte an einen Rasenmäher mit großen Rädern.

»Wir fangen in der Mitte an und teilen den Bereich in Felder ein«, kommandierte Gaarder. »GPS-Abdeckung können wir hier wohl vergessen, oder?«

»Na ja«, erwiderte Nereng und hielt sein Handy in die Höhe. »Drei Streifen.«

Gaarder schüttelte resigniert den Kopf. »Wieso kann Net-Com nicht auch unseren Funkverkehr betreiben?«

Abgesehen von dem Radartechniker und einem Kollegen, der sich um das Stromkabel kümmerte, verließen alle anderen den Keller.

Nereng reichte Elli das Handy, auf dem nun auch das Empfangsbild des Bodenscanners zu sehen war. Nereng wollte Kaffee, ordentlichen Kaffee. Er nahm Bestellungen für die anderen auf und lief zu einem Kaffeeausschank am Ende der Straße.

Elli schaute auf das Videobild. Das Radarsignal war wie eine mechanische Variante des Hundes. Im Gegensatz zum Hund, der selbständig war und schlaue Entscheidungen traf, war der Bodenscanner jedoch abhängig von der Steuerung durch den Techniker. In einem absurden Moment sah Elli den Kriminaltechniker und den Bodenscanner als eine Einheit vor sich. Lächerlich. Menschen waren Allroundtalente. Konnten von jedem ein bisschen. Hunde waren Spezialisten.

Der Duft des Kaffees riss sie aus ihren Gedanken. Nereng

reichte ihr einen doppelten Americano. Darin waren sie sich völlig einig. Schwarzer Kaffee war das Beste, am liebsten ein doppelter Americano.

Elli trank einen ordentlichen Schluck.

»Rathke?!«

Elli ließ den Becher sinken und entdeckte Gaarder vor der Kellertür.

»Ja«?

»Wir haben hier vielleicht was.«

Kapitel 17

Gaarder führte Elli und Nereng zum Bodenscanner, der jetzt in dem Raum stand, in dem sie das Skelett gefunden hatten. Die Techniker hatten die Fundstelle an der gegenüberliegenden Querwand mit ein paar Markierungen versehen.

»Kannst du erkennen, was das ist?«

»Knochenreste. Aber wir wissen nicht, was für welche.«

»Und wie tief liegen die da unten drin?«, fragte Elli.

»Zwanzig bis dreißig Zentimeter.«

Wie beim vorigen Fund, dachte Elli.

»Was machen Sie jetzt? Wird das ausgegraben oder wollt ihr weiter scannen?«

»So ein Mittelding«, erwiderte Gaarder. »Wir geben den umliegenden Bereich frei, so dass die Ausgrabung den Scanvorgang nicht behindert.«

Nach einer Dreiviertelstunde rief Gaarder sie wieder zu sich.

»Der Boden war hier nicht so stark verfestigt«, erläuterte er und zeigte auf eine kleine Grube, die einen mal eineinhalb Meter maß und ungefähr zwanzig Zentimeter tief war. Gleich daneben lagen bereits Knochenreste auf einer Plastikplane. Elli konnte Reste von Rippenknochen, einen Rückenwirbel und Teile eines Schädels erkennen.

»Eine große Katze«, stellte sie erstaunt fest.

Nereng und Gaarder sahen sie fragend an.

»Ich habe solche Katzenskelette schon mal als Röntgenaufnahme gesehen. Packt alles in Asservatenbeutel und schickt's zur Analyse ans Veterinärmedizinische Institut. Ich will wissen, was mit dieser Katze passiert ist – und was für eine Katze das war.«

»Ein Luchs?«, schlug Nereng vor. »Niemand hat so große Hauskatzen.«

Gaarder kratzte sich am Kopf. »Ab in die Tüten damit.«

Nachdem das Katzenskelett gut verpackt war, gingen Elli und Nereng wieder hinaus, um die Techniker nicht weiter zu stören. Elli überlegte laut, eine SMS an Fjeld zu schicken und ihn über die Entwicklung zu informieren, ließ es aber bleiben.

Nereng fing an zu lachen.

Elli seufzte. Dann hörte sie plötzlich wieder Gaarder nach ihr rufen.

»You is what you am, a cow don't make ham«, zwitscherte Nereng, als sie in ein weiteres Loch blickten, das Gaarder ihnen präsentierte.

»Vögel?«, fragte Elli frustriert.

In dem Loch lag ein Haufen Vogelkadaver, in unterschiedlichen Verwesungsstufen, das Federkleid der Tiere schien gelblich gewesen zu sein. »Ich bin übrigens gerade nicht in Stimmung für deine Rock-Zitate aus dem letzten Jahrhundert«, sagte sie an Nereng gewandt.

Er hob abwehrend eine Hand. »Komm schon, nur das eine. Frank Zappa. Nimm's als Hommage an den Hund.«

»Hm?«

Nereng ignorierte sie und wandte sich an Gaarder. »Seid ihr jetzt überall gewesen?«

»Ja.«

»Zappa hatte recht«, sagte Nereng zu Elli. »Hier drinnen gibt's keine menschliche Leiche.«

»Noch wissen wir nicht, ob sich nicht auch in diesen Überresten menschliche Knochen verbergen«, erwiderte Elli.

»Stimmt. Aber ein ganzes Skelett haben wir nicht.«

Elli starrte auf den Haufen Vogelkadaver. »Dann auch in die Tüten damit.«

Draußen im Freien kniff Elli die Augen zusammen und blickte kurz in die Sonne. »Ein Schimpanse mit zwei menschlichen Zehen, eine große Katze und die Überreste von kleinen Vögeln. Was schließt du daraus, kluger Freund?«

»Ich fange so langsam an, mich mit deinem Karma-Konzept anzufreunden, Elli. Wir müssen in unserem vorigen Leben irgendwas verbrochen haben, das uns jetzt verfolgt. Niemand verdient einen Fall mit derart kryptischen Spuren.«

Elli war nicht nach Lachen zumute, konnte es aber nicht unterdrücken. »Das ist Buddhas Konzept, nicht meins. Aber theoretisch kannst du recht haben. Die Spuren der Verwesung sind so was wie die Rückzahlung des ewigen Kreislaufs für frühere Unzulänglichkeiten.«

Die Techniker packten ihre Radarausrüstung sorgfältig zusammen. Elli und Nereng standen an den Wagen gelehnt und sahen zu. Sie hatten ihre Hilfe angeboten, aber die Techniker machten so etwas lieber selbst.

»Was, glaubst du, ist da drinnen geschehen?«, fragte Elli.

Nereng fasste sich ans Kinn. »Tja, sag du es mir. Kann da vielleicht früher mal ein Schlachtbetrieb gewesen sein?«

»Aber niemand isst Schimpansen oder Luchse.«

Die Frage blieb in der Luft hängen. Nereng blickte auf und sah Ringstad, in Zivil, mit Zappa die Straße herunterkommen.

»Ich wohne hier in der Nähe«, erklärte sie, »da dachte ich, ich höre auf dem Heimweg mal nach, wie es steht.«

»Es sind noch zwei Tierkadaver aufgetaucht«, sagte Elli und breitete die Arme aus. »Aber keine Leiche. Wir haben zwar die beiden menschlichen Zehen, aber das reicht wohl nicht aus, um die Sache weiterzuverfolgen. Das verschwindet wohl alles in den Archiven der Fauna-Abteilung.«

Zappa nagte vorsichtig an Ringstads Hosenbein.

Elli nickte verständnisvoll. »Feierabend ist Spielzeit. Ich sollte wohl auch mal nach Hause fahren, zu Zenith.«

Ringstad gab Zappa einen mit Leckerbissen gefüllten, perforierten Gummiball. »Jetzt benutz mal dein Köpfchen«, sagte sie zu dem Hund.

Zappa stürzte sich unmittelbar auf den Ball und versuchte, die Leckerlis herauszubekommen. Doch jedes Mal, wenn er nach dem Ball schnappte, sprang der nur ein Stückchen weiter über die Straße.

Plötzlich blieb der Hund wie angewurzelt stehen und ließ den Ball zu den dreien zurückrollen.

»Hol den Ball, Zappa!«, rief Ringstad vergnügt.

Aber Zappa wollte den Ball nicht holen. Stattdessen setzte er sich neben einen Gullydeckel und suchte Ringstads Blick.

»Verdammt«, sagte sie. »Er hat was gewittert.«

Kapitel 18

Eine halbe Stunde später war die Hansteens gate an beiden Enden abgesperrt. Ein paar Streifenwagen standen in Bereitschaft. Die ersten Anwohner beklagten sich bereits darüber, dass sie mit ihren Fahrzeugen nicht durchgelassen wurden. Zwei Streifenbeamte von der Sentrum-Polizeidienststelle erklärten freundlich, aber bestimmt, dass das Gesetz nun einmal Vorrang vor den Parkgewohnheiten der Anwohner habe.

Ein nicht mehr ganz neuer Lieferwagen rollte langsam auf eine der Absperrungen zu. Elli erkannte die Aufschrift »VAV«, das Kürzel der Osloer Wasserbetriebe, auf der Motorhaube. Nereng hatte sie um Unterstützung gebeten, nachdem klargeworden war, dass sie in den Abwasserschacht hinuntermussten, um Zappas Fund näher in Augenschein zu nehmen.

Elli lief mit schnellen Schritten auf die Absperrung zu und sorgte dafür, dass die Beamten den Wagen passieren ließen. Sie winkte den Fahrer an den Bordstein heran und signalisierte ihm, den Motor abzustellen und auszusteigen.

»Hallo, ich bin Kai Ronny«, sagte der Fahrer. Er hielt Elli seine riesige Hand entgegen, wich ihrem Blick aber aus.

»Rathke, mein Name. Schön, dass Sie so schnell kommen konnten. Wissen Sie, worum es geht?«

Kai Ronny schüttelte den Kopf und drehte sich gleichzeitig eine Zigarette.

»Wir müssen in einen Schacht hinunter«, erklärte Elli, »und uns wahrscheinlich auch Zugang zu einem Rohr verschaffen.«

»Dann wollen wir uns das mal ansehen«, sagte Ronny, zündete sich die Zigarette an und lief hinunter zu dem Gullydeckel, wo Nereng stand.

Kai Ronny begrüßte Nereng mit einem kurzen Nicken und reichte ihm eine Art Brechstange. Sie war rot.

»Können Sie den Deckel mal bitte hochstemmen, mein Rücken lässt mich gerade etwas im Stich.«

»Kein Problem«, erwiderte Nereng, setzte die Stange an einem der Löcher an und zog den Gullydeckel mit einem schabenden Geräusch zur Seite.

Sie blickten in das Loch.

»Tjaaa …«, sagte Kai Ronny und nahm einen tiefen Zug von seiner Zigarette. »Ein Zwölfzoller.«

Elli schaute zu Nereng.

»Ist das der Durchmesser des Rohrs?«, fragte er.

»Jepp. Es gibt alle möglichen Größen, aber Achter, Zwölfer und Sechzehner kommen oft vor. Wahrscheinlich ist da unten ein Bach, der vor Urzeiten in ein Rohr umgeleitet wurde … Aus welcher Zeit stammen die Gebäude hier? Anfang des 20. Jahrhunderts?«

»So was in der Art«, entgegnete Elli.

»Ja, dann ist das bestimmt ein Bach, den man irgendwann mal von den Häusern weghaben wollte.« Er ließ sich auf die Knie herunter und schaute in die Tiefe. »Nein, ist nicht besonders viel Wasser. Wie gesagt, ein Bach. Kein Trinkwasser.«

»Haben Sie irgendwelche Listen, worauf steht, was durch welche Rohre fließt?«, fragte Elli etwas verwundert.

Kai Ronny kicherte. Sein Lachen ging nahtlos in einen Hustenanfall über. »Wir wissen ja nicht mal, wo überall Rohre entlangführen«, krächzte er.

Elli sah ihn abwartend an, bekam aber keine weiteren Informationen.

»Können Sie das Wasser absperren? Es irgendwo anders hinleiten?«

Kai Ronny machte wieder einen tiefen Zug von der Selbstgedrehten. »Alles ist möglich.«

Langsam ging er zurück zu seinem Wagen.

Elli entdeckte Ringstad auf einem kleinen Rasenstück. Sie hatte sich halbwegs hingelegt und trug Ohrenstöpsel. Zappa schlummerte neben ihr.

Elli erläuterte ihr die Situation. Im Laufe der nächsten Stunden würde der Hund vorerst nicht mehr gebraucht.

»Aber bevor du aufbrichst, wüsste ich gern eins«, sagte Elli. »Hätte Zappa in jedem Fall genau dort ein Signal gegeben, wo er die Witterung aufgenommen hat?«

Ringstad setzte sich auf. Ein paar Haarsträhnen fielen ihr ins Gesicht. Mit einer geübten Bewegung strich sie sie weg.

»Du spielst auf die Fehlerquote an?«, fragte sie.

Elli nickte.

»Nicht in dieser Situation. Wenn da irgendwas im Boden liegt, auf dessen Geruch der Hund reagiert, dann setzt er sich einfach hin. Wenn eine Leiche im Freien liegt, also auf dem Boden, dann können die Geruchspartikel vom Wind mitgetragen werden und den Hund in die Irre führen. Aber nicht, wenn sich die Leiche unter der Oberfläche befindet.«

»Auch unter Wasser?«

Ringstad nickte. »Eine Fehleinschätzung ist nur möglich, wenn die Geruchspartikel vom Wasser mitgerissen werden. Dann liegt der Fund eben ein Stück weiter weg.«

Elli ließ die Informationen einsinken. »Okay, dann sehen wir uns morgen wieder«, sagte sie, verabschiedete sich von Ringstad und lief wieder zurück zum Kanalschacht, wo Nereng und Gaarder ungeduldig hin und her liefen.

Elli blickte von einem zum anderen. »Gibt's schon was Neues von Kai Ronny?«

»Er telefoniert die ganze Zeit«, erklärte Nereng.

»Sobald das Wasser abgesperrt ist, müssen wir da runter«, folgerte Elli.

»Dann werde ich mal Buzz holen«, sagte Gaarder.

Kai Ronny gab ihnen eine Stunde. Länger konnten die VAV den Wasserstrom nicht reduzieren.

»Man weiß nie, was passiert, wenn der Druck verändert wird«, erklärte Kai Ronny. »Plötzlich schießt das Wasser aus irgendeinem Klo in Frogner. Nicht gut.«

Elli und Nereng beobachteten interessiert, wie Gaarder und sein Team einen kleinen Roboter vorbereiteten. »Ist der nach Buzz Aldrin benannt?«

Gaarder stieß ein kurzes Lachen aus. »Nein, auf die Idee bin ich gar nicht gekommen. Es ist das Geräusch, das er macht. Bzzzz ... wie ein Wespe.«

Buzz war ungefähr dreißig Zentimeter lang und bewegte sich auf Gliederketten vorwärts. Vorn und hinten waren zwei kleine Scheinwerfer und eine Videokamera angebracht, und er hatte zwei Greifarme.

Kai Ronny kletterte mit einem der Techniker in den Schacht. »Alles klar!«, rief er ein paar Minuten später hinauf.

»Wir suchen nach allen möglichen menschlichen Überresten, auf die der Hund reagiert haben kann«, sagte Elli, während sie und Nereng auf dem Bildschirm den Bewegungen des Roboters folgten. »Knochenreste sowie weiteres organisches Material.«

Der Techniker am Kontrollpult ließ Buzz immer zehn Zentimeter fahren und machte dann einen Halt. Zuerst ließ er die Kameras umherkreisen, um festzustellen, ob es überhaupt etwas Interessantes gab, das sie genauer anschauen mussten. War das der Fall, benutzte er Buzz' Greifarme, um die Gegenstände aufzuheben und einer genaueren Untersuchung zu unterziehen.

»Wenn wir was Interessantes entdecken, können wir die Fundstelle auf dem Tachymeter ablesen und den Gegenstand herausbringen«, erklärte Gaarder. »Dann fährt Buzz wieder hinein und macht weiter.«

Unter dem Roboter zeichnete sich ein gleichmäßig fließender, schwacher Wasserstrom ab. Ein paar Mal waren Schaumflocken und kleine, aber kräftige Wellen erkennbar, was Elli an den alten Puppenfilm mit Karius und Baktus denken ließ. Zwanzig Minuten waren vergangen. Das Tachymeter zeigte einen Meter und sechzig an. Zappa hatte sich mitten auf die Straße gesetzt, ungefähr einen Meter neben dem Gullydeckel. Diesen Punkt hatten sie bereits passiert.

Auf dem Monitorbild war ein kleiner Ruck erkennbar.

»Stopp!«, rief Gaarder.

Der Robotertechniker hatte Buzz bereits angehalten, war ein Stückchen zurückgefahren und ließ jetzt die Aluminiumfinger des rechten Greifarms ins Wasser tauchen. Der Arm bewegte sich erst vor und zurück, dann kreiste er umher. Doch es waren nur zwei kleine Steine, die Buzz gefunden hatte. Der Techniker manövrierte das Gerät einige Zentimeter weiter und wiederholte dann die Prozedur. Ingesamt drei Mal ließ er den Robotor dieselben Bewegungen machen, doch nur ein paar Steine kamen zum Vorschein.

»Das muss dann wohl ein größerer Stein gewesen sein«, folgerte Gaarder.

Noch einmal passierte der Roboter die Stelle. Und wieder erschien das gleiche Ruckeln auf dem Schirm.

»Kann das vielleicht an dem Rohr selbst liegen?«, fragte Elli.

Gaarder spähte auf den Bildschirm. »Vielleicht. Bei so altem Gusseisen kann es jede Menge Rostlöcher geben.«

»Sitzt da irgendwas in der Kette fest?«, fragte Nereng.

Gaarder warf Nereng einen kurzen Blick zu. »Fahr wieder zurück«, befahl er dem Robotertechniker.

Auf dem Monitor konnte Elli sehen, wie das Gesicht des Kriminaltechnikers unten in dem Schacht immer größer wurde, je weiter sich der Robotor der Rohrmündung näherte. Alle drei Sekunden wiederholte sich dieselbe ruckartige Bewegung. Schließlich streckte der Techniker die Hand nach der Kamera aus. Das

Weitwinkelobjektiv ließ seine Bewegungen und Proportionen monsterartig wirken. Ein paar Sekunden später konnte Elli sich selbst sowie Nereng und Gaarder von hinten auf dem Bildschirm erkennen. Sie drehte sich um und sah den Techniker aus dem Schacht hervorkriechen. Er trug Buzz wie ein kleines Kind auf dem Arm und legte ihn beinahe liebevoll auf eine Plastikplane.

Instinktiv richtete Elli den Blick auf die linke Gliederkette, da der Ruck immer leicht nach rechts hin ausgefallen war. Im ersten Moment konnte sie nichts erkennen, doch als der Techniker die Gliederkette ein Stückchen nach vorn drehte, wurde deutlich, dass ihre Theorie stimmte.

In der Kette steckte ein graubrauner und etwas weißlicher Gegenstand. Ein Stückchen Kieferknochen mit einem Backenzahn.

Kapitel 19

Irene starrte in die Dunkelheit des Schlafzimmers. Sie konnte das Geschrei nicht mehr ertragen.

»Ich nehm sie jetzt, Paul«, sagte sie und kletterte aus dem Bett. Als sie die Tür zum Flur öffnete, stach ihr das Licht in die Augen. Ein paar Sekunden später konnte sie den Blick auf Paul fokussieren, der umherlief und auf seine wie üblich etwas ungeschickte Art Vilje in den Armen wiegte.

Doch Vilje schrie und schrie. Obwohl Irene erschöpft war und dringend Schlaf brauchte, brachte sie es nicht über sich, die Schreie des Kindes zu ignorieren.

»Hat sie vielleicht Durst?«

»Nein«, stöhnte Paul, »sie wollte das Fläschchen nicht.«

»Komm her, meine Kleine«, sagte Irene, als Paul ihr das Kind reichte. Sein Gesicht wirkte müde.

»Ich hab sie mindestens eine halbe Stunde gehalten«, sagte er entmutigt.

Irene lächelte, legte Viljes Kopf unter ihr Kinn und begann, leise zu summen. Doch es half nichts, Vilje schrie noch immer genauso heftig.

Während Irene umherlief und ihre Tochter zu beruhigen versuchte, dachte sie daran, wie wenig sie doch eigentlich über Vilje wussten. Nicht einmal das Geburtsdatum stand ganz sicher fest. Bestimmt keine große Sache, aber ein paar Monate älter oder jünger konnte sie durchaus sein. Fünf Monate waren vergangen, seit sie sie bekommen hatten. Vielleicht war Vilje elf Monate alt, vielleicht auch nur neun oder möglicherweise sogar schon dreizehn. Solche Dinge konnten Irene mitunter stark verunsichern. Behandelte sie die Kleine vielleicht falsch? Brauchte sie vielleicht etwas anderes als das, was sie bekam?

Irene ging mit ihrer Tochter hinunter ins Wohnzimmer. Vor den großen Fenstern zeichneten sich die Obstbäume und die Hecke als schwarze Linien gegen die Dämmerung ab. Es herrschte eine seltsame Stimmung dort draußen. Plötzlich wurde Irene wieder von demselben Gefühl der Unsicherheit übermannt. Was wäre, wenn jemand noch einmal die Papiere unter die Lupe nähme? Was würde dann passieren? Einen kurzen Augenblick lang hatte sie das Gefühl, dass alle Äste anklagend auf sie zeigten. Sie kniff die Augen zusammen und verscheuchte das Trugbild.

Irene blinzelte abermals und schüttelte den Kopf. »Reiß dich zusammen«, sagte sie zu sich selbst und ließ sich auf das Sofa sinken. Durch die Küchentür konnte sie sehen, dass die Uhr über dem Backofen halb drei anzeigte.

Sie öffnete ihren Morgenmantel, zog Vilje den Pyjama aus und legte sie an ihre Brust. Langsam, langsam beruhigte sich ihre Tochter. Irene überlegte, ob sie aufstehen und wieder nach oben gehen sollte, verwarf den Gedanken jedoch. Vilje war noch immer im Halbschlaf.

Irene spürte eine kleine Träne im Augenwinkel. Sie durfte nicht vergessen, dass sie zusammen sicher waren. Niemand würde sie trennen. Es gab bestimmt keinen Grund, sich um Viljes erste Lebensmonate Sorgen zu machen. Und weshalb sollte jemand die Adoptionspapiere überprüfen? Die lagen doch sicher in den Archiven verborgen, umgeben von einer Mauer der Schweigepflicht.

»Ich gehe jetzt.«

Irene zuckte zusammen. Paul beugte sich über sie, er war bereits fertig angezogen. Irene lag ausgestreckt auf dem Sofa. Ihr Morgenmantel war heruntergerutscht, doch Vilje lag sicher und beschützt auf ihrem Bauch.

»Du siehst ziemlich verführerisch aus«, flüsterte Paul und küsste sie behutsam.

Irene versuchte zu lächeln. Ihre Lippen waren trocken. Mit der linken Hand winkte sie ihm zum Abschied zu.

Die Haustür fiel ins Schloss. Mit vorsichtigen Bewegungen drehte sich Irene auf die Seite und legte Vilje auf eine Babydecke. Dann verteilte sie ein paar Kissen um die Kleine herum, wie eine Krippe, und ging in die Küche.

Kaffee. iPad. Nachrichten.

Sie gab ein wenig Müsli in eine Schale und schlug die Tageszeitung auf. Aftenposten. Die Sauregurkenzeit war auch auf der Titelseite noch immer vorherrschend: Badetemperaturen, Politiker auf Urlaubsreise, Taschendiebe in Oslo. Auch die anderen Tageszeitungen berichteten ähnlich über das Weltgeschehen. Doch ein Artikel in der Online-Ausgabe von Dagbladet weckte Irenes Interesse.

Die Geräusche von Vilje, die sich drüben auf dem Sofa rührte, lenkten Irene wieder ab.

»Hallo, mein Schatz«, sagte sie und nahm Vilje hoch. Die Augen des Babys blickten verwirrt umher. Irene legte sich die Kleine in die Armbeuge und ging hinauf ins Badezimmer, um sie zu versorgen.

Den Artikel könnte sie auch noch lesen, während Vilje ihr Frühstück bekam.

Kapitel 20

Halb acht. An der Tunnelöffnung im Erdkeller waren inzwischen ein paar Laufplanken ausgelegt worden. Die Arbeitslampen tauchten den ganzen Keller in ein gelbes Licht. Die abstrahlende Energie von Leuchten, Kompressoren und Menschen hatte die Luft trocken und heiß werden lassen.

»Du hast dir ja hier unten eine ganz hübsche Hölle eingerichtet, Elli«, kommentierte Fjeld trocken. Der Abteilungsleiter konnte für gewöhnlich nicht hinter dem Schreibtisch sitzen bleiben, wenn größere Sachen im Gang waren.

»Hölle entspricht nicht so ganz meinem Konzept, Chef«, erwiderte Elli, führte ihn zur Tunnelöffnung, blieb dann stehen und drehte sich zu ihm um.

Erstaunt blickte Fjeld hinein. »Das ist also der geheime Tunnel?«

»Genau. Der war ursprünglich von einer Tür verborgen und führt leicht ansteigend zu dem Wasserlauf hinüber, wo wir den Kieferknochen gefunden haben. Aber kurz vor dieser Stelle ist der Tunnel zusammengestürzt – an der Abbiegung, die wir da hinten sehen.«

Hinter ihnen gab Nereng ein Hüsteln von sich. Elli drehte sich um und entdeckte den Kollegen mit eingezogenem Kopf unter dem Stahlträger, der zur Sicherung eingebaut worden war. Fjeld trat zur Seite und ließ ihn vorbei. »Bereit?«, fragte Elli.

Fjeld und Nereng nickten.

Elli betrat den Tunnel und führte die Kollegen zu der Stelle, an der die Decke eingestürzt war.

»Ich musste die ganze Zeit darüber nachdenken«, erklärte sie. »Wenn das hier zusammengestürzt ist, kann es ja gut sein, dass auch der Boden darunter in Mitleidenschaft gezogen wurde. Und wenn da irgendetwas gelegen hat, ist das vielleicht in das Rohr gefallen, durch das der Bach geleitet wird.«

»Aber sind solche Rohre nicht aus Stahl?«, fragte Fjeld skeptisch.

Elli wollte gerade etwas erwidern, wurde aber von einer Stimme hinter Nereng unterbrochen.

»Altes Gusseisen. Wenn das rostet, wird das so porös wie Kartoffelchips.«

Elli beugte sich zur Seite und entdeckte Kai Ronny an der Tunnelöffnung.

»Da reicht 'ne kleine Erschütterung, und schon gibt's ein Loch.«

Fjeld lächelte kurz und folgte Elli zwei Schritte weiter.

Nereng kam hinterher.

Die eingestürzte Decke war ebenfalls abgesichert worden, und ein Druckluftbohrer lag in Bereitschaft.

»Wir müssen dieses Loch da vergrößern«, sagte Elli und zeigte auf den schmalen Durchschlupf am Boden.

Fjeld beugte sich herunter. »Und was ist da drin?«

Elli ging neben ihm in die Hocke. »Das werden wir bald sehen.«

Das Geräusch von Arbeitsschuhen auf Steinuntergrund verriet, dass die Kriminaltechniker – mittlerweile verstärkt durch ein Einsatzteam der Wasserwerke – mit den Bohrarbeiten beginnen wollten. Elli, Nereng und Fjeld gingen hinaus. Als sie wieder im Tageslicht standen, spähte Nereng in den Himmel. »Sieht nach Regen aus«, konstatierte er.

Elli schaute auf. Dunkle Wolken sammelten sich am Horizont. Hoffentlich verursachte der Regen keine Probleme.

»Ich muss was essen«, sagte Elli. »Und Zenith muss Gassi gehen.«

»Hast du auch Platz für mich?«, fragte Nereng.

»Jederzeit«, erwiderte Elli.

Sie verabschiedeten sich von Fjeld und fuhren los.

Nereng begleitete Elli nach Hause. Zenith war überaus glücklich, ihn zu sehen. Der gut fünfzig Kilo schwere Hund verwickelte Nereng in Ellis Flur sogleich in einen fröhlichen Ringkampf. Elli lachte über den Anblick von Nerengs struppigem rotem Haar neben Zeniths »ridge«, dem charakteristischen Fellkamm auf dem Rücken des Hundes.

Ein große Buddha-Figur aus Messing, die auf einem Tischchen gestanden hatte, fiel mit einem Krachen zu Boden. Der Kratzer auf dem Parkett war nicht der erste.

»War Johanne heute noch gar nicht draußen mit dir?«, fragte Nereng.

»Sie ist auf einem Seminar«, erklärte Elli. »Kommt morgen zurück.«

Elli und Nereng nahmen Zenith mit auf einen Spaziergang zum Akerselv. An der Bentsebrücke machte Nereng einen Abstecher, um etwas zu essen zu kaufen.

Auf einer Wiese bei Myrens Verksted ließ Elli den Hund mit ein paar Artgenossen frei herumlaufen. Zenith bemühte sich, Eindruck bei einigen Hündinnen zu schinden.

Nach einer Viertelstunde kam Nereng mit Sushi zurück.

»Vor zwei Jahren hätte ich das nicht geglaubt«, sagte Elli und setzte sich auf den Rasen, bevor sie sich über ein California-Maki hermachte.

Nereng runzelte die Stirn. »Hä?«

»Dass ich dich mal Sushi essen sehe.«

»Tja«, erwiderte er mit vollem Mund. »Der Fleischfresser Nereng isst jetzt eben rohen Fisch.«

Sie blieben in der Vormittagssonne sitzen und verzehrten hungrig ihre Mahlzeit. Noch immer hingen schwere Wolken über Nesodden. Vielleicht blieben sie ja dort. Zenith ließ sich neben Elli und Nereng ins Gras fallen. Der Uferweg am Akerselv war von Radfahrern, Schulkindern und Spaziergängern bevölkert. Nereng deutete auf zwei joggende Mütter, die Trainingsoutfit trugen und sich ihre Babys mit bunten Wickeltüchern um den Bauch gebunden hatten.

»Ist das jetzt angesagt?«, fragte er. »Wettlauf mit Baby?«

Elli blickte zu den beiden Frauen hinüber. »Überleg mal, da laufen zwei Mütter und halten ihre kleinen Würmchen dicht an sich gedrückt. Die Babys hängen den ganzen Tag am Körper der Mutter. Warm und sicher. Wie viel Mutterliebe und Wärme hat wohl das Kind bekommen, dessen Überreste wir da bei dem Schimpansen in Ruseløkka gefunden haben? Was meinst du?«

Nereng kaute zu Ende, bevor er antwortete. »Ich würde diese Gedanken lieber beiseiteschieben. Wir ermitteln, finden raus, was passiert ist, und schicken den Schuldigen hinter Gitter. Nächster Fall. So gefällt's mir am besten.«

Elli blickte Nereng schräg an.

Er kaute unbeirrt weiter.

»Das ist echt ein Scheißjob«, sagte Elli. »Wir wühlen ständig im Dreck der anderen herum. Aber wir dürfen nicht vergessen, das Gute daran zu sehen.«

»Du meinst, wir sind so 'ne Art mobiler Reinigungsdienst?«

Elli lächelte. »So was in der Art. Wir vollbringen gute Taten. Spülen die Probleme weg.«

Nereng blieb eine Weile still.

»Ist Buddhismus eine Religion oder eine Philosophie?«, fragte er, als die beiden wettlaufenden Mütter die Bentsebrücke erreichten.

»Du meinst das mit den guten Taten?«

»M-hm.«

Elli kratzte die letzten Sushibissen mit ihren Stäbchen zusammen. »Eigentlich beides. Liegt ganz bei dir.«

Nereng warf Zenith ein Stückchen Sushi zu, nachdem ihn der Hund bereits längere Zeit mit großen Augen angebettelt hatte. Der Reis verschwand, aber der Lachs tauchte wieder auf.

»Das ist angeblich nicht nachhaltig«, sagte Elli, als sie mit dem Essen fertig war.

»Was? Der Buddhismus?«

»Nein, die Fischindustrie. Der Appetit der Menschen auf Fisch wird immer größer. Wir fischen die Meere leer. Und nehmen den Fang als Nahrungsmittel für uns oder um daraus Futter für die Aquakultur zu machen. Der Thunfisch ist mehr oder weniger vom Aussterben bedroht. Und der Wildlachs ebenso.«

Nereng befeuchtete seine Lippen. »Na, dann vielen Dank für den Vortrag.«

Elli stand auf. »Lass uns zurück nach Ruseløkka fahren und ein paar gute Taten vollbringen.«

Gaarder kam ihnen entgegen und berichtete, dass sie nun eine Öffnung geschaffen hätten. Im selben Moment fielen die ersten Tropfen vom Himmel.

»Und was habt ihr da drinnen entdeckt?«, fragte Elli.

»Wie es aussieht, geht der Tunnel weiter.«

Elli wollte die Heckklappe des Wagens öffnen, besann sich aber anders. Solange es bewölkt war und regnete, würde es Zenith im Innern sicher nicht zu warm werden.

Gaarder führte sie zurück in den Tunnel. Elli sah, dass der ganze Boden inzwischen mit Planken ausgelegt war, so dass hier unten Schubkarren benutzt werden konnten. Als sie die Stelle erreichten, an der die Decke eingestürzt war, staunte Elli nicht schlecht. Die Öffnung war jetzt viel größer. Man musste sich nur ein wenig hinunterbeugen, um durchklettern zu können.

»Seid ihr schon reingegangen?«, fragte Elli und blickte in die dunkle Öffnung.

»Wir haben siebenundzwanzig Meter gemessen«, sagte Gaarder. »Der Tunnel geht noch viel weiter. Aber wir wollten auf euch warten.«

Elli sah Nereng an, der eine nachdenkliche Grimasse schnitt. »Spuren?«

Elli nickte und schaute wieder zu Gaarder. »Habt ihr das da unten abgesucht?«

»Ja. Es gibt keine Fußspuren. Der Boden ist trocken und fest, größtenteils aus Stein.«

»Okay.«

Elli blickte prüfend umher und sah dann wieder zu Nereng.

»Ladies first«, sagte er mit einer eleganten Handbewegung. Seine Körpergröße und die krummgebeugte Haltung ließen die Geste fast komisch wirken.

Elli schaltete die Taschenlampe ein und betrat den hinteren Teil des Tunnels. Die Wände waren aus Erde und Stein. Der Tunnel schien sorgfältig aus dem Fels gehauen zu sein und hatte eine

Höhe von 180 bis 200 Zentimetern. Der Boden bestand aus Erde, Kies und nacktem Fels. Neben dem trockenen Knirschen ihrer Schuhsohlen glaubte Elli, einen schwachen, flüsternden Laut zu hören. War das Wasser?

Sie gab Nereng ein Zeichen, stehen zu bleiben, und lauschte. Vorsichtig bewegte sie den Kopf von einer Richtung in die andere, konnte aber nicht feststellen, woher die Geräusche kamen.

Nereng ließ den Strahl seiner Taschenlampe auf einer Markierung an der Wand ruhen. »27 m«. So weit war Gaarder bisher gekommen.

»Nein, da war wohl nichts«, sagte Elli und lief weiter. Der Tunnel stieg jetzt merkbar an.

Nach einer Minute fasste Nereng sie an der Schulter und bat sie anzuhalten.

Einige Sekunden standen sie reglos da und lauschten. Über ihnen war das Echo von Verkehrslärm zu hören.

Nereng klopfte an die Decke.

»Der Parkvei?«

»Kann sein. Vielleicht hab ich ja das eben gehört.«

»Gut möglich.«

Elli ging noch ein paar Schritte weiter. Der Tunnel machte eine weitere Biegung und endete dann abrupt. Elli blickte überrascht auf eine Betonmauer.

»Das muss die Grundmauer von irgendeinem Gebäude sein«, sagte Nereng.

»Was hat das alles zu bedeuten?«, wunderte sich Elli.

Nereng klopfte die Betonwand ab und versetzte ihr ein paar Tritte. »Hart wie … Beton. Die haben hier wahrscheinlich nie eine Tür einbauen können.«

»Oder die ist zugemauert.«

»Wer immer das Ganze auch gebaut hat«, sagte Nereng, ging in die Hocke und massierte seinen Rücken, »an die Gesundheitsvorschriften haben sie sich jedenfalls nicht gehalten.«

Elli drehte sich zu ihm. »Wo sind wir jetzt wohl ungefähr?«

Nereng verzog den Mund. »Zwei Blocks vom Fundort entfernt.«

»Hundert Meter?«

»So ungefähr.«

Zwei Blocks vom Erdkeller entfernt lag das KNA-Hotel, der alte Vorzeigebau des Königlich Norwegischen Automobilclubs, dachte Elli. Und das Oslo Handelsgymnasium.

»Wir müssen uns das gleich mal auf der Karte ansehen«, sagte sie. »Aber jetzt lass uns erst mal umkehren.«

Auf dem Rückweg fiel Elli auf, wie steil der Tunnel angelegt war. Ohne Bezugspunkte war es schwer, das Gefälle zu sehen, doch sie konnten es spüren. Nereng und sie stützten sich an der Wand ab.

Der Lichtschein der Arbeitslampen verriet, dass sie sich dem Ausgangspunkt näherten. Im selben Moment spürte Elli, dass Nereng auf irgendetwas getreten sein musste, denn sie hörte Steine, die sich lösten und zu rollen begannen.

Dann kam das Wasser. Direkt vor ihnen schoss es aus der Erde, ein massiver Strahl mit ungeheurer Kraft.

»Aaargh«, stöhnte Nereng laut, während er von dem Strahl erfasst wurde. Dann verlor er plötzlich das Gleichgewicht, landete auf dem Rücken und rutschte weiter vorwärts durch die stärker werdenden Wassermassen.

Elli hielt sich mit aller Kraft aufrecht. »Jan!«, schrie sie, während Wasser, Erde und Kies vor ihr in den Tunnel hineinströmten. Sie sah Nereng mit den Beinen strampeln, derweil er versuchte, sich an der Wand festzuhalten. Ein paar Mal tauchte sein Kopf unter.

Er muss irgendwo festhängen, dachte Elli. Vorsichtig bewegte sie sich weiter und hielt sich dabei so gut es ging an der Tunnelwand fest.

»Nimm meine Hand«, rief sie Nereng zu und streckte den rechten Arm aus, während sie sich mit der linken an einem kleinen Vorsprung im Fels festklammerte.

Nereng kämpfte verbissen gegen den Wasserdruck und streckte sich nach Elli aus. Noch immer fehlte ein halber Meter. Elli rückte ein weiteres Stückchen vor. Bald würden sie die Kräfte verlassen. Die Muskeln in der Hand und den Fingern schmerzten, ihr Rücken fühlte sich an, als habe er seine maximale Dehnung erreicht.

»Fuß …«, keuchte Nereng, bevor sein Kopf erneut untertauchte.

»Neeeiiin!«, heulte Elli.

Das Wasser strömte mit unverminderter Kraft. In zehn Metern Abstand vor ihr war der Tunnel jetzt bis zur Hälfte gefüllt. Verzweifelt hielt Elli nach Nereng Ausschau, doch er war nicht zu sehen. Dann ließ sie los und tauchte unter.

Bodensatz. Erde. Blasen.

Schließlich fanden ihre Füße Halt. Sie stieß sich zurück an die Oberfläche.

»Elli!«

Sie drehte sich um. Auf der anderen Seite stand Nereng. Hustend, nass, außer Atem.

»Wär beinahe schiefgegangen«, sagte er und schüttelte den Kopf.

Kapitel 21

Elli starrte vor sich hin. Der Tunnelboden fiel wie bei einem Flussufer schräg zum Wasser hin ab. Gleich dahinter erstreckte sich das brausende Wasser ungefähr zehn Meter weit. Auf der anderen Seite stand Nereng, flankiert von Gaarder und Kai Ronny. Die Stelle, an der das Wasser aus dem Boden hochgeschossen kam, musste der tiefste Punkt im Tunnel sein. Kein Zweifel, wo das flüsternde Geräusch hergekommen war, das sie zuvor gehört hatte.

»Alles in Ordnung?«, rief Gaarder.

»Ja«, bestätigte Elli. »Und Jan?«

»Ganz schön durchgerüttelt. Sein Fuß hatte sich in einem Loch verfangen. Hat sich dann wieder gelöst, als noch mehr Erde abrutschte. Verfluchter Mist …«

Elli war sehr erleichtert, fand aber keine Worte. Ihr Brustkorb hob und senkte sich nach dem unfreiwilligen Tauchgang noch immer heftig.

»Sie müssen da drüben bleiben, bis ich das Wasser abdrehen kann«, hörte sie Kai Ronny rufen. »Es ist ziemlich gefährlich, sich jetzt an dem Loch vorbeizumanövrieren. Das ist bestimmt der Bach. Wenn Bäche durch Rohre geleitet werden, ist da ein Scheißdruck drauf …«

»Wie lange dauert das?«, rief Elli.

»Zwanzig Minuten«, erwiderte er, drehte sich um und verschwand.

Elli lehnte sich an die Wand. Es kam ihr zwar ein wenig unsicher vor, so nahe am Wasser sitzen zu bleiben, das hier noch immer unvermindert toste, doch sie wollte nicht die Kollegen aus dem Blick verlieren, wenn sie sich wieder ein Stückchen nach oben bewegte.

Ellis Puls kam langsam wieder auf Normalgeschwindigkeit. Auf der anderen Seite des Wassers konnte sie Nereng sehen. Er pellte sich aus T-Shirt und Hose, wrang sie aus und zog sie wieder über. In der warmen Luft hier unten würden die Sachen bestimmt schnell trocknen.

Das kalte Wasser hatte auch Elli frieren lassen. Sie folgte Nerengs Beispiel.

Nach ungefähr zehn Minuten entdeckte sie, dass das Wasser sich langsam zurückzog. Mit jeder Minute kam wieder ein Stück mehr Tunnelboden zum Vorschein. Eine halbe Stunde später floss das Wasser noch immer durch den Tunnel, jetzt jedoch wesentlich schwächer, so dass Elli die Stelle bald passieren könnte. Auf der rechten Seite sah sie einen circa zwei Meter langen Riss, der sich am Boden gebildet hatte.

Sie leuchtete die Ränder der Spalte mit der Taschenlampe ab. Sie sah Steine, Erde, Rost.

Und Knochen.

Es war viel zu gefährlich, den Boden zu betreten. Noch immer stürzten kleine Mengen Erde in den Bach hinunter. Elli lag flach auf einer Leiter, die sie über das Loch gelegt hatten. Um die Beine und die Körpermitte hatte sie Klettergurte geschlungen, die mit einem Seil gesichert waren, das Nereng und Gaarder festhielten. Das Rohr, durch das der Bach geführt wurde, verlief an der tiefstgelegenen Stelle ein Stückchen parallel zu dem Tunnel und unterquerte ihn dann.

Mühsam sammelte Elli die verschiedenen Knochenreste ein und legte sie auf eine Plastikplane neben sich. In regelmäßigen Abständen zog Nereng die Plane zu sich herüber und überführte die Objekte in einen Karton.

Die Leitersprossen drückten gegen Ellis Rippen. Es war anstrengend, auf der Leiter zu liegen und sich zwischen den Sprossen hindurchzustrecken, um zu graben. Sie geriet langsam außer Atem. Sie stöhnte und legte sich auf die Seite.

»Könnt ihr sehen, was das ist?«

Nereng zögerte. »Nein … die Teile sehen ziemlich mitgenommen aus.«

Elli versuchte, die Stellung zu verändern, doch es half nicht viel. Sie musste die Zähne zusammenbeißen. »Ich mache weiter.«

Obwohl Kai Ronny den Wasserstrom reduziert hatte, gluckerte der Bach unter ihr unaufhörlich weiter.

»Wie viel Zeit haben wir?«, fragte Elli.

»Ich frag mal nach«, erwiderte Gaarder und lief hinaus. Nach einer Minute kam er mit Kai Ronny zurück. Ein paar Blocks weiter entfernt drohte das Wasser zu einem kleinen Weiher anzuschwellen. Sie bekamen noch eine Viertelstunde.

»In Ordnung«, sagte Elli tapfer und grub weiter. Die Erde war aufgeweicht und ließ sich mit den Händen mühelos beiseiteschieben. In den folgenden Minuten konnte Elli noch weitere Knochenreste bergen. Obwohl es insgesamt nur wenig Objekte gab, würden sie die DNA der Fundstücke dennoch mit der des Kieferknochens abgleichen können.

Elli drehte sich auf den Rücken und machte eine kurze Pause. Sie rang nach Luft. Nach ein paar Sekunden spürte sie eine leichte Vibration in der Leiter.

»Oje«, rief Nereng.

Elli sah, dass noch weitere Bereiche des Tunnelbodens nachgegeben hatten. Ein großer Teil des Rohres war jetzt deutlich erkennbar. Inmitten des Wasserstroms, der sich an einer kleinen Bodenwelle aufstaute, lag der Schädel. Elli spürte, wie sich ihr Magen zusammenschnürte. Der Schädel sah aus wie ein Artefakt von einem anderen Planeten, doch Elli schob das mulmige Gefühl beiseite.

»Setzt euch auf die Leiter!«, rief sie.

Nereng und Gaarder taten wie geheißen. Ein Gesamtgewicht von 217 Kilo.

Elli beugte sich über den Rand und spürte, wie die Metallleiter leicht zur Seite kippte. Doch sie wollte sich die Chance nicht entgehen lassen, streckte sich und bekam den Schädel schließlich zu fassen. Im selben Moment sah sie auch Teile von Rippenknochen und glaubte, die Überreste von Armen zu erkennen.

»Ich arbeite so lange, bis das Wasser kommt«, rief sie und fuhr fort, die Skelettteile einzusammeln.

Nach zwei oder drei Minuten spürte sie, dass der Wasserdruck anstieg. Sie gab den anderen ein Zeichen, die Plastikplane wegzuziehen.

Das Wasser floss jetzt viel schneller. Von heftigen Spritzern begleitet kroch Elli wie eine Spinne von der Leiter herunter.

Neben dem Karton mit den Knochenresten hielt sie inne. Sie sagte nichts; das war nicht erforderlich. Der Schädel verriet mehr als genug.

Im Erdkeller wurden die Knochenreste wieder auf eine Plastikplane gelegt. Elli war überrascht zu sehen, wie viele Teile sie hatte einsammeln können. Vor ihr lagen fast drei Viertel eines Skeletts. Der Schädel, nahezu alle Rippenknochen, die Wirbelsäule, eine Schulter, zwei Arme und ein Bein. Viele Teile waren beschädigt oder gebrochen.

»Können diese Schäden entstanden sein, als die Knochen in der Erde lagen?«, fragte sie Gaarder.

Er antwortete nicht.

»Ja«, ertönte eine Stimme an der Türöffnung.

Elli drehte sich um und sah Kai Ronny, der zurückgekommen war. Aus seinem Mundwinkel kam Zigarettenrauch. »Ich will mich ja nicht in die Polizeiarbeit einmischen … na ja, vielleicht tu ich's ja doch, aber egal – es kann da ziemlich heftige Bewegungen in der Erde geben. Wir sehen das die ganze Zeit bei unseren Rohren.« Er hob die Hände in die Luft und machte eine schnelle Bewegung. »Schnapp! Das Gusseisen bricht einfach ab. Wie ein verdammter Keks. Der Bursche da kann in der Erde also ordentlich was abgekriegt haben.«

Elli nickte. Ein Beamter vom Streifendienst blickte Elli fragend an. *Sollen wir ihn hinausführen?* Aber Elli hielt ihn mit einer diskreten Handbewegung zurück.

»Können diese Rohrschäden plötzlich entstehen? Also ich meine, dass sie eine ganze Weile halten und dann … Schnapp?« Sie imitierte seine Handbewegung.

»Ja, sicher. Materialermüdung. Eine Weile hält es, und dann ist Schluss.« Kai Ronny gab ein trockenes Husten von sich. »Absolut Schluss.«

»Okay«, sagte Elli. »Danke für die Hilfe.«

Sie nickte dem Beamten zu. Er verstand den Wink, trat zu Kai Ronny und führte ihn hinaus.

Einige Minuten lang nahm Elli das Skelett genauer in Augenschein. »Das ist ein Kind«, sagte sie schließlich.

»Die Zähne …«, fügte Nereng hinzu.

Gaarder räusperte sich.

Alle drei starrten auf den rechten Unterkiefer, an dem ein Teil fehlte. Aller Wahrscheinlichkeit nach genau der Teil, den Elli zuvor gefunden hatte. Unterhalb der Milchzähne war die neue, noch nicht ganz ausgebildete Zahnreihe deutlich erkennbar. Kleine, perlenförmige Anzeichen für ein Leben, das jählings endete, als es eigentlich gerade erst angefangen hatte.

Kapitel **22**

Irene saß am Frühstückstisch und hielt ihr Handy ans Ohr. Vilje schlief. Es dauerte fast eine Minute, bis jemand abnahm.

»Astrup«, erklang eine raue Stimme.

»Hallo, mein Name ist Irene Brustad.«

Keine Reaktion am anderen Ende der Leitung.

»Ich rufe wegen eines Artikels an, den ich vor ein paar Tagen gelesen habe …«

»Ich schreibe viele Artikel.«

»Dieser bezog sich auf Traumata bei Adoptivkindern. Psychische Probleme. Sie wurden dazu interviewt … Sie sind doch Psychiater, nicht wahr?«

Kurze Pause.

»Das stimmt. Der Artikel in Dagbladet, ja.«

»Wir …«, sagte Irene und räusperte sich, »wir haben auch ein Kind adoptiert. Aus Uruguay. Wenn man so etwas liest, wird man ein wenig unruhig und … ja …«

»Ich verstehe«, erwiderte Astrup freundlich. »Gab es etwas Bestimmtes in dem Artikel, worauf Sie sich beziehen?«

Irene zögerte einen Moment.

»Es ist sicher nichts, aber in dem Artikel war die Rede von Schlafproblemen und unruhigen Blicken …« Sie atmete tief ein. »Vielleicht übertreibe ich ja.«

»Das ist ein weites Feld, Frau Brustad. Und es ist äußerst schwierig für mich, Ihnen am Telefon einen Rat bezüglich eines Kindes zu geben, das ich nie gesehen habe. Meine Analysen beruhen für gewöhnlich auf längeren Beobachtungen in der häuslichen Umgebung. Sind Sie wegen dieser Sache schon bei Ihrem Hausarzt gewesen?«

»Sie vergeben so ohne weiteres also keine Beratungstermine?«

Astrup seufzte.

»Ich muss mich an die Spielregeln halten.«

»Ich … ich wäre Ihnen sehr dankbar, wenn Sie in diesem Fall eine Ausnahme machen könnten. Ich mache mir wirklich Sorgen um unsere Tochter.«

»Ich bin ziemlich ausgebucht, Frau Brustad.«

Irene kniff die Augen zusammen. Fest. Dann kamen die Tränen.

»Bitte«, schluchzte sie.

Astrup willigte ein. Niemand konnte weinenden Frauen etwas abschlagen.

Am Nachmittag rief Paul an, um mitzuteilen, dass er erst spät nach Hause käme. Es war nicht das erste Mal. Die Fälle, an denen er arbeitete, beschäftigten ihn oft bis in die Nacht hinein.

Irene war es daher gewohnt, allein zu Abend zu essen, und hatte eine ganze Reihe von Rezepten im Kopf, die sich schnell zubereiten ließen. Auch Vilje fand inzwischen Gefallen an neuen Geschmacksrichtungen. Irene fand es spannend und bemühte sich, etwas zu kochen, das sie gemeinsam mit ihrer Tochter essen konnte. An diesem Tag gab es Lachs und Möhren in Sahnesauce.

Irene schaute durchs Küchenfenster in den sommerlichen Himmel. Sonne und Wärme. Noch immer kamen wohl viele Menschen zum Baden an den Frysjadamm oder an das Sognsvann. Sie entschied sich für Frysja, wo sie in jungen Jahren oft mit Freunden gewesen war.

Eine Stunde später schob sie die schlafende und satte Vilje an badenden Menschen aller Altersstufen vorbei. Sie hatte eine Decke, Handtücher, Badesachen, Getränke, Obst und ein Wochenmagazin für junge Mütter im Kinderwagen liegen, entschied sich jedoch, ein Weilchen mit Vilje umherzugehen, bevor sie sich irgendwo niederließ. Danach würde sie sicher gut schlafen.

Langsam drehte sie eine Runde um die Badestelle und dachte an das Gespräch mit dem Psychiater Astrup. Eigentlich hätte sie ihn gerne sofort aufgesucht. Ihr Mutterinstinkt sagte ihr, dass mit Vilje vielleicht irgendetwas nicht stimmte. Aber jetzt musste sie sich gedulden und den Termin in zwei Tagen abwarten.

Nachdem sie eine Weile umhergeschlendert war, suchte sie

sich ein Plätzchen abseits der lärmenden Kinder. Ein paar Handtücher und Taschen waren in der Nähe verstreut, und ein kleines Kinderfahrrad lag neben einem Handtuch mit dem Aufdruck einer Figur aus Ben 10.

Irene spannte einen kleinen Sonnenschirm auf und legte die Stranddecke in den Halbschatten. Noch bevor sie sich mit dem Wochenmagazin hinsetzen konnte, wurde Vilje wach.

»Hier kannst du rumkrabbeln«, sagte Irene mit sanfter Stimme und setzte Vilje in den Schatten.

Während Vilje mit einer Rassel spielte, las Irene einen Artikel über Sex nach der Schwangerschaft. In erster Linie aus Neugier. Das Thema war ja nicht relevant. Gleichwohl verspürte sie eine gewisse Befriedigung, als sie von den Komplikationen erfuhr, die manche Frauen nach der Geburt auf diesem Gebiet erlebten. Rupturen, Stiche, Schmerzen, Inkontinenz. Eine Mutter war nach ihrer ersten Geburt als arbeitsunfähig eingestuft worden, hatte aber trotzdem weitergearbeitet und noch zwei Kinder bekommen. Irene dachte zurück an die Jahre, in denen sie und Paul versucht hatten, ein Kind zu bekommen. Eine Weile war er zu bestimmten Zeiten aus dem Büro nach Hause gekommen. Doch was sie da getan hatten, glich am ehesten einer technischen Insemination. Das Ergebnis blieb aus, aber erst zwei Jahre danach hatten sie die Versuche gänzlich aufgegeben. Da war Irene 34 und Paul 41 gewesen. Dann folgten zwei Jahre mit künstlicher Befruchtung. Nach dem siebten Versuch hatte Paul genug. »Ich kann nicht länger in irgendwelche Plastikbecher wichsen. In dieser Scheiß-Fertilitätsklinik tauschen sie ja nicht mal die Pornohefte aus.«

In einem Alter von 36 und 43 blieb ihnen nur noch eine Wahl: Adoption.

Dann begann der ganze Prozess mit Sozialberichten, Interviews und all den Neunmalklugen. Natürlich gingen sie gründlich ans Werk. Paul war altersmäßig an der Grenze, und dann waren da Irenes alte Sünden.

Nach den Abiturfeiern im Jahr 1995 hatte sie als Reiseleiterin auf Mallorca begonnen. Obwohl die Partys dort schon kein Ende nahmen, war das vergleichsweise nichts gewesen, als sie ein Dreivierteljahr später einen Job auf der Nachbarinsel bekam. Ibiza.

Das war 1996. Die Rave-Kultur wollte auf der kleinen Insel einfach nicht aussterben; die Technomusik stand immer noch hoch im Kurs. Die Reisegesellschaft, für die sie arbeitete, brachte skandinavische Jugendliche zum Feiern nach Ibiza. Für eine zwanzigjährige Blondine aus Norwegen gab es viele gute Angebote. Unter der Sonne, an Stränden wie in Las Salinas, verschmolzen Arbeit und Vergnügen. Die Gäste beklagten sich niemals über zu viel Betreuung. Sie wollten Sex, Drogen und Techno.

Alles wäre gutgegangen, wenn sie nicht den schwedischen Musiker Hasse kennengelernt hätte. Er war ein desillusionierter Punk, fünfzehn Jahre älter als sie, und hatte eine neuentwickelte Leidenschaft für Acid House aus Chicago. Mit einer Truppe Briten, die alle seinem Kaliber entsprachen, wohnte er auf einer kleinen Finca, ein paar Kilometer im Hinterland. Abwechselnd arbeiteten sie alle als DJs. Wussten alles über die besten und neuesten Künstler. Von zweien hatte Hasse sogar die Telefonnummer.

Hasse hatte nur selten Kleider am Leib, abgesehen von einem Lendenschurz, wenn er als DJ arbeitete oder mit dem alten Suzuki-Jeep in die Stadt fuhr, um Bier und Chorizo zu kaufen.

Irene war wie verhext.

Hasse schwor ihr heiße Liebe.

Doch nachdem sie im Juli 1997 mit einer nicht unwesentlichen Menge Ecstasy-Pillen am Flughafen Fornebu vom Zoll erwischt wurde und im Gefängnis landete, hörte sie nie wieder etwas von ihm.

Immerhin hatte sie ein mildes Urteil bekommen. Achtzehn Monate. Nach elf ließ man sie gehen. Aber solche Dinge wurden in der Regel nicht vergessen und landeten dann später im polizeilichen Führungszeugnis. Weder das Familiendezernat noch die Sozialarbeiter hätten berücksichtigt, dass sie sich in den Jahren danach von Drogen ferngehalten hatte. Für Paul und Irene hätte es somit nur dann eine Adoption geben können, wenn diese Information im Rahmen des Prozesses nicht ans Tageslicht gekommen wäre. »Hallo.«

Ein Schatten fiel über Irenes Gesicht.

»Julius – du hier?«, fragte Irene überrascht und setzte sich auf. Gleichzeitig nahm sie wahr, dass Vilje es geschafft hatte, zu der Frau hinüberzukrabbeln, die nebenan lag. Jetzt erkannte Irene sie auch. Es war Evelyn, das Au-pair-Mädchen von Linchers.

»Hallo«, rief Irene.

Evelyn nickte zurückhaltend.

»Seid ihr hier ganz allein?«

»Mama ist arbeiten«, sagte Julius. »Evelyn und ich waren baden.«

»War das Wasser schön?«

»Evelyn fand es kalt.«

Irene sah zu Evelyn hinüber. Sie schien zu frösteln und schüttelte sich. »Ein bisschen kalt.«

Julius blickte Irene an. »Wollt ihr auch baden?«

Irene lächelte. »Ich weiß noch nicht …« Im Augenwinkel sah sie Vilje, die jetzt ganz dicht an Evelyn herangekrabbelt war. Mit routinierten Bewegungen hob Evelyn sie auf. Höchst zufrieden gluckste die Kleine auf dem Schoß der jungen Philippinerin.

Mit schnellen Schritten lief Julius zu den beiden hinüber.

»Die ist aber süß«, sagte er.

Irene ging ebenfalls zu ihnen hinüber und strich Julius über den Kopf. »Wie lieb von dir.«

Evelyn hielt Vilje vor sich und schnitt eine Grimasse. Vilje gluckste erfreut.

Abermals bemerkte Irene, mit welcher Geschicklichkeit Evelyn die Kleine in den Armen hielt. »Sie haben viel Erfahrung mit Kindern, oder?«

Evelyn lächelte schüchtern. »Hab hier und da was aufgeschnappt.«

»Und wie gut Ihr Norwegisch geworden ist!«

Evelyn blickte zu Boden. »Danke schön.«

»Darf ich mit ihr spielen?«, fragte Julius.

Irene sah ihn an. »Ja, das möchte sie bestimmt.«

Evelyn ließ Vilje wieder ins Gras hinunter. Julius beugte sich zu ihr und betrachtete die Kleine eingehend. Dann griff er nach einer Plastikschaufel und legte sie vor Vilje hin. »Du kannst sie ausleihen.«

Vilje ergriff die Schaufel, hob sie ein wenig an und warf sie wieder weg.

Evelyn und Irene lachten. Julius nahm die Schaufel und legte sie erneut vor Vilje hin. »Ich werd's dir beibringen«, sagte er altklug.

Kapitel 23

Anderthalb Tage waren seit dem Leichenfund vergangen. Elli war ungeduldig. Wo war der Zusammenhang zwischen den Tierkadavern und dem Skelett? Natürlich konnte es auch gar keinen Zusammenhang geben, doch daran glaubte sie nicht. Es gab hier etwas. Etwas, das sie nicht verstanden.

Elli stand mit dem Rücken zum Erdkeller und starrte in den Tunnel. In Ermangelung anderer akustischer Eindrücke war das Geräusch des Bachs jetzt vorherrschend; allerdings mehr gluckernd als rauschend, nachdem er nun nicht länger in das Rohr eingezwängt war.

Hinter sich hörte sie, wie Nereng schwer atmete und seine Stellung veränderte.

»Bereit?«, fragte sie.

»Immer.«

Sie gingen hinein. Vorsichtig überquerten sie die provisorische Brücke und liefen dann langsam in Richtung der Mauer, auf die sie zuletzt gestoßen waren.

»Ich versteh das mit dem Tunnel nicht«, sagte Nereng. »Das muss doch lange gedauert haben, den zu bauen – und dann endet der vor einer Wand?«

Elli blieb stehen und ließ den Strahl ihrer Taschenlampe über Decke, Wände und Boden gleiten. »Haben die Deutschen den vielleicht während des Krieges gebaut?«

»Hmmm …«

Elli lief weiter. Sie passierten die Stelle, an der der Tunnel nach links abbog. Als sie um die Ecke kamen, leuchtete Elli mit der Lampe geradeaus und sah die Betonwand ein gutes Stück weit entfernt, ungefähr zwanzig bis dreißig Meter. Die Entfernungen waren hier unten nur schwer bestimmbar.

»Elli«, rief Nereng ein paar Meter hinter ihr.

Sie drehte sich um und sah ihn irgendetwas an der linken Wand untersuchen. Er winkte sie zu sich. »Eine Abstandsmarkierung«, sagte er und hielt seine Taschenlampe auf die Wand gerichtet.

Elli beugte sich hinunter. »25 m« stand in einen Stein graviert.

»Fünfundzwanzig Meter wohin?«

»Zu der Mauer da vorn?«, schlug Nereng vor.

Elli drehte sich um und lief zügig weiter in den Tunnel hinein. Nach sechsundzwanzig Schritten erreichte sie die Wand. »Ja, stimmt«, rief sie.

Mit eingezogenem Kopf folgte Nereng ihr. »Da muss eine Tür in der Wand gewesen sein. Ansonsten ergibt diese Markierung keinen Sinn.«

Elli nickte. »Wie weit ist es bis zum Erdkeller?«

»137 Meter, laut Auskunft der Techniker.«

Nereng setzte sich in die Hocke. Elli folgte seinem Beispiel. Niemand sagte etwas. Elli hätte erwartet, den Bach zu hören, aber es war völlig still.

»Wie ein schalldichter Raum«, kommentierte Nereng.

Elli erwiderte nichts. Beiden war klar, was das möglicherweise bedeutete. Niemand würde hören, was hier unten geschah. Wer auch immer hätte in diesem Tunnel völlig abgeschirmt arbeiten können.

»Diese menschlichen Knochenreste, die bei dem Affen gefunden wurden«, überlegte Elli. »Das muss doch dann bedeuten, dass die beiden gleichzeitig begraben wurden?«

»Und das würde auch bedeuten, dass …«

Elli richtete die Taschenlampe auf Nereng, damit sie sein Gesicht besser sehen könnte. »Der Schimpanse wurde in Stücke geschnitten. Lass uns mal abwarten, was die Obduktion ergibt.«

Nereng schluckte. »Verdammt, Elli, das war ein Kind …«

Sie sagte nichts. Es gab nichts zu sagen.

Plötzlich spürten sie beide einen kalten Luftzug. Als ob der Tunnel sie warnte. Elli schloss die Augen und versuchte sich vorzustellen, wer hier unten gewesen war. Wann? Weswegen? Sie fand keine Antwort, machte eine Drehbewegung mit der Schulter und erhob sich. Gerade als sie losgehen wollte, glaubte sie, einen schwachen Kratzlaut zu hören.

Es war wohl nur eine Ratte.

Nereng wartete bei dem offenen Wasserlauf auf Elli. Im Erdkeller hielten sie kurz an, kamen aber auch hier auf keine neuen Theorien. Schließlich gingen sie hinaus.

Elli lief zum Wagen und befreite Zenith. Er streckte sich und gähnte.

Nereng stand etwas abseits, hob die Arme über den Kopf und gähnte ebenfalls.

»Na, Jungs, wollen wir einen kleinen Spaziergang durchs Viertel machen?«

Zenith legte den Kopf schief.

»Ich glaube, wir haben recht mit unserer Vermutung, dass diese Mauer da unten zwei Blocks von hier entfernt liegt«, sagte Nereng und trat zu Elli.

Elli überlegte einen Moment lang und blickte sich um. »Und wo? Richtung Parkvei und Handelsgymnasium?«

»Ja.«

Wenn die Annahme zutraf, so bedeutete dies, dass der Tunnel nicht ganz dem Straßenverlauf folgte, sondern teilweise auch unterhalb der Wohngebäude entlangführte. Während sie die Hansteens gate hinaufliefen und dann nach links in die Observatoriegate abbogen, behielt Elli den Gedanken im Hinterkopf. Auf der rechten Seite lag ein kleiner Park, gleich vor dem KNA-Hotel.

Dort wurden Bauarbeiten durchgeführt. Elli dachte, dass sie davon überhaupt nichts gehört hatten, weshalb sich die Betonwand wohl unterhalb eines anderen Gebäudes befinden musste.

Gegenüber vom KNA-Hotel lag der Häuserblock mit dem Oslo Handelsgymnasium.

Elli sah auf die Uhr. Halb fünf. Es war noch immer Ferienzeit. Ordnungshalber klingelte Elli an der Tür, aber niemand reagierte.

»Sonstige Alternativen?«, fragte sie, als sie auf dem Schulhof standen.

»Wenn, dann weiter weg. Wir müssen die maximale Tunnellänge berücksichtigen.«

Eine Weile liefen sie in dem Viertel umher, ohne dass sich eines der Gebäude als passender Kandidat anbot. Sie kamen überein, Sigurdssønn nach Informationen über den Tunnel forschen zu lassen. Der folgende Tag würde sich ganz um die Leiche drehen.

Kapitel 24

Elli nutzte den nächsten Vormittag, um alle Informationen zu sichten, die die Kollegen bei der Tür-zu-Tür-Befragung in der Nähe des Leichenfundorts gesammelt hatten. Um die Mittagszeit kam sie frustriert zu dem Schluss, dass sie nichts davon gebrauchen konnten. Keiner der Anwohner hatte etwas gesehen oder gehört, und niemand konnte sich über einen längeren Zeitraum zurückerinnern. Und die wenigen, die hier schon länger wohnten als Hausmeister Dalsberg, hatten Probleme damit, sich überhaupt an etwas zu erinnern.

Elli und Nereng betrachteten das Skelett, das im Rechtsmedizinischen Institut auf einer Plastikplane ausgebreitet lag. Gaarder und die restlichen Kriminaltechniker hatten die Knochenteile vorab sortiert. Die Obduktion selbst würde erst in ein paar Tagen stattfinden. Wie üblich gab es eine lange Warteschlange.

Im kalten Licht der Laborlampen bekam das Skelett einen blaugrünen Schimmer. Die Knochenreste waren entsprechend ihrer Lage im Körper provisorisch angeordnet worden, doch immer noch fehlten einige Teile. An einem Fuß fehlten zwei Zehen sowie Teile eines Gelenks. Möglicherweise gehörten die Knochenreste, die bei dem Schimpansen gefunden worden waren, ja hierher. Die Hälfte des linken Unterkiefers fehlte ebenfalls. Elli erkannte das kleine Stück wieder, das sie aus dem Schacht gefischt hatten und das nun neben den übrigen Knochenresten lag. Das Ganze sah beinahe aus wie ein Ersatzteillager.

»Circa neunzig Zentimeter«, sagte Gaarder mit kaum hörbarer Stimme.

»Ausgehend von der normalen Wachstumskurve … wie alt ist er – oder sie – dann gewesen?«, fragte Elli.

Gaarder breitete behutsam die Hände aus. »Es war wohl ein zweijähriges Kind. Aber da gibt es viele Abweichungen.«

Elli nickte. Sie mussten die Obduktion abwarten.

Nereng räusperte sich.

Elli sah ihn fragend an.

»Hab 'nen Krümel im Hals«, entschuldigte er sich.

Elli beugte sich erneut über das Skelett. An den Rippenknochen waren noch immer kleine Hautreste erkennbar. Wie eine dünne, dunkle Schicht. Die übrigen Teile waren blank, doch Elli bemerkte winzige Fetzen eines bläulichen Stoffs. »Was ist das?«, fragte sie.

Der Stoff war verblichen und morsch, doch an einigen Stellen hielten die Fasern noch zusammen.

»Irgendein synthetisches Material«, kommentierte Gaarder. »Das hing an einigen Knochenresten. Das haben wir vor lauter Erde da unten am Fundort zuerst gar nicht gesehen.«

»Irgendeine Idee, was das sein könnte?«, fragte Elli gespannt. Es war die erste neue Spur.

»Den Stofftyp müssen wir noch genau analysieren. Aber ich glaube, dass die Leiche vielleicht in den Stoff eingewickelt war.«

Elli beugte sich wieder vor, um den Kiefer genauer zu untersuchen. Wie und warum hatten sich Teile des Kiefers gelöst? Sie wandte sich wieder an Gaarder. »Können die Erdbewegungen da unten im Tunnel diese Kieferbrüche verursacht haben? Kai Ronny vom Wasserwerk hat ja so was angedeutet.«

Gaarder zögerte. »Ich bin mir nicht sicher … aber ich glaube nicht. Der Rest des Schädels ist ja intakt. Sieht eher so aus, als wäre der Knochen einem ziemlichen Druck ausgesetzt gewesen.«

Elli sah Gaarder nachdenklich an. »Irgendwas, das passiert ist, bevor die Leiche vergraben wurde?«

»Das ist durchaus möglich«, erwiderte Gaarder. »Ich denke, das geht in diese Richtung.«

Elli schob den Kopf dicht an den Knochenschädel heran. In der Schädelmitte war ein dreieckiges Loch. Gaarder hatte offenbar gesehen, was sie da so genau studierte, und erklärte, dass das Loch die Fontanelle darstellte und es an genau der Stelle sein müsse. Elli betrachtete abermals den Bereich um das fehlende Stückchen Kieferknochen. In ihrem Kopf spielten sich schreckliche Szenen ab.

Elli bat Nereng, sie unmittelbar nach Hause zu fahren.

»Du glaubst also, dass der Kiefer schon abgebrochen war, als die Leiche da unten hingelegt wurde?«, fragte Nereng, als sie die U-Bahn-Station Brynseng passierten.

Elli überlegte einen Augenblick. »Das ist eine von vielen Möglichkeiten«, sagte sie schließlich.

»M-hm«, gab Nereng leise zurück.

Sie sah ihn an.

Nereng hielt den Blick auf die Straße gerichtet. »Aber die wahrscheinlichste, oder?«, sagte er nach einer Weile.

Am Ullevål-Krankenhaus versuchte ein Wagen, sich unerlaubt vorzudrängeln.

»Dreckskakerlake!«, fluchte Nereng und gab Gas.

»Es wäre sicher gut, sich jetzt ein wenig zu entspannen«, sagte Elli trocken, als sie den Kreisverkehr umrundet hatten.

Nereng grunzte.

Ellis Handy klingelte.

»Ja?«

»Siggen hier. Der Tunnel, von dem du geredet hast ... Kann sein, dass ich hier was habe.«

»Schieß los.«

»Es gibt einen alten Nazibunker unter dem Handelsgymnasium und noch einen unter dem KNA-Hotel.«

»Interessant.«

»Ich hab mittlerweile mit einem Typen gesprochen, der für den Bunker unter dem Handelsgymnasium verantwortlich ist, ein Rentner namens Salomonsen. Und der sagt, es gebe Gerüchte über eine mögliche Verbindung nach Ruseløkka und in Richtung Vika, die aber nie gefunden wurde.«

»Weil sie zugemauert ist.«

Elli hörte Sigurdssønn in irgendwelchen Papieren blättern. »Ja, das war eine der Möglichkeiten, die er erwähnt hat.«

Elli dankte ihm für die Informationen und setzte Nereng in Kenntnis.

Ein paar Minuten fuhren sie schweigend weiter. »Ich wünschte, ich könnte selektiven Erinnerungsverlust entwickeln«, sagte Nereng dann. »Eine der bekanntesten Techniken, um so einen Scheiß zu verarbeiten, mit dem wir es gerade zu tun haben.«

»Aber dann würdest du es nicht verarbeiten, sondern unter den Teppich kehren.«

Nereng blies die Backen auf und atmete langsam aus. Er schwieg, bis sie vor Ellis Wohnblock in Bjølsen standen.

»Weißt du«, sagte er nachdenklich und ließ den Motor im Leerlauf weiterarbeiten, »es soll Polizisten geben, die bei solchen Mordszenarien Erregung verspüren.«

Elli rieb sich das Gesicht. »Tatsächlich«, murmelte sie tonlos.

»Hab's vor 'ner Weile gelesen«, fuhr Nereng mit leichtem Stakkato in der Stimme fort. »Wahrscheinlich haben die denselben Persönlichkeitstyp wie Serientäter.«

Elli sah zu ihm hinüber. »Ich weiß, dass das furchtbar ist, Jan. Aber jetzt brauche ich dich und du brauchst mich, und wir müssen stark sein und dürfen diesen Mist nicht zu nahe an uns heranlassen. Verstehst du? Sonst gewinnt der Mörder. Irgendwer hat ein kleines Kind umgebracht. Und wir werden herausfinden, wer es war.«

Nereng schloss die Augen und schüttelte den Kopf.

Elli beugte sich zu ihm und umfasste seinen Arm. Sie konnte die Muskeln spüren, als er den Rückwärtsgang einlegte.

Als Elli die Wohnungstür aufschloss, lag ein Zettel neben der Buddha-Figur auf der Kommode im Flur. Johanne hatte Zenith gegen sieben abgeholt. Elli musste einsehen, dass sie eine schlechte Hundebesitzerin war.

Sie verspürte Hunger und fühlte sich verschwitzt. Nach einer langen kühlen Dusche breitete sie ein Handtuch auf dem Sofa aus, legte sich hin und ließ sich von der Luft trocknen. Nachdem alle Tropfen verdampft waren, zog sie Shorts und ein T-Shirt über und warf einen Blick in den Kühlschrank.

Lachs, Gehacktes, Huhn.

Sie entschied sich für Lachs. Mit Limone und Chili. Dazu ein Salat. Gerade als das Essen fertig war, hörte sie Johanne und Zenith hereinkommen.

»Oh, oh – neeein!«, protestierte Johanne. Sekunden später stand Zenith mit seinen verdreckten Pfoten in der Küche. Ellis sauberes T-Shirt bekam zwei fette Abdrücke.

»Tut mir leid«, sagte Johanne, während sie in die Küche kam. »Er war nicht aufzuhalten … Ich hätte ihn wohl nicht von der Leine lassen sollen.«

Elli lächelte. »Beruhig dich … ich hab 'ne Waschmaschine und 'nen Putzlappen. Hunger?«

Johanne, die mittlerweile zwanzig war, warf einen Blick auf Ellis Lachs. »Ein Stückchen nehme ich gern«, sagte sie lächelnd.

Elli bugsierte den schweren und ungewöhnlich widerwilligen Zenith unter die Dusche, spülte den schlimmsten Dreck von ihm ab und servierte ihm und Johanne etwas zu essen. Auch ein Glas Weißwein lehnte Johanne nicht ab.

»Ich muss dringend mal über was anderes als nur die Arbeit reden«, sagte Elli. »Erzähl mal ein bisschen von dir. Hast du einen neuen Freund?«

Johanne ließ eine Hand hin und her wippen. »Vielleicht, vielleicht nicht. Es gibt da jemanden, aber ich bin mir noch nicht ganz sicher. Er ist vielleicht ein bisschen … bürgerlich.«

Elli nickte verständnisvoll. Es war schon einige Jahre her, seit sie selbst zuletzt eine feste Beziehung gehabt hatte. Genauer gesagt sechs, wenn sie nachrechnete. Jetzt war sie sechsunddreißig. Möglicherweise wurden diese Dinge bei ihr langsam sogar noch etwas dringlicher als bei dieser hübschen jungen Frau, die da vor ihr stand. »Lass dir Zeit. Bürgerlich ist vielleicht völlig in Ordnung, aber du musst es im Herzen spüren. Dass es pocht.«

Johanne lächelte.

»Und was ist mit dir?«, fragte sie nach einer Pause.

»Im Augenblick nichts.«

Johanne probierte den Wein. »Nicht schlecht.«

»Und dein Studium? Machst du im Herbst mit Jura weiter?«, fuhr Elli fort.

Johanne wohnte noch immer bei ihren Eltern in der Etage über Elli. Nachdem sie im Anschluss an die Oberstufe ein halbes Jahr auf Rucksacktour gewesen war, hatte sie im letzten Semester mit dem Studium begonnen.

»So lautet der Plan. Du hast also weiterhin eine feste Hundesitterin.«

Auch wenn sich Zenith von Zeit zu Zeit bei Ellis Mutter in Nordstrand aufhielt oder bei Nereng, der mit dem großen Hund aus Afrika gut zurechtkam, war es Johanne, zu der er das engste Verhältnis hatte. Und gerade weil Johanne regelmäßig mit Zenith spazieren ging, hatte sie zwei Jahre zuvor ein traumatisches Erlebnis gehabt. Ein Fall, an dem Elli gearbeitet hatte, war außer Kontrolle geraten. Johanne und Zenith waren angegriffen worden. Danach war Ellis Verhältnis zu Johannes Eltern, besonders dem Vater, eine Weile ziemlich angespannt gewesen, doch mittlerweile hatte es sich wieder normalisiert. Sie konnte ihnen keine Vorwürfe machen. Johanne war das Liebste, was sie hatten.

Allerdings bestand auch kein Zweifel daran, dass die Geschehnisse Johanne viel enger an Zenith gebunden hatten sowie ihn auch an sie. Der afrikanische Riese, so nannte Johanne ihn.

Bis halb elf blieben sie sitzen und unterhielten sich über dieses und jenes. Dann schickte Elli Johanne nach Hause.

Kapitel 25

Es war ein warmer Abend. Elli ließ die Schlafzimmertür und die Balkontür offen stehen. Nach ein paar Minuten merkte sie, dass die Bettdecke zu warm war. Sie zog sie weg und verschränkte die Arme hinter dem Kopf.

Die Gedanken über das kleine Kind, das sie im Tunnel gefunden hatten, kreisten durch Ellis Kopf und ließen sie nicht schlafen. War es ein Unfall? Oder Mord? Vorsätzlich, sexuell motiviert, versehentlich?

Es gab zwei Hauptfragen: Was war mit dem Kind geschehen, und worin bestand die Verbindung zu den Tierskeletten? Was könnte Withberg ihr darüber erzählen?

Elli sah auf die Uhr. Halb zwölf. Sie riskierte es und schickte ihm eine SMS: »Hallo, haben Sie die neuen Skelette bekommen? Rathke, Polizei.«

Zehn Sekunden später:

»Ja. Withberg, Vet. Inst.«

Elli musste lachen und antwortete: »Danke. Kann ich morgen Vormittag vorbeikommen?«

Nach sieben Sekunden: »Sie sind immer willkommen. Brage.«

Sie starrte auf die SMS. *Brage.*

Als Elli um kurz nach zwei endlich einschlief, hatte ihr Gehirn die Information von allen Seiten analysiert.

Jäh richtete sich Elli im Bett auf. Wo kam das Geräusch her?

Eine Sekunde später hatte sie die Antwort. Er stand in der Zimmerecke. Das dämmrige Licht der Sommernacht sickerte in alle Winkel des Raums und erhellte ein kleines, rundes Gesicht. Vorsichtig stieg Elli aus dem Bett und ging auf ihn zu.

»Wuff!«

Elli erschrak. Plötzlich schienen die Sinneseindrücke zu verblassen. Büßten ihre Lebendigkeit ein.

Zenith schüttelte sich.

»Tut mir leid«, sagte Elli abwesend, »ich bin nicht mit Absicht auf deinen Schwanz getreten.«

Verwirrt stand sie mitten im Schlafzimmer. Sie kniff die Augen zusammen. Nach und nach kamen die Erinnerungsfetzen eines Traums zurück.

Kinder. Ein Junge, der schrie und schrie. Der Junge, den sie in ihrem Zimmer gesehen zu haben glaubte.

Elli setzte sich wieder aufs Bett. Hinter dem Fenster dämmerte der Himmel in gelblichem Licht und verriet, dass die Sonne bald aufging.

In Ellis Traum war der Junge in den Tunnel hineingegangen. Hinter ihm waren mehrere Menschen gewesen. Doch egal, wie sehr Elli sich auch anstrengte, sie konnte sich an keines der Gesichter erinnern.

Sie sah auf die Uhr. Halb sechs. In ungefähr drei Stunden würde sie Brage Withberg im Veterinärmedizinischen Institut treffen.

Erst jetzt bemerkte sie ihren schnellen Pulsschlag. Und eine Kurzatmigkeit, die sie gar nicht gewohnt war.

Ob Jan schon aufgestanden war?

»Wach?«, schrieb sie ihm.

Zwanzig Sekunden später klingelte das Handy.

»Kannst du auch nicht schlafen?«, fragte er mit dösiger Stimme.

»Hatte drei Stunden Schlaf. Dann bin ich von einem Traum wach geworden.«

Kurze Pause.

»Willst du was erzählen?«

»Über den Jungen.«

»Junge … du meinst das Kind?«

Elli berichtete von ihrem Traum.

»Ziemlich lebendiger Traum, wie mir scheint.«

»Sehr. Ich hab bis jetzt nie verstanden, worüber diese Psychologen eigentlich immer reden. Es war als … als wäre ich im Wachzustand durchs Traumland gegangen.«

Neue Pause. Diesmal etwas länger.

»Heftige Sache, wenn's um Kinder geht«, sagte Nereng. Seine Stimme klang hart. Elli erkannte sie kaum wieder.

Bevor Elli zum Veterinärmedizinischen Institut fuhr, wollte sie kurz ihre Mutter in Nordstrand besuchen. Als sie den Kongsvei hochfuhr, rief sie aus dem Wagen an und erfuhr, dass ihre Mutter mit einer Freundin in Ekeberg spazieren ging.

Freundin? Die Mutter hatte nicht viele Freundinnen.

Schulkinder und junge Mütter mit Kinderwagen tummelten sich im Kleintierzoo und bei den Pferden. Frauen und Männer mit Hunden liefen vorbei, es war ein Anblick, wie er sich bei schönem Wetter hier immer bot. So, wie es auch auf all den Fahrradausflügen immer gewesen war, die Elli früher mit ihrer Schwester Anne und ihrem Vater im Ekebergpark unternommen hatte. Die beiden waren schon lange tot. Es hatte einige Jahre gedauert, bis Elli dort wieder hinfahren konnte.

Nun, fast siebzehn Jahre danach, machte es ihr nichts mehr aus. Die Erinnerungen an die Fahrradtouren, an die Schwester und den Vater waren schön. Und Zenith liebte diesen offenen großen Park über alles.

Elli erspähte ihre Mutter auf einer Wiese unterhalb der Pferdekoppel. Sie saß dort zusammen mit einer Frau um die fünfzig. Elli hatte sie noch nie zuvor gesehen. Dee stellte sie als Ragna vor, aus dem benachbarten Wohnblock. Sie sah unglücklich aus, wie Elli bemerkte, bevor Ragna aufstand und sich in Richtung Café von dannen machte.

»Ihr Mann hat sie verlassen«, erklärte Ellis Mutter. »Ich gehe mit ihr spazieren, wenn sie reden möchte.«

Elli nickte. »Schön. Und wie geht es dir?«

»Ich versuche, nicht ständig die Tage zu zählen.«

Die Untersuchung fand in fünf Tagen statt.

»Aber fühlst du dich besser oder schlechter? Oder unverändert?«

»Unverändert. Nur im Kopf ist es schlimmer.«

Eine typische Dee-Analyse.

Sie gingen ein Stückchen durch den Wald spazieren und kamen am anderen Ende des Parks wieder heraus. Ellis Mutter sprach weniger als normalerweise, doch Elli spürte trotzdem, wie sehr sie ihre Anwesenheit zu schätzen wusste. Mitten auf einer großen Wiese blieb Dee stehen.

»Vielleicht sollte ein bisschen von meiner Asche auch hier verstreut werden.«

»Mama …«, stöhnte Elli erschöpft.

»Doch, ja. Ein bisschen hier und ein bisschen in den Kwai.«

Sie verabredeten, sich in zwei Tagen wiederzutreffen. Dee lief zum Café hinüber, wo die frisch getrennte Nachbarin auf sie wartete.

Elli ging zum Wagen und fuhr zum Veterinärmedizinischen Institut.

Kapitel 26

Brage Withberg, dieses Mal ohne seine grüne Laboruniform, holte Elli an der Rezeption des Veterinärmedizinischen Instituts ab. Er war schlanker, als sie angenommen hatte, und wirkte auch größer. Elli gefiel die Selbstsicherheit, die seine Bewegungen ausstrahlten.

»Guten Morgen, Frau Rathke«, sagte er lächelnd. »Möchten Sie Ihren Kaffee mit oder ohne Milch?«

»Schwarz, bitte.«

Er nickte kurz und führte sie in denselben Untersuchungsraum wie beim letzten Mal.

»Sie können sich ja beim Warten ein wenig umsehen«, sagte er und zeigte auf den Labortisch, wo Elli die Überreste der ausgegrabenen Katze erkannte. Sie schien jetzt kleiner zu sein. Wehrlos, unschuldig. Beinahe zart. Brustkorb, Schultern und nicht zuletzt der Schädel vermittelten einen soliden Eindruck, doch Wirbelsäule, Hinterläufe und Schwanzwirbel sahen zerbrechlicher aus als bei einem Hund. Gleichwohl waren Katzen in vielerlei Hinsicht Hunden überlegen. Sprungkraft und Reaktionsvermögen bei großen Katzen waren unvergleichbar, die Krallen gnadenlos. Ein Luchs konnte mit seiner Pfote fünf Mal pro Sekunde zuschlagen, wie Elli einmal im Fernsehen gesehen hatte.

Elli nahm den Geruch von Kaffee wahr und drehte sich um. Brage reichte ihr eine dampfend heiße Tasse. Inzwischen hatte er sich umgezogen und trug wieder seinen Laborkittel.

»Schwarz, nicht wahr?«, sagte er und ahmte die typischen Bewegungen eines Kellners nach. Angesichts seines Laborkittels wirkte die Vorstellung so komisch, dass Elli ein Lachen nicht zurückhalten konnte.

Er lächelte sie an und trat hinter den Untersuchungstisch.

»Die Katze, die Sie da gefunden haben«, sagte er, »ist ein kaukasischer oder ein anatolischer Leopard.«

Elli schaute ihn misstrauisch an.

»Ein junges Tier«, fuhr Brage fort.

Elli richtete den Blick wieder auf die Knochenreste, betrachtete die Wirbelsäule der Großkatze und versuchte sich vorzustellen, wie so ein anatolischer Leopard wohl aussah. Und warum und wie er hier gelandet war.

»Ein Leopard aus Anatolien … das liegt in der Türkei, nicht wahr?«

Brage nickte.

»Er ist wohl ziemlich selten?«, fragte Elli, ohne den Blick vom Tisch abzuwenden.

»Ja«, erwiderte Brage geradeheraus. »Er ist vom Aussterben bedroht. Es gibt schätzungsweise noch circa eintausend Exemplare des kaukasischen Leopards, verteilt über die Türkei, Georgien, Armenien und den Iran. Möglicherweise auch Afghanistan.« Brage trat einen Schritt auf den Tisch zu und stand Elli genau gegenüber. Mit dem rechten Zeige- und Mittelfinger strich er behutsam über die Knochenreste.

»Und der andere – der anatolische?«

Brage ließ ein paar Sekunden vergehen, bevor er antwortete. »Der Status des anatolischen Leopards ist unbekannt. Wahrscheinlich existieren insgesamt nur noch zwanzig bis dreißig Tiere.«

»Und Sie glauben, dass es sich um so einen handeln könnte?«

»Ja«, gab Brage zögernd zurück. »Prinzipiell gehören die beiden derselben Art an. Sie haben helleres Fell als die afrikanischen oder südostasiatischen Leoparden und sind an ein trockenes Gebirgsklima gewöhnt. Was mich allerdings stutzen lässt, ist die Größe dieses Jungtiers. Denn der anatolische Leopard ist – oder war – einer der größten in der Familie der Leoparden.«

Ellis Vorstellung von Leoparden war geprägt von den Erzählungen ihrer Mutter über diese mysteriösen großen Katzen, die im Dschungel nahe ihres Heimatdorfs lebten, sowie einer Ferienreise, die sie vor neun oder zehn Jahren zusammen mit ihrem Exfreund nach Südafrika unternommen hatte. Während eines Aufenthalts in einem Safari-Camp hatten sie *The Big Five*, einschließlich eines Leoparden, beobachten können. Noch immer war dieses Naturerlebnis in Elli lebendig, nicht zuletzt auch die Begegnung mit zwei Leopardenjungen in der campeigenen Aufzuchtstation für elternlose Großkatzen. Auf eben jener Ferienreise hatte sich Elli auch von der Hunderasse Rhodesian Ridgeback verführen lassen.

»Kommen Sie«, sagte Brage und deutete auf einen PC, der auf einem Tisch an der Wand stand. »Sehen Sie sich das Bild hier an«, fuhr er fort und zeigte mit einem Kugelschreiber auf den Bildschirm. »Das hier ist die Zellstruktur im rechten Oberschenkelknochen. Das Zellwachstum befindet sich auf einem Niveau, das darauf hindeutet, dass das Tier jünger ist, als die Größe vermuten lässt. Was bedeutet, dass dieser Bursche hier zu einer großen Katze herangewachsen wäre. Richtig groß.«

Elli ließ die neue Information eine Weile in ihr Gehirn einsinken.

Brage trat wieder an den Tisch und zog eine große Lupe heran.

»Was Sie bis jetzt noch nicht gefragt haben«, sagte er und justierte das Instrument, »ist, ob ich bei diesem Skelett ähnliche

Spuren wie bei unserem Freund, dem Schimpansen, gefunden habe.«

Mit einer schnellen Bewegung trat Elli zu ihm. »Und?«

Brages Gesicht nahm einen wehmütigen Ausdruck an. »Leider ja. Sie waren nicht leicht zu sehen, aber nachdem ich eine Spur entdeckt hatte, konnte ich auch die anderen finden.«

Er zeigte auf die Lupe. Elli beugte sich vor und fokussierte den Blick, konnte aber zunächst nichts entdecken.

»So ohne weiteres können Sie das nicht sehen«, sagte Brage und drehte an einem Schalter. Ein lilafarbenes, hartes Licht erschien. »So, jetzt treten die Spuren deutlich hervor.«

Jetzt konnte auch Elli erkennen, dass sich überall auf dem Schenkelknochen gerade Striche abzeichneten.

»Ganz ähnliche Merkmale. Der Leopard war genau derselben Behandlung ausgesetzt wie der Schimpanse.«

Elli betrachtete die Striche im lilafarbenen Kunstlicht. »Dasselbe Messer?«

»Ja. Die Spuren sind genau gleich.«

Es war wie ein Ritual, dachte Elli. »Und so was haben Sie noch nie zuvor gesehen?«

»Nein, nie. Und mit einer illegalen Jagd nach bestimmten Trophäen stimmen diese Merkmale auch nicht überein. Ich dachte erst, das könnte vielleicht auf den Schimpansen zutreffen, weil ihm der Schädel fehlt. Aber bei diesem Leopard sind Kopf und Genitalbereich intakt.«

Elli sah ihn fragend an.

»In einigen Kulturen werden die Hoden von großen Katzen als Aphrodisiakum betrachtet. Löwen, Tiger, Leoparden, Jaguare … die müssen gut auf ihre edlen Teile aufpassen.«

In Ellis Kopf erschien kurz das Bild von Zeniths Ausstattung. Sie schüttelte sich.

»Aber das ist hier nicht der Fall«, fuhr Brage fort. »Und die Verwendung eines solchen Messers deutet auch nicht auf irgendeine andere Form des Schlachtens hin. Aufgrund dieser Ähnlichkeit möchte ich nun näher untersuchen, wie lange diese Skelette in der Erde gelegen haben.«

»Wir haben schon in Erwägung gezogen, dass es sich um irgendein Ritual handeln könnte, finden aber keine weiteren Hinweise darauf. Was denken Sie?«

Brage zuckte mit den Schultern. »Die menschliche Grausamkeit gegenüber Tieren hat keine Grenzen. Sie ahnen ja nicht, was wir hier so alles zu Gesicht bekommen.«

»Was Menschen einander antun, hat auch keine Grenzen«, erwiderte Elli, kam dann aber auf die Vogelskelette zu sprechen, die sie ebenfalls gefunden hatten.

»Die sehen aus wie Goldammern.«

»Sind die auch vom Aussterben bedroht?«

Brage schüttelte vielsagend den Kopf. »Eigentlich nicht. Man hat festgestellt, dass sie sich teilweise aus Gebieten zurückgezogen haben, wo es keine Landwirtschaft mehr gibt – sie mögen nämlich Felder –, aber im Allgemeinen ist der Bestand in guter Verfassung. Ich konnte sie mir noch nicht genauer ansehen, komme aber noch darauf zurück.«

Elli nickte.

Für ein paar Sekunden schwieg Brage einfach und blickte Elli bloß an.

Neugierig erwiderte sie seinen Blick.

Er lächelte. »Okay, Sie müssen jetzt wohl weiter. Ich bringe Sie raus.«

Brage folgte ihr zur Rezeption und begleitete sie nach draußen.

»Na, sieh mal einer an. Eine Polizistin auf dem Fahrrad. Ich kann mich noch an diese Fernsehserie erinnern … *Pacific Blue*. Da radelten die Polizisten an den kalifornischen Stränden herum. Sah nach einem ziemlich hektischen Job aus.«

Elli befestigte ihren Helm. »Die Schönwettersaison ist hier in der Stadt etwas kürzer. Und Verfolgungsjagden auf dem Rad kommen auch eher selten vor.«

Brage lachte jungenhaft.

Einen Augenblick lang war die Stimmung angespannt.

»Nun ja … ich sollte wohl zurück zu meinen Tierkadavern«, sagte Brage.

Elli lächelte. »Wir sehen uns.«

Sie setzte den rechten Fuß auf das Pedal, winkte Brage kurz zu und fuhr in Richtung Innenstadt.

Auf dem Weg zum Präsidium musste sie wieder an Brage denken. Sie mochte diesen Kerl, er zeigte Engagement für seinen Beruf und hatte Integrität.

Es war schon eine ganze Weile her, seit Elli sich zuletzt mit einem Mann getroffen hatte. Beim letzten Mal hatte sie sich schon nach zwei Dates wieder zurückgezogen, nachdem die Frage aufgekommen war, ob es nicht besser wäre, sich einen weniger gefährlichen Job zu suchen, wenn sie Mutter werden wollte. Nicht zum ersten Mal war ein Verhältnis zu einem jähen Ende gekommen. Eigentlich hatte Elli nur zwei längere Beziehungen in ihrem Leben geführt. Die eine mit einem Kollegen und die andere mit einem Mitstudenten an der Uni. Mit dem Kollegen hatte es zeitweilig gut funktioniert, sogar Zenith war eine gemeinsame Anschaffung gewesen, doch sie hatten sich getrennt, als er Oslo verlassen und zurück in seine Heimatstadt Tromsø ziehen wollte. Den Mitstudenten von der juristischen Fakultät hatte sie unter »mangelnder Erfahrung« verbucht.

Elli hatte sich damit abgefunden, dass die meisten Männer ihr gegenüber Unsicherheit verspürten. Brage schien da ganz anders zu sein. Doch das Problem war, dass er einen Teil der Ermittlungen ausmachte. Zumindest so lange, bis der Fall gelöst war.

Elli muste auch an die Goldammern denken. Sie gehörten nicht zu einer bedrohten Tierart. Aber wie passten sie zu einem Schimpansen und einem anatolischen Leoparden? Und hatte so ein Vogel auch unter der Leiche gelegen?

Kapitel 27

In der Küche von Sigurd und Margrete Lincher herrschte das übliche morgendliche Chaos. Julius und Sigurd sangen und blödelten zusammen am Tisch herum, Margrete sprach in ihr Handy.

Sie gab Julius einen Kuss, schnappte sich einen Apfel und verschwand, nachdem sie Evelyn ein Lächeln geschenkt und auf den Einkaufszettel am Kühlschrank gezeigt hatte.

»Aaarrgh«, knurrte Sigurd und stürzte sich mit mechanischen Armbewegungen auf seinen Sohn. »Das Zombiemonster kommt und holt dich!«

Julius kreischte in einer Mischung aus Entsetzen und Freude und rannte leichtfüßig auf die Terrasse hinaus. »Nein, Papa, nein«, heulte er, während Sigurd hinter ihm herstakste.

»Zombiemonster, Zombiemonster«, keuchte Sigurd.

Julius versteckte sich in der Ecke am Außenkamin. »Neeiin!«, winselte er. »Tu mir nichts!«

Sigurd erstarrte inmitten der Bewegung. »Na, gut. Das Zombiemonster muss jetzt frühstücken.«

Mit Julius auf dem Arm ging Sigurd wieder hinein.

Evelyn lächelte und servierte den beiden eine Bio-Frühstücksmischung. Im Gleichtakt schaufelten sie das Müsli in sich hinein.

Dann folgte frisch gepresster Orangensaft. Evelyn konnte gar nicht verstehen, warum die Norweger bereit waren, so viel Geld für minderwertige Orangen auszugeben – sie schmeckten eher wie Zitronen.

Sie stellte das Glas vor Julius hin, doch er reagierte nicht. Stattdessen sah er seinen Vater an, der jetzt konzentriert auf sein iPad starrte.

»Was liest du da, Papa?«

»Hm …?«, erwiderte Sigurd, ohne aufzublicken.

»Ist das wichtig?«

»Hm?«

Sigurd hielt inne und drehte sich zu seinem Sohn. »Ja«, sagte er mit weicher Stimme, »es geht darum, dass einige Menschen nicht auf die Umwelt achtgeben wollen. Der Wald und die Bäume und so was. Darüber haben wir doch schon mal gesprochen.«

Julius sah seinen Vater für eine Weile an. »Okay«, sagte er. »Das ist wichtig.«

Sigurd beugte sich zu ihm und drückte ihn fest an sich. »Aus dir wird sicher mal was Ordentliches.«

»Feuerwehrmann.«

Sigurd lächelte. »Feuerwehrmann … kein Astronaut mehr?«

»Vielleicht. Aber Feuerwehrmann kann ich hier sein, denn ich weiß, wo die Feuerwache ist. Wo ist denn die Astronautenwache?«

Sigurd lächelte von ganzem Herzen. »Die ist ein bisschen weiter weg, Julius. Die Feuerwache ist ganz bestimmt am nächsten.«

»Die Nummer vom Feuerwehrmann ist 110«, sagte Julius.

Sigurd sah seinen Jungen erstaunt an. »Ja, das stimmt. Hast du das im Kindergarten gelernt?«

Julius nickte stolz. »Ja, und die Polizei hat die Nummer 112 und der Krankenwagen 113.«

Evelyn stand auf und stellte die Jalousien so ein, dass die Sonne nicht blendete. Die Küchenuhr zeigte halb acht. Eine halbe Minute später stand Sigurd auf und sagte, dass er jetzt zur Arbeit müsse.

»Es gibt immer jemanden, der Hilfe braucht, weißt du«, sagte er zu Julius, lächelte dann Evelyn zu und lief die Treppe hinunter.

Evelyn ging wieder zu Julius. Sie nahm sich viel Zeit für ihn und setzte ihn nicht unter Druck. Gegen halb neun erreichten sie den Kindergarten. Abgesehen vom Lebensmitteleinkauf hatte Evelyn bis drei Uhr frei und musste danach wieder los, um Julius abzuholen.

Sie freute sich schon darauf, mit ihrer Mutter zu sprechen und die Stimme ihrer Tochter zu hören. Das letzte Gespräch war schon eine Woche her. Viel zu lang.

Evelyn erledigte den Einkauf innerhalb einer Stunde und war um kurz vor zehn wieder zurück; rechtzeitig für den vereinbarten Videochat.

Um 9 Uhr 58 loggte sich Evelyn auf dem Laptop ein, den sie von Familie Lincher geliehen hatte. Ihre Mutter wartete bereits. Auf dem leicht verzerrten Videobild sah Evelyn, dass ihre kleine Tochter Maricel auf dem Schoß der Großmutter saß. Sie bemühte sich, tapfer zu lächeln und nicht in Tränen auszubrechen.

»Hallo, Maricel, mein Schatz. Wie schön, dich zu sehen.«

»Hallo, Mama«, sagte Maricel.

Erst vor zwei Wochen hatten sie sich in Manila gesehen, doch für Evelyn hätten es genauso gut zwei Jahre sein können. Sie hatte es während des Besuchs gespürt. Egal wie oft ihre Mutter der Kleinen von ihr erzählte, gemeinsam mit der Enkelin vor der Webcam saß oder sich im Hintergrund hielt, wenn Evelyn ein seltenes Mal in der Heimat war, so war doch nicht zu leugnen, dass Maricel sich stärker an die Großmutter als an Evelyn gebunden fühlte.

»Na, was habt ihr heute Schönes gemacht?«, fragte Evelyn.

»Eis gegessen.«

Evelyn lachte. »Na, was für eine tolle Oma du hast.«

Maricel nickte.

An den Häusern auf der anderen Straßenseite konnte Evelyn erkennen, dass die beiden in einem Internetcafé saßen, das nicht weit von ihrem Zuhause entfernt lag.

»Hast du dich schon nach PCs erkundigt?«, fragte Evelyn ihre Mutter. Sie hatte ihr umgerechnet dreitausend norwegische Kronen gegeben, um einen Laptop zu kaufen, so dass Maricel zu Hause sitzen und mit ihrer Mutter sprechen konnte und nicht in irgendeinem Internetladen hocken musste.

Die Mutter schüttelte den Kopf. »Bis jetzt noch nicht.«

Evelyn lächelte, wusste aber, dass ihre Mutter für das Geld wohl keinen Computer kaufen würde. Es sah ihr ähnlicher, das Geld für Notfälle zu sparen.

Evelyn redete weiter mit ihrer Tochter. Die Geduld einer Dreijährigen war naturgemäß begrenzt, und in der Regel endete das Gespräch nach fünf Minuten.

Plötzlich hielt Maricel eine Zeichnung mit zwei Strichmännchen in die Kamera, ein großes und ein kleines. Sie hielten einander an den Händen. Evelyn begriff sofort, dass das Bild sie und ihre Tochter darstellen sollte. Sie konnte die Tränen nicht länger zurückhalten, lächelte aber tapfer. Ohne Vorwarnung wurde plötzlich ihre Zimmertür aufgerissen und Margrete kam herein.

Evelyn spürte, wie sich ihr Magen verknotete, und fing

gleichzeitig an zu zittern. »Mama muss jetzt gehen«, sagte sie auf Tagalog, schaltete den PC aus und drehte sich zu Margrete. »Ja, bitte?« Ihre Stimme klang verweint.

Margrete kam einen Schritt auf sie zu. »Du hast eine Tochter?!« Ihr Gesichtsausdruck zeigte eine Mischung aus Verblüffung und Ärger.

Evelyn versuchte erst gar nicht, es zu leugnen.

Margrete saß am Küchentisch. Evelyn entdeckte eine Härte in ihrem Ausdruck, die sie zuvor noch nie bemerkt hatte. Vor ihr auf dem Tisch lagen die Papiere der Au-pair-Agentur.

»Weißt du«, sagte Margrete, »im Büro hab ich mich geärgert, dass ich ein paar Unterlagen vergessen hatte und umkehren musste, um sie zu holen. Aber anscheinend hatte das Ganze einen tieferen Sinn, findest du nicht? Denn sonst hätte ich wohl niemals von deiner Tochter erfahren.«

Hektisch suchte sie in den Unterlagen nach dem entsprechenden Passus.

»In this agreement«, zitierte sie, *»the au pair is defined as a ›young Filipina between 18 and 30 years of age, unmarried and without any children, placed under a cultural exchange arrangement with a Norwegian host family for a maximum stay of two years for the purpose of immersion in cultural and language training‹.«*

Margrete blickte Evelyn mitleidslos an. *Hast du irgendeine Ahnung davon, was es heißt, auf den Philippinen eine alleinstehende junge Mutter ohne Ausbildung zu sein?*, hätte Evelyn am liebsten lauthals hinausgeschrien, ließ es aber bleiben. Stattdessen blickte sie zu Boden.

»Es ist uns nicht erlaubt, ein Au-pair mit Kind zu beschäftigen«, fuhr Margrete fort und schüttelte den Kopf. Eine Weile saß sie da und schaute aus dem Fenster. Evelyn spürte die Sonne von der Seite auf ihr Gesicht scheinen. Es blendete sie in den Augenwinkeln, aber sie wagte nicht, sich zu rühren.

»Wie hast du die Aufenthaltsgenehmigung bekommen?«, fragte Margrete anklagend. Bevor Evelyn antworten konnte, besann sie sich anders und hob die Hand zu einer Stoppgeste. »Ich will es gar nicht wissen … aber hast du irgendwem davon erzählt?«

»Hier?«

»Ja, hier in Norwegen.«

»Grace.«

Margrete sah sie fragend an.

»Grace, bei Kleppes …«, sagte Evelyn und schluckte. »Sie ist auch ein Au-pair …«

»Bei Kleppes …«, wiederholte Margrete nachdenklich, verschränkte die Arme vor der Brust und lehnte sich zurück. »Ich muss mit Sigurd darüber reden.«

Evelyn nickte schwach.

»Okay«, sagte Margrete und stand auf. »Wir werden später besprechen, was zu tun ist.« Sie sah auf die Uhr und trat auf die Treppe zu. »Ich muss jetzt zurück ins Büro.«

»Soll ich abholen, wie üblich?«, fragte Evelyn vorsichtig.

Margrete hielt kurz inne und drehte sich um. »Ja.«

Evelyn glaubte, die Andeutung eines Lächelns in Margretes Mundwinkel zu entdecken.

Evelyn ging hinunter in ihr kleines Apartment. Verzweifelt und kraftlos blieb sie mitten im Zimmer stehen. Was würde jetzt mit ihr geschehen? Wahrscheinlich setzte man sie vor die Tür. Das wäre eine Katastrophe. Sie musste hier unbedingt noch ein Jahr arbeiten, vielleicht auch zwei, bevor sie es sich leisten konnte, ihren Plan in die Realität umzusetzen: ein kleines Haus für sich selbst sowie für ihre Tochter und ihre Mutter, die jetzt in einer engen Einzimmerwohnung lebten, eine kleine Modeboutique, wo sie Kleider im europäischen Stil verkaufen könnte, und dann noch ein Sparkonto, um Maricel eine Ausbildung zu ermöglichen.

Der Gedanke, dass sich dies nun alles in Luft auflöste, zog Evelyn den Boden unter den Füßen weg.

Kapitel 28

Elli stand vor dem unansehlichen Gebäude in Gamlebyen. Ein graues altes Mietshaus, dessen Potential für die Stadtentwicklung sich allenfalls dann offenbarte, wenn man es abriss. Es gab zwei Eingänge. Die Klingelschilder am ersten verrieten, dass sich eine Importfirma für persische Lebensmittel sowie ein Reisebüro im Haus befanden. Elli stand vor dem zweiten Eingang. Die Wand rechts neben der Tür wurde von einem Messingschild verziert, in das eine Buddha-Figur eingraviert war. Das einzige Anzeichen dafür, dass das Gebäude auch einen buddhistischen Tempel beherbergte.

Die Bilder, die immer wieder in Ellis Kopf auftauchten, machten ihr schwer zu schaffen. Es waren Bilder eines kleinen Jungen oder eines Skeletts unter dem Bach, allein in einem dunklen Keller. Elli hatte die vage Vorstellung, dass das Kind – im Traum handelte es sich stets um einen Jungen – vielleicht aus Rumänien oder dem Mittleren Osten stammte. Jedes Mal starrten sie die dunklen Augen durch eine dünne Schicht aus glasartigem Wasser an.

Die Herausforderungen des Lebens. Das stete Leiden. Dukkha.

Elli hatte die buddhistische Lehre, den goldenen Weg und all das mit der Muttermilch eingesogen. Doch bereits als Teenager hatte sie zu fühlen begonnen, dass es im Buddhismus mehr Fragen als Antworten gab. Zeitweilig hatte sie die Lehre völlig abgeschrieben.

Nun, im Erwachsenenalter, kam sie nach und nach zu ihr zurück, als eine Art Philosophie und Richtschnur bei der Frage nach Richtig und Falsch. Zum letzten Mal war Elli hier vor einem halben Jahr gewesen, als sie den Mord an ihrer eigenen Schwester untersucht hatte. Trauer, Verzweiflung und Rachegelüste hatten in ihrem Innern einen Kampf um die Vorherrschaft ausgefochten.

Vor einer Stunde war ihr der Gedanke gekommen, dass sie mit Ajahn sprechen musste. Dem weisen Mönch. Aber gleichzeitig fühlte sich ihre Idee nicht richtig an. Diese Sache würde sie allein durchstehen.

Eine halbe Minute später saß sie wieder auf dem Fahrrad und fuhr in Richtung Polizeipräsidium. Sie und Nereng hatten einen Mordfall zu lösen.

Nereng saß vor dem Bildschirm und wippte mit seinem Stuhl herum. Er drückte auf »Enter«, als Elli zu ihm herüberkam.

»Frau Bergmann vom Rechtsmedizinischen Institut möchte uns morgen treffen«, sagte er.

»So schnell? Gut«, erwiderte Elli erfreut und setzte sich auf den Stuhl neben Nereng.

Normalerweise lagen sogar vorläufige Obduktionsberichte erst nach ein paar Tagen vor. Elli hatte sich in der Vergangenheit schon so oft an der Warteschlange vorbeigequengelt, dass sie es dieses Mal erst gar nicht versuchte. Sie hatten ja lediglich ein Skelett. Eine Woche mehr oder weniger Wartezeit würde ohnehin keinen großen Unterschied machen.

Elli berichtete Nereng von dem Treffen mit Withberg.

»Seltene Tiere und Kinderskelette«, fasste Nereng zusammen. Er lehnte sich noch ein Stückchen weiter zurück und stützte den Kopf mit der linken Hand ab. Der Stuhl knirschte unter seinem Gewicht.

»Eine ziemlich merkwürdige Zusammenstellung«, entgegnete Elli.

Nereng deutete auf den Computerbildschirm. »Ich habe heute Morgen ein wenig in den Registern nachgeforscht. Affen sind zwar nicht gerade üblich, aber ein paar sind schon mal beschlagnahmt worden. So ein Bursche aus Østfold oder da irgendwo in der Nähe hatte vor einigen Jahren zwei Lisztaffen bei sich zu Hause, die ihm das Veterinäramt dann weggenommen hat. Anscheinend fristen die jetzt ihr Dasein im Bergener Aquarium.«

»Affen in einem Aquarium?«

»Die haben da wohl irgendeinen Teich mit 'ner Insel und …«

Nereng verschränkte die Hände hinter dem Kopf. »Na, jedenfalls dreht es sich sonst meist um Schlangen oder Echsen. Die sind in Schweden erlaubt, was den Zugang relativ leicht macht.«

»Da kriegt ja die Kaffeefahrt 'ne ganz andere Perspektive.«

Nereng lachte kurz auf.

Elli faltete die Hände, bog sie nach hinten durch und ließ die Gelenke knacken.

Nereng schüttelte sich. »Ich hasse dieses Geräusch, Elli.«

»Oh, tut mir leid … aber zurück zu unserem Fall. Unser einziger Anhaltspunkt ist derzeit also, dass es eine Verbindung zu irgendjemandem geben kann, der was mit Tieren zu tun hat. Momentan soll ein Zirkus in der Stadt sein. Und die haben da Tiere in ihren Vorstellungen.«

Nereng nickte nachdenklich. »Sind Großkatzen oder Affen in norwegischen Zirkussen denn überhaupt erlaubt?«

Ellis erste Idee war, Withberg danach zu fragen, der bestimmt eine Antwort hatte. Aber sie brauchten auch andere Informationsquellen.

»Lass uns mal nachfragen«, schlug Elli vor.

Nereng und Elli starrten auf das Tier vor sich. Die Augen hatten klare, feminine Züge, die Ohren standen ab wie bei einem Kaninchen, hatten jedoch eine rundere Form. Unter dem Fell an Bauch und Beinen zeichneten sich die Muskeln deutlich ab.

»Das ist ja genauso groß wie ein Elch«, sagte Nereng.

»Ja, in aufrechter Stellung ist ein erwachsenes Rotes Riesenkänguru über zwei Meter groß«, erklärte Zirkusdirektor Balareno, ein Mann Mitte fünfzig, der aus Øvre Romerike kam.

Elli und Nereng waren zum Parkplatz des Munch-Museums gefahren, wo der Zirkus seine Zelte aufgeschlagen hatte. Jetzt standen sie mitten im Stall, einem großen Zelt, wo viele der Tiere, die in den Vorstellungen auftraten, ihre Boxen hatten.

»Welche Genehmigungen braucht man eigentlich, um mit so einem Tier durch Norwegen zu touren?«, fragte Elli.

»Das Ganze ist ein riesiger Apparat«, erwiderte Balareno in einem Tonfall, der an glamouröse Manegenauftritte erinnerte.

»Veterinärmedizinische Atteste, Antragsformulare, Stempel. Aber diese Tiere leben nicht ständig bei uns. Wie beispielsweise die Elefanten werden sie von uns gemietet. Dann sind sie im Sommer mit uns zusammen, und wenn es hier zu kalt wird, fahren sie nach Südeuropa.«

»Und was ist mit Affen?«, fragte Elli.

Balareno schüttelte den Kopf. »Nicht in Norwegen.«

»Großkatzen?«

»Nein, leider nicht«, erwiderte er traurig. »Die sind schon seit den sechziger Jahren nicht mehr erlaubt.«

Elli blickte ihn fragend an.

Balareno zuckte mit den Schultern. »Zirkus ist eine große Show. Je mehr exotische Tiere wir präsentieren, desto exotischer wird die Vorstellung und desto zahlreicher wird das Publikum.« Er atmete schwerfällig aus und ließ seine Schultern sinken. »Sie sollten mal die Shows in den USA sehen«, fuhr er fort und breitete die Arme aus. »Da geht's noch nach der alten Tradition zu. Pferde, Elefanten, Schlangen, Löwen, Tiger, weiße Tiger, Zwerge …«

Nereng lief hinüber zur anderen Seite des Zelts und schaute in eine Box hinein. Elli folgte ihm.

»Sind das Adler oder so was?«, fragte Nereng.

Elli starrte verwundert auf die großen Vögel. Auf dem Boden der Box lagen zwei blutige Knochen. Neben der Box standen ein paar Kisten mit diversen Schlachtabfällen der Firma *Fleisch Kalahir*. Soweit sich Elli erinnern konnte, befand sich die Schlachterei in Grønland.

»Was halten Sie von meinen Geiern?«, fragte Balareno, der Nereng und Elli gefolgt war.

»Süß«, gab Nereng zurück.

Elli drehte sich zu dem Zirkusdirektor um. »Und die Papiere für diese haben Sie auch?«

»Selbstverständlich. Wir halten uns streng an die Vorschriften.«

Elli trat einen Schritt näher an Balareno heran. Er war ungefähr so groß wie sie. »Herr Balareno«, sagte sie und blickte ihn direkt an, »wie würden Sie vorgehen, wenn Sie sich eine Großkatze beschaffen wollten?«

Balareno schüttelte verständnislos den Kopf. »Wir sind ein angesehener Zirkus, fast hundert Jahre …«

»Ich behaupte ganz und gar nicht, dass irgendetwas Ungesetzliches bei Ihnen vorgeht«, unterbrach ihn Elli, »sondern ich frage Sie als Fachmann: Wenn Sie sich eine Großkatze zulegen wollten, wo würden Sie sich dann hinwenden?«

»USA oder Südafrika«, erwiderte er, ohne zu zögern. »Die haben da die größte Erfahrung mit der Aufzucht. Ansonsten noch Rumänien und die anderen Länder am Schwarzen Meer. Dort gibt es eine lange Zirkustradition.«

Einige Sekunden lang hielt Elli den Blick auf Balareno gerichtet, bis er schließlich sein Gewicht auf den anderen Fuß verlagerte.

»Okay«, sagte sie knapp. »Danke, dass Sie sich die Zeit genommen haben.«

In Fjelds Büro erstattete Elli einen kurzen Zwischenbericht.

Er runzelte die Stirn. »Und was hast du jetzt vor?«

»Die Obduktion findet morgen statt … und bis Schichtende sind's noch ein paar Stunden. Es gibt zwei Fragen, die mich sehr beschäftigen.«

Fjeld machte ihr ein Zeichen fortzufahren.

Elli beugte sich auf ihrem Stuhl vor. »Wie sind die Skelettreste des kleinen Kindes mit dem Skelett des Schimpansen zusammengekommen?«

Sie blickte von Nereng zu Fjeld, der mit einem Kugelschreiber auf den Schreibtisch klopfte. Ohne eine Spur von Rhythmus, dachte Elli.

»Tja«, sagte Fjeld zögernd, »das kann wohl nur passiert sein, indem sie entweder in … äh, Skelettform transportiert wurden oder … teilweise zerstückelt? Zusammen. Aber ist das wahrscheinlich?«

Einen Moment lang herrschte Stille. Fjeld nahm wieder den Kugelschreiber.

»Anscheinend ist alles möglich«, beeilte sich Elli zu sagen. »Ich habe jetzt auch keine bessere Theorie. Außerdem fehlt immer noch der Schädel des Schimpansen. Es ist einfach viel zu verwirrend.«

Fjelds Handy klingelte. Er schaute kurz auf das Display und drückte den Anruf weg. »Ich müsste eigentlich schon in der Leitungskonferenz sitzen … Und die andere Sache, Elli?«

»Der anatolische Leopard. Der Zirkusdirektor meinte, dass man sich solche Großkatzen unter anderem vielleicht in der Schwarzmeerregion beschaffen könnte. Das ist das Gebiet, wo diese Leoparden ursprünglich herkommen.«

Fjeld sah Elli gespannt an.

»Mein Punkt ist, dass es doch wohl ziemlich aufwendig wäre, sich so eine große Katze zu beschaffen«, führte sie aus. »Ich habe keine Ahnung, wie die hierhergekommen sein könnte. Aber derjenige oder diejenigen, die den Leoparden ins Land gebracht haben, verfügten offenbar über die notwendige Logistik. Man kann so ein Tier ja schließlich nicht auf dem Rücksitz unterbringen und dann in aller Ruhe nach Norwegen fahren.«

Fjeld lachte. »Das erinnert mich an eine Sache vor ein paar Jahren … da gab's einen bekannten Autoknacker, der vor dem Oslo Plaza einen unverschlossenen Wagen entdeckt hatte. Er konnte der Versuchung nicht widerstehen. Allerdings hatte er übersehen, dass der Dobermann des Besitzers auf dem Rücksitz hockte … tja, danach war unser Autodieb erst mal 'ne Weile aus dem Verkehr gezogen. Na, wie dem auch sei – ihr haltet diesen Zirkus weiter unter Beobachtung?«

»Dieser Zirkusdirektor ist so ein Typ, der auch seine Großmutter verkaufen würde, wenn es ihm einen Vorteil brächte«, sagte Nereng kichernd.

Elli schenkte ihm ein einfühlsames Lächeln. »Balareno ist kein unbeschriebens Blatt. Fast schon ein Promi. Ich glaube, er ist schlau genug, um sich nicht auf irgendwelche Ungesetzmäßigkeiten einzulassen.«

»Aber irgendjemand aus seinem Umfeld könnte doch durchaus ein paar Kontakte haben«, warf Nereng ein.

Elli zeigte mit dem Finger auf Nereng. »Ganz genau. Die Zirkusbranche basiert auf althergebrachten Verbindungen, und die sind international.«

Auf Ellis Heimweg kreuzte ein Fuchs den Fahrradweg am Akerselv. Im selben Moment musste sie an den Fuchs denken, der die Straße vor dem Gebäude überquert hatte, in dem das Skelett gefunden worden war. Das brachte sie auf eine Idee. Bei nächster Gelegenheit würde sie Brage darauf ansprechen.

Kapitel 29

An diesem Abend leitete Elli das Karatetraining. Sofern sie überhaupt im Dienst waren, wechselten die höchst qualifizierten Polizeibeamten im Karateclub einander bei dieser Aufgabe ab. Heute gab es nur Elli, die den Schwarzen Gürtel trug.

Ihre Schüler bestanden aus Karatekämpfern mit blauen, lilafarbenen und braunen Gürteln. Innerhalb von zwei bis drei Jahren hätten alle von ihnen den Schwarzen Gürtel erwerben können. Doch nur die wenigsten waren in der Lage, sich dieser Herausforderung zu stellen. Karate erforderte enorme Selbstdisziplin und hohe Konzentration, wenn man die höheren Grade erreichen wollte.

Elli hatte den Grad des 2. Dan schwarz inne. Noch immer gab es acht höhere Stufen zu erlangen. Die letzte Qualifizierung hatte Elli vor eineinhalb Jahren erreicht. Seit der Teenagerzeit trainierte Elli und nahm an Wettbewerben teil, und einmal hatte sie den vierten Platz in einem Meisterschaftskampf belegt.

Nach einer Aufwärmrunde mit Jogging, Schattenboxen, Klimmzügen und Sit-ups erhöhte sie das Tempo und ließ die Gruppe verschiedene Techniken üben. Tritte, Schläge, Blockaden, Kombinationen. Wieder und wieder, bis alle die Techniken beherrschten. Danach eine Runde Kampftraining, *Kumite*. Bei diesen zweiminütigen Kämpfen errechneten die anderen Teilnehmer die Punkte und bestimmten gemeinsam den Sieger.

Elli bestritt zwei Kämpfe gegen Teilnehmer mit dem 1. Dan schwarz und gewann beide.

Als sie in einer Pause nach Luft schöpfte und Wasser trank, klopfte ihr jemand auf die Schulter. Elli drehte sich um.

»Können wir jetzt?«, fragte ein dunkelhäutiges Mädchen.

Elli wusste, dass sie Eden hieß und den braunen Gürtel hatte. Als minderjähriges Flüchtlingskind war sie aus Eritrea nach Norwegen gekommen und lebte allein in einer kleinen Einzimmerwohnung.

Elli war noch immer atemlos, lächelte aber. »Aber klar doch«, sagte sie, zog wieder ihre Handschuhe an und berührte freundschaftlich die behandschuhten Fäuste Edens, so, wie man es vor einem Kampf immer machte.

Eden führte die Hände in Kampfstellung vor den Körper. Sie war etwas größer als Elli, ungefähr 1,80 Meter. Ihr Gesicht hatte klare und fast ein wenig harte Züge. Die kohlrabenschwarzen Augen fixierten Elli.

»Los!«, rief der Zeitnehmer.

Elli umtänzelte ihre Widersacherin für ein paar Sekunden. Schätzte sie ab. Eden bewegte sich leicht und geschmeidig. Elli bereitete einen Angriff vor, doch Eden kam ihr zuvor, ließ das hintere Bein vorschnellen und wollte Elli einen Schlag auf den Kopf verpassen. Sie parierte mit der anderen Hand, zog sich von der Angriffslinie zurück und führte einen Schlag in Richtung Edens Magen. Der Punkt ging knapp an Elli. Eden verfügte über eine unglaubliche Reichweite.

Elli begann einen neuen Angriff mit Tritten, Schlägen und dem Versuch, sie von den Füßen zu fegen, doch das Mädchen wehrte alle Bemühungen ab. Fast schien es, als hätte sie nur einen kleinen Fehler begangen, als Elli den ersten Punkt gewonnen hatte.

Elli spürte, wie ihr der Schweiß in die Augen lief.

Dann kam die Finte. Eden warf sich mit erhobenem Knie nach vorn. Elli blockierte präzise, war aber nicht auf den Schlag vorbereitet, den Eden von oben gegen ihren Kopf führte. Der Schlag saß perfekt und war geradezu explosiv, wenngleich es sich dabei, gemäß den Regeln, nur um eine Markierung und nicht um einen echten Treffer handelte.

Jetzt herrschte Punktgleichstand. Noch dreißig Sekunden.

Elli spürte ihre Kräfte nachlassen.

Eden sprang unbeirrt durch den Ring.

Elli hatte ein paar Mal bemerkt, dass Eden die Seiten ihres Kopfes nur unzureichend beschützte. Sie lauerte auf die Gelegenheit zu einem seitlichen Tritt gegen Edens Kopf, *sokuto kaege*.

Als nur noch wenige Sekunden des Kampfs übrig waren, sah Elli ihre Chance kommen. Mit explosiver Kraft lenkte sie das rechte Bein gegen Edens Kopf.

Und ebenso elegant wie zuvor wich Eden von der Angriffslinie zurück und fegte Ellis anderen Fuß unter ihr weg. Dann blockierte sie Ellis Arm und erzielte zwei Kopftreffer. Elli war chancenlos.

»Zeit!«, rief der Zeitnehmer, griff nach Edens Arm und hob ihn über ihren Kopf, um den Sieger zu verkünden.

Unmittelbar danach drehte sich Eden zu Elli und verneigte sich kurz. *»Sensei.«*

Elli erwiderte den Gruß.

Das Training wurde mit intensiven Übungen wie Ringen, Schlägen auf Kissen und Tritte gegen Säcke abgeschlossen. Nach zehn Minuten sah Elli so viele blutige Knöchel, dass sie die Stunde mit ein paar Dehnübungen beendete.

Die Dusche danach war fast das Beste. Das Wasser rieselte über die schmerzenden Muskeln und brannte leicht auf der aufgeplatzten Haut. Elli lebte. Und wunderte sich gleichzeitig darüber, wie leicht Eden sie hatte schlagen können. Eden hatte enormes Talent, aber gleichwohl hätte Elli aufgrund von Erfahrung und Kampftraining gewinnen müssen.

»Sensei.«

Elli blickte unter der Dusche hervor. Eden lächelte sie an. Unter ihrer Haut waren die Muskeln deutlich erkennbar.

»Du blutest«, sagte sie und deutete auf Ellis linke Seite. Eine vier bis fünf Zentimeter lange Wunde erstreckte sich über den unteren Rippenknochen.

»Mein Körperschutz«, sagte Elli und schüttelte den Kopf. Nicht zum ersten Mal hatte sich das Schutzpolster in die Haut gegraben.

Sie stellte die Dusche ab und ließ sich von Eden ein Pflaster aufkleben.

»Glaubst du, dass ich auch den Schwarzen Gürtel erwerben kann, so wie du?«, fragte Eden, als sie schließlich hinausgingen.

Elli lachte. »Ja, das glaube ich unbedingt. Schließlich hast du mich gerade besiegt.«

Eden nickte voller Stolz. »Dann schaffe ich es bestimmt. Wo musst du denn jetzt hin?«

»Nach Bjølsen.«

»Können wir zusammen gehen?«

Elli lächelte. »Aber sicher, gern.«

Elli hatte bisher immer den Eindruck gehabt, dass Eden ein schweigsames und etwas schüchternes Mädchen war, doch auf dem Heimweg in Richtung Grünerløkka zeigte sie sich von einer anderen Seite. Mit breitem Lächeln und in allen Einzelheiten erzählte sie von ihrer Jugendzeit und berichtete auch von ihrer Schwester, die zwei Jahre älter war und in den USA lebte.

»Sie ist eine gute Läuferin«, sagte Eden stolz, blieb dann stehen und deutete mit dem Kopf in Richtung Dælenenga. »Ich muss jetzt da lang.«

»Toller Trainingseinsatz«, sagte Elli. »Dann genieß den wohlverdienten Feierabend.«

Eden lächelte. »Ja, nach der Arbeit.«

»Hast du etwa noch einen Abendjob?«

»Ich gehe putzen.«

Elli nickte anerkennend.

Eden winkte ihr zum Abschied zu und lief mit großen Schritten weiter.

Auf dem Weg nach Bjølsen dachte Elli über Eden nach. Wie ging es wohl einem Mädchen, das einer schrecklichen Militärdiktatur entflohen war und jetzt als Achtzehnjährige allein in einem Land lebte, in dem die Menschen kaum Sorgen kannten? Wahrscheinlich fühlte sie sich als Außenseiterin. Elli selbst hatte das Gefühl nur zu gut gekannt.

Als Elli den Markveien hinaufradelte, vibrierte das Handy in ihrer Tasche.

»Rathke.«

»Brage hier.«

»Hallo«, sagte Elli. Sie war erstaunt. »Gibt es was Neues aus dem Veterinärmedizinischen Institut?«

Eine kleine Pause entstand. »Ich wollte Sie zum Abendessen einladen«, sagte er schließlich. »Um neun Uhr im Flow.«

»Abendessen? In einer Stunde?«

»Ja.«

Brage Withberg. Flow.

Nach dem Training war Elli durchaus hungrig. Aber wie hatte er einen Tisch in einem Restaurant ergattern können, für das es eine monatelange Warteliste gab?

»Und wir reden hier auch ganz sicher vom Flow?«

»Ziemlich sicher.«

Elli verspürte eine Mischung aus Spannung und Unruhe. Es war ein Angebot, das sie unmöglich ablehnen konnte.

Das Flow hatte eine exklusive Lage auf der Aker Brygge und bot direkte Aussicht auf den Fjord. Bei der Eröffnung im Jahr 2006 hatte der Sternekoch Gorm Feste in der Tageszeitung VG erklärt, dass das Flow sein Lebenswerk sei. Nachdem er drei Mal in fünf Jahren die Bocuse-d'Or-Auszeichnung gewonnen hatte, immer als Angestellter eines der Osloer Restaurants mit Michelin-Stern, war die Zeit mehr als reif gewesen. Und die Investoren hatten bereitgestanden.

Anders ausgedrückt war die potentielle Fallhöhe beachtlich.

Elli hatte ein dezent gemustertes Kleid in Erdfarben gewählt. Und zur Feier des Tages hatte sie auch den traditionellen Halsschmuck angelegt, den sie vor vielen Jahren von ihrer Mutter bekommen hatte. Der Schmuck mit buddhistischen Motiven aus

Jade, um rote Rubine ergänzt, stand ihr ausgezeichnet. Ob Ellis Aufmachung allerdings zu den vielen wohlhabenden Gästen des Restaurants passte, war eine andere Frage. So oder so fühlte sie sich nicht ganz am rechten Ort.

Der Empfangschef führte sie direkt zu Brage, der zu allem Überfluss einen Fensterplatz bekommen hatte.

»Du meine Güte«, sagte Elli. »Sie haben wohl gute Kontakte, oder?«

Brage lächelte. »Für eine schöne Frau tut man schließlich alles.«

Direkt zur Sache. Das passte wohl zu seinem Charakter. Sie schenkte ihm ein kleines Lächeln, sah ihn einen Moment lang an und ließ den Blick dann schnell durch das Restaurant wandern. Die Gäste waren überwiegend gutgekleidete, jüngere Menschen. Elli erkannte zwei TV-Persönlichkeiten und einen Schriftsteller.

Noch während sie Platz nahm, wurden zwei Bier an den Tisch gebracht.

»Haben Sie immer ein so gutes Timing?«, fragte sie munter.

»Ehrlich währt am längsten«, sagte er mit einem verschlagenen Lächeln. »Es war pures Glück.«

Elli hob das Glas zu einem Toast.

»Ah, das war gut«, sagte sie, nachdem sie einen großen Schluck genommen hatte.

»Sind Sie hierhergerannt?«, fragte Brage und deutete fragend auf ihr Gesicht.

Elli stieß ein kurzes Lachen aus. »Ihre Einladung erreichte mich direkt nach dem Training.«

Brage legte den Kopf ein wenig zurück und betrachtete sie eingehend. »Lassen Sie mich raten … Irgendeine Art von Kampfsport?«

Elli nickte ihm anerkennend zu. »Gar nicht schlecht. Karate.«

»Die Platzwunden an den Knöcheln«, sagte er und lächelte zaghaft.

»Und Sie?«

»Die ein oder andere Joggingtour. In unregelmäßigen Abständen, fürchte ich allerdings.«

Brage nahm die Speisekarte zur Hand. »Ich bin hungrig – wie sieht's bei Ihnen aus?«

»Völlig ausgehungert.«

Sie entschieden sich für Rentiersteak und eine Flasche Rotwein und einen Salat als Vorspeise. Die Preise lagen am oberen Ende der Skala, wie Elli feststellte.

Wein und Salat wurden schnell gebracht. Elli und Brage prosteten sich zu. Der Wein war geschmacksintensiv, voll von Aromen, die Elli nicht sofort einordnen konnte. Die Unterhaltung verlief erstaunlich natürlich, und Elli merkte, dass es ihr gefiel, mit Brage zu plaudern. Ohne Stress, ohne So-tun-als-ob, einfach frei von der Leber weg. Brage hatte ein paar Beziehungen hinter sich, aber keine Kinder. Er wohnte in einem Reihenhaus in Gaustad.

»Und Geschwister?«, fragte Elli.

»Einen Bruder. Arbeitet als Finanzmakler. Und Sie?«

»Sie meinen Geschwister?«

Brage nickte.

Austausch von familiären Informationen. Abendessen in einem exklusiven Restaurant.

Ein Date?

Wie konnte sich ein Veterinär in Staatsdiensten so etwas leisten? Wieso bekam er ohne Wartezeit einen Tisch? Wollte er etwas über den Fall berichten? Brage war ein Teil des Falls. Vielleicht würde er irgendwann als Zeuge vor Gericht aussagen müssen? Elli konnte sich auf so etwas einfach nicht einlassen.

»Ich hatte eine Schwester.«

»Hatte?«

»Ja, sie ist tot.«

Persönliche Informationen.

»Was ist mit ihr passiert?«

Elli sah ihm direkt in die Augen, fast ein wenig abweisend. Sie musste die Kontrolle behalten. »Die Einzelheiten besprechen wir besser ein andermal.«

Brage lächelte verunsichert.

Der Kellner kam mit dem Hauptgang und rettete die Stimmung.

»Bon appétit«, sagte Brage.

»Merci«, erwiderte Elli und bestaunte das Gericht. Es war elegant angerichtet und wirkte fast wie ein kleines Kunstwerk. Sie nahm einen Bissen und dachte, das Fleisch müsse wohl das zarteste sein, das sie je probiert hatte.

»Fantastisch«, sagte sie.

»Ja, nicht wahr?«, entgegnete Brage mit einem kleinen Seufzer.

»Wohnt da ein Feinschmecker im Veterinär?«

Brage lächelte. Seine Unsicherheit war wie weggeblasen. »Gutes Essen mochte ich schon immer gern«, sagte er. »Ist so was wie ein Hobby geworden.«

»Kochen Sie für sich selbst?«

Er hob das Weinglas.

»Manchmal. Wenn ich samstags genügend Zeit habe. Aber am liebsten für Gäste oder bei anderen zu Hause. Ich bin so was wie der feste Koch in meinem Freundeskreis.«

Elli ließ Gaumen und Zunge erneut den Geschmack des Weins analysieren. Noch nie zuvor hatte sie etwas Ähnliches getrunken.

An den Nachbartischen wurde gelacht und geredet. Überwiegend gutaussehende, aufstrebende Menschen. Nirgendwo größere Probleme oder Sorgen. Elli bemerkte einen etwas dicklichen Mann in Kochuniform.

»Das ist doch Feste, oder?«, fragte Elli diskret.

»Ja, das ist er.«

Elli blickte wieder zu dem bekannten Koch hinüber. Er schien nach jemandem Ausschau zu halten. Nach einem kurzen Moment erstrahlte sein Gesicht und er begrüßte einen großen, glatzköpfigen Mann. Elli wollte sich gerade wieder zu Brage umdrehen, verharrte aber in der Beobachtung, als sie sah, wer der Mann war, mit dem Feste sich locker und freundlich unterhielt. Die beiden schienen sich gut zu kennen.

»Was Interessantes entdeckt?«, fragte Brage.

Elli wandte sich schnell ab. »Tut mir leid. Ich war gerade ein wenig fasziniert von Feste. Ist ein ziemlich markanter Typ, nicht?«

»Tja, das ist er wohl.«

»Kennen Sie ihn?«

Brage lachte. »Aber nein, woher denn?«

Elli zuckte mit den Schultern. »Sie haben so problemlos einen Tisch bekommen«, sagte sie und blickte ihn fragend an. »Da muss man doch ein paar Kontakte haben.«

Brages Lächeln wurde breiter. »Ein opportunistischer Mann würde jetzt sagen: ›Ja, natürlich!‹ Aber tatsächlich war es bloß Glück. Irgendjemand hat die Reservierung für diesen Tisch abgesagt, und da musste ich einfach zugreifen.«

Elli schüttelte den Kopf. »Und wenn ich nein gesagt hätte?«

»Niemand würde eine Einladung ins Flow ablehnen, oder?«

Elli breitete die Arme aus. Ihre Anwesenheit war Beweis genug für seine Theorie.

»Noch eine Flasche?«, fragte Brage und zeigte auf die leere Weinflasche.

Elli hätte gern noch mehr von dem fantastischen Wein getrunken, lehnte aber dankend ab. Stattdessen bestellte sie Mineralwasser.

Brage folgte ihrem Beispiel. Als sie sich eine halbe Stunde später an der Rådhusbrygge verabschiedeten, sagte er: »Vielleicht können wir das gelegentlich mal wiederholen.«

»Wir werden sehen«, erwiderte Elli. »Aber da Sie gerade noch hier sind … es gibt eine Sache, die ich Sie fragen wollte.«

Brage blickte sie erwartungsvoll an.

Elli erzählte von dem Fuchs, der ihr über den Weg gelaufen war und eine Idee freigesetzt hatte. Brage versprach, sich darum zu kümmern.

Am nächsten Morgen wachte Elli um halb sieben auf. Ein paar Minuten blieb sie liegen und dachte nach. In ihrem Leben gab es überwiegend Zeugen, Verdächtige, Kollegen und Fachleute. Mit Kollegen war es schwierig, da wurde es eng. Begann man ein Verhältnis mit jemandem aus derselben Abteilung, musste einer von beiden den Job wechseln.

Brage strahlte Sicherheit aus und wirkte unprätentiös. Genau das, was sie brauchte.

Aber er war in den Fall verwickelt. Das war völlig unmöglich.

Elli stand auf und nahm eine Dusche. Als sie mit Zenith Gassi ging, war ihre Laune immer noch gut.

Am Frühstückstisch kehrten die Gedanken an den Restaurantbesuch zurück. Der Mann, der sich so herzlich mit dem Sternekoch Gorm Feste unterhalten hatte, war Kasper Kleppe. Und in ebenjenem Restaurant war es vor einiger Zeit auch zu dem Zwischenfall gekommen, nach dem Siri Rud Kasper Kleppe angezeigt hatte. Zwei Minuten Internetrecherche auf dem iPad verdeutlichten, wieso Kasper Kleppe sich so einvernehmlich mit Gorm Feste unterhalten hatte. Er war der wichtigste Teilhaber.

Kapitel 30

Die Angeln quietschten leise, als Robert Astrup in der Tür erschien. »Da sind Sie ja«, sagte er lächelnd zu Irene. An seiner Jacke steckte ein Schild mit der Aufschrift Dr. Astrup. Auch das Türschild an seinem Büroeingang verriet, dass er ein waschechter Dr. med. der Kinderheilkunde war. Er war kleiner, als Irene ihn sich vorgestellt hatte, sah ansonsten aber aus wie auf dem Bild in der Zeitung. Ein etwas strenges Gesicht, ausgeprägte Geheimratsecken und intensiv blickende, braune Augen hinter einer randlosen Brille.

Das Sprechzimmer war klein, aber vollgestopft: ein Tisch, zwei Besucherstühle, ein Kasten mit Spielzeug und ein Kindertisch mit einem Stuhl. IKEA, wie Irene bemerkte. »Nehmen Sie doch Platz«, sagte er und deutete auf einen Stuhl.

Irene setzte sich und nahm Vilje mit dem Gesicht nach vorn auf ihren Schoß.

Dr. Astrup beugte sich zu der Kleinen. »Vilje, das ist ein kraftvoller Name«, sagte er, ohne den Blick von ihr abzuwenden.

»Der kommt von meiner Urgroßmutter«, unterrichtete ihn Irene.

»Mhm … ein Name aus der Familie. Traditionen sind etwas Gutes. Irgendetwas muss ja schließlich Bestand haben in unserer sich ständig verändernden Gesellschaft.«

»Ja, nicht wahr?«, sagte Irene und nickte zustimmend.

Astrup nahm einen Bleistift und bewegte ihn vor Viljes Gesicht ein wenig hin und her. Nach einer Weile nickte er zufrieden. Danach nahm er ein paar andere Reaktionstests vor – ein Kniff in den Arm, ein Kitzeln an den Füßen, ein Ziehen am Ohr –, lehnte sich schließlich zurück und verschränkte die Arme vor der Brust. So blieb er sitzen und beobachtete Vilje, ohne ein Wort zu sagen.

Seine kräftigen Oberarme zeichneten sich unter dem weißen Kittel ab. Auch seine Hände waren kräftig und grob. Eigentlich gar keine typischen Arzthände, dachte Irene.

Als das Schweigen eine Weile andauerte, sah Irene den Kinderarzt fragend an.

Er schenkte ihr ein professionelles Lächeln. »Eine gesunde und hübsche Tochter, Frau Brustad. Erzählen Sie mir, was Sie bekümmert.«

Irene atmete tief ein. »Ich habe das Gefühl … ja, ich weiß nicht recht, wie ich es erklären soll, aber … da gibt es so eine seltsame Unruhe in der Kleinen.«

Astrup legte den Kopf schief. »Und wie äußert sich diese Unruhe?«

»Tja«, sagte Irene und atmete aus. »Das geschieht oft in der Nacht, wenn sie nicht schlafen kann. Sie ist dann zwar auch nicht hungrig, kommt aber trotzdem nicht richtig zur Ruhe.«

»Und ist sie denn auf mögliche Koliken untersucht worden?«

»Ja, zwei Mal. Das ist nicht das Problem.«

Astrup blickte von Irene zu Vilje. Abermals verging eine Weile, ohne dass er etwas sagte.

Schließlich war es Vilje, die die Stille durchbrach. »Bah!«

»Na, was du nicht sagst«, gab Astrup lachend zurück.

»Sie kommt ursprünglich aus Uruguay«, sagte Irene.

Astrup beugte sich vor und strich Vilje über die Wange. »Ja, aber das höre ich doch selbst, dass sie Spanisch spricht.«

Er blickte auf und sah Irene aufmerksam an. »Es sind also

keine Koliken. Erzählen Sie mehr über diese Unruhezustände.«

»Manchmal habe ich das Gefühl, dass sie vor irgendetwas Angst hat. Da sind dann so seltsame Zuckungen in ihrem Körper, und sie dreht gleichzeitig den Kopf zur anderen Seite. Und dann wieder sitzt sie mitunter einfach nur da und starrt vor sich hin.«

»Das tun Kleinkinder recht häufig.«

»Ja, aber bei Vilje kann das sogar mehrere Minuten andauern. Als schliefe sie mit offenen Augen.«

»Hmm«, fasste Astrup zusammen und sah wieder Vilje an. »Auf mich wirkt sie eigentlich gesund und munter. Was Sie da beschreiben, *kann* eine Reaktion auf traumatische Erfahrungen anzeigen. Aber das *muss* nicht so sein.«

Irene richtete sich ein wenig auf. »Okay …«

»Meine Arbeit«, fuhr Astrup fort, »konzentriert sich auf die Erforschung von Traumata bei Kindern. Wie der Zeitungsartikel beschreibt, treten Traumata besonders bei Adoptivkindern auf, und das aus dem einfachen Grund, weil sie in den meisten Fällen den Verlust ihrer zentralen Bezugsperson erlebt haben. Und ich betone hier zentrale Bezugsperson. Ein Kind, das schnell von seiner biologischen Mutter getrennt wird und bei einer anderen Bezugsperson landet, fasst diese Tatsache nicht unbedingt als Verlust auf. Alle Sinne entwickeln sich dann dahingehend, diese neue Bezugsperson wiederzuerkennen und sich an sie zu binden. Ich nehme an, Sie haben im Rahmen des Adoptionsvorgangs schon davon gehört?«

Irene nickte bestätigend.

»Verliert ein Kind im Säuglingsalter seine Bezugsperson, so kann das allerdings auch schädliche Auswirkungen haben. Säuglinge können Verlust durchaus erleben, und wenn so etwas zu einem späteren Zeitpunkt passiert, können auch Schäden im Nervensystem auftreten.«

Irene nickte wieder. »Die Verknüpfungen im Gehirn werden von der Fürsorge für das Kind sowie der spezifischen Zuwendung beeinflusst, nicht wahr?«

»Genau. Wir wissen, dass die mangelnde Reaktion auf die

Bedürfnisse eines Kindes zu fehlenden Verknüpfungen zwischen einzelnen Neuronen im Gehirn führt. Und das bildet dann die Grundlage für Spätfolgen wie Angst, Depressionen oder allgemeiner Unsicherheit.«

Astrup lehnte sich zurück und faltete die Hände. »Was wissen Sie über Vilje und ihre Geschichte, bevor sie zu Ihnen kam?«

Irene lächelte, wie um Nachsicht bemüht. »Eigentlich nur sehr wenig. Es gibt jede Menge Armut in Montevideo und ... tja, eigentlich wissen wir nichts.«

Astrups Gesicht nahm einen freundlichen Zug an. »Da geht es Ihnen nicht allein so, Frau Brustad.«

»Irene, bitte.«

»Irene ... Sie sind da wirklich nicht die Einzigen. Tatsächlich sind die meisten Adoptiveltern mit dieser Unsicherheit konfrontiert. Und wir Menschen sind verschieden. Einige Kinder haben die mentalen Voraussetzungen, um die unglaublichsten Herausforderungen zu bewältigen. Und andere wieder erleben schon in den geringsten Fällen von verminderter Zuwendung eine bedeutsame Schwächung ihrer Persönlichkeit. Die Unsicherheit, die Sie da erleben, ist nichts Außergewöhnliches. Aber auch Eltern reagieren unterschiedlich. Sie sind meiner Meinung nach gut gerüstet. Immerhin haben Sie sich hier bei mir einen Termin erkämpft, und Sie übernehmen Verantwortung und kümmern sich. Nicht in allen Fällen ist das so.«

»Okay«, flüsterte Irene. In diesem Moment, da sie wirklich darüber nachdachte, kamen ihr fast die Tränen. Sie musste Paul dazu bringen, sich mehr zu engagieren. Schließlich betraf es sie beide.

»Ich möchte, dass wir das weiter im Auge behalten«, sagte Astrup und erhob sich. »Wie gesagt glaube ich, dass Vilje gesund und munter ist. Sie wirkt eher robust.« Er reichte Irene die Hand. »Machen Sie draußen an der Rezeption einen neuen Termin aus ... sagen wir in zwei Wochen? Und dann sehen wir weiter, okay?«

Irene ergriff seine Hand. »Ich bin siebenunddreißig und ... tja, mein Mann und ich können keine Kinder bekommen. Vilje ist unser Goldschatz.«

Astrup lächelte freundlich. »Sie wird es bestimmt gut haben bei Ihnen. Sie sind eine gute Mutter, Irene.«

Noch am selben Nachmittag kam Margrete zu Besuch. Irene hatte sie angerufen, um sich vorsichtig ein wenig zu erkundigen. Was waren ihre Erfahrungen, wie hatten Sigurd und sie die Adoption bewältigt, welche Gedanken waren ihr möglicherweise dabei gekommen? Sie kannten einander nur oberflächlich, und zu Irenes Erstaunen hatte Margrete darauf bestanden, sie gleich zu treffen.

Nun saß Margrete am frühen Nachmitag in Irenes Küche. Vilje schlief, Paul war bei der Arbeit. Und ebenso Sigurd.

Sobald Margrete das Haus betreten hatte, verspürte Irene wieder dasselbe Minderwertigkeitsgefühl. Sogar jetzt, mitten in der Woche und im Trainingsoutfit, wirkte Margrete wie ein strahlendes Model.

Irene bot ihr Tee an.

»Nur Wasser, vielen Dank«, sagte Margrete lächelnd. »Bitte entschuldige meinen Aufzug, aber nach der Arbeit nehme ich es nicht so genau.«

Irene füllte zwei Gläser mit Wasser. »Tja, wie du weißt«, sagte sie vorsichtig, »habe ich viel darüber nachgedacht, wie es Vilje wohl ergangen ist, bevor sie zu uns kam. Das ist sicher nichts Ungewöhnliches …«

»Irene«, unterbrach Margrete sie mit sanfter Stimme, »du musst ganz gelassen bleiben. Alle Adoptiveltern haben solche Gedanken.«

»Du auch?«

»Oh ja, natürlich! Zu Beginn lag ich nachts wach und habe geweint. Ich war ganz verzweifelt und dachte die ganze Zeit, dass Julius bestimmt schon das eine oder andere erlebt hatte.« Sie lächelte resigniert. »So ticken wir eben. Das sind unsere Gene.«

Irene lächelte. »Und jetzt, nachdem Julius fünf … er ist doch fünf, oder?«

Margrete nickte.

»Jetzt gibt es nichts, worüber du dir Sorgen machst?«

»Überhaupt nichts. Er ist gesund und munter. Wenn ich jetzt

allerdings an die erste Zeit zurückdenke, tja … da wäre es sicher gut gewesen, jemanden zu haben, mit dem man die Erfahrungen hätte teilen können. Und deshalb bin ich heute hier bei dir.«

»Vielen Dank, das ist sehr lieb.«

»Wäre ja noch schöner.« Margretes Gesicht bekam plötzlich einen ernsten Zug.

Irene sah sie unsicher an.

»Außerdem«, sagte Margrete, »weißt du ja vielleicht, dass unsere Adoption ein wenig … nun, privilegiert verlaufen ist?«

Irene spürte einen leichten Stich im Magen. Sie hoffte, dass ihr die Überraschung nicht anzusehen war. »Natürlich. Man bedient sich ja der Möglichkeiten, die man hat.«

»Nicht wahr?« Margrete lächelte.

Die beiden Frauen saßen bis halb vier zusammen, dann wurde Vilje wach.

Mit der Kleinen auf dem Arm brachte Irene ihren Gast zur Tür.

»Grüß Paul von mir«, rief Margrete von der Außentreppe herauf.

Irene ließ Grüße an Sigurd ausrichten, den sie kaum kannte, und schloss die Haustür hinter sich.

Kapitel 31

Elli spielte mit ihrem Handy herum. Zenith lag neben ihr auf dem Sofa und schlief tief. Seine Pfoten bewegten sich so, als ob er liefe, wobei er gleichzeitig grunzte und hektisch die Augenbrauen hin und her bewegte.

»Wir träumen wohl beide am helllichten Tag«, sagte Elli mit leiser Stimme.

Sie hatte ihn wieder gesehen. Den Jungen.

Elli kniff die Augen zusammen, schüttelte den Kopf und dachte, dass sie genau wusste, worum es hier ging. Lehrstoff für alle Polizisten. Wie man Stress bewältigt. Das alles hatte sie gelernt. Und dennoch war es schwierig.

Schon früher hatte sie Leichen gesehen. Viele, bestimmt über zwanzig. Sogar ihre eigene Schwester hatte sie als Tote gesehen. Ermordet. Zwei der Täter saßen hinter Schloss und Riegel, der Dritte befand sich noch immer auf freiem Fuß. Irgendwo im Ausland. Elli hatte es akzeptiert, dass er ihr im Jahr zuvor entkommen war, aber jetzt, nachdem sie wusste, wer es war, wollte sie ihn unbedingt fassen. Er wurde in Norwegen gesucht und konnte nicht in die Heimat reisen. Dieses Kapitel würde erst dann beendet sein, wenn er entweder im Gefängnis saß oder tot war. Eigentlich waren ihr beide Alternativen recht. Er sollte bloß nicht einfach davonkommen.

Doch nicht einmal die Untersuchung des Mordes an ihrer Schwester hatte Elli ähnlich lebhafte Tagträume beschert.

An einem Tatort gab es immer irgendetwas, das im Gedächtnis haften blieb. Ein Geruch, ein Geräusch, ja vielleicht sogar irgendein bestimmter Geschmack auf der Zunge. Die visuellen Eindrücke erzählten eine Geschichte von Wutausbrüchen, Hass und Gewalt. Und diese Sinneseindrücke wurden dann zu Triggern. Tauchte ein Geruch in einem anderen Zusammenhang erneut auf, kam auch der alte Tatort aus der Gedächtnisschublade des Gehirns wieder hervor. Daran hatte sie sich mittlerweile gewöhnt; sie hatte gelernt, mit diesen Eindrücken zu leben.

Der Junge aus dem Erdkeller allerdings tauchte aus dem Nichts hervor, so nah und wirklich, als läge er direkt vor ihr. Und er hatte ein Gesicht, das sie noch nie zuvor gesehen hatte.

Elli rief Google auf und suchte nach dem Phänomen. Wie sie entdeckte, hatte ein amerikanischer Psychologe über diese sogenannten »Daymares« geforscht – Sinneseindrücke, bei denen traumatische Erfahrungen so lebendig wiedererlebt wurden, dass man sie nicht von der Wirklichkeit unterscheiden konnte.

Elli legte den Laptop beiseite und massierte ihre Schläfen mit den Zeigefingern.

Zenith schielte mit einem Auge zu ihr herüber.

»Meinst du, ich habe das zu lange verdrängt?«

Zenith gähnte.

Elli schaltete den Fernseher ein. Die Neun-Uhr-Nachrichten. Ökonomische Probleme in Europa, aber immer noch niedrige Arbeitslosigkeit und steigende Immobilienpreise in Norwegen.

Sie gähnte, spielte abermals mit dem Handy und überlegte kurz, Brage anzurufen, dachte dann aber, dass ihn das bestimmt nur verschrecken würde. Sie wählte Nerengs Nummer.

Es war spät, aber beide mussten dringend mit jemandem reden. Elli traf Nereng in einem Straßencafé in Grünerløkka, wohin sie Zenith mitnehmen konnte.

»Weißt du«, sagte Nereng, während ein Strahl des Abendlichts von seiner Sonnenbrille reflektiert wurde, »all diese Menschen haben nicht die geringste Ahnung, womit wir es täglich zu tun haben.« Er nahm einen großen Schluck von dem halben Liter, den er sich bestellt hatte.

Elli sah ihn an und nippte an ihrem Weißwein.

Nereng zuckte mit den Schultern. »Findest du nicht?«

»Ja. Es gibt viel zu viel Mist, den wir ständig verdrängen.«

»Aber lässt du den Frust denn nicht bei deinem Karatetraining raus?«

Elli lächelte. »Es hilft, aber das ist nicht genug.«

Nerengs Gesicht nahm einen fürsorglichen Zug an. Ungewöhnlich für ihn. »Diese Sache, die belastet dich mehr als gewöhnlich, oder?«

Elli nickte. »Ja. Ich komme nicht weiter. Ich kriege das in meinem Kopf irgendwie nicht einsortiert.«

Nereng legte seine rauen Hände übereinander auf den Tisch. Arbeitshände. Kleine Narben und Risse, deutlich erkennbare Adern. Und dann die Sommersprossen, die bei diesem Mann aus Dokka fast überall zu sehen waren. Elli hob den Blick und sah, dass Nereng zu dem Park auf der anderen Straßenseite hinüberschaute.

»Für kleine Kinder gibt's keine passende Schublade, Elli«, sagte er nach einer Weile. »So sehe ich das jedenfalls.«

Elli erzählte ihm, dass sie ein wenig über diese Folgereaktionen bei Polizisten gelesen hatte. Nereng hörte zu, während er sein Bier austrank, und bestellte gleich darauf ein neues.

»Diese Selbstdiagnosen bringen nichts«, sagte er, als sie zu Ende gesprochen hatte.

»Ich träume tagsüber, Jan«, sagte Elli unwirsch. »Was schlägst du vor? 'ne Gesprächsgruppe?«

Er blickte sie fragend an. »Du träumst tagsüber ... wie denn genau?«

Elli wandte den Blick etwas ab. »In meinem Kopf tauchen Bilder auf, die so lebendig sind, dass ich glaube, es geschieht wirklich. Alles ist da – Gerüche, Geräusche, und ich kann es ganz deutlich sehen.«

»Das Skelett?«

»Ja. Oder eigentlich nicht – es ist ein Junge. Und es läuft Wasser über sein Gesicht. Er liegt da und starrt mich an.«

Nereng beugte sich über den Tisch. »Solltest du nicht besser mit jemandem darüber reden?«

Sie hielt seinem Blick stand. »Das tu ich ja gerade.«

»Ja, aber ich meine mit einem Fachmann.«

»Die quatschen doch auch nur blödes Zeug. Außerdem war ich letztes Jahr schon beurlaubt ...«

»Und hast diese Zeit nicht gerade genutzt, um dich auszuruhen.«

Elli zuckte mit den Schultern. »Dafür gab es ja auch einen Grund. Wenn ich Fjeld jetzt um Hilfe bitte, dann schaut er sich die alte Geschichte noch mal an und zweifelt womöglich an meinem Urteilsvermögen.«

Nereng lächelte, der leicht verwegene Ausdruck war wieder in seinem Gesicht erkennbar. »Angesichts deiner Erfolge muss schon mehr geschehen, bevor da Fragen gestellt werden. Aber wie dem auch sei, es liegt ganz bei dir. Wir helfen einander.«

»Danke«, erwiderte Elli und spürte, dass sie es ganz ehrlich meinte.

Kapitel 32

Angesichts der Metalltische, der Instrumente sowie des kräftigen Lichts, das sich auf dem Linoleumbelag des Fußbodens spiegelte, konnte die Stimmung im Obduktionssaal des Rechtsmedizinischen Instituts nur als kühl bezeichnet werden. Auf bemerkenswerte Art schaffte Lise Bergmann es trotzdem, Wärme auszustrahlen, während sie neben dem kleinen Skelett stand, das auf einem Tisch ausgebreitet lag.

Elli beugte sich vor und betrachtete das Skelett im flutlichtartigen Schein der Lampen. Alle Teile waren zusammengefügt, jede noch so kleine Schramme oder Spur war deutlich zu sehen.

Bergmann stellte sich an die andere Seite des Tisches.

»Hast du etwas Ähnliches früher schon einmal gesehen?«, fragte Elli, ohne den Blick von der Leiche abzuwenden.

»Ein Kinderskelett meinst du? Tja, so was ist definitiv eine Seltenheit … ich kann mich an einen Fall vor ein paar Jahren erinnern, da war das Opfer elf Jahre alt. Ich glaube, das war vor deiner Zeit. Wir bekamen damals ebenfalls nur Knochenreste. Aber wir arbeiten mit dem Material, das uns vorliegt. Die Toten erzählen uns nämlich etwas. Man muss nur ihre Sprache verstehen.«

Elli blickte zu Bergmann. »Und was können sie uns hier erzählen?«

Bergmann legte behutsam ihre Hand auf den kleinen Schädel. »Es ist ein Junge. Er war vielleicht zwei oder zweieinhalb Jahre alt. Das können wir anhand des Schädels genau bestimmen. Du weißt ja, der Schädel ist bei einem Kind noch nicht zusammengewachsen, wenn es aus dem Mutterleib kommt. Er soll es nämlich überstehen, wenn er bei der Geburt zusammengedrückt wird. Die Größe der Spalte zwischen den drei Schädelteilen, die dann später zusammenwachsen, die Fontanelle also, verrät uns ganz genau, wie alt ein Kind ist. Der Zeitpunkt des Todes liegt in diesem Fall zwei oder drei Jahre zurück.«

»Die Kriminaltechniker haben das auch so eingeschätzt«, sagte Elli.

»Im Übrigen verraten die Reste der Muskelansätze sowie die Gelenkabnutzungen, dass das Kind rein physisch betrachtet gesund und munter war.«

Lise Bergmann griff nach einem Klemmbrett aus Aluminium und überflog die oberste Seite.

»Ich habe nur Spuren des umgebenden Erdreichs gefunden, was aber nicht ausschließt, dass er woanders getötet und dann gleich danach in dem Tunnel begraben wurde. Stimmt das mit den Analysen des Stoffs überein, in dem er lag?«

»Ja, die Techniker sehen das ebenso.«

»Gut. Ich mag es, wenn die Fakten zusammenpassen.«

Bergmann beugte sich zu Elli herüber und griff nach einer Lampe, die über dem Tisch befestigt war. Mit routinierten Bewegungen schaltete sie sie ein und richtete den Punktstrahler auf die Kieferpartie des Schädels.

»Ein kleiner Teil des Kiefers fehlt.«

»Den haben wir weiter unten im Bach gefunden.«

Bergmann nickte zustimmend. »Wir fragen uns natürlich, wie er sich gelöst haben kann.«

»Und der rechte Fuß. Die beiden Zehen.«

»Dazu komme ich später noch. Das Interessante hier ist die Schädelverletzung. Und die Nackenwirbel.«

Sie schwieg einen Augenblick.

»Es sieht so aus, als hätte sich das Kieferstück aufgrund äußerer Einwirkung gelöst, entweder vor oder gleichzeitig mit dem Eintreffen des Todes.«

Elli ließ die Information in sich einsinken. Sie hatte diesen Gedanken bereits gehabt, doch jetzt war es eindeutig dokumentiert. Die Fakten schufen Raum für vielerlei neue Theorien darüber, was mit dem Jungen geschehen sein konnte.

Vorsichtig strich Bergmann wieder mit der rechten Hand über den kleinen Schädel. »Wenn der Kiefer auf diese Weise infolge eines Sturzes bricht, dann entstehen am Skelett auch andere Schäden – zum Beispiel an den Rippen oder an Armen oder

Händen, wenn die Instinkte das Kommando übernehmen und man sich auf diese Weise zu schützen versucht –, aber solche Schäden hat er nicht. Der Hirnschädel ist im Allgemeinen ausgesprochen kräftig und stabil, dasselbe gilt für den Gesichtsschädel. Abgesehen vom Nasenbein müssen schon beachtliche Kräfte einwirken, bevor hier etwas bricht.«

Elli bemerkte Bergmanns Blick im Augenwinkel. Sie schaute kurz auf. »Irgendwer hat ihn also geschlagen«, sagte sie und sah wieder auf das Skelett hinunter.

»Ja. Der Verlauf des Bruchs deutet darauf hin, dass der Schlag von oben geführt wurde. Die Schädelmaße scheinen nicht ganz zu stimmen ... was vielleicht einen kräftigen Hieb vermuten lässt.«

»Schädelmaße?«

»Ja ... die Schädelvermessung ist ein Bestandteil des Prozesses, um beispielsweise den genetischen Ursprung zu bestimmen oder das Ausmaß der Schäden, so, wie es hier der Fall ist.«

»Und er ist nicht dort gestorben, wo er begraben wurde«, fuhr Elli fort. »Was du sagst, deutet darauf hin, dass er irgendwo anders erschlagen wurde und sich das Kieferstückchen dann gelöst hat, nachdem das Gewebe im Gesicht verweste.« Eine schreckliche Folge von Bildern durchzuckte Ellis Gehirn; Gegenstände, die auf einen kleinen Kinderkopf geschlagen wurden. Ein Hammer, ein Baseballschläger, ein Stein. Elli wollte von Bergmann wissen, ob auch eine Faust in Frage kam.

»Das ist durchaus denkbar«, erwiderte die Pathologin.

Eine Weile sagte niemand etwas. Kurz bevor das Schweigen unangenehm zu werden drohte, ergriff Bergmann wieder das Wort. »Am hinteren Teil des Schädels, an der Seite und im Nackenbereich gibt es allerdings Spuren, die nicht mit einem möglichen Schlag übereinstimmen. Aber das sehen wir oft bei Leichen, die eine Zeitlang irgendwo gelegen haben.«

Elli beugte sich vor und betrachtete die Merkmale eingehend. »Aasfresser?«

»Wahrscheinlich Ratten.« Bergmann klopfte mit dem Zeigefinger auf den Schädel. »Die typischen Nage- und Bissspuren. Du hast doch bestimmt schon mal von *The Body Farm* gehört?«

Elli nickte. Sie kannte dieses Forschungsprojekt in Tennessee, bei dem das ganze Jahr über ungefähr fünfzig Leichen in der Natur lagen. Die Forscher untersuchten und dokumentierten detailliert die verschiedenen Stadien des Verwesungsprozesses. Abhängig von Erdreich, Feuchtigkeit, Temperatur, Tier- und Insektenpopulation, der Positionierung der Leiche über oder unter der Erde – oder halbwegs dazwischen – sowie vielen weiteren Faktoren konnte sich die Verwandlung einer menschlichen Leiche von einem intakten Körper in ein vertrocknetes Skelett einige Monate bis viele Jahre hinziehen.

»Es gibt in den USA mittlerweile übrigens vier oder fünf von diesen Body Farms«, fuhr Bergmann fort. »Sie haben uns viele wertvolle Erkenntnisse verschafft. Unter anderem können wir daher jetzt sagen, wie schnell sich Ratten oder andere Aasfresser über eine Leiche hermachen.« Sie atmete tief durch und richtete sich gerade auf. »Ich werde mir diese Spuren noch genauer ansehen, allerdings habe ich heute keine Zeit mehr.«

»Nur noch eins«, sagte Elli. »An dem Schimpansen und dem Leoparden waren Messerspuren. Hast du so etwas auch an dem Skelett des Jungen gefunden?«

Wie um sich einen besseren Überblick verschaffen zu wollen, trat Bergmann einen Schritt zurück und legte die Arme auf die Hüften. »Es gibt an dem Skelett viele verschiedene Spuren. Ich muss aber noch genauer untersuchen, welche Schäden von Erdreich, Steinen und Nagetieren hervorgerufen wurden oder was eventuell von Messern stammt oder bereits vor dem Eintreten des Todes vorhanden war. Außerdem gibt es noch weitere ungeklärte Fragen, denen ich nachgehen muss. Unter anderem muss ich einige Proben zur Analyse aus dem Haus geben.«

Bergmanns Betonung des letzten Satzes fiel ein wenig bestimmter aus. Elli wusste, dass die Pathologin alles Mögliche tat, um den Toten zu helfen, und nahm die Bemerkung als Signal dafür, dass sie schlichtweg mehr Zeit brauchte. Bergmann hatte Elli bereits unzählige Dienste erwiesen. Zusätzliche Analysen, Nachtarbeit und lange Gespräche über den Sinn des Lebens. Noch nie hatte sie um eine Gegenleistung gebeten.

»In Ordnung«, sagte Elli.

Bergmann fasste nach Ellis Ellbogen. »Komm, Elli, nach so viel Niedertracht brauchen wir einen Kaffee.«

»Bergmann hat gesprochen«, sagte Elli, als sie draußen vor dem Rechtsmedizinischen Institut mit Nereng telefonierte.

»Ich würde gerne hören, was sie zu sagen hat«, erwiderte Nereng, »aber du wirst erwartet.«

Ellis Gehirn schaltete einen Gang höher – hatte sie irgendetwas vergessen?

»Das Nahkampfseminar«, erinnerte Nereng sie.

Jetzt wusste sie es wieder. Sie selbst sollte sogar ein paar Techniken vorführen. Elli sah auf die Uhr und rechnete aus, dass sie es zuvor noch nach Hause schaffen würde. Das polizeiinterne Trainingsseminar sollte in einem Sportzentrum in Bjølsen abgehalten werden, ganz in der Nähe von Ellis Wohnung.

Eine halbe Stunde später stand sie mit dreißig anderen Kollegen bereit und beobachtete, wie zwei Krav-Maga-Lehrer von den Streitkräften Selbstverteidigung demonstrierten und Angreifer unschädlich machten. Viele der Techniken erinnerten an Karate, wirkten jedoch einfacher und direkter.

»Verdammt miese Tricks«, stöhnte der verschwitzte Nereng, nachdem er zum x-ten Mal von einem viel kleineren Trainer besiegt worden war.

Elli lächelte. »Du vertraust zu sehr auf deine Muskeln, Jan. Du musst dich im Raum umsehen. Du bist groß und verfügst über eine irrsinnige Reichweite. Nutz es aus.«

Ellis Rat fiel anscheinend auf fruchtbaren Boden, denn das restliche Training absolvierte Nereng mit verbesserter Technik.

Nach Abschluss des Seminars fragte Nereng nach den vorläufigen Ergebnissen der Obduktion. Elli berichtete von Bergmanns Untersuchungen und erwähnte auch, dass der Todeszeitpunkt ungefähr mit dem des Schimpansen übereinstimmte.

»Was meinst du?«, fragte Nereng. »Gibt's hier irgendeinen Zirkus, in dem was schiefgelaufen ist? Und dann haben sie beide Leichen gleichzeitig vergraben?«

»Nein«, sagte Elli. »Dem Schimpansen fehlt der Schädel. Außerdem halte ich es nicht für wahrscheinlich, dass irgendwer aus dem Zirkus Kenntnis von diesem Versteck hatte.«

»Was hat es denn zu bedeuten, dass der Schädel des Schimpansen fehlt?«

»Bei dem Schimpansen gibt es keine Anzeichen für irgendeine andere Form von brutaler Gewalt, bei der der Kopf vom Körper hätte getrennt werden können. Irgendjemand hat ihn bei lebendigem Leibe gequält. Und irgendwer hat jetzt diesen Schädel. Die Todesursache bei dem Jungen ist eine andere. Wir können daher annehmen, dass der Affe entweder zu Tode gequält wurde, indem jemand an ihm herumgeschnitten hat und er dann vielleicht verblutet ist, oder dass dieser Irrsinn irgendwann beendet wurde, als der Kopf vom Körper getrennt wurde.«

»Und was ist mit den Knochenresten des Jungen, die mit denen des Schimpansen vermischt waren?«

»Ich habe Withberg gebeten, eine bestimmte Sache zu untersuchen … ich komme noch darauf zurück.«

Nereng öffnete die Heckklappe des Dienstwagens und warf seine Tasche in den Kofferraum.

»Wir müssen uns fragen, was hier ganz einzigartig ist«, sagte Elli.

»Der Schimpanse«, sagte Nereng und schlug die Heckklappe wieder zu.

Elli nickte. »Der Schimpanse – und der Ort. Der Erdkeller und der Tunnel mit der verborgenen Tür, den die Osloer Verkehrsbetriebe nirgendwo in ihren Unterlagen finden.«

Kapitel 33

Grace sah Evelyn liebevoll an. »Kailan?« *Wann?*

»Vor ein paar Tagen«, erwiderte Evelyn resigniert und sank auf dem Sofa in Grace' Zimmer zusammen. »Margrete hat mich überrascht, als ich mit Mama gechattet habe. Sie hatte Maricel auf dem Schoß.«

Grace schüttelte vielsagend den Kopf. »Ay, diyos ko.« *Du lieber Gott.*

»Was passiert jetzt mit mir?«, fragte Evelyn. Ihre Mundwinkel zuckten unkontrolliert.

Grace setzte sich neben sie und legte einen Arm um ihre Schulter. »Erzähl mal – was hat Margrete gesagt?«

»Sie …«, begann Evelyn und wischte eine Träne weg, »… sie war sauer, weil es nicht erlaubt ist. Das steht im Vertrag.«

Grace verdrehte die Augen. »Aber der Vertrag ist doch bloß ein Papier! Was hat sie noch gesagt?«

»Sie wollte wissen, ob ich es irgendjemandem erzählt habe.«

Grace beugte sich dicht zu Evelyn. »Und was hast du geantwortet?«

Evelyn sah Grace an. »Dir«, sagte sie furchtsam.

Grace erwiderte Evelyns Blick, sagte jedoch nichts.

»Es tut mir leid«, schniefte Evelyn.

»Es wird schon gutgehen!«, sagte Grace und nahm Evelyn in die Arme. »Denk nicht mehr dran. Nur wir beide wissen es. Das ist doch für Margrete gar kein Problem – und wir kämen ja nicht auf die Idee, es weiterzuerzählen. Dann würden wir ja den Ast absägen, auf dem wir sitzen. Und das weiß auch Margrete.«

Evelyn kniff die Augen zusammen und richtete sich auf. Bis zehn Uhr abends blieb sie bei Grace. Die Freundinnen kamen zu dem Schluss, dass Evelyn am besten einfach wie zuvor weitermachen sollte, bis Margrete oder Sigurd das Thema wieder aufgriffen.

»Ingat ka.« *Pass auf dich auf,* sagte Grace, als sie sich vor dem Haus trennten.

Zu Evelyns Überraschung schlug Margrete am nächsten Morgen vor, Evelyn und Julius zum Kindergarten zu fahren.

»Das ist doch wirklich nicht nötig …«, wandte Evelyn ein.

Margrete lächelte sie über die Arbeitsplatte hinweg freundlich an. »Das weiß ich, aber heute habe ich genügend Zeit. Ich fahre euch hin und lasse euch dann raus.«

»Okay«, sagte Evelyn ergeben und begann, Julius' Stullenpaket einzupacken.

»Kann ich heute einen Traktor haben?«, fragte Julius. Er saß neben Sigurd, der seine Frühstücksflocken in sich hineinschaufelte und eine SMS in sein Handy eintippte.

»Einen Traktor?«, fragte Evelyn skeptisch. »Ich kann's versuchen.«

»Schön.«

Evelyn nahm ein scharfes Messer und legte eine dicke Scheibe dunkles Brot aus der lokalen Bäckerei auf das Schneidebrett. Mühsam schnitt sie die Form eines Traktors heraus. Darüber gab sie eine Schicht Leberwurst und dann Gurken- und Rote-Bete-Stückchen für das Führerhaus, den Motor und die Schaufel.

Danach bereitete sie zwei Butterbrote mit lächelnden Gesichtern, so, wie sie es jeden Morgen tat. Als das Stullenpaket fertig war, half sie Julius dabei, sich auf den Tag vorzubereiten. Pyjama ausziehen und rein in Shorts und T-Shirt, Zähneputzen, Sonnencreme und dann eine Runde durch sein Zimmer, um ein Spielzeug zu suchen, das er mitnehmen könnte. Jetzt, im Sommer, durfte er jeden Tag etwas mit in den Kindergarten nehmen.

Nachdem Julius seine Sandalen an den Füßen hatte, lief Evelyn wieder hinauf in die Küche. »Wir sind so weit«, sagte sie lächelnd.

Margrete bedachte Sigurd im Vorbeigehen mit einem Luftkuss und kam mit nach draußen.

Als Margrete rückwärts aus der Einfahrt fuhr, dachte Evelyn, wie schön es war, dass der Wagen keine Geräusche verursachte. Nur das Knirschen des Kieses unter den Reifen war zu hören. Wenn sie sich zu Hause jemals ein Auto leisten könnte, dann müsste es ein elektrisch angetriebener Wagen sein.

Margrete sah mit ihrer Sonnenbrille, dem dicken, rötlichen Haar und dem Sommerkleid ziemlich gut aus hinter dem Lenkrad, dachte Evelyn. Sie war hübsch, hatte einen wichtigen Job, einen reichen Mann und tat genau das, was sie wollte.

Sie hielten vor einer roten Ampel an. Nebenan stoppte ein großer amerikanischer SUV.

»Dreckiges Umweltschwein!«, schimpfte Margrete.

Es wurde grün. Der SUV-Fahrer ließ den Motor aufheulen und brauste über das Grefsenplateau.

Margrete zeigte ihm den Finger.

Evelyn nickte und lächelte. »Zu viel Geld …«, sagte sie vorsichtig.

Margrete warf ihr einen kurzen Blick zu und konzentrierte sich wieder auf die Fahrbahn. »Wie ist das denn eigentlich auf den Philippinen?«

»Nicht viel Geld«, erwiderte Evelyn.

Margrete lachte kurz auf. »Das ist mir schon klar … aber die Autos … gibt es da viele von diesen vulgären, amerikanischen Spritfressern?«

»In meiner Stadt sind viele Hondas«, ließ Evelyn sie wissen.

»Ah, japanisch. Viel besser.«

Als sie den Kindergarten erreichten, hielt Margrete am Straßenrand an.

»Honda Motorrad«, sagte Evelyn.

Margrete sah sie fragend an.

Evelyn schenkte ihr ein zaghaftes Lächeln. »Nicht Auto. Motorrad.«

Margrete schloss die Augen und schüttelte den Kopf. Sie schien betonen zu wollen, wie dumm sie gerade gewesen war. »Ja, natürlich. Ihr fahrt ja überwiegend mit Motorrädern.« Sie reckte einen Finger in die Luft. »Ich liefere Julius ab, dann kannst du hier warten.«

Evelyn kniff die Augen zusammen. »Okay.«

Margrete lächelte, löste den Sicherheitsgurt und öffnete gleichzeitig die Tür.

Während Evelyn beobachtete, wie Margrete und Julius im Kindergarten verschwanden, überlegte sie, warum Margrete sie nicht einfach gebeten hatte, zu Hause zu bleiben. Aber es gab wohl sehr viel, woran Sigurd und Margrete denken mussten.

»Hat etwas gedauert«, sagte Margrete ein wenig atemlos, als sie nach gut zehn Minuten zurückkam. »Julius wollte mir zeigen, was er aus Legosteinen gebaut hat.«

Evelyn lächelte. »Das kann er gut.«

Margrete antwortete nicht. Sie saß da und starrte auf die Frontscheibe.

»Soll ich gehen?«, fragte Evelyn unsicher.

Langsam, viel zu langsam, wie Evelyn dachte, drehte sich Margrete zu ihr um. »Ich habe ein wenig nachgedacht, Evelyn.«

Evelyns Augenbrauen zogen sich zusammen. Sie probierte, ein tapferes Lächeln aufzusetzen, doch es fühlte sich an wie eine Grimasse. Jetzt ist alles vorbei, dachte sie. Zurück nach Manila.

»Das mit deiner Tochter … äh …«

»Maricel«, sagte Evelyn leise.

»Genau, Maricel. So heißt sie. Also Evelyn, das bedeutet, dass du dich hier unerlaubt aufhältst. Begreifst du, in welche Lage du uns da bringst? Also, ich meine, Sigurd und ich sind eine Sache, aber dann ist da auch Julius.«

»Ich weiß«, erwiderte Evelyn nickend, während eine Träne ihre Wange hinunterlief. »Sorry, Margrete. Sorry.«

»Er ist eng mit dir verbunden. Du bist wichtig für ihn.«

Evelyn schluckte. »Ich habe ihn auch sehr gern, Margrete.«

Margrete legte ihr eine Hand auf die Schulter. Evelyn spürte, dass sie leicht zudrückte. »Das weiß ich.«

Evelyn saß mit verschränkten Händen da und blickte lange auf den Boden vor ihrem Sitz. »Ich werde packen«, sagte sie schließlich.

»Das ist deine Entscheidung«, sagte Margrete.

Evelyn blickte sie überrascht an.

»Aber ich dachte mir, dass du eigentlich bleiben könntest.«

»Aber …«

»Aber«, wiederholte Margrete, während ihr Gesicht einen ernsten Ausdruck annahm, »ich bin enttäuscht von dir, weil du nicht ehrlich warst.«

Evelyn nickte.

»Und wir gehen ein gewisses Risiko ein, wenn wir dich behalten und gleichzeitig wissen, dass das eigentlich ungesetzlich ist. Deshalb müssen wir die Bedingungen ein wenig ändern.«

»Natürlich.«

Margrete trommelte auf dem Lenkrad herum. »Laut der bisherigen Verabredung arbeitest du von sieben bis fünf und hast mittags frei.«

Evelyn nickte abermals.

»Jetzt sagen wir, dass du bis neun arbeitest, bis Julius ins Bett geht. Und an den Wochenenden brauche ich auch etwas Hilfe.«

Evelyn konnte die Tränen nicht zurückhalten, als sie am Abend mit ihrer Mutter skypte. Und obwohl die Mutter mehrmals wiederholte, dass sie nach Hause kommen sollte, so wusste Evelyn doch, dass dies das Leben aller Beteiligten auf den Kopf stellen würde. Noch immer hatte sie nicht genügend Geld, um sich den Traum von einer eigenen Boutique zu erfüllen.

Sie musste ausharren.

Kapitel 34

Nach Bekanntgabe der vorläufigen Obduktionsergebnisse hatte Elli das Gefühl, dass es wichtig war, noch einmal mit den Zeugen vom ersten Abend zu reden. Dalsberg und Nilsen. Sie begann mit Nilsen, den die Kollegen im Wohnheim der Stadtmission in der Nordre gate 22 aufgespürt hatten. Er führte Elli und Nereng in seine neue Höhle. »Sauberes Bett. Nicht alltäglich für einen Osloer Straßenköter wie mich. Und Stullen gibt's auch jeden Tag.«

Kein Luxus – aber Elli hatte schon schlimmere Heime gesehen.

In seinem Zimmer war der Alkoholdunst unverkennbar, doch Nilsen selbst schien einigermaßen klar zu sein. Wie Elli wusste, durften die Bewohner nicht erkennbar betrunken sein, wenn sie in einem Heim wie diesem wohnen wollten.

»Wir müssen noch ein paar Fragen mit Ihnen erörtern, Herr Nilsen«, erklärte Nereng.

Er lehnte sich an die Wand, derweil Elli an der Tür Aufstellung genommen hatte.

»Okay«, sagte Nilsen und schilderte erneut, wie er in jener Nacht in dem Keller auf das Skelett gestoßen war. Seine Geschichte war identisch mit dem Bericht, den er am ersten Abend abgegeben hatte.

»Für uns ist es wichtig zu erfahren, ob Sie sich noch an irgendetwas anderes erinnern können«, fuhr Nereng fort. »Irgendwas, das vielleicht verändert war. Dinge, die plötzlich woanders lagen. Oder ob da vielleicht jemand in dem Keller gewesen ist. Können Sie sich an irgendwas Derartiges erinnern?«

Nilsen verharrte fast reglos und sah Nereng an. Für einen kurzen Moment schaute er in Ellis Richtung und blickte dann zu Boden.

»Wissen Sie, was das heißt, Alkoholiker zu sein?«, fragte Nilsen.

»Theoretisch ja, aber nicht in der Praxis«, entgegnete Nereng.

»Wenn Sie nichts trinken, ist es einfach nur grauenhaft, und wenn Sie etwas trinken, dann ist es nur ein bisschen weniger grauenhaft.«

Nereng blickte ihn mitleidsvoll an.

»Solche wie ich … wir leben seit dreißig oder vierzig Jahren mit dem Alkohol, und am Ende laufen wir rum wie Zombies und versuchen, Fantasie und Wirklichkeit auseinanderzuhalten. Das ist verdammt noch mal nicht einfach, wenn man entweder angesäuselt ist oder so krank, dass man nur daran denken kann, wie man an den nächsten Tropfen Schnaps kommt.«

Nereng wollte etwas sagen, doch Nilsen hob die Hand.

»Hören Sie!«, sagte er. »Ich kann mich an Dinge aus dem Keller erinnern … vielleicht sogar einige, aber ich bin überhaupt nicht sicher, ob es sich dabei um Fantasie oder Realität dreht.«

»Ist schon in Ordnung«, sagte Nereng. »Erzählen Sie einfach.«

Nilsen nahm sich Zeit. Er schloss die Augen, runzelte die Stirn und konzentrierte sich.

»Es war ganz zu Beginn«, setzte er an, »als ich den Keller entdeckte. Ich glaube, ich habe da einen Mann hineingehen sehen.«

»In den Erdkeller?«

»Ja.«

»Und so sind Sie dann auf den Ort aufmerksam geworden?«

»Ja. Ich hätte mich eigentlich schon beim letzten Mal daran erinnern müssen, aber die Dinge entschwinden ...«

»Verstehe ... Können Sie die Person beschreiben?«

»Ein Mann. Groß.«

»So wie Nereng hier?«, fragte Elli und deutete auf ihren Kollegen.

Nilsen verzog den zahnlosen Mund. »Aaah ... vielleicht so in der Art. Ich kann mich nur an seine Gestalt erinnern, verstehen Sie?«

Nereng schrieb mit. »Sein Gesicht haben Sie nicht gesehen?«

»Nein. Er war ja ein Stück entfernt, und zwischen uns waren ein paar Büsche.«

»Können Sie denn die Gestalt des Mannes beschreiben?«

»Kräftig. Wie so ein Polizei- oder Militärtyp.«

»Okay. Und was geschah dann?«

»Nichts.«

Nereng sah ihn fragend an.

»Es ist nichts passiert. Reiner Zufall, dass ich sah, wie der Typ durch die Holztür in den Keller ging. Ich saß auf der Bank an der Brücke gleich in der Nähe. So ist mir das Ganze ja erst aufgefallen.«

»Warum saßen Sie da?«

»Pause«, erklärte Nilsen. »Ich hab unten an der Aker Brygge *Oslo* verkauft, die Obdachlosenzeitung, und dann bin ich da raufgegangen, wenn ich eine Pause machen und was trinken wollte. Die Bank ist meistens frei.«

»Und hinterher sind Sie dann da reingegangen?«

Nilsen lachte. »Nee, nee, da vergingen mehrere Wochen. Das hier war ja im Sommer, und da braucht man nicht immer ein Dach über dem Kopf. Es war irgendwann im Herbst, Scheißwetter mit Regen, ich kam dann da zufällig wieder vorbei und dachte plötzlich, dass ich da drin vielleicht pennen könnte.«

»Und dann sind Sie reingegangen?«

»Ja. Oder eher gekrochen. Die Holztür war verriegelt, aber ganz in der Nähe fand ich eine Luke. Die war so verrottet, dass ich sie aufbekam und reinkriechen konnte. Besonders dick bin ich ja nicht. Niedriger BMI«, krächzte er lachend.

Elli und Nereng quittierten seinen Galgenhumor mit einem Grinsen.

»Und irgendwann haben Sie dann diese verborgene Verbindung zur Treppe entdeckt?«, fuhr Nereng fort.

»Ja … nach 'ner Weile. Bin einer Ratte gefolgt.«

Nereng nickte. »Ja, erinnere mich, dass Sie das sagten.«

Elli räusperte sich. Nereng drehte sich zu ihr um und sah, dass sie eine Frage auf der Zunge liegen hatte.

»Wissen Sie noch, wie lange Sie da gesessen und Pause gemacht haben, als Sie die Obdachlosenzeitung verkauften?«

Nilsen ließ den Kopf hin und her schwanken. »Bestimmt zwei Stunden. Gut möglich, dass ich da auch 'n bisschen eingepennt bin.«

»Und während Sie da saßen, ist der Mann nicht wieder herausgekommen?«

»Zumindest nicht, während ich wach war.«

Elli sah auf die Uhr. Halb zwölf. »Haben Sie Hunger, Nilsen?«

Schräg gegenüber vom Wohnheim lag ein Café, mit stark abgetretenem Fußbodenbelag und einer Einrichtung aus den frühen neunziger Jahren. Nilsen schaufelte eine Portion Rindergeschnetzeltes in sich hinein. Ein halber Liter, der zweite, stand in Reichweite neben seinem Teller.

Elli und Nereng saßen ihm gegenüber.

»Herr Nilsen«, sagte Elli, als er fast aufgegessen hatte, »ich möchte, dass Sie noch einmal genau überlegen und uns dann erzählen, wie es war, da unten in dem Erdkeller zu schlafen.«

Nilsen kaute zu Ende, rülpste und trank sein Bier aus. »Okay. Es war ungefähr so: Ich hab die Holzluke mit einem Stöckchen aufgefriemelt, hab sie dann damit verkeilt, bin reingekrochen und hab mich zum Pennen hingehauen.«

Elli verdrehte die Augen. »Etwas mehr Details, Herr Nilsen. Schliefen Sie zum Beispiel immer an derselben Stelle?«

»Ja. Obwohl ich stinkbesoffen war, glaub ich jetzt, dass es da gestunken hat. Jetzt weiß ich auch, wieso.«

»Während Sie da lagen«, sagte Elli und versuchte, seinen unsteten Blick einzufangen, »ist Ihnen da vielleicht irgendwann mal aufgefallen, dass irgendetwas anders war?«

Nilsen schaute zu Boden. Als wollte er all seinen Mut zusammennehmen. Elli spürte, dass es da irgendetwas gab, dass er irgendein Erlebnis aus dem Keller für sich behielt.

»Das ist ja das Problem«, sagte Nilsen. »Ich weiß nicht mehr, ob ich's gesehen oder geträumt habe.«

»Schon in Ordnung«, erwiderte Elli. »Erzählen Sie einfach, woran Sie sich erinnern.«

Nilsen sackte ein wenig zusammen. »Es war … eigentlich war da ständig was, aber … nein, das waren sicher Halluzinationen. Wenn ich aufwache, weiß ich oft überhaupt nicht mehr, wie ich eigentlich ins Bett gekommen bin.« Sein Kinn sank auf die Brust.

Elli befürchtete schon, dass Nilsen wieder weggetreten war. Sie sah kurz zu Nereng hinüber, der ihr mit einer Geste bedeutete, sie solle ihm Zeit lassen.

Elli beherrschte sich, lehnte sich zurück und wartete. Es dauerte eine Weile, aber Nilsen war nicht eingeschlafen.

»Da waren Geräusche«, sagte er. »Ich bin davon wach geworden. Öfter.«

»Können Sie die Geräusche beschreiben?«, fragte Elli. »Wo kamen sie her?«

»Aus dem Innern meines Schädels«, sagte Nilsen und atmete schwerfällig aus. »Das habe ich jedenfalls angenommen. Aber ich hab so eine Idee, dass sie von weiter weg kamen.«

»Aber wie hörten sich die Geräusche denn an?«

»Wie der Teufel selbst, Sheriff«, sagte er. Jetzt hielt er Ellis Blick stand.

Elli wartete.

Nilsen wartete.

Nereng räusperte sich.

»So ein Rumoren«, flüsterte Nilsen. »Aber ich glaube, das war in meinem Kopf.«

Pause.

»Spendiert ihr noch 'n Bier?«

Elli sah Nereng fragend an. Er gab dem Kellner ein Zeichen.

Nilsen nahm einen großen Schluck.

Elli gab Nereng zu verstehen, dass er weitermachen sollte.

»Können Sie sich noch an etwas anderes erinnern?«, fragte er.

»Der Geruch.«

»Ja, das haben Sie schon erwähnt.«

»Nein, da war noch 'n anderer Geruch. Ist mir gerade eingefallen. Von irgendwelchen Plastiktüten.«

Elli und Nereng beugten sich vor.

»Eines Morgens bin ich durch die Luke gekommen, und da war da ein bestialischer Gestank. Ich hab den sogar bemerkt, obwohl ich die ganze Nacht gesoffen hatte. Ich hab mich dann umgeschaut und drei oder vier Plastiktüten gesehen, an der Wand, wo seinerzeit die Ratte war. Konnte mich nicht erinnern, dass ich die da schon mal gesehen hatte, also bin ich rüber, hab eine davon geöffnet, und da isses nur so rausgeschwappt.«

Er blickte erst Elli vielsagend an, dann Nereng.

»Was ist da rausgeschwappt?«, fragte Nereng.

»Eingeweide. Weiß der Teufel, was das war, auf jeden Fall irgendwelche Schlachtabfälle. Und die waren nicht gerade frisch, um es so zu sagen. Mussten da schon 'ne Weile in den Tüten gelegen haben.«

»Wann war das?«, fuhr Nereng fort.

Nilsen schüttelte resigniert den Kopf. »Tja … vor einem, vielleicht auch zwei Jahren. Kann auch schon länger zurückliegen. Ein Tag ist wie der andere.«

»Herr Nilsen«, sagte Elli nachdrücklich, »das ist sehr wichtig: Sind diese Tüten von einem Tag auf den anderen aufgetaucht oder lagen die da schon eine Weile, während Sie dort übernachtet haben?«

Nilsen dachte gründlich nach. »Ich glaube, das war um den Johannistag, vor zwei Jahren. Ich weiß das noch, weil ich beim Notarzt war und die mich dann ins Ullevål-Krankenhaus gebracht haben. Da war ich so zwei Tage, bis sie mich dann wieder entließen. Bin von zwei so Typen verprügelt worden, die an der Villa Eika Drogen vertickten.«

»Und davor haben Sie so was Ähnliches da drinnen nie gesehen?«

Nilsen schüttelte den Kopf.

»Haben Sie da selbst irgendwelche Sachen bei sich gehabt?«, fragte Nereng. »Klamotten, Getränke, Lebensmittel?«

Nilsen räusperte sich. »Lebensmittel? Ich war immer bei der Heilsarmee und so … nein, ich hab bloß 'nen kleinen Rucksack. Und meinen Truppenausweis. Hab aber bestimmt mal leere Flaschen und Kartons und so was da drin gehabt.«

Elli stellte sich den Erdkeller vor. Nilsens Müll würde sich mit dem restlichen Kellerunrat sicher vermengt haben.

»Das heißt also, wenn Sie gerade nicht da waren, dann wäre es niemandem aufgefallen, dass Sie da öfter übernachtet haben?«

Nilsen schüttelte den Kopf, sagte aber nichts.

Elli konnte sehen, dass seine Augen zufielen, und entließ ihn.

Der Verkehr in Richtung Grønland und Polizeipräsidium stand still. In einiger Entfernung versperrte ein Betonmischfahrzeug mit rotierender Trommel die Straße.

»Werden die mit ihren Bauarbeiten hier in der Stadt eigentlich nie fertig?«, fragte Nereng.

»Mehr Menschen, mehr Häuser«, entgegnete Elli, die auf dem Beifahrersitz saß.

Sie bemerkte, dass Nereng sich nach einer alternativen Strecke umschaute, doch es gab keine.

»Nilsen«, sagte Elli.

Nereng drehte sich zu ihr.

»Ich habe das Gefühl, dass er wirklich etwas gehört hat«, fuhr sie fort. »Dass er uns keine Träume oder Halluzinationen präsentiert.«

»So geht es mir auch, obwohl ich nicht sagen könnte, wieso.«

»Es ist zu detailliert.«

Eine Weile schaute Elli aus dem Fenster. Der Wagen mitsamt ihrem Gesicht im Seitenfenster spiegelte sich im Schaufenster einer pakistanischen Modeboutique.

»Was er erzählt hat, erinnert mich an meine eigenen Träume von diesem Jungen«, sagte sie schließlich. »Die waren so lebendig, dass ich genauso gut denken könnte, es war real, was ich da gesehen habe.«

Die Autoschlange bewegte sich langsam weiter. Nereng klebte an der Stoßstange des Wagens vor ihnen.

Elli dachte, dass Nilsens Leben auf der Straße von Stress, Gewalt, Rausch und Bosheit geprägt war. Er hatte viel mehr zu bewältigen als sie.

»Ich glaube ihm«, sagte Elli. »Er hat irgendwas gehört. Und dann diese Tüten mit Fleischabfällen und der Geruch, das wirkt authentisch.«

»Und es passt zu den Kadavern. Die Tiere müssen auf irgendeine Weise da unten im Keller getötet worden sein.«

»Die Eingeweide können aber nicht von dem Schimpansen stammen«, sagte Elli mit Nachdruck. »Nilsen hat ja auf dem Schimpansengrab geschlafen. Er sagte zwar, er sei sich unsicher, aber ich glaube, es wäre ihm aufgefallen, wenn da jemand herumgegraben hätte.«

Nereng nickte. »Da stimme ich dir zu. Niemand kann dort rumgegraben haben, solange Nilsen da unten geschlafen hat. Das muss zu einem anderen Zeitpunkt passiert sein.«

Elli hing weiter ihren Gedanken nach, während Nereng den Wagen Meter um Meter vorwärtsrollen ließ.

»Die Plastiktüten müssen von irgendwo aus dem Innern des Tunnels kommen. Da muss es passiert sein«, sagte sie.

Schweigen. Beide dachten an den kleinen Jungen.

»Es ist schon erstaunlich, dass Nilsen in der ganzen Zeit, in der da unten irgendwelche Aktivitäten stattfanden, überhaupt niemandem begegnet ist. Ist das eigentlich denkbar?«, fragte Elli nach einer Weile.

»Kann es so gewesen sein, dass der Betreffende über die Kellerräume und die Treppe hereingekommen ist und dann die Tüten im Erdkeller abgestellt hat, um den Inhalt später zu vergraben? Wenn er den Erdkeller hauptsächlich benutzt hat, um dort die Abfälle loszuwerden, dann wäre es doch möglich, dass er sie dort abgelegt hat, um sich dann später darum zu kümmern.«

»Aber der Gestank – hätte er dann nicht darauf geachtet, die Abfälle sofort zu vergraben?«

»Vielleicht wurde er ja gestört. Kann ja sein, dass er im Tunnel war, um noch mehr zu holen.«

»Tja«, sagte Elli, »lass uns mal davon ausgehen, dass es so war. Dann muss Nilsen aber wahnsinniges Glück gehabt haben, dass er in den zwei Jahren, in denen er da unten regelmäßig übernachtet hat, niemals dieser Person begegnet ist.«

»Gut möglich«, sagte Nereng, »aber ebenso ist es möglich, dass da lange Zeit nur wenig Aktivität stattfand. Die Kadaver, die wir gefunden haben, und die Leiche sind ja über zwei Jahre alt.«

Elli nickte. »Okay, wenn wir das auch mal so annehmen … dann bleibt immer noch eine wichtige Frage offen: Wenn die Kadaver bereits im Erdkeller vergraben waren, dann müssen die Eingeweide in den Tüten irgendwo anders herstammen. Ich musste zuerst an den Jungen denken, aber die Eingeweide eines Kindes werden wohl kaum mehrere Plastiktüten füllen.«

Nereng blickte Elli an. Sie konnte ihm ansehen, dass er verstanden hatte.

»Da unten ist noch mehr passiert«, sagte sie.

Kapitel 35

Wieder und wieder hatte Elli die Berichte der Kriminaltechnik durchgelesen. Die einzigen konkreten Spuren, die sie nun weiterverfolgen konnten, waren die Faserreste des Stoffs, in den der Leichnam des Jungen eingewickelt gewesen war, sowie die Vogelskelette. Darüber hinaus gab es noch die Bodenproben von den Fundorten, die mit eventuell später auftauchenden Proben abgeglichen werden konnten. Und dann wartete Elli noch auf eine Antwort auf die Frage, die sie Brage gestellt hatte.

Der Obduktionsbericht war zwar nur ein vorläufiger, doch vieles von dem, was Lise Bergmann herausgefunden hatte, würde zweifellos auch im abschließenden Bericht zu finden sein. Immerhin konnten sie so mit einiger Gewissheit sagen, dass der Junge, bevor er begraben wurde, mit einem stumpfen Gegenstand erschlagen worden war. Außerdem verriet der Bericht das ungefähre Alter des Jungen und wie lange er dort wahrscheinlich gelegen hatte.

Allerdings gab es keine vermissten Kinder, deren Beschreibung mit dem gefundenen Skelett in Übereinstimmung gebracht werden konnte. Beide skandinavischen Kandidaten waren Mädchen. Aus dem sonstigen Schengen-Raum gab es keine weiteren aktuellen Fälle. Wie konnte so ein kleiner Junge verschwinden, ohne dass irgendjemand ihn als vermisst gemeldet hatte?

Welche Qualen hatte der Kleine ertragen müssen?

Elli musste einfach verstehen, was ihm widerfahren war.

Was könnte es bedeuten, dass ihn niemand als vermisst gemeldet hatte? War das vielleicht in einem anderen Land geschehen? Ohne dass Europol oder Interpol ihn auf irgendeiner Liste vermerkt hatten? War er vielleicht von irgendwelchem fahrenden Volk hinterlassen worden? Konnte es doch mit einem Zirkus in Zusammenhang stehen? Das hätte zumindest mit der Theorie über die illegalen Tierimporte zusammengepasst. Und bei einem Zirkus gab es viele Menschen, die aus fremden Ländern kamen.

Irgendjemand da draußen, zumindest eine Mutter, musste doch ihr Kind vermissen. Oder gab es vielleicht gar keine Familie mehr? Keine Geschwister und keine Eltern. Waren alle schon tot?

Elli spürte, dass die Gedanken an den Jungen die Energie aus ihr heraussaugten. Die Bilder in ihrem Kopf kamen und gingen mit unverminderter Intensität. Ein kleiner Junge, der durch eine dünne Schicht aus Wasser zu ihr heraufstarrte. Elli nahm den Geruch von Keller und Erde wahr. Es war fast so, als könne sie ihn anfassen. So etwas Ähnliches hatte sie noch nie zuvor erlebt.

Elli stand vom Schreibtisch auf und lief in der Bürolandschaft ein wenig umher. So spät am Nachmittag waren nur wenige Kollegen anwesend. Sie musste unbedingt ihren Kopf freibekommen. Die Gedanken in eine konstruktive Richtung lenken. Sie holte ihre Yogamatte hervor, legte sie an der Wand aus und nahm die Lotosposition ein.

Einatmen, Herzschlag, Ausatmen, Herzschlag. Langsam näherte sie sich einem Zustand der Zeit- und Schwerelosigkeit. Schließlich nahm die Ruhe von ihrem Körper Besitz. Nach einer Viertelstunde zwang sie sich, die Augen wieder zu öffnen. Die Welt meldete sich zurück. Reiß dich zusammen, dachte Elli. Nicht noch einmal würde sie den ganzen Irrsinn des Falls so nah an sich heranlassen.

Elli stand auf, rollte die Matte zusammen und verstaute sie unter dem Schreibtisch.

Nereng kam herein.

»Kannst du dich um die Faserreste kümmern?«, fragte sie. »Ich bin gleich mit Withberg verabredet.«

Nereng nickte. »Ja, Chefin.«

Dieses Mal wurde Elli nicht von Brage an der Rezeption abgeholt. Stattdessen wurde ihr mitgeteilt, dass er drinnen auf sie wartete. Seine Bürotür war angelehnt. Er saß mit dem Rücken zur Tür und beugte sich über seinen Laptop.

»Hallo«, sagte Elli und blieb in der Türöffnung stehen.

Brage drehte sich um und begrüßte sie mit einem Lächeln. »Immer herein mit der Polizei.«

Während Elli eintrat, stand Brage auf und stieß lässig die Tür zu, so dass sie mit einem Klicken ins Schloss fiel.

Direkt vor ihr blieb er stehen.

Merkwürdig.

»Schön, dass Sie da sind«, sagte er mit leicht unsicher klingender Stimme.

Elli lächelte. »Schön, Sie zu sehen. Das war ein fantastisches Abendessen.«

Brage zog sich hinter seinen Schreibtisch zurück. Elli folgte ihm. An seinen Bewegungen merkte sie, dass er in den professionellen Modus überwechselte. Gut. Er wusste offenbar, wo die Grenze verlief.

Mit der rechten Hand schob er ihr einen Rollhocker zu. »Ich muss mich für das spartanische Mobiliar entschuldigen.«

Er zog ein paar Papiere hervor und legte sie auf den Schreibtisch. Sie zeigten Zahlenwerte in verschiedenen Koordinatensystemen.

»Ich habe Ihre Theorie über die menschlichen Knochenreste überprüft«, sagte er, während er ihr einen Papierbogen präsentierte. »Sie hatten recht.«

Elli sah Brage kurz an und richtete ihre Aufmerksamkeit dann auf das Papier. Jetzt erkannte sie, was die Graphiken darstellen sollten. »DNA?«, fragte sie und holte ihren Notizblock hervor.

Brage nickte. »Ja, stimmt.« Er lehnte sich ein wenig zurück. »Na, Sie wissen ja, hier im Veterinärmedizinischen Institut bekommen wir allerlei seltsame Dinge zu Gesicht, und da sammeln wir alle möglichen Proben, um sie eventuell später mit anderen abgleichen zu können. Ein bisschen so wie … wie heißt dieses Register bei Ihnen …?

»Spurenregister.«

»Genau. Wir haben also die DNA der meisten Hunde-, Katzen- und Rinderrassen sowie von anderen gewöhnlichen Haustieren in unserer Datenbank. Und dann haben wir noch die am häufigsten vorkommenden Tierarten aus der norwegischen Fauna. Die üblichen Verdächtigen, wenn Sie so wollen.«

Elli nickte. »Ja, wir haben so eine ähnliche Liste bei uns im Präsidium.«

Brage sah sie an und hielt seinen Blick einen Moment auf sie gerichtet. Professionell.

»Ihre Theorie lautete, dass vielleicht ein Fuchs die beiden Zehen von der Leiche mitgenommen hatte und sie dann bei dem

Schimpansen landeten. Das war in der Tat gar keine so abwegige Idee, Elli.«

Sie blickte ihn skeptisch an. »Sie haben jetzt nicht die DNA von diesem Fuchs vorliegen?«

Brage lachte. »Nein. Außerdem war es kein Fuchs. Es war ein Dachs.«

Elli nickte bedächtig. »Und Dachse sind Aasfresser.«

»Ganz genau. Ich habe das so verstanden, dass die Fundorte nahe beieinanderliegen.«

»Zwanzig oder dreißig Meter. Aber das Skelett des Jungen lag in dem Tunnel hinter der Kellerwand und das des Schimpansen im Keller selbst.«

»Piece of cake für einen Dachs. Wahrscheinlich hat er diese kleinen Knochen vom Fuß des Jungen verschlungen … und hielt dann inne, weil er vielleicht von irgendetwas gestört wurde. Möglicherweise ist er danach dem Geruch des Schimpansenskeletts gefolgt, das war ja nicht sehr tief vergraben, und hat dann wahrscheinlich die Knochenreste vom ersten Fundort wieder hervorgewürgt, als er versuchte, sich zu dem Schimpansen vorzugraben. Ich schätze mal, dass da, wo der Tunnel parallel zu dem Rohr verläuft, in dem das Skelett des Jungen gefunden wurde, irgendwo ein Dachsbau ist. Vielleicht hat er sich genau neben dem Skelett an die Oberfläche gegraben. Das könnte dann auch die Ursache für den Einsturz gewesen sein.«

»Und Sie glauben, dass es da eine weitere Verbindung zu dem Erdkeller geben könnte, wo der Schimpanse lag?«

»Das ist sehr wahrscheinlich. Dachsbauten haben viele Verbindungsgänge und Hohlräume. Und Dachse leben gern in Großfamilien, oder Clans, mit bis zu dreißig Individuen. Was bedeutet, dass die Bewohner eines Baus nicht immer gleichzeitig ausziehen. Es gibt Dachsbauten, die seit mehreren Jahrhunderten bewohnt werden.«

»Unglaublich«, sagte Elli, während sie ihre Notizen machte. »Noch eine Frage«, fuhr sie fort, ohne aufzublicken, »könnte es sein, dass der Dachs die Leiche von unten angeknabbert hat?«

»Ja.«

»Er könnte also in dem Wasserrohr gestanden und sich an der Leiche gütlich getan haben?«

Brage fuhr sich mit der Hand durch sein dichtes Haar. »Theoretisch ja, vorausgesetzt, das Rohr war nicht zu voll mit Wasser. Dachse können schwimmen. Sie haben wohl lose Skelettteile unten in dem Rohr gefunden?«

»Ja.«

»Hmm. Das Wasser kann sich möglicherweise aus dem morschen Rohr hinaus und dann unter dem Skelett hindurchbewegt haben, wo sich dann schon ein Teil gelöst hatte. Wie lag das Skelett im Verhältnis zum Rohr?«

Elli überlegte kurz, wie viel sie ihm eigentlich verraten könnte, kam aber zu dem Schluss, dass es im Interesse der Ermittlungen lag, wenn er den ganzen Zusammenhang kannte. Sie erläuterte, wie es dort unten ausgesehen hatte.

Brage dachte kurz nach und machte dann eine Skizze. »So?«, fragte er.

Elli stellte fest, dass Brage ziemlich gut zeichnen konnte. Die Skizze entsprach fast genau ihrer Beschreibung. »Ja, genau.«

»Es ist natürlich schwierig, das endgültig zu beurteilen … Tiere werden ja von Instinkten angetrieben und kommen auf die seltsamsten Ideen, aber ich würde sagen, dass ein Dachs das frisst, was am leichtesten zugänglich für ihn ist. Wahrscheinlich hat er die Fußknochen verschlungen, aber den Schädel ignoriert. Aber das ist bloß meine Theorie.«

Elli nickte. Brages Schlussfolgerung war glaubwürdig.

»Ich rufe Sie wieder an«, sagte sie.

Kapitel 36

Elli stellte ihr Fahrrad in der Garage des Präsidiums ab und lief gleich hinauf in die kriminaltechnische Abteilung. Gaarder war nicht da, und auch kein anderer Techniker stand zur Verfügung.

Sie rief Nereng an, der sofort antwortete. Elli erklärte kurz, worum es ging.

»Dachsjagd?«, fragte er lachend. »Ich komme, sobald ich hier bei dem Stoffimporteur fertig bin.«

Sie kamen überein, dass Nereng sich wieder meldete, wenn er fertig war, um sich dann mit Elli im Erdkeller zu treffen.

Elli machte Mittagspause. Sie aß allein, während sie darüber nachdachte, ob Brages Theorie stimmen könnte. Um halb eins hatte Nereng noch immer nicht zurückgerufen.

Elli konnte nicht länger warten. Sie schrieb eine SMS: »Gehe auf Dachsjagd. Komm nach, wenn du fertig bist.«

Elli schlüpfte unter dem Absperrband vor dem Erdkeller hindurch. Die Versiegelung oberhalb des Türschlosses hatte sich gelöst. So etwas kam öfter vor, der Klebstoff auf der Rückseite hielt Wind und Wetter nicht immer stand. Das Innere des Erdkellers wirkte kälter als bei den vorherigen Aufenthalten, obwohl die Außentemperatur dieselbe war. In ihrem Rucksack hatte sie eine batteriebetriebene Lampe aus der Kriminaltechnik sowie zwei schmale Spaten, die sie in einem Eisenwarengeschäft gekauft hatte.

Der Lichtkegel der Taschenlampe bohrte sich in die Dunkelheit. Elli war schon an angenehmeren Orten gewesen.

Vom Erdkeller aus betrat sie den Tunnel und ging weiter bis zum Fundort der Leiche. Weitere Teile der Erdmasse waren abgerutscht und hatten das Loch vergrößert. Zum Glück befand sich die Aluminiumleiter noch immer über dem Loch und war sowohl auf Ellis als auch auf der gegenüberliegenden Seite, wo der Tunnel zur Betonmauer hin anstieg, befestigt.

Elli schaltete die batteriebetriebene Stehlampe ein. Zufrieden registrierte sie das helle Arbeitslicht. Mit einigen Mühen konnte Elli sich so positionieren, dass sie in das Loch hineinsehen und gleichzeitig an der Tunnelwand graben konnte. Sie begann dort, wo das Skelett gelegen hatte.

Sie musste viel Kraft aufwenden, um den Spaten in die feste Erde zu treiben. Sie arbeitete eine Weile weiter, kam zu dem

Schluss, dass der Dachs sich unmöglich an dieser Stelle durchgegraben haben konnte, und schob sich dichter an den Wasserlauf heran. Erneut drückte sie den Spaten in die Erde. Auch hier war sie fest. Elli probierte einen dritten Punkt aus. Zuerst schien die Erde ebenso hart zu sein, aber plötzlich fuhr der Spaten fast widerstandlos hindurch, bis Elli sogar die ganze Hand hineinstecken konnte. Es musste sich um einen Hohlraum handeln.

»Tja, Herr Dachs«, murmelte Elli, »anscheinend sind Sie ja wirklich der Sünder.«

Nachdem sie noch eine Weile weitergegraben hatte, konnte sie den Kopf ein Stück weit in das Loch hineinschieben. Im Lichtkegel der Taschenlampe sah sie, dass sich der Dachstunnel nach rechts hin fortsetzte.

Elli zog den Kopf wieder heraus, legte die Taschenlampe beiseite und überlegte. Schön, wenn Nereng bald auftauchte. Sie rief seine Nummer auf dem Handy auf.

Keine Deckung.

Sollte sie wieder hinausgehen und auf ihn warten? Es war nicht ungefährlich, den Dachsbau zu untersuchen, der hier so dicht neben dem Wasserlauf angelegt war.

Brage hatte gesagt, dass Dachse in ihrem Bau über viele Ausgänge verfügten. Der Dachstunnel, den Elli gefunden hatte, bog nach rechts ab. Wahrscheinlich gab es einen Ausgang im Erdkeller. Das würde bedeuten, dass die fehlenden Skelettteile irgendwo weiter im Innern des Baus lagen. Ein Job für Gaarders Roboter.

Plötzlich wurde es dunkel. Elli erschrak, dachte aber gleichzeitig, dass wohl die Batterielampe den Geist aufgegeben hatte. Sie fasste nach ihrer Taschenlampe. Im selben Moment traf ein Lichtstrahl ihr Gesicht.

»Wurde aber auch Zeit, dass du kommst, Jan«, rief sie.

Doch Nereng antwortete nicht. Was nicht weiter verwunderlich war, denn das Licht kam nicht aus Richtung des Erdkellers, sondern aus der anderen Richtung, wo der Tunnel vor der Betonwand endete. Elli versuchte das Gesicht des Ankommenden zu erkennen, aber das Gegenlicht blendete sie.

»Wer ist da?«, rief Elli. Eine kräftige Gestalt stürzte auf sie zu.

Elli schaltete ihre Taschenlampe ein, doch der Unbekannte schlug sie ihr aus der Hand. Kräftige Hände packten Ellis Rücken und pressten sie hinunter. Er war stark. Zu stark, wie Elli feststellte. Sie schlug nach hinten aus und versuchte, den Kopf des Angreifers zu treffen, aber er war gut vorbereitet und blockierte ihre Gegenwehr.

Verblüffend einfach verdrehte er ihr einen Arm hinter dem Rücken. Elli trat und versuchte ihn mit der Ferse zu erwischen, konnte aber keinen Treffer landen. Gnadenlos drückte er sie fester hinunter. Es schien ihn keine Kraft zu kosten. Elli spürte Erde und Steine unter der anderen Handfläche. Verzweifelt suchte ihr Gehirn nach einem Ausweg. Sie versuchte, den Körper herumzuwinden und das linke Bein an der Aluminiumleiter einzuhaken. Eine kurze Sekunde lang bekam sie Halt, doch sogleich fegte der Angreifer ihr Bein mit einem schnellen Tritt beiseite. Noch immer hatte sie sein Gesicht nicht gesehen.

Langsam drückte er ihren Kopf auf die Wasseroberfläche zu. Elli spürte die Wasserspritzer im Gesicht. Bevor ihr Kopf ins Wasser gepresst wurde, atmete sie so tief wie möglich ein.

Kapitel 37

Als das kalte Wasser ihren Kopf umschloss, verspürte Elli eine seltsame Ruhe. Eine Art Klarheit übernahm die Kontrolle in ihrem Gehirn. Sie hatte nur noch wenige Sekunden, um der Situation zu entkommen. Während das Wasser in ihre Kleidung drang, versuchte sie, sich eine Position zu erkämpfen, in der sie mehr Luft bekam. Doch der eiserne Griff des Angreifers hielt sie wie in einem Schraubstock gefangen. Ihr hinter dem Rücken verdrehter Arm schmerzte infernalisch.

Elli spürte einen Stich in einem Lungenflügel. In wenigen Sekunden würde sie tot sein. Dann eine neuer, härterer Stich im anderen Lungenflügel.

Womit würde er am wenigsten rechnen? Sich nach oben zu drücken war völlig nutzlos. Hinter sich spürte Elli, dass ihr Fuß gegen etwas Hartes gedrückt wurde. Das war ihre Chance. Wenn es nicht klappte, war es vorbei. Blieb sie liegen, war es auch vorbei.

Sie stützte die freie Hand auf dem noch intakten Teil des Rohrs ab, das sich direkt neben ihr befand. Dann presste sie den Fuß gegen den hinter ihr liegenden Erdwall und drückte sich mit aller Kraft nach vorn. Das Ergebnis war besser, als sie zu hoffen gewagt hatte. Eine Sekunde lang war sie frei, doch dann landete der Angreifer auf ihr. Elli war es egal, sie musste nach Luft schnappen und bekam den Oberkörper so weit herumgedreht, dass Nase und Mund über der Wasseroberfläche lagen. Um sie herum schäumte und sprudelte das Wasser, aber Elli bekam Luft. Sand und Schmutz verwandelten das Wasser in eine braunschwarze Brühe.

»Verdammt!«, schrie der Angreifer und hob den Arm zu einem Schlag. Elli konnte den Hieb mit der rechten Hand so weit abfedern, dass ihr nicht völlig schwarz vor Augen wurde, als er traf.

Abermals hob der Unbekannte die Hand. Elli machte die linke Hand ganz flach, spannte die Fingermuskeln an und verpasste ihm einen seitlichen Schwungschlag. Sie spürte seinen Adamsapfel unter den Fingerspitzen und begriff, dass sie einen Volltreffer gelandet hatte, als sie den Angreifer würgen hörte.

Schwankend wich er zurück.

Völlig erschöpft und atemlos kroch Elli aus dem Loch. Zu ihrer Überraschung sah sie, dass der Angreifer in Richtung Erdkeller stolperte. Elli verstand nicht, wie das möglich war – ein Schlag auf den Adamsapfel konnte tödlich wirken. Dieser Typ war nach nur wenigen Sekunden wieder auf den Beinen. Elli hoffte, dass er nicht bewaffnet war; ihre Dienstwaffe lag noch im Präsidium.

Elli versuchte, sein Gesicht in der Dunkelheit zu erkennen, aber es gelang ihr nicht. Sie überlegte kurz, sich als Polizistin zu erkennen zu geben, ließ es jedoch sein. Womöglich würde er sie dann erneut angreifen. Und dafür hatte sie nicht mehr genügend Kräfte übrig.

Plötzlich leuchtete seine Taschenlampe auf. Er richtete den

Lichtstrahl auf ihr Gesicht. »Verfluchte Hexe«, zischte er. Dann wandte er sich um und verschwand in Richtung Erdkeller.

Elli blieb stehen. Völlig erschöpft und fassungslos. Noch wagte sie nicht, sich zu entspannen. Eine Minute später bestätigte sich ihre Befürchtung. Die krummgebeugte Gestalt kam zurück, der Schein der Taschenlampe tanzte im Dunkeln.

In Ellis Kopf zeichnete sich ein Plan ab. Die Gestalt kam näher und richtete den Lichtstrahl wieder direkt auf sie.

»Elli?«

Nereng.

»Bist du ihm begegnet?«, stöhnte Elli.

»Wem?«

»Irgendein Irrer hat versucht, mich in dem Bach zu ertränken«, schluchzte sie und rang nach Luft. »Kurz bevor du kamst, ist er in diese Richtung gelaufen.«

Nereng drehte sich um und rannte zurück. Elli stapfte ihm hinterher, merkte jedoch, dass ihr Körper nicht mehr viel hergab.

»Gott, was für ein kaltschnäuziger Typ«, entfuhr es Elli, als sie wieder im Erdkeller waren. Die feuchten Flecken auf dem Boden verrieten, dass der Angreifer Nereng gehört haben musste und sich dann ganz hinten in der Ecke versteckt hatte, die der Passage zum Tunnel gegenüberlag. »Er hat hier einfach gestanden und dich beobachtet.«

Nereng erschauderte. »Brrr.«

Elli verließ den Erdkeller und spürte die Sonnenstrahlen auf dem Gesicht.

»Du musst zum Arzt«, konstatierte Nereng, als er ihr Gesicht im Tageslicht betrachtete. Wenige Augenblicke später saßen sie in Nerengs Wagen, einem Zivilfahrzeug. Er schaltete das Blaulicht ein und war nach sieben Minuten am Ziel. Während der Fahrt hatte er Gaarder angerufen und ihn gebeten, ein Team in den Tunnel zu schicken, um eventuell vorhandene Spuren zu sichern. An der Rezeption der Unfallpraxis herrschte ausnahmsweise nur wenig Betrieb. Nereng konnte Elli sofort in einen Behandlungsraum führen.

Eine ältere Krankenschwester und ein jüngerer Pfleger sahen die beiden skeptisch an.

Es dauerte ein paar Sekunden, bevor Nereng die Situation begriff. Er zückte seinen Dienstausweis. »Polizei. Wir sind kein Ehepaar.«

Die Erleichterung war dem Personal deutlich anzusehen.

»Okay«, sagte die Krankenschwester und trat zu Elli. »Sie sollten wohl die nassen Sachen ausziehen und vielleicht eine Dusche nehmen. Kommen Sie.« Sie öffnete eine Tür und deutete auf einen Umkleideraum, wo es einen Spiegel, eine Dusche und eine Garderobe mit Patientenkitteln gab.

»Haben Sie noch andere offene Wunden als die auf Armen und Wange?«

»Weiß nicht«, sagte Elli und stellte sich vor den Spiegel.

Verprügelt. Kleine Risse und Schnitte an der Stirn, auf der einen Wange und an beiden Armen. Nicht viel Blut, aber es sah schrecklich aus.

Ellis T-Shirt war an der Schulter und der Seite eingerissen, ihre Hose klebte an den Beinen.

Die Krankenschwester half ihr, sich auszuziehen. Die Dusche schmerzte genau so wie nach dem Karatetraining, aber es war ein gutes Gefühl, die Spuren dieses Dreckskerls aus dem Tunnel abzuspülen.

Zitternd und aufgeregt beschnupperte Zenith seine Herrin, als Elli nach Hause kam. Sie beugte sich zu ihm hinunter, spürte überall Stiche in den schmerzenden Muskeln, durfte die Loyalität des Hundes aber auf keinen Fall ignorieren. Statt wie üblich mit der Schnauze ihr Gesicht und ihre Ohren zu liebkosen, konzentrierte Zenith sich jetzt auf die Verletzungen. Sie ließ ihn gewähren. Arme, Beine, Wangen, Stirn, Rücken.

Zenith schüttelte sich.

»Ja, sie hat ordentlich was abgekriegt«, sagte Nereng. »Aber zum Glück hat sie dich.«

Ellis Blick streifte den Spiegel im Flur. »Gott, wie ich aussehe.«

Behutsam legte ihr Nereng eine Hand auf die Schulter. »Du kommst schon drüber hinweg. Ein bisschen Ruhe und ein Glas Wein, dann geht's dir besser.«

Elli lächelte ihn an, wurde aber schnell wieder ernst.

Nereng fragte, ob er bleiben und im Gästezimmer schlafen solle, aber Elli lehnte höflich ab. Sie hatte ja Zenith. Allerdings hatte sie nichts dagegen einzuwenden, als er sich anbot, mit dem Hund Gassi zu gehen.

Elli zog ein weites T-Shirt und eine Jogginghose an, legte sich auf das Sofa und ließ die Ereignisse im Tunnel noch einmal Revue passieren. Wer hatte sie dort unten angegriffen? Er musste ja die ganze Zeit schon da gewesen sein … was wollte er dort? Elli war beunruhigter, als sie es Nereng gegenüber zugeben wollte.

»Elli?«

Eine kalte Schnauze hinter dem Ohr.

Elli blinzelte. Nerengs Gesicht erschien.

»Technische Untersuchungen?«, fragte sie. Ihr Mund war trocken.

»Scheiß auf die technischen Untersuchungen, Elli. Gaarder ist jetzt im Tunnel. Er hat alles unter Kontrolle.«

Elli stützte sich auf die Ellbogen. »Wie spät ist es?«

»Ist nicht so wichtig«, sagte Nereng und holte ein Glas Wasser. »Du musst dich ausruhen.«

Elli trank das Glas in einem Schluck aus. »Mehr.«

Nereng füllte das Glas erneut.

»Wie lange bist du schon hier?«, fragte Elli, nachdem sie das zweite Glas ausgetrunken hatte.

»Du hast zwei Stunden geschlafen.«

Elli atmete tief durch. Sie spürte die schmerzenden Muskeln, setzte sich aber auf.

»Der Angreifer im Tunnel«, sagte Nereng und hielt einen Moment inne, um ihr einen Themenwechsel zu ermöglichen. »Du hast gefragt, wo er herkam.«

Elli kniff die Augen zusammen. »Ich hab die Szene im Kopf noch ein paar Mal durchlaufen lassen … er muss von weiter drinnen gekommen sein. Das Licht von seiner Taschenlampe kam von der anderen Seite.«

»Vom abgesperrten Ende des Tunnels?«

»Ja«, sagte sie mit Entschiedenheit und fasste noch einmal kurz zusammen, wie sie den Überfall erlebt hatte.

»Aber du konntest ihn nicht sehen?«

»Nicht das Gesicht. Ein weißer Mann, etwas überdurchschnittlich groß, behaarte Arme, kräftige Hände. Was er anhatte, kann ich überhaupt nicht sagen. Kann sonst wer gewesen sein.«

»H-hm«, ließ sich Nereng vernehmen.

Einen Augenblick lang war es still.

Elli überlegte aufzustehen, schaffte es aber nicht.

»Behaarte Arme … war's vielleicht der Affenmann?«, fragte Nereng.

Elli brach in Gelächter aus, was aber sofort in ein gedehntes »Aua!« überging. »Bring mich nicht zum Lachen«, schluchzte sie.

»Wo ist es am schlimmsten?«

»Rechte Schulter.«

Nereng stand auf, trat hinter das Sofa und zog ihr T-Shirt vorsichtig zur Seite, so dass die Schulter frei lag. »Blau, gelb, grün, lila … die haben das doch auf einen Bruch hin untersucht, oder?«

Sie nickte.

Nereng nahm wieder neben Elli auf dem Sofa Platz.

Eine Weile saßen sie so da, dann legte er ihr vorsichtig einen Arm um die Schulter. Sie ließ es zu, dass er sie an sich zog.

»Ich bin hier«, sagte er.

Um halb elf servierte Nereng eine Portion Hafergrütze. Zu ihrem Erstaunen hatte Elli Appetit. »Ich übernachte hier«, sagte Nereng, als die Mahlzeit verzehrt war.

Elli wollte protestieren, doch Nereng wehrte ihren Versuch mit erhobener Hand ab.

Im selben Moment klingelte ihr Handy.

Brage.

»Hallo«, sagte sie mit leiser Stimme und trat näher an das Sofa heran.

»Hallo … äh, ist alles in Ordnung?«, fragte Brage. »Sie klingen erschöpft.«

Elli schluckte und bemerkte, dass Nereng sie ansah.

»Ja doch, ich hatte einen anstrengenden Arbeitstag.«

Pause.

»Verstehe … Sie haben ja auch einen anstrengenden Job.«

Pause.

»Ich wollte eigentlich nur hören … aber das ist vielleicht jetzt ein schlechter Zeitpunkt …«

»Ja.«

Neue Pause.

»Ich melde mich wieder«, sagte Elli.

»Gute Nacht.«

Sie legte auf.

»Withberg?«, fragte Nereng aus der Küche.

Elli schüttelte den Kopf. »Du hast Ohren wie ein Elefant.«

»Ich hab's ihm angesehen«, sagte Nereng.

Elli blickte ihn ausdruckslos an.

»Du bringst offenbar ein bisschen Leben in seine Hose.«

Nereng bekam den Finger gezeigt.

Er verdrehte die Augen. »Das ist also der Dank für die Rettung aus der Not.«

Kapitel 38

Elli erwachte vom Geräusch des Wasserkochers.

Der Bartisch in der Küche war für zwei Personen gedeckt. Nereng stand am Ofen und briet vier Eier.

»Frisches Brot vom Bäcker«, erklärte er, »und Tee für die Verletzte.«

Elli lächelte ihn dankbar an. Die Schmerzen in der rechten Gesichtshälfte ließen das Lächeln wie eine Grimasse aussehen.

Nereng warf einen sehnsüchtigen Blick auf die Kaffeemaschine. Kommentarlos schaltete Elli sie ein. Sie selbst wollte Tee. Grünen Kräutertee. Beruhigend, mit ganz wenig Zucker.

Nereng servierte die Eier. »Konntest du schlafen?«

Elli kniff die Augen zusammen, massierte die Schläfen mit den Zeigefingern und machte die Augen wieder auf. »Ja. Ich hab zwar immer noch 'nen schweren Kopf«, erklärte sie, »aber es fühlt sich schon besser an.«

»Gut.«

Elli probierte ein wenig Brot und Ei.

Nereng langte ordentlich zu. »Nichts geht über Eier am Morgen.«

Elli kaute zu Ende und gab Zucker in ihren Tee. »Ich verstehe immer noch nicht, was er da unten gemacht hat«, sagte sie. »Da ist doch nichts.«

Nereng dachte eine Weile nach. »Gibt es da etwas, das wir übersehen haben?«

Elli schüttelte den Kopf. »Der Tunnel wurde doch gründlich untersucht. Wände, Decke und Boden. Alles nur Stein. Und er endet an einer Betonwand.«

Ein paar Sekunden starrte sie aus dem Fenster.

»Kann er irgendwas gesucht haben?«, fragte Nereng.

»Du denkst, dass er schon da war, als ich kam, und dann auf dem Rückweg überrascht wurde?«

»Ja.«

»Hast du mit Gaarder darüber gesprochen?«

»Ja, sie haben nichts Neues gefunden.«

Elli schüttelte den Kopf.

»War die Versiegelung an der Kellertür aufgebrochen?«, fragte Nereng.

Elli versuchte sich zu erinnern, hatte die Einzelheiten vor dem Moment des Angriff aber nicht mehr im Kopf.

»Mhm«, fuhr Nereng fort, »vielleicht hast du es nicht bemerkt ... der Aufkleber hat sich vielleicht gelöst, war aber dann noch da und hat so ausgesehen, als klebte er noch an der Tür. So was machen wir ja manchmal selbst.«

Schweigend aßen sie weiter.

»Es ergibt doch nur Sinn, jemanden anzugreifen, wenn du etwas verbergen willst«, sagte Elli. »Deshalb müssen wir irgendwas übersehen haben.«

Nereng blickte sie an. »Oder er hatte es auf dich abgesehen.«

»Aber woher sollte er wissen, dass ich da hinkomme?«

Nachdem Nereng gegangen war, entdeckte Elli einen unbeantworteten Anruf auf dem Handy.

Brage.

Sie rief ihn zurück.

»Hallo, Sie hatten angerufen?«

»Ja, äh … der Grund meines Anrufs war, dass ich die Polizei bei ihren Ermittlungen unterstützen wollte.«

Elli lachte. »Bra… tut mir leid, dass ich gestern etwas kurz angebunden war … Nun ja, wir würden gern wissen, was Sie zu den Ermittlungen beitragen können.«

Brage räusperte sich. »Ja, aber zuerst mal – wie ging's denn mit der Dachsjagd?«

»Ja, da gibt es einen Bau, genau, wie Sie gesagt haben.«

»Richtig, richtig. Tja, worüber ich eigentlich sprechen wollte, waren diese Vogelskelette. Das sind keine Goldammern, sondern Gartenammern. Ein gelblicher Vogel, der im Winter gen Süden zieht und in Norwegen nicht besonders häufig vorkommt.«

»Gartenammer«, wiederholte Elli, »davon hab ich noch nie was gehört.«

»Ist auch kein Wunder. Man findet sie manchmal in Østfold, Hedmark und Oppland, soweit ich weiß. Aber es sind Zugvögel. Im Sommerhalbjahr tauchen sie hier in kleinen Gruppen auf. Im Übrigen zeichnen sie sich durch einen besonders schönen Gesang aus.«

»Sind die vom Aussterben bedroht?«

Brage dachte kurz nach. »Sie stehen unter Druck, aber der Bestand ist vorläufig immer noch gesichert.«

»Vorläufig?«

»Ja. Deswegen rufe ich eigentlich an. Gartenammern gelten nämlich als Delikatesse. Besonders in Frankreich, aber auch in anderen Ländern. In vielen Ländern ist es verboten, sie zu essen, weil der Bestand nicht ganz ungefährdet ist und wegen der Art und Weise, wie die Vögel behandelt werden, bevor sie auf dem Tisch landen.«

»Was für eine Behandlung?«

»Eine von diesen absurden französischen Ideen, bei der man die Tiere mit Nahrung vollstopft, bevor sie getötet werden«, sagte Brage mit einem Kichern. »Dasselbe Prinzip wie bei der Gänseleber. In Südfrankreich spannt man große Netze über die Felder und fängt die Vögel darin. Dann werden sie in kleine Käfige gesperrt und gemästet. Und da die Gartenammer nur im Dunkeln frisst, werden die Käfige auch verdunkelt. Und zum Schluss werden die armen Piepmätze dann in Armagnac ertränkt. Soll dem Fleisch angeblich einen besonders feinen Geschmack verleihen.«

»Aber das ist mittlerweile verboten?«

Brage gab ein höhnisches Lachen von sich. »Ja. Aber die Leute machen weiter wie zuvor. Wahrscheinlich gibt's jede Menge französische Polizeipräfekten, die Gartenammern mögen.«

Elli dachte kurz darüber nach, wie diese Information zu der ganzen Sache passte. Waren die anderen Tiere womöglich auch verspeist worden?

»Sagen Sie mal«, fuhr Elli fort, »Sie wissen nicht zufällig irgendwas über Menschen, die diese anderen Tiere essen? Ich meine jetzt Schimpansen und Leoparden. Haben Sie darüber mal irgendwas gehört?«

Brage schwieg einen Augenblick. »Wenn Sie in Form sind und es gerade passt, dann hätte ich einen Vorschlag«, sagte er schließlich.

»Und der wäre?«

»Wir könnten uns beide ein wenig umhören und dann später darüber reden. Wenn Sie möchten, können Sie hierherkommen. Ich habe Spätdienst und muss bis neun Uhr arbeiten.«

Elli erwiderte, dass sie das für eine gute Idee hielt, und beendete das Gespräch.

Informationen über Gartenammern und ihre Zubereitungsweise waren nicht gerade sehr verbreitet. Der bekannte Moderator einer Autosendung in der BBC hatte das Gericht im Fernsehen probiert. Im Übrigen stimmten die Suchergebnisse mit Brages Beschreibungen überein. Wer verspeiste gemästete und in Armagnac ertränkte Singvögel? Feinschmecker überall auf der Welt, wie es aussah. Die Londoner Schickeria, Weinliebhaber auf einer Tour durch Frankreich, reiche Chinesen. Eine amerikanische Schauspielerin hatte sogar ein Restaurant eröffnet, in dem Gartenammern angeboten wurden. Die Menschheit lernte wohl nie dazu.

Elli durchforstete die Archive zweier norwegischer Pressedienste. Viele Treffer gab es nicht, aber einer ließ sie aufhorchen: Ein Artikel in Dagens Næringsliv hatte zu Beginn des Jahres von Kochclubs berichtet, die sich nach Absprache an geheimen Orten trafen, um seltene Speisen und Getränke zu verzehren. By invitation only. Nothing but the best the planet has to offer. Die Fotos zeigten Teilnehmer, die Masken trugen, um nicht erkannt zu werden. Die Gäste waren sich anscheinend darüber bewusst, dass sie etwas Ungesetzliches taten. Aber wie einer von ihnen zitiert wurde: »Man lebt nur einmal. Ich will alles probieren.«

Die auf das schlechte Gewissen abzielende Frage eines Journalisten »Was ist mit der Umwelt oder den kommenden Generationen?« fiel auf wenig fruchtbaren Boden. »Ich glaube nicht an ein Leben nach dem Tod«, wurde ein Gast mit Donald-Duck-Maske zitiert. »Das wird dann zu einem Problem der nächsten Generation.«

Der Club nannte sich *Elevated Eating Community*. Elli gab den Begriff in die Internetsuchmaske ein, fand aber lediglich ein paar Querverweise in britischen und amerikanischen Zeitungsartikeln. Sie probierte es mit der französischen Google-Version und fand ein paar Rezepte und Restaurants, aber keine Hinweise auf Zusammenkünfte der *Elevated Eating Community*.

Elli stellte die leere Suppenschale auf die Arbeitsplatte, legte eine Kapsel in die Kaffeemaschine ein und ließ das Gerät arbeiten, während sie weiter über die »Die gehobene kulinarische Gesellschaft« nachgrübelte. Als der Kaffee fertig war, suchte sie nach »rare food«, »secret eating community« und »illegal food« sowie Kombinationen dieser Begriffe mit »ortulan«, der englischen Bezeichnung des Singvogels. Schließlich stieß sie auf ein geschlossenes Internetforum für Feinschmecker. Es trug den vielsagenden Namen *Ecsteat*.

Ellis Computer war mit einer einfachen Hacker-Software ausgestattet, die ihr die Abteilung für Datenkriminalität in aller Vertraulichkeit installiert hatte. Der Server des Internetforums war allerdings mit einer soliden Firewall geschützt. Der Weg hinein führte entweder über die Einrichtung eines eigenen Profils, wofür es auf der Seite jedoch keinerlei Hinweise gab, oder bedurfte schwererer Geschütze.

Elli entschied sich für Letzteres.

»Wenn das eine Mordermittlung ist, können wir dann nicht einfach über die lokale Polizeidienststelle um Zugang bitten?«, fragte Engstad von der Abteilung für Datenkriminalität.

»Haben Sie gesehen, wo der Server steht?«, erwiderte Elli.

»Äh …«

Sie hörte Tastengeklapper, Trinkgeräusche und schweres Atmen in der Leitung.

»Das Whois-Kommando spuckt nichts aus«, sagte Engstad nach einer Weile.

»Genau. Antwortet auch nicht auf einen Ping«, erklärte Elli.

»Haben Sie mal bei uns in der Abteilung gearbeitet oder wie?«

»Nein.«

Pause.

»Einen Moment.«

Nach weiteren dreißig Sekunden mit Kaffeegeschlürfe, Tastengeklapper sowie Schmatz- und Atemgeräuschen schaltete Elli das Handy in Lautsprechermodus und legte es neben den Computer auf den Tisch. Fünf Minuten später fragte eine metallische Stimme, ob sie immer noch dran sei.

»Sprechen Sie.«

»Ukraine.«
»Kommen wir da rein?«
Erneute Pause.
»Ja, aber das kann dauern.«
Sie sah auf die Uhr. Halb acht. »Den ganzen Abend oder worüber reden wir hier?«
»Alles von einer Stunde bis zu einer Woche. Ich weiß ja nicht, wie dringend diese Sache …«
»Mordermittlung.«
»Okay, dann lege ich los. Ich melde mich, wenn ich was habe.«
Elli bedankte sich für die Hilfe und gab Engstad ihre Handynummer und E-Mail-Adresse.
Draußen herrschte schönes Wetter. Sie nahm Zenith und fuhr mit dem Fahrrad zu Withberg.

»Was ist passiert?«, fragte Brage, als er sie im Veterinärmedizinischen Institut in Empfang nahm.
Elli erzählte ihm eine kurze und zensierte Version des Überfalls, ließ aber durchblicken, dass es ihr trotz Schmerzen und steifer Glieder inzwischen besser ging. Brage betrachtete sie sorgenvoll und führte sie und Zenith durch den Warteraum in die Veterinärklinik.
Zenith schnupperte umher und entdeckte sofort einen Käfig mit einer Katze. Ihr Fauchen ließ den Fellstreifen auf seinem Rücken in Habachtstellung gehen. Elli zog ihn weg und befahl ihm, sich neben Brages Schreibtisch zu legen.
»Sie haben ja 'nen ganz schön gefährlichen Job«, sagte Brage.
»Daran habe ich mich gewöhnt. Viele seltsame Dinge da draußen.«
Brage nickte. »In der Tat«, sagte er und setzte sich vor den Computerbildschirm.
Elli beugte sich vor. »Was haben Sie rausgefunden?«
Brage zuckte kurz mit den Schultern. »Im Internet gab's nicht viel, aber ich hab mich ein wenig bei meinen Veterinärkollegen umgehört. Gartenammern stehen nicht gerade im Hauptfokus der internationalen Bekämpfung von Faunakriminalität … da

geht es meist um Elfenbein, Tigerhoden, Reptilien und Minihunde.«

»Das Beverly-Hills-Syndrom«, sagte Elli resigniert.

»Schon bald ist kein einziges gesundes Exemplar des Chihuahua mehr übrig. Der Markt wird überschwemmt mit Hunden, die aus Welpenfabriken in Polen und weiter östlich kommen. Alles Inzucht.« Brage warf einen mitfühlenden Blick auf Zenith. »Na, kannst du dir vorstellen, in einer Tasche zu leben? Keine Katzen zum Jagen …«

Zenith schien bei dem Wort »Katze« plötzlich wach zu werden, aber Elli sah ihn streng an.

Zum Trost warf Brage ihm einen Hundekeks zu.

Elli erzählte von den Gruppen, die sie im Internet gefunden hatte und die seltene Speisen bevorzugten. In aller Ruhe beschrieb sie die Einzelheiten. Als sie fertig war, musste Brage einräumen, dass er noch nie etwas Ähnliches gehört hatte. Er schickte eine E-Mail mit der entsprechenden Frage an einen Kollegen.

»Wir sollten jetzt mal aufbrechen«, sagte Elli.

Brage lächelte.

»Wahrscheinlich haben Sie in nächster Zeit viel zu tun«, tastete Brage sich vor, »aber vielleicht kriegen Sie ja Hunger, dann könnten wir's ja mal mit einem weniger formellen Ort probieren. Thailändisch, zum Beispiel?«

Elli verspürte einen kleinen warmen Schauer und lächelte ihn an. »Das ist sehr nett von Ihnen, Brage, aber … ich habe jetzt mit dem Fall viel zu tun.«

»Okay«, sagte Brage. »Verstehe. Glaub ich.«

Als Elli das Veterinärmedizinische Institut verließ, ärgerte sie sich, so abweisend gewesen zu sein. Brage war ein handfester Typ. Wen wollte sie hier eigentlich an der Nase herumführen? Sich selbst?

Kapitel 39

Das Handy. Eine interne Nummer der Kripo.

»Rathke.«

»Hier Engstad. Abteilung Datenkriminalität. Wir sind drin.«

»So schnell?«

»Ja. Können Sie sich einloggen?«

Elli bestätigte.

»Okay. Ecsteat hat nicht die allerhöchsten Sicherheitsstandards. Ich bin durch den Hintereingang reingekommen und habe eine neue User-Identität gefaked. Aber passen Sie auf, ich weiß nicht, wie lange es dauert, bis Sie als falscher User entdeckt werden. Wenn das passiert, werden die wohl den ganzen Zirkus sofort abschalten.«

»Wie kann ich mich jetzt einloggen?«

»Über uns.« Engstad gab Elli eine IP-Adresse, einen User-Namen und ein Passwort. Elli schrieb alles auf. »Es ist wichtig, dass Sie diese Adresse benutzen«, fuhr er fort. »Der Zugang läuft über einen lokalen Proxyserver in der Ukraine.«

»Also ein Anonymisierungsdienst?«

»Genau. Wenn Sie sich einloggen, sieht es so aus, als kämen Sie von einer lokalen Adresse.«

Elli notierte die technischen Details und legte auf. Bei Ecsteat gab es drei Moderatoren mit der Berechtigung, neue User zu akzeptieren; einer von ihnen hatte sie hereingelassen. Wie lange sie nun im Forum bleiben konnte, hing von der Aufmerksamkeit dieses Moderators ab. Engstad hatte sich denjenigen ausgesucht, der am wenigsten aktiv war. Wenn Elli Glück hatte, dann würde er vorläufig nicht so schnell auftauchen.

Elli rief Nereng an.

Sie brauchte eine Viertelstunde, um Nereng die neuesten Informationen über die Gartenammern und die geheimen Kochclubs zu erzählen. »Wonach suchen wir?«, fragte Nereng und starrte auf das Chatforum, bei dem Elli sich eingeloggt hatte.

»Weiß nicht genau. Die Leute hier haben eine etwas verdrehte Vorstellung von Feinschmeckerkost. Vielleicht ein Link zu einem der Tiere, die wir gefunden haben. Schimpansen, Leoparden, andere bedrohte Tierarten.«

»Ukraine …«

»Siebenundzwanzig eingeloggte Teilnehmer …«, sagte Elli und rief einen der Chat-Verläufe auf:

05.32 AM Pinner wrote: Still available seats at the Saturday event.
05:47 AM Cherry wrote: Secret menu?
06:03 AM Pinner wrote: Always secret.
06:07 AM Cherry wrote::)

Elli verließ den aufgerufenen Chat und versuchte, woanders irgendeine wertvolle Information zu finden. Sie und Nereng machten Stichproben in der langen Liste der vorhandenen Chat-Verläufe, doch sie stießen nur auf Varianten der ersten Unterhaltung. Die Hauptaufgabe des Forums bestand anscheinend in der Publikation von Informationen über kommende Veranstaltungen sowie darin, die Anmeldungen zu organisieren. Elli surfte fast eine Stunde im Forum herum. Zufällig zog sie den Mauszeiger über ein kleines Bleistift-Icon in der oberen rechten Ecke. Der Begriff *reviews* tauchte auf.

Dem Geräusch des Doppelklicks folgte ein rascher Wechsel der Bildschirmansicht, und eine Reihe weiterer anklickbarer Links erschien, sortiert nach Ort und Datum.

»Wir müssen das runterladen«, sagte Elli und wählte Engstads Nummer.

Es dauerte siebenundzwanzig Minuten, das Material herunterzuladen. Fast fünfhundert Bilder von siebenundsiebzig verschiedenen Veranstaltungen. Auf dem Server der Abteilung für Datenkriminalität lagen nun circa vier Gigabyte an Daten. Elli öffnete die Fotogalerie der ersten kulinarischen Abendgesellschaft. An einem langen Tisch in einer Art Lager oder altem Fabrikgebäude saßen Menschen aller Altersstufen. Ihre Garderobe war sehr verschieden; von Abendkleid und Anzug bis hin zu Jeans und abgetragenen Hemden. Ein Plakat an der Wand brachte das ganze Arrangement auf den Punkt:

Come as you are.
Eat as you please.
ECSTEAT.

Nereng deutete mit dem Zeigefinger auf den Bildschirm. »Achtundvierzig Personen. Alle tragen Halbmasken.«

»Tja, es gibt wohl immer irgendjemanden, der mehr zu verlieren hat als andere.«

»Was essen die da?«

»Es muss hier irgendwo eine Menükarte geben«, sagte Elli und klickte auf eine weiteres Bild. Die Mappe enthielt dreiunddreißig Bilder derselben Veranstaltung. Auf keinem der Bilder war eine Menükarte zu sehen. Elli manövrierte sich zurück zum Linkverzeichnis, fand aber keine Informationen über die dargebotenen Speisen.

»Könnte es vielleicht sein, dass sie gar nicht wissen, was sie essen?«, fragte Nereng.

Elli blickte kurz zu ihm. »Keine dumme Idee.« Sie öffnete ein Bild, das fünf der Teilnehmer beim Verzehr eines Gerichts zeigte. Drei Männer, von denen einer eine Halbmaske trug, wie sie auf altmodischen Kostümbällen üblich war. Sie aßen ein Gericht aus hellem Fleisch, das in einer gelben Sauce schwamm und von roten und orangen Zutaten begleitet wurde.

»Hühnchen in Safransauce mit Paprika, Chili und Karotten«, schlug Nereng vor.

»Diese Leute essen kein Hühnchen. Helles Fleisch … das könnte irgendein anderes Geflügel sein, aber kein Truthahn, das wäre zu gewöhnlich.«

»Frosch?«

»Das hätte dann aber eine ziemlich dicke Kröte sein müssen. Sieh dir mal die Fleischstücke an«, sagte Elli und zeigte auf einen Teller, der vor einer Frau in den Zwanzigern stand.

»Da fällt's einem aber schwer, sich auf den Teller zu konzentrieren«, erwiderte Nereng und deutete auf die durchsichtige Leinenbluse der Frau.

»Hübsch, ja. Aber mit seltsamen Essgewohnheiten.«

»Und teurem Geschmack.«

»Der Schmuck?«

»Und die Uhr. Eine Omega mit Diamanten.«

Elli beließ den Mauszeiger auf dem Teller der Frau. »Was ist mit Leguan, Schlange oder so was in der Art?«

»Ja, gut möglich. Gibt es Bilder, die die Zubereitung zeigen?«

Über eine Stunde suchten Elli und Nereng nach Hinweisen, fanden aber nur weitere, aus einiger Distanz geschossene Fotos von den ersten fünfzehn Veranstaltungen. Präzise geplante Arrangements, deren Teilnehmer genau wussten, dass sie etwas Ungesetzliches taten.

»Wie kommt man bloß dazu, sich am Verzehr seltener Tiere zu erfreuen?«, fragte Elli nachdenklich. Sie scrollte von einem Bild zum nächsten und versuchte, die Menschen eingehender zu betrachten.

Nereng atmete schwerfällig aus. »Hauptsächlich Weiße.«

Ein interessanter Punkt. Auf den meisten Bildern waren Weiße zu sehen, der Rest zeigte Asiaten oder Männer aus dem Mittleren Osten. Auf einer Abendgesellschaft waren ausschließlich Asiaten zu erkennen.

»China?«, fragte Nereng, nachdem Elli auf eines der Bilder geklickt hatte.

»Japan.«

»Tja, da brauche ich wohl noch etwas Übung«, erwiderte Nereng nüchtern. »Und die anderen Orte … Europa und USA?«

»Ja. Vielleicht auch Südafrika, Australien oder Neuseeland, aber definitiv die reichen Teile der Erde. Das sind alles wohlhabende Leute. Viel Geld und Verstand genug, um sich nicht mittels Nahaufnahmen der Gerichte bloßstellen zu lassen.«

Nerengs Gesicht verzog sich. »Das ist wie eine Art Extremsport. Das Ungesetzliche reizt sie anscheinend, weil sie die Möglichkeit haben, es zu tun. Irgendwas Unerlaubtes zu essen, gibt ihnen ein Gefühl von Macht. Wir *können* das tun, weil …«

Elli griff den Satz auf und machte dazu eine passende Handbewegung. »Wir *tun* das, weil das Leben ansonsten so leer ist.«

Ein paar Sekunden herrschte Schweigen.

»Die Frage ist also«, sagte Elli schließlich, »wo diese Fressorgien stattfinden. Wenn wir Glück haben, kann uns Engstad vielleicht bald mit ein paar IP-Adressen weiterhelfen.«

Kapitel 40

Die kleine Schlange lag zusammengerollt in Ellis Händen. Sie hatte die Größe eines Handballs.

»Ein Ballpython. Er trägt seinen Namen ganz zu Recht«, erklärte der Tierpfleger im Christiania Reptilienhaus. Er war Mitte dreißig, hatte große, forschende Augen und hieß Palle. Es war spät am Nachmittag, der Ort wimmelte von Besuchern, die meisten davon waren Familien mit Kindern.

Viele Male hatte Elli auf Reisen nach Thailand Schlangen gesehen, doch noch nie hatte sie eine angefasst. Die trockene, schuppige Haut war erstaunlich kühl. Elli reichte die Schlange an einen kleinen Jungen weiter, der mit seiner Mutter gekommen war. Behutsam nahm er das Tier entgegen.

Der Tierpfleger nahm Elli mit in die erste Etage, wo überall an den Wänden verschieden große Terrarien montiert waren. Hinter den gläsernen Wänden krabbelten Leguane, Eidechsen und Schlangen aller Größen umher. Hinter einem der Terrarien verbarg sich zudem eine Tür. Dahinter offenbarten sich weitere Terrarien, die so angeordnet waren, dass sie an ein Forschungslabor erinnerten. Hinter diesem Raum befand sich ein kleines Büro mit Gästesofa.

»Die Polizei möchte also wissen, woher unsere Tiere kommen«, sagte Palle, nachdem sie sich hingesetzt hatten.

Elli bemerkte seinen interessierten Blick über ihren Körper und ließ ihn gewähren. »Wir wissen eigentlich im Großen und Ganzen, woher Sie Ihre Tiere beziehen«, sagte sie. »Ein paar von denen stammen ja aus Beständen, die wir zuvor beschlagnahmt haben. Mich interessiert viel mehr, was sich so auf dem illegalen Markt abspielt.«

Palle saß ein paar Sekunden reglos da und schien die Komplexität von Ellis Frage abzuwägen. Ein schwaches Lächeln zeichnete sich auf seinen Lippen ab. »Nun«, sagte er, »es gibt immer Menschen da draußen, die gerne ein Reptil als Haustier halten. Die meisten von ihnen sind seriöse Tierfreunde, die den Tieren ein sicheres Zuhause bieten möchten. Aber dann gibt es natürlich auch diejenigen, die solche Tiere als eine Art Fetisch betrachten. Das trifft meist auf Schlangen und große Echsen zu. Ist halt schon was Besonderes, sich in Lederjacke auf der Harley abbilden zu lassen, wenn da so 'ne kleine Eidechse auf der Schulter hockt. Sie verstehen, was ich meine? Das Problem entsteht dann, wenn die kleine süße Würgeschlange erwachsen wird. Die ist dann nämlich nicht mehr wie früher einen knappen Meter lang, sondern drei, vier oder vielleicht auch fünf Meter. Und sie will fressen. Viel. Glücklicherweise ist das Klima in Norwegen so kalt, dass wir hier keine Everglades-Zustände bekommen.«

Elli nickte. Sie kannte die Geschichte des Burmesischen Python, eine Schlangenart, die in Florida lange Zeit beliebt gewesen war. Die Schlangen wuchsen zu einer enormen Größe heran, so dass die Menschen sie nicht mehr im Haus halten konnten. Die schnelle Lösung des Problems hatte eine Weile darin bestanden, die Schlangen in den feuchten Weiten der Sumpflandschaft freizulassen, wo sich dann in kurzer Zeit eine gefräßige und nachhaltige Population Burmesischer Pythons gebildet hatte. Und gleichzeitig hatte sich der Bestand von Waschbären und Rehen auf ein kritisches Niveau zubewegt.

»Gestatten Sie mir eine Frage«, sagte Elli. »Wo würde man sich hinwenden, wenn man ein seltenes Tier haben möchte?«

»Sie meinen eine seltene Art?«

»Ja. Eine, die vom Aussterben bedroht ist.«

Palle schnitt eine Grimasse. »Mit solchen Dingen befassen wir uns hier nicht. Aber natürlich hören wir immer wieder von Menschen, die solche Tiere über private Kontakte ins Land einführen. Und wenn es Probleme mit den Reptilien gibt, dann wenden sich diese Menschen gern an uns. Allerdings verweisen wir konsequent auf die Tierärzte. Wie viele dann unserem Rat folgen, kann ich nicht sagen.«

»Gibt es viele solcher Anfragen?«

»Mehr, als man vermuten sollte. Ungefähr eine pro Woche.«

Elli überlegte, wie sie die nächste Frage formulieren könnte, doch ihr fiel keine elegante Lösung ein.

»Haben Sie mal von irgendwelchen Leuten gehört, die Reptilien essen?«

Palles Gesicht zeigte keine Reaktion. Falls ihn die Frage überhaupt irgendwie berührte, so verbarg er es glänzend.

»Die Gerüchteküche besagt, dass es ein paar asiatische Restaurants in der Stadt gibt, die Schlangen gekauft und sie auf geschlossenen Gesellschaften serviert haben. Ich weiß nichts Konkretes darüber, aber ich glaube, das sind Einzelfälle. Wenn sich die Gelegenheit bietet, wenn Sie so wollen. In Südostasien isst man ja Schlangen, aber die kommen meist von Zuchtstationen. Wir haben Lachsfarmen, die haben Schlangenfarmen.«

»Wissen Sie, um welche Restaurants es sich handelt?«

Palle schüttelte den Kopf. »Keine Ahnung. Ich weiß nur, dass Reptilien gern in Vietnam, China und Thailand gegessen werden.«

Elli gab keinen Kommentar ab, wusste aber nur zu gut, dass die exotische und wohlschmeckende Küche ihrer Mutter niemals Schlangenfleisch beinhaltet hatte. Die Gerüchte über geschlossene Gesellschaften in Restaurants waren allerdings sehr interessant. Elli erhob sich. Palles Blick richtete sich auf den Körperbereich, der von ihrer Gürtelschnalle gekrönt wurde.

»Sicher, dass Sie sich nicht an die Restaurantnamen erinnern?«

Palle setzte eine erschöpfte Miene auf und breitete die Arme aus.

Elli hatte Nereng über ihren geplanten Besuch im Christiania Reptilienhaus informiert. Danach sollte sie ihn treffen, damit sie gemeinsam die IP-Adressen überprüfen könnten. Doch zunächst telefonierte sie mit ihrer Mutter.

»Sunee«, erwiderte Dee enttäuscht, »warum willst du Schlangen essen? In Norwegen?«

»Ich will keine Schlangen essen, sondern wissen, wo es in Thailand eine kulinarische Tradition für Schlangen gibt.«

Dee seufzte aus vollem Herzen. »Im Norden und im Landesinnern, dort gibt es kein Meer und somit keine Fische und Schalentiere. Und da Hühner teuer sind und die Menschen wenig Geld haben, gibt es manchmal eben Tom-Yam-Suppe mit Schlangenfleisch.«

»Okay«, sagte Elli und ließ einen lärmenden Lastwagen die Straße passieren, bevor sie weiterredete. »Gibt es bestimmte Schlangen, die besser als andere sind? Wertvoll, teuer, selten?«

Dee seufzte abermals.

»*Naja.*«

Kobra.

»Nur die?«

»Es gibt viele Sorten.«

Das wusste Elli und formulierte ihre Frage anders. »Gibt es andere Arten als Kobras? Vipern?«

Dee überlegte. »Die Leute essen alles Mögliche, aber die Kobra … das ist die größte aller Giftschlangen. Das macht sie so besonders. Wieso fragst du mich das alles, wenn du sie doch nicht essen willst?«

Elli holte Luft.

Bevor sie antworten konnte, fuhr ihre Mutter fort. »Ah, ich verstehe. Du hast einen Thailänder getroffen. Er will, dass du für ihn kochst.«

»Nein, Mama«, sagte Elli gereizt. »Ich habe keinen Thailänder getroffen. Ich untersuche einen Mordfall.«

Pause.

»Ich glaube, es wächst«, sagte Dee.

»Was?«

»Das Ding in meiner Gebärmutter.«

Elli hielt einen Augenblick inne. »Aber dann musst du versuchen, einen früheren Untersuchungstermin zu bekommen, Mama.«

Dee atmete schwerfällig aus, was in Ellis Ohren wie ein scharfes Krächzen klang.

»Okay, ich werde sehen, was ich tun kann«, sagte Elli. Während sie an einer Baustelle vorbeikam, notierte sie den Namen der Röntgenpraxis. Inmitten des Baulärms legte sie auf und rief die Praxis an. Drei Minuten später hatte sie einen Termin für den folgenden Tag.

Im Polizeipräsidium in Grønland hatten Nereng und Engstad die Ausdrucke der IP-Adressen über einen Tisch verteilt. Es gab über tausend Adressen, die allerdings nur einen Bruchteil aller Verbindungen zu dem Server in der Ukraine repräsentierten.

»Es gibt Adressen in allen Winkeln der Erde«, erklärte Engstad. »USA, Großbritannien, Deutschland, Frankreich, Russland, China, Brasilien, Indien, Australien …«

»Aber keine in Norwegen?«, unterbrach Elli ihn.

»Bis jetzt nicht«, erwiderte Engstad und deutete auf die Ausdrucke.

»Anonymisierungsdienste«, konstatierte Elli gereizt. »Aber es ist doch möglich, dahinterzukommen, oder nicht?«

»Möglich ist alles, aber das ist kompliziert. Die meisten Anonymisierungsdienste wissen, wo die Verbindungen zum Server stattgefunden haben, doch sie haben nur wenig Interesse daran, diese Informationen freizugeben. Sogar mit Hilfe der Kollegen, die die Terroranschläge vom 22. Juli untersucht haben, und mit Unterstützung von NSA, CIA, FBI, MI6 und Gott weiß wem noch alles, war das eine sehr schwierige Aufgabe.«

»Versuchen Sie es weiter«, sagte Elli entschieden.

»Ja doch. Aber Sie müssen uns ein paar Tage Zeit geben.«

Kapitel 41

Es hätte sicher eine gewisse Zeit in Anspruch genommen, alle Osloer Restaurants mit asiatischen Gerichten auf der Karte zu überprüfen. Elli schätzte es als wahrscheinlich ein, dass die weniger profilierten Restaurants – also solche, die sich sowohl an Einwanderer aus Südostasien als auch an Norweger richteten, die Interesse an tatsächlich wohlschmeckenden Gerichten hatten – am ehesten der Versuchung nachgeben würden, exotische und illegale Speisen zu servieren.

Nach vier Stunden abendlicher Suche gab es noch immer keine greifbaren Hinweise. Ungefähr der Hälfte der Restaurants hatte bemerkenswert kreative Verbuchungsmethoden, die auf schwarze Kassen hindeuteten, und einige Besuche hatten damit geendet, dass Nereng und Sigurdssønn Bestechungsgeld angeboten wurde. Doch weder die beiden noch Elli waren irgendwo auf Speisekarten gestoßen, die Hinweise auf die Zubereitung unerlaubter Tiere gaben.

Jetzt standen alle drei vor einem vietnamesischen Restaurant in der Bernt Ankers gate. Der mit griechischen Säulen verzierte Eingangsbereich verriet, dass der Betrieb zuvor von Gastronomen mit anderer ethnischer Herkunft geführt worden war. Das Viertel beherbergte eine ganze Reihe vietnamesischer Restaurants, wovon eines als Treffpunkt für die Bosse einer Drogengang bekannt war, die Amphetamin in der Stadt vertrieb. Elli konnte sich auch an einen Fall vor einem halben Jahr erinnern, als sich ein Verdächtiger im Innenhof des Häuserblocks versteckt hatte.

In der Nähe waren verschiedene Autos geparkt. Porsche, Audi, Mercedes.

»Naziblech«, kommentierte Nereng.

Elli spähte in Richtung Restauranteingang und stellte fest, dass sich hinter den griechischen Säulen ein offenbar ruhiger Abend abzeichnete.

»Bereit?«, fragte sie Nereng und Sigurdssønn, die rechts und links neben ihr standen. Beide bejahten. »Dann gehen wir rein. Keine Waffen, solange es nicht unbedingt erforderlich ist. Das ist 'ne ziemlich schussfreudige Gang da drinnen. Wir kümmern uns nur um die Küche. Die anderen Geschäfte überlassen wir der Drogenfahndung.«

Sie überquerten die Straße und betraten das Lokal. Jede noch so gemütliche Stimmung, die im Innern vielleicht gerade geherrscht hatte, verschwand augenblicklich, als Elli und ihre Kollegen auftauchten. Ein erfolgreicher Gauner wusste nun einmal sehr genau, wer der Polizei angehörte und seinen Job gut machte. Elli war ein Synonym für Ärger.

»Bleiben Sie ruhig sitzen«, sagte Elli zu ein paar jungen vietnamesischen Männern, die um einen Tisch herum saßen. »Dieses Mal geht es uns nur um Informationen. Aus der Küche.«

Elli fühlte, wie sich die Blicke der Männer in ihren Rücken bohrten, während sie mit den Kollegen durch das Lokal schritt, hinter die Theke trat und in die Küche ging.

Nereng rieb sich sogleich die Augen. »Du meine Güte, wie viel Chili benutzen die denn hier?«, stöhnte er und sah Sigurdssønn an, dessen Augen ebenfalls zu tränen begonnen hatten.

Zwei Köchinnen arbeiteten fleißig an den verschiedenen Wok-Gerichten auf den Gasflammen. Ein etwas entfernt stehender Mann in den Dreißigern erstarrte kurz beim Anblick von Elli und verschwand eilig durch eine Hintertür.

»Hey«, rief Elli und stürzte ihm nach. Sie konnte gerade noch die Türklinke fassen, bevor die Tür ins Schloss knallte.

»Nachbarhaus«, rief Elli Nereng zu, der sofort wieder aus dem Restaurant hinausstürmte und zur nächsten Hausecke lief. Er kam nicht eine Sekunde zu früh; der Mann lief direkt in ihn hinein. Als ihm klarwurde, dass er nicht entkommen konnte, griff er panisch in die Innentasche seiner Jacke. Nereng allerdings war schneller und fegte den Mann mit einem gezielten Tritt von den Füßen.

»Keine gute Idee«, rief er erbost, hockte sich mit den Knien auf den Brustkasten des Mannes und presste ihn zu Boden.

Eine Minute später führte er den mit einem Plastikstreifen

an den Handgelenken gefesselten Mann durch das Restaurant in die Küche, wo Elli und Sigurdssønn warteten.

»Hinsetzen!«, kommandierte Nereng und drückte den Mann auf einen Stuhl hinunter. Er warf Elli einen Blick zu. Sie nickte zufrieden und stellte sich vor den Mann.

»Wir wissen, dass Ihre Kolleginnen hier kein Norwegisch sprechen. Wir wissen aber auch, dass Sie es tun. Und jetzt hätten wir gern ein paar Informationen von Ihnen.«

Der Mann starrte mit leerem Blick auf den Fußboden.

Elli beugte sich zu ihm hinunter. »Wir können das jetzt auf verschiedene Arten lösen. Eine davon wäre, dass wir wieder hineingehen und Ihre Freunde durchsuchen. Sie wissen so gut wie ich, dass wir dann Hasch, Amphetamin, anabole Steroide und jede Menge Bargeld finden, dessen legale Herkunft sie nicht nachweisen können. Und dann sind wir gezwungen, den Laden hier dichtzumachen, bis wir Weiteres herausgefunden haben.«

Der Mann sah auf und richtete seinen leeren Blick auf Elli. Sie sah die Verzweiflung aus jeder Pore seines grobschlächtigen Gesichts triefen. Das vietnamesische Milieu hatte seine eigene Justiz, seine eigenen Methoden. Die Polizei sah oder hörte im Allgemeinen nichts davon. Doch sie wusste, dass die meisten Vietnamesen in Hehlerei und Drogenhandel verwickelt waren und dass viele ihrer Restaurants der Geldwäsche dienten.

»Reden wir mal ein bisschen über Kochrezepte«, sagte Elli. »Rezepte mit Schlangen.«

Das Gesicht des Mannes verzog sich zu einem Ausdruck der kompletten Verwirrung.

Elli, Nereng und Sigurdssønn inspizierten die letzte der vier Gefriertruhen im hinteren Teil der Küche. Der Inhalt der drei anderen hatte exotische Rohwaren und Fleischprodukte umfasst, jedoch keinerlei Hinweise auf vom Aussterben bedrohte Tierarten gegeben.

Allerdings wurde die Aufmerksamkeit des Polizeitrios von einem Objekt in Anspruch genommen, das an diesem Abend wohl das Interessanteste war.

»Sieht aus wie ein Fisch«, analysierte Sigurdssønn.

»Mehr wie ein Aal mit Seitenstreifen«, präzisierte Nereng, schob den Kopf ganz in die Gefriertruhe hinein und zupfte an der Schlangenhaut.

»Und das soll also eine ganz gewöhnliche Schlange sein?«, fragte Elli den Restaurantbesitzer, dessen Hände noch immer hinter dem Rücken gefesselt waren. Seine Führerschein verriet, dass er Hien Lai hieß.

»Das ist eine ganz gewöhnliche Kobra. Vietnamesische Kreuzotter.«

»Und die essen Sie?«

Lai nickte.

Nereng warf ihm einen missbilligenden Blick zu. »Aber ... wie kann man denn eine giftige Schlange essen, ohne an dem Gift zu sterben?«

Lai sah Nereng nachsichtig an und richtete den Blick wieder auf Elli. Sein Gesicht schien die Vermutung auszudrücken, dass bei Elli aufgrund ihrer Gene mehr Akzeptanz für die gehobenen kulinarischen Traditionen Südostasiens vorhanden war.

Elli schnitt eine angewiderte Grimasse.

Lais Schultern sanken ein. »Die Giftdrüsen sitzen ganz hinten im Kiefer. Die essen wir natürlich nicht. Aber der Rest der Schlange ist pures Muskelfleisch.«

Elli griff nach einer der Speisekarten und hielt sie Lai vors Gesicht. »Kobra steht hier nicht auf der Karte. Wie kommt das?«

Lai kniff die Augen zusammen. »Das ist teures Fleisch. Wir servieren das nach Absprache. Auf Gesellschaften oder wenn die Gäste es vorbestellen.«

Elli beugte sich etwas dichter zu Lai, der instinktiv zurückwich. »Hören Sie, Lai. Welche anderen Gerichte haben Sie noch auf der Bestellliste?«

»Keine« erwiderte er schnell.

»Und wieso sollten wir das glauben?«

»Weil es wahr ist. Und damit Sie es wissen: Es ist in Norwegen nicht verboten, Schlangenfleisch anzubieten. Zumindest, wenn es nicht illegal eingeführt wird.«

»Und auf diese Schlange trifft das zu?«, fragte Elli entnervt.

»Was soll das Ganze eigentlich?«, lamentierte Lai. »Ich versuche, ein ehrliches Restaurant zu führen. Und Sie kommen hierher und belästigen mich wegen eines Spezialmenüs? Hat die norwegische Polizei nichts Besseres zu tun? Wenn wir hier in Ho-Chi-Minh-Stadt wären, dann hätten Sie es wenigstens mit richtigen Gangstern zu tun …«

»Als wir kamen, saß da eine nicht gerade kleine Gruppe waschechter Ganoven in Ihrem Restaurant«, sagte Elli mit ruhiger Stimme. »Die haben wahrscheinlich schon längst den Schwanz eingezogen und sind verduftet. Aber natürlich könnten wir die auch jedes Mal auffliegen lassen, wenn sie hierherkommen und Kobrasuppe essen und neue Vertriebssysteme für das Amphetamin austüfteln. Wie würde Ihr Restaurantbetrieb dann aussehen, Lai? Hm, was meinen Sie?«

Ellis Blick wich keinen Millimeter.

Lais Nasenlöcher vibrierten, während er versuchte, die Sauerstoffaufnahme zu erhöhen.

Nereng warf Elli einen Blick zu. Sie ließ ihn die Befragung übernehmen.

»Wir haben …«, sagte er mit gleichgültiger Miene, »anhand Ihrer Kasse festgestellt, dass Sie ein wenig an der Steuer vorbeiverdienen, Ihr Fleisch unvorschriftsmäßig lagern, unerlaubtes Fleisch anbieten und auf illegale Weise Fleisch eingeführt haben. Und wenn wir uns Ihren Schichtplan ansehen, werden wir bestimmt auch ungesetzliche Arbeitszeiten entdecken und feststellen, dass mindestens einer Ihrer Angestellten keine Aufenthaltserlaubnis hat und womöglich hier nachts auf einer der Sitzbänke schläft, um auf den Schuppen aufzupassen.«

Elli reckte das Kinn ein Stückchen vor.

Lai ließ die Luft aus seiner Lunge strömen. »Okay …«

»Hat wohl geholfen«, sagte Elli und zog den Mann mit sich in den Gastraum, der wie erwartet inzwischen leer war.

Nereng ging zur Tür und schloss sie ab. Elli warf der Frau an der Kasse einen unfreundlichen Blick zu. Ohne Umschweife verzog die sich in die Küche.

Sie ließen Lai an einem Tisch ganz hinten im Lokal Platz nehmen.

Elli setzte sich ihm gegenüber hin. »Wer isst dieses Schlangenfleisch?«, fragte sie.

»Vietnamesen.«

»Sonst keiner?«

Kurzes, überzeugtes Kopfschütteln.

»Hat mal jemand nach unerlaubtem Fleisch gefragt? Seltene Tiere, so was in der Art?«

»Nein.«

»Überlegen Sie ganz genau.«

Lai dachte fünf Sekunden nach. Die Antwort war die gleiche.

»Hat es hier mal geschlossene Gesellschaften gegeben? Für Leute mit ... exotischen kulinarischen Interessen?«

Lai blickte Elli vorwurfsvoll an. »In unserer Kultur sind Schlangen nicht exotisch.«

»Was ist mit Affen?«

Lai zuckte mit den Schultern. »Jaja, klar. Und Menschen. Besonders Leute aus dem Mittelmeerraum werden durch die Sonne so schön mürbe und schmackhaft.«

Elli blickte ihn ausdruckslos an.

Lai schaute suchend zu Nereng und Sigurdssønn hinüber, die seinen Versuch jedoch nur mit einer weiteren Variante aus dem ausdruckslosen Mienenrepertoire der Polizei quittierten.

»NEIN!« Lai rang nach Atem. »Wir essen keine Affen. Es gibt nur ein paar wenige Gerichte mit Schlangen oder Fröschen ... wir sind ja schließlich kein Luxusrestaurant. Manchmal gibt's die eben bei Hochzeitsgesellschaften oder Familienfeiern. Es wäre übrigens wesentlich einfacher, wenn Sie mir verrieten, worum's hier eigentlich geht.«

»Das können wir nicht«, ließ Elli ihn wissen. Dann trat sie auf ihn zu, zog das kleine Messer hervor, das sie zum Durchtrennen der Plastikfesseln benutzten, und befreite ihn. Ohne weiteren Kommentar gab sie Nereng und Sigurdssønn ein Zeichen und verließ mit ihnen das Lokal.

»Könntest du uns vielleicht mal eine kleine Erklärung zukommen lassen?«, fragte Nereng, als sie am Gunerius-Shopping-Center vorbeikamen und in Richtung Polizeipräsidium liefen.

»Das ist nicht so ein Ort, nach dem wir suchen«, sagte Elli.

Nereng und Sigurdssønn wechselten einen schnellen Blick.

»Ich hab's gesehen«, sagte Elli.

»Aber verdammt noch mal, Elli«, grunzte Nereng, ließ die Schultern ein wenig sinken und hastete neben ihr weiter. »Jetzt gib uns doch mal ein paar Informationen.«

Elli bedachte ihn mit einem kurzen Blick und sah wieder nach vorn. »Ich ärgere mich lediglich über meine eigene Dummheit. Das war einfach nicht so ein Ort, wie wir ihn suchen.«

»Und das weißt du, weil ...?«, warf Sigurdssønn von der anderen Seite ein.

Elli holte tief Luft, blieb stehen und atmete wieder aus. »*Weil* ... weil alle diese Leute auf unseren Fotos reiche Menschen aus dem Westen sind, die viel Wert auf Sicherheit legen. Die benutzen für ihre Arrangements nicht irgendein Einwandererlokal – viel zu großes Risiko. Das läuft über ganz andere Kanäle. Und wenn wir die finden, dann finden wir auch den Mörder.«

Nereng legte den Kopf schief und sah Elli wieder mit seinem verwegenen Blick an. »Okay. Das war das, was wir hören wollten.«

Sigurdssønn gab ein zustimmendes Brummen von sich.

Elli lief weiter. »Das hier ist eine Mordsache«, sagte sie, als sie unter der Vaterlandsbrücke waren, »aber trotzdem geht da irgendeine Teufelei mit diesen Tieren vonstatten.«

»Sicher« und »Natürlich« ließen sich die Kollegen gleichzeitig vernehmen.

Ein paar Sekunden später: »Ich verstehe ja, dass sich diese Machos in der Abteilung für Gewaltverbrechen nicht besonders für seltene Tiere interessieren, aber wenn wir das Ganze mal aus einer holistischen Perspektive betrachten, Jungs, dann muss man doch extrem ignorant oder total zynisch sein, um ganz aktiv nach Rezepten zu suchen, bei denen bedrohte Tierarten auf dem Teller landen. Diese ganze Schlangennummer in Vietnam, Thailand und den anderen Ländern da unten ist doch bloß ein Gimmick. Die Königskobra beispielsweise ist eine bedrohte Art. Die kann man in Nordvietnam, Thailand und Laos problemlos in Restaurants bekommen. Sie schlachten sie da vor deinen Augen und reißen das Herz raus, während es noch schlägt.« Elli blieb stehen, drehte sich zu Nereng und legte ihre Hand auf sein Herz. Sie konnte es schlagen fühlen. Kräftig. »Das verschlingt man dann mit einem Schluck vom lokalen Branntwein. Die ignoranten Touristen, die so was in Thailand machen, bekommen dann Mekong-Whisky zu dieser Teufelei serviert. Der schmeckt so grauenhaft, dass das wohl am ehesten einer Art unmittelbarer und ausgleichender karmischer Gerechtigkeit entspricht.«

Nereng befeuchtete die Lippen.

Elli klopfte ein paar Mal auf sein Herz. »Liebe Kollegen«, sagte sie und drehte sich für eine Sekunde auch zu Sigurdssønn um, »ich hoffe, ich muss es nicht erleben, dass ich euch irgendwann auf frischer Tat mit Nashornpulver, Elfenbein oder Affenherzen ertappe.«

»Ab morgen bin ich Mitglied beim WWF«, verkündete Nereng.

»Meine Tochter ist aktiv im Jugendnaturschutzverband«, erklärte Sigurdssønn.

Kapitel 42

Um halb acht klingelte Elli bei Nereng. Sie hatte vier Stunden geschlafen.

»Da tut sich was bei den Kollegen von der Datenabteilung. Das Wetter ist schön, nimm dein Fahrrad mit«, ließ sie Nereng über die Sprechanlage wissen.

Zehn Minuten später kam Nereng mit dem Fahrrad aus der Haustür, und zwanzig Minuten danach meldeten sie sich beim Empfang der Kripo in Brynseng. Engstad holte sie ab und führte sie in einen mit Datentechnik vollgestopften Raum. Es waren junge Leute, die hier arbeiteten, einige waren nicht viel älter als zwanzig. Ventilatoren und klappernde Tastaturen bildeten die Geräuschkulisse.

Engstad begleitete sie zu einem Tisch, der weit abseits von den Fenstern stand. Dort hockte ein spindeldürrer junger Mann mit asymmetrischem Haarschnitt, solariumgebräunter Haut und einer auffällig geformten Brille. Es hätte Elli überrascht, wenn er älter als zwanzig war.

»Hier sind die beiden Ermittler, von denen ich gesprochen habe«, sagte Engstad.

Widerwillig wandte der junge Mann sein Welpengesicht von dem Bildschirm ab, auf dem UNIX-Kommandos erkennbar waren, registrierte Elli und reichte ihr seine schlaffe Hand. »Gerard Tebrowski.«

»Der Anonymisierungsdienst, mit dem das Net-Forum verbunden ist, sitzt in Singapur«, erklärte Tebrowski und markierte eine IP-Adresse auf dem Bildschirm. »Dieser VPN-Dienst ist besonders dickköpfig und speichert keinerlei Informationen über die User. Wir sind schon früher mal auf den gestoßen. Die User sind eine urige Mischung aus Steuerbetrügern und Leuten mit Interesse an Drogenvertrieb und Kinderpornographie.«

Er machte eine kleine Pause und ließ seine Worte nachwirken.

»Glücklicherweise«, fuhr Tebrowski fort, »ist dieser Dienst in Singapur nicht kostenlos. Alle, die ihn verwenden, müssen einen festen monatlichen oder jährlichen Betrag zahlen.«

»Verstehe«, sagte Elli. »Aber auf so einen unbestimmten Verdacht hin bekommen wir hier in Norwegen keinen Zugang zu den Transaktionslisten.«

Pause.

»Nein, hier in Norwegen nicht«, sagte Tebrowski.

Elli und Nereng schauten ihn ungeduldig an.

Tebrowski wechselte einen schnellen Blick mit Engstad.

»In einigen anderen Ländern«, sagte Engstad mit etwas gedämpfter Stimme, »gibt es andere Regeln. Wir haben unseren Kollegen in Singapur schon mal Informationen in einem zurückliegenden Fall verschafft, und außerdem sind die auch nicht besonders begeistert von diesem Anonymisierungsdienst, und so … nun ja, wir haben jetzt eine Liste.«

Nereng pfiff eine kleine Fanfare, als er die Liste mit den Namen und IP-Adressen zu Gesicht bekam.

»Wir haben ungefähr fünfzig User aus Norwegen, die den Dienst regelmäßig nutzen«, sagte Engstad, noch immer in leisem Tonfall. »Wenn wir die User wegfiltern, die der Verbreitung von Kinderpornos verdächtigt werden, dann bleiben noch siebzehn. Und wenn wir dann die Steuersünder abziehen, also die mit Konten auf den Cayman-Inseln, Guernsey, Jersey, Gibraltar usw., sind noch genau sieben User übrig. Zwei von denen stehen in Verbindung mit anderen Vorkommnissen, und somit bleiben am Ende fünf IP-Adressen.«

Neue Bildschirmansicht.

Elli spürte die Spannung im Bauch und in den Fingerspitzen, als sie die Namen las. Zum ersten Mal bei dieser Ermittlung hatte sie das Gefühl, etwas Konkretes in der Hand zu haben.

»Nur zwei Adressen in Oslo«, sagte Nereng. »Holmlia und Ullern. Hübsche Verteilung, könnte man sagen.«

»Das Abonnement aus Holmlia läuft auf den Namen Mukthar Zahir, und das auf Ullern wird von einer Irene Brustad unterhalten.«

»Holmlia oder Ullern, Chefin?«, fragte Nereng.

Mukthar Zahir war ein großer Mann pakistanischer Herkunft, sogar etwas größer als Nereng, mit einem soliden Bartwuchs, aber kurzgeschnittenem Haar. Er trug eine Uniform der Osloer Taxigesellschaft. Im Strafregister gab es keinen Eintrag über ihn.

»Kommen Sie herein«, sagte er und führte Elli und Nereng in sein Wohnzimmer. Die Einrichtung aus skandinavischen IKEA-Möbeln stand in krassem Gegensatz zu pakistanischen Teppichen und Wanddekorationen.

Zahirs Frau, westlich gekleidet, bot ihnen Tee an. Elli und Nereng nahmen dankend an.

»Der Polizei helfe ich immer gern«, begann Zahir und breitete freundlich die Arme aus. Seine Stimme war tief und klar. »Aber eines sage ich Ihnen gleich: Schwarzfahrten und so was kommen bei mir nicht in Frage.«

»Das glauben wir auch nicht«, sagte Elli. »Wir würden mit Ihnen gern über etwas anderes sprechen.«

Zahirs Frau kam mit einer dampfenden Kanne, Tassen und einem Teller Kekse wieder aus der Küche.

Als alle ihren Tee bekommen hatten, fuhr Elli fort. »Ihr Name ist in Zusammenhang mit einer Sache aufgetaucht, an der wir arbeiten.«

Zahir sah sie überrascht an. »Was für eine Sache?«

»Aus ermittlungstechnischen Gründen können wir nicht viel darüber sagen. Wir würden es aber trotzdem sehr begrüßen, wenn Sie mit uns zusammenarbeiten.«

Zahir hielt Ellis Blick einen Augenblick lang stand, dann sah er Nereng an. »Nun, was möchten Sie denn von mir wissen?«

»Es geht um Ihre Internetverbindung. Zwischen Ihrem Abonnement und einem bestimmten Server, an dem wir interessiert sind.«

Zahir holte tief Luft und ließ sich zurücksinken. Der lederne Stuhlbezug knirschte. »Sie sind vom PST?«

»Was lässt Sie das vermuten?«

»Sie kommen nicht vom Sicherheitsdienst?«

Elli schaute kurz zu Nereng hinüber, der aber genauso verwirrt wie sie selbst zu sein schien.

»Ich habe eine Vereinbarung mit dem PST«, sagte Zahir.

»Worüber?«

»Es ist mir nicht gestattet, mit Außenstehenden darüber zu reden«, erklärte Zahir.

Nereng erhob sich. »Ich rufe beim PST an«, sagte er. »Ich hoffe, Sie lügen uns nicht an, Zahir.«

Zahir zuckte mit den Schultern.

Nereng trat hinaus in den Flur. Elli konnte die Bruchstücke eines Gesprächs hören. Zahir saß mit stoischer Ruhe vor ihr und trank seinen Tee. Zwei Mal machte er eine Bemerkung über die Vögel in den Bäumen draußen.

Nereng hatte bereits zehn Minuten telefoniert, als er wieder hereinkam. Elli konnte seinem Gesicht ablesen, dass Zahirs Angaben stimmten. Nereng hatte das Handy noch am Ohr, nahm es aber dann herunter und reichte es Zahir.

Zahir nahm es entgegen und nannte seinen Namen.

Nach einem kurzen Gespräch gab er Nereng das Handy zurück.

»Okay, wir können uns unterhalten.«

»Zahir«, sagte Nereng an Elli gewandt, »hilft dem PST mit Informationen über norwegische Staatsbürger, die in das Grenzgebiet zwischen Pakistan und Afghanistan reisen. Er hat da unten gute Kontakte, mit denen er über ein Chat-Forum in Verbindung bleibt. Und an der Stelle kommt der Server in Singapur ins Spiel.«

Zahir nickte kurz, um Nerengs Information zu bestätigen.

»Sie haben niemals an einer Veranstaltung der *Elevated Eating Community* teilgenommen?«

Zahir runzelte die Stirn. »Was bitte?«

Elli seufzte. »Okay … weshalb verwenden Sie diesen Server?«

»Damit verrückte, konservative Menschen in meinem Heimatdorf mir nicht auf die Schliche kommen.«

»Und wie sind Sie da drangekommen?«

Zahir lächelte. »Tja, das ist eine Geschichte für sich … Tatsächlich hat mich der PST seinerzeit aufgespürt, genau wie Sie mich jetzt gefunden haben. Sie hatten die Kommunikation verfolgt, die ich mit meinen Kontaktleuten in Batkhela führte, in der Nähe vom Bajaur-Distrikt.«

»Und was ist mit diesem Bajaur-Distrikt?«

»Dort herrschen Al Kaida und die Taliban. Verwirrte norwegische Männer fahren dorthin, um sich im Kampf ausbilden zu lassen. Aber Sie fragten nach dem Server?«

Elli nickte.

»Ich selbst hab ihn gar nicht gefunden. Als der PST auftauchte, habe ich mir einen Anwalt zugelegt. Er hat mir dann empfohlen, diesen Anonymisierungsdienst zu benutzen, als zusätzliche Versicherung sozusagen. Auf diese Weise war es dann fast unmöglich, meine Internetaktivitäten zu verfolgen.«

»Und wie hieß dieser Anwalt?«

»Lincher. Sigurd Lincher.«

Elli notierte den Namen. Weder sie noch Nereng hatten je von ihm gehört.

Nach dem Besuch bei Zahir hatten Elli und Nereng noch genügend Zeit, um mit der anderen Abonnentin, Irene Brustad, zu sprechen, die mit Anfang zwanzig wegen der verbotenen Einfuhr von Drogen verurteilt worden war.

»Brustad hat's anscheinend gut getroffen«, sagte Nereng, als sie vor dem modernen, funktionalistischen Neubau auf Ullern standen.

»Man muss halt sehen, wie man weiterkommt im Leben.«

Drei Mal mussten sie klingeln, bis schließlich eine Frau Ende dreißig die Tür öffnete. Ihre Ausstrahlung war unprätentiös. Sie hielt ein kleines Mädchen auf dem Arm.

»Irene Brustad?«

»Ja … und wer sind Sie bitte?«

Elli und Nereng wiesen sich aus.

»Was …« Irene wirkte ängstlich.

»Können wir hereinkommen? Dann erkläre ich Ihnen, worum es geht«, sagte Elli.

Widerstrebend führte Irene die beiden Polizisten in die geräumige Küche.

»Wie heißt denn Ihre Tochter?«, fragte Elli, als die großen runden Augen der Kleinen sie ansahen.

»Vilje«, sagte Irene voller Stolz.

»Vilje«, widerholte Elli. »Ein starker Name.«

Irene lächelte zaghaft, setzte sich und gab den beiden ein Zeichen, ebenfalls am Küchentisch Platz zu nehmen.

»Also, worum geht es?«

Elli sah zu Nereng, der den Wink verstand. »Im Zuge der Ermittlungen an einem Fall haben wir ein paar interessante

Internetverbindungen zu Ihrer IP-Adresse gefunden. Das betrifft Ihr Abonnement bei *Viken fiber*.«

Irene blickte ihn verständnislos an. »Was für eine Adresse?«

»IP.«

»Was ist das?«

»Das ist …«

»Lassen Sie mich erklären«, unterbrach Elli und erläuterte ihr kurz, wie das Internet aufgebaut ist und dass jeder mit dem Internet verbundene Router eine eigene Nummer hat, die IP-Adresse.

»Und die Adresse zu unserem Abonnement ist wo aufgetaucht?«, fragte Irene.

Im selben Moment machte sich Vilje auf ihrem Arm bemerkbar. Irene stand auf und holte ein Trinkfläschchen. Noch bevor sie sich wieder hinsetzen konnte, saugte die Kleine begierig am Flaschenschnuller.

Irene ließ erkennen, dass sie wieder zuhörte.

»Ihre IP-Adresse hat Verbindungen zu einem Forum, an dem wir interessiert sind.«

Irene starrte Elli ein paar Sekunden an und brach dann in Lachen aus. »Was denn für ein Forum?«

»Für exotische Speisen. Mögen Sie hier im Haus so etwas?«

Irene schüttelte erschöpft den Kopf. »Ich habe keine Ahnung, wovon Sie reden. Ich habe zwei Mal so ein Mütterforum im Internet besucht, aber nichts mit exotischem Essen. Was soll das überhaupt sein?«

Einen Moment lang herrschte Schweigen. Irene wirkte nervös, wie Elli feststellte. Ihre Hand umklammerte das Fläschchen etwas zu fest.

»Wer wohnt hier sonst noch und hat Zugang zum Internet?«, fragte Elli.

»Nur wir beide. Ich und mein Mann. Paul.«

»Er heißt Paul Brustad?«

»Ja.«

»Und was macht er?«

»Er ist Anwalt.«

Elli spürte einen kleinen Ruck in ihrem Innern. Zahir hatte

den Server von seinem Anwalt empfohlen bekommen. War das vielleicht die Verbindung?

»Wo arbeitet er?«

»Er ist Teilhaber bei Brustad & Splid. Und jetzt möchte ich nichts mehr sagen. Sie sprechen wohl am besten mit meinem Mann.«

Elli dachte nach. Sie mussten natürlich mit ihm sprechen, aber die Tatsache, dass er Anwalt war, machte die Sache nicht einfacher.

»Okay«, sagte Elli. »Das werden wir tun. Wann kommt er nach Hause?«

»Er ist auf Geschäftsreise. Irgendwelche Vertragsverhandlungen, soweit ich weiß. Er sagte, er käme übermorgen zurück.«

»Wo ist er hingefahren?«, fragte Elli.

»New York. Kooperation mit einer dortigen Kanzlei.«

Nach kurzer Überlegung bedankte Elli sich und verließ das Haus der Brustads auf Ullern.

»New York«, sagte Nereng nachdenklich, als sie wieder im Auto waren. Elli saß am Lenkrad.

»Wir reden mit ihm, wenn er wieder da ist«, sagte sie. »Wir haben nichts zu gewinnen, wenn wir ihn jetzt dort drüben vernehmen lassen.«

»Nee, der Papierkram an sich würde ja schon zwei Wochen dauern.«

»Ich hatte da eben so eine Idee«, fuhr Elli fort. »Wenn Paul Brustad bei diesem Forum aktiv ist, dann löscht oder ändert er vielleicht sein Profil, nachdem seine Frau ihm von unserem Besuch erzählt hat. Und so würde er sich dann verraten. Wir müssen Engstad und seine Leute bitten, das Forum zu überwachen. Wenn dort jetzt irgendwer etwas unternimmt, dann bekommen wir vielleicht die Verbindung zwischen dem User-Namen und der realen Person dahinter.«

Nereng nickte.

Elli rief Engstads Abteilung an. Sie waren mehr als bereit, die Überwachung des Forums mit Hilfe von Ellis User-Namen durchzuführen. Außerdem richteten sie eine VPN-Verbindung zu Ellis Server ein, so dass sie die Aktivitäten von zu Hause mitverfolgen konnte.

Doch als Erstes würde Elli ihre Mutter zur CT-Untersuchung begleiten.

Kapitel 43

Die Röntgenpraxis lag ganz in der Nähe vom U-Bahnhof Majorstua, wo Elli ihre Mutter getroffen hatte. »Du musst dir eine andere Arbeit suchen«, hatte die Mutter angesichts von Ellis zerschundenem Gesicht gesagt. Jetzt wurde Dee Pornthip Rathke langsam unter den CT-Scanner geschoben. Elli saß draußen im Wartezimmer. Sie hatte ihre Mutter hineinbegleitet und fand sie plötzlich klein, ja fast schwach, als sie in dem üblichen Krankenhaushemd wieder aus dem Untersuchungraum herauskam. In Ellis Kindheit war die Mutter immer so stark und unbesiegbar gewesen – ja, einfach unsterblich.

Zwei ältere Männer saßen ihr genau gegenüber, links von ihr ein junger Vater mit einem vier oder fünf Jahre alten Sohn, rechts eine ältere Dame. Elli überlegte, was dem Jungen wohl fehlen mochte, warum er geröntgt werden musste.

Sie war plötzlich schrecklich müde. Bald darauf war sie eingenickt.

Ihre Mutter weckte sie. Elli blinzelte. »Hallo«, sagte sie mit verschlafener Stimme.

»Du schläfst zu wenig«, sagte ihre Mutter auf Thai. »Komm, wir trinken irgendwo einen Kaffee.«

Elli stand auf. »Was hat der Arzt gesagt?«

»Nichts. Die Aufnahmen werden an meinen Hausarzt geschickt.«

Warum konnten die nicht alles an einem Ort erledigen? Die Sache einfach hinter sich bringen?

Draußen ging Elli mit ihrer Mutter in ein kleines Café. Sie bestellten Tee und setzten sich so auf die Barhocker, dass sie auf den Feierabendverkehr draußen auf der Majorstuakreuzung hinausschauen konnten.

Elli fragte die Mutter noch einmal, ob der Röntgenarzt etwas gesagt habe, aber die Mutter tat die Frage mit einer kleinen Kopfbewegung ab. »Der Hausarzt soll sich die Aufnahmen ansehen«, sagte sie noch einmal.

Elli eröffnete den Abend zu Hause damit, dass sie sich die Überwachung des Internetforums ansah. Die lief effektiv – alle Aktivitäten wurden im Logbuch verzeichnet und automatisch gespeichert. Leider passierte nur ungeheuer wenig. Bis acht Uhr hatten sie nur neun Bewegungen. Kein Konto wurde gelöscht, keine Fressgilden verabredet. Brustad hatte vielleicht begriffen, dass er beobachtet wurde, und hielt sich bedeckt.

Die Fragen in diesem Fall ließen Elli keine Ruhe. Die Verbindung zu dem toten Jungen bestand in den Tieren. Was hatten der Junge und die Tiere gemeinsam?

Und die Mutter. Was sollte aus ihr werden?

Pling. Die Türklingel.

»Wuff«, verkündete Zenith.

Halb neun, sie erwartete keinen Besuch.

Elli drückte auf den Summer. Das Videobild schaltete sich ein. Es zeigte nur Rosen.

»Blumen für die attraktivste Polizistin Norwegens.«

Brage.

Elli schüttelte den Kopf. »Na, dann komm mal rein«, sagte sie und machte auf.

Im Gang musterte Zenith Brage von Kopf bis Fuß, ehe er ein leises »Wuff« hören ließ.

»Ja, auch dir guten Tag«, sagte Brage. Er gab Elli den Strauß. Das waren mindestens dreißig Rosen.

»Danke«, sagte sie und bewunderte die Blumen. »Ich weiß gar nicht, ob ich jemals so einen großen Strauß gesehen habe.«

Brage lächelte unsicher.

Sie führte ihn ins Wohnzimmer, ging weiter in die Küche und schnitt die Stängel an. Sie brauchte zwei Vasen, um alle Blumen unterzubringen. Die eine stellte sie auf die Anrichte, die andere auf den Wohnzimmertisch. »Du hast meine ganze Wohnung mit Rosen gefüllt«, sagte sie und setzte sich auf die andere Seite des Sofas.

Brage schluckte. »Du siehst besser aus.«

»Nur blaue Flecken und Schrammen. Das verheilt schnell.«

Er sah sie voller Bewunderung an. »Du musst die stärkste Frau sein, die mir je begegnet ist. Der stärkste Mensch eigentlich.«

Sie beugte sich zu ihm vor. »Ich meine noch immer, was ich gesagt habe, Brage.«

Er nickte. »Es war vielleicht keine gute Idee …«

Elli lachte. »Rosen haben noch nie irgendwem geschadet, aber du und ich … das ist keine gute Idee. Nicht jetzt.«

Brage sah sie an. »Vielleicht später einmal?«

Elli hielt seinen Blick fest. »Vielleicht.«

»Okay«, sagte Brage ganz schnell. »Schon verstanden.« Er erhob sich. »Ich habe übrigens zwei Flaschen Wein dabei.«

Wenn sie ja sagte, würde sie seine Hoffnung, dass aus ihnen etwas werden könnte, am Leben erhalten. Was ja auch nicht so schlimm wäre, da sie ihn schließlich mochte. Wenn sie einander nur nicht zu nahe kämen, ehe der Fall abgeschlossen war.

Wenn sie nein sagte, wäre das eine unbarmherzige Zurückweisung.

»Ein Glas kann ja wohl nicht schaden«, sagte sie.

Nach einigem Hin und Her brachte Brage zwei Gläser Rotwein. »Spanisch«, sagte er. »Etwas kräftig, ich hoffe, der schmeckt dir.«

Das war der Fall.

Während die vielen Geschmacksnuancen des Weines in ihrer Mundhöhle spielten, beobachtete sie Brage. Sein Adamsapfel bewegte sich auf und ab, wenn er schluckte. Seine Bartstoppeln waren sicher zwei Tage alt, sein Haar dunkel und grau gesprenkelt, sein khakifarbenes Hemd zeigte das Logo eines Safaricamps.

Dann fragte er: »Hast du irgendeine Vorstellung, wer dich überfallen haben könnte?«

Kurze Pause.

»Wir arbeiten daran.«

Brage nickte verständnisvoll. »Hu«, sagte er schaudernd. »Schreckliche Geschichte.« Er beugte sich über den Tisch vor, nahm ihre Hand und drückte sie. »Und tapfere Frau.«

Elli ließ seine Hand los und stellte ihr Glas auf den Tisch.

»Es gibt einige Dinge, die du vielleicht über mich wissen solltest«, sagte sie.

Brage hob die Augenbrauen ein wenig.

»Ich bin daran gewöhnt, allein zurechtzukommen, ganz allein. Ich mag meine Arbeit, aber die hat auch ihre Schattenseiten. Deshalb könnte ich nie eine Durchschnittsfrau sein. Man wird … Mordfälle machen dich nach und nach hart und pessimistisch. Was jetzt passiert ist … mit so was muss ich rechnen. Ich habe schon Schlimmeres erlebt. Ich werde diesen Mörder finden und ihn vor Gericht bringen.«

»Natürlich wirst du das«, sagte er ruhig.

Elli deutete ein Lächeln an. »Du fragst dich vielleicht, warum ich das sage, aber das ist eine Sache der Erfahrung. Meiner Erfahrung mit Männern. Vielleicht bin ich nicht so besonders fürsorglich, vielleicht bin ich nicht gerade zur Mutter geschaffen.«

»Du bist nicht einmal Mitglied der Staatskirche«, sagte er mit übertriebenem Ernst in der Stimme.

Das Lächeln in Ellis Gesicht erstarrte. »Woher weißt du das?«

»Nachdem wir … äh, an dem Tag, an dem wir verabredet waren, hatte ich noch einen Termin mit Bergmann aus der Rechtsmedizin, wegen der Knochenreste.«

»Ach«, sagte sie.

»Wenn du dich je auf eine Stelle bewerben willst, solltest du dir von ihr eine Empfehlung schreiben lassen.«

Elli senkte den Blick. Schmeicheleien waren nichts für sie.

Sie prosteten einander zu. Redeten weiter über den Teil des

Falles, der Brage betraf. Nach einer Weile fragte er: »Was ist eigentlich mit deiner Schwester und deinem Vater passiert?«

Ellis dachte instinktiv, dass sie nicht antworten dürfte, aber sie tat es dann doch.

»Anne ist ermordet worden. Vor vielen Jahren, 1996.«

»Und dein Vater?«

»Ist einige Jahre später gestorben. Verkehrsunfall.«

Brage musterte sie voller Mitgefühl. »Da hast du ja ganz schön viel durchgemacht.«

Elli zuckte mit den Schultern. »Diese Karten sind mir eben zugeteilt worden.«

Brage öffnete die zweite Flasche, ohne zu fragen, ob Elli noch mehr wollte. Er schenkte ein und beugte sich zu ihr vor.

Kuss.

Das war falsch. Gegen die Regeln. Aber sie spürte, dass sie es wollte. Der Kuss war fast schon grob. Ihr Bauch zog sich auf angenehme Weise zusammen.

Sie hielt seinen Blick fest, als er den Kuss beendete. Seine Augen berichteten von Erfahrung, Sanftheit, Entschlossenheit, Verspieltheit. Begehren.

Sie saßen noch fast zwei Stunden da. Es tat gut, mit jemandem reden zu können. Zu Ellis Überraschung hatte Brages Leben einige Ähnlichkeiten mit ihrem, aber während Ellis Leidenschaft der Gerechtigkeit und der Gleichheit vor dem Gesetz galt, ging es Brage um die Tiere.

»Eigentlich ist das perfekt«, meinte Brage gegen Mitternacht. »Du rettest Menschen, ich kümmere mich um das Tierreich. Zusammen wird das eine ganze Welt.«

Er lächelte sie fürsorglich an. »Du brauchst Schlaf, Mädel. Du musst doch sicher morgen arbeiten?«

»Ja«, sagte sie, beugte sich vor und küsste ihn. Er war hart und weich zugleich. Schmeckte nach Rotwein und Gewürzen. Im Schlafzimmer war er noch immer hart und weich. Sie spürte nicht mehr, wie steif ihr Körper war.

Doch sogar in dieser Nacht kehrte der Traum von dem Jungen zurück.

Kapitel 44

Julius wollte, dass Evelyn ihm vor dem Einschlafen ein Star-Wars-Buch vorlas. Es war eher ein Lexikon aller Gestalten in der Geschichte. Sie blätterte auf die Seite mit Darth Vader weiter; die fand Julius am spannendsten.

Evelyns Handy brummte. Es war Grace, sie würde sie später zurückrufen.

»Bist du traurig?«, fragte Julius.

Evelyn lächelte ihn an. Das war anstrengend. »Ich bin doch mit dir zusammen. Da kann man nicht traurig sein.«

Julius dachte eine Weile über diese Antwort nach, dann sagte er: »Im Kindergarten sagt Kalle, dass ich anders bin.«

Evelyn streichelte seine Wange. »Anders?«

»Dass ich dunkler bin, meine ich.«

»Es ist nicht wichtig, ob man dunkel oder hell ist«, sagte Evelyn. »Ich bin doch auch dunkel.«

Julius legte den Kopf an ihren Arm, während sie nach bestem Wissen die Fragen nach Darth Vaders Gehirn und Laserschwert und nach Han Solos Raumschiff The Millennium Falcon beantwortete.

Nachdem sie dann noch ein Schlaflied gesungen hatte, löschte Evelyn das Licht.

»Soll ich noch ein bisschen hier sitzen bleiben?«

»Ja«, murmelte Julius.

Noch immer war durch die Vorhänge der helle Sommerabend draußen zu sehen. Das Zimmer war von einem vagen rötlichen Licht erfüllt.

»Glaubst du, mein Kumpel erinnert sich noch an mich?«, fragte Julius.

Evelyn sah ihn überrascht an. »Dein Kumpel?«

»Ich erinnere mich an ihn. Ein bisschen«, sagte Julius, der bei diesem Gespräch unter der Decke blieb.

Evelyn beugte sich über ihn. »Ein bisschen? Du denkst jetzt nicht an Mathias aus dem Kindergarten? Den triffst du doch jeden Tag.«

»Mmm«, sagte Julius abweisend unter der Decke.

»Vielleicht hast du etwas in einem Film gesehen. Oder im Fernsehen.«

Julius schwieg.

Behutsam lehnte Evelyn sich mit dem Rücken an die Wand. Julius' Atem schien jetzt in einen gleichmäßigen Rhythmus hinüberzugleiten. Bald würde er sicher schlafen.

»Echt, Evelyn!«, sagte er plötzlich.

Evelyn fuhr zusammen.

»Ich erinnere mich an ihn. An ihn und eine Frau.«

»Eine Frau?«

»Nicht Mama, eine andere Frau. Das war sicher da, wo ich früher gewohnt habe.«

Evelyn streichelte sein Haar, bis er eingeschlafen war.

Später an diesem Abend lag Evelyn auf ihrem Bett und überlegte, warum Julius wissen wollte, ob dieser Junge sich an ihn erinnerte. Es war sicher nicht unnatürlich, dass Julius sich an Bruchstücke aus seinem Leben vor der Adoption erinnerte, aber er hatte seine Frage so wichtig genommen, und deshalb ging sie Evelyn nicht aus dem Kopf. Unvermeidlich, erbarmungslos musste sie sich auch fragen, woran ihre Tochter Maricel sich später erinnern würde. Evelyn wusste nur zu gut, dass sie ihre Tochter seltener besuchte, als gut für sie war. Und noch immer würde es mindestens zwei Jahre dauern, bis sie genug Geld zusammengespart hätte.

Sie wurde von der Haustür aus ihren Gedanken gerissen. Sie hörte murmelnde Männerstimmen, sicher kam Sigurd nach Hause und brachte Freunde mit. Evelyn war aufgefallen, dass er jetzt häufiger angetrunken war. Zu Beginn ihrer Au-pair-Zeit war das fast nie der Fall gewesen, aber jetzt kam es mehrere Abende in der Woche dazu. Margrete schien das egal zu sein – die war mit ihren eigenen Angelegenheiten beschäftigt.

Da Margrete jetzt über Evelyns Tochter Bescheid wusste, war

es für Evelyn besser, sich bedeckt zu halten und ihre Nase nicht in Dinge zu stecken, die sie nichts angingen. Dennoch konnte sie sich nicht von dem Gedanken befreien, dass mit Julius' Eltern etwas ganz und gar nicht stimmte. Sie waren fast nie zusammen und verhielten sich durchaus nicht so, wie Evelyn es bei anderen Eltern in Norwegen gesehen hatte.

Das Gespräch in der Diele an diesem Abend kam ihr nervös vor. Sie dachte an den Abend, als sie von ihrem Besuch bei Grace nach Hause gekommen war und Sigurd am Mobiltelefon gehört hatte. Es war genau dieser Tonfall.

Evelyn versuchte, die andere Stimme mit einem Gesicht in Verbindung zu bringen, sie glaubte, diese Stimme schon einmal gehört zu haben, aber ihr Gedächtnis konnte mit keinem Vorschlag aufwarten.

In der Diele war es jetzt seltsam still geworden. Nur ein leises Klicken. Ob das die Haustür war?

Und sollte sie nachsehen?

Sie folgte ihrem Impuls. Sie hatte außerdem Wäsche im Trockner und deshalb einen Grund, ihr Zimmer zu verlassen. Sie zog ein Hemd und eine Trainingshose über und stapfte auf bloßen Füßen durch den Flur. Ehe sie die Diele erreicht hatte, räusperte sie sich vorsichtig.

Keine Reaktion.

Langsam machte sie die letzten Schritte zur Diele. Sigurd saß auf der kleinen Bank, die zum An- und Ausziehen von Schuhen benutzt wurde. Er hatte das Gesicht in die Hände gelegt und saß so still da, dass Evelyn schon glaubte, er schlafe.

Sie räusperte sich noch einmal.

Sigurd zuckte zusammen, dann schaute er zu ihr hoch.

»Hallo«, sagte er.

Seine Stimme hatte einen Unterton, der Evelyn gar nicht gefiel.

»Ist alles in Ordnung?«, fragte sie vorsichtig.

Er erhob sich unsicher, sein Hemd war zerknittert und ein Stück weit aufgeknöpft. »Ein bisschen viel Bier heute Abend«, sagte er und machte einen schwankenden Schritt vorwärts.

Evelyn wich ein wenig zurück. Sigurd war groß und wog sicher doppelt so viel wie sie.

Mit einem törichten Lächeln legte er Evelyn die Hände auf die Schultern. »Du machst deine Sache gut, Evelyn«, sagte er.

Sie roch seine Schnapsfahne. Seine Pranken machten sich auf ihren Schultern zu schaffen. Sie trug nichts unter dem Hemd. Er lächelte, fasste sie hart an und schüttelte sie kurz.

»Du hättest Model werden können, du. Weißt du das überhaupt? Du hättest Karriere als Model machen können.« Seine Stimme klang jetzt aufgeregt, wie das bei Betrunkenen oft der Fall ist.

Evelyn wich immer weiter zurück, aber Sigurd ließ sie nicht richtig los. Sie wandte größere Kraft auf, aber Sigurd hätte auch aus Beton sein können.

»Ich bin nicht gefährlich, Evy«, sagte er und lächelte wieder. »Ich bin nur so unglaublich froh darüber, dass du hier bist. Du kannst so gut mit Julius umgehen.«

»Er ist ein lieber Junge«, sagte sie freundlich.

Gleichzeitig merkte sie, dass sein Griff nicht mehr so fest war, und wich zurück. Ihre Schultern waren jetzt frei, aber seine rechte Hand hielt noch immer ihr Hemd fest. Evelyn hörte in ihrem Rücken ein reißendes Geräusch. Sigurd ließ los. Es dauerte zwei Sekunden, bis Evelyn merkte, dass die linke Hälfte ihres Hemdes jetzt in Fetzen nach unten hing und einen Großteil ihrer linken Brust entblößte.

Sigurd starrte.

Evelyn trat zurück, lief wieder in ihr Zimmer und schloss zum ersten Mal, seit sie nach Norwegen gekommen war, die Tür hinter sich ab. Vor ihrem inneren Auge sah sie die ganze Zeit Sigurds funkelnde Augen.

Evelyn fuhr zusammen, als jemand an ihre Tür klopfte. In den ersten Stunden nach dem Zwischenfall mit Sigurd hatte sie nicht zu schlafen gewagt. Erst gegen vier war sie eingenickt.

»Eeevyyy!«, rief Julius.

Sie kam mühsam auf die Beine und machte sich im Halbschlaf an der Türklinke zu schaffen, dann fiel ihr ein, dass sie die am Vorabend ja abgeschlossen hatte.

»Ja, ja, Julius, ich mach auf – komm rein«, sagte sie verschlafen und ließ sich wieder auf ihr Bett fallen.

»Warum hast du abgeschlossen, Evelyn?«

Margrete. Ihre Stimme war kalt und vorwurfsvoll und übte auf das Blut in Evelyns Adern eine abkühlende Wirkung aus.

»Das … das war ein Versehen«, stammelte sie und brachte ihr sanftestes Lächeln zustande.

»Es gehört zu deiner Aufgabe, für meinen Sohn verfügbar zu sein«, sagte Margrete mit blitzenden Augen. »Keine verschlossenen Türen, ist das klar?«

Evelyn nickte unterwürfig. Aus dem Augenwinkel sah sie, dass es erst kurz nach sechs war, lange ehe sie der Abmachung gemäß verfügbar sein musste, aber sie hielt es für besser, das nicht weiter zu erwähnen.

»Ist doch gut, Mama«, sagte Julius bittend.

Margrete packte seine Schulter mit festem Griff. Für einen langen Augenblick sah oder tat sie nichts. Dann ließ sie los, und Julius lief zu Evelyns Bett. Fröhlich kletterte er hinein und schmiegte sich an Evelyn.

Margretes Schritte hallten im Gang wider. Übertönt von ihrem Ruf: »Wäre nett, wenn du heute Eier mit Bacon machen könntest, Evy.«

In der Küche war es an diesem Morgen, als ob nichts geschehen wäre. Sigurd saß da mit seinem iPad und seinen Zeitungen wie immer, nickte Evelyn kurz zu und verschickte eine SMS nach der anderen. Julius saß verschlafen in seinem Schlafanzug da, Margrete machte schnell und mit geübten Handbewegungen den Kaffee. »Ich habe Eier und Bacon auf den Herd gestellt«, sagte sie, ohne Evelyn anzusehen. »Beeil dich jetzt, wir müssen bald los.«

Evelyn briet die Eier, so schnell sie konnte. Sigurd aß mit gutem Appetit, Margrete spießte ein Speckstück auf ihre Gabel, dann gab sie Julius einen Abschiedskuss und rannte die Treppe hinunter.

Da Sigurd noch immer am Ende des Tisches saß, konzentrierte Evelyn alle ihre Energie auf Julius, der sich langsam, aber sicher durch die Speckstücke hindurcharbeitete. »Lecker«, sagte er.

Evelyn lächelte. »Schön.«

Dann sprang Sigurd auf. Evelyn schaute sofort hinüber. Sigurds Blick hielt ihren fest, aber dabei lächelte er. Das Funkeln vom Vorabend war noch immer vorhanden.

Kapitel 45

Das Dossier über Paul Brustad bot interessanten Lesestoff. Jurist und Volkswirt, Letzteres über die Marinehochschule. So eine öffentliche Karriere war im Grunde eine gute Nachricht, da solche Menschen sich dann oft in allerlei Archiven und Berichten wiederfanden. Das galt auch für Brustad, der nach seinen Pflichtjahren bei der Marine den Schritt in die Zivilgesellschaft gewagt und sich einen Posten als Geschäftsführer einer kleinen Firma für Öltechnologie gesucht hatte. Gleichzeitig hatte er als Externer sein juristisches Staatsexamen mit laudabilis abgelegt, und nachdem seine Firma in Bergen an ein großes französisches Unternehmen verkauft worden war – Elli kannte den Namen, den eine bekannte norwegische Korruptionsjägerin in Frankreich entlarvt hatte –, war Brustad in die Hauptstadt zurückgekehrt und zuerst als Partner, dann als Managing Partner in die Anwaltskanzlei Brustad & Splid eingetreten.

In dieser Nacht war im Ecsteat-Forum nichts Aufsehenerregendes geschehen. Nur ab und zu ein Chat über mögliche Arrangements, aber keine gelöschten Profile oder Warnmitteilungen darüber, dass irgendwer in ihrem Forum herumzuschnüffeln schien.

»Zwanzig Millionen«, teilte Nereng von seinem Schreibtisch her mit. »Als ich mein eigenes Vermögen zuletzt überprüft habe, lag es bei null. Brustad hat offenbar etwas kapiert, das ich nicht begreife.«

Elli schaute von ihren Notizen auf.

»Du bist wirklich standhaft, dass du noch immer hierbleibst«, folgerte Nereng. »Du könntest schon längst reich sein, wenn du dir einen Posten als Anwältin gesucht hättest.«

Ellis Augen leuchteten für einen Moment schelmisch auf. »Besseres Karma bei der Polizei.«

Sie arbeiteten weiter an den eingegangenen Artikeln. Elli hätte viel für die Möglichkeit gegeben, Brustads Kommunikation zu überwachen, aber bis auf weiteres war er nur ein dünner Beweisfaden in einem riesigen, schwarzen Universum voller möglicher Fäden. Zudem Jurist. Von allem, was man sich im Rechtsstaat Norwegen wünschen konnte, war das Abhören von Juristen fast das Unmöglichste.

»Schau mal«, rief Nereng und winkte Elli zu sich hinüber.

Sie betrachtete aus zusammengekniffenen Augen den Bildschirm, der eine Liste von Zeitungsausschnitten zeigte; eine Reihe kürzerer Artikel über Prozesse, Äußerungen über seine Mandanten, aber auch drei, die nichts mit der Juristerei zu tun hatten. Ein Bild von einem Klassentreffen, zu dem sich offenbar auch ein bekannter Schauspieler eingefunden hatte, ein Bild von einer Segelregatta, wo Brustad zusammen mit der restlichen Mannschaft eines Segelbootes abgebildet war, dessen Name nur teilweise zu lesen war und mit den Buchstaben »Pte« anfing. Das dritte Bild erregte sofort Ellis besonderes Interesse. »Sieh an, sieh an«, sagte sie über den Artikel, der Brustad zusammen mit etlichen erst-, zweit- und drittrangigen Promis um einen Tisch im Flow zeigte. »Da war ich vor ein paar Tagen.«

Nereng drehte sich ziemlich abrupt zu ihr um. »Im Flow? Hast du im Toto gewonnen?«

»Nein.«

»Meine Güte«, sagte Nereng mit vielsagender Miene. »So ein Veterinär verdient offenbar auch ganz schön gut. Und es ist jedenfalls klar, dass er dich zu schätzen weiß.«

Elli gab keine Antwort. Sie nickte nur zum Bildschirm hinüber. »Woher kommen diese Ausschnitte?«

»Von einem Mediendienst. Sie haben Dinge da, die bisher nur

auf Papier vorgelegen haben. Bilder vom vorigen Jahr, aus einer Klatschillustrierten.«

Elli sah sich das Bild an. Sie erkannte einen bekannten Politiker, einen Fernsehpromi, zwei Finanzexperten in Nadelstreifen und einen profilierten Autohändler. Im Hintergrund lächelte Paul Brustad, zusammen mit dem Restaurantbesitzer Gorm Feste.

»Ich liebe Klatschzeitungen«, sagte Elli.

Im Auto erzählte Elli, dass sie auch gesehen hatte, wie Kasper Kleppe mit dem Koch, Gorm Feste, sprach, und dass er zudem die Mehrheit der Anteile am Flow besaß.

»Auf einem gewissen Niveau in der Gesellschaft tummeln sich eben nicht so viele«, folgerte Nereng, als sie das Restaurant betraten.

Sie stellten sich dem Oberkellner vor, und der erkannte Elli sofort. »Ich muss schon sagen – Polizei. Einen Moment«, sagte er und verschwand in Richtung Küche.

Gorm Feste erschien kurz darauf. Er war ungefähr so groß wie Elli, 1,78, wog aber sicher anderthalbmal so viel wie sie. Für einen kleinen Moment hätte sie sich fast von seinem butterweichen westnorwegischen Akzent und dem breiten Lächeln mit den gebleichten Beißgeräten bezirzen lassen, aber die Polizistin in ihr behielt nüchterne Distanz.

Elli blickte ihm ins Gesicht. »Haben Sie ein Büro, in dem wir sprechen können?«

Feste verdrehte die Augen. »Es ist später Nachmittag, die Gäste strömen nur so herein, es ist die hektischste Tageszeit.«

»Umso mehr Grund, uns entgegenzukommen, dann können wir das hier schnell hinter uns bringen.«

Feste machte eine affektierte Handbewegung. »Ich verstehe nicht … was will die Polizei von mir und meinem Restaurant?«

Elli hob eine Augenbraue.

Feste fauchte, machte dann aber überraschend schnell auf dem Absatz kehrt und lief durch den kleinen Gang. Mit Elli und Nereng im Schlepp durchquerte er die Küche und betrat einen

Besprechungsraum mit Blick aufs Meer. Mitten auf dem Tisch sah Elli Papiere, zwei Feinschmeckerzeitschriften und einen Laptop.

»Ich habe kein eigenes Büro«, sagte er und trat an den Tisch heran. »Bei Bedarf benutze ich das Besprechungszimmer. Also – worum geht es?«

Elli schaute fragend auf die Stühle am Besprechungstisch, aber Feste blieb stehen.

»Ich glaube, ich würde mich gern mal ein bisschen umsehen«, sagte Nereng.

Feste machte ein verwirrtes Gesicht. »Haben Sie eine Erlaubnis zum Durchsuchen?«

Der Schatten eines Lächelns huschte in aller Schnelle über Nerengs Gesicht. »Sie meinen einen Durchsuchungsbefehl?«

Feste legte kokett den Kopf schräg. »Meine Sprache ist wohl von meinen Jahren in Frankreich geprägt …«

»So was hinterlässt ja seine Spuren«, sagte Nereng mit überaus seriöser Stimme. »Aber ich möchte mich nur mal umsehen, das ist keine Durchsuchung. Wie ihr in der Küche arbeitet und so … ich vermute, es gibt da nichts, was wir nicht sehen dürften?«

»Absolut nichts.«

Nereng ließ einige Sekunden verstreichen. »Also …?«

»Bitte sehr«, sagte Feste und wies auf die Tür. In seiner Geste lag die Eleganz eines Conférenciers, seine Miene aber war verbissen.

Als Nereng die Tür hinter sich schloss, zog Elli eine Kopie des Zeitungsausschnitts aus der Tasche und legte sie auf den Tisch. Sie schlug demonstrativ mit der flachen Hand darauf. Der Glastisch lieferte einen guten Widerhall.

»Wir interessieren uns für einen dieser Gäste«, sagte Elli.

Feste drehte sich zu dem Blatt Papier auf dem Tisch um und ließ seinen Blick über das Bild wandern. »Sieht aus wie ein ganz normaler Abend hier im Flow. Ich strebe eine Atmosphäre an, in der die Gäste sich wie zu Hause fühlen.«

»Wissen Sie noch, was sie gegessen haben?«, fragte Elli.

»Das war ein Abendmenü. Ich glaube, in der ersten Woche nach der Eröffnung.«

»Woraus bestand dieses Menü?«

Feste nahm das Bild, sah es sich genauer an und murmelte dabei französische Bezeichnungen vor sich hin. Elli erkannte Foie gras und zwei Gemüsesorten, begriff aber nicht den Zusammenhang in Festes Gemurmel. Eine gute Minute später, während sein Blick auf einen Punkt weit draußen im Nesoddland gerichtet war, holte er Luft und teilte beim Ausatmen mit, das Menü habe aus drei Gängen bestanden. Gänseleberpastete auf einem Rucolabett mit Chili-Papaya-Chutney als Vorspeise, gegrillter Barsch mit Limonendressing und Rohkostsalat als Hauptgericht und in Honig marinierte Ananas mit feingehackten Nüssen und Mangokernen als Dessert.

Elli dankte für diese Information und signalisierte, dass sie ihm auf dem Bild etwas zeigen wollte. Feste legte es zurück auf den Tisch.

»Der hier«, sagte Elli und zeigte auf Brustad. »Der isst wohl oft hier?«

Feste sah sie an. Lange, herablassend. »Sie meinen doch wohl nicht im Ernst«, fauchte er, »dass ich hier die Speisegewohnheiten unserer Teilhaber preisgeben soll?«

Ellis Gesicht verhärtete sich. »Brustad besitzt fünfundzwanzig Prozent des Flow. Das verschafft ihm vielleicht gewisse Vorteile – ein Gratisessen ab und zu?«

Ein kurzes Zucken von Festes Augenbrauen sagte ihr, dass sie richtig getroffen hatte. »Und das taucht dann in der Steuererklärung vielleicht nicht auf?«

»Also …«

Elli unterbrach ihn mit einer energischen Handbewegung. »Ich möchte nur eins wissen, Feste, und zwar, wie Sie es mit privaten Feiern halten. Alles. Was dabei gegessen wird, wer dabei ist, woher die Rohwaren stammen.« Sie hielt seinen Blick fest, klimperte zweimal energisch mit den Wimpern. »Reden Sie schon!«

»Na ja.« Feste räusperte sich. »Da gibt es eigentlich nicht so viel zu erzählen. Wir haben natürlich private Veranstaltungen, und dabei wird dann aus unserer Speisekarte bestellt. Sie können gerne Kopien davon mitnehmen.«

»Rohwaren?«

»Aus den üblichen Quellen – hier finden sie kein Schmuggelfleisch vom Balkan, Rathke. Norwegisches Rind, norwegischer Fisch, Lamm aus Westnorwegen –, das fließt doch in unser Profil ein – so viele norwegische Rohwaren wie möglich. Den Fisch kaufe ich oft hier unten im Hafen. Es gibt einige tüchtige Fischer auf dem Oslofjord. Und ich kann Ihnen gern die Namen der Schlachter nennen, bei denen ich das Fleisch bestelle.«

Ein Gefühl der Verwirrung kämpfte mit Ellis Wunsch nach Ergebnissen. Feste hatte auf alles eine Antwort, vielleicht war das hier eine Sackgasse, aber Elli hatte ein anderes Gefühl. Kleine Veränderungen in seiner Mimik, kurze Blicke, ehe er antwortete, das vage Zucken der eleganten Kochfinger. Sie ließ es darauf ankommen.

»Keine Privatessen mit Affen oder Schlangen auf dem Plan?«

Feste schüttelte verständnislos den Kopf. »Affen?«

»Na gut«, sagte Elli. Sie blieb jedoch stehen und sah Feste an. Einige Sekunden vergingen, vielleicht zehn, und die Stimmung änderte sich auf seltsame Weise. Auf einen Impuls hin fragte sie: »Kasper Kleppe – wie oft isst der hier?«

Feste beugte sich über den Tisch zu ihr vor. »Wissen Sie, ich schulde Kleppe alles in meinem Leben. Meine Vision – meine Vision culinaire – wird hier im Flow zur Wirklichkeit. Ohne meinen Freund und Gönner Kasper Kleppe gäbe es dieses Restaurant nicht. Ich habe keine Familie, keine Freizeit. Nur das Flow. Wenn Kleppe herkommt, erhält er die Behandlung und den Respekt, die er verdient.«

Elli hielt seinen Blick für einige lange Sekunden fest.

»Wissen Sie, was Al Capone am Ende ans Messer geliefert hat?«

»Hm?«

»Steuerhinterziehung.«

»Ah«, fauchte Feste und ging hoch. »Kein einziges Mal –

wirklich kein Mal – hat Kasper Kleppe im Flow etwas umsonst haben wollen. Er besitzt zwei Drittel des Restaurants, bezahlt aber immer. Außerdem gibt er meinen Angestellten ein großzügiges Trinkgeld. Sonst noch was?«

In diesem Moment klingelte Ellis Mobiltelefon. Nereng.

»Hinter einem Typen her«, teilte er atemlos mit. »Der ist abgehauen, als er mich gesehen hat.«

Elli stürzte hinaus.

Elli lief in die Küche und schnappte sich einen Mann, der gerade Kästen aus einem Lieferwagen lud. Sie erkannte den Firmennamen auf dem Wagen, musste alles Weitere aber bis später aufschieben.

»Mein Kollege, wohin ist der gelaufen?«, fragte sie ungeduldig.

Der Mann, der aus dem Mittleren Osten stammte, zuckte langsam mit den Schultern.

Elli stöhnte verärgert auf, sprang von der Rampe und wählte Nerengs Nummer.

»Aker Brygge«, keuchte Nereng.

Elli rannte durch die Tjuvholmen allé. Sie wäre fast mit einem älteren Herrn zusammengestoßen, gab eine kurze Erklärung in Gestalt der Auskunft »Polizei« ab und jagte weiter. Als sie den Kanal erreichte, der Tjuvholmen von Aker Brygge trennt, bog sie nach rechts ab. Dann nach links und am Ufer entlang über den Kanal. Die ganze Zeit hielt sie Ausschau nach Nereng, aber sie sah nur Horden von shoppenden, Eis essenden Menschen. Sie blieb stehen und rang um Atem.

Nereng hatte noch immer sein Mobiltelefon zur Hand.

»Er ist ins Einkaufszentrum gelaufen«, sagte Nereng. »Zwischen der Bryggegate und …«

Der Rest war nicht zu verstehen. Elli lief weiter am Hafenrand entlang, bis sie die Bryggegate sah. Sie nahm an, dass Nereng und der Mann, den er verfolgte, sich im Gebäude auf der rechten Seite aufhielten, und rannte weiter in die nächste Seitenstraße, die Grundingen hieß.

Elli spürte den Puls in ihren Schläfen hämmern, während sie fieberhaft Ausschau nach ihrem Kollegen hielt.

Sie schaute sich um und sah die Nesoddfähre anlegen. Am Anleger gab es auch einen Spielplatz und eine Eisbude. Es wimmelte nur so von Kindern in jedem Alter.

Aber lauter als Rufe, Lachen und Eisbestellungen hörte Elli das scharfe Geräusch eines Bootes, dessen Motor gerade angelassen wurde.

Sie rannte so schnell sie konnte auf den Anleger zu. Eine kleine Jolle bog um einen der großen Cabincruiser, die immer hier vertäut waren.

»Nereng«, rief Elli in ihr Telefon.

»Ja.«

»Jeans, Schirmmütze und brauner Kapuzenpulli?«

»Ja. Wo?«

»Wir brauchen ein Boot!«

Einige Minuten später wurden sie von einem Boot der Osloer Hafenpolizei aufgelesen.

»Nach Bygdøy«, sagte Elli, als Nereng ins Steuerhaus gelaufen kam. »Gelbliche Jolle mit Außenbordmotor.«

Sie spürten einen Ruck im Rücken, als der Kapitän Gas gab und sechshundert Pferdekräften freien Lauf ließ. Sowie sie Tjuvholmen umrundet hatten, hatten sie freien Blick auf Bygdøy, wo Elli die Jolle aus den Augen verloren hatte.

Das Osloer Hafenbecken war gefüllt mit Segelbooten und Motorbooten in jeglicher Göße und Gestalt. Ein Kreuzfahrtschiff kam gerade herein, ein Stück steuerbords sahen sie eine Gruppe Seekajaks. Weiter vorn legte gerade die Nesoddfähre an, und von Bygdøy her kam ihnen die Hafenfähre entgegen.

Die Jolle war spurlos verschwunden.

»Hatte er einen großen Motor?«, fragte der Kapitän.

»Nein, so einen, den man mit der Hand betätigt und der sich anhört wie ein Moped.«

»Ja, verdammt, der kann doch in den wenigen Minuten nicht bis Bygdøy gekommen sein«, sagte der Kapitän.

»Kann er zurück nach Tjuvholmen gefahren sein?«

Der Kapitän gab Gas und ließ das Boot auf die andere Seite von Tjuvholmen jagen. Elli und Nereng musterten den Hafenrand vor den neuen Hotels und den Luxuswohnungen. »Da!«, rief Nereng und zeigte auf das ganz hinten liegende Hotel The Thief.

Der Kapitän brachte sie rasch und zielgenau zur Jolle.

Die war provisorisch an einer festmontierten Leiter am Anleger vertäut.

»Verdammt«, sagte Nereng.

Elli gab keine Antwort, sondern sah sich die vielen Autos an, die in den Munkedamsvei abbogen. Mercedes, Audi, BMW, ab und zu ein Elektroauto.

»Was war denn mit dem Typen, Nereng?«, fragte Elli.

»Der hat mich im Kühlraum von hinten angegriffen. Hat mir in die Kniekehlen getreten, und ich bin vornübergekippt. Hab ihn nur noch für einen Moment gesehen, als ich dann wieder auf die Beine gekommen bin.«

»Im Kühlraum?«

»Ja, ich hab mich da ja umgesehen, und da luden diese Jungs aus dem Mittleren Osten ihre Kisten ab. Der Typ muss da drinnen gestanden haben.«

»Aber warum?«, fragte Elli.

»Der wollte sicher nicht gesehen werden. Groß ist der Kühlraum nicht, und ich hätte ihn nicht bemerkt, wenn er mich nicht überfallen hätte.«

»Du hast sein Gesicht also nicht gesehen?«

Nereng schüttelte den Kopf. »Aber ich habe an den Kerl im Tunnel gedacht. Der hatte ungefähr die gleiche Größe.«

Elli starrte über die Reling zur Jolle hinüber. »Die Techniker müssen sich da mal umsehen.«

Kapitel 46

Paul hatte Irene damit überrascht, dass er früher nach Hause gekommen war als geplant. Sie hatte ihn erst am Abend des folgenden Tages erwartet.

Nach einer raschen Dusche lehnte er nun in der Küche an der Anrichte und prostete Irene mit seinem Rotweinglas zu. »Einer der Vorteile der Adoption«, sagte er lächelnd. »Keine Zeit der völligen Enthaltsamkeit, die die Stimmung dämpft, wenn etwas gefeiert werden muss.«

Irene hob ihr Glas nur ganz wenig. Der Schluck, den sie nahm, war bescheiden. Der Wein war köstlich, wie immer, wenn Paul einkaufte. Ihr Weinkeller war für über eine Million versichert. »Prost. Was feiern wir eigentlich, wenn ich fragen darf?«

Paul lachte. »Gute Frage. Bonus«, erklärte er.

»Gibt's den nicht erst im Oktober?«

Paul nickte. »Doch. Aber die Verträge, die ich heute zur Unterschrift vorlegen konnte, sind so viel wert, dass ich auch in diesem Quartal mit einem siebenstelligen Betrag rechnen kann.«

Irene lächelte. Für die meisten Familien wäre das eine phantastische Nachricht gewesen. Aber Geld hatte für sie niemals ein Problem bedeutet. Paul hatte als Partner in seiner Anwaltskanzlei großen Erfolg. Zu den Bonuszahlungen kamen noch die Anteile an den eingehenden Geldern – und natürlich das feste Gehalt von hundertfünfzigtausend.

Irene hatte niemals arbeiten müssen, aber sie wollte nicht nur Hausfrau sein und hatte ihren Posten als Immobilienmaklerin behalten. Das Leben hatte sie gelehrt, dass es meistens besser war, auf eigenen Füßen zu stehen. Man wusste nie.

»Die Polizei war hier«, sagte sie plötzlich.

»Hm?«

»Ja, zu zweit, ein Mann und eine Frau. Sie haben nach unserem Internetzugang gefragt.«

Paul trank weiter, aber seine Bewegungen wirkten jetzt hektischer. »Was wollten sie wissen?«

»Sie haben gesagt, dass ….« Irene drehte sich zur Anrichte um und nahm einen Zettel, den sie für ihren Mann geschrieben hatte, den der aber offenbar nicht gesehen hatte. »Dass es in irgendeinem Fall, an dem sie arbeiten, auf unserem Abonnement Aktivitäten gibt.«

Paul nahm einen Schluck, ließ den Wein durch seine Mundhöhle rollen, schluckte dann und fragte: »Haben sie gesagt, was das für ein Fall ist?«

Irene seufzte. »Irgendwas mit exotischem Essen … ein Forum?«

Paul lachte. »Was soll das denn bedeuten? Indisches Forum? Thai? Kreolisch?«

Irene lächelte über diesen Spott. »Apropos Thai – diese Polizistin sah asiatisch aus.« Sie legte den Zettel zwischen ihnen auf den Tisch.

Er schüttelte den Kopf. »Das muss ein Irrtum sein. Aber ich frag mal bei denen nach.«

»Gut.«

Vilje quiekte im Babyfon. Irene stellte ihr Glas weg und ging sie holen.

Als sie eine Stunde später ihren Thunfisch aßen, während Vilje neben ihnen auf einer Babydecke spielte, konnte Irene sich nicht mehr beherrschen.

»Paul …«

»Mhm?«

»Vilje …«

»Unsere wunderbare Tochter.« Abermals hob er sein Glas.

Irene erwiderte diese Geste mit einem weiteren angedeuteten Prost. Dann sagte sie eilig: »Ich werde meine Sorgen um Vilje nicht los … was sie wohl früher erlebt haben kann.«

Paul sah sie freundlich an. »Darüber haben wir doch schon so oft geredet. Es gibt keinen Grund zur Sorge. Wir haben ja Garantien erhalten.«

Irene kniff die Augen zusammen. »Ich weiß, aber … wie kann jemand etwas garantieren, wenn ihre Herkunft doch unbekannt ist?«

Paul spielte mit dem Wein in seinem Glas. Ließ ihn an den Kristallwänden entlangrollen. »Hundertprozentig sicher könnten wir ja nur sein, wenn wir selbst dabei gewesen wären. Abgesehen davon bin ich ganz sicher. Vilje ist nichts Schlimmes geschehen.«

Sie hob ihr Wasserglas und trank einen großen Schluck. »Ich war bei einem Spezialisten.«

Paul stellte sein Weinglas langsam auf den Tisch. »Bei was für einem Spezialisten?«

»Für Traumata. Bei Adoptivkindern.«

»Aber meine Liebe, du machst dir zu viele Sorgen. Vilje ist doch gesund und munter.«

»Da hast du sicher recht«, sagte sie nachgiebig. »Der Spezialist hat genau das Gleiche gesagt. Es gebe keinen Grund zur Beunruhigung. Und Margrete meint das auch.«

»Hast du mit Margrete gesprochen, mit Sigurds Frau?«

»Ja, ich habe sie angerufen. Sie wusste sofort, was ich meine. Ihr war es genauso gegangen.«

»Da siehst du. Es ist nur eine Phase, die ihr durchmachen müsst.«

»Ja, das ist es wohl …«

»Hat sie sonst noch etwas gesagt?«

Irene blickte ihn fragend an.

»Über den Adoptionsvorgang, meine ich.«

»Sie hat gesagt, wir seien privilegiert. Und das sind wir doch?«

»Das sind wir«, sagte er fröhlich und prostete ihr noch einmal zu. »Und Vilje ist das auch, schließlich ist sie jetzt bei uns.«

Irene holte tief Luft. »Du bist so stark, Paul. Manchmal begreife ich nicht, wie du so … unberührt davon sein kannst.«

Er lächelte. »Nicht unberührt. Ich liebe euch mehr als alles andere auf der Welt. Aber ich bin sicher, dass Vilje in guter Obhut war, ehe sie zu uns gekommen ist.«

Irenes Augenbrauen senkten sich. »Etwas begreife ich nicht. Diese Sicherheit, die du bei allem empfindest. In den Papieren steht so gut wie nichts außer dem Geburtsdatum. Sogar ihre Mutter ist unbekannt. Woher können wir wissen, was Vilje durchgemacht hat?«

Paul stand auf, ging um den Tisch herum und setzte sich neben sie. »Liebste … manchmal muss man sich einfach auf seine Intuition verlassen.« Er hob abermals sein Glas, seine Augen glänzten. »Und ist Intuition nicht eine Stärke von euch Frauen?«

Irene lächelte tapfer. »Doch.«

Die Gläser klirrten. Sie tranken.

Pauls Mobiltelefon vibrierte. Er schaute kurz auf das Display und sagte: »Das muss ich eben erledigen.«

Kapitel 47

Um halb drei stand Elli abermals im Besprechungsraum des Flow. Der französisch inspirierte Restaurantbesitzer Gorm Feste wurde von dem sich vorbeugenden Nereng bedrängt. Feste kämpfte verbissen gegen den Drang, sich zu setzen.

»Irgendein Idiot hat mich in Ihrem Kühlraum mit eleganten Tritten gegen das Schienbein bedacht, Feste«, fauchte Nereng. »Das ist etwas über zwei Stunden her. Und Sie wollen mir hier erzählen, Sie hätten keine Ahnung, wer das gewesen sein könnte?«

Feste nickte trotzig. »Ja. Ich habe keine Ahnung, wer das war. Keiner von meinen Angestellten hat mitbekommen, was da passiert ist.«

Nereng beugte sich noch weiter zu ihm vor. »Wissen Sie was, Kumpel? Ich glaube Ihnen nicht eine Sekunde lang. Sie halten Informationen zurück, und das werde ich beweisen. Wenn wir die Beweise haben, lasse ich Sie wegen Mitwirkung zur Körperverletzung vor Gericht stellen. Angriff auf einen Beamten im Dienst.«

Nereng bohrte seinen Finger in Festes Brustkasten. Der Finger versank ein Stück in der Fettschicht.

»Polizeigewalt«, würgte Feste heraus.

Nereng schnaubte und zeigte auf eine Überwachungskamera. »Jetzt wollen wir uns mal Ihre Aufnahmen ansehen.«

Feste schloss die Augen, wie zu einer Übung in unendlicher Geduld. Dann verließ er das Zimmer.

Elli und Nereng liefen hinterher. Er führte sie durch die Küche in ein kleines Zimmer, eine Art Computerzentrale, wo sich zwei Server und ein Schreibtisch befanden.

»Hier«, sagte Feste. »Aber die waren nicht eingeschaltet.«

»Die Kameras?«, fragte Elli misstrausich.

Feste nickte.

»Und warum nicht?«

»Wir kochen. Sicherheitsroutinen sind nicht unsere Stärke.«

»Verdammt«, murmelte Nereng.

»Von mir aus«, sagte Feste.

Nereng schaute kurz zu Elli hinüber, die eine abwiegelnde Handbewegung machte. »Wir beschlagnahmen die Server und sehen uns die Logs an«, sagte sie.

»Sie können doch nicht einfach …«, protestierte Feste.

»Oh doch, wir können«, sagte Elli und führte ihn aus dem Zimmer und zurück in die Küche. Die Techniker von der Spurensicherung waren im Kühlraum beschäftigt.

Nereng legte Feste eine schwere Hand auf die Schulter. »Was für eine Art Abfall war in den Fleischkästen?«

»Was für Kästen?«

»Die Kästen, die diese Burschen vom Schlachterladen aus dem Kühlraum zum Auto getragen haben?«

Feste zuckte gleichgültig mit den Schultern. »Sicher abgeschnittene Streifen und Reste – wir stellen so was ins Kühllager, damit es nicht riecht.«

»Nein, das waren keine Reste, Feste. Das waren Innereien. Von geschlachteten Tieren. Was hatten die hier zu suchen?«

Feste starrte stumm in den Kühlraum und auf die Kriminaltechniker, die dort arbeiteten. »Ich werde Entschädigung für verdorbene Lebensmittel fordern.«

Die Techniker fanden in Kühlraum und Boot Haare. Keins davon hatte noch die Wurzeln, die Chancen auf einen DNA-Treffer waren also verschwindend gering. Die Videoüberwachung des Restaurants machte nur Aufnahmen, wenn die Alarmanlage aktiviert war. Eine rasche Untersuchung bei der Wachgesellschaft ergab, dass Nerengs Angreifer sich sorgfältig die Kapuze über Kopf und Gesicht gezogen hatte. Fünf verschiedene Kameras hatten ihn eingefangen. Keine zeigte sein Gesicht. Und die kleine Jolle hatte er irgendwo gestohlen.

Als sie nach Grønland zurückfuhren, erklärte Nereng, dass die Küchenaktivitäten sich zuerst auf das Schälen und Kleinschneiden von allerlei Gemüse konzentriert hatten, dass aber alles unterbrochen worden war, als draußen ein Lieferwagen vorfuhr.

»Es war ein Typ aus dem Mittleren Osten, und er brachte einige Kästen mit Fleisch herein. Ich bin ja nicht gerade ein Superkoch, aber angesichts von Farbe und Form glaube ich doch, dass ein Kasten Rindfleisch enthielt, einer Geflügel und einer Lamm.«

Elli sah ihn kurz an, dann konzentrierte sie sich auf den Nachmittagsverkehr. »Das wirkt doch koscher?«

»Ja, aber als er mit der Lieferung fertig und alles Fleisch im Kühlraum gestapelt war, brachte er Kästen voller Plastiktüten aus dem Lager ins Auto.«

»Und das war, als du in den Kühlraum gegangen bist?«

»In den Tüten war Schlachtabfall, Elli. Ich bin ganz sicher. Ich habe Gedärm und anderen Kram da rumschwappen sehen. Und da dachte ich an die Tüten aus dem Erdkeller, die Nilsen erwähnt hat, und wollte sie mir mal ansehen.«

»Und dabei wurdest du angegriffen?«

»Ja. Von hinten, ich hatte keine Chance.«

»Und dann hast du mich sofort angerufen?«

»Ja. Als ich hinter ihm hergerannt bin.«

»Der Angreifer und der Typ, der die Kästen getragen hat, waren zwei verschiedene Personen?«

»Ja.«

Elli ging noch einmal durch, wie sie selbst die Situation erlebt hatte. Sie musste in die Küche gekommen sein, während die beiden Männer noch immer Kästen stapelten. Es konnte nur eine halbe Minute nach Nerengs Anruf gewesen sein. Vermutlich waren das die Fleischkästen gewesen, die sie gesehen hatte.

»Diese Typen aus dem Mittleren Osten haben den Abfall mitgenommen«, sagte sie.

Nereng drehte sich zu ihr um. »Das hast du gesehen?«

»Ja.«

Sie saßen eine Weile still da. Während der Wagen im Leerlauf vor der Ampel beim Bankgebäude dröhnte, die Ampel auf Grün umsprang und das Auto sich in Bewegung setzte, sagte Elli: »Das Restaurant hat sein eigenes Abfallsystem … hast du auch den Eindruck, dass das hier Dinge sind, die sie ganz schnell loswerden wollen?«

»Ja.«

»Hast du gesehen, wie die Schlachterei heißt?«

»Nein.«

»Dann lass uns noch mal beim Zirkus vorbeischauen, Jan.«

Zirkusdirektor Balarenos Geier waren rot um den Schnabel. Einer der Vögel riss eifrig an sehnigen tiefroten Fleischfasern.

»Also«, sagte Balareno überrascht. »Geier sind Aasfresser und essen jedes Fleisch, das sie bekommen können. Knorpelstücke, Eingeweide, Organe, schieres Fleisch – da geht alles. Es gibt nichts, was sie nicht vertragen. Warum findet die Polizei das so interessant?«

»Es gibt sehr vieles, das für die Polizei interessant sein kann, Herr Balareno«, sagte Elli. »Sie haben gesagt, dass Sie für die Fleischreste für die Geier einen festen Lieferanten haben?«

»Ja. Kalahir-Fleisch in Grønland.«

»Wie lange haben Sie diese Vereinbarung schon?«

Balareno schaute zur Zeltdecke hoch, wo der Käfig der Geier hing. »Das weiß ich ehrlich gesagt nicht.«

Elli schaute ihn auffordernd an. »Versuchen Sie, sich zu erinnern.«

Balareno seufzte. »Ich versteh das nicht … was wollen Sie eigentlich?«

»Hören Sie auf zu füttern«, befahl Elli.

»Hm?«

»Sie haben mich gehört. Sofort, sonst betrachte ich das als Behinderung der Ermittlungen.«

Balareno erteilte einem der Tierpfleger einige kurze Befehle. Der zog zuerst die Kästen vor dem Käfig weg, ging dann hinein und holte die auf dem Boden liegenden Reste und Innereien heraus.

Nereng trat einen Schritt vor und starrte die Kästen an. »Das hier ist beschlagnahmt«, sagte er zufrieden.

Elli sah ihn an.

Nerengs Blick bestätigte ihr, dass es die Kästen waren, die er zuvor gesehen hatte.

Kapitel 48

Elli fuhr mit den Kästen zum Veterinärmedizinischen Institut, während Nereng den Laden von Kalahir-Fleisch in Grønland aufsuchte. Brage war noch bei der Arbeit, doch obwohl Elli sich über dieses Wiedersehen freute, musste sie so schnell wie möglich zu Nereng und dem Schlachter weiter. Brage versprach, sich den Inhalt der Kästen sofort anzusehen, um herauszufinden, was für eine Art Eingeweide sie enthielten.

Sie kam um halb acht in Grønland an, wo der Laden schon geschlossen war, während Nereng durch das Fenster schaute. Aus dem Glastresen im Laden war alles Fleisch entfernt worden.

»Im Hinterhof hat er einen Parkplatz für den Wagen«, sagte Nereng. »Vielleicht bringt er den Wagen ja hierher zurück.«

»Dann wollen wir mal abwarten«, sagte Elli.

Sie hielten einen Block weiter, an einer Stelle, die ihnen Ausblick auf die Ladentür und die Einfahrt aus der Seitenstraße bot. Elli blickte auf die Uhr, die jetzt acht zeigte.

Draußen liefen Menschen von vielerlei ethnischer Herkunft

vorbei. Pakistanische Gewänder wurden zu fröhlichen Farbtupfern vor dem Mauerwerk. Der Autoverkehr zog sich träge in beiden Richtungen dahin. Der Schlachterladen lag an einer Ecke, ab und zu sammelten sich vor der Eingangstür Menschen, die darauf warteten, die Straße überqueren zu können.

Nach einer Stunde war Sued Kalahirs Auto noch immer nicht aufgetaucht.

»Wir gehen rüber«, sagte Elli.

Durch das Ladenfenster konnten sie keinerlei Veränderungen sehen. Elli legte die Hände an die Schläfen, beugte sich zum Fenster vor und versuchte, durch das Fenster in der hinter dem Tresen befindlichen Tür zu schauen. Die führte entweder in die eigentliche Schlachterei oder in einen Kühlraum. Drinnen war es dunkel. Elli bewegte sich ein wenig nach links und sah hinter dem Fensterchen einen schwachen Lichtschein. Vielleicht von einem Fenster zum Hinterhof.

Sie stand seit ungefähr einer Minute da, als sie plötzlich etwas vorüberhuschen sah.

»Bewegung«, sagte sie zu Nereng.

Er stürzte in den Hinterhof.

»Ich bin auf dem Hof«, sagte er nach einigen Sekunden. »Es gibt noch einen Ausgang in der Gegenrichtung, in die Nebenstraße.«

Elli konnte hören, wie er an die Hintertür hämmerte. Im Laden sah sie keinerlei Reaktion. Nereng klopfte und rief noch einige Minuten, aber niemand ließ sich blicken.

»Kannst du da rein?«, fragte Elli.

»Glaub schon«, sagte Nereng. »Holztür.«

Elli überlegte. Sie verfolgten frische Spuren in einem Mordfall, jemand bewegte sich im Laden und hatte nicht reagiert, als sie sich als Polizei zu erkennen gegeben hatten. Das reichte.

»Dann los. Brauchst du Hilfe?«

Zwei kräftige Schläge und das Geräusch von zersplitterndem Holz zeugten davon, dass Nereng sehr gut allein zurechtkam.

»Drin?«, fragte sie.

Hinter dem Fensterchen in der Tür wurde Licht angemacht.

»Ja ... verdammt, Elli«, hörte sie ihn sagen. Zugleich heulte die Alarmanlage los. Einige Augenblicke später tauchte Nereng im Laden auf. Elli konnte sich nicht erinnern, ihn jemals so bleich gesehen zu haben.

Nereng öffnete die Ladentür und ließ Elli herein. Wortlos machte er kehrt und ging durch die Tür hinter dem Tresen.

Wie Elli angenommen hatte, führte diese Tür in die eigentliche Schlachterwerkstatt. Rechts lag ein Kühlraum.

Unter der Decke hingen Fleischerhaken an einer Kette, an einer Arbeitsbank auf der rechten Seite waren allerlei Sägen und Schneidegeräte aufgereiht. An der Wand hingen Messer und Fleischeräxte. Und an der Endwand stand eine Bandsäge.

Ein Mann lag über die Bandsäge gebeugt auf den Knien, das Sägeblatt hatte sich in sein Schulterblatt gebohrt. Er war längst tot, die Säge hatte auf dem Weg zur Schulter seinen Schädel gespalten. Blut und Gehirnmasse waren über seinen Rücken und auf den Boden gelaufen. Vor ihm auf dem Schneidebrett lag eine in zwei Stücke geteilte Lammkeule.

»Können Sie sich ausweisen?«, hörte Elli eine Stimme hinter sich sagen.

Sie trat einen Schritt zur Seite und sah eine Sicherheitswache mit Gummiknüppel dastehen. Elli wollte ihm ihre Dienstmarke zeigen, konnte aber gerade noch einen Schritt zur Seite springen, um dem Strahl von Erbrochenem auszuweichen, den der Wächter jetzt von sich gab.

»Können Sie die Alarmanlage ausschalten?«, fragte Nereng leise.

Der Hof war abgesperrt, die Kriminaltechniker fotografierten die Leiche aus allen möglichen Winkeln. Fjeld war aufgetaucht, wie das so seine Gewohnheit war, und stand jetzt neben Elli und Nereng. In Overalls und Haarnetzen beobachteten sie durch die Türöffnung zum Laden die Dokumentationsarbeiten.

»Du hältst das also nicht für einen Unfall, Elli?«, fragte Fjeld.

»Nein.«

»Weil?«

»Sowie wir reindürfen, kann ich es dir zeigen.«

Sie mussten noch eine gute Viertelstunde warten, ehe Gaarder von der Kriminaltechnik signalisierte, dass sie eintreten und die ersten Untersuchungen vornehmen könnten.

»Nicht die Leiche anfassen«, mahnte er. »Und versucht, soweit das möglich ist, nicht ins Blut zu treten.«

»Ich muss aber unter die Säge«, sagte Elli.

»Na gut, aber nur du«, erwiderte Gaarder.

Elli zog eine Taschenlampe hervor, bückte sich und leuchtete hinter dem Sägeblatt an der Stahlplatte entlang, die das Schnittbrett für die Säge darstellte.

Sie brauchte nicht viel, um zu begreifen, dass ihre Theorie zutraf. Sie nahm die Taschenlampe in die linke Hand und nutzte die rechte, um mit ihrem Telefon ein Foto zu machen. Das erste Bild wurde von einem Blutstropfen ruiniert, der vom Schneidebrett auf das Telefon tropfte. Der andere Versuch gelang.

Sie zog sich zurück und ging zu Nereng und Fjeld hinüber.

»Schlechte Verbindung«, sagte sie und zeigte auf die Leitungen, die aus der Rückseite des Notschalters hingen. »Sabotiert.«

»Kann es keine Materialermüdung gewesen sein?«, fragte Fjeld.

»Da nicht«, erklärte Nereng voller Überzeugung. »Keine Bewegungen.«

»Vibrationen von der Säge?«

»Nein«, sagte Nereng und zeigte auf Ellis Telefon. »Das Bild zeigt, dass die Leitungen mit Kabelbindern befestigt sind. Die gehen nicht von allein ab.«

Fjeld sah Elli an. »Was hast du für eine Theorie?«

»Irgendwer hat auf Kalahir gewartet und die Zeit genutzt, um sich an den Leitungen zu schaffen zu machen, so dass der Knopf nicht mehr funktionierte. Dann hat er ihn gebeten, die Lammkeule zu zerschneiden, und ihn dann ganz einfach auf das Sägeblatt gestoßen. Kalahir hat nach dem Notschalter gegriffen, aber das half dann nichts mehr.«

Elli ließ ihren Blick von Fjeld zu Nereng wandern. »Der Mörder hat sich offenbar hier drinnen versteckt und dann auf Kalahir gewartet. Falls es etwas damit zu tun hat, was heute auf Tjuvholmen passiert ist, wo ist dann der Zusammenhang und wer hat ihn gewarnt? Ich habe darum gebeten, die beiden Ladenangestellten zu holen. Wir müssen zuerst mit ihnen sprechen.«

»Warum habt ihr ihn nicht gesehen?«, fragte Fjeld. »Ihr wart doch die ganze Zeit hier.«

»Weil Kalahir und der Mörder schon vor Ladenschluss hier gewesen sein müssen. Wir haben den Lieferwagen zwei Straßen weiter gefunden, außerhalb des Blickfeldes, das wir von unserem Beobachtungspunkt aus hatten.«

»Ihr glaubt also, dass Kalahir seinen eigenen Mörder gewarnt und sich hier mit ihm verabredet hat?«, fragte Fjeld.

Elli starrte die Leiche lange an. »Ich glaube, es war umgekehrt. Der Mörder hat auf Kalahir gewartet. Oder vielleicht sind sie gleichzeitig gekommen?«

Elli wischte das Handy mit dem Ärmel ihres Overalls ab.

Kapitel 49

Die beiden Angestellten Kalahirs hießen Hana und Dorda. Am nächsten Morgen wurden sie auf der Wache von Grønland in separate Vernehmungsräume gebracht. Es war Freitag. In einem dritten Zimmer saß Zirkusdirektor Balareno. Elli wollte auch noch mit Restaurantbesitzer Feste sprechen, aber erst nach diesen drei Vernehmungen. Sie konzentrierte sich auf die Frauen, während Nereng sich Balareno vornahm.

Während der Vernehmung zeigte sich Dorda überaus schockiert von den Geschehnissen in der Schlachterei. Sie hatte eine Teilzeitstelle als Kassiererin im Laden und arbeitete vor allem nachmittags, zwischen zwei und sechs, dann war der Andrang am größten. Ansonsten studierte sie BWL. Elli hatte den Eindruck, dass sie außer über die Fleischpreise und die Arbeitsvorgänge im Laden nur über wenig informiert war.

Dorda ging nur selten in den Kühlraum oder die eigentliche Schlachterwerkstatt. Dennoch hatte sie registriert, dass Sued Kalahir mehrere feste Kunden hatte. Dazu gehörten der Zirkus Balareno und das Restaurant Flow, neben etlichen anderen Restaurants überall in der Stadt. Elli notierte sich, dass sie eine Kundenliste brauchten.

Die Vernehmung von Hana brachte neue Informationen über den Laden und über Sued Kalahir. Er war Libanese, verheiratet, lebte derzeit aber nicht mit seiner Frau zusammen. Sie war etwa zwei Jahre zuvor mit der gemeinsamen Tochter in den Libanon zurückgegangen.

»Konnte die Kälte nicht ertragen«, erklärte Hana und starrte Elli aus tränennassen Augen vielsagend an.

»Wann ist Kalahir gestern zurück in den Laden gekommen?«

»Das muss so gegen halb sieben gewesen sein.«

»Haben Sie mit ihm gesprochen?«

»Ja, aber nur durch die Tür. Ich habe gehört, dass er die Maschinen eingeschaltet hat, und dann will er lieber allein sein.«

»Ist er immer allein in der Werkstatt?«

»Seine Frau hat ihm früher geholfen. Seit sie nicht mehr da ist, arbeitet er allein.«

Elli legte eine kleine Pause ein.

»Gibt es Kunden oder andere Leute, die die Werkstatt betreten?«

Hana überlegte ziemlich lange. »Nur selten, aber es gibt da einen Mann, der ab und zu auftaucht.«

»Kennen Sie seinen Namen?«

»Nein. Er ist groß, Norweger. Ich bin ihm nie begegnet. Sued hat immer die Tür zugemacht und ihn durch die Hintertür reingelassen.«

»Oft?«, fragte Elli erwartungsvoll.

Hana schüttelte den Kopf und wischte sich dann die Augenwinkel.

»Tut mir leid …«, sagte sie, als sie sich wieder gefasst hatte.

Elli lächelte sie freundlich an.

»Ich glaube, er war vier- oder fünfmal da, seit ich hier arbeite«, berichtete Hana.

Elli versuchte, ihr eine ausführlichere Beschreibung zu entlocken, aber Hana erinnerte sich nur an die Größe und daran, dass er meistens eine Schirmmütze oder einen Kapuzenpullover trug.

»Was hat er denn so bestellt?«, fragte Elli.

»Ich kann mich an nichts erinnern.«

»Aber was hat er dann im Laden gemacht?«

»Ich bin ziemlich sicher, dass er Geräte ausgeliehen hat.«

»Schlachtergeräte?«

»Ja. Messer, Sägen, solche Dinge. Ich habe ihn und Sued einmal kurz gesehen. Da standen sie zusammen an der Schlachtbank, und Sued hat ihm erklärt, wozu er welches Gerät benutzte.«

Elli beugte sich voller Interesse vor. »Aber sein Gesicht haben Sie nicht gesehen?«

»Nein. Er hatte mir den Rücken zugekehrt.«

»Haben Sie andere Hinweise darauf, dass Sued ihm Werkzeug geliehen hat?«

»Sued hat am Handy mit irgendwem darüber geredet, dass er die Geräte zurückhaben wollte.«

Elli holte tief Luft. Sie spürte, dass sie auf dem richtigen Weg waren. »Wissen Sie, wann Sie ihn zum ersten Mal gesehen haben?«

Hana überlegte sorgfältig, ehe sie antwortete. »Vielleicht vor drei Jahren. Es ist jedenfalls eine ganze Weile her.«

Elli fasste die Vernehmung schriftlich zusammen, und Hana unterschrieb dieses Protokoll, ohne Einwände zu erheben. Dann schickte Elli Hana nach Hause und machte sich auf die Suche nach Nereng.

Sie fand ihn am Schreibtisch. Auch er hatte seine Vernehmung beendet.

»Balareno sagt, dass sie nie für die Fleischreste bezahlen mussten, die sie für die Geier bekommen haben – übrigens gab es auch etwas für die Hunde im Zirkus –, aber dass Kalahirs Freunde und Verwandte immer Gratiskarten für die Vorstellungen bekamen.«

»Tauschwirtschaft«, kommentierte Elli säuerlich.

»Oder schwarz, wenn du so willst«, meinte Nereng.

Elli setzte sich auf Nerengs Schreibtisch, verschränkte die Arme und fasste die Lage zusammen: »Das Fressnetzwerk hat uns zu Paul Brustad geführt, der eine Verbindung zum Restaurant Flow hat. Dort wirst du überfallen, als du Kalahirs Kästen untersuchst, die Innereien und Fleischreste enthalten. Der Mann, der dich überfallen hat, löst sich in Luft auf. Kalahir hat offenbar dem Zirkus Balareno regelmäßig Fleischreste geliefert. Als wir anfangen, die Verbindung zwischen Zirkus Balareno und Kalahir-Fleisch zu untersuchen, wird Sued Kalahir in seiner eigenen Schlachterwerkstatt ermordet.«

Elli sah Nereng an, um sich davon zu überzeugen, dass er alles verstanden hatte.

»Ja. Und der Mord kann sogar geschehen sein, als wir schon draußen standen.«

Elli bekam bei dieser Vorstellung eine Gänsehaut. Sie sagte: »Hana hat angedeutet, dass Sued Kalahir einem hochgewachsenen Mann Schlachtergeräte geliehen hat. Das kann der Mann sein, der dich überfallen hat … ich möchte jetzt wirklich sehr gern Paul Brustad treffen. Er kommt heute Abend aus New York zurück. Vorher will ich hören, was Brage herausgefunden hat. Ich will die Schnitte im Skelett des Schimpansen und des Leoparden mit Sued Kalahirs Messern vergleichen, und dann wollen wir Feste noch mal so richtig durch die Mangel drehen.«

Im Fahrstuhl hinab zur Garage überlegte Elli weiter, welche Verbindung zwischen dem Skelett des Jungen und den Tierkadavern bestehen könnte. Ein Gefühl des Unbehagens machte sich in ihr breit, je mehr sie darüber nachdachte.

Kapitel 50

Elli suchte nach dem Untersuchungsraum, den Brage meistens benutzte, und klopfte an die Tür. Einige Sekunden darauf öffnete Brage, diesmal gewandet in eine blaue Plastikschürze über seinem Laborkittel, und winkte sie zu sich.

Sie blieben beide ein wenig zögernd stehen.

»Das war ein netter Abend«, sagte er lächelnd.

Elli nickte. »Ja …« Eher ungeschickt als professionell, wie ihr klar war.

»Und willkommen im Schlachthaus«, sagte er und zeigte auf allerlei Eingeweide, die auf dem Tisch arrangiert waren. »Ganz schön schwierige Kiste.«

Sie starrte den Tisch an. Ein Sammelsurium aus Bildern jagte ihr durch den Kopf: Tiere, die geschlachtet wurden. Blut, sterbende Menschen, sie und Brage beim Sex.

Professionell sein. Richtig denken.

Sie blinzelte, konzentrierte sich, schaffte es aber nicht, Fleisch, Knochen oder Organe mit einem bestimmten Wesen zu verbinden.

»Es sind also drei Individuen«, teilte Brage mit.

Elli blickte ihn fragend an, merkte, dass ihr Kopf wieder im Gleichgewicht war, und richtete ihren Blick abermals auf den Untersuchungstisch. Jetzt sah sie, dass die Organe dort in drei Gruppen eingeteilt waren.

»Prolemur simus«, sagte Brage.

»Was bedeutet?«

»Lemur.«

»Die leben auf Madagaskar, oder nicht?«

»Stimmt. Das ist die größte Art, der Bambuslemur, ein grauer Typ, nicht gestreift wie zum Beispiel die im Tierpark von Kristiansand. Es gibt an die fünfzig Lemurenarten. Aber der hier«, sagte er und berührte vorsichtig einige Därme mit der Faust, »ist ein Bambuslemur.« Er ließ seinen Blick zu den anderen Resten wandern und legte eine kleine Pause ein. »Von denen gibt es nicht mehr viele, Elli. In freier Wildbahn vielleicht zwischen ein- und zweihundert Individuen.«

Er lief zu einem Laptop, der auf der anderen Seite des Raumes stand. Der Bildschirm war dunkel geworden, Brage machte Elli durch eine Bewegung des Zeigefingers klar, dass sie ihn zum Leben erwecken sollte. Große braune Augen starrten sie von einem Wikipedia-Artikel her an.

»Woher bezieht man so einen?«

»Sie können natürlich in freier Wildbahn gefangen werden. Sie sind sehr zutraulich, diese Lemuren. Oft kann man sogar guten Kontakt zu ihnen aufnehmen, wenn man sich einfach in ihrer Nähe aufhält, aber ich glaube doch, dass diese hier aus irgendeinem Zoo oder einem Aufzuchtprogramm stammen.«

»Wie hast du feststellen können, womit wir es zu tun haben?«

»Blausäure.«

»Im Gedärm?«

»Ja, oder, um korrekt zu sein, im Magen. Sie ernähren sich von Bambus, brauchen ungefähr ein halbes Kilo pro Tag, und in Bambussprossen gibt es Blausäure. Wir Menschen können Blausäure in so großen Mengen nicht vertragen. Und wir wissen auch noch immer nicht, wie der Bambuslemur diese Säure abbaut.«

Elli warf noch einen Blick auf den Bildschirm. Die Bilder von dem Kinderskelett, Schimpansen, Leopard und den kleinen Vogelkadavern wurden unbarmherzig vor ihrem inneren Auge vorgeführt. Das Bild des kleinen Jungen blieb am längsten haften. Sie hatte es vor zwei Tagen gesehen, aber sogar nach dem grauenhaften Mord im Schlachterladen ließ es ihr keine Ruhe.

»Du hast es mit Leuten zu tun, die sich sehr für bedrohte Tierarten interessieren, Elli«, sagte Brage, während er Handschuhe und Schürze abstreifte. Er warf beides in einen Mülleimer aus Aluminium. »Und du glaubst, dass diese Leute die Tiere essen?«

»Ja.«

Elli erzählte ihm vom Netzwerk Elevated Eating Community, dass es sich um einen internationalen Zusammenschluss von Menschen handelte, die seltene Kost schätzten, vor allem von Ausrottung bedrohte Tiere.

»Und dieses Netzwerk hat auch in Norwegen Mitglieder?«, fragte er empört.

Elli bestätigte das.

Brage setzte sich und legte den Kopf an die Nackenlehne. Er blieb eine ganze Weile so sitzen, hielt die Augen geschlossen und sagte kein Wort.

Elli nahm seine Hand.

Brage öffnete die Augen und sah sie an. »Das ist so verdammt sinnlos, Elli. Wozu soll es gut sein, sich für das Leben der Tiere auf diesem Planeten zu engagieren, wenn man es mit solchen Gegnern zu tun hat? Wie ignorant kann man denn überhaupt sein?«

»So was tun ja keine ignoranten Menschen, Brage. Sondern berechnende und einflussreiche. Die tun es, weil sie es tun können. – Ich ruf dich später an«, sagte sie im Hinausgehen. Sie musste weiter zu Gaarder, der die Schlachtermesser untersuchte.

Gaarder hatte sieben verschiedene Messer, zwei Sägen und eine Axt vor sich auf den Tisch gelegt. Bei jedem dieser Schlachterwerkzeuge lag ein Formular mit den Ergebnissen von Tests, die er damit angestellt hatte. Neben allem gab es je zwei Knochenproben von Schimpanse und Leopard. Auch zwei Vogelskelette lagen dort.

»Dieses Messer war's«, sagte er und hob ein mittelgroßes Messer mit geschwungener Klinge hoch.

Furchtbare Bilder von Zerstückelungen und Schmerzen jagten durch Ellis Kopf.

»Du bist offenbar sicher«, sagte sie.

»Ja. Die Schneide des Messers hat kleine Riffel, Abnutzungserscheinungen, es ist offenbar viele Jahre alt. Und an beiden Tierskeletten finden sich entsprechende Spuren.«

»Schimpanse und Leopard … was ist mit der Gartenammer?«

»Bei dem Vogel haben sie das Messer nicht benutzt. Ist der nicht sowieso in Cognac ertränkt worden?«

»Armagnac«, korrigierte Elli, bedankte sich bei Gaarder für seine Bemühungen und bat ihn, den Bericht am nächsten Tag vorzulegen. Der Fall hatte jetzt Schwungkraft gewonnen, sie konnten Verbindungen zwischen dem Skelett und den Tierkadavern im Tunnel, dem Zirkus, der Schlachterei und dem Restaurant nachweisen.

Elli überprüfte ihr Mobiltelefon. Nereng hatte sich nicht gemeldet, dafür gab es einen Anruf von der Nachrichtenabteilung. Sie rief zurück und erfuhr, dass Brustad anderthalb Tage früher als geplant zurückgekehrt war.

Eine halbe Stunde später erfuhr sie im Auto von Nereng, dass Feste vehement abstritt, etwas mit den Fleischabfällen zu tun zu haben, und darauf bestand, dass im Flow alle Essensabfälle auf ganz normale Weise recycelt würden.

»Und jetzt sind wir also unterwegs zu Brustad?«, fragte Nereng.

»Ja.«

Die Ampel sprang auf Rot, als sie die Majorstuakreuzung erreichten. Elli ließ die Sirene zweimal aufkreischen und überquerte die Kreuzung mit blinkendem Blaulicht.

»Wie war's in der Veterinärmedizin?«, fragte Nereng.

»Lemur.«

»Nicht l'Amour?«

Sie schaute ihn nur ganz kurz an. »Halt die Klappe.«

Als sie zum zweiten Mal vor Brustads Villa vorfuhren, sah Elli einen großen neuen Audi, der beim ersten Besuch nicht dort gestanden hatte.

Ein hochgewachsener dunkelhaariger Mann öffnete die Tür. Er hatte die selbstsichere Miene, die sich einstellt, wenn man bei Konfrontationen meistens den Sieg davonträgt. Elli kannte diesen Ausdruck von Anwälten und Geschäftsleuten.

»Meine Frau hat mir von Ihrem Besuch berichtet«, sagte Paul Brustad und hielt Ellis Blick fest. Kein Zeichen von Schwäche in seinen dunkelbraunen Augen. »Hat sie beim ersten Mal keine zufriedenstellenden Antworten gegeben?«

»Jetzt möchten wir mit Ihnen sprechen«, sagte Elli.

»Und was glaubt die Polizei, wobei ich behilflich sein kann?«

Elli ließ zwei Sekunden verstreichen.

»Könnten wir vielleicht im Haus darüber reden? Es kann vielleicht einen Moment dauern.«

Brustad schüttelte den Kopf und lächelte spöttisch. »Es kann vielleicht einen Moment dauern … ja, dann müssen Sie mir schon erzählen, weshalb Sie mit mir sprechen wollen.«

Elli schüttelte ganz leicht den Kopf, sie hatte Lust, Brustad mit einer giftigen Bemerkung die selbstzufriedene Maske vom Gesicht zu reißen; natürlich hatte seine Frau Irene ihm von ihrem Besuch erzählt. Warum also hatte er nicht angerufen? Aber sie riss sich zusammen. Freundlich sagte sie: »Das ist eine unverbindliche Befragung im Rahmen unserer Ermittlungen in zwei Mordfällen.«

»Mord?«, fragte Brustad verdutzt. »Ging es nicht um irgendwelche Internetsachen?«

»Der Fall entwickelt sich rasch«, antwortete Elli trocken. »Gehen wir ins Haus?«

Brustad drehte sich wortlos um.

Elli und Nereng gingen hinter ihm her. Vom Flur aus sahen sie ganz kurz Irene Brustad, die der Kleinen Milch aus einer Flasche gab.

Paul Brustad führte sie in ein großes Wohnzimmer mit klassischen skandinavischen Designermöbeln. Ohne weitere Erklärungen ging er weiter in ein Nebenzimmer, ein Arbeitszimmer mit vier Sesseln.

»Wir machen das hier«, sagte er und zeigte auf die Sessel.

Sie nahmen Platz.

Brustad sah zuerst Elli an, dann Nereng. Nach kurzer Zeit machte er eine ungeduldige Handbewegung, wie um zu sagen: »Na, was wollen Sie also wissen?«

»Warum benutzen Sie einen Server mit einem hochentwickelten Anonymisierungsservice in Singapur?«, fragte Elli.

»Tu ich das?«, fragte Brustad zurück.

»Irgendwer hier im Haus tut das, und es ist nicht Irene, denn das hat sie uns gesagt.«

»Ich habe WLAN«, sagte Brustad. »Das kann gehackt werden.«

»Sie behaupten also, dass weder Sie noch Ihre Frau diesen Dienst nutzen, sondern dass jemand sich in Ihr WLAN-System eingehackt hat?«

Brustad machte eine wegwerfende Handbewegung. »Kann schon sein. Ich bin kein IT-Experte. Aber es ist auch möglich, dass ich beruflich an diesen Server geraten bin. Und über Dinge, die die Mandanten betreffen, darf ein Anwalt die Polizei nicht informieren, das wissen Sie ja. Sie sind doch, wenn ich das richtig verstanden habe, selbst Juristin, Frau Rathke?«

Brustad hatte seine Hausaufgaben gemacht.

Nereng räusperte sich.

Brustad schaute zu ihm hinüber.

»Wenn ich Sie richtig verstanden habe, Herr Brustad, dann wollen Sie andeuten, dass die Kontakte zwischen dem Server in Singapur und Ihrer IT-Adresse, die wir nachweisen können, möglicherweise mit Ihrer Arbeit für einen Mandanten zu tun haben?«

Brustad lächelte resigniert. »Das kann ich weder bestätigen noch widerlegen.«

Nereng nickte und blickte kurz zu Elli hinüber. »Na gut, Herr Brustad«, sagte er dann. »Aber sagen wir, es handele sich um einen Mandanten. Ist es dann nicht unverantwortlich, ein so schlecht gesichertes Heimnetzwerk zu benutzen?«

»Sie können das gern kritisieren«, sagte Brustad aufgebracht, »aber trotzdem hat die Polizei hier keinerlei Anspruch auf Auskünfte. Der Mandantenschutz ist wichtiger als alles andere.« Er erhob sich. »Wenn Sie nichts Konkreteres auf dem Herzen haben, dann würde ich mich jetzt gern meinen Unterlagen zuwenden, die ich mir heute Abend noch genauer ansehen muss.«

Elli und Nereng standen ebenfalls auf.

»Danke für die Hilfe«, sagte Elli. »Das war sehr informativ.«

»Keine Ursache«, sagte Brustad.

In der Haustür drehte Elli sich noch einmal um. »Wir sehen uns wieder, Herr Brustad.«

Brustad verdrehte die Augen. »Guten Abend.«

»Auf irgendeine Weise hat er mit diesem Netzwerk zu tun«, sagte Elli im Auto. »Aber wir haben nicht genug in der Hand, um ihn mit dem Jungen im Tunnel in Verbindung zu bringen.« Sie massierte sich die Schläfen mit den Zeigefingern. »Paul Brustads Vergangenheit ist natürlich weiß wie Schnee … er hat schließlich eine Zulassung als Anwalt. Ich glaube, ich werde einen erweiterten Bericht über seine Frau kommen lassen. Vielleicht haben wir da ja Glück.«

Elli sprang bei Ullevål aus dem Wagen, um mit der U-Bahn nach Hause zu fahren. Vom Bahnsteig aus rief sie auf der Wache an, wo Sigurdssønn noch immer anzutreffen war. Er wollte einen Bericht über Irene Brustad besorgen und für Elli hinterlegen, ehe er zum Wochenende nach Hause fuhr.

Elli nahm sich von einem Imbiss in der Nähe ein Nudelgericht mit und aß in der Küche. Sie schaffte nicht alles und vermischte, begleitet von energischem Schwanzwedeln, den Rest mit Zeniths Trockenfutter.

Danach befestigte sie Zeniths Leine am Fahrrad, fuhr zur Wache und holte den Bericht über Irene Brustad. Kühle Luft kitzelte ihr Gesicht. Nach einer Dreiviertelstunde war sie wieder zu Hause. Zenith keuchte nach diesem Ausflug zufrieden und ließ sich auf den Wohnzimmerteppich fallen.

Elli schlug den Ordner auf.

Irene Brustad war 1976 geboren, im selben Jahr wie Elli. Und es gab nur eine Eintragung von Interesse: Im Jahre 1997 war sie auf dem Flugplatz Fornebu bei der Zollkontrolle erwischt und danach wegen der Einfuhr von Ecstasy verurteilt worden. Weitere Eintragungen gab es nicht.

Elli dachte eine Weile über diese Information nach. Sie hatten in diesem Fall sonst keine Verbindungen zu Drogenschmuggel gefunden. Konnte es trotzdem darum gehen – Schmuggel von seltenen Tieren und Drogen? Oder war es einfach so, dass Irene diesen einen Fehltritt begangen und sich danach ordentlich verhalten hatte?

Kapitel 51

Elli schlief unruhig. Sie erinnerte sich an Bruchstücke ihres Traumes, als sie aufwachte: Der Junge war wieder da gewesen, Tiere wurden geschlachtet. Brage war aufgetaucht, blutig, ohne Kleider.

Lange Dusche, Haferbrei, Kaffee.

Sie fuhr den Mac hoch, um Nachrichten zu lesen, wurde aber von ihrem Mobiltelefon unterbrochen. Halb acht?

Bergmann.

»Ich habe hier etwas, das du sicher hören möchtest«, sagte Bergmann als Erstes. »Ich rufe so früh an, damit ich dich ganz bestimmt erwische.«

Elli räusperte sich. »Was hast du in Erfahrung gebracht?«

»Er war kein Norweger, der Knabe.«

»Wie kannst du das wissen?«

Bergmann lachte. »Gute Frage. Also, er ist genetisch gesehen nicht von nordischer Herkunft. Das hat mir auch bei der Leiche zu schaffen gemacht, dass es am Kranium irgendeine Abweichung gab … etwas Unbestimmbares bei den Proportionen im Gesicht.«

»Und das kann man sehen?«

»Ein geübtes Auge, und ich möchte schon behaupten, dass ich das habe, kann kleine Unterschiede in den Proportionen wahrnehmen. Ich weiß ja nicht, ob du dich erinnerst, aber bei der vorläufigen Obduktion habe ich erwähnt, dass die Abmessungen des Kraniums nicht richtig hinkamen.«

Elli dachte zurück. »Du hast geglaubt, die gäben einen Hinweis darauf, wie kräftig die äußeren Einwirkungen gewesen sein müssen.«

»Genau. Aber Tatsache ist, dass ontogenetische Untersuchungen …«

»Was ist Ontogenese?«, fiel Elli ihr ins Wort.

»Einfach erklärt: die Erforschung biologischer Prozesse. Solche ontogenetischen Untersuchungen des menschlichen Kraniums belegen, dass es sich im Laufe der Zeit auf leicht unterschiedliche Weise entwickelt hat, und das hat zu regionalen kraniometrischen Variationen geführt.«

Elli räusperte sich. »Kraniometrie – also messbare Unterschiede im Kranium. Oder Ähnlichkeiten. Wir finden zum Beispiel Übereinstimmungen zwischen subsaharischen Bevölkerungsgruppen und australischen Aborigines und klare Unterschiede zwischen diesen Gruppen und Kaukasiern – das sind wir … na ja, du nicht, Elli – Ostasiaten bilden eine Gruppe mit kranialen Eigenheiten.«

»Danke für diese Information«, sagte Elli trocken. »Nun bin ich mir der Ausformung meines Kraniums bewusst.«

Bergmann lachte. Das kam nur selten vor. Es musste schon sehr absurd oder makaber zugehen, um ihre Lachmuskeln zu aktivieren.

»War er Afrikaner?«, fragte Elli.

»Nein. Er kommt aus Südamerika.«

»Und das basierst du auf Kraniometrie?«

»Nein. DNA. Aber ich habe wegen der Diskrepanz in den Messungen des Kraniums diese weiteren Untersuchungen angestellt. Er stammt aus Südamerika, mit südeuropäischen Einschlägen.«

Elli überlegte einige Sekunden. »Na gut … kannst du das genauer sagen?«

»Vermutlich südlich des Amazonas. Brasilien, Chile, Paraguay, Uruguay, nicht Bolivien oder Peru, die haben deutlicher indianische Züge.«

»Argentinien.«

»Ja.«

Bergmann gab solche Informationen nicht leichtfertig her, dachte Elli, nachdem sie das Gespräch beendet hatten. Sie hatte sich vorgestellt, dass der Junge vielleicht eine Verbindung zu einem Zirkus oder zu anderen umherreisenden Menschen haben könnte, aber Bergmanns Fund führte die Ermittlungen in eine ganz andere Richtung. Es gab dazu noch zwei weitere Proben, bei denen Bergmann noch auf das Untersuchungsergebnis wartete. Sie deutete an, dass ein vollständiger Bericht in drei Tagen vorliegen könnte.

Elli setzte sich an ihre Kücheninsel, die auch als Esstisch diente. Dort lag der Bericht über Irene Brustad.

Südamerika …

Konnten Irene und Paul ihre Tochter adoptiert haben? Das mussten sie überprüfen, aber wahrscheinlich war es nicht. Irene war wegen eines Drogendeliktes vorbestraft, und das wäre im polizeilichen Führungszeugnis erwähnt worden. Die zuständigen Behörden hätten sie niemals als Adoptivmutter zugelassen.

Kapitel 52

Elli sorgte dafür, dass Paul Brustad rund um die Uhr überwacht wurde. Der Bericht der Beobachter war langweilig. Weder am Freitagabend noch irgendwann am Samstag hatte Brustad die Villa auf Ullern aus einem anderen Grund verlassen, als um schnell einige Lebensmittel einzukaufen. Elli hätte gern sein Büro und sein Haus durchsucht, aber sie mussten vorsichtig sein, da Paul Brustad ja Anwalt war. Auch die Überwachung der Kommunikation über den Server in Singapur half ihnen da nicht weiter.

Um halb zwei am Samstagnachmittag schickte Brage eine SMS mit der Frage, ob sie sich treffen könnten.

Es war zwar nicht richtig, aber Elli antwortete mit Ja. »Kannst du herkommen?«, schrieb sie. Es könnten ja neue Informationen von der Internetüberwachung kommen, und die konnte sie nur mit ihrem eigenen Rechner lesen. »Italienisch, französisch oder südafrikanisch?«, schrieb Brage.

»Südafrikanisch.«

Sie verabredeten sich für sechs Uhr. Elli überlegte gerade, was sie kochen sollte, als ihr Mobiltelefon klingelte.

Ihre Mutter.

»Willst du heute zum Essen kommen, Sunee?«, fragte sie, ehe Elli irgendetwas sagen konnte. Wie meistens sprach sie Thai.

»Äh, ich würde ja gern. Aber ich bekomme Besuch.«

Pause.

»Besuch?«

»Jemand von der Arbeit«, log Elli.

Pause.

»Ein Mann«, sagte die Mutter.

»Ja, ein Kollege.«

»Ich wünschte, du könntest bald …«, legte die Mutter los. »Na ja, du weißt, was ich meine. Jetzt hast du ja auch die Sache mit Anne aufgeklärt.«

»Nicht ganz«, sagte Elli.

»Ist das dein Partner – wie heißt er doch noch gleich? Nereng? Kann er nicht bei der Polizei weitermachen und du wirst Anwältin? Dann wärt ihr ein solides Paar.«

»Es ist nicht Jan, Mama.«

Neue Pause.

»Es gibt da also jemand Neues. Ist er vielleicht Anwalt?«

Elli atmete langsam aus, wie, wenn sie meditierte. Ihre Mutter war manchmal eine Prüfung.

»Ich habe ihn erst einige Male getroffen, Mama, und er ist weder Polizist noch Jurist, er ist Veterinär.«

»Veterinär?«

Elli konnte fast hören, wie am anderen Ende der Leitung das Gehirn ihrer Mutter arbeitete und abwägte.

»Gutes Karma, Sunee, Tieren zu helfen«, lautete nach einer Weile das Urteil.

»Da kann ich dir zustimmen.«

Einige Sekunden herrschte Schweigen, dann fragte Elli: »Wie geht es dir denn – hast du Schmerzen?«

»Nur vom Warten.«

»Warst du beim Hausarzt?«

Die Mutter seufzte. »Ich hab am Montag einen Termin.«

Elli wusste, dass sie ihre Mutter besuchen musste.

»Mama, ich sag die Verabredung ab und schau bei dir vorbei.«

»Nein, nein, nein.«

»Doch …«

»Sunee, es ist schön, dass du dich mit einem Mann triffst.«

»Ja, aber …«

»Die Verabredung musst du einhalten.«

Elli gab sich geschlagen. Sie könnte ihre Mutter ja am nächsten Abend besuchen und würde sie auch am Montag treffen, nachdem sie bei ihrem Hausarzt gewesen war.

Brage stand, mit vom Duschen nassem Haar und frisch rasiert, um Punkt sechs vor der Tür.

»Ich mag Männer, die pünktlich sind«, sagte Elli und gab ihm einen Kuss.

Sie stellte ihm ein Bier auf die Anrichte, während sie nach dem Curry mit Meeresfrüchten sah, das auf dem Herd vor sich hin blubberte. Sie rührte mit der einen Hand um und klickte mit der anderen am Mac herum, um zu sehen, ob es bei der Überwachung von Brustads Internetaktivitäten etwas Neues gab.

»Multitasking?«, fragte Brage.

Elli lächelte verlegen. »Tut mir leid … wir überwachen da einige Websites.«

»Du nimmst deine Arbeit so ernst«, sagte er und grinste. »Das ist sexy.«

Sie winkte das Kompliment weg. »Manisch. Aber ich krieg was geschafft.«

Er ging zur Balkontür und öffnete sie. Zenith trottete hinter ihm her nach draußen. Nach einigen Sekunden stellte er sich auf die Hinterbeine, legte die Vorderpfoten auf das Geländer und starrte etwas unten auf dem Boden an.

Die beiden Gestalten auf dem Balkon brachten Elli zum Lachen.

»Ich hab ihn nur gefragt, ob er die Miezekatze sieht«, erklärte

Brage lächelnd und kam wieder herein. »Schöner Blick auf den Fluss«, sagte er dann und zeigte auf die Tür, die in Ellis Gäste- und Arbeitszimmer führte. »Gästezimmer?«

»Ja, wenn es sich gerade so ergibt.« Sie nahm zum Probieren einen Löffel Curry. »Ich hoffe, du magst scharfes Essen.«

Brage schnupperte in der Luft herum und kam an den Tisch, wo Zeniths Schnauze bereits an der Tischkante entlangsurfte.

Elli schickte den Hund sanft, aber entschieden in seinen Korb, wo er liegen blieb und alles aufmerksam verfolgte.

»Es riecht himmlisch«, sagte Brage.

Elli setzte sich und füllte die Teller. Brage schenkte Wein ein.

Sie aßen, tranken, lachten und plauderten. Trotz seiner ein wenig laufenden Nase langte Brage herzhaft zu.

»Hier«, sagte Elli und reichte ihm lächelnd einige Stücke Küchenpapier.

»Ist es so deutlich zu sehen?«

»Ja.« Sie lachte. »Du gewöhnst dich mit der Zeit daran.«

Nach dem Essen blieben sie am Tisch sitzen.

»Wie denkst du über den Fall?«, fragte er.

Sie betrachtete den Wein in ihrem Glas und ließ ihn darin umherschwappen. »Wir verstehen den Zusammenhang zwischen dem kleinen Jungen und den Tierkadavern noch nicht. Ich glaube, der Schlachter wusste genug, um den Mörder entlarven zu können, und weil wir auf ihn aufmerksam geworden waren, wurde er umgebracht.«

Brage stützte den Kopf in die Hände. »Aber jetzt seid ihr doch sicher dichter an einer Lösung?«

Elli schaute kurz zu ihrem Mac hinüber. Der Bildschirm war jetzt schwarz. Sie beugte sich vor, drückte auf eine Taste und erweckte ihn wieder zum Leben. Noch immer war bei dem Server in Singapur keine Bewegung registriert worden. »Bisher nicht.«

»Kommt das häufig vor?«

Elli sah ihn an. »Dass wir etwas nicht begreifen?«

Brage nickte.

Elli zuckte mit den Schultern. »Immer. Daraus besteht unsere Arbeit doch gerade.«

Erst jetzt merkte sie, dass es draußen dunkel geworden war. »Zenith muss raus.«

Brage erhob sich.

Elli winkte ab. »Nur eine kurze Runde. In zehn Minuten sind wir wieder da.«

»Okay«, sagte er erwartungsvoll.

Elli erstarrte in der Bewegung, drehte sich zu ihm um. »Das … das ist schon ein bisschen komisch …«

»Ja …«

»Aber vielleicht möchtest du hier übernachten?«

»Nichts, was ich lieber täte«, antwortete Brage sofort.

Kapitel 53

Am Sonntagvormittag beschloss Elli, sich Paul Brustads Arbeitsplatz, die Kanzlei Brustad & Splid, genauer anzusehen. Die Kanzlei lag an der Ecke Cort Adelers gate und Hansteens gate, nur zwei Straßen von dem Haus mit dem Erdkeller entfernt, wo sie das Skelett gefunden hatten. Es war zudem ein passender Sonntagsspaziergang für Zenith. Brage war nach Hause gefahren, er hatte eine Verabredung mit einem Freund.

Ein Messingschild an der Tür gab Auskunft darüber, dass außer den Anwälten noch mehrere Firmen und Organisationen in diesem Haus untergebracht waren, unter anderem eine Interessenvertretung für Autobesitzer. Elli ging durch die Cort Adelers gate, warf einen kurzen Blick durch die Fenster im Erdgeschoss rechts, sah aber drinnen niemanden. Auf dem Solli plass band sie Zenith an einem Fahrradständer an und kaufte sich in einem Café einen doppelten Americano.

»Komm«, sagte sie dann zu Zenith und schlenderte weiter, um das Handelsgymnasium herum, dann nach rechts, durch die Cort Adelers gate und an der Anwaltskanzlei vorbei, aber dieses Mal auf der anderen Straßenseite der Cort Adelers gate. Sie ließ sich Zeit, während sie versuchte, sich einen besseren Überblick zu verschaffen. Der Eindruck vom ersten Mal änderte sich nicht. Eine gut eingeführte Anwaltskanzlei in einem gepflegten Haus, am Sonntagvormittag war niemand bei der Arbeit.

Sie ging bis zur nächsten Straßenecke weiter und blieb dort stehen, wo die Cort Adelers gate die Huitfeldts gate kreuzte. Sie musste ein wenig Zeit verstreichen lassen, ehe sie wieder zurückging. Während sie Zeniths Halsband zurechtrückte, warf sie noch einen kurzen Blick zur Kanzlei hinüber. Ein kleiner Elektro-Citroën blinkte vor Brustad & Splid und schien anhalten zu wollen. Aus dieser Entfernung konnte Elli den Fahrer nicht erkennen, aber er war offenbar allein im Wagen.

Mit raschen Schritten ging sie durch die Huitfeldts gate, bog nach links ab und sah vom anderen Ende der Hansteens gate aus das Elektroauto. Es stand genau vor der Eingangstür zur Kanzlei. Der Fahrer war jetzt hinter dem Fahrzeug beschäftigt. Elli blieb hinter einem großen schwarzen SUV stehen und behielt den Mann durch die Wagenfenster im Auge. Zenith schnaufte heftig, als er nun neben ihr saß. Sie kraulte ihn kurz hinter dem Ohr, ließ aber den Mann bei dem Elektroauto nicht aus den Augen. Seine Züge waren von einer Sonnenbrille, dem Schatten seiner Schirmmütze und einem Dreitagebart versteckt. Sie konnte auch nicht genau erkennen, ob auf der Mütze etwas stand, sondern sah nur, dass sie blau war.

Einige Sekunden später schloss der Mann die Hecktür seines Autos und trug einige Karteikästen aus Plastik ins Haus.

Ein Mann trägt Karteikästen in ein Bürogebäude. Elli hatte wirklich schon Spannenderes im Dienst erlebt. Er gehörte möglicherweise nicht einmal zur Kanzlei. Elli machte kehrt und ging den Weg zurück, den sie gekommen war. Eine tiefstehende Sonne schien ihr ins Gesicht, Zenith trottete langsam und mit offenem Maul dahin. Zwei Jungen in Shorts und T-Shirt kommentierten, das sei ja ein cooler Hund.

Als sie sich abermals der Cort Adelers gate näherte, ging sie geradeaus weiter und bog bei der ersten Kreuzung nach rechts in die Observatoriegate ab. Zenith blieb stehen, um zu schnuppern, dann folgte das unvermeidliche Markieren, an der Ecke ganz unten beim Oslo Handelsgymnasium. Elli überlegte, dass der alte Nazitunnel ungefähr dort enden musste, wo sie jetzt standen. Während sie darauf wartete, dass Zenith sein Geschäft beendete, hörte Elli, wie eine Tür geöffnet wurde. Sie schaute in die Richtung des Geräuschs und stellte fest, dass es sich um die Ausgangstür des KNA-Hotels handelte. Gleich darauf sah sie einen Mann, der die Steintreppe vor dem Hotel hinunterlief. Überrascht blieb sie stehen und sah, wie er mit lässigen Schritten nach rechts schlenderte und um die Ecke der Cort Adelers gate bog.

Ein Mann, der aus einem Hotel kam, war auch nicht besonders spannend. Trotz der Entfernung sah Elli, dass er eine Sonnenbrille und eine blaue Schirmmütze trug. Sie hatte keinen Zweifel daran, dass es derselbe Mann war, der einige Minuten zuvor das Haus mit der Anwaltskanzlei betreten hatte.

Kapitel 54

»Null und nix«, teilte Nereng mit, als Elli ihn etwas später an diesem Tag anrief. »Brustad ist eine Runde mit dem Kinderwagen gegangen. Sigurdssønn und ich hatten die Freude, zwischen gepflegten Villen und deutschen Autos auf dem Bürgersteig herumzulaufen, um die Beobachtung fortsetzen zu können. Und du hast Besuch gehabt, wie mir scheint?«

»Ist das so deutlich?«

Nereng lachte. »Mein Gott, Elli, du hörst dich an wie ein Kanarienvogel.«

Sie musste sich zusammenreißen.

»Wann wirst du abgelöst?« Elli versuchte, ihre Stimme energisch klingen zu lassen. Weg mit dem Plauderton.

Sie hörte Nereng am anderen Ende der Leitung stöhnen. »In knapp zwei Stunden.«

Sie sah auf die Uhr. Halb drei.

»Sagen wir um fünf am Rådhuskai?«

»Von mir aus.«

»Hast du dein iPad dabei?«

Elli wusste, dass er damit Bücher las, deshalb war die Frage nicht so seltsam.

»Ja, das schon.«

»Gut. Ich lad dich zum Essen ein«, sagte sie. »Dabei reden wir dann weiter.«

Elli ging mit Nereng auf eines der älteren Restaurantschiffe an der Rådhusbrygge. Sie setzten sich ans Achterende, wo nur wenige Gäste waren. Elli bestellte für beide Mineralwasser und Muschelsuppe. Für Zenith stellte der Kellner, der Elli schon kannte, einen Napf mit Wasser unter den Tisch.

Nerengs rötliches Haar war hübsch verwuschelt. Die Sonne hatte seine Sommersprossen und seine grünen Augen deutlicher gemacht.

Sein T-Shirt war verwaschen und trug den Aufdruck »Rage Against the Machine«, zusammen mit dem Bild des brennenden Mönchs.

Nereng legte sein iPad auf den Tisch. »Erzähl.«

Elli begann mit der Schilderung ihres informellen Beobachtungseinsatzes, verstummte kurz, als der Kellner Wasser einschenkte, und erzählte dann von dem Mann, den sie beim KNA-Hotel gesehen hatte.

»Und was ist so aufsehenerregend daran, dass ein Mann eine Straße weiter geht?«, fragte Nereng.

Elli beugte sich über den Tisch vor. »Dass er das so schnell gemacht hat.«

Nereng blickte sie fragend an. »Aber hast du nicht gesagt, dass du um den Block gegangen bist? Das dauert doch … na ja, vier, fünf Minuten?«

»Schon, aber ich habe einen Teil der Runde durch die Cort Adelers gate gedreht. Ich habe nur zwei oder höchstens drei Minuten gebraucht, um von meinem Beobachtungspunkt zur Parallelstraße und wieder zurück zu gehen. Dieser Mann ist mit einigen Kartons in das Haus gegangen, die er da irgendwo abgesetzt haben muss. Es ist Sonntag, alles ist abgeschlossen. Eine Anwaltskanzlei hat Alarmanlage und Sicherheitsschloss. Es ist nicht möglich, dass er das in weniger als zwei, vielleicht drei Minuten geschafft hat.«

»Du meinst also, dass er gleichzeitig mit dir in der Cort Adelers gate gewesen sein muss, um es bis zum KNA-Hotel zu schaffen? Kannst du ihn übersehen haben?«

»Theoretisch ja, praktisch nein. Es waren ja nicht gerade viele Leute unterwegs.«

Der Kellner brachte die Suppenteller. Sie legten eine Pause ein, während er sie bediente, und kosteten die Suppe.

»Oi«, rief Nereng. »Warum hab ich hier noch nie gegessen?«

Einige Löffel später zeigte Elli auf das iPad. Nereng machte eine bejahende Handbewegung.

»Siggen hat ja von dem alten Nazibunker erzählt«, begann sie.

Nereng schluckte einen Mundvoll hinunter. »Ja. Wir glauben, dass da der Tunnel ursprünglich geendet hat.«

»Stimmt. Aber viele meinen, dass es eine Verbindung zwischen Handelsgymnasium und KNA-Hotel gibt.«

Elli gab eine Google-Suche ein.

»Aber dein Mann kam doch aus der entgegengesetzten Richtung«, überlegte Nereng.

»Stimmt«, sagte sie und reichte ihm das iPad. »Aber sieh mal hier.«

Nereng schaute sich das Ergebnis von Ellis Internetsuche an. Zeitungsartikel, historische Artikel und Videoreportagen erzählten dieselbe Geschichte: Unter dem Boden im Bereich zwischen dem Oslo Handelsgymnasium, der Ruseløkka-Schule und dem Außenministerium vermuteten viele die Existenz unterirdischer Gänge.

»Meine Güte«, sagte Nereng. »Eine Verbindung vom KNA-Hotel zur Cort Adelers gate 16?«

Elli nickte eifrig.

Nereng ließ sich zurücksinken. »Und dann gibt es auch eine Verbindung zu dem Tunnel, in dem die Leiche gefunden wurde?«

»Das würde einiges erklären. Auch, wie der Mann, der mich angegriffen hat, aus dem Teil des Tunnels kommen konnte, der an einer Mauer endet. Aber wir haben ja keinen Beweis dafür, dass eine solche Verbindung besteht.«

»Abgesehen von der Tatsache«, sagte Nereng, »dass jemand von dort gekommen ist.«

Elli sah ihn einige Sekunden lang an, dann antwortete sie: »Er ist in ein Gebäude gegangen und hatte Kartons bei sich, und dann kam er aus einem anderen wieder heraus. Wir glauben beide nicht an Zufälle, Jan. Und es ist dicht bei dem Tunnel, wo die Leiche gefunden wurde. Ich bin sicher, dass es eine Verbindung zu unserem Fall gibt … aber warum zum Teufel musste es eine Anwaltskanzlei sein?«

Darauf hatte Nereng keine Antwort.

Bei der Kanzlei anzuklopfen und zu fragen, war natürlich ausgeschlossen, dachte Elli, als sie nach Hause kam. Aber im KNA-Hotel könnten sie vielleicht ein paar diskrete Informationen einholen. Sie wusste nicht, in welcher Verbindung der Mann, den sie beobachtet hatte, zu ihrem Fall stand, ob es da überhaupt eine Verbindung gab, und deshalb mussten sie vorsichtig sein. Wenn die Anwaltskanzlei Wind von ihren Untersuchungen bekäme, würden die Beweise verschwinden wie Tau in der Sonne.

Sie machte sich also im Internet auf die Suche nach Informationen über Tunnel und Geheimgänge unter Oslo. Die Zeitung Aftenposten und der staatliche Rundfunk NRK hatten sich für diese unterirdischen Gänge interessiert, aber die Artikel gaben keine eindeutigen Antworten über den Umfang der unterirdischen Bautätigkeit, die die Nazis während des Krieges betrieben hatten. Der Historiker Richard Salomonsen wurde in den Artikeln immer wieder erwähnt. Er vertrat die Theorie, es gebe ein kompliziertes Netzwerk von Tunneln, das sich unter dem ganzen Stadtteil dahinzog. Elli kam das zu spektakulär vor.

Was dagegen ganz deutlich zu sein schien, war, dass es unter dem bekannten Nazibunker beim Handelsgymnasium noch einen großen, versiegelten Bunker gab und dass dieser in Verbindung zum KNA-Hotel stand. Auch der Osloer Stadtkonservator konnte das bestätigen.

Kapitel 55

Elli begann den Tag damit, dass sie ihre Mutter anrief und ihr alles Gute für den Besuch beim Hausarzt wünschte. Die Stimme der Mutter klang gefasst und stark, aber Elli wusste, dass der Schein trog. Sie dachte noch immer an ihre Mutter, als sie vor dem KNA-Hotel mit Nereng zusammentraf. Ein hilfsbereiter Hoteldirektor führte sie in den Keller und in den Teil, der früher einmal ein Bunker gewesen war. Der Bunkerbereich war größtenteils zugemauert, und im Hotel wusste niemand etwas über geheime Verbindungen zur Umgebung. Elli und Nereng durften sich ungestört im Keller umsehen, fanden aber nichts.

Als Nächstes suchten sie den Historiker Richard Salomonsen auf, einen Mann von etwa siebzig mit halblanger, nach hinten gekämmter Silbermähne, die ihm einen gutmütigen und fast kindlichen Ausdruck verlieh. Er empfing Elli und Nereng vor seinem Reihenhaus in Røa und führte sie durch das Wohnzimmer auf eine Veranda mit Tisch, Stühlen und allerlei Topfblumen in allen Größen und Farben. Über der Veranda schlangen sich grüne Zweige durch eine Spalierkonstruktion.

»Ja, das sind meine Weinranken«, erklärte Salomonsen und zeigte nach oben. »Die Topfblumen gehören meiner Frau.«

Er zeigte auf einige Stühle am Esstisch, und Elli und Nereng wurde selbstgemachter Himbeersaft vorgesetzt.

»Die Polizei interessiert sich also für alte Nazitunnel«, sagte Salomonsen und setzte sich.

Elli nickte vorsichtig. »Im Zusammenhang mit den Ermittlungen in einem bestimmten Fall interessiert uns das, ja.«

Salomonsen ließ sich auf seinem Stuhl zurücksinken. Der Stuhl knackte bedrohlich. »Na, dann sind Sie an den Richtigen geraten. Nur wenige, wenn überhaupt irgendwer, wissen mehr darüber als ich. Ich habe mich sehr für die Geschichte der Nazibunker interessiert und versucht, diese unterirdischen Einrichtungen zu dokumentieren und zu beschreiben.« Elli wechselte einen kurzen Blick mit Nereng, dann beugte sie sich zu dem Mann vor. »Sie meinen also, dass es diese Tunnel gibt?«

»Ob es die gibt? Sind Sie verrückt, natürlich gibt es die. Aber sie wurden bis zum Jahrtausendwechsel totgeschwiegen. Jetzt sind immerhin drei davon öffentlich zugänglich. Der Bunker unter dem Handelsgymnasium, die Abhörstation der Nazis in der Cort Adelers gate 33 und der Bunker unter der Ruseløkka-Schule, wo der norwegische Nachrichtendienst die Botschaften in Oslo abgehört hat.«

»Du meine Güte«, kommentierte Nereng.

Salomonsen lachte kurz. »Die Verwendung dieses Bunkers wurde im Bericht der Lund-Kommission erwähnt, sie ist also einigermaßen bekannt.«

Elli musterte Salomonsen einige Sekunden lang, ehe sie fragte: »Ich wüsste ja gern, woher Ihr Interesse an Nazieinrichtungen stammt.«

Salomonsen lächelte strahlend. »Das ist ganz einfach. Ich habe viele Jahre am Handelsgymnasium gearbeitet, und unten im Keller gab es eine große Metalltür mit einer Inschrift auf Deutsch: Luftschutzraum Befehlsstand. Wir haben immer wieder beim Verteidigungsministerium gefragt, ob wir Zutritt zu diesem Bunker haben könnten, aber sie haben jedes Mal geantwortet: Welcher Bunker?«

Salomonsen schüttelte den Kopf, trank einen Schluck Himbeersaft und schien tief Luft zu holen, ehe er weitererzählte. »Aber so um die Jahrtausendwende kam dann plötzlich ein Anruf vom Verteidigungsministerium. Und können Sie sich vorstellen, was die uns gefragt haben?«

Elli schüttelte den Kopf.

Salomonsen hielt ihren Blick fest. »Wollt ihr den Bunker zurückhaben?«, fuhr er endlich fort. »Und wissen Sie, was wir geantwortet haben?«

Elli konnte sich denken, was jetzt kommen würde, tat ihm aber den Gefallen und schüttelte den Kopf.

»Welchen Bunker?«, erwiderte Salomonsen lachend. »Aber Sie«, sagte er dann und trank noch einen Schluck Saft, »waren wohl schon da unten? In Terbovens trautem kleinen Nest?«

»Wir waren unten im Tunnel«, bestätigte Elli.

»Sie haben nach meinem Interesse gefragt«, sagte Salomonsen. »Ich bin Historiker. Habe am Handelsgymnasium Geschichte unterrichtet. Ich war im Krieg ein kleiner Rotzbengel, aber ich kann mich noch gut an die Deutschen erinnern, wir haben sie nach Bonbons gefragt und dann gab es Süßigkeiten.«

Salomonsen leckte sich die Lippen.

»Die Nachbarn unten auf Gimle Terrasse, wo ich aufgewachsen bin, hießen Finkel. Sie hatten einen Sohn in meinem Alter, Elias. Eines Morgens war Familie Finkel nicht mehr da. Sie waren nach Polen verschleppt worden. Und die Polizei hatte sie abgeholt. Die norwegische Polizei.«

Für einen kurzen Moment rechnete Elli mit einem Vortrag über norwegische Unterlassungssünden während des Zweiten Weltkrieges, aber Salomonsen riss sich zusammen.

»Wenn Sie als Historiker dreißig Jahre lang immer über dem Büro des Wehrmachtschefs während der Besatzung hin und her gelaufen sind, ohne dass jemand das bestätigen mag, dann ist es ganz schön aufregend, wenn die Wahrheit endlich ans Licht kommt.«

Elli lächelte verständnisvoll zu Salomonsens Darstellung der Lage. Als er schwieg, fragte sie: »Was können Sie uns über diese Anlage im Erdboden erzählen?«

»Wollen wir sie uns nicht lieber ansehen?«

»Eingang zum Luftschutzraum Befehlsstand«, las Nereng in seinem Schuldeutsch von der Stahltür vor, die Salomonsen jetzt aufschloss. Sie waren durch die Aula des Handelsgymnasiums in den Keller gegangen. Als sich die schwere deutsche Stahltür öffnete, betraten sie gleich darauf einen riesigen Treppenabsatz. Eine Tafel mit deutschen Namen lehnte an einem Stahlgeländer. Links gab es einen Glaskasten mit einer SS-Uniform. Rechts standen ein alter Schreibtisch und ein rundes militärgrünes Gerät.

»Verteiler für wiederaufgearbeitete Luft«, erklärte Salomonsen. »Sie mussten sich im Falle eines Angriffs doch lange hier unten aufhalten können.«

Er ging zum Ende des Stahlgeländers weiter und führte sie eine steile Treppe hinunter. Elli vermutete, dass sie einen Stock tiefer gingen, ehe die Stufen plötzlich endeten. Links führte ein Korridor steil nach unten, graugrüne Wände, nackte Glühbirnen an der Wand, in straffer Symmetrie. Am Ende, nach dreißig, vierzig Metern, ahnten sie eine Tür.

Nereng stieß einen Pfiff aus. »Wie tief nach unten geht das hier?«

»Die Decke im niedrigsten Teil des Bunkers ist an die acht Meter unter dem Boden«, sagte Salomonsen.

Am Ende des Ganges schloss Salomonsen eine weitere Stahltür auf. Dahinter hatten sie das Gefühl, eine Zeitmaschine zu betreten. Ein Raum nach dem anderen mit Möbeln, Büchern, Rangabzeichen, Waffen. In einem Zimmer war die Wand mit einer riesigen Hakenkreuzflagge dekoriert. Zwei Büsten standen in einem Regal an der Wand.

»Quisling und Hitler«, sagte Elli überrascht.

Nereng starrte einen Dolch in einem anderen Glaskasten an.

»Terbovens Paradedolch«, erklärte Salomonsen.

Elli ging weiter und erreichte einen Flur mit drei Türen. Eine neue Stahltür, gleich vor ihnen, rechts eine dicke schalldichte Tür, dazu die Holztür, durch die Elli gekommen war. Sie drehte den Türknauf der schalldichten Tür um. Die Tür glitt auf. Dahinter lauerte totale drückende Finsternis.

»Hier«, sagte Salomonsen und streckte eine Hand nach rechts aus. Mit einem Klicken leuchtete eine nackte Birne an der Decke auf.

Der Raum war von oben bis unten mit perforierten schalldämpfenden Platten ausgeschlagen.

Nereng kam herein und klatschte in die Hände. Das ergab ein dürres Geräusch ohne Resonanz.

»Funkraum«, erklärte Salomonsen. »Sie hatten von hier direkten Kontakt zum Führer.«

»Zum Bunker in Berlin?«, fragte Nereng.

»Vermutlich.«

An der Wand hingen Karten. Deutsche Positionen in Norwegen auf der einen Seite, Positionen und Angriffspläne in Europa auf der anderen.

»Schauen Sie mal«, sagte Salomonsen und lief eifrig zu einer weiteren Stahltür. Als er die öffnete, sahen sie eine Wendeltreppe. Am oberen Ende, etwa zwei Stock höher, konnten sie eine Tür ahnen. »Die führt hinaus in den Parkvei.«

Elli trat einen Schritt zur Seite, um besser sehen zu können.

»Hört mal«, sagte Nereng und starrte den Betonboden an.

Elli drehte sich zu ihm um. »Was denn?«

»Der Boden«, sagte Nereng. »Der klingt, als sei darunter ein Hohlraum.«

Salomonsen lächelte vielsagend. »Das glauben wir auch, aber wir haben die Verbindungstür noch nicht finden können.«

Elli und Nereng sahen ihn an. »Es gibt noch ein Stockwerk?«, fragte Elli.

Salomonsen nickte beflissen. »Ja, allerdings. Irgendetwas ist hier drunter, aber das Ministerium besteht darauf, dass sie niemals etwas anderes genutzt haben als dieses Stockwerk hier. Es kommt mir unwahrscheinlich vor, dass sie uns nicht informiert hätten, wenn sie von einer Verbindung nach da unten wüssten. Sie haben uns die Anlage doch übertragen.«

»Mhm«, sagte Elli nachdenklich. »Und was glauben Sie?«

Salomonsens Augen funkelten auf. »Es gibt eine Verbindung. Eine geheime Verbindung, die noch niemand gefunden hat.«

Elli sah den Boden an.

Nereng stampfte einige Male auf. Dann ging er einen Meter weiter. Dort war der Klang deutlich fester.

»Kann die Treppe noch weiter nach unten geführt haben?«, fragte er.

Salomonsen machte eine vage Handbewegung. »Möglich ist alles.«

Elli blickte ihn kurz an. »Haben Sie hier unten jemals andere Menschen gesehen außer den historisch Interessierten, die Sie kennen?«

»Nein. Abgesehen von damals, als das Verteidigungsministerium uns die Schlüssel ausgehändigt hat.«

»Können Sie sich an Namen erinnern?«

»Luster. Der war der Einzige, der hier war.«

»Vorname?«

»Erik.«

Elli sah Nereng an. Er signalisierte, dass er sich den Namen eingeprägt hatte.

»Was ist mit Geräuschen?«, fragte Elli jetzt Salomonsen. »Haben Sie hier unten etwas gehört?«

Salomonsen blinzelte ein paarmal. Dann nickte er. »Einige Male.« Elli trat einen Schritt auf ihn zu. »Was haben Sie gehört?«

Salomonsen stöhnte auf. »Ich will hier nicht als alter Trottel erscheinen, Frau Rathke.«

»Das werden Sie auch nicht. Erzählen Sie einfach, was Sie gehört haben.«

»Kommen Sie«, sagte er und ging zurück in den Flur, durch den sie gekommen waren. »Hier war das«, sagte er und blieb mitten im Raum stehen.

Elli ließ ihm Zeit zum Nachdenken.

»Es war ein leises Rascheln. Vielleicht wie Schritte auf einem Kiesweg. Und ich habe Maschinen gehört.«

»Was für Maschinen?«

»Elektrische … Sägen vielleicht, Bohrer und so.«

»Wann haben Sie das zuletzt gehört?«

Salomonsen überlegte, dann antwortete er: »Vor drei, vier Wochen. Es sind leise Geräusche, und ich bin ja nicht regelmäßig hier, aber manchmal haben ich und die anderen Freiwilligen viel Zeit hier unten verbracht, um die Ausstellung aufzubauen.«

Sein Blick wanderte für einen Moment über Wände und Boden. Elli konnte sehen, dass ihn das, was er erzählte, sehr verunsicherte.

»Im KNA-Hotel laufen ja Renovierungsarbeiten«, sagte er schließlich. »Vielleicht sind die Geräusche von dort hierher übertragen worden.«

Elli lächelte ihn an. »Glauben Sie das, Herr Salomonsen?«

Er schüttelte den Kopf. »Nein, ich glaube, es war etwas anderes.«

Elli und Nereng verteilten die Aufgaben untereinander. Nereng wollte Hintergrundinformationen über die Kanzlei Brustad & Splid besorgen. Elli übernahm das Verteidigungsministerium. Das dauerte nicht lange. Erik Luster war schon längst in Rente gegangen und zudem vor zwei Jahren verstorben. Ansonsten gab es wenige Unterlagen über die Bunker, einfach aus Sicherheitsgründen. Das Verteidigungsministerium hatte in den sechziger Jahren versucht, aus Deutschland die Grundrisse zu besorgen, hatte aber keine erhalten. Wenn die Polizei etwas wissen wollte, mussten sie die Tunnel selbst untersuchen.

Später, am selben Tag, warf die Sonne kräftige gelbe Strahlen auf Ellis Schreibtisch und ließ die Listen der Datenabteilung förmlich aufleuchten. Elli musste der Sonne den Rücken kehren, um lesen zu können – es waren die Mobilnummern des ermordeten Schlachters Sued Kalahir, seiner beiden Angestellten Hana und Dorda, die von Zirkusdirektor Balareno, von Restaurantbesitzer Feste und etliche andere, die für die Kanzlei Brustad & Splid registriert waren. Sie hatten bereits die von Irene und Paul Brustad. Elli überprüfte Pauls Nummer und stellte fest, dass als Inhaber Brustad & Splid registriert waren.

Es gab auch einen Ordner mit Bildern der Beteiligten am Fall, so, wie er jetzt aussah. Die Ermittlungsgruppe hatte gute Arbeit geleistet, denn alle Angestellten von Brustad & Splid lächelten sie an wie für eine Firmenpräsentation.

Paul Brustad sowie etliche jüngere Männer und Frauen auf

dem Weg nach oben. Dabei gab es noch einen interessanten Namen: Sigurd Lincher, der Anwalt, der dem PST-Informanten Mukthar Zahir den Anonymisierungsdienst in Singapur empfohlen hatte. Lincher wohnte in Grefsen, Sigurd und Margrete Lincher hatten ein Kind, Julius, und das Au-pair-Mädchen Evelyn de Rosales. Sie wohnten gar nicht weit entfernt von Kasper Kleppe, über den Nereng sicherheitshalber ebenfalls Informationen erbeten hatte. An seiner Adresse waren seine Frau Gudrun Kleppe, der Sohn Vegard und ein ausländischer Name angeführt, Grace Salazar. Philippina, vermutete Elli.

»Kein Au-pair auf Ullern bei Brustads?«, fragte Nereng.

»Offenbar nicht. Vielleicht Zurück-zur-Natur-Eltern.«

Nereng lachte über diesen Witz.

»Komm«, befahl Elli, nahm die Liste und machte sich auf den Weg zu Fjelds Büro. Sie mussten sich unbedingt weitere Informationen verschaffen.

»Kommunikationskontrolle von …« Fjeld zählte an den Fingern ab. »Zwölf Personen?« Er blickte auf. »Davon sind drei profilierte Anwälte?«

Elli hielt seinem Blick stand. »Ethik, Moral und Juristerei sind unterschiedliche Disziplinen, Chef. Und nur bei wenigen Menschen gleichzeitig zu finden.«

»Hrmf«, brummte Fjeld.

Elli machte eine vage Handbewegung. »Zeig mir zwei Juristen, dann zeige ich dir mindestens einen Schurken.«

Fjeld erhob sich. »Harte Worte von einer Juristin.« Er starrte aus dem Fenster, während er überlegte. »Und Kleppe«, sagte er dann und drehte sich zu Elli um. »Was hat der eigentlich mit der Sache zu tun?«

»Er hat zusammen mit Brustad Anteile an dem Restaurant auf Aker Brygge. Wir müssen feststellen, welche von diesen Personen miteinander in Kontakt stehen.«

»Wie weit zurück?«

»Einen Monat erst einmal.«

Sie spürte die Phantasiebilder des Jungen, der sie dort unten im Bach anstarrte, verdrängte sie aber und sagte: »Es besteht irgendeine absurde Verbindung zwischen den Tierkadavern, der Leiche und dem Schlachter. Die Leute hier auf der Liste stehen entweder mit dem Fall in Beziehung oder können uns Informationen beschaffen.«

Fjeld sah Nereng an. »Wie siehst du das alles?«

»So wie Rathke, Chef. Wir haben nur wenig Material. Aber es weist jetzt alles auf den Nazitunnel und diese Verbindungen hin.«

Fjeld runzelte besorgt die Stirn. »Na dann los«, sagte er, schmatzte kurz mit seinem Kautabak, erklärte die Besprechung für beendet und fügte hinzu, er rechne mit schnellen Ergebnissen.

Kapitel 56

Als sie ihr Fahrrad in der Garage des Polizeigebäudes abgestellt hatte, sah Elli, dass Nereng dreimal versucht hatte, sie anzurufen. Sie fuhr mit dem Fahrstuhl ins Büro hinauf und fand ihn an seinem Schreibtisch. Als er sie sah, zeigte er eifrig auf seinen Bildschirm.

»Die Angestellten von Brustad & Splid«, sagte er. »Sieh mal nach, ob du da irgendwelche Bekannten entdeckst.«

Elli überflog die Liste. Außer Paul Brustad, den sie ja schon im Visier hatten, gab es dort fünfzehn Namen. Erst ein Stück weiter unten sah sie, was Nereng gemeint hatte. »Sigurd Lincher«, sagte sie nachdenklich. »Er hat Mukthar Zahar vertreten … und arbeitet in derselben Kanzlei wie Brustad.« Sie betrachtete das Foto von Sigurd Lincher. Wäre es möglich, dass er es war, den sie beim Verlassen des KNA-Hotels gesehen hatte? In Schlips und Kragen sah jemand definitiv anders aus als mit Bartstoppeln, Sonnenbrille und Schirmmütze. Es konnte aber auch jemand anders gewesen sein.

»Aber warte, bis du siehst, welche Rollen Lincher in der Wirtschaft noch gespielt hat«, sagte Nereng aufgeregt und klickte sich zu www.proff.no durch.

»Mit einem silbernen Löffel im Mund geboren«, stellte Elli fest.

Linchers Familienimperium reichte mehrere Generationen zurück, das Vermögen beruhte auf Grundbesitz in Oslo und altehrwürdigen Aktien an der Börse. In der Muttergesellschaft des Familienkonzerns, Rector ASA, besaß Sigurd Lincher fünfzehn Prozent, in der Tochtergesellschaft Rector Eiendom AS fünfunddreißig Prozent. Die Rectorgruppe stand für Werte von rund einer Milliarde norwegische Kronen.

Aber abgesehen von zwei Posten als Aufsichtsrat arbeitete Sigurd Lincher nicht in den Familienunternehmen. Stattdessen hatte er sich für die Arbeit als Anwalt mit Mandanten am eher idealistischen Ende des Spektrums entschieden. Umweltorganisationen und Engagement für die problematischsten Menschenrechtsangelegenheiten.

»Wie passt das denn zu Brustad & Splid?«, fragte Nereng, der links neben Elli stand. »Beschäftigen die sich nicht mit Steuerplanung für Shipping- und Ölindustrie?«

»Linchers Familienimperium gehört das Haus, in dem die Kanzlei liegt. Er macht sicher, was er will, und Brustad & Splid profitieren davon, dass sie ›altes Geld‹ im Anwaltsstall haben. Sieh dir doch mal seine Steuererklärungen an – ein Vermögen von hundertfünfzig Millionen. Und doch führt er ein ziemlich normales Leben.«

»Solche Typen kenne ich. Name und Geld sorgen dafür, dass sie sich so ziemlich alles erlauben können. Und alle machen ihren Kratzfuß, wenn sie auftauchen. Solche gibt es überall. Sogar in Dokka. Wenn auch in etwas kleinerem Maßstab, versteht sich.«

Weder die polizeilichen Register noch die Steuerbehörden hatten an Lincher etwas auszusetzen. In der Öffentlichkeit trat er nur in Maßen in Erscheinung, vor allem zusammen mit seinen Mandanten oder stellvertretend für sie. Die größte Medienaufmerksamkeit hatte der Fall eines bekannten Umweltaktivisten erregt, der bei einem Musikfestival in Kragerø mit Hasch erwischt worden war. Ansonsten gab es keine Streitpunkte, keine Skandale, abgesehen davon, dass er einmal in der Klatschillustrierten Se og Hør auf einem Bild aus dem Restaurant Flow aufgetaucht war, in Verbindung mit der Premiere eines internationalen Umweltthrillers.

»Sigurd Lincher«, sagte Elli und sah sich das Bild noch einmal an. »Du bist zu gut, um wahr zu sein, oder?«

Sie schwiegen eine Weile.

»Ich musste an diesen Kasper Kleppe denken«, sagte Nereng.

Elli nickte. Das war wirklich ein seltsamer Zufall. Aber sie konnte sich nicht vorstellen, in welchem Zusammenhang der mit den Ermittlungen stand.

»Er ist nicht direkt relevant für den Fall«, sagte Nereng. »Aber wir brauchen ein paar neue Herangehensweisen an unser Material. Lass uns noch mal mit Siri Rud sprechen und uns anhören, was sie zu sagen hat. Vielleicht können wir das Kleppe gegenüber verwenden und ihm Informationen über Brustad und Lincher entlocken.«

»Raffiniert, Nereng«, sagte Elli voller Bewunderung. »Aber es kann klappen. Du weißt vielleicht sogar, wo sie wohnt?«

»Sie wartet schon auf unseren Besuch«, sagte Nereng und erhob sich.

Sie fuhren nach Westen. Nereng saß am Steuer, der Verkehr in Grønlandsleiret quälte sich durch Nachmittagsgedränge und Baustellen hindurch.

»Nilsen und Salomonsen behaupten, im Boden Geräusche gehört zu haben«, sagte Elli auf dem Beifahrersitz. »Nilsen aus dem Tunnel … es war ›wie der Teufel selbst‹, was immer das bedeuten mag, und Salomonsen oben im Nazibunker. Luster war der Ansicht, dass es eine Verbindung zum KNA-Hotel gegeben hat und dass es unter dem Bunker beim Gymnasium einen Hohlraum gibt. Die Mauer, auf die wir im Tunnel gestoßen sind, muss die unter dem Gymnasium sein, Jan.«

»Und du meinst, dass es in der Gegenrichtung eine Verbindung zur Cort Adelers gate 16 gibt? Vom KNA-Hotel?«

Elli verzog leicht verlegen das Gesicht. »Ich geb ja zu, dass das ganz schön wild klingt, aber es kann durchaus sein, dass der Tunnel mit der Cort Adelers gate 16 und der Kanzlei verbunden ist, in der Paul Brustad arbeitet.«

Nereng nickte.

»Die Tierkadaver passen zu dem Fressnetzwerk, und wir haben Hinweise darauf, dass Paul Brustad damit zu tun hat, auch wenn wir das nicht beweisen können. Das liefert uns zwei Indizien gegen Paul Brustad: den Server in Singapur und die unterirdische Verbindung zu dem Gebäude, in dem er arbeitet. Dort arbeitet auch Lincher. Und dem gehört das Haus noch dazu.«

»Wenn der Tunnel wirklich in den Bunker führt.«

»Ja.«

»Und die Leiche des Jungen war in dem Tunnel zum Bunker begraben …«

»Das letzte Puzzleteil«, sagte Elli, »ist das Messer, mit dem die Tiere zerlegt wurden. Es stammt aus Kalahirs Laden.« Sie sah Nereng an. »Wenn wir herausfinden, wie man sich aus dem Erdkeller bis hinauf in die Cort Adelers gate 16 bewegen kann, dann haben wir ihn.«

»Du scheinst davon überzeugt zu sein, dass Paul Brustad unser Mann ist.«

Elli schwieg eine ganze Weile, dann sagte sie: »Oder Lincher.«

»Vielleicht beide?«

»Wir wollen erst mal sehen, was bei Siri Rud zu holen ist.«

Siri Rud wohnte in einem vornehmen älteren Mietshaus in Briskeby. Die Unsicherheit war ihr deutlich anzusehen, als sie Nereng und Elli die Tür öffnete. »Worüber wollen Sie denn jetzt mit mir sprechen?«

»Wollen wir hineingehen?«, schlug Nereng vor.

Sie führte ihre Gäste in ein Wohnzimmer von der Art, wie man sie in Zeitschriften für Wohnkultur sieht. Der Stil »Shabby

Chic« war nicht Ellis Geschmack. Die Möbel waren tief und weich. Aus dem Nebenzimmer hörten sie Kinderstimmen.

»Mein Sohn hat einen Freund zu Besuch«, erklärte Rud leicht verlegen.

Elli und Nereng lächelten.

»Wie ich schon am Telefon gesagt habe, geht es uns um einen Mann, mit dem Sie früher einmal ein Verhältnis hatten«, sagte Nereng.

Rud blinzelte einige Male. »Um wen denn?«

»Kasper Kleppe.«

»Ach«, sagte Rud. Ihre Mundwinkel zuckten nervös. »Was wollen Sie wissen?«

»Haben Sie ihn durch Ihre Arbeit kennengelernt?«

Rud lachte spöttisch. »Das nicht gerade. Es war in einem Lokal.«

»Na gut … was sind Sie übrigens von Beruf?«

»Sekretärin.«

»Bei einer Behörde oder privat?«

»Behörde. Stadtteilverwaltung Ullern.«

»Zurück zu Kleppe … sind Sie einigen seiner Kollegen begegnet?«

»Sie meinen, anderen Finanzleuten? Ja, sicher. Er hat ja kaum etwas anderes gemacht, als zu arbeiten und sich mit Gleichgesinnten zu treffen.«

»Waren da auch Anwälte bei?«

»Ja, ich glaube schon … mehrere sogar.«

»Können Sie sich an Namen erinnern?«

Rud gab keine Antwort. Dann setzte sie sich in ihrem Sessel gerade. »Ehe ich noch mehr sage, möchte ich wissen, worum es hier eigentlich geht.« Sie senkte den Blick. »Ich bin mit Kasper Kleppe fertig und will nichts mehr mit ihm zu tun haben.«

Elli und Nereng wechselten einen raschen Blick, und Nereng machte deutlich, dass sie die weiteren Fragen stellen sollte.

»Das können wir verstehen«, sagte Elli. »Wir brauchen eigentlich nur ein paar Hintergrundinformationen. Sie werden nicht namentlich erwähnt werden.«

Ein kurzes, leicht ruckhaftes Nicken zeigte an, dass Rud über diese Erklärung erleichtert war. Die Stimmung lockerte sich ein wenig. In der folgenden Stunde schilderte sie ihre kurze Beziehung zu Kasper Kleppe. Es war deutlich, dass er in seiner Arbeit aufging und dass sich sein Sozialleben um den Aufbau von Netzwerken und abermals um die Arbeit drehte. Elli erwähnte Paul Brustad, aber Rud kannte ihn nur oberflächlich. »Ich bin ihm einmal bei einem Essen begegnet, das war alles«, teilte sie mit.

Elli beugte sich auf dem Sofa ein wenig vor. »Wissen Sie noch, wo das war?«

»Oben in Grefsen. Bei einem Kollegen. Lincher, glaube ich.«

Elli beugte sich noch weiter vor. »Es wäre uns eine große Hilfe, wenn Sie sich noch genauer erinnern könnten. Zum Beispiel, was es zu essen gab.«

»Mama«, sagte plötzlich eine Stimme hinter ihnen. »Warum ist die Polizei hier?«

»Die …«

»Hallo, Magne«, fiel Nereng ihr ins Wort und ging zu dem Jungen hinüber. »Wie geht's dir denn?«

Magne machte ein erwartungsvolles Gesicht. »Gut, essen wir heute wieder Eis?«

Nereng lachte und klopfte ihm auf die Schulter. »Wenn deine Mama das erlaubt«, antwortete er und sah Siri Rud fragend an.

Sie nickte kurz.

»Na gut, dann ist das abgemacht«, sagte Nereng. »Aber zuerst müssen wir noch ein bisschen mit deiner Mama reden, okay?«

»Kann mein Kumpel auch mitkommen?«

»Natürlich«, sagte Nereng.

Magne wirbelte herum und lief aufgeregt zurück in sein Zimmer.

Nun tauchte auf dem Steinboden eine Katze auf. Nachdem sie sich die Gäste kurz angesehen hatte, sprang sie auf Ellis Schoß.

Rud erhob sich sofort, um das Tier herunterzunehmen.

»Das ist schon in Ordnung«, sagte Elli freundlich. Die Katze schnurrte bereits.

Rud setzte sich wieder. »Sie haben nach diesem Essen gefragt.«

»Ja … wissen Sie noch, was es zu essen gab?«

Rud runzelte die Stirn und blickte verständnislos. »Ja. So ein ganz normales Gericht eben … wieso ist das denn wichtig?«

»Wir möchten herausfinden, ob seltene Dinge verzehrt wurden. Zutaten, die man nicht so einfach kaufen kann.«

Siri Rud schüttelte langsam den Kopf. »Nein … ich weiß nicht einmal genau, was das war. Hähnchen vielleicht. Es war helles Fleisch.«

»Worüber haben Sie gesprochen?«, fragte Elli.

»Beim Essen?«

Elli nickte.

»Das weiß ich allerdings noch, weil die, bei denen das Essen war … die hießen Lincher, da bin ich mir jetzt sicher, sie hatten gerade einen Jungen bekommen, und das Paar, für das Sie sich interessieren, Brustads, die sprachen davon, dass sie sich auch ein Kind wünschten.«

»Wann war dieses Essen?«

»Das muss so drei, vier Jahre her sein.«

»Wie lange hatten Sie das Verhältnis mit Kleppe?«

Rud lachte spöttisch. »Nur ein paar Monate. Und von Verhältnis kann kaum die Rede sein, er hatte lediglich Interesse an unverbindlichem Sex.«

»Aber war er nicht verheiratet?«

»Doch.«

»Und trotzdem hat er Sie zu einem Essen bei Freunden mitgenommen?«

»Die schienen daran gewöhnt zu sein«, sagte Siri Rud ein wenig verlegen. »Keine kritischen Fragen. Außerdem war seine Frau in der ganzen Zeit, in der ich mit ihm zu tun hatte, gar nicht im Lande. Sie ist Professorin für irgendein gesellschaftswissenschaftliches Fach, und sie war an einer Universität in Kalifornien.«

Nereng räusperte sich vorsichtig.

Elli und Rud sahen ihn an.

»Sie haben einen Sohn, oder?«, fragte er.

»Kleppes? Ja, einen Sohn. Er ist behindert.«

»Sind Sie ihm begegnet?«

In diesem Moment klingelte ein Mobiltelefon. Rud zog ihres hervor und antwortete. Ihren Reaktionen konnte Elli entnehmen, dass ein Mann anrief. Rud ging in die Küche. Bruchstücke eines Gesprächs waren im Wohnzimmer zu hören und verrieten, dass Siri Rud eine neue Bekanntschaft hatte.

Elli setzte die Katze auf den Boden und gab Nereng ein Zeichen zum Aufbruch.

Rud kam zurück. Elli fing ihren Blick ein. »Eins noch ganz kurz ... wissen Sie, wer gekocht hatte?«

»Lincher selbst. Jedenfalls hat er serviert.«

»Glauben Sie, Kleppe würde uns behilflich sein, wenn wir ein paar Fragen stellten?«

Rud lachte. »Nein. Er ist Freunden und Geschäftspartnern gegenüber völlig loyal.«

»Die Anzeige ...«, sagte Elli vorsichtig.

Rud seufzte. »Ja ... ich würde das alles am liebsten vergessen.«

»Warum haben Sie die zurückgezogen?«

Rud lächelte und winkte ab. »Das war alles nur ein Missverständnis. Im Nachhinein wirkt es vielleicht ein bisschen übertrieben, wenn Sie verstehen.«

Elli nickte. »Okay, ich verstehe.«

Elli und Nereng bedankten sich für die Auskünfte. Nereng rief Magne und verschwand zum Dank für das Gespräch mit den Jungen zu einem Kiosk um die Ecke.

Kapitel 57

Evelyn und Julius kamen um Viertel nach acht beim Kindergarten an. Die Sonne lag hinter einem dunstigen Himmel auf der Lauer, schwül wie in Manila. Auf dem Parkplatz kämpften die schwarzen SUV um die wenigen Lücken.

Julius strahlte, als er seine Spielkameraden sah.

Evelyn stellte seine Proviantdose in den Kühlschrank, umarmte ihn zum Abschied, wünschte dem Personal einen schönen Tag und erhielt wie immer die übliche vage Reaktion der anwesenden Eltern. Mit etwas gutem Willen ließen sich diese knappen Gesten als Nicken interpretieren, aber eigentlich hatte Evelyn sich schon längst damit abgefunden, dass sie der rechtlosen Unterkaste der Au-pairs angehörte.

Als sie zum Haus zurückkam, war sie erleichtert darüber, dass auch Sigurd zur Arbeit gefahren war. Seit dem Zwischenfall auf dem Flur hatte er keine Annäherungsversuche mehr unternommen, aber sie wusste nur zu gut von zu Hause, wie Männer sein können, wenn sie erst einmal Blut geleckt haben. Maricel, so sehr sie ihre Tochter auch liebte, war der lebende Beweis dafür. So ging es auch vielen von ihren Freundinnen. In den Armenvierteln von Manila konnten die Grenzen zwischen Geliebter und Prostituierter fließend sein, zwischen Taten, die aus Liebe geschahen, und reinen Tauschgeschäften.

Evelyn ging nach oben in die Küche, nahm eine Tüte mit Limonen aus dem Kühlschrank, presste den Saft aus vieren und mischte sie mit Sirup und Wasser. Das Thermometer draußen zeigte bereits 30 Grad. Die Sonne ließ das kleine Schwimmbecken im Garten hinter dem Haus einladend glitzern. Evelyn ging mit dem Glas nach draußen. Die Luft kam ihr schwer vor. Schweißperlen bildeten sich auf ihrer Oberlippe. Sie leerte ihr Glas in einem Zug.

Drei Minuten später ließ sie sich ins Becken sinken und legte sich auf den Rücken. Während sie ihren Körper auf dem Wasser treiben ließ, dachte sie an Maricel, an ihre Mutter, an Julius, ehe ihre Gedanken zu Sigurd und Margrete weiterwanderten. Etwas stimmte zwischen den beiden nicht. Und was war das für ein Junge, von dem Julius redete?

Sie schwamm einige Runden, dann zog sie sich am Beckenrand hoch. Das Becken im Garten der Linchers war vor jeglichem Einblick geschützt. Sigurd und Margrete badeten oft nackt, das hatte Evelyn gesehen, aber sie selbst wagte das nicht. Auf den

Philippinen wäre das unvorstellbar gewesen, und nach der Sache mit Sigurd auf dem Flur traute sie sich kaum im Bikini aus dem Haus.

Sie legte sich auf den Rücken und döste vor sich hin.

Sie konnte noch nicht lange dort gelegen haben, als sie etwas hörte. Stimmen. Männer. Aus dem Haus. Sie drehte sich auf den Bauch und konnte gerade noch sehen, wie Sigurd mit schnellen Schritten durch die Küche lief. Vor ihm ging ein anderer Mann. Sie stiegen zusammen die Treppe zur Diele hinunter. Evelyn war ziemlich sicher, dass es der Mann war, dessen Stimme sie einige Tage zuvor gehört hatte, an dem Abend, an dem Sigurd sie belästigt hatte.

Die beiden waren offenbar die ganze Zeit hier gewesen. Warum hatte sie kein Auto gesehen? Oder die Männer gehört?

Die Antwort auf die erste Frage wurde sofort geliefert, als sie hörte, wie das Garagentor geöffnet wurde. Sie stand auf, ging zur Hecke, die den Beckenbereich umgab, und schaute vorsichtig hinüber. Sie sah Sigurd auf dem Beifahrersitz des Wagens, der jetzt in Richtung Innenstadt losfuhr.

Evelyn stand in der Küche. Die Männer waren aus dem Wohnzimmer gekommen, aber sie war sich nicht sicher, ob sie auch schon bei ihrer Rückkehr vom Kindergarten dort gewesen waren. Wohnzimmer und Küche waren L-förmig miteinander verbunden, und alles, was in einem der Räume vor sich ging, war aus allen Winkeln zu hören. Am Ende des Wohnzimmers schloss sich der Flur zu den Schlafzimmern an – zuerst das von Julius auf der linken Seite, dann zwei Gästezimmer, auf der gegenüberliegenden Seite das Schlafzimmer von Margrete und Sigurd mit eigenem Bad, dann Gästebad und Toilette und ganz hinten Sigurds Arbeitszimmer.

Evelyn blieb stehen und sah einige Augenblicke die Tür an. Sigurd und der Mann waren sicher dort drinnen gewesen. Die Tür war angelehnt, was sonst nie der Fall war. Sigurd und der Mann hatten es eilig gehabt, als sie durch die Küche gelaufen waren, sicher hatte alles etwas mit Sigurds Geschäften zu tun.

Evelyn holte sich ein Buch aus ihrem Zimmer und legte sich beim Becken in den Schatten, um zu lesen. Aber die Wörter verschwammen miteinander zu einem sinnlosen Brei.

Die angelehnte Tür des Arbeitszimmers wirkte auf sie wie ein Magnet.

Sie sah, wie ihre rechte Hand sich um die Klinke schloss. Sie brauchte nur darauf zu drücken. Sie wusste, dass sie dort drinnen nichts zu suchen hatte, und ihr war immer gesagt worden, sie brauche dort nicht sauberzumachen. Nur einmal früher hatte sie hineingeschaut, einmal, als sie Julius gesucht hatte. Sigurd hatte an seinem großen altmodischen Schreibtisch gesessen und sein Blick hatte deutlich gesagt, dass Evelyn nicht willkommen war.

Mit gespitzten Ohren – für den Fall, dass Sigurd zurückkäme – ließ sie die Tür langsam aufgleiten.

Regale. Von der Decke bis zum Boden, voller Bücher in allen Größen und Farben. Viele davon waren alt. Und eine ganze Wand mit Glasschränken. Hinter dem Glas noch mehr alte Bücher, einige so zerfleddert, dass sie jederzeit auseinanderfallen könnten. Aber das Auffälligste waren die beiden obersten Regalreihen. Der Inhalt machte ihr Angst.

Schaudernd drehte sie sich zum Schreibtisch um, wo Papiere in mehreren Schichten aufgestapelt waren. Der Schreibtisch schien überstürzt verlassen worden zu sein. Sigurd war ein ordentlicher Mann, das wusste Evelyn immerhin. Ein solches Chaos sah ihm überhaupt nicht ähnlich.

Sie trat einen Schritt auf den Schreibtisch zu, überflog die Überschriften auf den Dokumenten: Endangered Species of the Caribbean. South-East Asia: The King Cobra. Norwegens Rote Liste.

Andere Papiere hatten offenbar mit Immobilienverwaltung und Sigurds Geschäften zu tun. Aber was wirklich Evelyns Interesse erregte, war der Papierstapel ganz rechts. Der Bogen, der darüberlag, verdeckte einen Teil der Überschrift, aber …tion Contract war zu sehen.

Wie eine Detektivin prägte sie sich die Position der verschiedenen Blätter ein und zog das Dokument hervor.

Adoption Contract.

Evelyn las. Ihr Englisch war für philippinische Verhältnisse überdurchschnittlich gut, und sie konnte die Bedeutung des Dokumentes erfassen. Zuerst glaubte sie, falsch gelesen zu haben, aber nachdem sie den ersten Abschnitt dreimal gelesen hatte, hatte sie keine Zweifel mehr daran, was dort stand.

Die Haustür fiel ins Schloss.

Evelyn erstarrte, hielt den Atem an und schob das Dokument wieder an seine alte Stelle. Still, vorsichtig verließ sie das Arbeitszimmer und lehnte dann die Tür wieder an. Schritte auf der Treppe, Sigurd, sie erkannte ihn am Gang, und ihr war klar, dass sie das Wohnzimmer nicht erreichen könnte, ehe er in der Küche angekommen wäre.

Sie schlüpfte in die Toilette, setzte sich und versuchte, ihren Atem zu beruhigen, während Sigurd draußen vorüberging. Kurz darauf hörte sie, wie er die Tür zuschloss.

Was sollte sie tun?

Er ging weiter durch den Flur, dann blieb er abrupt stehen.

»Evy?«

Ihre Kleider lagen ja noch draußen.

Sie betätigte die Spülung, drehte den Wasserhahn auf und bespritzte ihren Körper und den Bikini.

»Hallo?«

»Wo bist du?«

Sie machte sich ganz stark, ehe sie die Tür der Gästetoilette öffnete und hinaustrat.

Sigurd stand mitten im Wohnzimmer und musterte ihre Gestalt im Bikini von Kopf bis Fuß.

»Ah – du benutzt die Gästetoilette?«

Evelyn senkte verlegen den Kopf. »Ich war schwimmen …« Was bedeuten sollte: Hierher war es der kürzeste Weg.

Wieder dieses Funkeln in Sigurds Augen.

Evelyn fühlte sich hilflos, bewegungsunfähig, ihr war schlecht. Sie machte sich bereit. Jetzt würde es passieren.

Das Geräusch einer bekannten Symphonie erfüllte plötzlich den Raum. Sigurd riss das Telefon aus der Tasche. »Lincher!«

Einige eilige Replikwechsel später winkte er Evelyn kurz zu und rannte wieder aus dem Haus. Sie lief in die Küche und konnte gerade noch ein Taxi davonfahren sehen.

Kapitel 58

Das Gespräch mit Siri Rud hatte Elli davon überzeugt, dass Kasper Kleppe eine gute Quelle wäre. Doch ehe sie mit ihm sprachen, wollte sie so viel wie möglich über ihn in Erfahrung bringen.

Sigurdssønn hatte in Kleppes Vergangenheit eine lange zurückliegende Episode entdeckt. Damit begann Elli. Viele Jungen machten als Teenager Dummheiten. Das brachte sie dann vielleicht ein- oder zweimal in Kontakt mit der Polizei, sie wurden eine Zeitlang beobachtet … und die Polizei verständigte das Jugendamt.

Bei den meisten endete die Sache zum Glück damit.

Die Auskünfte über den Kontakt des jungen Kleppe mit der Polizei waren allerdings recht mangelhaft. Es war nichts anderes zu erwarten, die Sache hatte ja Ende der siebziger Jahre stattgefunden. Und noch heutzutage war an den Informationsroutinen zwischen Jugendamt und Polizei so einiges auszusetzen.

Sie starrte den A4-Bogen voller Notizen an, der vor ihr auf dem Schreibtisch lag. Nichts, was weiterhalf. Zum Heulen.

Es war immer ein strategischer Vorteil, vor einem Gespräch so viel wie möglich zu wissen, nicht zuletzt, da sie von Kleppe Informationen über seine beiden Freunde Sigurd Lincher und Paul Brustad wollten.

Sicher wussten sie bisher nur, dass die Sache damals bei der Polizei von Majorstua gelandet und dass das Jugendamt Vestre Aker eingeschaltet worden war. Also musste Elli dort anfangen.

Das Jugendamt Vestre Aker war gegenüber dem Hauptquartier der königlichen Gardesoldaten in Huseby untergebracht. Als Elli vor dem Gebäude in Sørkedalsvei hielt, machte sie sich keine großen Hoffnungen auf hilfreiche Auskünfte.

Sie stellte sich in der Rezeption vor und nannte den Grund ihres Kommens. Einige Minuten später saß sie in einem Besprechungsraum, zusammen mit dem Dienststellenleiter, Tore Evje. Er war um die sechzig und trug Jeans, ein kariertes Hemd und kurze Stiefel.

»Das ist gar nicht so leicht, wenn Sie einfach so hereingeschneit kommen«, sagte Evje.

Elli machte eine vage Handbewegung. »Ist schon klar, aber es geht eben um eine Mordermittlung. Wir tappen im Dunkeln. Und das hier kann uns vielleicht weiterhelfen.«

Evje nickte. »Na gut. Ich kann Ihnen nichts mitgeben, aber Sie können lesen, was wir haben. Ist das in Ordnung für Sie?«

»Ja, sehr gut«, sagte Elli.

Evje stand auf, ging vor ihr her durch den Flur und klopfte an eine Tür. Eine dünne Frau von Mitte zwanzig öffnete. Kurzes dunkles Haar, Brille mit blauem Gestell.

»Anita, das ist Frau Rathke von der Polizei«, sagte er und nickte zu Elli hinüber. »Sie kann die Unterlagen eines alten Falles lesen, darf aber nichts mitnehmen, jedenfalls heute nicht.«

Anita blinzelte.

»Es eilt«, sagte nun Evje. »Mordfall, stimmt's?«

»Stimmt«, sagte Elli.

Anita blinzelte noch einmal. »Dann kommen Sie mit ins Archiv«, sagte sie mit Kristiansander Akzent.

Das Archiv lag zwei Türen weiter nach links. Anita zog ihre Karte durch den Scanner und gab einen Code ein.

Elli nannte ihr Kasper Kleppes Personalien und das Jahr des Geschehnisses.

»Kleppe, 1979 …«, wiederholte Anita und öffnete eine Schublade, blätterte zwischen den Ordnern, zog eine weitere Schublade in einem anderen Regal auf und schüttelte dann den Kopf. »Nein … die einzige Chance ist dieser Schrank mit Diversem«, sagte sie und ging zu einem älteren Aktenschrank ganz hinten im Raum. Dort suchte sie eine Viertelstunde lang ohne irgendeinen Erfolg. Elli bot ihre Hilfe an. Eine halbe Stunde später hatten sie alle Ordner durchgesehen bis auf einen Stapel Mappen ohne Aufschrift. Sie teilten die Mappen zwischen sich auf. Als sie ungefähr die Hälfte hinter sich gebracht hatten, sagte Anita: »Wer suchet, der findet.«

Mit fünfzehn Jahren war Kasper Kleppe wegen Brandstiftung festgenommen worden. Es hatte sich um einen Schuppen in einem Kindergarten in Sørkedalen gehandelt. Der Brand war am Abend gelegt worden, niemand war im Kindergarten gewesen, und die einzigen Wertgegenstände, die verbrannt waren, waren Spielzeug, Werkzeug und Kinderwagen. Der Brandstifter war ziemlich dilettantisch vorgegangen und war zudem von den Feuerwehrleuten am Waldrand ganz in der Nähe beobachtet worden. Die Polizei hatte ihn festgenommen, während es noch immer brannte. Beim Jugendamt erschien die Mutter mit einem Anwalt. Der Rest war Schweigen, und die Fallunterlagen wurden in den anonymen Stapel ganz hinten im Archiv verbannt.

Elli bedankte sich für die Hilfe. Sie hatte jetzt, was sie für ihr Gespräch mit Kleppe brauchte.

Elli rief Nereng aus dem Auto an und bat ihn, sich vor dem Haus in der Karenslyst allé, in dem sich Kaspar Kleppes Büro befand, mit ihr zu treffen. Ehe sie das Gebäude betraten, teilte sie ihm ihre spärlichen Informationen mit. Eine langbeinige Frau um die dreißig führte sie in Kleppes Arbeitszimmer. Mit seinem langgestreckten Körper, seinem hellbeigen Anzug und seinem glattrasierten Kopf erinnerte Kleppe Elli an einen Phallus. Er schaute sie durch seine Brille verständnislos und unwillig an.

»Was will die Polizei von mir?«

»Wir ermitteln in einem Mordfall«, sagte Elli.

Kleppe ließ verwirrt seinen Blick von ihr zu Nereng wandern, als ob der ihn aus dieser absurden Lage retten könnte. »In einem Mordfall?«

Elli nickte.

»Vielleicht sollten wir uns setzen«, regte Nereng an.

Kleppe zuckte mit den Schultern. »Na gut, wenn's denn der Wahrheitsfindung dient.« Er setzte sich, drückte auf einen mitten auf dem Tisch angebrachten Knopf und bestellte über die Sprechanlage etwas zu trinken. Die Langbeinige erschien sofort mit frischem Wasser und goss ein.

Elli sah Nereng an, und der verstand, was sie von ihm wollte. »Wir glauben, dass Sie uns vielleicht mit einer Auskunft behilflich sein könnten«, begann er und umriss danach kurz den Fall.

Als er fertig war, sagte Elli: »Wir würden uns gern ein klareres Bild von Ihren Freunden Sigurd Lincher und Paul Brustad machen.«

Kleppe ließ sich im Sessel zurücksinken und schlug die Arme übereinander. »Sie bitten mich also, meine beiden engsten Freunde zu denunzieren, in einem Fall, in dem es um ein altes Skelett und einige Tierkadaver geht? Habe ich das korrekt verstanden?«

»Na ja …«, begann Elli.

Kleppe musterte sie beide abschätzig. »Ich habe keine Ahnung, wovon Sie reden, aber ich kann Ihnen gern erzählen, was von Sigurd Lincher und Paul Brustad zu halten ist. Wir sind seit der Schulzeit eng befreundet, wir treffen uns noch immer regelmäßig, beide sind als Rechtsanwalt tätig und damit gute Staatsbürger. Beide zahlen in Form von Steuern und Abgaben auf Zinserträge einiges in die Staatskasse ein, beide sind verheiratet und schuldenfrei und durch und durch rechtschaffene Männer. Sonst noch etwas?«

Elli beugte sich über den Tisch vor. Sie mussten die Initiative zurückerobern. »Wir haben uns ein wenig über Ihre Vergangenheit informiert, Herr Kleppe.«

Er hob leicht die Augenbrauen.

»Und was haben Sie gefunden?«

In diesem Augenblick erkannte Elli, dass sie einen schwerwiegenden Fehler beging. Womit könnten Sie ihn denn unter Druck setzen? Seinen Freunden zu erzählen, dass er mit fünfzehn Jahren einen Schuppen angezündet hatte? Der Presse einen Tipp zu geben?

Nereng schaute unsicher zu ihr herüber.

»Danke für Ihre Hilfsbereitschaft«, sagte sie abrupt, erhob sich und winkte Nereng, ihr zu folgen.

»Kannst du mir erklären, was hier vor sich geht?«, zischte Nereng wütend, als sie im Auto saßen.

»Ich hatte die Sache aus dem Griff verloren«, sagte Elli tonlos.

»Ich weiß ja nicht, aber dein Auftritt eben war so ungefähr das Absurdeste, was ich je erlebt habe. Wollten wir ihn nicht unter Druck setzen?«

Sie drehte sich zu ihm um. »Mir ist aufgegangen, dass wir nichts haben, womit wir ihn unter Druck setzen könnten. Einen verstaubten Bericht des Jugendamtes von 1979, nach einem Brand in einem Kindergarten .... Das könnte er doch mit einem Lächeln abtun und behaupten, er habe nicht aufgepasst, als er heimlich eine rauchen wollte.«

Nereng seufzte tief.

»Tut mir leid, Jan. Das ist nicht gut genug.«

Er sah sie einen Moment lang an. »Was macht dir denn so zu schaffen? Du bist der intelligenteste Mensch, den ich kenne, Elli.«

Elli schlug die Augen nieder. Sie konnte nur an ihre Mutter denken und daran, was der Hausarzt ihr heute sagen würde. Elli war noch nicht bereit, mit anderen darüber zu sprechen.

Kapitel 59

Am Nachmittag war es so warm, dass Elli sich auf den Balkon setzte. Sie war eine Stunde mit Zenith gelaufen, hatte versucht, nach dem Patzer mit Kleppe einen klaren Kopf zu bekommen und konstruktive Gedanken zu denken. Zenith lag jetzt schlafend in der Türöffnung. Wie alle Hunde konnte er vollständig abschalten und gar nichts tun. Das hätte Elli auch gutgetan.

Ihr Mobiltelefon vibrierte. Die Mutter.

»Sa wát dee kha.« Hallo. Der Gruß der Frauen.

Ich hätte sie anrufen müssen, dachte Elli.

»Bpen yàang rai bâang, Sunee?« Wie geht es dir, Sunee.

»Alles in Ordnung, Mama. Hat die Untersuchung schon was ergeben?«

»Ich bin in Ullevål«, sagte die Mutter.

Ullevål? Sie sollte doch zum Hausarzt.

»Haben sie dich eingewiesen?«

»Nein. Es sind nur Untersuchungen.«

»Komm danach hierher«, schlug Elli vor.

Die Mutter behauptete, sie könne sehr wohl zu Fuß gehen. Elli wohnte nur eine Viertelstunde vom Krankenhaus Ullevål entfernt.

»Es ist eine Zyste«, sagte die Mutter, als sie auf einem Barhocker vor Ellis Kücheninsel saß. »Sie muss entfernt werden.«

Elli setzte sich neben sie. Zenith presste sich zwischen die beiden und wurde von Dee liebevoll gestreichelt.

Elli spürte, wie sich ihr Magen zusammenkrampfte. »Ist das … eine Zyste ist doch nur selten bösartig«, sagte sie ängstlich.

»Ja. Aber möglich ist es.«

Elli sah die Mutter vorsichtig an. »Das hat der Arzt dir gesagt?«

»Ja. Der Arzt in Ullevål sagt, dass die Zyste aller Wahrscheinlichkeit nach gutartig ist, aber ganz sicher kann er das nicht sagen, und jedenfalls muss sie entfernt werden.«

»Haben sie punktiert?«

»Punk…?«

»Haben sie eine Probe von der Zyste genommen?«

Die Mutter schüttelte energisch den Kopf.

»Woher will er dann wissen, dass sie gutartig ist?«

Die Mutter seufzte. »Nun mach dir nicht so viele Sorgen, Sunee. Der Arzt sagt, zu neunzig Prozent können wir davon ausgehen, dass sie gutartig ist, aber sie sitzt an einer Stelle, die unzugänglich ist zum … für die Nadel.«

Elli fand den Blick der Mutter. »Aber was machen sie denn nun?«

»Sie operieren. Sie nehmen wohl die ganze Zyste weg, wenn sie mich ohnehin aufschlitzen müssen. Kannst du mit zur Operation kommen, Sunee?«

Elli sah ihre Mutter mitfühlend an. »Ja, ich komme mit. Wann ist die denn?«

»Das erfahre ich noch, haben sie gesagt.«

»Na gut.« Nach einer kleinen Pause sagte Elli: »Jetzt machen wir uns etwas zu essen.«

»Ich habe keinen Hunger.«

»Na gut.«

»Im Krankenhaus vergeht mir immer der Appetit.«

Elli konnte sich gut vorstellen, dass das viele Warten und die Besuche bei Ärzten, Spezialisten und im Krankenhaus den Appetit verdarben.

»Ich habe im Internet gesehen, dass eine Anwaltskanzlei neue Leute sucht, Sunee.«

»Siehst du dir im Internet Stellenangebote an?«

Kurze Pause.

»Purer Zufall. Ich brauche eine Schubkarre, und da habe ich eben im Internet gesucht.«

»Und Stellenangebote für Juristen und Gartengeräte sind ja gleich nebeneinander.«

Die Mutter hatte schon eine kleine Plastikkarre für ihren Minigarten vor der Reihenhauswohnung. Sie brauchte garantiert keine Schubkarre. Hier saß sie also, gleich nach der Untersuchung im Krankenhaus, wo sie von der Zyste erfahren hatte, und plapperte drauflos über Ellis Berufswahl. Was war nur mit ihr los?

Zenith prustete und reckte sich.

»Er ist ein guter Hund«, sagte die Mutter. »In seinem nächsten Leben wird er ein Mensch. Ja, ja ... und, diese Anzeigen ... es gibt gute Arbeitsbedingungen für Anwälte.«

Elli hätte die Mutter anschreien mögen, dass sie endlich aufhören sollte, sie damit zu nerven, dass sie Anwältin werden sollte, bloß weil ihr Vater als Anwalt gearbeitet hatte, aber sie riss sich zusammen.

»Papa würde gefallen, was ich jetzt mache«, sagte sie nach einer Weile. Sie hörte ihrer Stimme an, dass sie sich da durchaus nicht so sicher war, und die Mutter griff diese Schwäche sofort auf und nutzte sie aus. Elli unterbrach den mütterlichen Monolog mit einer Essenseinladung.

»Aber hast du denn Zeit zum Kochen?«, gab Dee zurück. »Und solltest du nicht lieber für ihn kochen ... für diesen Mann?«

Diesen Mann.

»Er heißt Brage.«

»Brage. Hat er keinen Hunger?«

»Doch, aber ich habe ihn gerade erst gesehen. Außerdem kann er selbst kochen.«

Dee grunzte zufrieden. »Ah, Sunee, du solltest deine Zeit lieber mit deinem Mann verbringen und nicht mit deiner alten Mutter.«

Dein Mann.

Kokettieren.

Elli kannte solche Phasen von früher. Nur eins half da weiter: »Es gibt ein neues Thairestaurant unten in Grønland. Sollen wir das mal testen?«

Sofort herrschte Stille.

»Davon habe ich noch nicht gehört«, sagte Dee endlich.

»Dann lass uns mal was Neues ausprobieren.«

Die Mutter zögerte noch.

»Um sieben?«

»Kap.« In Ordnung.

Elli bestellte für ihre Mutter ein Taxi. Als Dee auf der Rückbank untergebracht war, bat Elli sie noch, nicht zu viel an die Zyste zu denken.

»Du auch nicht«, sagte die Mutter.

Als die Mutter abgefahren war, dachte Elli wieder an ihren Besuch bei Kleppe. Was für ein Patzer. Damit hatte sie ihre Ermittlung gefährdet.

Aber es wäre auch nicht konstruktiv, jetzt nur noch an diesen Fehler zu denken.

Sie zwang sich also dazu, über die Bunker von Ruseløkka nachzudenken. Der Zweite Weltkrieg, die Nazis …. zum ersten Mal spielten diese Dinge in einer ihrer Ermittlungen eine Rolle. Ihre Beziehung zum Zweiten Weltkrieg war von ihrer Kindheit in einem bikulturellen Elternhaus geprägt. Während ihr Vater von den Aktivitäten der Großeltern in der Widerstandsbewegung gegen die deutsche Besatzung erzählt hatte, hatte die Mutter sich immer wieder über die Gräueltaten der Japaner in Thailand und Burma erregt. Elli kam das alles nah und fern vor, vertraut und fremd.

Ihre derzeitigen Recherchen ergaben, dass die Deutschen vermutlich zusätzlich zu den beiden unter dem Handelsgymnasium und dem KNA-Hotel noch drei weitere Bunker errichtet hatten. Der eine enthielt die Abhörstation in der Cort Adelers gate 13, wo der norwegische Funkverkehr mit den Briten überwacht werden sollte, dann ein Bunker unter der Ruseløkka-Schule, der zur Überwachung von innernorwegischem Funk- und Telefonkontakt gedient hatte. Salomonsen hatte wirklich recht gehabt, denn im Bericht der Lund-Kommission aus den neunziger Jahren wurde bestätigt, dass der norwegische Nachrichtendienst den Bunker unter der Ruseløkka-Schule genutzt hatte, um bis 1989 die in Oslo vertretenen Botschaften abzuhören.

Salomonsen behauptete zudem, dass alle diese Einrichtungen miteinander verbunden seien. Der Tunnel zwischen dem KNA-Hotel und der Cort Adelers gate 16 musste mit dem Bunker unter der Cort Adelers gate 33 oder mit dem Bunker unter der Ruseløkka-Schule verzweigt sein. Diese beiden Bunker mussten ebenfalls miteinander verbunden sein. Von der Ruseløkka-Schule aus sollte noch dazu eine weitere, wichtige Verbindung zur Victoria Terrasse führen.

Bei ihrem Gespräch mit Salomonsen waren ihr alle diese Nazitunnel als die Produkte einer regen Phantasie erschienen, aber als sie jetzt bei Google eine Karte der Umgebung aufrief, wirkte alles schon weniger unwahrscheinlich. Während des Krieges hatte die SS auf der Victoria Terrasse, wo jetzt das Außenministerium stand, ihr Hauptquartier gehabt. Die Deutschen hatten im Grunde den norwegischen Nachrichtendiensten eine perfekte Infrastruktur hinterlassen.

Es gab also aller Wahrscheinlichkeit nach einen Tunnel in der Cort Adelers gate, der im Bunker unter dem KNA-Hotel begann. Der Tunnel führte damit gleich am Keller der Cort Adelers gate 16 vorbei, wo die Kanzlei Brustad & Splid ihre Büroräume hatte. Eine Verbindung zwischen diesem Haus und dem Bunker wäre nur einige Meter lang.

Elli wählte Nerengs Nummer.

Ehe er antwortete, machte er sich an seinem Telefon zu schaffen. Das sah ihm gar nicht ähnlich, ob er wohl Besuch hatte?

»Wir müssen morgen früh in den Bunker unter der Cort Adelers gate«, sagte sie entschieden.

»Von mir aus. Von Nazitunneln kann ich nie genug kriegen.«

»Gut.«

»Übrigens: Die Technik hat die Fasern des Stoffstückes analysiert, das bei dem Jungen gefunden wurde. Sie stammen von einer Kinderdecke aus einem Laden namens …«

Elli hörte, wie er in seinem Notizbuch blätterte.

»… Babyshop.«

»Und wo liegt der?«

»Überall. Das ist eine Kette. Die Decke wird seit fünf Jahren im ganzen Land verkauft.«

»Genial«, sagte Elli.

Kapitel 60

Man konnte nie genau wissen, in welcher Stimmung Margrete war und wie sehr sie sich am Abend um Julius kümmern würde. Manchmal kam sie spät nach Hause und saß den ganzen Abend am Telefon, nur unterbrochen durch ein kurzes »Gute Nacht«.

Dann wiederum konnte sie die Verantwortung übernehmen, wenn sie nach Hause kam, konnte mit ihm fernsehen und ihn ins Bett bringen. Evelyn hatte sich schon oft gefragt, warum Sigurd und Margrete überhaupt ein Kind adoptiert hatten. Ebenso sehr hatte sie über Sigurds Abwesenheit nachgedacht. Er war mit seinem Sohn so gut wie nie zusammen. An diesem Abend hatte Margrete mit Julius gespielt, hatte mit ihm Kinderfernsehen gesehen, hatte Abendbrot gemacht und ihn ins Bett gebracht. Natürlich war das Evelyn nicht vorher mitgeteilt worden, und auch im Laufe des Abends gab es keine Mitteilungen. Inzwischen ging es auf elf Uhr zu und sie sortierte unten in der Waschküche einen großen Stapel Wäsche. Besser, sie machte das jetzt, dann könnte sie sich am nächsten Tag vielleicht ein wenig länger freinehmen.

Ein Schacht für die schmutzige Wäsche führte aus dem Stock darüber nach unten. Es gab Klappen im Flur und im Badezimmer, neben dem Schlafzimmer von Sigurd und Margrete. Das Metallrohr transportierte alle Geräusche, was Margrete und Sigurd offenbar nicht bewusst war, oder es war ihnen egal, denn nun konnte Evelyn ihre aufgebrachten Stimmen hören.

Das Metall ließ Sigurds Stimme kühler klingen als sonst. »Wir haben nie mehr Sex.«

Margretes Stimme klang spitzer, wie die einer Hexe: »Damit hast du angefangen.«

»Man hat nicht alles im Leben im Griff.«

Pause, unterbrochen von einem dumpfen Knall.

»Verdammt, Margrete …« Sigurd nuschelte, er hatte getrunken.

»Was hast du denn erwartet? Wir können keine Kinder kriegen, du willst unbedingt adoptieren, statt zu …« (das war nicht zu hören), »und dann kommt ans Licht, mehrere Jahre später, dass du uns beiden Chlamydia verpasst hast. Dass wir deshalb keine Kinder bekommen können.«

»Margrete …« Unterwürfig, reuig.

»Und als es dann wirklich darauf ankam, als die Familie einen Mann gebraucht hätte, hast du gekniffen.«

»Aber ich konnte doch nicht …«

»Ins Gästezimmer. Jetzt sofort!«

Stille.

Evelyn fühlte sich besudelt von diesem gestohlenen Einblick in die Geheimnisse von Margrete und Sigurd. Gleichzeitig war sie verzweifelt, was Julius anging. Auf solche Situationen wurden sie von der Au-pair-Agentur nicht vorbereitet. Dass sie als Sozialarbeiterinnen enden könnten.

»Nein!« Das war Margrete, wütend.

»Margrete …« Jetzt flehend.

Geräusche, wie von einem Handgemenge.

»RAUS, du Schwein!«

Türenknallen.

Evelyn hörte schlurfende Schritte im Wohnzimmer.

Evelyn schloss ihre Zimmertür ab. Als sie sich hinlegte, behielt sie die Unterwäsche an und zog darüber ein dünnes T-Shirt und eine Trainingshose. Ihre kleine Kellerwohnung war so warm, dass sie auch schlafen könnte, wenn sie sich auf die Decke legte.

Falls sie überhaupt schlafen könnte.

Ihr neues Wissen über Sigurd und Margrete machte ihr Angst. Die Männer in Norwegen waren auch nicht besser als die auf den Philippinen, das stand jedenfalls fest. Männer waren Männer.

Während sie in Gedanken dieses Erlebnis verarbeitete, lauschte sie instinktiv nach Hinweisen auf Bewegungen einen Stock höher. Für einen kurzen Augenblick ahnte sie ein vages Klirren. Eiswürfel? Sigurd trank gern Whisky. Sie hoffte, dass er sich in den Schlaf trinken würde.

Dann wurde alles still. Als sie das letzte Mal auf ihrem Mobiltelefon nachsah, war es ein Uhr dreizehn. Sie nickte ein.

Und spürte, wie sich alle ihre Muskeln anspannten, als jemand an die Tür klopfte.

»Evelyn«, nuschelte draußen Sigurd.

»Ich schlafe«, sagte sie vorsichtig.

»Du musst aufmachen, ich muss etwas mit dir besprechen.«

Sie schaute auf die Uhr. Ihre Hände zitterten. Fünf vor zwei. Das teilte sie Sigurd mit.

Stille.

Danach wurde gegen die Tür geschlagen. Evelyn zuckte zusammen. »Es ist wichtig«, behauptete er.

Nichts konnte mitten in der Nacht wichtig sein.

»Nein.«

Sigurd stöhnte. Lang, schwer, klang das vielleicht traurig?

»Ich will mich entschuldigen«, sagte er. »Lass mich rein.«

»Entschuldigen?«, fragte sie verwirrt.

»Für das auf dem Flur. An dem Abend …«

Sie hörte eine Art Rascheln an der Tür. Es endete mit einem dumpfen Knall. Sigurd war offenbar nach unten gesunken und saß jetzt auf dem Boden. Danach war lange alles still. Evelyn setzte sich wieder aufs Bett. Ob sie Margrete rufen sollte? Sie könnte sie anrufen oder aus dem Schlafzimmerfenster steigen und sie von außen wecken. Aber es war ja nichts passiert. Und vielleicht würde dann auch Julius aufwachen und sich fürchten … sie beschloss, erst einmal abzuwarten, starrte einen Moment lang die Türklinke an, dann ließ sie sich wieder aufs Bett sinken.

Die Sekunden wurden zu Minuten. Sie schaute auf die Uhr. Fünf vor drei.

Klick.

Das grauenhafte Geräusch des aufspringenden Türschlosses erfüllte das Zimmer. Natürlich hatte Sigurd auch einen Schlüssel. Sie setzte sich auf und sah gerade noch, wie die Tür sich öffnete und Sigurd auftauchte, der sich an der linken Seite gegen den Türrahmen lehnte. Das Licht aus dem Flur ließ ihn riesengroß wirken. »Nein«, flüsterte sie.

Er machte zwei unsichere Schritte auf sie zu. »Warum hast du kein Vertrauen zu mir?«, fragte er mühsam. Als er am Bett ankam, versuchte Evelyn, an ihm vorbeizuspringen und auf den Flur hinauszulaufen, aber Sigurd war überraschend stark und schnell. Seine rechte Hand legte sich gebieterisch über ihre Brust und riss sie zurück.

Während er sie noch festhielt, sagte er: »Du hast ja keine Ahnung, in welcher Hölle ich lebe. Ich habe schlimme Dinge getan. Andere haben noch schlimmere Dinge getan. Und Margrete fickt mit anderen. Für mich fällt nichts ab. Weißt du, was das mit einem Mann macht?«

Evelyn wich seinem Blick aus und schaute stumm in die Luft.

»Man wird verrückt. Notgeil. Traurig. Und dann läufst du hier mit deinem Knackarsch rum, mit deinen üppigen Lippen und deinen perfekten Brüsten. Das ist zu viel!«

Er ließ seine Hand an ihrem Körper nach unten wandern, vorbei am Hüftknochen und zum Venushügel.

»Nein«, flüsterte Evelyn. »Bitte nicht.«

Sigurd stöhnte resigniert. »Wie viel willst du? Das Doppelte von deinem Au-pair-Gehalt? Das kann ich besorgen. Mehr Geld für deine Tochter, ja?«

Er betonte das letzte Wort, indem er den Zeigefinger gegen ihren Unterleib drückte.

Evelyn blieb liegen. Steif, verängstigt.

Neben ihr atmete er schwer und rhythmisch die warme Whiskymischung aus Zucker, Malz und Schnaps aus.

Sie wagte nicht, sich zu rühren.

Er rührte sich auch nicht.

Am Ende schnarchte er.

Evelyn ging um halb vier morgens hinauf in die Küche. Sigurd schnarchte jetzt seit einer halben Stunde, und sie hatte sich endlich ein Herz gefasst und ihren Körper seitlich aus dem Bett gleiten lassen, auf den Boden und hinaus in den Flur.

Am Küchentisch dachte sie, dass sie keine einzige Nacht mehr in ihrem Bett aushalten könnte. Es würde nach ihm riechen, nach Whisky, Schweiß und Rasierwasser.

Und er hatte einen Schlüssel.

Sollte sie zur Polizei gehen? Das wäre illoyal. Margrete würde sie vor die Tür setzen. Außerdem war ja nichts passiert. Nichts ließ sich beweisen, er war einfach ein Betrunkener. Und das war ja wohl nichts Neues.

Sie musste bei der ersten Gelegenheit mit Margrete sprechen.

Ohne es zu merken, schlief sie am Küchentisch ein. Dann wurde sie von Julius geweckt.

»Eeevyyy!«

Julius sprach ihren Namen mit langen Vokalen aus.

Sie fuhr zusammen, brauchte einige Sekunden, um sich zu erinnern, warum sie am Küchentisch eingeschlafen war.

Julius starrte sie neugierig an. »Warum schläfst du hier?«

»Ich war so früh wach«, sagte sie und versuchte ein tapferes Lächeln.

Ein Grunzen aus dem Wohnzimmer erregte ihrer beider Aufmerksamkeit. Sigurd. Er lag auf dem einen Sofa. Unsichere Bewegungen mit den Händen über seine Stirn, begleitet von Stöhnen und Seufzen, berichteten, dass er nach dieser Nacht jetzt zum Leben erwachte.

Evelyn schauderte es bei dem Gedanken, dass er in der Küche an ihr vorbeigegangen war, als sie schlief. Vielleicht hatte er sie nicht gesehen.

»Papa?«, fragte Julius zaghaft.

Sigurd setzte sich auf, gähnte und verschwand im Gästebadezimmer.

In diesem Moment erschien Margrete im Morgenmantel. Sie blickte Evelyn fragend an.

»Er hat offenbar auf dem Sofa geschlafen«, sagte Evelyn mit entwaffnendem Lächeln.

»Und Evelyn hat in der Küche geschlafen«, fügte Julius hinzu.

Margrete kniff die Augen zusammen. »Warum hast du in der Küche geschlafen?«

Evelyn versuchte zu lächeln, aber ihr Gesicht gehorchte ihr nicht, sondern verzog sich zu einer seltsamen Grimasse.

»Es ist nicht normal, in der Küche zu schlafen, Evy. Hast du mit Sigurd zusammen getrunken?«

Evelyn schüttelte den Kopf.

Etwas leiser: »Was ist denn dann passiert?«

»Ich … er hat sich sicher geirrt …«

Margrete machte zwei unvorstellbar lange und schnelle

Schritte zum Tisch hin, beugte sich über Evelyn und senkte ihr Gesicht, bis es nur noch wenige Zentimeter von Evelyns entfernt war. »Soll das heißen, dass Sigurd heute Nacht bei dir unten war?«

Evelyn starrte die Tischplatte an, schlug die Hände vors Gesicht. »Er war so traurig ... ich ertrag das nicht ...«

Margrete packte ihr linkes Handgelenk. »Sag mir nur eins, Evy: Hast du ihn aufgefordert?«

Evelyn schüttelte verzweifelt den Kopf. »Er hat einen Schlüssel ...«

Margrete wich ein Stück zurück. Für einen Moment schien sie nachzudenken und eine Idee zu haben, dann machte sie auf dem Absatz kehrt und lief zurück in ihr Schlafzimmer. Die Tür wurde zugeknallt, Evelyn konnte hören, wie Sigurd sich über der Toilettenschüssel erbrach.

Kapitel 61

Eine Angestellte des KNA, die Mitte fünfzig sein mochte, führte Elli und Nereng in den Keller in der Cort Adelers gate 16. Das KNA befand sich zwei Stock höher in diesem Gebäude. Elli hatte dort angefragt, um die Anwaltskanzlei nicht zu warnen. Hinter einer Stahltür an der Ecke Hansteens gate und Cort Adelers gate endete eine steile Treppe vor einer Tür mit dem Emblem der norwegischen Luftwaffe.

»Die Tür hier unten ist immer offen«, sagte die Frau. »Wir brauchen das hier ja als Lager.« Sie sah Zenith an, den Elli mit zum Dienst genommen hatte. »Ich hab noch nie einen Polizeihund gesehen. Sonst nehmen Sie doch meistens Schäferhunde?«

»Ja, und Malis«, sagte Nereng.

Die Frau blickte ihn fragend an. »Ist das eine Rasse aus Mallorca?«

»Malinois. Belgischer Hütehund«, erklärte Nereng.

Zenith machte sich sofort an die Untersuchung des Bodens. Hier gab es Ratten, wie überall in der Stadt.

Nereng ging weiter durch den Keller und blieb vor der Reihe von Türen stehen, die zur Cort Adelers gate gehörten. Alte Telefonsteckkabel und andere Leitungen verrieten, dass hier unten früher einmal sehr viel vor sich gegangen war.

Elli öffnete die erste Tür. Der Raum dahinter war leer, abgesehen von alten Büroregalen. Den gleichen Anblick boten die vier nächsten Räume auf der linken Seite des Ganges.

»Büros«, sagte sie zu Nereng.

Er nickte und ging weiter durch den Flur. Der war symmetrisch, die Türen lagen einander gegenüber. Am Ende gab es eine einzelne Tür.

Zenith beschnupperte intessiert die Türschwelle.

Elli sah die Frau an. »Was ist dahinter?«

»Nichts, glaube ich«, sagte die andere. »Ich war da nie. Ist sicher nur ein Kellerverschlag.«

Elli schaute zu Boden. Der schien gleich bei der Tür anzusteigen. Konnte das der Übergang zum Nachbarhaus sein, Cort Adelers gate 14?

»Sie haben keinen Schlüssel?«, fragte Elli.

Die Frau schüttelte den Kopf.

Elli wechselte einen kurzen Blick mit Nereng, der ein kleines Brecheisen hervorzog und es zwischen Türblatt und Rahmen presste. Die Tür glitt auf.

Dahinter lag ein spartanisch eingerichteter Raum: zwei Schreibtische mit Bürostühlen und ein zweisitziges Sofa. Alles schien noch aus Kriegstagen zu stammen. An der einen Wand hing ein alter Stadtplan von Oslo, an der gegenüber gab es Spuren von Bilderrahmen, aber die Bilder waren nirgendwo zu entdecken.

An der einen Querwand leuchtete ein Hakenkreuz durch zwei Schichten heller Farbe. In der Mitte hing ein Plakat mit dem norwegischen Wappenlöwen, an der Wand gegenüber gab es eine Treppe, die unter der Decke plötzlich endete.

»Da hatte Salomonsen ja doch recht«, sagte Nereng. »Deutsche Abhörstation aus dem Krieg. Und danach ist das Militär hier eingezogen.«

»Kriegsgeschichte ist ja interessant«, sagte Elli. »Aber ich wüsste gern, wieso die Anwälte von Brustad & Splid hier Zugang haben und was sie hier machen.«

Sie gingen zur Treppe.

»Die befindet sich genau unter der Cort Adelers gate 14«, sagte Nereng verwundert.

Elli starrte nach oben. »Aber keine Luke im Boden.«

Nereng gab keine Antwort, sondern sah sich die Treppe genauer an.

Zenith schnupperte unten an der Treppe herum, an den zwei oder drei untersten Stufen.

»Standhaft heute, was?«, sagte Nereng und versetzte ihm einen Klaps. Aber Zenith hatte keine Zeit für Nettigkeiten. Er presste die Schnauze auf die Treppe und bewegte sich eifrig hin und her.

Elli bückte sich und leuchtete mit der Taschenlampe an der Stelle, für die Zenith so großes Interesse zeigte. Erst jetzt sah sie frische Spuren von Schuhen mit groben Sohlen. Und die Erklärung für Zeniths Interesse.

»Arbeitet hier irgendwer mit einem Hund?«, fragte sie, ohne die untersten Treppenstufen aus dem Auge zu lassen.

»Nicht, dass ich wüsste«, antwortete die Hotelangestellte.

»Zurück«, befahl Nereng schroff.

Elli schaute ihn kurz an, ehe sie Zenith von der Treppe wegzog.

»Ich dachte nur gerade«, sagte nun Nereng, »da die Kästen im Erdkeller keine Kästen waren, ist die Treppe vielleicht auch keine Treppe.«

Nereng trat vorsichtig einen Schritt vor und leuchtete am Rand der Treppe entlang.

»Zenith hat nur an den drei untersten Stufen geschnuppert«, sagte er dann und packte Stufe Nummer vier. Mit einem leisen Knirschen hoben sich die sieben folgenden Stufen. Ein kühler Luftzug schlug ihnen entgegen.

Ein enger Flur, fast wie ein Tunnel, mit Wänden aus Stein und Beton, erstreckte sich in einem leichten Bogen vor ihnen.

»Das muss die Verbindung zum Hotel sein«, sagte Elli gespannt.

Nereng neben ihr beugte sich vor. »Du zuerst?«

Elli machte einen vorsichtigen Schritt in den Flur, merkte, dass der Boden fest und trocken war. Hinter sich hörte sie Zenith unzufrieden fiepen, weil sie ihn zurückließ. Sie ging acht bis zehn Meter weiter, ohne das Ende sehen zu können. Sie blieb stehen, lauschte. Bewegte sich da drinnen irgendetwas?

»Hallo?«, rief sie.

Stille.

Dann die Andeutung einer Bewegung, etwas schrappte an der Tunnelwand entlang. »Alles in Ordnung?«, fragte Nereng hinter ihr.

Elli signalisierte ihm mit einem Finger an den Lippen, dass er still sein sollte.

Zenith knurrte.

Elli drehte sich um. »Nein!«, sagte sie im Befehlston.

Gleichzeitig hörte sie vor sich in der Dunkelheit ein Geräusch. Es war unverkennbar, auch dort wurde geknurrt.

Zenith bellte. Energisch, tief, wie er das eben machte, wenn die Lage ernst war. Sie konnte sich gerade noch umdrehen, da sprang er auch schon los und drückte sich an ihr vorbei.

»Verdammt«, sagte Nereng und setzte hinterher.

Sie liefen einige Sekunden weiter, dann hallte ein markerschütterndes Geheul durch die Dunkelheit. Zenith kämpfte mit jemandem. Oder mit etwas. Gleich darauf war Elli da und sah Zenith, der die Pfoten gegen eine weitere Stahltür presste und wütend knurrte. Blutig an den Lippen, schmatzend, als ob etwas zwischen seinen Zähnen steckte. Im Licht der Taschenlampe sah sie zwei Bissspuren, an der Brust und im Nacken. Sie versuchte, ihn zu beruhigen, und überzeugte sich davon, dass er nicht ernstlich verletzt war. Zwischen seinen Zähnen sah sie graue Haarbüschel. Auf dem Boden lagen noch weitere Haare. Sie hob eine Strähne auf.

»Okay«, sagte sie atemlos. Sie drückte Zenith auf alle viere, aber er ließ die Tür nicht aus den Augen.

Elli drehte sich zu Nereng um, der gebückt hinter ihr stand.

»Okay?«, keuchte er.

»Ja. Er ist offenbar da durch verschwunden«, sagte sie und nickte zu der Stahltür hinüber.

»Ist das das KNA-Hotel?«

»Ja«, sagte Elli und bat ihn, die Kollegen zu verständigen und eine Streife zum Hotel zu schicken. Sie wusste kaum, wonach sie Ausschau halten sollten, tippte aber auf einen Mann mit einem Hund.

Nereng kam nach drei Minuten zurück und teilte mit, die Streife sei unterwegs.

»Was ist das hier für ein Dachsbau?«, fragte Elli.

Nereng zeigte auf die Stahltür. »Deutscher Adler. Hakenkreuz. Dieselbe Anlage.«

Elli hatte jetzt langsam genug von diesen alten Nazidingen, sie ging mit energischen Schritten zurück zu der Hotelangestellten am Tunneleingang und sagte: »Wir finden selbst raus, aber wir brauchen die Schlüssel.«

Die Frau löste drei Schlüssel von ihrem Bund. Elli bedankte sich für ihre Hilfe.

Im selben Moment schmatzte Zenith noch einmal. Er blutete noch immer aus den Mundwinkeln.

»Was hast du da drinnen wohl gesehen, Kumpel?«

Zenith schüttelte sich.

Nereng ging neben ihm in die Hocke und streichelte ihn vorsichtig hinter den Ohren. Zenith brummte abweisend.

»Er muss zum Tierarzt«, erklärte Elli. »Ich bringe ihn zu Brage. Der kann dann auch gleich die Haare analysieren«, sagte sie und legte die grauen Haare in eine Beweistüte.

Kapitel 62

Elli sah das orange Glühen eines Schneidbrenners hinten im Tunnel, als sie eine Stunde später dorthin zurückkehrte. Brage hatte Zeniths Wunden vernäht und verbunden, und Zenith war jetzt zu Hause in Ellis Wohnung.

Das Hakenkreuz an der Stahltür kam im orangen Licht aus irgendeinem Grund besser zur Geltung. Die Kriminaltechniker hatten einen vertrauenswürdigen Handwerker aus einer kleinen mechanischen Werkstatt in Groruddalen mitgebracht.

Fjeld schob seinen Priem zurecht, als er hier in Uniform und Schutzbrille vor ihr stand.

»Drei Millimeter?«, fragte Nereng neben ihm und musterte Fjelds kurzes graues Haar.

»Zwei«, sagte Fjeld.

Nereng nickte beifällig.

Fjeld drehte sich zu Elli um. »Da haben wir dich ja … nachdem du große Teile von Ruseløkka umgegraben hast, verlegst du dich jetzt auf unterirdische Untersuchungen. Wenn du so weitermachst, wird mir der Justizminister wohl bald befehlen, dich hinter einen Schreibtisch zu setzen.«

»Aber du kommst ja auch mal aus dem Büro raus«, sagte sie.

Fjelds Lachen erstickte in seinem Husten.

Das starke Glühen des Schneidbrenners wurde noch stärker und beleuchtete den ganzen Bunker.

Ein Metallgegenstand fiel auf der anderen Seite der Tür mit einem Klirren zu Boden.

Der Handwerker richtete sich auf und drehte die Gasflamme herunter. »Ich glaube, das war der Schlosskasten«, sagte er, als er die Schutzbrille abnahm.

Ein Kriminaltechniker stieß gegen die Tür. Sie öffnete sich problemlos. Wer immer diesen Tunnel benutzte, wollte offenbar nicht gehört werden.

Elli winkte nach hinten, wo Ringstad und der Malinois Zappa warteten. Zusammen gingen sie dann auf die Türöffnung zu. Zappa schnupperte am Boden und wollte in den Flur. Elli sah, dass sich seine Rückenhaare sträubten.

»Vielleicht ein großer Hund«, schlug Ringstad vor. »Er kennt Zenith und würde auf ihn nicht reagieren. Es muss ein anderer Geruch sein.«

»Ja, das hatte ich mir auch gedacht«, sagte Elli.

Die Tür führte in einen neuen Tunnel mit Wänden aus Erde und Stein, wie der beim Erdkeller weiter unten in Ruseløkka.

»Alle haben Westen und sind bewaffnet?«, fragte sie.

Nereng und Ringstad bestätigten. Sogar Zappa trug eine kugelsichere Weste.

Ringstad ließ Zappa von der Leine, gab ihm einen Klaps und ließ ihn in den Tunnel laufen. Zappa ließ sich das nicht zweimal sagen und schnupperte eifrig am Boden. Ringstad ging zuerst hinein, dicht gefolgt von Elli, dann kam Nereng, der abermals den Kopf einziehen musste.

An die dreißig, vierzig Schritt weiter bog der Tunnel scharf nach links ab. Dort gab es auch eine weitere Tür. Elli leuchtete die Tür an und die Inschrift war zu sehen:

Luftschutzraum KNA.

Hakenkreuz.

Sie überzeugte sich davon, dass Ringstad und Nereng ihre Waffen bereithielten, und berührte vorsichtig die Türklinke, die sich widerstandslos nach unten drücken ließ.

Elli riss die Tür auf. »Bewaffnete Polizei!«

Keine Reaktion, aber etwas an Atmosphäre und Geruch verriet ihr, dass es hier Leben gab. Seltsamerweise war es auch warm. Sie ging hinein und ließ den Lichtkegel durch den Raum wandern. Nereng trat hinter sie, sie merkte, wie Zappa an ihr vorbeilief. Sie konnte gerade noch einige alte Möbelstücke registrieren, die in einer Ecke aufgestapelt waren, dann fing Zappa an zu knurren.

Elli hörte noch ein anderes Geräusch. Ein Zischen. Dieses Zischen kannte sie aus Thailand.

Im Lichtkegel sah Elli den gelblichen Hals mit den schwarzen Querstreifen, das lila Fleisch im Mundinneren, die Zähne, die wogenden Bewegungen. Es dauerte jedoch einige Sekunden, ehe ihr klar war, dass sie hier wirklich eine quicklebendige Königskobra vor sich hatten.

»Zappa, stehen!«, befahl Ringstad, als ihnen aufging, was der Hund da anknurrte.

»Die steckt in einem Käfig«, sagte Elli und trat näher an das Tier heran.

Der Käfig war feinmaschig und aus grauem Kunststoff.

Mit einem Klicken wurde eine Glühbirne unter der Decke eingeschaltet. Elli drehte sich nach dem Geräusch um und sah Nereng mit der Hand auf einem Lichtschalter von der Sorte, die umgedreht wird. Er starrte ungläubig auf den Käfig. »Ja, verdammt … haben wir hier eine Art Arche Nazi gefunden?«

An zwei Wänden standen Käfige in unterschiedlichen Größen. Die größten könnten einen großen Hund beherbergen, stellte Elli fest. Die kleinsten erinnerten an Käfige für Hamster und Farbratten. Die Käfige waren aufeinandergestapelt. Elli zählte eilig durch und kam auf dreiundzwanzig.

In drei Käfigen war Leben. Außer der Königskobra gab es zwei Käfige weiter einen bläulichen Fuchs. Elli glaubte, so einen schon einmal gesehen zu haben. In einem der Käfige an der gegenüberliegenden Wand sahen sie eine Echse.

»Ich glaube nicht, dass das besonders viel mit dem Krieg zu tun hat«, meinte Elli.

Ringstad zog den widerwilligen Zappa vom Käfig weg und nahm ihn an die Leine.

Nereng trat neben Elli vor den Käfig mit der Königskobra. »Was ist das für eine Schlange?«

Elli erklärte, was das für eine Schlange war, woher sie kam und dass es sich um die größte Giftschlange der Welt handelte.

Nereng starrte aus zusammengekniffenen Augen in den Käfig. Die Kobra hatte ihre Haut noch immer an den Rückenwirbeln angespannt, aber das Zischen war leiser geworden. Vorsichtig berührte er den Käfig. Sofort griff die Schlange ihn an. Nereng sprang zurück.

»Es gibt Leute, die von so was leben«, sagte Elli trocken.

»Wovon denn?«, fragte Nereng und zitterte noch immer.

»Die Kobra aufreizen und wegspringen, wenn sie angreift. Das nennt man Schlangenshow.«

Nereng starrte ungläubig die Kobra an, die noch immer die Haut an ihrem Hals ausdehnte.

Nereng atmete schwer und ging weiter zum Fuchs. »Polarfuchs«, teilte er mit.

Elli beugte sich zu dem Tier vor. Es saß ganz hinten im Käfig, hatte die Ohren angelegt und zitterte. Seine Augen blickten sie aus dem dicken Fell heraus flehend an.

»Wir lassen ihn in Ruhe«, sagt sie.

Sie gingen zur Echse weiter. Wenn man den Schwanz mitrechnete, war sie etwa einen Meter lang, hatte einen Kamm am Rücken, und Elli hatte den Eindruck, dass die schuppige Haut zwischen grau, grün und blau changierte. Sie hockten sich vor den Käfig, aus dem Mandelaugen über einem breiten Maul und kurzen stumpfen Füßen erwartungsvoll dreinschauten.

»Hallo, Minidino«, sagte Elli.

»Leguan«, teilte Ringstad hinter ihnen mit.

Elli fuhr herum.

»Bin ziemlich sicher, dass es ein blauer Leguan ist«, sagte jetzt Ringstad. »Hab im Urlaub in einem Zoo so einen gesehen.«

Elli richtete sich auf. »In Norwegen?«

Ringstad schüttelte den Kopf. »USA.«

»Weißt du, woher die kommen?«

Ringstad schüttelte wieder den Kopf.

Ein schwarzes Tuch in der Ecke rechts von ihr, das Elli bisher nicht bemerkt hatte, zog jetzt ihre Aufmerksamkeit auf sich. Es lag über einigen viereckigen Gegenständen, vermutlich einem weiteren Stapel aus Käfigen. Elli ging hinüber und dachte widerwillig darüber nach, was sich unter diesem Tuch befinden mochte.

»Vorsichtig«, sagte Nereng hinter ihr.

Elli fasste Mut und riss das Tuch zur Seite. Gleich darauf

stellte sie erleichtert fest, dass sie vier ziemlich große, leere Käfige ansah.

»Haben die hier auch Wellensittiche gehabt?«, fragte Nereng und zeigte auf einige gelbe Federn auf dem Käfigboden.

Elli konnte nicht antworten, denn jetzt rief Fjeld sie über Funk an.

»Wir brauchen hier einen Tierarzt«, erklärte Elli und bat sie, Withberg und zwei Beamte mitzubringen, die Ringstad Gesellschaft leisten sollten.

»Nereng und ich gehen weiter rein.«

»Weiter rein?«

»Ja, der Tunnel geht weiter. Zum Handelsgymnasium.«

Kapitel 63

Fünf Stunden später sah Fjeld Elli an, mitten auf dem Parkvei, zwischen KNA-Hotel und Handelsgymnasium.

»Unter dem Handelsgymnasium liegt also ein zweigeschossiger Bunker«, sagte er. »Und unter dem Hotel, in der Cort Adelers gate 14, ein eingeschossiger, und dann sagst du, es gibt noch drei: Cort Adelers gate 33, Ruseløkka-Schule und vermutlich unter der Victoria Terrasse?«

Elli nickte. »Das hat ja auch der Historiker Salomonsen angedeutet. Alles, was wir bisher gefunden haben, stimmt mit seinen Beschreibungen überein.«

»Und das haben die Deutschen gebaut?«

»Russische Kriegsgefangene.«

Fjeld schüttelte überrascht den Kopf. »NATO-Sterne, Hakenkreuze, deutsche Adler und ein kleiner Zoo, uns fehlen jetzt nur noch ein paar Skelette in Nazi-Uniform, dann haben wir einen kompletten Comic.«

»Wer grabet, der findet«, sagte Elli und entdeckte plötzlich auf dem Schulhof des Handelsgymnasiums eine Gestalt.

Nereng.

Elli winkte und ging mit Fjeld zu ihm hinüber.

»Seht euch mal an, was ich gefunden habe«, sagte Nereng nicht wenig aufgeregt, als sie bei ihm ankamen.

Sie folgten ihm in die Schule und dann weiter über den Weg, auf dem der Historiker Salomonsen sie herumgeführt hatte. Unten im Bunker betrat er den schalldichten Raum, wo jetzt die Wand neben einem Schaukasten offen war.

»Schiebetür«, erklärte Nereng und ging hindurch.

Elli und Fjeld stiegen hinter ihm her eine steile Wendeltreppe hinunter. Unten betraten sie einen etwa dreißig Quadratmeter großen Raum mit Wänden und Boden aus Rohbeton. Die Luft war feucht, ihre Schritte hallten kräftig an den Wänden wider.

Nereng zeigte auf eine Stahltür mitten in der Mauer zu ihrer Linken.

»Da geht's zum Hotel.« Dann ging er wieder zur Mauer vor ihnen und stellte sich in die linke Ecke. »Und hier ist die Verbindung zu dem Tunnel, wo die Leiche des Jungen lag.«

Erst jetzt sah Elli, was er gefunden hatte.

»Schiebetür Nummer zwei«, verkündete Nereng.

Die Tür war etwa einen Meter breit und bestand aus ungefähr zwei Zentimeter dickem Beton, während ein starker Haken aus Stahl sie an der Seitenmauer festhielt.

Nereng drückte auf den Haken und zog ihn zur Seite. Die Tür bewegte sich auf dicken Stahlschienen.

»Er muss von hier gekommen sein, der Mann, der dich überfallen hat«, sagte Nereng.

Elli starrte in den Tunnel, der vor ihr lag. Sie hatte zwei Tage zuvor nur einen Meter weiter gehockt. So nah war das gewesen.

»Aber warum ist er in den Tunnel gegangen?«, fragte Elli.

Weder Nereng noch Fjeld sagten etwas.

»Vielleicht war es ein Zufall«, sagte Elli jetzt. »Dass er einfach sehen wollte, was wir da unten gemacht haben. Er hat sicher damit gerechnet, dass der Tunnel so viel später leer sein würde. Als ich ihn gesehen habe, blieb ihm nichts anderes übrig.«

»Und als er mit dir nicht fertig wurde, ist er durch den Erdkeller abgehauen, um nicht zu verraten, dass die Tür offen stand«, fügte Nereng hinzu. »Dann ist er wohl durch die Cort Adelers gate wieder hineingegangen und hat die Tür von dieser Seite geschlossen.«

Fjeld räusperte sich. »Darf ich mal die Menagerie sehen?«

Nereng führte sie durch den Tunnel zum KNA-Hotel, wo sie auch Brage antrafen.

Elli lächelte ihm kurz und herzlich zu und stellte ihn Fjeld vor, nachdem sie noch einmal kurz mit ihm über Zenith gesprochen hatte. Sie sagte Fjeld, Zenith habe nur ein paar Schrammen abbekommen.

»Und was haben wir hier?«, fragte Fjeld.

Brage ging in den Bunkerraum. »Blauer Leguan, Polarfuchs und Königskobra«, erklärte er, während er auf die entsprechenden Käfige zeigte. Dann sah er Elli an. »Das passt ja zu den anderen Funden.«

Elli trat einen kleinen Schritt vor. »Sind das auch gefährdete Tierarten?«

Brage nickte. »Alle drei.«

»Schimpanse, gemischt mit Menschenskelett, anatolischer Leopard, Gartenammer, Polarfuchs, Lemur und Königskobra«, fasste Elli zusammen.

»Da ist noch einer«, sagte Brage.

Elli sah ihn fragend an.

»Canis lupus.«

»Wolf?«

Nereng und Fjeld, die wie hypnotisiert die Schlange angestarrt hatten, drehten sich zu ihnen um.

»Die Haarprobe, die du vorhin geschickt hast – die stammt von einem Wolf«, sagte Brage.

»Und da bist du dir sicher?«

Brage lächelte. »Mit Wölfen kennen wir uns inzwischen aus. Wir bekommen immer wieder Gewebe- und Haarproben aus den Gegenden, wo ein Wolf in Verdacht gerät, Nutztiere gerissen zu haben. Meistens stammen die dann aber von Hunden. Ein Polarhund hat keine großen Probleme damit, ein Schaf zu töten, wenn sich die Gelegenheit bietet. Und diese Hybridgeschichten …«

Er merkte, dass er abschweifte, räusperte sich und verstummte.

»Und der Wolf ist doch auch eine gefährdete Art«, sagte Elli.

»Stimmt.«

Nereng kam zu ihnen herüber. »Zenith hat also mit einem Wolf gekämpft?«

»Kein Wunder, dass er unbedingt in den Tunnel wollte«, sagte sie. »Er wusste, dass da eine Gefahr lauerte.«

Brage hob einen Zeigefinger, um anzudeuten, dass er etwas sagen wollte. »Die meisten Hunde fassen das Geruchsbild eines Wolfes als dominanten und bedrohlichen Geruch auf. Seine Instinkte haben Zenith gesagt, dass er dich beschützen müsste. Die langen ganz schön zu, wenn es sein muss, diese Ridgebacks.«

»Kann es ein Hybride gewesen sein?«, fragte Elli.

»Oder ein Jungtier. Die Bisswunden bei Zenith weisen darauf hin. Ein unerfahrenes Individuum.«

»Aber wie kann man einen Wolf transportieren?«

Brage zuckte mit den Schultern. »In einem Hundekäfig? An der Leine? Ich glaube, nicht mal ein Prozent der Bevölkerung würde erkennen, dass es ein Wolf ist und kein Husky.«

Er drehte sich zu den Käfigen um. »Der Fuchs und der Leguan können jetzt mitkommen, die Kobra muss warten, bis ich eine bessere Lösung gefunden habe.« Er kratzte sich am Kopf. »Wenn ich mir das so überlege – Giftschlangen sind nicht gerade meine Spezialität, vielleicht könntet ihr die Rettungsgesellschaft Falck bitten, sie zu uns zu bringen. Ich glaube, für so was haben die einen Spezialkäfig.«

»Falck«, wiederholte Nereng und drehte sich noch einmal zu dem Kobrakäfig um, in dem die Schlange hin und her wogte.

»Was meinst du?«, fragte Nereng. »Drei Meter?«

Brage sah die Schlange kurz an, dann sagte er: »So ungefähr. Ich muss auch etwas finden, was sie fressen kann.«

»Ist sie deshalb so unruhig? Weil sie nichts zu fressen hat?«

»Ja, sie hat Hunger.«

Kapitel 64

Ellis Mutter Dee wartete an einem Tisch ganz hinten im Restaurant.

»Der Kellner hat mich hergeführt, als ich deinen Namen genannt habe«, erklärte sie, erhob sich und winkte ihrer Tochter zu. Elli winkte zurück. Innig und respektvoll, wie es einer Mutter gebührte. Und sie hatte Angst davor, was der Arzt ihrer Mutter gesagt haben könnte.

Elli setzte sich und vertiefte sich in die Speisekarte.

»Hast du heute deinen Mann gesehen?«, fragte die Mutter, während sie sich über das Angebot im Restaurant informierte. »Sie haben Tom Yam falsch geschrieben.«

Elli hätte ihre Mutter normalerweise genervt angesehen. Mit einiger Anstrengung konnte sie jedoch ihren Blick auf die Speisekarte konzentrieren. Sie sagte: »Nein, aber ich habe ihn gestern Nacht gesehen.«

»Gut«, sagte die Mutter.

Elli erwiderte nichts.

Als beide sich entschieden hatten, winkte Elli dem Kellner, und der war sofort mit seinem Bestellungsblock zur Stelle. Die Mutter bestand darauf, die Bestellung auf Thai aufzugeben, einer Sprache, die der schwedische Kellner so gar nicht beherrschte. Elli rettete die Situation und gab die Bestellung mit dem Lächeln auf, das sie für solche Situationen bereithielt. Warm, nicht zu viele Zähne, Andeutung von Krähenfüßen in den Augenwinkeln. Sie entschied sich für eine Kokossuppe als Vorspeise und einen würzigen Mangosalat mit Filetspitzen als Hauptgericht. Ihre Mutter bat um Tom Yam und ein Curry mit Erbsen, Schweinefleisch und Chili. Singha-Bier für beide.

»Dann wollen wir hoffen, dass sie Tom Yam besser kochen können als schreiben«, flüsterte die Mutter, als der Kellner sie mit der Bestellung verließ.

»Positiv denken, Mutter«, sagte Elli mit einem Lächeln. »Sei eine gute Buddhistin.«

Die Mutter musterte sie scharf. »Willst du mich etwa belehren? Alles, was du über Buddha weißt, hast du von mir.«

Elli hob ein wenig die Augenbrauen. »Weißt du jetzt, wann die Operation ist?« Sie nahm die Hand der Mutter. Die war fest, hart, als ob sie sich vor nichts fürchtete.

Sie wurden vom Kellner unterbrochen, der alle Gerichte gleichzeitig brachte.

»Das hat er immerhin richtig gemacht«, sagte die Mutter, denn in Thailand wird nicht zwischen Vorspeisen und Hauptgerichten unterschieden, alles wird gleichzeitig oder in der Reihenfolge serviert, in der es in der Küche fertig wird.

»Der Operationstermin«, drängte Elli.

Die Mutter kostete das Essen, gab ein leises »Hmm« von sich und ließ die Flüssigkeit in ihrer Mundhöhle rollen.

»In fünf oder sechs Wochen«, sagte sie dann.

»Die können doch nicht so lange warten«, sagte Elli empört.

»So eine Zyste ist doch nicht gefährlich.«

»Das wissen wir nicht«, fauchte Elli unüberlegt.

Die Mutter sah sie ängstlich an.

Reue und Frustration bei Elli in rascher Folge. Sie kniff die Augen wieder zusammen. »Gib mir mal die Nummer des Zuständigen im Krankenhaus.«

»Nein«, sagte die Mutter.

»Doch.«

»Na gut«, sagte die Mutter und zog einen Zettel aus der Handtasche. Die Nummer stand bereits darauf.

Elli speicherte sie in ihrem Mobiltelefon.

»Ich habe mir etwas überlegt«, sagte die Mutter, als Elli das Telefon wieder in die Tasche steckte.

Elli fand den Blick der Mutter. Noch immer leuchteten ihre Augen, noch immer war ihre Haut überraschend glatt. Ihre Bewegungen und ihre Haltung waren wie die eines jungen Mädchens.

»Was hast du dir überlegt?«, fragte Elli vorsichtig.

»Na ja, vielleicht lebe ich ja nicht mehr so lange. Man weiß nie. Ich bin fast sechzig, und ich finde, du müsstest meine ganze Geschichte kennen.«

Elli rückte ein wenig näher an ihre Mutter heran. »Egal, was du mir erzählst, für mich ändert das nichts.«

Die Mutter lächelte. Warm, aber unsicher. »Wir haben uns in Bangkok kennengelernt, dein Vater und ich.«

»Das weiß ich doch.«

»Aber ich war bei der Arbeit, Elli.«

Elli legte ihre Hand auf die der Mutter. »Das habe ich schon längst verstanden, Mama. Ihr habt euch in Patpong kennengelernt.«

»Drei Jahre«, sagte die Mutter.

»Du brauchst das nicht zu erzählen, wenn du nicht willst«, sagte Elli.

Die Mutter sah sie an. Aus norwegischer Sicht hätte ihr Gesichtsausdruck als stoisch gelten müssen. Aber Elli sah die kleine Nuance, die man in Thaitradition nur Buddha oder den allerengsten Angehörigen zu zeigen wagt und die verriet, dass die Mutter sich auch nach vierzig Jahren noch schämte.

Elli schaute sie liebevoll an. »Das spielt doch keine Rolle, Mama.«

Die Mutter lächelte zaghaft, sie schlug die Augen nieder und aß jetzt weiter. Die Stäbchen bewegten sich, ohne zu zittern. Ihr Schmatzen sagte Elli, dass es ihr schmeckte. Der Restaurantbesitzer hätte nur wissen sollen, was für ein kritischer Gast ihm eben Anerkennung bezeugt hatte.

»Du bist zu einem Viertel burmesisch«, sagte die Mutter plötzlich.

»Hm?«

»Dein Großvater, mein Vater, war ein burmesischer Mahout.«

»Ein Elefantenführer?«

Die Mutter nickte kurz. Elli erkannte ihre eigenen Gesten.

»War das …«

»Ja«, fiel die Mutter ihr ins Wort. »Er hieß Sein. Meine Mutter, Noi, war in einem Dorf in der Nähe der Grenze aufgewachsen.

Holzfäller und Elefantenführer kamen zum Essen und Trinken dorthin. Die Elefanten sollten die Baumstämme zur Eisenbahn ziehen.«

Elli nickte.

»Abends im Dorf kamen die Männer mit den Mädchen von dort ins Gespräch. Noi und Sein waren dann oft zusammen, und eines Abends war es so weit. Sie war sechzehn, und bei meiner Geburt war sie gerade siebzehn geworden.«

»Was ist aus Sein geworden?«, fragte Elli vorsichtig. Die Mutter hatte noch nie darüber gesprochen.

»Im Krieg arbeitete er an der japanischen Eisenbahn von Bangkok nach Rangoon. Sie wurden sehr schlecht behandelt. Sein starb an Malaria, als ich erst wenige Monate alt war. Die Familie konnte kein weiteres Kind ernähren, deshalb ging meine Mutter mit mir nach Kanchaburi. Sie schuftete rund um die Uhr, Sunee. Alle Arten von Arbeit. Am Ende hatte sie eine kleine Garküche auf Rädern und stand damit am Bahnhof. Inzwischen kamen Touristen, wir kamen gut zurecht.«

Sie fand den Weg zurück zu Ellis Blick. »Dann lernte sie Maha kennen, meinen Stiefvater, den du Opa genannt hast.«

Elli verspürte eine Art Leere – oder war das Trauer? –, weil die Mutter dieses Kapitel erst jetzt eröffnete. Aber sie saß aufmerksam da, mit offenem Blick, wie bei einer Vernehmung. Sie wusste nur zu gut, dass man unter Zwang keinem Menschen eine schwierige Geschichte entlocken kann.

»Das war sicher nicht leicht, Mama«, sagte sie.

Die Mutter trank noch einen Schluck Bier. »Nichts ist leicht, Sunee. Man tut eben, was man kann. Das gibt das beste Karma.«

Dann erzählte sie Elli alles.

Elli ging aus der Stadt nach Hause. Das Gespräch mit ihrer Mutter hatte sie in ein Wirrwarr aus Gedanken gestürzt, mit dem sie auf dem ganzen Heimweg beschäftigt war. Die Vermutungen über die Vergangenheit der Mutter hatten seit vielen Jahren bestanden, aber dennoch hatte Elli sich nicht vorstellen können, wie sie wirklich gelebt hatte.

Und die Zyste. Die gehörte zu den Dingen, an denen man nichts ändern konnte.

Ihr ging auf, dass sie fast zwanzig Jahre älter war, als die Großmutter bei der Geburt ihrer Mutter gewesen war. Das war früh, um Mutter zu werden. Aber Ellis Fruchtbarkeit würde auch nicht ewig vorhalten.

Um Viertel vor zehn ging sie über die Bentsebrua. Nereng hatte Zenith als Wandergefährten ausgeliehen. Elli hatte versprochen, um zehn zu Hause zu sein. Als sie dort ankam, saß er auf der Treppe und wartete.

Nereng lächelte sie an. »Hallo.«

Elli lächelte zurück und begrüßte Zenith.

Nereng erhob sich. »Du siehst müde aus. Ist etwas passiert?«

»Nein … ich habe mit meiner Mutter gegessen.«

Er musterte sie einige Sekunden lang forschend. »Willst du darüber reden?«

Kapitel 65

Nereng saß am Küchentisch und rührte in seiner Teetasse. »Wie ist sie da hineingeraten?«

»Eine sehr norwegische Frage«, antwortete Elli. »Thailand ist kein Land für zarte Seelen. Da tut man, was man muss, um zu überleben.«

Nereng nickte nachdenklich.

Elli fasste die Geschichte zusammen: Die Großmutter Noi, die mit ihrem neuen Mann zwei Kinder bekam. Ellis Tante Sarai und ihren Onkel Nak. Die Familie zog nach Bangkok und wohnte in einem engen Schlauch im Erdgeschoss. Statt Miete zu bezahlen, musste Maha bei den Reparaturarbeiten in allen Häusern des Vermieters helfen.

»Es war am Rande von Patpong«, sagte Elli. Eigentlich gab es nichts mehr zu erzählen. Aber es tat gut, mit Nereng darüber zu sprechen. Er saß nur da. Verlangte nichts, fragte nichts, hörte nur zu.

»Ich war einmal dort«, sagte Elli.

Es war bei einer der Reisen mit der Mutter gewesen. Elli hatte sie zu einem ihrer zahllosen Vettern begleitet, um sich das Nachtleben anzusehen. Die Eindrücke waren noch lebhaft vorhanden. Neonlicht, riesige Ströme von Männern in jedem Alter – und aus allen Nationen – bewegten sich wie eine endlose Schlange zwischen den Sexbars. Nackte Frauen fischten sich Männer mit glasigen Augen von der Straße oder vom Tresen, wo die Mädchen tanzten und ihnen eine Nummer auf den Körper geklebt war, zumeist auf den Hintern.

»Die Showtitel weiß ich noch immer«, sagte sie. »Das Wort pussy in Variationen mit banana, ping pong, cowboy, water canon, snake – in der Hinsicht gibt es in Thailand eine große Innovationsbereitschaft.«

Nereng lächelte vorsichtig über diese Ironie. »Aber hattest du den Verdacht, dass sie dort gearbeitet hatte?«

Elli nickte.

»Meine Mutter hatte angedeutet, dass sie damals sehr arm waren. Und Maha hat immer deutlich gemacht, dass sie nicht seine Tochter war. Er musste Prioriäten setzen. Sie war fast sechzehn. Die US-Soldaten strömten aus dem Vietnamkrieg herüber.«

Pause.

Nereng legte ihr die Hand auf die Schulter. »Sie war doch eine gute Mutter, nicht wahr?«

Elli sah ihn an. Sie saßen ziemlich dicht beieinander. Nereng zog seine Hand wieder zurück.

»Du hast eine Anlage zum Buddhismus«, sagte Elli. »Man muss dann und dort das Richtige tun. Was wäre die Alternative gewesen?«

Nereng sah sie mitfühlend an.

Elli legte für einen Moment den Kopf in die Hände, während sie überlegte, ob sie mehr erzählen oder es dabei belassen sollte.

Nereng wartete geduldig.

»Die meisten Kunden waren eigentlich recht nett«, sagte sie abrupt. »Sie wollten eine good time. Gaben Getränke aus. Meine Mutter spielte die Rolle als girlfriend. Sie musste die Familie ernähren. Ihr Stiefvater Maha wusste das, gab es aber nie zu. Meine Großmutter sprach nie darüber.«

»Aber sie muss es doch gewusst haben«, folgerte Nereng.

Elli spürte eine Träne im Augenwinkel. »Natürlich hat sie gewusst, dass ihre Tochter sich in Patpong verkaufte.«

Um halb eins brachte sie Nereng zur Tür.

Nereng legte ihr abermals behutsam die Hand auf die Schulter.

»Bis morgen.«

Elli umarmte ihn herzlich. »Danke fürs Zuhören«, sagte sie und ließ ihn los. »Und danke dafür, dass du keine Fragen gestellt hast.«

»Das ist deine Geschichte«, sagte Nereng. »Du erzählst, was du willst.«

Sie nickte. »Mein Vater war kein Kunde.«

Sie sah die Erleichterung in Nerengs Gesicht.

Elli lag im Bett. Halb drei. Sie dachte daran, was die Mutter über Ellis Vater erzählt hatte. Wie sie einander wirklich kennengelernt hatten. Sie war wütend darüber, dass die Eltern diese Wahrheit nie mit Elli und ihrer Schwester Anne geteilt hatten.

Hätte das etwas bedeutet? Ja. Sie hätten die Mutter besser verstanden. Zutiefst buddhistisch, zugleich hart und zynisch. Anne hatte diese Möglichkeit nie gehabt, und Elli bekam sie erst sehr spät, auch wenn sie sich die Antwort längst selbst gedacht hatte.

Die Geschichte der Mutter, darüber, wie sie den Vater kennengelernt hatte, ließ neue Tränen auf das Kissen fallen.

»Erzähl mir, wie du ihn kennengelernt hast«, hatte Elli einige Stunden zuvor im Restaurant gebeten.

»Ich habe ihn und einige andere von seinem Schiff eines Morgens in einer Bar gesehen, als ich meiner Mutter Geld nach Hause gebracht hatte«, sagte die Mutter. »Sie pfiffen nach mir und ich ging hinein, oft haben wir auf diese Weise Kunden bekommen. Zuerst hielt ich sie für US Army, aber mir ging bald auf, dass sie aus einem anderen Land kamen.«

Elli schluckte. »Wollte Papa Sex kaufen – ist es so passiert?«

»Er hat nie gefragt. Einige der anderen wurden sofort zudringlich, aber er griff ein und sagte, sie sollten nichts überstürzen. Ich weiß noch, dass die anderen weiter durch Patpong zogen, aber Lars und ich blieben in der Bar sitzen.«

»Und dann bist du mit ihm ins Hotel gegangen?«

Die Mutter lachte. »Nein. Er hat Essen und Bier ausgegeben, wir haben geredet – ich hatte von den Amerikanern ganz gut Englisch gelernt –, aber dann musste ich zurück in die Bar und zu meiner Puffmutter. Er fragte deshalb, wie viel ich bis zum nächsten Tag kosten würde. Das fragten viele, und ich nannte den Betrag. Okay, sagte er, dann machen wir das so. Ich erklärte, dass ich im Bordell Bescheid sagen müsste, wir gingen hin und sagten, dass ich für den Rest des Tages, die ganze Nacht und bis zum nächsten Morgen ihm gehörte.«

Elli sah die Mutter fragend an. »Aber war das nicht …«

Die Mutter lachte. »Weißt du, was er gesagt hat?« Sie legte eine kleine Kunstpause ein. »Du bist eine schöne junge Frau. Nimm dir bis morgen frei. Fahr zu deiner Familie nach Hause. Zuerst dachte ich, er hätte sich die Sache anders überlegt und fände mich doch nicht mehr schön und wollte lieber eine andere. Verstehst du, wie sehr ich dieses Leben verinnerlicht hatte? Nach drei Jahren hatte ich mich selbst verloren, Sunee. Aber langsam, langsam begriff ich dann, dass es ihm ernst war. Also machte ich eine ehrerbietige Verbeugung und ging zu meiner Mutter nach Hause.«

»Und dann? Ist Papa gegangen?«

»Ja. Er hielt Wort. Keine Bedingungen für den Abend. Aber ich hatte mir gemerkt, wo sie wohnten, und ging am nächsten Tag zu ihm. Du weißt, die Lebenslüge einer Thaihure ist, einen reichen Farang zum Heiraten zu finden.«

Elli versuchte, sich ihre Eltern in einer heruntergekommenen Hotelrezeption in Bangkok vorzustellen.

»Was hat er gesagt?«

»Er fragte, ob ich meinen freien Abend genossen hätte. Und dann lud er mich zum Mittagessen ein. Am selben Abend kaufte er mich für eine ganze Woche frei, und das war das Letzte, was ich in Patpong gemacht habe. Aber ich kann dir sagen, Sunee, wir hatten erst nach mehreren Wochen Sex. Das lag natürlich nicht an mir, er wollte es so. Er hatte seine Zweifel an der ganzen Sache. Mehrmals sagte er, es sei nicht möglich.«

»Warum hat er sich dann doch anders entschieden?«

»Ich begreife es noch immer nicht. Ich war ein Mädchen vom Lande und arbeitete in Patpong. Ich konnte nur sagen, dass ich wüsste, dass er ein guter Mann war, und dass er mir die Chance geben müsste, zu zeigen, dass ich für ihn eine gute Frau sein könnte.«

Elli ließ sich im Sessel zurücksinken. Es war eine wahnwitzige Geschichte. Der Kellner stand plötzlich wieder vor ihnen und fragte, ob sie noch Bier wollten. Elli sagte ja, ohne die Mutter zu fragen.

»Es muss anfangs doch schwer für euch gewesen sein«, sagte Elli nach einigem Nachdenken. »Wie konnte das denn überhaupt gutgehen?«

Die Mutter lächelte. Das Lächeln hatte etwas Seliges, das mehr als deutlich verriet, dass Lars und Dee eine große und einzigartige Liebe gefunden hatten. »Wir hatten nach drei Wochen unseren ersten richtigen Streit«, sagte die Mutter. »Heulen und Zähneknirschen. Danach sagte er, dass er mich liebte. Und dann sind wir nach Norwegen gegangen.«

Elli wurde um halb sieben von einer Elster geweckt, die auf dem Balkon schrie. Obwohl sie so wenig geschlafen hatte, fühlte Elli sich seltsam belebt. Zenith schlief auf dem Boden noch immer tief.

Beim Frühstück arbeitete ihr Gehirn sich wieder in den Fall ein. Elli überlegte, wie sie sich Lincher nähern könnten. Im Umkreis der Kanzlei Brustad & Splid gab es mächtige Menschen. Und dann waren da noch die Tiere aus dem Bunker – könnten die ihnen eine neue Spur liefern?

»Wach?«, schrieb sie um halb acht an Brage.

Er rief sofort zurück. »Hallo.«

»Hallo.«

Es war fast verwirrend, seine Stimme zu hören, nachdem Nereng am Vorabend bei ihr gewesen war.

»Alles in Ordnung?«, fragte er.

»Das schon. Ich dachte nur … was machen deine neuen Freunde aus dem Bunker?«

Er räusperte sich. »Na ja, an sich geht es ihnen gut. Der Fuchs ist körperlich in guter Verfassung. Wir werden einige Proben nehmen. Wenn die gut ausfallen, kann er in ein Aufzuchtprojekt für seine Rasse überführt werden. Beim Leguan ist die Sache schon schwieriger, aber ich hoffe, dass Kristiansand, das Aquarium in Bergen oder das Reptilienhaus ihn nehmen. Wenn nicht, müssen wir uns in Schweden erkundigen. Die Vorschriften in Norwegen sind da nicht gerade flexibel.«

Elli wusste, was er meinte. Der Leguan riskierte, eingeschläfert zu werden, wenn niemand die Verantwortung übernehmen wollte.

»Wo wir schon über Tiere reden«, sagte jetzt Brage. »Die Kobra hat sich nicht blicken lassen.«

»Die ist doch von Falck geholt worden.«

»Na gut, ich frag noch mal nach. Die muss endlich mal gefüttert werden.«

Pause.

»Ich habe mich gestern Abend mit meiner Mutter getroffen«, sagte Elli plötzlich.

Persönlich. Ungewohnt.

»Das war sicher nett?«

»Ja, aber weißt du …«

Brage lachte am anderen Ende der Leitung.

»Ja. Eltern.«

»Na gut«, sagte Elli. »Ich wollte dich eigentlich warnen. Der Fall entwickelt sich, und es kann sein, dass ich in nächster Zeit wenig zu erreichen bin.«

»Alles klar. Ich werde das nicht persönlich nehmen.«

Neue Pause.

»Gut, dann bis bald«, sagte sie.

Ehe sie ging, sah sie nach, ob es im Ecsteat-Forum irgendwelche Aktivitäten gab. Es war seltsam still. Hatten sie noch andere Kommunikationskanäle?

Kapitel 66

Früher Morgen. Scharfe Sonne durch raschelndes Laub. Einige wenige Blätter hatten sich schon leicht rötlich und bräunlich verfärbt. Elli stand vor dem Reihenhaus von Kristin Bang, der Sozialarbeiterin, die den im Jugendamt von Huseby aufbewahrten Bericht unterschrieben hatte. Nach ihrem Patzer bei Kleppe konnten sie ihn als Zeugen vergessen, aber Elli wollte sicher sein, dass ihr keine Information entging.

Bang war seit fünf Jahren in Rente. Elli klingelte an der Tür. Sie hörte von drinnen rasche Schritte, die Türklinke wurde heruntergedrückt und Kristin Bang stand ihr gegenüber. Ein mildes Gesicht, stellte Elli fest. Langes graues Haar hing ihr auf die Schultern, sie trug ein gemustertes Kleid, wie man es in Goa bekommt. Bang hatte sich für ihr Alter gut gehalten.

»Polizei?«, fragte sie lächelnd, als Elli sich vorgestellt hatte. »Kommen Sie rein.«

Sie führte Elli in ein mit Gemälden und Schwarzweißfotografien ausgestattetes Wohnzimmer. Zwei Männer waren auf vielen Bildern zu sehen. Ihre Söhne, nahm Elli an.

»Tee?«, fragte Bang.

Elli nahm dankend an.

Als sie auf dem schlichten dänischen Sofa saß, bemerkte Elli, dass Bang sie forschend musterte. Eine Art Respekt sprach aus ihrem Blick.

»Und womit kann eine pensionierte Sozialarbeiterin der Polizei behilflich sein?«

»Es geht um einen Fall von vor etwa dreißig Jahren.«

Bang lachte. »Da hat das System ja großes Vertrauen zu mir. Was ist das denn für ein Fall?«

Elli wusste nicht so recht, was sie nach so langer Zeit noch erwarten durfte. Sie erzählte von dem Brandstifter von Røa.

»Das ist sehr lange her … ein Brand, haben Sie gesagt?«

Elli nickte.

»Und Sie durften natürlich die Akten einsehen?«

»Ich habe einen Ordner gesehen, aber er enthielt ungeheuer wenig, nur eine knappe Seite. Ich dachte, Sie wüssten vielleicht noch etwas mehr?«

Bang machte ein nachdenkliches Gesicht. »Ich stehe ja noch immer unter Schweigepflicht, strenggenommen, aber wenn Sie die Akten einsehen durften, ist das sicher in Ordnung so. Ein viel größeres Problem ist, dass ich inzwischen ja allerlei andere Fälle hatte …. Ich kann mich ganz einfach nicht an alles erinnern.«

Elli beugte sich vor. »Es wäre eine große Hilfe für uns, wenn Ihnen doch noch etwas einfiele.«

»Er steht also unter Verdacht, Ihr Brandstifter«, es war keine Frage, sondern eine Feststellung.

»Nein, er ist Zeuge.«

»Na gut«, sagte Bang. Mit fast jugendlichen Bewegungen strich sie sich eine Haarsträhne aus der Stirn.

Sie schwiegen beide einen Moment, während Bang Elli abermals musterte.

»Schwester«, sagte Bang. »Ich war auch einmal so wie du. Wollte etwas verändern. War engagiert. Und hatte Tempo, so wie du.«

Sah sie so ungeduldig aus? Elli ließ ihre Schultern ein wenig hängen.

»Ich würde dir gern ein Geheimnis erzählen, Rathke.«

»Ein Geheimnis …«, wiederholte Elli.

Bang lächelte. »Ich bin von der alten Schule. Habe gegen Ende der sechziger Jahre meine Ausbildung als Sozialarbeiterin gemacht und sah sehr bald, dass unser System die richtigen Absichten hatte, aber alles andere als perfekt war. Viele Kinder gingen uns verloren. Sie hatten keine andere Wahl, als mit ihren Erfahrungen weiterzuleben.« Sie räusperte sich. »Deshalb …«, sagte sie und Elli glaubte, ein leichtes Zittern in ihrer Stimme zu hören, aber Bang riss sich sehr bald zusammen. »… habe ich oft meine eigenen Einschätzungen angestellt, für den Fall, dass die Sache noch einmal aktuell würde.«

»Na gut«, sagte Elli erwartungsvoll, aber nach einigen Minuten voller Gedanken und Anekdoten aus den siebziger und achtziger Jahren, die meisten am radikalen Ende der Skala, spürte sie, wie ihre Ungeduld wuchs, und sie ärgerte sich darüber, so in die Falle getappt zu sein. Sie traf doch immer wieder Menschen, die sich angesichts der Polizei wichtigmachten. Und es gab so viele ältere, alleinstehende Frauen, die gern reden wollten. Wieder musste sie an ihre Mutter denken. Kristin Bang und Ellis Mutter waren beide ältere Frauen mit Erinnerungen an das Leben, wie es gewesen war, und Gedanken darüber, wie es hätte sein sollen.

Elli hatte keine Zeit dafür. Sie befand sich mitten in einer Mordermittlung.

Sie schaute kurz auf die Uhr.

Bang lächelte wieder. »Ist schon klar. Du musst weiter.«

Elli erhob sich. »Danke dafür, dass du dir die Zeit genommen hast.«

»Keine Ursache«, sagte Bang. »Hast du eine Karte?«

Elli reichte ihr ihre Karte, verabschiedete sich und fuhr zurück nach Grønland. Kleppe war ein abgeschlossenes Kapitel.

Um halb zehn rief Elli in Ullevål an. Die Wartezeit war für alle dieselbe, aber ihr wurde immerhin ein Datum in fünf Wochen genannt, und sie erfuhr, dass die Mutter auf einer Warteliste stand und kurzfristig einen früheren Termin bekommen könnte, falls andere Operationen ausfallen müssten.

Fünf Wochen waren eine lange Wartezeit. Sie konnten nur hoffen.

Positiv denken.

Ehe sie sich an ihre Untersuchungen über Lincher machen konnte, platzten Nereng und Sigurdssønn mit den Telefonlisten herein. Nereng wollte etwas sagen, aber er unterbrach sich und sah sie an.

»Alles in Ordnung?«

»Das norwegische Gesundheitswesen …«, seufzte Elli.

»Ist irgendwas …«

»Bei mir nicht«, fiel Elli ihm ins Wort. »Es geht um meine Mutter. Eine Zyste muss entfernt werden. Und sie sitzt ein bisschen schwierig.«

Nereng sah zuerst erstaunt aus, dann schlug das Erstaunen rasch in Mitgefühl um. »Nach allem, was du gestern Abend erzählt hast, gibt es noch mehr?« Er legte ihr eine große warme Hand auf die Schulter. »Wenn du hier rausmusst, irgendwas erledigen, dann decke ich dich hier, kein Problem.«

Elli lächelte. »Danke, das ist lieb von dir, aber wir können nur warten. Mehr kann ich nicht tun. Da stehen schon viele Zysten und Geschwülste Schlange.«

Nereng ballte die Hand zu einer Faust und berührte damit mehrere Male behutsam ihre Schulter. »Na gut. Aber sag Bescheid, wenn irgendwas ist.«

»Mach ich.«

Kurze Pause.

»Und diese Sozialarbeiterin … konnte die dir was erzählen?«

»Nur vages Gerede über die siebziger Jahre.«

Nereng hob einen kleinen Papierstapel hoch. »Na gut, zur Sache: Hier ist telefoniert worden.« Er ging mit energischen Schritten vor ihr her zum Besprechungszimmer, das ihnen für die Koordination der Ermittlungen zugewiesen worden war. Er verteilte die Blätter auf dem Tisch, bis der total belegt war.

Elli starrte die Rubriken an. Die Kollegen hatten dreiundzwanzig Mobiltelefonabonnements für Brustad & Splid identifiziert. Die anderen waren als persönliche Anschlüsse von Linchers Au-pair Evelyn de Rosales, Kasper Kleppe, seiner Frau Gudrun Kleppe und ihrem Au-pair Grace Salazar, Irene Brustad, Margrete Lincher, Restaurantbesitzer Feste, Sued Kalahir und seinen beiden Angestellten Dorda und Hana sowie Zirkusdirektor Balareno registriert.

»Na gut«, sagte Nereng. »Ich habe mir Sigurd Lincher angesehen, und Sigurdssønn hat die von Paul Brustad überprüft. Wir haben das über ihre Ehefrauen gemacht. Bei beiden tauchen in regelmäßigen Abständen drei, vier Nummern von Brustad & Splid auf. Wir nehmen deshalb an, dass die Anwälte diese Telefone abwechselnd benutzen.«

Elli nickte. Das kam nicht so selten vor, wie man meinen könnte – Anwälte hatten allerlei Arten von Mandanten und Verbindungen. Da konnte schon die Notwendigkeit entstehen, sich einer Nummer zu entledigen, ohne alle Mandanten über eine neue zu informieren.

Nereng gab Sigurdssønn ein Zeichen, sich über ihre Funde zu äußern.

»Die Anwälte rufen sich natürlich gegenseitig an«, begann Sigurdssønn. »Aber die Nummern von Brustad & Splid tauchen auch bei Anrufen in der Schlachterei Kalahir auf, bei Sued Kalahir und bei Gorm Feste und seinem Restaurant. Und wir haben Gespräche zwischen Kalahir-Fleisch und Zirkusdirektor Balareno gefunden.«

»Ansonsten handelt es sich um Gespräche, die man zwischen Ehepaaren, Au-pairs und Kollegen erwarten kann«, fasste Nereng zusammen. »Kalahir hat vor allem seine beiden Angestellten angerufen. Die wiederum hatten keinen Kontakt zu den anderen hier auf der Liste. Kalahir scheint seine Geschäfte mit Feste, Balareno und einem oder mehreren bei Brustad & Splid geheim gehalten zu haben.«

Sie schwiegen für einen Moment.

»Ich weiß ja nicht, ob Gorm Feste hier wirklich eine Rolle spielt«, sagte Elli dann.

Nereng blickte sie fragend an.

»Lasst uns den Zirkusdirektor noch mal in die Mangel nehmen. Er hat uns nicht alles erzählt. Wir fahren in zwei, drei Stunden hin, aber zuerst müssen wir uns Sigurd Lincher genauer ansehen. Erst danach können wir mit Balareno sprechen.«

Eine kurze Anfrage beim Armeemuseum bestätigte, dass Sigurd Lincher senior, der Großvater des aktuellen Sigurd Lincher, im Widerstand aktiv gewesen war. In den sechziger und siebziger Jahren war er vor allem als Berater tätig gewesen und hatte nach dem Krieg das Familienimperium weiter ausgebaut. Der Sohn Karl Lincher, Sigurd Linchers Vater, hatte seit Ende der sechziger Jahre den Konzern geleitet, war 2001 in den Ruhestand getreten und 2005 verstorben.

Elli erhob sich, ging zum Flipchart des Besprechungsraums und schrieb »Sigurd Lincher senior« oben in die linke Ecke.

»Er hat im Zusammenhang mit dem alten Nazibunker auf jeden Fall eine Rolle gespielt«, sagte sie zu Nereng. »Ihm hat die Cort Adelers gate 16 gehört, er war ein alter Widerstandsmann und stand in den sechziger und siebziger Jahren weiterhin in Verbindung mit dem Nachrichtendienst. Der Sohn Karl übernahm dann irgendwann die Verantwortung für dieses Haus, ehe Sigurd senior 1979 starb, und Karl hat offenbar Sigurd über die Existenz des Bunkers informiert. Als der Nachrichtendienst ausgezogen war, hatte Sigurd als Hausbesitzer zu allem den vollen Zugang.«

»Und Sigurd interessiert sich für gutes Essen«, sagte Nereng. »Das wissen wir von Siri Rud. Aber sein Umweltengagement passt doch nicht ganz zum Verzehr von gefährdeten Tierarten.«

»Er wäre nicht der Erste, der unter falscher Flagge segelt.«

»Ein weiterer ist Zirkusdirektor Balareno«, sagte Elli.

Kapitel 67

Elli und Nereng brauchten fünfundzwanzig Minuten für die Fahrt nach Strømmen, wo der Zirkus Balareno seine nächste Vorstellung auf einem Sportplatz geben würde. Neben den Zelten standen Wohnwagen und zwei große Mercedes-Limousinen mit schwedischen Nummernschildern. Der Zirkusdirektor empfing sie mit einem resignierten Lächeln im Hauptzelt. »Ich habe Ihnen doch alles gesagt, was ich über dieses Tierfutter weiß.«

»Wir müssen aber noch einige Details klären«, sagte Elli. Sie zeigte auf die Zuschauerbänke. »Setzen wir uns?«

Nereng nahm in der untersten Reihe Platz, Elli und Balareno dahinter. »Diese Fleischlieferungen von Kalahir«, sagte sie ohne Einleitung. »Die haben Sie direkt bestellt?«

»Ja.«

»Wie lange waren Sie Kunde bei Kalahir?«

»Haben Sie das nicht neulich schon gefragt?«

Elli lächelte ihn geduldig an. »Antworten Sie einfach auf meine Frage.«

»Fünf Jahre vielleicht … möglicherweise länger. Ich weiß es eigentlich nicht so genau.«

»Wann sind Sie Paul Brustad zum ersten Mal begegnet?«

Balareno verzog ein wenig die Mundwinkel, eine Mimik, die Elli noch nie an ihm gesehen hatte. »Wem?«

Sie sah ihn gelassen an. »Was ist mit Dorda, haben Sie oft mit ihr gesprochen?«

Er blickte sie verständnislos an. »Dorda?«

»Sie arbeitet im Laden von Kalahir. Und in fünf oder sechs Jahren haben Sie nie mit ihr gesprochen?«

»Ich war doch nie im Laden. Sie haben das Fleisch hergebracht, und immer hat Sued die Lieferung gefahren.«

Er setzte sich anders hin.

»Wie sind Sie in Kontakt zu ihm gekommen?«

»Leute hier im Zirkus kannten ihn«, antwortete er eilig.

Elli ließ einige Sekunden verstreichen. Die Antwort war so schnell gekommen, sie waren auf der richtigen Spur.

»Das ging nicht über Brustad?«

»Nein!«

Neue Pause. Sie konnte sehen, dass das Schweigen für Balareno eine Belastung war.

»Nein … den kennen Sie ja überhaupt nicht.«

Balareno machte eine wütende Handbewegung. »Was ist das eigentlich für ein Unsinn? Ich … ich leite einen Zirkus und kaufe

Futter für meine Tiere, und dann kommt die Polizei mit allerlei absurden Fragen und verdächtigt einen ehrlichen, hart arbeitenden Mann. Habt ihr eigentlich nichts Besseres zu tun?«

»Im Moment nicht«, sagte Elli. »Denn im Moment untersuche ich den Mord an einem zwei Jahre alten Jungen und den an einem Mann namens Sued Kalahir, und Ihr Name taucht einfach zu oft auf. Wir haben Sie auf frischer Tat dabei ertappt, wie Sie Ihren niedlichen Geierchen die Innereien von gefährdeten Tierarten serviert haben, also stecken Sie bis über beide Ohren im Dreck.«

Balareno rutschte ein wenig zur Seite, weg von Elli, die das Blitzen in seinen Augen gesehen hatte. Sie rutschte hinterher. »Wie lange importieren Sie schon Tiere für Brustad?«

Balareno schnaubte und schüttelte hektisch den Kopf. »Was denn für Tiere?«

»Leopard, Schimpanse, Polarfuchs, Kobra, Gartenammer …«

»Sie sind verrückt! Ich kann Ihnen die Zollpapiere für die letzten zehn Jahre zeigen, wenn Sie wollen.«

»Das wollen wir in der Tat«, sagte Elli.

Nereng erhob sich.

Zögernd stand auch Balareno auf. Gefolgt von Elli und Nereng ging er ruhig durch die Manege, durch den Künstlereingang und in einen Bereich, wo Geier, Kängurus – es waren jetzt zwei von der Sorte – und Pferde in ihren Käfigen und Boxen standen.

»Da lang«, sagte er und zeigte auf einen Ausgang auf der linken Seite der Geier, während er gleichzeitig auf die Kängurus zuging. »Ich muss nur schnell die Kängurus füttern.«

Elli begriff, dass er etwas vorhatte, kam aber zu spät. Er brauchte nur wenige Sekunden, um das Schloss am Käfig des einen Kängurus zu öffnen. Gebannt von dem großen Tier, das auf sie zusprang, konnten Elli und Nereng nicht sehen, wohin Balareno verschwand. Gleich darauf hörten sie, wie die Holztür hinter ihnen abgeschlossen wurde.

Das Känguru sprang auf Nereng zu.

»Jetzt mal ganz ruhig, Skippy«, sagte er.

»Kein Wort an irgendwen über die Kängurus«, sagte Nereng draußen. Seine Wange blutete.

»Würd mir doch nie einfallen«, sagte Elli mit größtem Ernst. Sie registrierte, dass ein Mercedes verschwunden war, und ließ danach fahnden.

Ein Streifenwagen von der Wache in Lørenskog fuhr Nereng zum Verbinden nach Ahus.

Elli sah sich zuerst in Balarenos Büro um. Er hatte unmöglich Zeit gehabt, etwas mitzunehmen. Vermutlich würde sie auch nicht viel Interessantes finden, aber alles musste untersucht werden. Sie hatte zudem um Unterstützung durch die Kriminaltechnik gebeten, und die Kollegen würden in etwa einer Stunde vor Ort sein.

Balareno hatte seinen Wohnwagen an der einen Seite als Büro eingerichtet, ein Doppelbett nahm den meisten Raum auf der anderen ein. Die Büroeinrichtung bestand vor allem aus einem Drucker, einem Laptop, allerlei Rechnungen in einem Korb für die eingehende Post und einem kleinen Drucker für Eintrittskarten. Alles musste beschlagnahmt und untersucht werden. Eigentlich hatte Elli Lust, sich die Unterlagen selbst anzusehen, aber ihr war klar, dass sie Balareno finden müssten. Er gehörte wie Kalahir zum Netzwerk. Vermutlich schwebte er jetzt in Lebensgefahr, ohne das selbst zu begreifen.

Nach einer Dreiviertelstunde tauchte Gaarder auf. Elli brachte ihn auf den neuesten Stand und betonte, dass sie auch nach biologischen Spuren von Tieren und Menschen suchten. Im Prinzip mussten alle Wohnwagen, Tiertransporter und Zelte, in denen Tiere untergebracht wurden, überprüft werden.

»Herrgott«, sagt Gaarder. »Dafür brauchen wir doch eine Woche.«

Elli schüttelte den Kopf. »Konzentriert euch auf Balarenos Wagen, das Stallzelt und die Transportwagen, in denen Tiere waren. Wenn wir da nichts finden, können wir immer noch überlegen, ob wir die Suche erweitern. Den Computerkram könnt ihr zu den IT-Kollegen bringen. Ich sag schon mal Bescheid.«

Dann fuhr sie los, holte in Ahus einen hübsch bandagierten

Nereng ab und fuhr zurück in die Innenstadt. Ihr Mobiltelefon zeigte, dass Brage zweimal versucht hatte, sie anzurufen, aber sie hatte jetzt keine Zeit für ihn.

»Ich glaube, es war so«, sagte Elli, als sie die Mautschranke bei Alna passierten. »Paul Brustad und Sigurd Lincher interessieren sich beide für seltene Kost. Sie sind Jugendfreunde und Kollegen. Sie besorgen sich durch Balarenos Kontakte verbotene Tiere, der Zirkus bringt sie nach Norwegen, Kalahir hilft beim Transport der lebenden Tiere in der Stadt und beim Entsorgen der Reste. Balarenos Geier haben ganz einfach die Essensreste von Brustads und Linchers kulinarischen Exzessen verzehrt. Balareno hat jetzt begriffen, dass seine Rolle bei der Sache durchschaut worden ist und hat sich abgesetzt.«

»Oder«, sagte Nereng, der nach der örtlichen Betäubung noch immer ein wenig nuschelte. »Er ist losgefahren, um sie zu warnen – und sich in einem Aufwasch juristischen Beistand zu sichern.«

»Balareno weiß etwas über den Mord an dem Jungen, oder er hatte damit zu tun.«

»Warum könnte er etwas damit zu tun haben? Er leitet doch einen Zirkus.«

»Geld«, sagte Elli, als sie an den Baustellen von Bjørvika vorbeikamen. »Es geht immer um Geld.«

Kapitel 68

Evelyn ließ den tiefroten Stift über ihre Lippen gleiten. War das zu viel? Sie wischte sich die Lippen mit einer Papierserviette ab und versuchte es mit einer etwas weniger leuchtenden, eher rotbraunen Variante. Im Spiegel sah die besser aus.

Es war fast halb sieben. Sie war in zwanzig Minuten mit Grace verabredet, an der U-Bahn-Station Soro. Sie wollten dann in die Innenstadt fahren und dort ins Kino gehen.

Seit dem Zwischenfall mit Sigurd waren einige Tage vergangen. Dass Margrete sich an diesem Tag auf ihre Seite gestellt hatte, machte es leichter, mit der Unsicherheit zu leben, die noch immer vorhanden war, zäh und drückend. Sigurds hungrige Blicke ließen sie mehr als je zuvor wünschen, sie könnte weg von hier. Es war möglich, die Gastgeberfamilie zu wechseln, wenn etwas nicht funktionierte, das wusste sie. Wenn sie Glück hätte, könnte sie bis zum Ende der abgemachten Zeit bleiben und genug Geld verdienen, nur eben bei einer anderen Familie. Darüber wollte sie mit Grace sprechen.

Evelyn öffnete die Tür zum Flur. Draußen stand Margrete.

»Wie gut, dass ich dich hier finde«, sagte sie lächelnd. »Ich muss weg. Sigurd ist nicht zu Hause. Du musst auf Julius aufpassen.«

»Aber …«, protestierte Evelyn.

Margrete lächelte und legte dabei kokett den Kopf schräg. »Aber was?«

Evelyn holte tief Luft.

Margrete trat einen kleinen Schritt zur Seite. Ihr Lächeln änderte sich ein wenig, die Mundwinkel wurden gerader.

»Hattest du etwas vor?«

Evelyn schlug die Augen nieder. »Nein. Ich kümmere mich um Julius.«

»Braves Mädchen«, sagte Margrete, machte auf dem Absatz kehrt und klapperte auf hohen Absätzen durch den Flur.

Julius war an diesem Abend ungeheuer aktiv. Wie alle Fünfjährigen konnte er anstrengend sein, war aber auch lieb und fürsorglich. Sie liebte ihn sehr. Der ewige Streit zwischen Margrete und Sigurd würde ihm das Leben schwermachen. Das war schlimm genug für einen Jungen in seinem Alter, zumal für ein Adoptivkind.

Erst gegen halb zehn konnte Evelyn Grace anrufen und erklären, warum sie nicht gekommen war. Sie hielt das Gespräch kurz. Dann hatte sie plötzlich das Bedürfnis, mit ihrer eigenen Mutter und ihrer Tochter zu reden.

Zum Glück waren sie eingeloggt.

Als sie später im Badezimmer stand, hörte sie die Tür. Evelyn zog Trainingshose und T-Shirt an und ging hinaus auf den Gang. Margrete versuchte mühsam, sich von ihren hochhackigen Schuhen zu befreien.

»Ich helfe dir«, sagte Evelyn und trat zu ihr.

Margrete setzte sich unsicher auf die Bank und ließ Evelyn die winzigen Schnallen öffnen, die die Riemen um Knöchel und Waden festhielten. Die roten Striemen an Margretes Füßen verrieten, dass die Schuhe nicht gerade bequem waren.

»So«, sagte Evelyn und stellte die Schuhe beiseite.

»O verdammt, ist das angenehm«, sagte Margrete und erhob sich.

Ein schwerer Parfümgeruch umgab Margrete, ihre Kleider waren für ihre Verhältnisse arg in Unordnung geraten. »Margrete«, sagte Evelyn vorsichtig.

Margrete drehte sich um. Ihr Gesicht sah ungeheuer zufrieden aus. »Ja?«

Evelyn schluckte. »Hat Julius einen Bruder?«

Margrete lachte kurz auf. »Hat er das gesagt?«

»Ja, als ich ihn ins Bett gebracht habe.«

Margrete schüttelte energisch den Kopf. »Nein, nein – Julius hat keinen Bruder.« Sie ging zur Treppe, die zur Küche nach oben führte.

Evelyn überlegte kurz, ob sie es dabei belassen sollte, aber sie war so neugierig, dass sie das Thema noch nicht aufgeben konnte. Sie hatte das Gefühl, es Julius schuldig zu sein. »Hatte er denn mal einen Bruder?«

Margrete blieb stehen und drehte sich zu Evelyn um. Ihr Lächeln war jetzt verschwunden. »Nein, nein, nein – was ist das für ein Gerede über einen Bruder? Es gibt nur ihn.«

»Na gut. Es war bloß … er hat gesagt, dass er sich an den erinnert, den er Bruder genannt hat, an dem anderen Ort … in Uruguay.«

Margrete zuckte gleichgültig mit den Schultern, drehte sich wieder um und ging weiter zur Küche nach oben.

Kapitel 69

Elli begann den Tag mit einem Anruf bei Gaarder in der Kriminaltechnik.

»Ich wollte dich auch gerade anrufen, Rathke. Ich glaube, wir haben etwas.«

»Schieß los.«

»Eine ganze Reihe von Tieren – ich glaube, wir können an die dreißig unterschiedliche Haarsorten aus den Zirkuswagen identifizieren, aber natürlich können das alle möglichen Tiere sein. Pferd, Katze, Hund …«

»Schön«, sagte Elli und wollte schon auflegen.

»Und noch eins«, sagte Gaarder.

Elli wartete schweigend ab.

»Wir haben Blut gefunden.«

»Was für Blut?«

»Menschenblut.«

Elli spürte, wie sich ihr Puls beschleunigte. »Hast du das schon analysieren lassen?«

»Noch nicht.«

Elli überlegte eilig. Normalerweise dauerte eine DNA-Analyse selbst in einem eiligen Fall zwei Wochen, und bei diesem Fall eilte nun wirklich alles.

»Hast du genug Material für zwei Proben?«, fragte sie.

»Ja.«

Sie bat ihn, eine Probe an ein privates Labor zu schicken, das DNA-Tests innerhalb von achtundvierzig Stunden durchführen konnte. Sie konnte jetzt keine Rücksicht auf die offizielle Politik nehmen. Sie brauchte so schnell wie möglich eine Antwort. Gaarder war bereit, unter der Voraussetzung, dass Elli die Verantwortung für diese Bestellung übernahm. Dann fuhr sie mit dem Fahrstuhl hinunter in den Keller und nahm ihr Fahrrad. Nereng wollte die Beobachtung von Brustad und Lincher fortsetzen.

Brage beugte sich gerade über das Mikroskop, als sie sein Labor im Veterinärmedizinischen Institut betrat.

»Das bist du ja«, sagte er mit einem warmen Lächeln.

Sie schaute sich um. Sonst war niemand zu sehen, und Brage bekam einen raschen Kuss.

»An die Arbeit«, sagte sie dann.

»Die pure Arche Noah, was diese Techniker uns da geschickt haben.« Er faltete die mit Gummihandschuhen bekleideten Hände über dem grünen Laborkittel. »Wir haben es mit siebzehn verschiedenen Wesen zu tun. Sieben habe ich bisher analysiert: Pferd, Iltis, Hund, Katze und drei Menschen. Wenn wir irgendein Vergleichsmaterial haben, kann ich die Proben schnell festlegen.«

»Kann ich hier warten?«, fragte sie.

»Du kannst sogar helfen«, sagte er und wies mit dem Kopf auf einen Stapel Glasplatten, die er unter dem Mikroskop benutzte. »Leg die unter das kurze Ende der Plastiktüten mit den Haarproben, dann kann ich die Proben schneller zurechtlegen.«

Elli ging ans Werk, während Brage systematisch die Proben durcharbeitete. Einige Male holte er zum Vergleich andere Proben dazu. Sie brauchten zwei Stunden, bis sie mit allen fertig waren.

»Jetzt haben wir eine Liste – fast komplett: Pferd, Iltis, Katze, Hund – Dobermann, drei Menschen, Känguru, Leopard, Schimpanse, Seidenaffe, Fuchs, Wolf, Lemur – und dann drei Individuen, die ich noch nicht identifizieren kann.«

Er sah sie an.

»Und die Antwort lautet ja.«

Sie zeigte auf die Proben, die mit Namen und Datum gekennzeichnet in Plastikdosen lagen. »Es sind dieselben?«

Brage nickte. »Derselbe Leopard, derselbe Wolf, derselbe Schimpanse. Woher kommen diese Proben?«

Elli erzählte von Balareno.

»Die Tiere sind also im selben Wagen oder Käfig transportiert worden«, überlegte er.

»Genauer gesagt: Sie wurden im selben Wagen geschmuggelt.

Und entweder ist der Schmuggler der Mörder, oder er weiß, wer der Mörder ist.«

Elli wollte schon losfahren, als sie Brage rufen hörte.

»Ich hab etwas vergessen«, sagte er.

Sie legte den Kopf ein wenig schräg.

»Falck. Ich habe angerufen. Sie haben keine Kobra geholt.«

Elli schaute ihn verwundert an. »Nicht?«

Brage schüttelte vielsagend den Kopf. »Nein. Aber es ist ja möglich, dass die Polizei Viking oder eine andere Rettungsgesellschaft angerufen hat. Es gibt ja auch noch andere, die Tiere transportieren. Und die Kobra war sicher nicht gerade der Traumfahrgast ...«

Es war eine Möglichkeit. Aber Elli hatte kein gutes Gefühl bei der Sache.

»Ich werde mich mal umhören«, sagte sie und trat in die Pedale.

Kapitel 70

Elli wollte mehr über Lincher wissen. Am liebsten hätte sie ihn rund um die Uhr beobachten lassen, aber zwei Ermittlungsteams waren voll und ganz mit den bisher vorliegenden Beweisen befasst. Deshalb saßen sie und Nereng jetzt im Friggs vei in einem Lieferwagen. Sie spürte ihre Unruhe. Das Tempo, das die Ermittlungen jetzt annahmen, war zu stark, um diesen Abend zu Hause verbringen zu können.

Linchers Haus im Friggs vei 18 war von der Sorte, die man in Zeitschriften für Architektur und Wohnkultur sah. Für Elli sah es aus wie eine Sammlung von Schachteln. Kameras zeigten auf das Haus: Küchenfenster, Wohnzimmer, Eingangstür und Terrassenbereich waren auf Bildschirmen im Auto zu sehen. Es war acht Uhr, der Sohn Julius aß mit dem Au-pair in der Küche zu Abend.

»Heißt sie nicht Evelyn?«, fragte Nereng und zeigte auf das Tablet, auf dem er den Feed der Kameras sah.

»Mhm«, sagte Elli.

»Sie hat ja größere Ähnlichkeit mit dem Jungen als seine Mutter«, kommentierte er.

Elli warf einen kurzen Blick auf den Bildschirm. Das Bild war körnig und beeinträchtigt durch die schlechten Lichtverhältnisse. Dennoch sah sie, dass Nereng nicht unrecht hatte.

»Sie stammt von den Philippinen«, sagte Elli.

Erst nach einigen Sekunden sagte Nereng: »Witzig, das mit den Genen. Ich hab neulich beim Einkaufen eine Familie gesehen. Die Mutter war dunkel und ziemlich braun, der Vater hatte hellrote Haut und rote Locken. Sie hatten zwei Söhne bei sich. Beide waren dem Vater wie aus dem Gesicht geschnitten.« Er lachte. »Von der Mutter hatten sie nicht mal einen einzigen Strang DNA.«

Elli lächelte, behielt aber weiterhin die Bildschirme im Blick. Julius und Evelyn waren jetzt im Badezimmer. Sigurd Lincher kam in die Küche. Elli sah ihn sich genau an, ihr fiel die Art auf, wie er sich bewegte. Schlendernd, er hatte alle Zeit der Welt. Sie sah so etwas nicht zum ersten Mal.

»Margrete Lincher hat doch rotes Haar, während Sigurd Lincher dunkel ist«, sagte jetzt Nereng. »Da hat sicher er die dominanten Gene in der Familie.«

»Hm«, sagte Elli und sah Sigurd wieder aus der Küche verschwinden.

Nach einigen Minuten kam Evelyn durch die Küche. Gleichzeitig tauchte Margrete Lincher auf. Die beiden wechselten einige kurze Sätze, dann verschwand Evelyn im Kellergeschoss.

Noch immer starrte Elli die Bildschirme an.

»Denkst du an etwas Bestimmtes?«, fragte Nereng.

Elli gab keine Antwort.

Evelyn zog eine Jacke über, schlüpfte in ihre Schuhe und ging mit leisen Schritten zur Haustür. Sie konnte hören, wie Margrete oben in der Küche eifrig auf der Tastatur ihres Laptops herumtippte. Still und behutsam öffnete Evelyn die Haustür, schlich sich hinaus und zog sie hinter sich zu. Sie hatte zwar mit Margrete abgesprochen, dass sie weggehen dürfte, aber bei Margrete wusste man nie. Allein das Geräusch der Tür könnte sie dazu bringen, sich die Sache noch ganz schnell anders zu überlegen. Vorsichtig schloss Evelyn die Tür und lief mit raschen, leichten Schritten über den Kies und durch das Gartentor.

»Das Au-pair«, sagte Elli. »Sie geht jetzt weg.«

Nereng musterte aus zusammengekniffenen Augen das Bild der Kamera, die auf die Haustür gerichtet war. Leicht vornübergebeugt kam die Philippinerin in raschem Tempo auf sie zu.

»Ich will mit ihr reden«, beschloss Elli. Als sie Nerengs verdutztes Gesicht sah, hob sie die Handfläche. »Ich weiß, ich habe gesagt, dass wir nur beobachten, aber das hier ist etwas anderes.«

Nereng schaute wieder die Bildschirme an. Evelyn war nicht mehr zu sehen, aber ihre Schritte waren gleich vor dem Auto zu hören.

»Du musst hier die Stellung halten«, flüsterte Elli, während sie hinter Evelyns schmaler Gestalt herschaute. Nach fünfzig Metern stieg Elli leise aus dem Auto.

Evelyn bog nach rechts in den Ymers vei ab. Nach nur wenigen Metern hörte sie hinter sich Schritte. Margrete? Nein, die hätte gerufen. Ein Mann mit bösen Absichten. Evelyn wagte nicht, sich umzudrehen. Noch immer war es nicht ganz dunkel. Wenn etwas passierte, könnte sie um Hilfe schreien, noch war keine Schlafenszeit. Und gleich würde zudem der Bus kommen.

»Evelyn«, sagte eine Stimme. Eine Frauenstimme. Energisch, aber nicht bedrohlich.

Evelyn drehte sich um. Die Frau hatte asiatische Züge, undefinierbar und vage; halblanges schwarzes Haar hing ihr auf die Schultern.

»Ja?«, fragte Evelyn.

»Danke, dass Sie einen Moment Zeit haben«, sagte die Frau.

Elli hielt Evelyns Blick mit ihrem fest. Ihre Augen waren

braun und zugleich mild und entschieden. Sie war zwar größer als Evelyn, wirkte aber nicht bedrohlich.

»Ich komme von der Polizei«, sagte Elli. »Ich würde gern kurz mit Ihnen sprechen.«

Evelyn spürte einen Stein im Bauch. Es war aus. Margrete hatte das mit ihrer Tochter erzählt. Sie musste nach Hause. Auch egal, bei Sigurds vielen Annäherungsversuchen. Die machten sie so müde.

»Es tut mir wirklich leid«, sagte sie vorsichtig auf Norwegisch. »Aber kann ich nicht einfach freiwillig nach Hause fahren?«

Die Polizistin sah sie erstaunt an. »Was tut Ihnen leid?«

»Hat Margrete nicht von meiner Tochter erzählt?«

»Davon weiß ich nichts«, sagte die Polizistin. »Haben Sie eine Tochter?«

»Auf den Philippinen«, sagte Evelyn.

Elli musterte die junge Frau. Sie mochte Anfang zwanzig sein, war knapp eins sechzig, hatte klare, schöne Züge. Es war offensichtlich, dass sie aus irgendeinem Grund in Zusammenhang mit ihrer Tochter Angst hatte. Elli hatte mit einer solchen Wendung nicht gerechnet. Aber sie begriff, dass sie Evelyn beruhigen und ihr Vertrauen gewinnen musste.

»Ihre Tochter ist noch auf den Philippinen?«

Evelyn nickte zaghaft.

»Ist ihr etwas passiert?«

»Nein. Aber ich weiß, dass es verboten ist.«

Elli trat einen Schritt näher an Evelyn heran. »Jetzt mal ganz ruhig. Es ist niemals verboten, Kinder zu haben«, sagte sie mit einem warmen Lächeln. »Aber es hängt vielleicht mit den Au-pair-Vorschriften zusammen?«

»Ja.«

»Na gut, ich kann Ihnen versprechen, dass ich mich nicht weiter darum kümmern werde. Aber ich würde Ihnen gern eine Frage nach Ihrer Arbeit stellen. Es ist wichtig, und es ist genauso wichtig, dass Sie Ihrer Gastgeberfamilie nichts davon erzählen.«

Evelyn blickte sie abwartend an.

»Ist Julius adoptiert?«, fragte Elli.

»Weiß die Polizei das nicht?«, fragte Evelyn verwundert.

»Nicht so einfach. Wir können es herausfinden, aber wir haben noch nicht daran gedacht. Im Moment ist es aber wichtig für mich, das zu wissen.«

»Ja«, sagte Evelyn.

»Ja, er ist adoptiert?«

»Ja.«

»Wissen Sie, aus welchem Land?«

»Uruguay.«

Elli hörte einen Bus kommen und zog ihr Mobiltelefon heraus. »Wie ist Ihre Nummer?«

Evelyn nannte die Nummer.

Elli schickte ihr eine SMS. »Jetzt haben Sie auch meine Nummer. Geben Sie die nicht weiter, und sagen Sie Ihrer Gastgeberfamilie nicht, dass wir miteinander gesprochen haben.

Dann ließ sie Evelyn in den Bus steigen.

»Der Junge ist adoptiert?«, fragte Nereng auf dem Beifahrersitz des Volvo.

»Ja, Linchers haben Julius adoptiert«, sagte Elli nachdenklich. »Ich glaube, es war Sigurd Lincher, der in die Cort Adelers gate 16 gegangen und dann beim KNA-Hotel wieder herausgekommen ist.«

Nereng sah sie gespannt an.

»Es ist die Art, wie er sich bewegt. Schlendernd, lässig. Das ist natürlich kein Beweis, hier steht mein Wort gegen Linchers. Aber ich bin ziemlich überzeugt.«

Sie füllte ihre Lunge mit Luft.

»Und du willst dich eingehender über diese Adoption informieren?«, fragte Nereng.

»Genau.«

Kapitel 71

Heftiger Regen weckte Elli am folgenden Morgen. Eine zentimeterdicke Wasserschicht bedeckte den Boden, obwohl der mit Gras bewachsen war. Zenith weigerte sich auf steifen Pfoten, hinaus in den Regen zu gehen, und pisste im Schutz des Gesimses in aller Eile vor der Haustür.

Elli zog ein T-Shirt und Shorts an, packte ihre Kleider in einen Rucksack und machte ihre Regenjacke gut zu. Dann fuhr sie mit dem Rad zur Arbeit.

Sie leitete eine kurze Morgenbesprechung der Ermittlungsgruppe. Müde Kollegen mit blutunterlaufenen Augen erzählten, dass die Hausbefragungen in Ruseløkka und Vika keine neuen Informationen erbracht hatten. Sigurdssønn wollte einen kurzen Bericht vorbereiten, Nereng wollte die Ermittlungsteams instruieren. Die Ermittlungen gingen jetzt in die dritte Woche. Sued Kalahir war ermordet worden, vor einigen Jahren war ein kleiner Junge ermordet worden, bei Essenseinladungen wurden seltene, von einem Zirkus ins Land geschmuggelte Tiere serviert. Mehr als zwanzig Kollegen waren mit den Ermittlungen befasst. Und dennoch konnte Elli diese Nuss nicht knacken.

Sie schickte Fjeld eine E-Mail und teilte ihm mit, dass die bisher mit der Nachbarschaftsbefragung beschäftigten Kollegen jetzt für andere Aufgaben zur Verfügung stünden.

Ihr Mobiltelefon vibrierte. Eine SMS, auch diesmal kurz gehalten: »โทร. »Ruf an.«

Elli rief an. »Hallo, Mama, was ist denn los?«

»Ich werde in drei Wochen operiert, Sunee.«

»Nicht in fünf?«

»Nein, drei. Und sie ist ja gutartig …«

»Sagen sie, ja.«

Einige Momente des Schweigens.

»Ich kenne mich ja mit Geschwülsten und Zysten und so was

nicht aus«, sagte dann die Mutter. »Aber sie haben mir ein Datum genannt. Wenn es noch immer geht … du hast gesagt, du kommst mit.«

Elli notierte sich das Datum.

»Natürlich komme ich mit, Mama.«

Danach dachte Elli über den Zustand ihrer Mutter nach. Der Arzt schien davon überzeugt zu sein, dass es sich um eine gutartige Zyste handelte und nicht um eine Geschwulst, aber ganz sicher konnte man erst sein, wenn die Zyste untersucht worden war. Drei Wochen … auch das war eine lange Zeit. Müsste sie darauf bestehen, die Mutter früher an die Reihe kommen zu lassen?

Es fiel ihr schwer, die Gedanken an die Mutter zu verdrängen, aber langsam, ohne so recht zu begreifen, wann das geschah, wandte sie sich wieder dem zu, was Evelyn ihr erzählt hatte: dass Julius adoptiert war.

Wie ging eine Adoption eigentlich vor sich?

Im Internet erfuhr Elli, dass es in Norwegen drei amtlich anerkannte Vermittlungsinstanzen gab, dass norwegische Staatsbürger aber auch direkt aus anderen Ländern adoptieren konnten, die sich der Haager Konvention angeschlossen hatten. In solchen Fällen stand ihnen das Jugendamt Region Ost beiseite.

Die lokalen Sozialbehörden in Norwegen nahmen eine Bewertung der adoptierwilligen Eltern vor und schrieben einen Bericht, in dem Familienverhältnisse, Herkunft, Religion und Einstellung der Antragsteller, Beruf, Führung und finanzielle Verhältnisse dargestellt wurden. Aufgrund dieses Berichts wurde über die Eignung zur Adoption entschieden. Linchers waren also offenbar vom Königreich Norwegen ausführlich bewertet worden.

Nachdem sie das Familiendezernat und zwei der Adoptionsorganisationen angerufen hatte, wusste Elli, dass alle Adoptionen in Norwegen seit 1917 im Zentralen Adoptionsregister verzeichnet waren. Es war jedoch nicht einfach, sich Einblick in diese Unterlagen zu verschaffen. Das Register unterstand einer strengen Schweigepflicht. Untersuchungen durften nur von den Angestellten vom Familienderzernat vorgenommen werden.

Elli verstand diese strenge Geheimhaltungspolitik. Dadurch erhielten die Adoptierten und ihre Familien eine gewisse Sicherheit. Zugleich wurde es sehr schwer, Verfahrensfehler oder Gesetzesbrüche zu belegen.

Elli saß vor dem Polizeigebäude im Gras, in Lotosposition, es war etwa vier. Die Sonne hatte Regen und Wolken verdrängt und regierte abermals am leuchtenden Spätsommerhimmel über Oslo. Die Strahlen trafen Elli schräg von links, während der Junge im Keller, der tote Schlachter Kalahir, der verschwundene Zirkusdirektor, seltene Tiere, Adoptionsverfahren und der Zustand ihrer Mutter ihr durchs Gehirn wirbelten.

Elli brauchte Perspektive und konstruktive Gedanken. Ein klares, reines Gemüt arbeitete am besten. Zum Geräusch des Verkehrs in Grønlandsleiret und der Kollegen, die ausfuhren und der Umgebung per Sirene mitteilten, dass sie die roten Ampeln überfahren würden, ließ sie sich die Zeit, ihr Gehirn von mentalem Lärm zu befreien.

Bis ihr Telefon klingelte.

Bergmann.

»Ich habe die letzten Ergebnisse, Elli.«

»Und?«

»Der Junge hat uns noch mehr zu sagen. Es ist besser, du kommst her.«

»Ich hatte so ein Gefühl, dass da noch mehr war. Oder eigentlich etwas anderes«, erklärte Lise Bergmann und sah Elli über ihren Brillenrand an. Sie und Elli saßen in Bergmanns Büro in der Rechtsmedizin.

Elli hob die Augenbrauen.

Bergmann drehte ihren Computerbildschirm zu Elli hin. Der zeigte ein DNA-Diagramm.

»Das ist das Profil unseres Jungen. Zuerst hatte ich den Eindruck, dass mit der Form seiner Schädelknochen etwas nicht stimmte …«

»Cranium faciale«, sagte Elli.

Bergmann nickte beifällig. »Es war etwas mit den Proportionen, aber ich konnte es nicht klar benennen. Deshalb habe ich um eine tiefergehende DNA-Analyse gebeten. Und die sehen wir uns jetzt an.«

Elli vertiefte sich in die Informationen auf dem Bildschirm. Bergmann tauschte das Bild durch eins mit Graphen für jedes Chromosom aus.

»Das Interessante ist Chromosom Nr. 22. Es hat einen sehr häufigen Defekt, der 22q11.s2 genannt wird. Eigentlich eine Mutation. Der Defekt am Chromosom 22 verursacht das, was wir – velokardiofaziales Syndrom nennen, VCFS.«

Elli ließ sich im Sessel zurücksinken, während Bergmann über das VCFS sprach. Es konnte zu etlichen Anomalien führen. Gaumenspaltung war die bekannteste, aber es gab an die zweihundert: Herzfehler, Lernschwierigkeiten, Sprachprobleme, verlangsamte soziale Entwicklung, geschwächtes Immunsystem.

»Und die Betroffenen haben einen oder mehrere von diesen Defekten?«, fragte Elli.

»Oft mehrere, manchmal nur einen, und Einzelnen ist kaum etwas anzumerken.«

»Du meinst, das kann etwas mit dem Todesfall zu tun haben?«

Bergmann schüttelte energisch den Kopf. »Nein. Der Junge ist an einem kräftigen Schlag auf den Kopf gestorben. Aber ein anderer Effekt von VCFS sind äußerliche Abweichungen. Im Gesicht.«

Elli hielt ihren Blick fest. Dann wanderten ihre Augen zu dem Gesicht weiter. Ihre klugen Augen, das lange graue Haar, die Krähenfüße in den Augenwinkeln, die sanften Furchen in der Stirn. Ein Gesicht voller Erfahrung. Symmetrisch, perfekt proportioniert.

»Wie schlägt sich das nieder?«, fragte Elli.

»Es kann sich um unnormal kleine Ohren handeln, hängende Augenbrauen, Gaumenspalte, wie gesagt, asymmetrisches Gesicht, einen unnormal kleinen Mund, eingesunkene Wangen, kleine Nase … viele Varianten. Bei unserem Jungen waren es die Augen. Der Stirnlappen hing etwas tiefer über die Augen als normal. Das muss ihm stark markierte, deutlich eingesunkene Augenbrauen gegeben haben.«

Elli musterte den Schädel. Wenn man genau hinschaute, war wirklich zu sehen, dass die Knochenpartie über die Augen hervorragte. Sie versuchte, sich das Gesicht des Jungen vorzustellen, aber er war nur ein dunkler Junge mit unklaren Zügen. Der Junge aus ihrem Traum hatte anders ausgesehen. Vielleicht wurde er durch diese neuen Informationen jetzt weggewischt.

»Er wäre aufgefallen«, sagte Elli nachdenklich.

Bergmann sagte nichts, aber ihre Miene verriet, dass sie Ellis Gedanken teilte. Diese neue Information bedeutete, dass sie eine weitere Nachbarschaftsbefragung in Ruseløkka oder Vika starten müssten. Vielleicht war irgendwem der dunkle Junge mit den schweren Augenbrauen aufgefallen.

Aber Elli merkte, dass sie das nicht glaubte. Denn erstens war es lange her, und zweitens war es kaum wahrscheinlich, dass der Mörder das Risiko eingegangen wäre, mit dem Jungen in der Nähe des Fundortes gesehen zu werden.

Sie blieb noch eine ganze Weile stehen und starrte das Skelett an. »Du warst nicht gut genug«, flüsterte sie.

Mit jedem Fund wurde die Geschichte des Jungen mysteriöser. Wer war er gewesen? Woher war er gekommen? Als sie das Rechtsmedizinische Institut verließ, dachte Elli an die Adoptionsverfahren der Familien Lincher und Brustad. Sie wusste wenig darüber und brauchte Informationen. Das musste aber bis zum nächsten Tag warten. Es war schon fast sechs, sie musste nach Hause zu Zenith. Auf dem Heimweg versuchte sie, Brage anzurufen, aber der ging nicht ans Telefon.

Es stellte sich heraus, dass nicht Nereng bei Falck angerufen hatte, sondern Sigurdssønn. Er berichtete, Falck habe den Auftrag notiert, danach habe er nichts mehr gehört.

Elli rief bei Falck an.

»Ja, das stimmt«, sagte der für Tiertransporte zuständige Mitarbeiter. »Hier steht, dass ein Sigurdssønn bei Ihnen die Abholung einer giftigen Schlange bestellt hat, aber als wir ankamen, war das Reptil bereits abgeholt worden.«

»Wer hat das behauptet?«

»Moment mal.«

Sie hörte Pausenmusik. Elli hatte kein besonders bewusstes Verhältnis zu Musik, aber es fiel ihr durchaus nicht schwer, diese hier als mechanisch und ohne eine Spur von Einfühlungsvermögen zu charakterisieren.

»Hier steht kein Name, aber es war jemand vom KNA-Hotel.«

»Mann oder Frau?«

»Moment.«

Mehr Musik.

»Mann. Großer Typ, sagt er. Brille.«

Elli bedankte sich für die Auskunft und rief bei der Wachgesellschaft an, die für die Gegend zuständig war. Sie hatten dort viele hochgewachsene Mitarbeiter, aber keiner mit Brille hatte bei den Bunkern Dienst gehabt.

Sie machte eine kurze Gesprächsnotiz und legte sie zu der Liste der zu erledigenden Dinge. Für den Moment brannte es eher an anderen Fronten.

Kapitel 72

Spät an diesem Abend berichtete eine Streife, Balarenos Mercedes sei in einem Parkhaus im Munkedamsvei gefunden worden. Elli rief Nereng an, und eine halbe Stunde später standen sie auf der zweiten Tiefebene vor dem Mercedes. Die Parkhausangestellten hatten routinemäßig Bescheid gesagt, als der Wagen seine maximale Parkdauer um vierundzwanzig Stunden überschritten hatte.

Elli konnte dem Wagen nichts Besonderes ansehen, er sah einfach aus wie ein ganz normal abgestelltes Auto. Die Umgebung wurde videoüberwacht, auf den Aufnahmen des Nachmittags, an dem Balareno sich aus dem Zirkus abgesetzt hatte, sahen sie deutlich, wie er in das Parkhaus fuhr und um 18 Uhr 17 ein Ticket löste. Es gab auch eine Aufnahme, auf der er das Parkhaus verließ, danach bog er nach rechts in den Munkedamsvei ab.

»Da liegen eine Reinigung, eine Mietwagenfirma und ein Parkhaus, und auf der anderen Straßenseite ein Restaurant«, sagte Nereng. »Wenn er dann weiter geradeaus gegangen ist, hat ihn vielleicht irgendeine Überwachungskamera eingefangen.«

»Wir machen das morgen früh. Es ist halb elf, ich kann mir das Restaurant und das Parkhaus vornehmen, aber alles andere hat jetzt sicher geschlossen.«

Sie bat Nereng, dafür zu sorgen, dass die Umgebung abgesperrt und bis zum nächsten Morgen überwacht würde, bis die Kriminaltechnik die Garage durchsuchen und den Wagen abschleppen und in ihrer eigenen Garage überprüfen könnte.

Noch immer waren die Straßen belebt. Die Leute strömten aus dem Konzerthaus und den danebenliegenden Kinos. Hinter dem Tresen des Restaurants traf sie auf einen jungen Mann indischer Herkunft, Ganak.

»Wir müssten uns Ihre Videoaufnahmen von vorgestern ansehen«, sagte Elli.

»Wir haben kein Video.«

Elli starrte ihn schweigend an.

»Na gut, ich ruf nur schnell den Chef an«, sagte Ganak unsicher. Er trat ein wenig zurück, aber Elli konnte deutlich hören, wie ihm aufgetragen wurde, sich ihren Ausweis zeigen zu lassen. Sie hielt ihm ihre Dienstmarke hin, als er sich umdrehte.

»Ist in Ordnung«, sagte er in sein Telefon. Zehn Sekunden später legte er auf.

»Okay«, sagte Ganak. »Hier lang.«

Er öffnete eine Tür hinter dem Tresen. Elli folgte ihm und betrat ein kleines Büro mit einem Rechner und einigen Ordnern.

»Hier«, sagte Ganak und öffnete ein Dokument im Rechner.

Elli beugte sich vor und sah eine Reihe von Videoaufnahmen, die nach Datum gespeichert waren.

»Sie werden jeden Monat gelöscht«, teilte Ganak mit. »Aber wir sind ja mitten im Monat, und da haben wir sie noch.«

Er zeigte ihr, wie sie suchen konnte, dann lief er zurück ins Restaurant, um sich um die Kundschaft zu kümmern.

Die Aufnahmen konzentrierten sich auf den Bereich der Kasse und die Eingangspartie, aber auch die Straße vor dem Lokal war gut zu sehen. Elli brauchte eine halbe Stunde, dann hatte sie Balareno gefunden. Um 18 Uhr 23 war er mit raschen Schritten und vornübergebeugter Haltung in Richtung Aker Brygge vorübergegangen. Elli war sich nicht sicher, aber sie hatte den Eindruck, dass er nach rechts in die Cort Adelers gate abbog. Plötzlich wusste sie, wohin er unterwegs gewesen sein konnte. Sie kopierte die Aufnahmen auf einen Speicherstick und bat Nereng per SMS, sich dort bei der Cort Adelers gate 33 mit ihr zu treffen.

Aus der Ferne sah es aus wie ein Fahrradschuppen im Hinterhof der Cort Adelers gate 33, aber in Wirklichkeit war es die Treppe hinab in den Bunker.

»Salomonsen hat das hier erwähnt«, sagte Elli zu Nereng, als der gerade das Hängeschloss an der Eingangstür durchknipste.

Die Tür glitt an knirschenden Angeln auf. Elli richtete die Taschenlampe in die Dunkelheit und sah einen Raum von etwa zwanzig Quadratmetern. Was Zirkusdirektor Balareno in den Bunker geführt haben mochte, wusste sie nicht. Und er würde es ihr nicht mehr erzählen können.

Der Zirkusdirektor saß an die Wand gelehnt auf der anderen Seite des Raumes, neben einer Holztür. Sein Kopf hing schlaff und unnatürlich zur Seite, die Beine waren unter seinen Rumpf gezogen. Elli hockte sich neben ihn und sah einen kleinen Streifen aus Schleim und Blut an seinem linken Mundwinkel. Seine Haut fühlte sich kalt und feucht an, einen Puls gab es nicht mehr.

»Was ist mit dem Hinterkopf?«, fragte Nereng und bückte sich neben ihr über den Toten.

Elli zog Handschuhe an und betastete vorsichtig Balarenos Hinterkopf, fand aber keine Spuren von Blut oder Verletzungen.

»Hm«, sagte sie.

»Nur das bisschen Schleim und Blut«, stellte Nereng fest.

Elli musterte auch Balarenos Kleidung. Alle Taschen waren leer. »Er müsste doch wenigstens die Autoschlüssel haben.«

»Wir überlassen ihn den Technikern«, sagte Elli.

»Gaarder hat diesen Fall sicher schon ziemlich satt«, überlegte Elli.

»Sag so was nicht. Viel Training in kurzer Zeit – für einen Neuling ist das doch gut.«

Sie richteten sich gleichzeitig auf.

»Entweder«, überlegte Nereng, »ist er zusammen mit jemandem hergekommen, der den Schlüssel zum Hängeschloss hatte und dann abgeschlossen hat, als er wieder gegangen ist. Oder«, fügte er hinzu und richtete den Lichtstrahl seiner Taschenlampe auf die Tür neben Balareno, »sie sind dort reingekommen.« Er drückte auf die Klinke. »Ausnahmsweise mal nicht abgeschlossen.«

Hinter der Tür fanden sie einen weiteren Tunnel.

»Hallo?«, rief Nereng.

Das Echo klang trocken und schrill.

»Der führt zur Ruseløkka-Schule«, sagte Elli. »Salomonsen hat auch diese Verbindung erwähnt.«

»Weißt du«, sagte Nereng, »da wir noch immer nicht wissen, was mit der Kobra passiert ist, würde ich den Tunnel gern den Technikern überlassen.«

»Richtig. Und der, den wir jetzt jagen, ist ohnehin nicht dumm genug, um sich jetzt da drinnen aufzuhalten.«

Sie zogen sich zurück und meldeten den Leichenfund.

Während sie draußen standen und auf die Techniker warteten, sagte Nereng: »Wer weiß eigentlich von dieser Sache? Lincher offenbar, und wir müssen annehmen, auch Brustad. Und Salomonsen.«

»Die Angestellte vom KNA-Hotel und Kleppe«, fügte Elli hinzu.

»Und Brage.«

Elli merkte, wie ihr Magen sich zusammenkrampfte. Hatte

sie so einen Patzer begangen? Und sich mit einem Verdächtigen eingelassen? Die Argumente jagten ihr durch den Kopf: Brage war zufällig in den Fall hineingeraten, durch eine Empfehlung von Bergmann in der Rechtsmedizin. Sie kannte ihn noch nicht sehr gut, hatte aber den Eindruck eines soliden und engagierten Mannes. Und das hatte sie so angesprochen.

Aber er war einer der wenigen, die über den Tunnel Bescheid wussten, das stand jedenfalls fest.

Sie schaute Nereng fragend an.

Der zuckte mit den Schultern.

»Ja, du hast recht«, gab sie zu. Alles andere hätte verdächtig gewirkt.

Eine Viertelstunde später nahmen die Techniker ihre Arbeit auf.

Elli und Nereng fuhren von der Cort Adelers gate 33 sofort zur Rechtsmedizin. Lise Bergmann erschien um Viertel vor acht zur Arbeit.

»Du musst nachts schlafen, Elli«, sagte sie. »Du siehst aus wie ein Gespenst«, fügte sie hinzu und schaute dann Nereng an. »Du auch. Wenn ihr so weitermacht, landet ihr auch noch bei mir.«

Elli fühlte sich getroffen. Sie hatte nur vor wenigen Menschen mehr Respekt als vor Bergmann.

»Wir bleiben nicht lange«, sagte sie. »Und ich weiß, hier gibt es endlose Warteschlangen, aber wir haben einen laufenden Fall und eine Leiche, aus der wir gar nicht schlau werden. Könnt ihr mal schnell einen Blick darauf werfen? Es wäre eine große Hilfe, wenn wir irgendetwas über die Todesursache erfahren könnten.«

Mit flehendem Blick sah sie Bergmann an. Die langen Wimpern wirkten anscheinend, sogar auf die Pathologin.

»Na gut. Und danach geht ihr nach Hause und schlaft.«

»Abgemacht.«

Bergmann winkte sie mit sich. In der Garderobe bekamen sie Schutzanzüge, Haarnetze und Masken. Zwanzig Minuten später kehrte Bergmann zurück und winkte sie abermals mit sich.

Balarenos wohlgenährter Leib lag auf dem Rücken. Er wog

mindestens hundertzwanzig Kilo, aber hier im Labor, zwischen Bergmanns Messern, den Instrumenten und dem Stahltisch, wirkten alle klein.

»Weißt du, ob er an irgendeiner Allergie gelitten haben kann?«, fragte Bergmann.

Elli konnte diese Frage gut verstehen. Auf seinem linken Knöchel prangte eine dicke rote, mit einer Flüssigkeit gefüllte Blase. Ihre Ränder waren wund. Elli verließ den Untersuchungsraum und zog ihr Telefon hervor.

»Ja.«

»Wir brauchen dich in der Rechtsmedizin«, sagte sie kurz.

»Es gibt also Entwicklung in der Sache?«

Elli holte tief Luft. »Brage, wir … ja, so ist das. Bis gleich.«

Brage musterte die dicke Blase an Balerenos Fuß ungläubig. »Das ist ein typischer Schlangenbiss. Und es war keine Kreuzotter, um das mal so zu sagen. Das hier ist ein stärkeres Kaliber.«

Elli sah ihn an. »Dann hast du meinen Verdacht bestätigt.«

Brage blickte flüchtig zu ihr hin, dann sah er wieder die Leiche an. »Hat er die Kobra geholt?«

Elli und Nereng gaben keine Antwort.

»Was ist passiert – ist ihm das Tier entwischt?«, fragte Brage jetzt.

»Das wissen wir nicht«, sagte Elli. »Aber das hier ist ein Zirkusdirektor und kein Angestellter von Falck.«

Brage schienen viele Fragen auf der Zunge zu liegen, aber er nahm sich zusammen.

»Na gut«, entschied Bergmann. »Wir können erst einmal annehmen, dass der Mann an irgendeinem Biss gestorben ist.« Sie zeigte auf die Blase. »Es gibt hier zwei Punktierungen, und das kann auf eine Schlange hinweisen. Ohne Obduktion und toxikologische Untersuchungen ist das aber nur eine Annahme. Und jetzt gehen Polizei und Veterinäre nach Hause und schlafen. Und ich muss arbeiten.«

Sie machten auf dem Absatz kehrt und gingen in die Garderobe.

Unterwegs nahm Elli Brage beiseite. »Brage, wir können nicht weiter …« Es gab keine freundlichen Ausreden.

»Was … hab ich etwas falsch gemacht?«

»Nein.«

»Aber …?«

»Ich kann nicht mehr darüber sagen.«

Brage machte ein verwirrtes Gesicht. Er legte ihr die Hand auf die Schulter. Die Hand war groß und warm.

Elli sah sie ganz kurz an.

Brage ließ sie noch zwei Sekunden liegen, dann zog er sie zurück.

»Das war es also?«

Elli gab keine Antwort.

»Ich verstehe dich nicht«, sagte Brage mit einem leisen Zittern in der Stimme.

»Wir reden darüber, wenn der Fall geklärt ist«, sagte Elli.

Brage hob ein wenig den Kopf. »Ihr seid doch fast so weit, oder nicht?«

Elli gab auch darauf keine Antwort. Das durfte sie nicht. Der Mann vor ihr stand jetzt ja unter Verdacht.

Er hob die Hände und signalisierte, dass er aufgab. »Na, ich hoffe, ihr findet diese Ärsche. Nett, dass ich mich nützlich machen konnte«, sagte er und machte auf dem Absatz kehrt.

»Danke für die Hilfe«, sagte Elli zu seinem Rücken.

»Keine Ursache«, antwortete Brage, ohne sich umzusehen.

Kapitel 73

Früher an diesem Abend hauchte der Wolf, der Zenith angegriffen hatte, sein Leben aus. In den Stunden vor seinem Tod erlitt das stolze Raubtier Qualen und Schmerzen, die alles weit übertrafen, was es selbst seiner Beute zugefügt hätte. Eine Wolfsmeute tötet effektiv. Das schwächste Opfer wird ausgesucht und erlegt, dann wird ihm sofort die Kehle durchgebissen. Die Evolutionstheorie in der Praxis. Erbarmungslos, aber niemals boshaft.

Aber der kräftige Wolfsrüde, aus dem ein prachtvolles Exemplar von vielleicht siebzig oder achtzig Kilo geworden wäre, stand jetzt dem grausamsten aller Feinde gegenüber, dem Menschen. Keine Prinzipien für den Kampf, keine Regeln für die Rangfolge, keine Instinkte für effektives Töten, keine Loyalität der Herde gegenüber.

Bis zu diesem Abend hatten der Wolf und der Mann, der jetzt die Messer schwang, die Meute gebildet. Jetzt schlachtete der Mann den Wolf bei lebendigem Leib. Der Wolf hing mit gefesselten Pfoten über einem Bügel. Seine Kiefer waren mit Klebeband zusammengebunden; der Wolf konnte weder heulen noch bellen oder knurren. Benebelt, erschöpft, seine Zellen voller Adrenalin, konnte er sich doch immer wieder winden, wenn die Haut weiter abgezogen wurde, um neue Fleischstücke bloßzulegen. Erst als der Prozess sich dem Kopf des Wolfs näherte, hörte das Wolfsherz auf zu schlagen.

Als die Haut entfernt worden war, schnitt der Mann das Fleisch an Schenkeln und Rücken ab, denn dort schmeckte es am besten. Das Adrenalin würde die Fasern mürbe machen und dem Fleisch, das er in einigen Stunden servieren wollte, einen Geschmack nach Wildnis geben.

Nachdem er das Fell gewaschen und aufgerollt hatte, spülte er den Kellerraum, in dem er den Wolf geschlachtet hatte, sorgfältig aus.

Die Wand war kahl, roher Beton, ein langer Tisch mit weißer Decke und flackernden Stumpenkerzen sorgte in dem kleinen Kellerlokal in Gamlebyen für die richtige Stimmung. Wichtig war hier allein das Essen.

Um den Tisch saßen achtzehn Gäste. Nur der innerste Kreis der norwegischen Mitglieder der Elevated Eating Community. Als das Netforum aufgeflogen war und die Polizei die Überwachung begonnen hatte, waren die Mitglieder zu mündlichen

Nachrichten übergegangen. Endlich waren sie wieder versammelt.

Am Ende des Tisches stand der Mann, der den Wolf geschlachtet hatte. Er trug eine rote Halbmaske, die übrigen Gäste hatten weiße. Auf dem Tisch vor ihm standen eine Flasche Absolut Vodka und achtzehn Gläser. In der rechten Hand hielt er den Sack mit der Kobra. Vorsichtig füllte er die Gläser mit zwei Fingerbreit Wodka. Nur eine der anwesenden Personen würde den perfekten Aperitif erhalten.

Zwei der nächstsitzenden Gäste halfen ihm, die Kobra aus dem Sack zu ziehen. Während die Schlange sich wütend aufbäumte, presste der Mann in der roten Maske ihren Kopf nach hinten und schlitzte zugleich mit einem Messer die Mundwinkel der Schlange auf.

Alle Gäste blieben stumm.

Die Kobra wand sich noch immer, aber die Kraft in ihren Bewegungen nahm jetzt ab.

Der Mann bohrte das Messer gleich unterhalb des Kobrakopfes in den Hals und setzte einen Längsschnitt. Das Blut, das aus dem Schlangenleib strömte, wurde rasch in die Gläser verteilt. Am Ende schob er die Finger in das Loch und zog das Herz der Kobra heraus. Die Schlange hörte auf, sich zu bewegen.

Er ließ das Herz ins nächststehende Wodkaglas fallen, überließ den Schlangenkadaver den beiden anderen Gästen und trug das Glas an das andere Ende des Tisches, um es dort einer jüngeren Frau zu kredenzen.

Das Herz schlug noch immer, als sie es mit Wodka und Schlangenblut hinunterschluckte.

Die übrigen Gläser wurden an die anderen Gäste verteilt.

Die Spannung vor der eigentlichen Mahlzeit war elektrisch geladen. Ein erlösendes Aufkeuchen war zu hören, als das erste Gericht aufgetragen wurde, ein Wolfsragout. Die Anwesenden wussten vorher nie, was serviert werden würde, nur, dass die Mahlzeit aus seltenen Rohstoffen zubereitet wurde.

Während die Gäste sich dem Gericht widmeten, senkte sich eine andächtige Stille über die Runde. Der erste Eindruck war der wichtigste; die Geschmacksnerven das Unbekannte, das Exklusive, das Verbotene untersuchen zu lassen. Die Wildheit des Wolfes – wie schmeckt sie? Bitter? Blutig? Süß?

Das Ragout wurde in kleinen Bissen verzehrt, die Gäste diskutierten und stellten Vergleiche an. Hatten sie schon einmal etwas Ähnliches gegessen? Machte das Adrenalin das Fleisch nicht besonders zart und würzig?

Zwei Stunden später folgte der zweite Gang, eine Schlangensuppe aus Kobrafleisch. Nach Mitternacht gab es dann ein letztes kleines Gericht aus gegrilltem Lemurenfleisch, gefolgt von Multebeercreme und einem seltenen Sherry aus den fünziger Jahren.

Die Gäste verließen das über dem Lokal gelegene Restaurant in kleinen Gruppen, durch die Hintertür und das Nachbarhaus. Auf diese Weise sah es aus, als kämen sie von ganz normalen Restaurantbesuchen oder Gesellschaften.

Im Keller zog sich der Mann mit der roten Maske eilig um und trug die Säcke mit den Fleischresten zu einem Lieferwagen. Es war jetzt komplizierter, da die Tunnel unter Ruseløkka und der Zirkus nicht mehr zur Verfügung standen.

Kapitel 74

Die Untersuchung der Cort Adelers gate 33 ergab Fußspuren von Elli, Nereng und einer Person mit Turnschuhen. Die Stahltür führte in den Bunker unter der Ruseløkka-Schule. Es gab keine Hinweise auf einen Einbruch und keine darauf, dass irgendwer hier mit Turnschuhen unterwegs gewesen wäre. Dagegen fanden sie entsprechende Spuren auf der Treppe, die Elli und Nereng benutzt hatten.

Die Ermittler berichteten, dass Brustad den Abend, an dem Balareno ermordet worden war, zu Hause verbracht hatte und damit ein Alibi besaß.

Elli bat Nereng, sie abzuholen. Sie hatte eine Idee und wollte noch einmal mit Irene Brustad reden.

Nerengs rötliches Haar war nass, als er mit einem zivilen Wagen auftauchte, der frische Duft seines Rasierwassers mischte sich mit dem nach Plastik und Leder des Volvoinneren.

»Auf geheimnisvollere Düfte umgestiegen?«

»Hm?«

»Das Rasierwasser.« Sie schnupperte wie ein Hund. »Leder, ein Hauch Räucherstäbchen, östliche Mystik, ein bisschen James Bond. Passt zu dir.«

Nereng fuhr einige Sekunden lang schweigend weiter, seine Wangen zeigten eine leichte Röte.

»Schön, dass es dir gefällt«, sagte er leicht verlegen.

Elli lachte.

»Was hast du vor?«, fragte er.

»Siri Rud hat da etwas gesagt. Über dieses Essen in Grefsen. Ich hätte längst reagieren müssen, aber mir ist erst gestern, nachdem ich mich über die Adoptionsvorgänge kundig gemacht hatte, aufgegangen, dass das Ehepaar Brustad uns ein paar Details verheimlicht.«

»Wir wollen also zu Brustads?«

»Fast richtig. Wir warten ein paar Straßen weiter, bis er oder sie das Haus verlassen, und dann nehmen wir uns Irene vor.«

Paul roch nach Wein und fremdem Essen. Er war wieder aus gewesen. Und es war auch ungewöhnlich für ihn, dass er länger schlief als bis halb sieben. Jetzt war es halb acht. Irene weckte ihn.

»Musst du nicht arbeiten?«

»Hm?«, fragte er schlaftrunken, starrte aus zusammengekniffenen Augen den Wecker an und setzte sich mühsam auf. »Doch, danke.«

Sie ging wieder zu Vilje nach unten. In den letzten Tagen war Paul kurz angebunden und verschlossen gewesen. Das war gar nicht seine Art, sicher gab es wieder Probleme bei der Arbeit.

Vilje brabbelte unten auf dem Küchenboden vor sich hin. Sie

spielte mit Bauklötzen. Irene war ganz verliebt in ihre goldbraune Haut und die weichen, niedlichen Löckchen auf ihrem Kopf.

Paul kam herein, hob Vilje auf und küsste sie, dann setzte er sie behutsam wieder hin. Er stellte eine Tasse unter die Kaffeemaschine und mahlte dann die Kaffeebohnen.

»Wo warst du gestern Abend?«, fragte Irene.

»Musste mich mit einem Mandanten treffen.«

»Und dazu gab es dann auch Wein?«

Er hielt sich die Hand vor den Mund. »Ja, tut mir leid, wenn meine Fahne dich umgehauen hat. Du weißt, wie das ist … wir müssen ja und Amen sagen und uns ihre Klagen über die norwegische Steuerbelastung anhören. Aber sieh es mal positiv: Ich bekomme dreitausend die Stunde dafür, dass ich in den besten Restaurants esse.«

Irene lächelte. Dieses Pflichtbewusstsein!

»Was ist mit den Polizisten – hast du die gesehen?«

»Nein. Aber sie waren sicher da.«

»Wie lange werden sie wohl weitermachen?«

Er machte eine lässige Bewegung mit der rechten Hand. »Sie werden bald einsehen, dass wir mit dem Mord nichts zu tun haben.«

Irene schauderte es. »Ich finde das mit der Leiche, die sie gefunden haben, unheimlich, und noch unheimlicher ist es, dass sie hier vor der Tür stehen und uns überwachen.«

Er ging zu ihr, streichelte ihre Wange. »Das kann ich verstehen. Aber die Polizei muss in einem solchen Fall eben alle Möglichkeiten ausschöpfen. Wir haben nichts zu verbergen, sie hören sicher bald damit auf.«

Dann holte Paul sich den Kaffee.

Irenes Blick fuhr über die weiße Einrichtung der Poggenpohl-Küche, streifte durch die doppelte Glastür zum Wohnzimmer mit den Möbeln, die sie bei einem Händler im Westend bestellt hatten. Ihr Haus – wie viel davon benutzten sie eigentlich? An die vierhundert Quadratmeter und sie waren doch nur zu dritt. Hatten sie denn nie genug?

Paul erhob sich. »Ich muss los.«

Während er hinauslief, gab er Vilje noch einen Kuss.

Irene hätte gern gewusst, was Paul bei diesen Küssen empfand. Physisch war er ja dabei, aber was war mit seinem Kopf?

Draußen war gutes Wetter, wie sie jetzt sah. Sie wollte eine Runde joggen, mit Vilje im Joggingwagen. Dem neuesten von dreien. Sie lächelte resigniert. Sie hatten zu viel Geld. Es gab keine vernünftige Erklärung dafür, warum jemand drei Joggingwagen haben sollte.

Das Ermittlungsteam informierte Elli und Nereng um Viertel vor zwölf über Irene Brustads Joggingrunde. Sie fanden sie in einer kleinen Stichstraße bei Vinderen und baten sie, stehen zu bleiben.

»Was wollen Sie denn jetzt?«, fragte Irene Brustad, stützte sich auf den Joggingwagen und rang um Atem.

»Ich würde gerne noch einmal mit Ihnen reden«, sagte Elli.

»Ich trainiere«, sagte Irene irritiert. »Kann das nicht warten?«

»Leider nein«, sagte Elli und versuchte, teilnahmsvoll zu klingen.

Irene schaute rasch zu Vilje im Wagen hinüber. Die schlief tief und fest.

»Na gut, worum geht es?«

Elli zeigte auf eine kleine Wiese neben einem nahegelegenen Parkplatz. »Gehen wir doch da rüber.«

Als Irene den Wagen in den Schatten gestellt hatte, sagte Elli: »Irene, wir haben uns Ihre Adoptionsunterlagen genauer angesehen.«

Irene erstarrte für einen Moment, dann fuhr sie herum. »Die Adoptionsunterlagen? Was ist denn mit denen?«

»Wir wüssten gern, Irene, wie Sie mit Ihrer Vorstrafe wegen dieses Drogenvergehens als Adoptivmutter zugelassen werden konnten.«

Irene schluckte. »Das ist doch fünfzehn Jahre her.«

Elli nickte. »Das schon, und Ihre Strafe haben Sie ja auch verbüßt. Aber die steht normalerweise ja trotzdem in dem ausführlichen polizeilichen Führungszeugnis, das vorgelegt werden muss, um eine Adoption zu beantragen.« Elli schaute ihr in die Augen. Irene blickte zur Seite. »Wie haben Sie das geschafft?«

Irene schaute sich nervös um. »Mit dem Papierkram hatte ich nicht besonders viel zu tun …«

»Ich verstehe ja, dass das unangenehm ist«, fiel Elli ihr ins Wort. »Aber Sie müssen sich schon eine bessere Erklärung ausdenken.«

Irene gab keine Antwort. Stattdessen fing sie an, Arme und Beine zu strecken. »Ich werde schon steif …«

»Machen Sie es sich nicht noch schwerer«, sagte Elli.

Irene unterbrach ihre Dehnübungen und sah wütend zuerst Nereng und dann Elli an. »Wenn ich noch weiter mit Ihnen reden soll, dann nur bei einer offiziellen Vernehmung. Ich werde jetzt zuerst meinen Mann verständigen.«

Dann richtete sie sich auf und joggte weiter.

»Voll ins Schwarze«, sagte Nereng.

»Ja«, sagte Elli und sah Irene Brustad hinterher, die mit abgehackten Bewegungen den Hang hochlief.

Zitternd packte Irene. Einen Koffer für sich, einen für Vilje. Adoptionspapiere, Gesundheitsbuch und Geburtsurkunde für Vilje steckte sie in ihre Handtasche. Vilje hatte Hunger, Irene drückte ihr eine Banane in die Hand.

»Wir machen einen Besuch«, sagte sie sanft zu ihrer Tochter.

In der Garage entschied sie sich für den Mercedes GLK. Der Cayenne war zu groß, und Paul war mit dem anderen Mercedes zur Arbeit gefahren. Sie fuhr nach Süden, dann bog sie bei Vinterbro in Richtung Stockholm ab. Auf der Höhe von Halden rief sie ihre Mutter an und fragte, ob sie noch immer das Ferienhaus der Tante bei Åmål in Schweden ausleihen könnten. Erleichtert erfuhr sie, dass das kein Problem sei.

»Kommst du nicht vorbei?«, fragte ihre Mutter, die in Ås wohnte.

»Nicht jetzt. Es ist etwas passiert. Versprich mir eins, Mama. Wenn jemand anruft, darfst du nicht verraten, dass du mit mir gesprochen hast. Und nicht sagen, wo ich bin.«

»Was ist mit Paul …«

»Auch nicht Paul. Paul auf keinen Fall, Mama.«

Fünfzehn Minuten später tauchte Sigurdssønn bei Elli und Nereng auf und bat sie, sich in den Funkkontakt der Ermittlungsgruppe einzuschalten. Eine Einheit war Irene bis zum Ortsrand von Askim gefolgt. Sie konnten bestätigen, dass Irene mit ihrer Tochter unterwegs war.

»Askim?«, fragte Nereng.

Elli überlegte. Bisher gab es in diesem Fall keine Verbindungen nach Askim.

Als sie nichts sagte, teilte Nereng mit, er verstehe das ja auch nicht.

Elli hörte, wie er sich über Funk kurz mit den anderen besprach. »Siggen sagt, dass sie jetzt an Askim vorbei ist.«

»Sie will nach Schweden. Verfolgt sie per GSM. Das wird besonders wichtig, wenn wir sie an der Grenze verlieren.«

»Ich sage den schwedischen Kollegen Bescheid. Aber wir haben wenig Zeit. Was hat sie nur vor?«

»Sie will sich verstecken.«

Kapitel 75

Evelyn hörte, wie hinter Sigurd die Tür zufiel. Sie schaute auf die Uhr – halb zehn. Er hatte seit einigen Tagen nicht getrunken. Der Wagen blieb in der Garage. Evelyn hielt das alles nicht mehr aus. Sie musste mit Margrete sprechen.

Oben im Wohnzimmer saß Margrete vor dem Fernseher. Es gab eine Dokumentation über Fruchtbarkeit.

Vorsichtig setzte Evelyn sich auf das andere Sofa.

Margrete schaute kurz zu ihr hinüber. Nüchtern, ohne Gefühle oder Stimmungen. Ihre Blicke wanderten zurück zum Fernseher.

Der lief einige Minuten ungestört weiter.

Evelyn rutschte an die Sofakante vor.

»Ich möchte die Familie wechseln.«

Margrete ließ den Fernseher nicht aus den Augen, aber ein kleines Zucken im Augenwinkel teilte Evelyn mit, dass sie durchaus verstanden hatte. Evelyn sollte warten.

Margrete blieb stumm.

Evelyn wartete geduldig. Am Ende hielt sie es dann doch nicht mehr aus.

»Ich kann zurückkommen, wenn die Sendung zu Ende ist«, bot sie an.

Margrete griff nach der Fernbedienung und drückte auf Pause. Das Bild erstarrte offenbar in einer Filmszene, die Aufnahme eines Penis, der in eine Scheide stieß. Evelyn konnte sich nicht vorstellen, dass im philippinischen Fernsehen ähnliche Szenen gezeigt wurden.

»Zu wem willst du denn wechseln?«, fragte Margrete und ihr Tonfall schwankte zwischen Gleichgültigkeit und Spott.

Evelyn seufzte. »Weiß nicht, aber im Au-pair-Büro sagen sie, man kann wechseln, wenn man das will. Sie haben mehrere freie Stellen.«

Margrete machte sich an der Fernbedienung zu schaffen. »Und warum willst du wechseln?« Jetzt klang ihre Stimme ein wenig spitzer.

Evelyn wusste nicht, was sie sagen sollte – der Grund lag doch wohl auf der Hand. Sie suchte nach einer Antwort.

»Sigurd wird dich nicht mehr belästigen«, sagte Margrete.

Woher willst du das wissen? Evelyn wagte aber nicht, das laut zu sagen. Sie sagte nur: »Ich fühle mich nicht sicher.«

Margrete machte eine gereizte Handbewegung. »Was soll ich denn machen – ihn vor die Tür setzen? Weißt du, in welcher Situation ich dann wäre? Ich habe nichts – alles läuft auf seinen Namen. Haus, Auto, Ferienhaus, Aktien, die verdammten Grundstücke, die er geerbt hat. Alles. Soll ich das alles für ein Au-pair wegwerfen?«

»Ich will doch weg.«

Margrete winkte ab. »Ja, ja, ja … Nein! Die Antwort lautet nein. Das kannst du nicht.«

Evelyn spürte, wie sich ihr Zwerchfell zusammenzog.

»Du hast falsche Angaben gemacht, liebe Evy, und du bist nur durch mein Wohlwollen hier. Ich brauche Hilfe – wir brauchen Hilfe bei Julius. Wenn du einen Wechsel beantragst, dann erzähle ich im Au-pair-Büro von deiner Tochter. Und schwupp – schon geht es nach Hause nach Manila. Willst du das?«

Evelyn schluckte. »Nein«, flüsterte sie.

Tochter Maricel war in strahlender Laune, als Evelyn an diesem Abend über Skype mit ihr und ihrer Mutter sprach. Mehrmals hätte sie fast gesagt, sie könne es nicht mehr ertragen und wolle nach Hause. Aber der Anblick ihrer wunderbaren Tochter, die Vorstellung, welches schöne Leben Evelyn ihr bereiten könnte, gaben ihr die Kraft, weiterzukämpfen.

Es war schon nach eins, als sie sich hinlegte. Im Stock über ihr hörte sie gedämpfte Stimmen. Wütende Stimmen.

Es musste eine Möglichkeit geben, sich Sigurd vom Leib zu halten. Vielleicht, wenn er von den Papieren erfuhr, die sie in seinem Büro gesehen hatte? Außerdem war ihr in den vergangenen Tagen ein seltsames Gefühl gekommen. Trotz der Belästigungen durch Sigurd fühlte sie sich Margrete gegenüber immer unsicherer. Sie wirkte unberechenbar und war schwer zu verstehen.

Sicherheitshalber sprang sie aus dem Bett, überzeugte sich davon, dass sie die Tür von innen abgeschlossen hatte und dass der Stuhl unter der Klinke verkeilt war, wie sie sich das zur Gewohnheit gemacht hatte. Sie hatte es sich zudem angewöhnt, im Trainingsanzug zu schlafen. Wenn Sigurd auftauchte, würde sie aus dem Fenster auf der Rückseite des Hauses springen können. Was dann ihr nächster Schritt sein würde, wusste sie noch nicht, aber sie könnte sich vielleicht verstecken, bis das Schlimmste vorüber wäre. Oder um Hilfe schreien.

Zweimal hatte sie sich überlegt, ob sie es ertragen könnte, ihn an sich heranzulassen, für Maricel, aber sie hatte sich dagegen entschieden. Vielleicht würde es so weit kommen, dass ihr nichts anderes mehr übrigbliebe. Dann würde sie sich auf etwas anderes konzentrieren, ihren Körper verlassen und die böse Erinnerung danach auswischen.

Sie war offenbar sehr schnell eingeschlafen, wenn auch nicht tief, denn sie fuhr aus dem Schlaf hoch, als jemand an die Tür klopfte.

Evelyn saß auf dem Bett und starrte die Tür an, ihr Körper war völlig verspannt. Vielleicht würde Sigurd ja aufgeben.

Stille.

Dann wurde wieder geklopft. Diesmal etwas fester.

»Eeevyyy!« Die Stimme klang verstellt, wie die eines Kindes.

»Eeevyyyy!«

Erst jetzt zog Evelyns Gehirn die richtigen Schlüsse. Es war Julius, der da klopfte.

Sie riss die Tür auf. Er hatte geweint, lächelte sie aber tapfer an. Evelyn ließ ihn ein, schloss rasch wieder ab und überzeugte sich davon, dass der Stuhl wieder unter der Türklinke verkeilt war.

»Komm«, sagte sie und nahm ihn mit zum Bett.

»Die zanken sich die ganze Zeit«, sagte Julius.

»Ich weiß«, sagte Evelyn. »Leg dich hierhin, dann schlafen wir gemeinsam.«

Julius schmiegte sich unter die Decke und zog die Knie an den Bauch.

»Liegst du gut?«, flüsterte Evelyn und streichelte seinen Rücken.

»M-m«, antwortete er vage.

Sie legte die Arme um ihn und drehte zugleich das Gesicht zur Tür. Es war anstrengend, den Hals so zu verdrehen, aber sie wagte nicht, die Tür aus den Augen zu lassen, für den Fall, dass der Stuhl nicht ausreichte, um Sigurd aufzuhalten.

Sie schaute auf die Uhr. Zehn nach zwei. Die Stimmen einen Stock höher drangen noch immer durch die Decke zu ihr durch, klangen jetzt aber ein kleines bisschen weniger wütend.

»Wollen sie nicht, dass ich hier wohne?«, fragte Julius plötzlich.

»Doch, natürlich wollen sie das«, versicherte Evelyn. »Aber alle Ehepaare zanken sich.«

»So viel?«

»Da gibt es vielleicht Unterschiede.«

»Bist du verheiratet?«

»Nein.«

Pause.

»Schade.«

»Ja ... vielleicht, aber ich muss eben den Richtigen finden.«

»Du wärst eine liebe Mama. Manchmal wünschte ich, ich könnte dich eintauschen.«

Evelyn fuhr zusammen. Sie hatte Julius offenbar fester gepackt, denn er schluchzte auf, sagte aber nichts mehr.

Es gab wohl auch nichts mehr zu sagen.

Evelyn drückte ihn an sich, nahm die kleinen feinen Bewegungen des Jungen im Schlafanzug wahr, als Julius unter der Decke ein wenig zappelte, bis er schließlich einschlief.

Ihr Nacken tat weh. Sie schaute jetzt in regelmäßigen Abständen zur Tür hinüber, ansonsten sah sie Julius an. Viertel vor drei, sie musste ein wenig schlafen.

Oben war es jetzt still.

Ihre Augenlider waren bleischwer. Was könnte Sigurd schon tun, solange Julius hier lag?

Drei. Fünf nach drei. Zehn nach drei.

Klopf, klopf.

Evelyn sagte nichts. Vorsichtig kehrte sie Julius den Rücken zu und schaute zur Tür hinüber.

Klopf, klopf, klopf.

»Evy!«

Kein Zweifel, das war Sigurd.

Vorsichtig stand sie auf, öffnete das Fenster sperrangelweit, überlegte kurz, ob sie Julius mitnehmen sollte, begriff aber sofort, dass das falsch verstanden werden könnte – Julius war doch sein Vater.

KLOPF, KLOPF.

»Evy!« Ein lautes zischendes Flüstern.

Julius bewegte sich.

Evelyn schlich zur Tür. »Ich schlafe«, sagte sie.

»Wir müssen reden, Evy.«

»Nicht jetzt.«

»Doch – ich brauche dich. Es geht mir so verdammt mies.«

Sie spürte ihren Puls in den Schläfen hämmern. Fasste sich ein Herz. »Nein – nicht jetzt!«

Dann wurde es draußen still, und nach einigen Sekunden hörte sie, wie Sigurds schlurfende Schritte sich entfernten.

Sie atmete langsam auf, überzeugte sich davon, dass der Stuhl noch immer unter der Klinke klemmte, und ging zurück zum Bett, wo Julius noch immer schlief. Es gab ihr ein Gefühl der Geborgenheit, sich neben ihn zu legen. Einen kurzen Moment spürte sie, wie ihr Herzschlag und ihr Atem sich beruhigten. Sie unterdrückte ein Schluchzen, wischte sich mit dem Kissen die Tränen ab. Ob sie sich jetzt sicher fühlen könnte?

Die Antwort kam einige Sekunden später, in Form von Sigurds Schlüssel, der ins Türschloss gesteckt wurde.

Wenn nur der Stuhl hielt!

»Evy, Evy«, sagte er gereizt, während er mit dem Stuhl kämpfte. »Hör auf mit dem Blödsinn! Ich will doch nur reden. Ich muss einfach mit irgendwem reden. Du hast es sicher auch nicht so leicht. Also setzen wir uns doch zusammen und helfen wir uns gegenseitig, Evy.«

Julius bewegte sich neben ihr. Was Sigurd anstellen könnte, wenn er Julius hier bei ihr fände, ahnte Evelyn wirklich nicht, aber das Beste wäre ja, wenn er ungestört schlafen könnte. Der Junge war ohnehin verängstigt genug.

»Evy!!«

Er rüttelte an der Tür, der Holzstuhl knackte. Evelyn nahm allen Mut zusammen, schlich sich zur Tür und stellte den Fuß auf das eine der beiden Stuhlbeine, die sich gegen die Tür pressten.

»Evy?«, hörte sie Julius vom Bett her rufen.

Verzweifelt versuchte sie ihm verständlich zu machen, dass er sich einfach wieder hinlegen sollte, aber natürlich setzte er sich verängstigt auf und starrte die Tür an. »Wer ist da, Evy?«

Sofort hörte das Rütteln auf.

»Julius?«, wurde vom Gang her verwirrt gefragt.

Evelyn kniff die Augen zusammen. Nichts zu machen, sie konnte den Vater nicht aussperren, wenn der Sohn im Zimmer war. Als sie den Stuhl von der Tür wegnahm, kam ihr eine Idee. Mit dem Stuhl in der rechten Hand stieß sie das wenige Geschirr, das sie in ihrer Kochnische stehen hatte, zwei Teetassen, einige Gläser und Teller, auf den Boden. Zugleich knipste sie die Deckenlampe an. Der Geräuscheffekt von zerbrechendem Glas tat seine Wirkung. Julius hielt sich die Ohren zu, Sigurd fuhr zusammen. Und sie hörte Schritte einen Stock höher.

Sigurd schaute Evy vorwurfsvoll an. »Was macht er denn hier?«

»Er ...«

Sigurd starrte sie an. Das Schwarze war da, wie an dem Abend, als er sie bedrängt hatte, aber jetzt strahlte der Blick Rachsucht aus, keine Lust. »Warum schließt du dich mit meinem Sohn in deinem Zimmer ein?«

»Weil ...«, fing sie an.

»Ich hatte geklopft, Papa«, warf Julius dazwischen.

Sigurd sah seinen Sohn an, das Finstere in seinem Blick verschwand spurlos, als ob er plötzlich ein anderer geworden wäre. »Hat sie dir aufgetragen, das zu sagen, mein Kleiner?« Er machte zwei Schritte auf Julius zu, setzte sich neben ihn und legte ihm den Arm um die Schultern. »Jetzt ist alles gut, Julius.«

»Was ist denn hier los?«

Margrete stand in der Türöffnung, Eisesstimme, Nadeln im Blick.

»Ihr zankt euch so sehr«, sagte Julius.

»Sie hatte sich mit ihm eingeschlossen«, sagte Sigurd und nickte zu Evelyn hinüber.

Evelyn hockte auf dem Boden, sie hatte die Hände vors Gesicht geschlagen und schluchzte stoßweise.

Kapitel 76

Elli, Nereng, Fjeld und Sigurdssønn starrten auf das Smartboard, wo ein Satellitenbild einige kleine Häuser an einem Binnensee zeigte. Fast ein Tag war vergangen, seit Irene Brustad die schwedische Grenze überquert hatte.

»Irene Brustad ist in einer Kate in Schweden?«, fragte Elli.

»Da hat die GSM-Ortung sie jedenfalls über das Mobiltelefon aufgespürt«, sagte Sigurdssønn.

»Gleich bei Fucking Åmål«, kommentierte Nereng.

Elli sah ihn an. »Wie weit?«

»Zwei Stunden.«

»Und Paul Brustad?«

»Ist im Büro«, teilte Sigurdssønn mit.

»Wissen wir etwas über diese Kate?«

»Gehört ihrer Tante. Mütterlicherseits.«

»Lincher?«

»Auch im Büro.«

Elli sah Fjeld an. Der rieb sich das Kinn und sog schmatzend an seinem Priem. »Reihenfolge?«

Elli nickte.

»Schweden zuerst, und sowie ihr auf dem Heimweg seid, sacken wir den Gatten ein, und dann fahrt ihr zu Linchers hoch.«

Elli dachte über diesen Plan nach und kam zu dem Schluss, dass sich Fjeld wie immer als hervorragender Stratege zeigte.

Das letzte Wegstück zur Kate wurde von einem schwedischen Streifenwagen bewacht. Die Kollegen in Schweden waren sehr kooperativ gewesen, als die Osloer Polizei um Hilfe gebeten hatte, und konnten Elli und Nereng erzählen, dass Brustad die Kate nicht verlassen hatte.

Elli ließ den Wagen langsam abwärtsrollen. Schon bald sahen sie Irene Brustad, die am Seeufer mit ihrer Tochter spielte.

Rechts von ihr stand ein klassisches rotes schwedisches Holzhaus.

»Schrecklich, ihr Idyll zerstören zu müssen«, kommentierte Nereng.

In diesem Moment sah Irene sie, packte ihre Tochter und rannte ins Haus.

Elli hielt an, stieg ruhig aus dem Auto aus und klopfte an die Tür.

»Gehen Sie weg! Sie dürfen mich hier nicht belästigen!«, rief Irene im Haus. »Sie haben hier keine polizeilichen Befugnisse.«

»Das stimmt«, sagte Elli. »Aber mit Ihnen reden dürfen wir.«

»Ich habe nichts mehr zu sagen«, rief Irene.

Elli lief am Haus entlang, das eine überdachte Veranda hatte.

Durch ein Fenster sah sie Irene ganz hinten in der Küche sitzen, sie drückte ihre Tochter an sich.

Elli klopfte an die Fensterscheibe.

Irene fuhr zusammen. Ihre Augen waren voller Angst.

»Irene«, sagte Elli. »Wir wollen Sie weder verhaften noch Ihnen Ihre Tochter wegnehmen. Ich kann ja verstehen, warum Sie sich hier versteckt haben. Wir wollen Ihnen helfen, so gut wir können, aber dann müssen Sie auch uns helfen. Wir brauchen mehr Informationen über Ihren Mann und über Lincher.«

Irene drückte ihre Tochter fester an sich. »Und wenn ich Ihnen helfe, lassen Sie mich dann in Ruhe?«

Nereng tauchte hinter Elli auf. Er signalisierte, dass er auf der Rückseite des Hauses ein offenes Fenster gefunden hatte, aber Elli glaubte nicht, dass sie das brauchen würden.

»Ich kann Ihnen versprechen, dass wir Sie nicht mehr quälen werden, wenn Sie uns jetzt helfen«, sagte Elli. »Und wenn Sie uns helfen, können Sie später, falls das aktuell wird, mit schonender Behandlung rechnen. Ich glaube, Sie verstehen, was ich meine.«

Irene blieb eine ganze Weile sitzen, dann erhob sie sich, ging zur Verandatür und ließ Elli und Nereng ein. Ohne weitere Erklärungen setzte sie sich vor den Kamin in einen alten Sessel. Für Elli und Nereng blieb ein Sofa von IKEA. In der folgenden halben Stunde erzählte Irene von dem Adoptionsverfahren und der

Reise nach Uruguay. Irene hatte auch eine Theorie, die erklärte, wer der Junge im Keller war. Diese Theorie stimmte bemerkenswert gut mit Ellis überein. Und zu ihrer Überraschung wurde nun auch Siri Rud in den Fall hineingezogen.

»Sie hat das polizeiliche Führungszeugnis besorgt«, sagte Irene. »Und es an die weitergereicht, die den Sozialbericht schreiben sollten.«

»Hat sie das Führungszeugnis selbst gefälscht?«

»Ich glaube, Paul hat ihr dabei geholfen.«

Elli starrte auf die friedliche schwedische Landschaft hinaus. Sie musste an die Bücher von Astrid Lindgren denken.

Dann verließen sie Irene und deren Tochter. Draußen baten sie ihre schwedischen Kollegen, Irene weiterhin im Auge zu behalten. Auf der Rückfahrt nach Oslo überlegte Elli, wen sie jetzt zuerst vernehmen sollten. Lincher oder Brustad.

Evelyn saß am Küchentisch und überlegte. Sollte sie einfach gehen? Nachdem Margrete von ihrer Tochter Maricel erfahren hatte, war das Haus für Evelyn eigentlich ein Gefängnis gewesen. Sigurd würde sie beim nächsten Mal vergewaltigen, da war sie sich sicher. Was sollte sie denn machen, wenn er wiederkam? Nachgeben? Das würde am wenigsten weh tun.

Maricel war auf diese Weise entstanden.

Evelyn merkte, dass sie das nicht über sich bringen würde. Nicht noch einmal.

Sie ging hinaus in den Garten. Das Wetter war noch gut, aber sie spürte schon einen Hauch von Herbst in der Luft. Es war ungefähr wie ein philippinischer Winter. Auf der Rückseite des Hauses gab es die meiste Sonne. Sie legte sich hin, schloss die Augen, dachte an ihre Tochter, ihre Mutter.

Ein leises Knacken im Haus ließ sie hochfahren.

Sie sah nichts.

Dann war es wieder da, es war nur Margretes und Sigurds Schlafzimmerfenster. Im Moment nur Margretes, da Sigurd ins Gästezimmer verbannt war. Evelyn ging ins Haus, um es zu schließen.

Als das Fenster geschlossen war, fiel ihr Blick auf die Nachttischschublade auf Sigurds Seite des Bettes. Die war nicht ganz geschlossen. Er war morgens im Zimmer gewesen, fiel ihr jetzt ein. Als sie die Schublade zuschob, hörte sie ein leises metallisches Klirren.

Evelyn öffnete die Schublade wieder. Ein Schlüssel. Sie erkannte diesen Schlüssel. Nur Sigurds Arbeitszimmer hatte so ein Schloss.

Plötzlich ging ihr auf, dass sie jetzt stärker war als Margrete. Selbst wenn Sigurd und Margrete sich stritten und sich vielleicht scheiden lassen wollten, würden sie doch nicht wollen, dass andere von den Papieren erfuhren, die Evelyn dort drinnen gesehen hatte.

Zwanzig Minuten später hatte Evelyn mit ihrem Mobiltelefon alles dokumentiert.

Am selben Abend überzeugte sich Evelyn davon, dass die Tür zu ihrem Zimmer verschlossen war, dann ging sie in ihr eigenes Badezimmer. Sie schloss auch diese Tür ab, ehe sie duschte. Es war das zweite Mal an diesem Tag. Sie konnte die Vorstellung nicht ertragen, dass an ihrem Körper Staub und Schmutz aus dem Haus der Linchers hafteten. Auch ihr Zimmer war immer strahlend sauber. Die Bettwäsche, in der Sigurd geschlafen hatte, hatte sie am nächsten Tag nicht weniger als zweimal gewaschen. Sie ließ das Wasser zwanzig Minuten lang laufen. Jeden Abend stellten sich dieselben Gedanken ein: Sie musste nach Hause.

Evelyn rieb sich mit Feuchtigkeitscreme ein, ehe sie den Trainingsanzug überstreifte. Um Viertel vor elf wickelte sie sich in die Decke. Und ausnahmsweise einmal war sie sofort eingeschlafen.

Um Viertel vor zwölf klopfte jemand an die Tür.

Evelyn fuhr zusammen und setzte sich auf.

»Evy.«

Julius. Mit ängstlicher Stimme.

Aber es würde doch nur Ärger geben, wenn sie ihn einließe.

»Du musst in dein Bett gehen, Julius«, sagte sie.

Sie hörte, wie er hoffnungslos die Arme sinken ließ.

»Evy …« Seine Stimme klang flehend, fast verzweifelt.

»Julius, geh wieder nach oben!«, sagte sie energisch. Ihr Magen krampfte sich dabei zusammen.

Stille.

Hatte er aufgegeben?

Evelyn wartete angespannt.

»Evy.«

Er war noch immer da.

Evelyn sprang aus dem Bett, öffnete die Tür und sah Julius mit einer Miene dastehen, die sie noch nie an ihm gesehen hatte. Wie eine Grimasse, als ob er sie gar nicht sehen wollte.

»Julius«, sagte sie liebevoll. »Was ist denn los, Herzchen?«

»Evy«, schluchzte er. Sein Gesicht schien sie um Verzeihung anzuflehen. Er schaute kurz nach links.

Und plötzlich, wie eine dunkle Masse, trat Sigurd vor.

»Geh zurück in dein Zimmer, Julius«, sagte er. Verwischte Konsonanten. Evelyn roch den Whisky in seinem Atem.

Kapitel 77

Um halb eins wurde Elli von ihrem Mobiltelefon geweckt.

»Die Einsatzzentrale hat einen Notruf aus dem Friggs vei 18 erhalten«, sagte Sigurdssønn. »Also von Linchers.«

»Wo bist du?«, fragte Elli.

»Vor Ort. Wir haben nichts Verdächtiges gesehen. Sie behaupten, ein Kind habe angerufen. Und so ungefähr gesagt: Evelyn braucht Hilfe.«

Das Au-pair.

»Geh rein«, sagte Elli. »Ich komme, so schnell ich kann.«

Zwei Krankenwagen mit blinkendem Blaulicht standen vor dem Friggs vei 18. Elli sah eine Trage, die in den einen Wagen gehoben wurde. Schwarzes dichtes Haar, wie ihr eigenes, lugte unter der Decke hervor. Nereng hatte noch nicht richtig gehalten, als sie auch schon aus dem Auto gesprungen war.

»Rathke, Kriminalpolizei«, sagte sie zu den beiden Sanitäterinnen, die die Trage im Auto befestigten. »Was ist passiert?«

»Sie können ja mit ihr sprechen«, sagte eine Sanitäterin, eine Frau von Mitte zwanzig.

Elli stieg in den Wagen und sah Evelyn auf der Trage liegen, sie sah übel zugerichtet aus, ihr Trainingsanzug war über ihrem Bauch aufgeschnitten worden, um Platz für einen Verband zu machen. Ihre Hose war blutverschmiert. Infusionsflüssigkeit wurde über einen Tropf in ihren rechten Handrücken abgegeben.

»Sag mir, was passiert ist, Evelyn!«

»Er war in meinem Zimmer«, sagte Evelyn kraftlos. »Ich wollte nicht.«

»Wer war in deinem Zimmer?«

»Sigurd … ich will nach Hause.«

»Was ist in deinem Zimmer passiert?«

»Er … er wollte Sex …«

»Und du wolltest nicht?«

Evelyn schüttelte vorsichtig den Kopf. Ihre Unterlippe zitterte, ein leises Schluchzen war Antwort genug.

»Wir müssen los«, sagte die Krankenwagenfahrerin.

Elli nickte verständnisvoll.

»Evelyn, was ist das für eine Verletzung?«

»Das Messer«, flüsterte Evelyn.

»Sigurd hat dich mit dem Messer verletzt?«

Evelyn schloss die Augen, sagte nichts.

»Evelyn?«, fragte Elli noch einmal.

Elli merkte, wie die Fahrerin an ihrer Jacke zupfte. Sie sprang aus dem Wagen.

Sigurd Lincher war in schlechterer Verfassung als Evelyn. Er hatte sehr viel Blut verloren und war nicht bei klarem Bewusstsein, deshalb konnten Elli und Nereng nicht mit ihm reden. Nereng lief ins Haus, während Elli veranlasste, dass Sigurd Lincher und Evelyn de Rosales im Krankenhaus die ganze Zeit überwacht wurden.

Im Haus waren der Eingang und der nach links führende Flur blutverschmiert. Sigurdssønn stand in einer Türöffnung. Sie konnte sehen, dass auch er blutbespritzt war.

Elli lief zu ihm. »Bist du verletzt?«

Sigurdssønn schüttelte den Kopf. »Das ist nicht mein Blut.« Er zeigte ins Zimmer. »Hier wohnt das Au-pair.«

Elli sah sich um.

Blut.

Auf dem Boden, an den Wänden, im Bett, an der Decke.

»Sind ihm denn die Schlagadern aufgeschlitzt worden?«

»Im Oberschenkel. Ich habe ein T-Shirt und einige Sachen aus ihrem Kleiderschrank als Druckverband genommen und sein Bein hochgelegt. Die Frau stand kreischend mitten im Zimmer. Sie hat zwei kleinere Wunden davongetragen, hatte aber Glück. Ihr Telefon steckte in der Tasche des Kapuzenpullovers, den sie gerade anhatte, das Messer ist darauf gestoßen und hat sie deshalb nicht im Bauch getroffen.« Er schaute sich aus zusammengekniffenen Augen im Zimmer um. »Sie haben offenbar um das Messer gekämpft, und beide haben ihr Gegenüber verletzen können.«

Elli sah ein blutiges Brotmesser, das vor der Bodenleiste in der Kochnische lag.

»Du hast den Raum abgesperrt?«

Sigurdssønn nickte.

»Gut gemacht, Siggen. Dann fahr jetzt nach Hause und geh unter die Dusche.« Mit diesen Worten verließ sie Sigurdssønn, ging nach oben und fand Nereng zusammen mit Margrete und Julius im Wohnzimmer. Als Elli sich vorgestellt hatte, fragte sie Julius: »Hast du die Polizei angerufen?«

Der Junge nickte.

»Wie steht es um meinen Mann?«, fragte Margrete.

Elli registrierte, dass sie fast gleichgültig wirkte.

»Ich weiß nicht«, antwortete sie. »Sie bringen ihn nach Ullevål.«

Margrete atmete schwer. »Dann fahren wir da hin, Julius.«

Elli wechselte einen raschen Blick mit Nereng. Sie mussten

Margrete Lincher und ihren Sohn so bald wie möglich vernehmen. Gleichzeitig schwebte Sigurd vielleicht zwischen Leben und Tod. Es wäre unmenschlich, sie nicht zu ihm zu lassen.

»Na gut«, sagte Elli. »Aber Sie müssen mit einer Streife fahren. Ich werde veranlassen, dass Sie im Krankenhaus ein Angehörigenzimmer bekommen.«

Zwanzig Minuten vergingen, ehe die Streife kam, um sie abzuholen.

Bis zum Abschluss der Tatortuntersuchung musste das Haus abgesperrt werden. Die Techniker würden vermutlich irgendwann am nächsten Tag fertig werden.

Elli brauchte bald Informationen. Vorsichtig gingen sie und Nereng provisorisch den obersten Stock durch. Keine sichtbaren Blutspuren in Küche, Wohnzimmer, Schlafzimmer oder Bad. Die Tür hinten im Gang im ersten Stock war abgeschlossen, seltsamerweise mit einem typischen Schloss für Haustüren.

»Ich habe früher am Abend gesehen, wie Margrete da rausgekommen ist«, sagte Nereng, verschwand im Erdgeschoss und kam nach einer Minute mit einem Dietrich zurück. Er brauchte sieben Minuten, dann öffnete sich die Tür.

»Bitte sehr«, sagte er und trat einen Schritt zur Seite.

Hinter der Tür war es dunkel. Elli tastete auf der Innenseite der Tür nach einem Lichtschalter, fand aber nichts. Im Licht der Taschenlampe sah sie einen Schreibtisch mit einer Leselampe. Sie ging zwei Schritte weiter, klick.

Sie brauchte einige Sekunden, um ihre Eindrücke zu verarbeiten. Das Zimmer sah aus wie die Bibliothek eines Forschers aus vergangenen Zeiten, voller Regale, in denen hinter Glas alte Bücher standen. Das Regal hinter dem Schreibtisch war mit Knochenresten in allen Formen und Größen gefüllt. In der Mitte, über sechs Fächer hinweg, standen die augenfälligsten Objekte: sechs Totenschädel. Elli versuchte zu begreifen, von welchen Geschöpfen sie stammen mochten – den Eckzähnen nach musste es sich bei zweien um Raubtiere handeln, ein anderes erinnerte sie an eine Echse, die restlichen drei waren wohl Primaten.

»Jetzt wissen wir, wo der Kopf des Schimpansen gelandet ist«, sagte Elli.

»Das ist noch nicht alles«, sagte Nereng hinter ihr.

Elli drehte sich um.

Nereng zeigte in die entgegengesetzte Richtung, wo die Wand neben dem Bücherschrank von Masken in allerlei Formen bedeckt war.

Kapitel 78

Elli konnte drei Stunden schlafen, von fünf bis acht. Zenith kam ihr unruhig vor, als sie aufwachte, und diesen Eindruck hatte sie auch schon gehabt, als sie aus dem Friggs vei nach Hause gekommen war.

»Was macht dir denn solche Sorgen?«, fragte sie und streichelte seinen Kopf.

»Wenn Johanne heute nicht mit dir losgehen kann, dann drehen du und ich eine ausgiebige Runde«, versprach sie, als sie ging. Sie war in Ullevål mit Nereng verabredet. Davor war eine kurze Bestandsaufnahme mit Sigurdssønn geplant.

Elli fuhr mit dem Fahrrad. Sie brauchte fünf Minuten.

Sie gingen zuerst zu Evelyn de Rosales. Sigurd Lincher lag noch immer auf dem Operationstisch. Ein Arzt ließ sie mit der Ermahnung ein, ja nicht länger als eine Viertelstunde mit der Patientin zu reden. Ellis Magen krampfte sich zusammen, als sie die kleine zerschundene und verbundene Gestalt sah.

»Hallo«, sagte Elli vorsichtig.

Evelyn nickte nur kurz als Antwort.

»Der Arzt hat uns erlaubt, ein paar Minuten mit dir zu reden«, sagte Elli dann.

»Okay.«

»Darüber, was gestern passiert ist.«

Evelyn nickte.

»Als Erstes, Evelyn, möchte ich wissen, was passiert ist, als Sigurd Sex wollte. Dass er das wollte, hast du mir heute Nacht im Krankenwagen erzählt, weißt du das noch?«

»Ja. Das war nicht sein erster Versuch. Mit ihm und Margrete läuft es nicht gut.«

Elli bat sie, mehr zu erzählen, und als Evelyn fertig war, war Elli überzeugt davon, dass Sigurdssønn wirklich in letzter Sekunde gekommen war. Lincher hatte sich ihr aufgedrängt. In ihrer Verzweiflung hatte Evelyn zum Messer gegriffen. Nach ihrer Version, die Elli keine Sekunde lang anzweifelte, hatte Evelyn das Messer aus der Küchenschublade gerissen, als Sigurd ins Zimmer gekommen war, hatte ihn damit bedroht, war aber davon überrascht worden, dass Lincher nach ihrer Hand griff. In ihrer Panik hatte sie mit dem Brotmesser zugestochen. Lincher hatte laut aufgeschrien, ihr das Messer weggenommen und damit herumgefuchtelt. Er hatte ihr zwei Wunden im Bauchbereich verpasst. Bei der einen war eine Rippe gestreift worden, die andere war nur oberflächlich.

»Er hat mein Mobiltelefon getroffen«, erklärte Evelyn. »Zum Glück funktioniert es noch immer. Ich habe gerade mit meiner Mutter gesprochen.«

Sigurd Lincher überlebte. Das Operationsteam hatte die ganze Nacht gearbeitet, die Blutbank hatte fünf Liter liefern müssen, um ihn am Leben zu erhalten, während die gekappte Schlagader geflickt wurde. Jetzt war er nicht mehr in Lebensgefahr.

Am Nachmittag, als die Ärzte Elli und Nereng endlich Zutritt zu seinem Zimmer gewährten, staunte Elli über seine klaren Züge. In dem grellen Licht hatte sein Gesicht etwas Babyhaftes.

Elli und Nereng stellten sich vor.

»Habt ihr das verrückte Frauenzimmer schon festgenommen?«, fragte Lincher.

»Sie steht unter Bewachung«, teilte Nereng mit.

»Sie hat versucht, mich umzubringen«, jammerte er.

»Wir versuchen, uns ein Bild der Ereignisse zu machen«, sagte Elli. »Können Sie uns sagen, was passiert ist?«

Lincher hob ein wenig den Kopf und schaute sie kurz an. »Sie haben sicher schon mit Evelyn gesprochen.«

»Das haben wir.«

»Was hat sie gesagt?«

»Wir möchten gern Ihre Version hören.«

Lincher schloss die Augen, ließ den Kopf zurücksinken. Nach einigen Sekunden öffnete er wieder die Augen und starrte zur Decke hoch. »Na gut … also, Julius, unser Sohn, er hat es sich angewöhnt, nachts zu ihr nach unten zu gehen. Wir haben ihm gesagt, dass er das nicht darf, aber er tut es trotzdem. Ich wurde davon geweckt, dass er unten bei ihr anklopfte und nach Evelyn rief.«

»Und Sie waren einen Stock höher?«, fragte Elli.

»Ja, im Schlafzimmer. Ich bin dann nach unten gegangen, und da stand er vor ihrer Tür. In diesem Moment machte Evelyn auf. Ich sagte zu Julius, er solle wieder nach oben gehen.«

Elli machte sich Notizen.

»Was ist dann passiert?«

Lincher seufzte tief. »Es war ja eine seltsame Situation … und da Julius das nicht zum ersten Mal getan hatte, wollte ich zu ihr sagen – auf freundliche Weise, natürlich –, dass sie ihn nicht reinlassen dürfte, wenn er es noch einmal versuchte.«

»Und wann ungefähr war das?«

Er sah sie kurz an. »Um Viertel vor zwölf. Ich habe auf die Uhr geschaut, ehe ich nach unten gegangen bin.«

Kurze Pause.

»Und dann?«

»Evelyn trat zwei Schritte zurück, auf ihre Kochnische zu. Ich dachte, sie wollte mit mir reden, und ging hinterher. Plötzlich hielt sie ein Messer in der Hand. Ich sagte so ungefähr: Aber Evelyn! Als Nächstes erinnere ich mich an einen unglaublichen Schmerz, an aufspritzendes Blut … und ganz plötzlich taucht ein fremder Mann auf und hilft mir. Evelyn schrie die ganze Zeit … dann wurde alles schwarz.«

»Sigurdssønn. Ein Kollege von uns.«

»Wo kam der so plötzlich her?«

»Ihr Sohn hat 112 angerufen.«

Die Zimmertür wurde geöffnet. Margrete Lincher schaute herein. »Das reicht jetzt«, sagte sie. »Er ist müde.«

»Sofort«, sagte Elli. »Wir brauchen so viele Einzelheiten wie möglich.«

Margretes Augen wurden etwas schmaler. »Fünf Minuten«, sagte sie und schloss die Tür.

An ihrem Selbstvertrauen ist nichts auszusetzen, dachte Elli. Sie machten noch einige Minuten weiter, aber Sigurd Lincher wirkte so müde und abwesend, dass sie ihn dann in Ruhe ließen.

Im Gang draußen winkte ein Krankenpfleger sie zu Evelyns Zimmertür.

»Die Patientin möchte mit Ihnen sprechen«, sagte der Krankenpfleger.

Elli schaute ins Zimmer.

»Da ist noch etwas«, sagte Evelyn.

Elli ging zu ihr und setzte sich neben das Bett.

»Gut, was ist los?«

Evelyn schluckte. »Kannst du mir helfen?«

»Ich werde mein Bestes tun.«

»Muss ich ins Gefängnis?«

Elli lächelte vorsichtig. »Das weiß ich nicht, aber so, wie die Sache aussieht, solltest du lieber nicht mit mir über diese Dinge reden, ohne dass ein Anwalt zugegen ist.«

»Einen Anwalt kann ich mir nicht leisten.«

»Den stellt dir der Staat. Das kostet nichts.«

Evelyn setzte sich im Bett auf. Sie verzog das Gesicht, weil die vernähten Wunden an ihrem Bauch so weh taten.

»Habt ihr in der Schublade nachgesehen?«, fragte sie.

»In der Schublade?«

»In Sigurds Arbeitszimmer. Da liegen die Adoptionspapiere für Julius.«

»Was ist mit denen?«

»Die sind gefälscht«, sagte Evelyn.

Elli überlegte. Die Frau, die vor ihr im Bett lag, war klug genug, um die Informationen, die sie besaß, strategisch einzusetzen. Gleichzeitig hatte Elli keinen Grund, an Evelyns Darstellung der Ereignisse im Friggs vei zu zweifeln.

»Hast du irgendwelche Bekannte in Norwegen?«, fragte sie.

Evelyn erzählte von Grace. Elli schüttelte den Kopf. »Du darfst jetzt keinen Kontakt zu Grace aufnehmen.«

»Na gut«, sagte Evelyn resigniert.

Die Art, wie sie das sagte, machte Elli klar, wie verletzlich und allein Evelyn war. Vermutlich könnte Elli jetzt alles aus ihr herausbekommen, was sie wollte. Schlechtes Kräfteverhältnis. Schlechtes Karma.

»Wir machen das so: Ich besorge dir einen Anwalt, dann sprecht ihr miteinander, und danach reden wir weiter.«

»Na gut«, sagte Evelyn noch einmal.

Nach einem kurzen Telefongespräch mit Gaarder war klar, dass die Adoptionsunterlagen nicht mehr in Sigurd Linchers Schreibtisch lagen. Nereng stand noch immer vor Linchers Zimmer am anderen Ende des Ganges. Sie ging zu ihm hinüber.

»Heute Nacht, Jan, als du mit Margrete und Julius im ersten Stock warst – da hast du sie aus dem Arbeitszimmer kommen sehen?«

»Ja, als ich gerade nach oben kam. Sie hatte Julius auf dem Arm. Ich dachte zuerst, das sei ihr Schlafzimmer.«

Elli versuchte, sich diese Situation vorzustellen. Der ganze Lärm dort unten, eine Mutter, die ihren mit einem Schlafanzug bekleideten kleinen Sohn auf dem Arm hat, unbekanntes Haus. Doch, sie hätte vermutlich auch so gedacht.

»Du hast keine Papiere gesehen?«

Nereng schüttelte den Kopf.

Elli schaute sich um. »Wo steckt übrigens Margrete?«

»Eine Streife hat sie und ihren Sohn zu ihrer Mutter gebracht. Die wohnt offenbar hier in der Nähe, in Grefsen.«

»Wie lange ist das her?«

»Vielleicht zwanzig Minuten.«

»Verdammt«, sagte Elli.

Nereng blickte sie fragend an. »Geht's vielleicht mit etwas mehr Info, Elli?«

Sie teilte ihm mit, was Evelyn gesagt hatte.

»O Scheiße«, sagte Nereng. »Brustads Sozius.«

»Brustad?«

»Ja, der ist hier. Ist gekommen, als du bei Evelyn warst. Margrete hat zuerst vor dem Zimmer mit ihm gesprochen. Es war noch ein junger Typ dabei, Anzug, geleckte Frisur, gleich auf den ersten Blick als Anwalt zu erkennen. Wenn der auch von Brustad & Splid war …«

»Dann sind die Unterlagen jetzt bei denen.«

Eine Durchsuchungserlaubnis für eine Anwaltskanzlei, das konnten sie gleich vergessen.

Plötzlich breitete sich in ihrem Gesicht ein Lächeln aus. »Nehmt Brustad fest.«

»Aber … der ist doch hier, um Linchers Interessen zu vertreten«, protestierte Nereng.

»Das kann er nicht. Brustad und Lincher stehen beide unter dem Verdacht, illegal Tiere ins Königreich Norwegen eingeführt zu haben, und müssen deshalb vernommen werden. Das nutzen wir bis auf weiteres. Es reicht, um sie eine Weile festzuhalten.«

»Ja, wenn das so ist«, sagte Nereng und marschierte in Linchers Zimmer.

»Sie sind festgenommen«, sagte er zu Brustad, der neben Linchers Bett saß.

Brustad antwortete mit seinem Anwaltslächeln. Dem selbstsicheren, das sagte: »Ich werde dich von hier bis in die Hölle verklagen.«

Nereng ließ sich nicht beeindrucken und gab ihm ein Zeichen, sich umzudrehen.

Brustad sah ihn verdutzt an. »Das ist Ihr Ernst?«

»Ja.«

Brustad erhob sich. »Sie haben offenbar vollständig den Verstand verloren«, sagte er wütend und ließ seinen Blick zu Elli weiterwandern, die lässig in der Tür lehnte. »Rathke, Sie leiten diese Ermittlung. Können Sie diesem Dorftrottel freundlicherweise einen Schnellkurs in abendländischer Rechtssicherheit verpassen?«

»Die erleben wir doch gerade«, sagte Elli. »Rechtssicherheit bedeutet, dass das Gesetz für alle gleich ist. Sogar für Rechtsanwälte.«

»Ich weigere mich, mitzukommen«, verkündete Brustad.

Zwei Sekunden darauf lag er auf dem Boden und wurde von Nereng mit Kabelbindern ruhiggestellt.

Lincher in seinem Bett fluchte wütend und griff nach dem Notrufknopf.

Nereng brachte Brustad auf die Beine und schob ihn unter lauten Protesten aus der Tür. »Was für ein Tag«, sagte er im Vorübergehen zu Elli.

Elli zog hinter ihm die Tür zu und schloss ab.

Während hinter ihr der Krankenpfleger an die Tür klopfte, ging sie zu Lincher, schaltete ihr Tonbandgerät ein und nannte das Datum und die Namen der Anwesenden.

»Lincher«, sagte sie. »Sie stehen unter dem Verdacht, sich an der Einfuhr und danach der Tötung von gefährdeten Tierarten beteiligt zu haben. Wir würden Ihnen in diesem Zusammenhang gern einige Fragen stellen.«

»Was ist das denn?«, fragte er empört. »Befassen Sie sich neuerdings mit Faunakriminalität? Ich wäre doch in meinem eigenen Haus fast ermordet worden!«

Elli musterte ihn gelassen. »Lincher«, sagte sie noch einmal. »Wir haben die Überreste von etlichen Tieren im Tunnelsystem gefunden, das eine Verbindung zu einem Haus in Ihrem Besitz hat. Die Reste von mehreren solcher Tiere wurden auch bei einer Hausdurchsuchung bei Ihnen zu Hause gefunden, unter anderem der Schädel eines Schimpansen. Was haben Sie dazu zu sagen?«

Inzwischen wurde immer lauter an die Tür geklopft. Es hagelte nun auch Drohungen und Anklagen gegen die Polizei.

Lincher winkte mit sarkastischem Lächeln ab.

»Na gut, von mir aus, nach dieser Geschichte sind Sie bei der Polizei sowieso erledigt, Rathke, also kann ich es auch gleich erklären. Es ist ganz einfach. Da Sie mein Haus durchsucht haben, wissen Sie vielleicht, dass ich mich sehr für Tiere und Umweltfragen interessiere. Das ist meine große Leidenschaft. Ich habe Bilder und Artefakte von mehreren Reisen in Reservate in Afrika, Asien, Südamerika und sogar in die Antarktis. Ich bin wohl im Grunde ein Sammler. Deshalb habe ich auch einen Schimpansenschädel.«

»Was wissen Sie über Leoparden, Lincher?«, fragte Elli.

Lincher ließ sich ein wenig tiefer auf sein Kissen zurücksinken. »Das ist eine große Raubkatze, Rathke. Mit Flecken. Ich hoffe, diese Information hilft Ihnen dabei, unser Au-pair vor Gericht zu bringen.«

»Aber da Sie sich so für Tiere interessieren«, sagte Elli nun, »wissen Sie sicher, wie viele verschiedene Leopardenarten es gibt.«

Lincher schnalzte ungeduldig mit der Zunge. Nach einer Weile sagte er: »Na ja, es gibt sie wohl auf der ganzen Welt. Aber jetzt habe ich dieses Spielchen satt. Los, raus mit der Sprache, Rathke! Liegt etwas gegen mich vor, oder ist das hier pure Schikane?«

Pause.

»Also?«

Lincher riss sich zusammen. »Raus jetzt.«

Elli hielt seinen Blick fest. »Waren Sie bei vielen exquisiten Essen dabei, Lincher? Seltene Tiere, zubereitet als exklusive Mahlzeit?«

Lincher gab keine Antwort.

Elli beugte sich zu ihm vor. »Erzählen Sie uns von Ihrer Reise nach Uruguay, Sigurd.«

Er gab keine Antwort, sondern drehte sich weg und drückte wütend auf den Notrufknopf.

Auf dem Weg hinaus machte Elli sich betont lange am Schlüssel zu schaffen. »Der war irgendwie verklemmt«, sagte sie zu dem zornroten Arzt vor der Tür.

Kapitel 79

Der Anwalt, der Evelyn vertreten sollte, Robert Kilde, war dünn, schlaksig und allerhöchstens dreißig.

»Und meine Mandantin liegt also in Ullevål?«, fragte er langsam, mit einer angesichts seiner sonstigen Erscheinung überraschend tiefen Stimme.

»Ja«, antwortete Elli. Sie traf sich mit Kilde und der Polizeijuristin Gundhild Andersen im Polizeigebäude.

»Steht sie unter Anklage?«

»Es besteht Grund zu einer Anklage wegen schwerer Körperverletzung, aber die Umstände sind bisher noch unklar, und um ehrlich zu sein, interessiert ihr Gegner uns mehr.«

Kilde nickte abwartend.

Elli schilderte ihm den Sachverhalt, so gut sie konnte, ohne ihre Ermittlungen aufs Spiel zu setzen.

Kilde schaute auf seinen Notizblock. »Die Frau ist Au-pair, die Gewalt richtet sich gegen ihren Gastgeber, sie hat in Norwegen niemanden außer einem anderen Au-pair, das möglicherweise auch mit diesem Fall zu tun hat. Sie ermitteln gegen den Ehemann wegen anderer Vergehen, neben versuchter Vergewaltigung und gegen meine Mandantin gerichtete Körperverletzung. Und sie besitzt zudem für die Ermittlungen wichtige Informationen?«

Elli wechselte einen kurzen Blick mit Gunhild Andersen.

»Ja, so ungefähr«, sagte Andersen.

»Und meine Mandantin ist alleinerziehend und hat ein Kind auf den Philippinen?«

Elli nickte.

»Danke für diese Informationen«, sagte Kilde und verließ den Raum.

Brustad wartete in einem Vernehmungszimmer, aber Elli telefonierte erst noch kurz mit Nereng, der noch einmal mit Siri

Rud sprechen wollte. Sie wollten die Auskünfte überprüfen, die sie in Åmål von Irene Brustad erhalten hatten. Auf der Rückfahrt zum Polizeigebäude erzählte er, Siri Rud habe wie eine Lerche gesungen und Irene Brustads Geschichte bestätigt.

Elli war einfach wütend. Wegen der in diesen Fall verwickelten Kinder. Sie musste zwei Minuten allein sein, um ihre Wut zu bezwingen, dann betrat sie den Vernehmungsraum.

Paul Brustad hatte über eine Stunde Zeit gehabt, um mürbe zu werden. Er hatte die Hände auf den Knien gefaltet, aber die Ruhe und Beherrschung, die Elli bisher von ihm gewohnt war, waren verschwunden. Stattdessen sah sie einen Mann mit unruhigen Bewegungen, fast wie Tics, und milchbleicher Haut. Und falls er sie im Tunnel überfallen hatte, dann mussten die vergangenen Tage ihn stark geschwächt haben.

Er sah sie wütend an. »Sie sind ja so was von fertig, Rathke.«

Elli gab keine Antwort, sondern ließ sich ausgiebig Zeit dabei, das digitale Aufnahmegerät einzuschalten.

Brustad setzte sich anders hin.

Er würde versuchen, die Sache zu seinem eigenen Vorteil umzubiegen. Wenn nicht, dann hätte er die Anwesenheit eines seiner Kollegen verlangt.

»Wir versuchen es jetzt mal mit einigen einfachen Fragen, ja?«, sagte Elli freundlich.

Brustad musterte sie abwartend.

»Woher kennen Sie Sigurd Lincher?«

»Noch aus der Schule. Wir waren immer zu dritt.«

»Zu dritt?«

»Ich, Sigurd und Kasper.«

»Kleppe?«

»Ja.«

»Und Sie interessieren sich für Essen?«

Er blickte sie verständnislos an. »Wir treffen uns ab und zu unter Kollegen zum Essen, wenn Sie das meinen sollten. Aber was kann das mit dem Fall zu tun haben? Weshalb bin ich festgenommen worden?«

Sie lächelte, wie um Entschuldigung bittend. »Nur ein paar Hintergrundinformationen zuerst, bitte …«, sagte sie und gab vor, ihre Notizen zu überprüfen. »Sie kommen aus wohlhabenden Familien, Kleppe aus einer Reederfamilie, bei Ihnen waren es Juristen, und Lincher wurde in den Rector-Konzern hineingeboren. Sie waren alle drei ziemlich privilegiert.«

Brustad kniff die Augen zusammen. Er hielt sie geschlossen, während er sagte: »Aus einer wohlhabenden Familie zu stammen, kann auch eine Belastung sein.« Dann öffnete er die Augen wieder. »Natürlich gab das Familienvermögen auch Freiheit …«

»Und das hat sie also zusammengeführt?«

Brustad stöhnte. »Diese Vernehmung ist doch total absurd. Mein Freund und Kollege wäre beinah von einem verrückten Aupair ermordet worden, und da fragen Sie hier nach meiner Kindheit? Wo ist denn da der Bezug, Rathke? Haben Sie nicht gesagt, mir werde die Einfuhr verbotener Tiere unterstellt?«

»Gefährdeter Tiere, ja.«

Er machte eine wütende Handbewegung. »Genauso absurd.«

»Was haben Sie nach dem Abitur gemacht?«, fragte sie unbeeindruckt.

Brustad musterte sie einige Sekunden lang. »Nach dem Abitur?«

»Ja.«

Seine Augenlider flackerten wieder, diesmal kürzer. »Wir … wir sind auf Segeltörn gegangen. Ich verstehe nicht …«

Elli lächelte noch einmal. Sie merkte, dass ihre Freundlichkeit ihn unsicher machte. Er war an harten Widerstand gewöhnt. Und den würde er auch bekommen, nur jetzt noch nicht.

»Ich möchte gern etwas über diesen Segeltörn erfahren«, sagte sie.

»Ach, zum Teufel … alle gönnen sich doch nach dem Abi ein Jahr zum Entspannen. Um das Leben ein wenig auszukosten. Wir haben eine Weltumseglung gemacht.«

»Sie, Lincher und Kleppe?«

Er nickte.

»Weltumseglung – das war sicher aufregend.«

Brustad schloss wieder die Augen. Als er sie dann öffnete, hatte das Flattern sich gelegt.

»Das war Anfang der neunziger Jahre, Rathke. Wir sind 91 aufgebrochen und waren fast das ganze Jahr 92 unterwegs. Europa, Westafrika, Südamerika, USA, über den Stillen Ozean nach Japan, Südostasien, Australien, Indien, Madagaskar, Mosambik und am Ende Kapstadt.« Er lächelte zufrieden. »Wir hatten die ganze Zeit Spaß.«

Elli erwiderte sein Lächeln. »Das kann ich mir vorstellen. Und sind Sie auf dieser Reise auf den Geschmack von exotischen Gerichten gekommen, zubereitet aus seltenen Tieren?«

Brustad sah sie einige Sekunden lang ausdruckslos an. Beherrscht hob er das Wasserglas an den Mund und trank. Als er sein Glas wieder abstellte, fragte er: »Was zum Teufel hat ein Segeltörn vor über zwanzig Jahren damit zu tun, dass ich jetzt hier sitze, Rathke? Das kann ich Ihnen sagen. Nichts. Denn diese Vernehmung soll mich einfach nur von meinem Kollegen und Mandanten im Krankenhaus Ullevål fernhalten.«

»Wem gehörte das Boot?«

»Wir haben die Pterion zusammen gekauft«, fauchte Brustad.

»P-t-e-r-i-o-n?«

»Ja.«

»Bedeutet das etwas?«

»Das hat mit Hermes zu tun, falls Sie sich in der griechischen Mythologie auskennen. Der Schutzgott der Reisenden. Er hatte Flügel an Sandalen und am Kopf, an den Schläfen. Pterion.«

Sie hielt seinen Blick fest, lange genug, um das Flattern der Lider wieder einsetzen zu lassen.

»Einen Moment«, sagte sie und ging hinaus.

Auf dem Gang wartete Gunhild Andersen.

»Kilde hat angerufen. Evelyn ist bereit zu weiteren Aussagen, aber sie will eine Abmachung, die ihr Freispruch wegen Notwehr garantiert.«

Notwehr. Und was, wenn sie nun doch versucht hatte, Sigurd umzubringen?

»Nein, das geht nicht«, sagte Elli. »Wir wissen noch nicht genug.«

Ellis Gehirn arbeitete fieberhaft. Sie brauchten etwas, um Brustad unter Druck zu setzen. Aber die Abmachung, die Kilde vorschlug, war zu riskant.

»Verhandelt weiter«, sagte Elli und ging zum Fahrstuhl. Sie wollte noch etwas überprüfen, ehe sie mit der Vernehmung von Brustad weitermachte.

Auf ihrem Schreibtisch fand sie die Liste der Zeitungsausschnitte über Brustad. Sie scrollte nach unten, bis sie das Bild des Segelboots gefunden hatte. Brustad war zusammen mit vier anderen Männern auf dem Achterdeck zu sehen. Alle waren zwischen dreißig und fünfzig. Sonnengebräunt, Halstücher, rustikale Pullover, Jacken von Helly Hansen, teure Uhren, gutbetuchte Bohemiens. Brustad stand zwischen zwei anderen Männern ganz vorn. Das Gesicht des einen war von der Segeljacke des anderen verborgen. Im Hintergrund wehten Wimpel oben am Mast. Die nautischen Flaggensymbole sagten Elli nichts, aber der Text unter dem Bild erklärte, dass es beim Circuito Atlántico Sur Rolex Cup 2011 bei der Regata Buenos Aires – Punta del Este aufgenommen worden war.

Buenos Aires war die Hauptstadt von Argentinien. Das Nachbarland war Uruguay, das Land, aus dem Linchers Sohn Julius stammte. Und Brustads Tochter Vilje.

Sie sah sich das Bild genauer an. Die Männer, die neben Brustad standen, kannte sie nicht, sie sahen südamerikanisch aus. Elli war sich ziemlich sicher, dass sie aus der Umgebung stammten. Der Mann mit dem versteckten Gesicht trug eine Mütze, aber seine Hände waren zu sehen. Bleichere Hände als die der Männer vor ihm. Große norwegische Hände.

Aber das Interessante sah sie am unteren Bildrand. Sie verspürte ein Ziehen im Zwerchfell. Sogar die Hände, ihre festen, gestählten Hände, zitterten nun ein wenig. »Pte…«, las sie unten am Bildrand. Gleich darunter waren die Buchstaben »Monte« zu sehen.

Pterion. Montevideo.

Kapitel 80

Elli fand Fjeld vor dem Vernehmungszimmer, er war in ein leises Gespräch mit Andersen vertieft. Seit Elli Brustadt verlassen hatte, war eine Viertelstunde vergangen.

»Lincher ist mit den Zwillingen über den Atlantik gesegelt«, sagte Elli aufgeregt. »Und Brustad war auch dabei.«

»Linchers Sohn Julius und der angebliche Zwillingsbruder?«, fragte Fjeld.

»Ja. Wir haben noch keinen biologischen Beweis dafür, dass sie Brüder sind, aber sobald wir Julius testen können, werden wir die Ergebnisse mit dem Skelettfund vergleichen.«

Fjelds Gesicht verriet, dass er diese These für sehr fragwürdig hielt. Elli erklärte den Zusammenhang.

»Ich bin sicher«, sagte sie.

Andersen sah sie skeptisch an. »Ich glaube, du kannst recht haben, aber es sind nur Indizien. Wenn wir nicht mehr haben, als du jetzt erzählt hast, dann müssen wir Brustad laufenlassen. Die Gefahr der Beweisvernichtung in Verbindung mit der illegalen Einfuhr von Tieren ist nicht vorhanden – die Tiere sind ja verzehrt worden. Ich glaube gern, dass du recht hast, aber was du jetzt vorgebracht hast, bringt ihn in keine direkte Verbindung zu dem Mord an dem Jungen. Mit einem DNA-Test könnten wir zwar die Verwandtschaft der Jungen beweisen, aber …«

Fjelds Mobiltelefon unterbrach Andersens Ausführungen. Dann klingelte Ellis. Und schließlich Andersens.

»Feuer«, sagte Nereng am anderen Ende der Leitung.

Seine Stimme klang seltsam. Elli begriff, warum, als er plötzlich hinter ihr stand.

»Hier?«, fragte sie und sah im selben Moment Fjeld zu seinem Büro laufen.

»Nein, im Krankenhaus Ullevål.«

Evelyn. Lincher.

»Du musst sofort hin und alles sichern«, sagte sie. »Lass Evelyn und Lincher nicht eine Sekunde aus den Augen.«

Dann ging sie langsam zurück zum Vernehmungsraum. Sie brauchte Zeit, um die neue Situation zu verarbeiten.

Fünf Minuten darauf bekam sie eine SMS. Als sie die Mitteilung öffnete, war klar, dass Kilde und Andersen sich geeinigt hatten.

Als Elli den Ausdruck des MMS-Bildes, das Evelyns Anwalt geschickt hatte, auf den Tisch legte, rief Brustad seinen Sozius Arthur Splid an.

Jetzt saßen sie nebeneinander vor ihr. Brustads Blick wanderte erneut zu dem Ausdruck, er gab sich große Mühe, nicht zu reagieren, aber Elli sah das leise Zucken zwischen seinen Augenbrauen.

»Das ist Ihre Unterschrift auf diesen Papieren, Brustad. Als Zeuge in Montevideo.«

Brustad wechselte einen kurzen Blick mit seinem Sozius, und der beugte sich vor.

»Das tut hier überhaupt nichts zur Sache«, sagte Splid. »Es geht hier doch um die illegale Einfuhr von Tieren.«

Elli beugte sich ebenfalls vor und antwortete: »Die Anklage wird erweitert. Brustad ist in Linchers Adoptionsvorgang verwickelt, und es sieht aus, als seien vor drei Jahren zwei Jungen adoptiert worden, nicht nur einer. Wir haben die Leiche eines nicht identifizierten Zweijährigen gefunden, der um diese Zeit begraben worden ist. Wenn wir bei Julius einen DNA-Test vornehmen, wird das Ergebnis zeigen, dass die beiden Brüder sind.«

Sie ließ sich im Sessel zurücksinken und wartete. Ihre Körpersprache signalisierte, dass sie alle Zeit der Welt hatte. Überraschenderweise widersprach Splid jetzt nicht. Elli war sich nicht sicher, aber sie glaubte, bei ihm eine gewisse Überraschung wahrzunehmen.

»Lassen Sie mich zuerst erklären, wie das alles war«, sagte Brustad, nachdem er sich die Sache mindestens eine Minute lang überlegt hatte. »Bei Adoptionen kann man bisweilen vor einem … eh, Dilemma stehen.«

Elli ließ einige Sekunden verstreichen. »Können Sie uns ein Beispiel für ein solches Dilemma nennen?«

Brustad seufzte. »Zum Beispiel werden die Kinder nicht immer mit allen Informationen geliefert.«

Das konnte Elli sich vorstellen. Sie nickte verständnisvoll. »Und wieso wird das zum Problem?«

»Haben Sie selber Kinder, Rathke?«, fragte Brustad.

»Nein.«

Schweigen. Ehe das zu lange andauerte, sagte Elli: »Ich weiß, wie Sie das gemacht haben.«

Brustads Blick wanderte eilig zu Splid hinüber, und der gab ihm ein Zeichen, Elli ausreden zu lassen.

»Vergessen wir Lincher jetzt erst mal, Brustad, und konzentrieren uns auf Sie und Ihre Frau. Sie hatten Fruchtbarkeitsprobleme … aber Irene wollte so gern ein Kind. Nach vielem Hin und Her haben Sie sich zu einer Adoption bereit erklärt. Aber Irene wäre als Adoptivmutter niemals akzeptiert worden, da sie wegen Drogenbesitzes vorbestraft ist. Es sei denn, diese Information wäre im Sozialbericht nicht aufgetaucht. Der wird ja vor der Adoption von einem Sachbearbeiter erstellt und ist das wichtigste Dokument für die Bewertung von möglichen Adoptiveltern.«

Brustad sagte nichts, aber Elli merkte, dass er immer nervöser wurde.

»Siri Rud«, sagte Elli, »hat Ihnen dabei geholfen. Zu ihren Aufgaben im Jugendamt für Ullern gehört unter anderem die Beschaffung von polizeilichen Führungszeugnissen. Sie hat Ihnen geholfen, Irenes Vorstrafe aus der Bewertungsgrundlage zu tilgen.«

»Und das können Sie beweisen?«, fragte Splid augenblicklich.

»Das können wir. Und wir wissen auch, dass das Verfahren in Uruguay nicht ganz nach Vorschrift verlaufen ist.« Sie drehte sich Paul Brustad zu. »Sie und Irene konnten hinfahren und sich das Kind aussuchen, das Ihnen am passendsten erschien, nicht wahr?«

Brustad versuchte ein Lächeln, aber dabei erinnerte sein Gesicht eher an eine Totenmaske.

»Das dürfte normalerweise nicht möglich sein. Man kann zwar Wünsche vorbringen, aber das Kind kann man sich nicht aussuchen. Denn dann ist das Menschenhandel. Wie haben Sie es also so drehen können, dass Sie sich trotzdem ein Kind aussuchen durften, Brustad?«

Die Totenmaske war noch immer vorhanden. Mit steifen Bewegungen hob Brustad die Faust an den Mund und räusperte sich. »Das ist doch alles nur Spinnerei. In Uruguay gelten feste Regeln. Sie halten sich an die Haager Konvention.«

Elli zog das Bild des Segelbootes Pterion in Montevideo hervor und legte es vor den beiden Männern auf den Tisch.

»Es hilft vielleicht, wenn man im Land gute Sportkameraden hat. Leute mit Beziehungen. Leute, die die Haager Konvention umgehen können.«

Ein drückendes Schweigen erfüllte den Raum. Elli ließ die Sekunden vergehen. Splid blinzelte einige Male. Brustads Gesicht hatte zu einer begrenzten Mimik zurückgefunden, und er starrte wütend seinen Sozius und Kollegen an.

Elli griff wieder in den Ordner und nahm eines der Bilder heraus, die das Skelett des Jungen zeigten. »Das ist der Junge, für den wir uns interessieren. Und wir interessieren uns für die Morde an Balareno und Kalahir. Die Beweise gegen Sie, Brustad, sind mehr als ausreichend. Sie haben beim Adoptionsvorgang geschwindelt. Es gibt in Norwegen fast keinen vergleichbaren Fall, und deshalb wird allein das schon zu einem Präzedenzfall werden, aber vielleicht kann Rücksicht auf Irene und Vilje genommen werden, wenn Sie uns über Linchers' Adoptionsvorgang informieren. Wir wissen, dass Linchers Montevideo mit zwei Jungen verlassen haben, hier in Norwegen sind sie dann mit einem aufgetaucht. Ich habe begriffen, dass Linchers bei ihrem Adoptionsvorgang irgendwelche Probleme hatten und dass Sie bei den Problemen geholfen haben. Wir können ja damit anfangen, wie es möglich ist, dass es nicht weniger als drei verschiedene Unterlagenserien gibt.«

»Das Handyfoto beweist rein gar nichts«, schaltete sich Splid ein. »Es kann sich auch um Bilder handeln, die diese kleine Philippina in ihrem Mädchenzimmer hergestellt hat, um von ihrer Gastgeberfamilie Geld zu erpressen.«

»Wer werden ja sehen, wer vor Gericht glaubwürdiger wirkt«, sagte Elli.

Splid sah seinen Sozius fragend an. Elli kam die Situation absurd vor. Der Anwalt des Verdächtigen schien plötzlich die Seite gewechselt zu haben.

»Ich lasse Ihnen Zeit für eine Beratung«, sagte sie und schaltete das Aufnahmegerät auf Pause. In diesem Moment klingelte abermals ihr Mobiltelefon.

Als sie das Zimmer verließ, drückte sie auf Antwort. Als sie die Tür hinter sich zuzog, meldete sich Gaarder am anderen Ende der Leitung.

»Wir haben die DNA-Analyse des Blutes aus dem Zirkuswagen.«

Ehe Elli etwas fragen konnte, fügte er hinzu: »Es stammt von dem Jungen. Der Vergleich mit den Proben vom Skelett ergibt eine hundertprozentige Übereinstimmung.«

Splid hatte die Arme verschränkt, als Elli zum Verhör zurückkehrte. Die Stimmung im Raum war gespannt.

»Zurück zu Julius«, sagte sie zu Brustad, nachdem sie sich gesetzt hatte. »Was können Sie über ihn erzählen?«

Brustad holte tief Luft. »Über Julius weiß ich nur, dass er aus Uruguay stammt.«

»Aber Sie haben in Montevideo doch als Zeuge unterschrieben. Auf drei verschiedenen Dokumenten, aus denen hervorgeht, dass Julius einen Zwillingsbruder hat.«

Splid schlug mit der Handfläche auf den Tisch. »Es waren spanische Unterlagen. Mein Mandant spricht kein Spanisch und hatte nicht begriffen, was er da unterschrieb.«

Elli sah ihn verblüfft an. »Der Anwalt Paul Brustad hat etwas unterschrieben, dessen Inhalt er nicht begriffen hatte?«

Splid lächelte verlegen. »Das war sehr fahrlässig, da kann ich

Ihnen zustimmen, aber es ist dennoch eine Tatsache. Auch Anwälte können Fehler begehen.«

Elli bedachte Brustad mit einem bohrenden Blick, sie wollte seinen Blick festnageln, aber der war hinter einer glasigen Haut unangreifbar.

»Warum unterschreibt ein Anwalt etwas, das er nicht versteht?«

»Weil wir uns immer gegenseitig geholfen haben«, sagte Brustad seufzend. »Ich wollte nur das Beste für Sigurd und Margrete. Sie wollte unbedingt Kinder, wollte aber nicht schwanger werden. Und da war das eine gute Lösung.«

Elli konnte Brustad inzwischen nur noch verachten. Wenn Buddhas Lehre seine Richtigkeit hatte, dann hoffte sie, dass er und Lincher als Fliegenlarven wiedergeboren werden würden, jeder in einem verwesenden Leichnam. Verachtung war kein konstruktives Gefühl, aber daran konnte sie nichts ändern. Wenn es schon nicht möglich war, Menschen aus dem Kreislauf zu befördern, dann war es doch immerhin eine versöhnende und sinnreiche Vorstellung, dass schlechte Menschen später in ihrem eigenen Elend versinken müssten.

»Sie haben sich an organisiertem Menschenhandel mitschuldig gemacht, Brustad«, fauchte sie und streckte einen anklagenden Zeigefinger nach ihm aus. »Und an Mord unter strafverschärfenden Umständen. An einem zwei Jahre alten Jungen, Brustad. Möchten Sie das wirklich in Ihrem Lebenslauf stehen haben?«

»Ich weiß nicht, was passiert ist«, flüsterte er.

»Und wer weiß das?«

Brustad schüttelte verzweifelt den Kopf.

Elli glaubte ihm nicht eine Sekunde. Vielleicht war er an dem Mord nicht beteiligt gewesen, aber er war trotzdem schuldig. Er und Lincher waren schuldig.

Kapitel 81

Als Elli aus dem Vernehmungsraum kam, waren sechs Anrufe von Nereng eingegangen. Dazu eine SMS von Kristin Bang. Elli rief zuerst Nereng an.

»Sind beide, Lincher und Evelyn, verschwunden?«, fragte sie.

»Ja. Spurlos. Im Chaos bei der Evakuierung sind sie verschwunden. Es gibt einen Lastenaufzug in den Keller, den sie benutzt haben könnten. Da unten wurde jemand in einem Ärztekittel mit einem Lieferwagen gesehen. Moment mal.«

Sie hörte durch den ganzen Lärm im Hintergrund, wie Nereng einem Kollegen eine Anweisung zurief.

»Kommst du her?«

»Kristin Bang hat eine SMS geschickt.«

»Bang ... die Sozialarbeiterin, die damals die Sache mit Kleppe betreut hat?«

»Ja.«

»Aber verdammt, Elli ... was kann die uns schon zu sagen haben?«

»Weiß ich nicht. Sie schreibt nur: Ich habe meine Notizen hervorgeholt.«

Die Sirene eines Feuerwehrwagens übertönte Nerengs Antwort. Gleich danach legte er auf.

Kristin Bang meldete sich nicht, als Elli anrief.

Ich habe meine Notizen hervorgeholt ... das waren doch wohl nur die aus den siebziger Jahren.

Sie blieb mit dem Telefon in der Hand stehen, während ihr Gehirn Bang beiseiteschob. Sie mussten Evelyn finden, ehe ihr etwas zustieß, und sicher hatte Lincher sie entführt – nur, wohin?

Das Mobiltelefon klingelte.

Elli schaute auf das Display. Kristin Bang.

Elli schob den Daumen über den roten Knopf, um das Gespräch abzuweisen, überlegte sich die Sache nach zwei Sekunden aber anders.

»Rathke«, sagte sie.

»Hier ist Kristin Bang, gut, dass Sie angerufen haben. Ich habe meine Notizbücher herausgesucht.«

»Welche Notizbücher?«

»Wir habe alle unsere Geheimnisse«, sagte Frau Bang, »und meins ist, dass ich sozusagen doppelte Buchführung betrieben habe, mit den Klienten, die durch das soziale Netz gefallen sind, denen wir nicht helfen konnten. Das war meine Form von selbstgerechtem Idealismus. Ich wollte nicht, dass sie vergessen würden. Ich habe mir ein eigenes Privatarchiv mit meinen persönlichen Bewertungen angelegt. Ich dachte, dass ich vielleicht irgendwann in eine Position kommen könnte, wo ich ihnen oder anderen besser helfen könnte.«

Verwirrt versuchte Elli, sich an ihr Gespräch zu Hause bei Bang zurückzuerinnern. Auch damals hatte Bang etwas über eigene Einschätzungen gesagt.

»Was … Frau Bang, ich habe jetzt keine Zeit …«

»Nur eine weitere Person wusste von diesen Notizen, und das war mein Mann«, sagte Bang. »Er war Feuerwehrmann und hat leider vor einigen Jahren den Kampf gegen den Krebs verloren.«

»Das tut mir leid, aber …«

Abermals lauerte Ellis Daumen über dem roten Knopf.

»Ich habe Notizen über Kleppe, Frau Rathke.«

Elli erstarrte.

»Es ist wohl eine Art Bestätigung dafür, dass ich damals eine Mission hatte. Ich glaube, es würde Sie interessieren, seine Geschichte zu hören.«

Sie versuchte, Nereng über Funk zu erreichen, gab aber nach zehn Sekunden auf und rief sein Mobiltelefon an.

»Hab noch ein anderes Gespräch«, sagte er nach zwei Klingeltönen. »Bist du unterwegs?«

»Es war Kleppe«, sagte sie atemlos.

»Kleppe?«

»Ich bin sicher. Bang hat sich die ganze Zeit eigene Notizen gemacht, gründlicher als die offiziellen für das Archiv des Jugendamtes. Um es kurz zu machen: Kasper Kleppe war ein unsicherer, unterdrückter Junge. Bang hat sich nach der Brandstiftung so für ihn interessiert, dass sie der Sache nachgegangen ist. Bleib mal dran …«

Elli brachte den Kreisverkehr hinter sich und bog in Richtung Bryn ab.

»… also, anfangs sah alles gut aus. Großes Haus auf dem Holmenkollen, fesche Autos, die Sache wäre in Vergessenheit geraten, wenn im Herbst nach dem Brand nicht noch etwas passiert wäre. Damals lief bei Bang eine anonyme Meldung ein. Eine Frau rief an und erzählte von einem Jungen aus der Nachbarschaft, der eine Maus zu Tode gequält hatte.«

»Und das war Kleppe?«

»Ja. In ihren Notizen war vom ›jungen Kleppe‹ die Rede. Solche Meldungen wurden natürlich archiviert, auch diese, aber von oben hieß es dann, sie sollten abwarten.«

»Abwarten?«, wiederholte Nereng.

»Ja, denn Kaspers Eltern waren beide prominente Personen – die Mutter eine erfolgreiche Geschäftsfrau, der Vater profilierter Reeder mit Kontakten zum Nachrichtendienst. Sie hatten Freunde in wichtigen Positionen.«

Nereng schnaubte verächtlich.

»In Bangs Erinnerung wirkt Kleppe ungeheuer beherrscht«, sagte jetzt Elli. »Kein Funkeln in seinen Augen, keine Spur von Frechheit, wie es bei Jungen in diesem Alter doch meistens der Fall ist. Er ist übrigens adoptiert.«

»Adoptiert in ein reiches Elternhaus ohne Liebe«, fasste Nereng die Lage zusammen.

Kapitel 82

Die Ermittlungsgruppe konnte Evelyns Mobiltelefon nur ab und zu orten. Kleppe wusste offenbar nicht, dass sie es in der Tasche hatte. Evelyn musste die MMS-Bilder sehr bald nach ihrer Entführung geschickt haben. Für zwei Minuten war ihr Telefonsignal unten in der Innenstadt aufgetaucht. In Ruseløkka.

Es war halb neun. Elli hatte im oberen Teil der Hansteens gate gehalten. Nereng saß neben ihr.

»Ich wüsste gern«, sagte er, »warum sie Evelyns Telefon erst jetzt geortet haben.«

»Das ist durch die Messerstecherei beschädigt. Sie glauben, die GMS-Antenne funktioniert nur sporadisch.«

Hinter den Fenstern in der Cort Adelers gate 16 brannte Licht. Vielleicht arbeitete ja noch jemand bei Brustad & Splid, aber Kleppe, Lincher oder Brustad waren das nicht. Vielleicht Splid.

Kleppe hatte offenbar den Brand gelegt, um für Verwirrung zu sorgen. Er war irgendwo unterwegs und hatte Evelyn und Lincher in seiner Gewalt. Das war logisch. Wenn er sich beider entledigen konnte und zugleich wusste, dass der einzige Beweis für den Adoptionsschwindel in der Kanzlei in sicherem Verwahr lag, dann konnte ihm nichts passieren. Bei allem verfolgte er offenbar einen Plan. Nur hatte er dabei nicht an Evelyns Telefon gedacht.

Aber wohin konnte er die beiden verschleppt haben?

Elli rief Sigurdssønn an, der gerade mit Brenner und Chalmer zusammen aufbrechen wollte. Sie trug ihm auf, Brenner und Chalmer bei dem Erdkeller in Ruseløkka abzusetzen und sich zwischen KNA-Hotel und Handelsgymnasium zu postieren. Sigurdssønn sollte auf Ringstad und Zappa warten, und eine andere Abteilung der Hundestreife sollte sich mit Brenner und Chalmer treffen. Als sie auflegte, meldete eine Delta-Einheit, dass sie in fünf Minuten bereit sein würden, um den Bunker unter der Ruseløkka-Schule zu betreten. Das war die einzige Bunkeranlage, die sie noch nicht untersucht hatten.

Aber Elli hatte das Gefühl, dass sie dort nichts finden würden.

»Woran denkst du?«, fragte Nereng.

»Glaubst du, Kleppe geht wirklich wieder in die Tunnel?«

»Kommt drauf an, wie sicher er sich fühlt«, sagte Nereng. »Oder vielleicht hat er da unten noch etwas zu erledigen.«

»Etwas stimmt hier nicht ... bisher haben wir keinen Beweis dafür, dass Kleppe die beiden mitgenommen hat. Aber er war es, das wissen wir. Was wäre jetzt logisch, um sich die Flucht zu sichern?«

Nereng rieb sich das Kinn. »Lincher und Evelyn sterben zu lassen, ohne dass Kleppe etwas nachzuweisen ist?«

Elli drehte sich zu ihm um. »Genau.«

Sie schaute auf die Uhr. »Eine Minute.«

Die Minute verging. Die Aktion wurde gestartet. Eine halbe Stunde später stand fest, dass das Bunkersystem leer war.

Elli und Nereng standen zwischen Hotel und Gymnasium. Deltas, die Hundestreife und die übrigen Einsatzkräfte waren nicht mehr da.

»Du brauchst eine Runde Schlaf«, sagte Nereng.

Elli gab keine Antwort. Sie starrte zum KNA-Hotel hinüber. Wohin mochte Kleppe die beiden gebracht haben?

Nereng legte ihr die Hand auf die Schulter. »Elli, sie sind nicht hier. Wir machen morgen weiter.«

Sie fuhr herum. »Diese Seglerbande hat genug Menschen und Tiere auf dem Gewissen. Morgen ist es für Evelyn zu spät.«

Nereng holte tief Luft. »Na gut, was schlägst du vor? Mir sind gerade die Ideen ausgegangen.« Er ging auf das Auto zu.

Elli blieb stehen. »Was ist charakteristisch für diese Bande, Jan?«

Er blieb stehen und drehte sich um. »Charakteristisch? Na ja ... sie sind reiche Leute mit Privilegien. Sie machen, was sie wollen, weil sie Geld haben.«

»Hedonisten«, fügte Elli hinzu und machte rasch ein paar Schritte auf Nereng zu. »Sie lieben sich und ihre Freiheit. Die Frage ist: Wohin flieht man dann?«

»In die Freiheit?«

Elli nickte energisch. »Der Tunnel war eine Freistätte für die Schlachtung von Tieren, Montevideo war eine Freistätte für Kinderselektion, die Pterion war eine Freistätte, als sie nach dem Abi vor der bürgerlichen Gesellschaft geflohen sind.«

Nereng griff sich ans Kinn.

»Er hat ein Boot«, sagte Elli.

Kapitel 83

Kleppes Boot hatte an einem kleineren Anleger im Ormøysund seinen festen Liegeplatz. Das Fahrzeug war von der geräumigen Sorte: ein Cabincruiser mit hohem Tempo und Übernachtungsmöglichkeit für acht Personen. Wenn alle Tanks gefüllt und alle Akkus aufgeladen waren, konnte er sich zehn Tage lang selbst versorgen.

Elli und Nereng standen auf dem Anleger der Polizei bei der Festung Akershus. Elli sprach kurz mit einer Streife aus dem Zentrum, die bestätigte, dass Kleppes Boot nicht mehr am Kai lag.

Das Einsatzboot der Polizei war bereit, sie warteten nur noch auf Sigurdssønn.

»Die Pterion II«, sagte Nereng. »Die Vorstellung von Reisen und Freiheit scheint ihm zu gefallen.«

»Kleppe und Lincher gefällt wohl eher die Vorstellung, einfach machen zu können, was sie wollen«, sagte Elli und sah im gleichen Moment einen zivilen Toyota auf dem Anleger bremsen. Sigurdssønn stieg aus.

Elli überzeugte sich davon, dass alle bewaffnet waren, und das Boot legte ab.

»Bei jedem Sitz liegt eine Weste«, sagte der Bootsführer, ein

Polizist von Mitte dreißig. Er hieß Fosse. »Legt auch die Sicherheitsgurte an«, fügte er hinzu. »Es kann ein bisschen wackeln.«

Sie schnallten sich an und setzten die Helme mit den eingebauten Kopfhörern auf.

»Alles klar?«, fragte Elli Sigurdssønn, der ein bisschen unsicher wirkte.

»Müsste Deltas nicht dabei sein?«, fragte er zurück.

Die Motoren dröhnten auf und das Boot jagte auf Nesodden zu.

»Ja«, sagte sie. »An sich schon. Aber die ganze Kavallerie zur Umkehr zu bringen, nach dem Fehlschuss im Tunnel, hätte zu lange gedauert. Ich habe um Hubschrauber zur Unterstützung gebeten.«

Sigurdssønn kniff die Augen zusammen. »Alles klar.«

Nereng, der ganz hinten saß, klopfte Sigurdssønn auf die Schulter. »Im Boot sind zwei Männer und eine zierliche Frau. Wir sind drei. Das geht gut.«

»Ja, verdammt«, sagte Sigurdssønn.

»Was für ein Boot suchen wir überhaupt?«, fragte Fosse.

»Cabincruiser, 42 Fuß, in den Niederlanden gebaut«, erklärte Nereng. »Informationen über Höchstgeschwindigkeit und so was liegen nicht vor.«

»Perón, hab ich das richtig in Erinnerung?«, fragte Fosse.

»P-te-rion«, korrigierte Nereng. »Römisch II.«

»Roger.«

Der Oslofjord lag in dieser Nacht blank und still vor ihnen. Fosse zog das Boot auf dreißig Knoten hoch, sowie sie das innere Hafenbecken hinter sich gebracht hatten. Elli vermutete, dass Kleppe an die vier Stunden Vorsprung hatte. Je nachdem, wie schnell die Pterion II fahren könnte, konnten Kleppe, Lincher und Evelyn bereits schwedische Gewässer erreicht haben.

Elli sah die Lichter von Slemmestad und Nærsnes auf ihrer rechten Seite vorüberziehen. Gleich darauf folgte auf der linken Fagerstrand. Wenige Minuten später erreichten sie die Enge von Drøbak. Weit vor ihnen ahnte Elli die Lichter eines Boots, und zugleich rief Fosse: »Fahrzeug, Steuerbord.«

Sie spürten, wie ihre Spannung stieg, je näher sie kamen. Die Spannung sank aber ebenso schnell wieder, als sich das Fahrzeug als Krabbentrawler entpuppte, der zu seinen Fanggründen weiter südlich unterwegs war.

Im Süden von Drøbak war mehr Verkehr auf dem Fjord. Sie passierten drei Frachter, dann entdeckten sie ein kleineres Boot, das eine ganze Weile lang vielversprechend wirkte. Erst, als sie es fast erreicht hatten, entpuppte es sich als Hochseesegler, aber der Ordnung halber legten sie doch an und überprüften das Fahrzeug. Eine verdutzte Mutter, die am Steuerruder stand, konnte berichten, dass Mann und Kind unten in der Kajüte schliefen und dass die Familie das kommende Jahr mit einer Weltumseglung verbringen wollte.

Als sie den Hochseesegler verließen, knisterte das Funkgerät.

»Hotel 2, Hotel 2, hier ist Heli 1.«

»Heli 1, hier ist Hotel 2. Du bist stark und klar, over.«

»Was können wir für euch tun?«

Nereng übernahm die Kommunikation und lieferte der Besatzung des Polizeihubschraubers eine Beschreibung der Pterion II. Elli konnte hören, wie der Hubschrauber hinter ihnen aufholte. Gleich nachdem Fosse ihr Boot wieder beschleunigt hatte, passierte der Hubschrauber über ihnen und flog am Ufer entlang nach Süden, vorbei an Son und in Richtung Moss. Sie selbst fuhren auf die Fjordmitte zu, dann hielten sie ebenfalls nach Süden. In der Ferne zerriss ein Blitz den Himmel.

Eine halbe Stunde darauf waren sie weit südlich von Fredrikstad, hatten aber nur Nutzfahrzeuge, einen Autofrachter und einige Fischkutter gesichtet. Per Funk hatten sich Polizeiboote in Moss, Fredrikstad und Tønsberg gemeldet. Aber die Pterion II war auf dem Oslofjord nicht zu sehen.

Sie kamen an einem rotgelben Versorgungsschiff für Bohrinseln vorbei. Elli starrte die dunklen Wellen hinter diesem Schiff an. Für einen kurzen Moment stellte sie sich die eiserne Schiffsschraube vor, die sich im Seewasser immer wieder drehte. Sie konnte Schiffsschrauben nicht leiden, ging ihr dann auf.

Das Funkgerät knisterte. »Hotel 2, Heli 1, kommen!«

»Hotel 2, antwortet.«

»Mögliches Objekt, gleich südlich von Fredrikstad. Fährt ohne Licht.«

Sie gaben die GMS-Koordinaten an. Sie waren dem unbekannten Fahrzeug am nächsten, das Polizeiboot aus Fredrikstad war geradewegs nach Süden gefahren.

Fosse ließ den Motor alles geben. Das Boot wurde immer heftiger hin und her geschleudert und warf die drei Landratten auf den Sitzen herum wie Stoffpuppen.

Zwei Minuten darauf drosselte Fosse das Tempo. »Da wären wir«, sagte er. »Aber ich sehe kein Boot.«

Elli hielt Ausschau. Die Wasseroberfläche war spiegelglatt und schwarz, der Himmel reflektierte ein wenig die Lichter von Fredrikstad, etwa hundert Meter vor ihnen ahnte sie das Ufer. Aber auch sie sah kein Boot.

»Achtern«, sagte Sigurdssønn plötzlich.

Fosse drehte das Boot.

»Backbords«, sagte jetzt Sigurdssønn.

»Ist das …?«, fragte Nereng verwirrt.

»Links. Zweihundert Meter.«

Elli sah ihn. Einen großen Cabincruiser, der ganz leicht auf dem Wasser dümpelte und kein Licht brennen hatte.

»Bereitmachen zum Entern«, sagte sie.

Sie hörte, wie Sigurdssønn und Nereng ihre Sicherheitsgurte öffneten.

Im selben Moment gab der Cabincruiser Gas und hielt voll auf sie zu.

Während der Bug des Cabincruisers vor ihnen aufschäumte, reagierte Fosse blitzschnell. Ihr Boot jagte auf dem schnellsten Weg aus dem Kurs des Cabincruisers. Elli wurde zur Seite geschleudert. Sie klammerte sich an den Bügeln hinter dem Sitz und an den Sicherheitsgurt, und sie sah, wie Nereng sich neben die Sitzreihe warf.

Sigurdssønn dagegen war nirgendwo zu sehen.

Zugleich hörten sie, wie der Hubschrauber näher kam.

»Heli 1, wir brauchen Licht!«, schrie Fosse über Funk.

Einige Sekunden darauf leuchtete der Suchscheinwerfer auf und zeigte ihnen die Pterion II, die nach Süden jagte.

Fosse wurde langsamer und legte das Ruder um, um die Verfolgung des Cabincruisers aufzunehmen.

Elli hielt voller Panik Ausschau nach Sigurdssønn, aber der war nirgendwo zu sehen.

»Mann über Bord!«, rief sie.

Fosse schaute sich um, machte sich ein Bild von der Lage und sagte: »Mann über Bord. Wir brauchen das Suchlicht hier.«

Ellis Blicke folgten dem Heck des Cabincruisers. Weiß, leuchtend, im einen Moment in Reichweite. Im nächsten erlosch das Suchlicht, und Kleppe verschwand in der Dunkelheit.

Elli sah, wie der Suchscheinwerfer über dem Wasser Kreise drehte. Sie suchten jetzt seit mindestens fünf Minuten, aber Sigurdssønn hatten sie noch immer nicht gefunden.

»Er muss aber hier sein«, erklärte Fosse. »Mit der Schwimmweste kann er ja schließlich nicht untergegangen sein.«

Falls er nicht in die Schiffsschraube geraten ist, dachte Elli.

Zum Glück war ihre Angst unbegründet. Sigurdssønn tauchte nach zehn Minuten auf, er trieb wie ein Korken durch den Oslofjord. Er war übel zugerichtet, aber am Leben.

Nass und zitternd wurde er an Bord gehievt.

»Hab mir 'ne Rippe gebrochen«, keuchte er. »Tut wahnsinnig weh beim Atmen.«

Elli schlug einen Arzt vor, aber Sigurdssønn lehnte ab. »Hinter dem Schwein her«, sagte er verbissen.

Als alle angeschnallt waren und Sigurdssønn eine trockene Fleecejacke aus dem Kleiderlager des Bootes erhalten hatte, nahmen sie die Verfolgung wieder auf. Der Treibstoff würde wohl noch für eine Stunde reichen, egal, wie schnell sie fuhren. Auch der Hubschrauber würde wohl bald tanken müssen. Nach kurzer Diskussion beschlossen sie, weiter nach Süden zu fahren, während der Hubschrauber vor ihnen herflog. So machten sie zwanzig Minuten weiter, sahen aber keine anderen Fahrzeuge als das Versorgungsschiff, das sie schon früher einmal passiert hatten. Auch die Besatzung des Polizeibootes aus Fredrikstad, das sich weiter südlich hielt, hatte den Cabincruiser gesichtet.

»Hotel 2, Heli 1, kommen.«

»Heli 1, kommen.

»Wir gehen zum Tanken nach Rygge.«

»Verstanden.«

»Wir brauchen wohl Verstärkung?«, fragte Fosse.

Elli überlegte einige Sekunden. »Ja, holt das Polizeiboot aus Kristiansand auf den Fjord. Und verständigt die Küstenwache, die Schweden und die Dänen. Wir drehen und tanken.«

Fosse beschrieb einen weiten Bogen und legte sich in gemäßigtem Tempo auf die Nordroute zurück nach Fredrikstad. In der grauen Dämmerung konnte Elli die Umrisse im Wasser ein wenig besser erkennen.

Ihr Magen verkrampfte sich bei dem Gedanken, dass Kleppe und Lincher entkommen würden. Auf einem Boot, in internationalen Gewässern, würden sie mit Evelyn machen können, was sie wollten.

Zum dritten Mal passierten sie das Versorgungsschiff. Elli pries sich glücklich, dass nicht dieses Schiff versucht hatte, sie zu rammen. Sigurdssønn wäre in den Mahlstrom der riesigen Schiffsschraube gezogen worden. Sie schaute sich zu dem Schiff um.

Das Kielwasser zog sich dahinter hin wie ein schäumender Strich.

Aber jetzt war da noch etwas anderes. Es gab noch einen kleinen schäumenden Strich.

»Er liegt dahinter!«, rief sie.

Kapitel 84

Fosse starrte die Treibstoffnadel an. »Es könnte gehen«, sagte er, riss das Boot wieder herum und hielt sich auf der Außenseite des Versorgungsschiffes, das Fenris Provider hieß. Als sie auf Höhe der Brücke lagen, rief Fosse sie an und befahl ihnen, ihr Tempo zu drosseln. Die Antwort kam sofort, der Befehl war verstanden, aber es würde dauern.

Fosse fuhr langsam hinterher. Als sie zweihundert Meter zurückgefallen waren, fuhr er auf die andere Seite.

Da war die Pterion II. Verdunkelt, dicht am Rumpf des Versorgungsschiffes.

Nach fünf Minuten war das Versorgungsschiff so langsam geworden, dass Elli nicht wagte, noch länger zu warten. Wenn Kleppe jetzt nach Süden Gas gab, würden sie nicht genug Treibstoff haben, um die Verfolgung aufzunehmen. Die Kollegen aus Fredrikstad nahmen an, dass sie noch eine Viertelstunde entfernt waren.

Fosse legte ihr Boot in gerader Linie hinter den Cabincruiser. Sie wollten vom Bug aus über die Leiter entern, die von der Badeplattform hinten auf der Pterion II nach oben führte.

Sie hatten aus der vorherigen Episode gelernt und saßen jetzt alle angeschnallt da, bis sie dicht neben dem Cabincruiser lagen.

Der befand sich ungefähr vor der Mitte des Versorgungsschiffes. Aus der Nähe ließ das Dröhnen des Stahls, der sich durch das Wasser vorwärtskämpfte, sie am ganzen Körper beben.

»Bereit?«, fragte Fosse.

Elli sah Nereng und Sigurdssønn an, und beide nickten.

»Okay, zwei steuerbords, einer backbords«, befahl Fosse.

Elli und Sigurdssønn stellten sich steuerbords auf, Nereng backbords.

»Drei, zwei, eins, los!«, befahl Fosse.

Elli machte zwei Schritte in Richtung Bug. Sie umklammerte die Handgriffe an der Reling und zog sich vorwärts. Der Cabincruiser war ungefähr einen Meter entfernt. Zwischen ihnen schäumte das Kielwasser. Links ragte das riesige Versorgungsschiff auf. Wenn sie hier ins Wasser fiel, wäre alles zu Ende. Wenn der Cabincruiser sie nicht zerstückelte, würde das Versorgungsschiff diese Arbeit erledigen.

»Noch etwas näher«, sagte sie.

Fosse wiederholte den Countdown und legte ihr Boot ganz dicht an den Cabincruiser.

Elli sprang auf Badeplattform und Leiter zu. Für einen Moment, während sie in der Luft schwebte, war sie sich sicher, dass sie das nicht schaffen würde, aber dann hatte sie die Leiter in der Hand. Dröhnend landete sie auf der Plattform und gab ihrem Körper einige Sekunden Zeit, um sich zu erholen.

Das Vibrieren des Bootes übertrug sich auf ihren Körper. Sie registrierte, dass ihr eigenes Boot zurückfiel. Warum das?

»Über dir, Elli«, schrie Nereng über Funk.

Elli schaute auf. Blitzen.

Dumpfes Knallen.

Fosse duckte sich hinter das Schutzfenster. Nereng und Sigurdssønn ließen sich zu Boden fallen.

Wieder zwei Schüsse.

Elli löste ihre Waffe, verhakte den linken Arm in der Leiter, lehnte sich zurück und gab drei rasche Schüsse auf die Person über ihr ab.

Es fielen keine weiteren Schüsse.

Ihr Boot bewegte sich zur Seite.

Elli merkte, dass der Cabincruiser schneller wurde und dabei heftig ruckte. Die Plattform, auf der sie stand, bebte. Hinter ihr schäumte das Kielwasser. Sie versuchte, Kontakt zu den anderen aufzunehmen.

Keine Antwort.

Sie versuchte, zu signalisieren, dass sie keinen Kontakt bekam, es gab noch immer keine Antwort, aber das Boot nahm die Verfolgung auf. Das Versorgungsschiff verschwand rasch hinter dem Horizont.

Elli hatte nicht gesehen, wer aus dem Cabincruiser geschossen hatte, und sie wusste auch nicht, ob sie selbst jemanden getroffen hatte. Auf keinen Fall aber konnte sie unten auf der Badeplattform bleiben.

Langsam stellte sie sich unten auf die Leiter. Fünf Sprossen führten nach oben. Wenn sie sich aufrichtete, würde ihr Kopf über den Rand ragen. Sollte sie das schnell tun oder sich nach oben schleichen? Sie musste sich irgendwie einen Eindruck davon verschaffen, was sie erwartete.

Ihr Mobiltelefon.

Sie fischte es aus der Tasche. Durch das Beben fiel es ihr schwer, es mit einer Hand in Gang zu bringen, aber am Ende fand sie eine Möglichkeit, als sie den Arm um die Leiter schlang.

Nereng hatte sie etliche Male angerufen. Sie rief zurück.

»Zwei Mann«, rief Nereng über die stürmische Verbindung. »Einer auf der Brücke, einer auf dem Achterdeck, der hat geschossen. Er ist zu Boden gegangen, als du ihn getroffen hast, aber danach hat es noch Bewegungen gegeben. Die Frau können wir nicht entdecken. Funkgerät defekt durch einen Schuss. Fosse sagt: Zehn, fünfzehn Minuten.«

»Okay«, sagte Elli, beendete das Gespräch und schaltete ihr Telefon auf Videoaufnahme.

Langsam richtete sie sich auf der Leiter wieder auf, klammerte sich mit der linken Hand fest und hielt das Telefon mit der rechten über die Reling. Immerhin wurde nicht auf sie geschossen. Sie machte Aufnahmen aus verschiedenen Perspektiven, dann zog sie sich wieder nach unten zurück. Der Cabincruiser hatte sein Tempo noch weiter gesteigert, und sie brauchte mehr Kraft, um sich festzuhalten. Mit großer Mühe klammerte sie sich an die Leiter, während sie zugleich ihre Videoaufnahme ablaufen ließ. Im Licht des Steuerhauses sah sie den Rücken eines Mannes am Ruder, vermutlich Kleppe. Zwischen ihm und Elli befand sich eine blau-weiße Sitzgruppe, zwei Beine ragten unter dem Tisch hervor, auf dem einen Sofa sah sie rote Flecken.

Ihre Oberarme schmerzten, sie merkte, dass ihre Muskeln bald alle Kraft verlieren würden. Als sie das Telefon in die Tasche stecken wollte, rutschte es ihr aus der Hand. Jetzt hatte sie keine Kommunikationsmöglichkeit mehr.

Sie musste sich dem stellen, was sie dort oben erwartete. Die Alternative wäre die Schiffsschraube.

Elli zog sich über die Reling und fiel mit dem Kopf zuerst auf das Sofa auf dem Achterdeck. Erschöpft rollte sie sich aus purer Willenskraft auf die Seite, zog die Waffe hervor und richtete sie auf die Person, die sie auf der Videoaufnahme gesehen hatte.

Nur war da niemand mehr.

Sie suchte die Umgebung ab. Im Steuerhaus stand noch immer ein Mann am Ruder. Er kehrte ihr den Rücken zu. Elli konnte nicht sehen, ob es Kleppe oder Lincher war. Was war aus dem Mann geworden, der geschossen hatte? Sie schlich auf die andere Seite des Decks. Die Wellen waren jetzt höher und lebhafter, das musste bedeuten, dass sie das offene Meer erreicht hatten.

Sie musste das Boot zum Halten bringen.

Vorsichtig schlich sie sich an der Reling entlang zum Steuerhaus. Sie erreichte ungehindert die Glaswand. Wieder überprüfte sie ihre Umgebung – rechts, links, an den Seiten, aber kein Mensch war zu sehen. Evelyn musste weiter unten im Boot sein, zusammen mit dem anderen Mann.

Elli riss die Tür auf und schrie: »Polizei! Sofort anhalten!«

Der Mann drehte sich um, es war Lincher. Er blutete aus einer Wunde am Oberarm, schien sonst aber unversehrt zu sein.

»Du hättest uns in Ruhe lassen sollen«, sagte er.

»Anhalten!«, wiederholte Elli und zielte auf seine Schulter.

»Einmal heute Abend muss reichen«, sagte er.

Im selben Moment spürte Elli einen kalten Gegenstand im Nacken. »Du hast nur eine Chance, Rathke: Gib mir die Pistole.«

Kleppes Stimme war unverkennbar.

Elli gehorchte.

Kleppe zwang Elli, eine kleine Treppe in eine gut ausgerüstete Kombüse hinabzusteigen, dann durch einen Salon in Richtung Bug. Sie nahm hinter sich den Geruch von Schweiß und stinkendem Atem wahr, den Geruch eines Verzweifelten.

»Halt!«, befahl er.

Elli blieb stehen.

»Auf den Bauch. Helm runter.«

Elli gehorchte. Zugleich überlegte sie fieberhaft, wie sie sich aus dieser Situation retten könnte. Es sah nicht gut aus.

»Still liegen bleiben, Gesicht nach unten.«

Er zog ihr die Schuhe aus. Danach spürte sie, wie seine Hände ihre Beine und ihren Schritt abtasteten. Er presste die Hand auf ihren Unterleib und sagte: »Dein Trick aus dem Tunnel funktioniert nur einmal.«

Elli wehrte sich.

Kleppe lachte. »Von mir aus – wehr dich ruhig, Rathke. Säugetiere, die vor dem Tod in Panik geraten, produzieren Adrenalin.« Er senkte den Kopf ganz tief, seine Lippen streiften ihr Ohr, als er hinzufügte: »Das Fleisch schmeckt dann nach Angst. Einigen von uns gefällt das …«

Er ließ sich Zeit bei der Untersuchung ihres Schrittes. Elli dachte, dass sie jetzt ihren Körper verließ.

»Nein, du hast offenbar keine Pistole in der Unterhose«, sagte er plötzlich. »Gürtel aufmachen.«

Zum ersten Mal in ihrem Leben hatte Elli Angst vor einer Vergewaltigung. Sie beschloss, wenn es passierte, würde sie Kleppe umbringen. Für den Rest ihres Lebens würde sie sich dann guten Taten widmen.

Widerwillig öffnete sie ihre Gürtelschnalle.

Kleppe zog den Gürtel aus ihrer Hose.

»Jacke, Weste«, sagte er dann. »Mach ja keinen Scheiß.«

»Ich muss aufstehen, um die Weste auszuziehen«, sagte sie.

Kleppe trat einen Schritt zurück. »Okay.«

Zwei Minuten darauf saß sie in T-Shirt und Hose da. »Jetzt hast du ganz schön viel Ärger am Hals«, sagte sie.

Er machte sich an seiner Waffe zu schaffen, einer Glock, wie

Elli jetzt sah. »Ach was! Wir haben eine Polizistin und eine junge philippinische Mutter als Geiseln. Glaubst du, dass da irgendwer auf uns schießt?«

Evelyn lebte noch. Gute Nachricht.

»Das Boot mit deinen Kumpels verfolgt uns noch immer. Die müssen weg.«

»Du hast das Funkgerät zerschossen«, sagte sie.

»Kannst du nicht anrufen?«

»Ein kleines Missgeschick mit dem Mobiltelefon, als ich auf das Achterdeck geklettert bin.«

Kleppe durchsuchte ihre Jackentaschen.

»Aber ich kann mit deinem anrufen«, schlug Elli vor.

Kleppe schüttelte den Kopf. Er hatte die ganze Zeit denselben Gesichtsausdruck. Als sei ihm alles egal.

»Netter Versuch, aber nein danke, ich will nicht meine Nummer verraten und geortet werden. Hab ganz schön viel Energie darauf verwendet, mir ein anonymes Mobiltelefon zu besorgen.«

Elli schaute sich rasch um. Leder, Messing, Mahagoni.

»Schön, was? Schlafplätze für acht, drei Badezimmer. Ich habe bisweilen auf diesem Kahn gewohnt. Phantastisches Freiheitsgefühl.«

Für einen Moment leuchteten seine Augen auf, das war das erste Anzeichen für Gefühle, das Elli bei diesem Mann erlebte. Ansonsten erinnerte er sie eher an eine römische Statue.

Sie musste ihn am Reden halten. Einen Dialog in Gang bringen.

»Das mit dem Feuer war ein genialer Zug«, sagte sie.

Eine Welle ließ das Boot schlingern. Elli musste sich abstützen. Kleppe behielt routiniert das Gleichgewicht.

»Nein, das war übereilt. Das hat dich doch dazu gebracht, meine Geschichte zu überprüfen, nicht wahr?«

Jetzt war Elli an der Reihe, keine Miene zu verziehen.

»So muss es doch gewesen sein. Ich weiß ja nicht, woher du diese Auskünfte hast, aber im Nachhinein können wir uns wohl darauf einigen, dass ich keinen besonders guten Start ins Leben hatte.«

Elli griff nach dieser Möglichkeit. »Das ist sicher nicht leicht gewesen.«

Pause.

»Du kommst nicht unter meine Haut, Rathke. Und weißt du, warum nicht?«

»Nein.«

»Weil es nur die Haut gibt. Darunter ist nichts. Wie überall in der Gesellschaft. Ich war bei sieben Pflegefamilien, ehe ich bei Kleppes gelandet bin. Wenn du nie mehr besessen hast als die wenigen Habseligkeiten in deiner Reisetasche und irgendein Konto mit ein paar Kröten vom Staat, über das das Bevormundungswesen die Kontrolle hat, und wenn du dann plötzlich in ein Haus kommst, wo es keine finanziellen Grenzen gibt … dann glaubst du, du seist im Himmel gelandet.«

»Aber dieser Adoptionsschwindel – du bist doch selbst adoptiert«, sagte Elli.

Kleppe schnaubte. »Bei einer Adoption geht es darum, sich das zu beschaffen, was man haben will. Genau wie bei allem anderen in unserer leeren Gesellschaft. Ich weiß das besser als die meisten anderen. Zuerst war ich einige Jahre als Pflegekind dort. Meine unfruchtbaren ›Eltern‹ brauchten einen Erben für das Familienunternehmen. Ich war gut in Mathe. Schöne Eigenschaft, wenn du einen Betrieb erben sollst, also entschieden sie sich für mich. Nach ihrem Tod habe ich den Dreck sofort verkauft. Venture Fonds machen viel mehr Spaß. Mehr Möglichkeiten zum Manipulieren.«

»Was ist mit deinem Sohn?«

Kleppe trat einen Schritt auf sie zu, bückte sich und ließ die Pistolenmündung um ihren Mund kreisen. »Erwähn dieses defekte Wesen nie wieder«, fauchte er und winkte sie weiter.

Elli kam auf die Beine und ging auf eine Tür mit Bullauge hinten im Salon zu.

»Aufmachen«, befahl Kleppe.

Elli drückte auf die Klinke und hörte, dass der Schließmechanismus klickte, wie das sonst auf der Innenseite solcher Türen geschieht.

Die Kajüte im Bug hatte vier Kojen. In der unteren auf der linken Seite saß Evelyn zusammengekrümmt, die Knie ans Kinn gezogen. Als sie Elli sah, schluchzte sie auf. Elli versuchte, ihr einen beruhigenden Blick zuzuwerfen, aber Kleppe versetzte ihr einen harten Stoß ins Kreuz. Sie landete mehr oder weniger auf Evelyn.

»Girl on girl, Asian combo«, spottete er.

Elli drehte sich um.

Kleppe lächelte. Sein Lächeln sah jedoch eher aus wie eine Grimasse. »Wir werden ja sehen, wie lange deine Freunde in der Gummijolle durchhalten.«

Kapitel 85

Sowie Kleppe die Tür abgeschlossen hatte und seine Schritte verklungen waren, wandte Elli sich Evelyn zu. Die trug nur ein T-Shirt. Evelyn erzählte, dass Lincher bei ihr gewesen sei, sowie das Boot abgelegt hatte, und gesagt habe, er wolle mit ihr schlafen. Evelyn hatte abgelehnt.

»Er hat das schon früher versucht, aber nicht so gewaltsam«, erzählte sie. »Zuerst habe ich mich gewehrt, aber er hat mir die Kleider vom Leib gerissen. Ich hatte schon aufgegeben, als Kleppe herunterkam und sagte, dass ihr uns verfolgt. Und dann habe ich die Schüsse gehört, und jetzt bist du hier.«

»Wir kommen hier auch wieder weg«, sagte Elli. »Kannst du schwimmen?«

»Ziemlich gut.«

Elli nickte. »Gut.« Sie legte Evelyn die Hand auf die Schulter. »Wenn wir hier rauswollen, dürfen wir nicht zögern. Wenn ich Bescheid sage, tust du genau, was ich sage, okay?«

Elli hörte draußen Schritte. Sie steckte sich die Finger in den Hals, bis sie sich erbrechen musste. Als die Tür aufging, erbrach sie sich über den Boden und über Kleppe.

»Verdammt«, schrie er und schlug ihr mit dem Pistolenschaft gegen die Schläfe.

Blutend nuschelte sie: »Da kommt noch mehr.«

Kleppe zog sie an den Haaren durch den Salon in ein Badezimmer.

Elli fiel vor der Toilettenschüssel auf die Knie und mimte abermals einen Brechanfall. Ihr Kopf dröhnte und schmerzte. Aber sie konnte aus dem Augenwinkel sehen, wo genau Kleppe stand. Sie sammelte Speichel im Mund, vermischte ihn mit den Kotzeresten an ihren Händen, verschmierte ihn um ihren Mund und erhob sich.

»Verdammt, wasch dir das Gesicht«, fauchte Kleppe und zeigte mit der Pistole auf das Waschbecken.

Elli sprang vor, packte seine Hand, die die Pistole hielt, und drehte sie mit beiden Händen nach hinten und schräg aufwärts. Der Pistolenlauf zeigte jetzt auf Kleppes rechte Schulter. Ein normaler Mensch hätte längst losgelassen, aber Kleppe hielt fest, packte Ellis Hals und drückte zu. In wenigen Sekunden würde sie umfallen.

Sie schob den rechten Zeigefinger hinter den Abzug und drückte ab, während ihr schwarz vor Augen wurde. Kleppes Schulter zuckte, er ließ ihren Hals los.

Elli umklammerte weiter seine Hand mit der Pistole und trat ihm in den Schritt. Kleppe stöhnte, aber er hielt die Pistole noch immer fest. Elli trat abermals aus voller Kraft zu.

Diesmal ließ er los.

Sie richtete die Pistole jetzt auf seinen Kopf und zeigte mit der anderen Hand in Richtung der Kajüte, in der sie selbst gefangen gewesen war.

»Geh!«

Auf dem Weg dorthin hörte sie Bewegungen oben an Deck. Sie blieb ein wenig zurück, schaute sich rasch um, konnte Lincher aber nicht entdecken. »Aufmachen«, befahl sie.

Kleppe drückte auf die Klinke.

Nun hörte sie Schritte hinter sich. Elli drehte sich zur Seite und sah, wie Lincher die Treppe heruntergerannt kam. In der linken Hand hielt er ihre Pistole, der rechte Arm hing schlaff nach hinten. Sie schoss zur Warnung an ihm vorbei. Lincher ließ sich zu Boden fallen. In dieser Sekunde packte Kleppe Ellis Hand, aber darauf war sie vorbereitet und verpasste ihm mit der linken Hand einen Hammerschlag über die Nase. Kleppe fiel rückwärts in die Kajüte.

»Raus«, schrie Elli Evelyn an und hielt dabei Ausschau nach Lincher. Sie sah ihn nicht, offenbar hatte er sich an Deck zurückgezogen. Evelyn machte sich noch immer an der Tür zu schaffen. Elli half ihr mit der freien Hand. Kleppe stöhnte, als sie hinter ihm abschloss.

»Bleib hinter mir«, befahl Elli und machte sich auf den Weg zum Deck nach oben. Beim ersten Treppenabsatz zeigte sie auf die Toilettentür. »Schließ dich da ein. Und du darfst erst rauskommen, wenn ich dich rufe.«

Zitternd schloss Evelyn sich ein.

Elli lief weiter und hielt dabei die Waffe mit beiden Händen vor sich. Sie sah den Platz am Steuer, der Sessel war leer, dann machte sie noch einen Schritt, so leise sie konnte, aber Lincher war weder rechts noch links zu entdecken. Am Ende stand sie selbst am Steuerrad. Sie zog den Gashebel zu sich hin, und sofort wurde der Motor langsamer. Eine kleine Sturzwelle schlug gegen das Heck. Als das schlimmste Schaukeln vorüber war, ging sie hinaus. Die Kissen lagen wild verstreut da, das ganze Achterdeck war von Schwimmwesten bedeckt, ein Kanister war umgekippt, das Benzin floss über einen Feuerlöscher und eine Packung Notraketen. Kein Lincher. Auch das Boot der Kollegen konnte sie nicht entdecken, aber in der Ferne hörte sie wieder den Hubschrauber.

Sie ging auf das nächste Deck. Auch hier gab es Sofas und ein Steuerrad, aber auch hier war kein Mensch zu sehen. Eine Bewegung ganz am Achterende des Bootes ließ sie herumfahren. Lincher hatte das Rettungsboot heruntergelassen. In diesem Moment warf er den Außenbordmotor an und fuhr los. Elli spielte mit dem Gedanken an einen Warnschuss, aber auf diese Entfernung hätte der nichts gebracht. Als Lincher an die dreißig Meter entfernt war, schoss er eine Notrakete ab. Nicht nach oben, sondern auf das Achterdeck. Der Schuss verfehlte sein Ziel, die Rakete fiel hinter dem Boot ins Wasser.

Elli stürzte auf das Achterdeck, lief zu Evelyn nach unten, ließ sie herauskommen und rannte wieder nach oben.

Eine weitere Notrakete knallte beim Steuer gegen die Wand.

»Komm«, sagte Elli, zog Evelyn mit sich an Deck, schnappte sich eine Schwimmweste und stieß Evelyn auf der anderen Seite ins Wasser. Als sie hinterherspringen wollte, gab Lincher die dritte Notrakete ab. Die traf das Achterdeck. Sofort gingen Benzin, Notraketen und Kissen in Flammen auf.

Die Explosion war gedämpft. Kein Flammenmeer, eher schien sich das Boot zu erweitern und in der Mitte durchzuknicken, dann leckten die Flammenzungen aus Fenstern, Bullaugen und Rissen im Rumpf.

Elli und Evelyn klammerten sich über der einen Schwimmweste, die Elli an sich gerissen hatte, aneinander. Lange würden sie so nicht durchhalten, die Weste konnte sie nicht beide tragen, erleichterte ihnen aber das Wassertreten. Elli sah, dass die Kollegen im Polizeihubschrauber sie jetzt fast erreicht hatten. Sie schwebten in sicherer Höhe über ihnen und hatten alles im Blick.

Der Cabincruiser brannte jetzt heftiger, noch immer vor allem achtern, und hatte schwer Schlagseite bekommen.

»Kleppe kann das nicht schaffen«, stellte Elli fest.

Die Pterion II ächzte heftig, legte sich auf die Seite und sank in einer Wolke aus Rauch, Funken und Gischt.

Elli und Evelyn winkten dem Hubschauber zu. Nach einer Weile flog der auf sie zu, schwebte einige Sekunden so dicht über ihnen, dass die Besatzung Elli und Evelyn deutlich sehen konnte, und stieg dann wieder höher.

Als Nereng zwölf Minuten darauf im Bug eines Bootes der Küstenwache auftauchte, hatte Evelyn schon fast aufgegeben.

Kapitel 86

Elli und Brage saßen an einem frühen Sonntagnachmittag auf einem Felsen auf Langøyene. Sie waren mit einem Picknickkorb und Wein auf der Fähre gekommen, die Sonne stand hoch an einem strahlenden Septemberhimmel. Zenith lag neben ihnen und döste. Ellis Mutter war drei Tage zuvor operiert worden. Alles war gutgegangen. Keine Spur von Krebs.

»Ich hatte keine Wahl«, sagte Elli zu Brage. »Die Kollegen stellten schon Fragen. Der Fall wäre mir möglicherweise entzogen worden.«

Er sah sie an. »Ich verstehe. Du hast ja so was angedeutet, aber ich hätte nicht gedacht, dass ich unter Verdacht stehen könnte.«

Elli hielt seinen Blick einige Augenblicke fest, dann schaute sie auf den Fjord hinaus. Zwei Kajaks waren unterwegs in den Bunnefjord. Weiter draußen wiegte sich ein großer Cabincruiser auf und ab. Es war zwei Wochen her, dass Elli mit Evelyn ins Meer gesprungen war und gesehen hatte, wie Kleppes Boot unterging. Und ebenso lange saßen die in den Fall Verwickelten schon in Untersuchungshaft.

»Heißt es nicht«, sagte Brage jetzt, »dass sich in einem Rechtsstaat alle damit abfinden müssen, unter Verdacht zu stehen?«

Elli erwiderte seinen Blick. »Wenn es dir ein Trost ist, dann kann ich dir sagen, dass ich niemals Zweifel an dir hatte. Ich musste mich nur korrekt verhalten.«

Er legte ihr den Arm um die Schultern. »Zurück auf Los?«

Elli lächelte. »Ja, zurück auf Los.«

Sie hatte Kontakt zu ihm aufgenommen. Sie hatte nicht damit gerechnet, dass sie einen neuen Anfang machen könnten, aber sie wollte ihm alles erklären, jetzt, wo der Fall gelöst war. Zu ihrer Überraschung schlug Brage einen neuen Versuch vor.

»Ehe wir essen … erzählst du mir, was da draußen passiert ist?«, fragte er und schenkte für beide Wein ein.

Elli berichtete. Von dem Boot, dem Kampf an Bord, dem Ehepaar, das Uruguay mit den zweieiigen Zwillingen Julius und Camilo verlassen hatte.

»Die Adoptionserlaubnis aus Norwegen galt für beide Jungen, aber in Uruguay sahen sie dann Anzeichen dafür, dass der eine Zwilling ein abweichendes Verhalten haben könnte«, sagte sie. »Über ihre Beziehungen vor Ort sicherten sie sich also einen zweiten Satz Unterlagen, aus denen hervorging, dass Camilo aufgrund medizinischer Bedenken in Uruguay geblieben sei.«

Brage schluckte. »Sie sind also mit einer Art Option darauf, dass sie sich des einen Jungen entledigen könnten, aus Uruguay losgefahren?«

Elli nickte. »Fall das … nötig wäre.«

»Was ist mit den Mitschuldigen in Uruguay?«

»Wir haben die Polizei dort drüben informiert. Sie werden in Uruguay vor Gericht gestellt.«

»Was fehlte dem Jungen denn?«

»Er hatte das VCFS-Syndrom. Auf der Überfahrt nach Norwegen wurden die Probleme deutlicher. Margrete wollte ihn ganz einfach nicht.«

Brage schüttelte angewidert den Kopf.

Sie saßen eine Weile in Gedanken versunken da, dann fragte Brage: »Aber warum haben sie ihn bis nach Norwegen mitgenommen?« Sie erwiderte seinen Blick. »Warum haben sie ihn nicht einfach über Bord geworfen, meinst du?«

»So, wie du das erzählst, ist das doch eine naheliegende Frage.«

Elli seufzte. »Wir haben sie das natürlich auch gefragt. Sigurd behauptet, dass Margrete ihn dazu bringen wollte, den Jungen über Bord zu werfen, dass er das aber nicht über sich gebracht hätte. Margrete weigert sich noch immer, überhaupt irgendetwas zu sagen.«

»Wie sind sie dann nach Norwegen gekommen?«

»Sie haben ganz einfach im Hafen von Oslo angelegt. Camilo ist niemals irgendwem aufgefallen, weil er nirgendwo gemeldet wurde.«

»Und dann hat Kleppe ihn getötet?«

»Ja. Sigurd zufolge bot Kleppe an, das Problem zu lösen. Er hatte nichts übrig für solche ›defekten Wesen‹, wie er ja sogar seinen eigenen Sohn genannt hat. Außerdem hat er wohl gesehen, dass Linchers mit ihren Streitereien und ihrer Frustration durchaus alles verraten könnten. Und dann wären auch er und Brustad in den Sog geraten. Er hat den Jungen zunächst in einem von Balarenos Zirkuswagen versteckt. Irgendwann hat der Junge sich offenbar verletzt, vielleicht einfach nur beim Spielen, und hat dann in diesem Wagen geblutet. Diese Blutspuren haben uns die Verbindung zwischen dem Mord an dem Jungen und den geschmuggelten Tieren verraten.«

Brage runzelte die Stirn. »Aber wenn Brustad und Lincher nichts über Kleppe gesagt haben, wie ist er dann in Verdacht geraten?«

»Das war in vieler Hinsicht ein Zufall«, sagte Elli und erzählte von Kristin Bang, ehe sie am Ende noch berichtete, dass Sigurd Lincher nach dem Schiffbruch auf der Insel Østre Bolærne gefunden worden sei und dass er wegen Beihilfe zum Mord vor Gericht gestellt werden würde, zusammen mit seiner Frau Margrete. Dasselbe galt für Paul Brustad, während Siri Rud eine Anklage wegen Urkundenfälschung bevorstand.

Julius Lincher war bis auf weiteres dem Jugendamt überlassen worden, und Irene Brustad wurde von dort aus nun regelmäßig überprüft.

»Es gibt noch immer eine Frage, auf die wir keine Antwort haben«, sagte Elli.

»Wie der Junge getötet wurde?«

Sie nickte. »Lincher und Brustad behaupten beide, es nicht zu wissen. Es ist komisch, aber ich glaube ihnen. Vieles von dem, was in den Tunneln vor sich gegangen ist, war allein Kleppes Ressort. Lincher und Brustad ging es vor allem um die Fressorgien an sich, während Kleppe sich auch um die Beschaffung der Tiere und die Zubereitung der Mahlzeiten kümmerte.«

»Aber was glaubst du?«

»Wir wissen, dass ihm ein kräftiger Schlag gegen den Kopf

verpasst wurde«, sagte sie nachdenklich und mit belegter Stimme. »Das kann ausgereicht haben.«

Sie schluckte.

»Eigentlich hoffe ich das ja.«

Anmerkungen des Autors

Das in dieser Geschichte beschriebene Bunkersystem existiert, aber es steht nicht fest, ob es auch die Verbindung vom Osloer Handelsgymnasium und hinunter nach Vika und zu dem Tunnel unter der Cort Adelers gate gibt. Die anderen Anlagen sind noch immer vorhanden.

Auch die Tafelrunde ist kein Phantasieprodukt, es gibt auf der Welt mehrere solche Netzwerke, wenn auch unter anderem Namen.

Ich danke Øyvind Skarlund, Janne Wilberg, Henrik Hanevold und Marius Erlandsen für Führungen durch und Informationen über die Nazibunker und Morten Stephansen für Auskünfte über Adoptionsverfahren.

Ein großer und herzlicher Dank geht an meine Lektorin Harriet Karoliussen und an die Testleser und -leserinnen Jan Henry Fosse, Kristin Grasmo, Morten Hvaal, Fatmir Nikqi, Torstein Nybø und May Thingelstad. Und endlich geht ein großer Dank an meine Frau Tone Bentzen für kritisches Lesen und unendliche Geduld.